总主编／潘鲁生　邱运华

执行总主编／王锦强

主　编／万建中

副主编／覃　奕

民间文艺研究论丛
年选佳作

2017

民间文学

ANNUAL SELECTIONS OF PAPERS ON FOLK LITERATURE AND ART STUDIES 2017:

FOLK LITERATURE

社会科学文献出版社
SOCIAL SCIENCES ACADEMIC PRESS (CHINA)

总　序

新时代民间文艺创作实践和学术研究具有多样性特点，传统创作主题、手段和呈现方式已经大大改变。而创作实践中的变化，必然带来理论的应变。在这个背景下，系统思考民间文艺理论话语，就显得十分紧迫。因此，我们整理了 2017 年我国民间工艺、民俗文化和民间文学的研究成果，将其奉献给学术界，以便大家共同思考。

一

"民间文艺"在当下社会是一门显学，这对于一个学科来说，是一件很幸运的事情。之所以说"在当下社会"，乃是因为进入 21 世纪以来，社会各界都清晰地认识到中国文化建设和发展的基础，离不开传统文化。而传统文化，除了诗书礼易之学、唐诗宋词等，其他的大多都归属于民间文化。离开了民间文化，所谓传统文化，就所剩无几了。毕竟五千多年来，老百姓坚守千百年形成的日常生活方式，不间断传承民族的生活习俗、生存和生产技艺，创造生产工具和生活用具，鼎力拱卫中华民族世代认同的传统价值观，维护传统审美风尚和艺术趣味，而这些民间文化凝聚为世代相传的民间文艺。中华美学里有一个命题叫作"由艺进道"，可以很恰当地指称这个关系。在新的历史时期，作为传统文化中的重要组成部分，民间文艺也成为当下社会关注的热点。

21 世纪之初，中国民协倡导中国民间文化遗产抢救工程，全社会对文化遗产的高度认同，已经预示着一个新的文化高潮到来。这一文化高潮与20 世纪八九十年代的文化热具有完全不同的性质。20 世纪 80 年代曾经发生以回归和批判为指向的文化热潮，在文化思想界产生了巨大影响，它裹挟着形形色色的西学思潮，成为 80 年代启蒙或曰"新启蒙"运动的重要维度。我们可以在当下日渐沉寂的一批思想家、文学家的名字里体味那个时代的思想和艺术星光。到了 90 年代，则转入了文化反思阶段，有的学者称为"文化保守主义"时代。这个时代诞生了属于自己的文化思想，对于新世纪的文化走向来说，也许这个十年更具有研究价值。不止是主题转向问题，而是那个"退场""出场"的口号，实际上把文化独立于其他元素的命题再次提出来，并得到学术圈内外的认同。这是历史给予学术界的机遇。我认为，90 年代留下来的众多遗产中，一个是民族文化主体地位凸显，另一个是文化研究（不局限于伯明翰学派意义上的文化研究）独立领域形成，对 21 世纪学术（包括民间文艺的学术研究和创作实践）研究的影响力最为巨大。在这个背景下，我们来看进入 21 世纪以来将近 20 年的学术进展，就能够深刻感受到，一个全民族高度认同的对传统文化的抢救、保护、发掘、利用和研究局面，是民间文艺成为显学的背景。这是它的幸运。

但是，这也潜含着作为一门学科的民间文艺的不幸。相对于全社会普遍关注这一局面，民间文艺学科体制的格局就过于狭窄。学科体制主要存在于高等教育、科学研究领域，自新中国成立以来，民间文艺的学科地位就分别设置在中国语言文学学科（包括汉语言文学和各民族语言文学）和艺术学科两个学科中，受到学科体制的限制，没有得到整合。知识体系、课程设置、学位点设置、人才培养和科研评价体系等，长期以来分而设之，缺乏整体设计。改革开放以来，随着学位制度体系规范化，民间文艺学科的两翼——民间文学和民间工艺美术各自都得到长足发展。例如，以北京师范大学、北京大学、复旦大学、中央民族大学、中山大学、山东大学、四川大学和辽宁大学等为代表的高等院校系统，以中国社会科学院和各省市自治区为代表的科学院系统，是民间文学学科的代表；以中国艺术研究院、中央工艺美术学院、中央美术学院、中国美术学院和省市自治区所属美术学院、工艺美术学院和师范大学美术学院为主体，是民间工艺美术学科的主体。这两个系统彼此长期独立运行，缺乏交叉融合。这一局面的存在，实际上说明了民间文艺学科建设存在缺陷。

民间文艺作为一门学科，长期以文艺学、民族学、社会学等学科为支撑。进入 20 世纪 90 年代以后，西方文化学的影响越来越大，而民间文艺界也越发清晰地认识到民间文艺作为文化生存的特殊形态的重要意义。钟敬文先生因此提出了民俗文化研究作为两者的超越，成立了北京师范大学民俗文化研究基地，并被列入了校 985 项目建设重点基地。后来，中国语言文学学科的二级学科序列里不再有"民间文学"了。民间工艺美术学科的命运也发生巨大变化，标志之一是"中央工艺美术学院"整体并入清华大学，新中国成立初期以传承民族民间工艺为使命的"中央工艺美术学院"，结束了它 50 年的办学历史。

二

民间文艺这个术语具有某种暗示性、导向性，使用这个术语，自然就进入另一个传统的"文学艺术"话语体系进行观察、思考、判断，这是 20 世纪 90 年代之前中国民间文艺学科的语境。但有些国家学术界并不使用"民间文艺"这个术语，而是使用"民间创作"（例如俄罗斯学术界使用"фольклор"这个词，意思是"民间创作"）来涵盖我们在民间文艺这个术语下的领域。

在 20 世纪这个更为宏大的背景下，民间文学已经不仅仅是"文学"了，学术界逐渐在民间文学文本存在的时间和空间上发现了更为广阔的世界，民间文学的话语体系发生了以下变化：民间文学日渐脱离"文学作品"的范围，越来越多地成为民族、民间和民俗文化的主要载体，成为民俗文化和民族、区域文化的研究对象；民间文学的"文学性"再一次被弱化，研究民间文学的艺术技巧和艺术手法等，不再作为学界的主要领域；田野调查与民间文学文本的生成关系更为紧密化，与此相应，民间文学的文本性不再独立为作品，而与相关"传承人""口述者""语境"等密切联系。这些新叙事文本的产生，意味着作为传统学科体制下的"民间文学"已经超越了"文学"范围；它从独立的文学作品，变成了文化研究的文本材料构成诸元素之一。

几乎与此同时，文学研究领域也产生了文化研究走向。经典文学作品研究，逐渐"漫出"内容/形式研究，走出"内容/形式"二元对举的研究范式，超越所谓"内部研究"与"外部研究"的范式，走向两者融合。在20 世纪最后二十年到 21 世纪的最初十多年，单一"内部研究"或"外部研究"的大师们，例如社会学文学研究、历史主义研究和意识形态研究，以及新批评、形式主义批评，都没有成为主流，而那些以两者相融合的学派，例如新历史主义、女权主义批评、伯明翰学派，却领一时风骚。不能不承认，对于整个学术研究来说，简单以作品为中心的研究范式被文化文本性研究范式所超越，是一种研究理念的进步；它更为缜密而宽阔，也更贴近民间文学作为人类文化财富之表征的实质（以我们当下的学术思维力来看）。

但是，是否就可以或者断然放弃民间文学作品的艺术特征和艺术模式研究呢？我以为应十分谨慎。就民间故事而言，华北地区与华南地区的故事既有相同的叙述方式，也存在各自的艺术特点；与其他艺术门类结缘的歌谣、戏曲就更是各擅胜场，叙述方式和艺术特点更鲜明，在叙事学研究方面，大有文章可做。例如湖北省各地区的叙事长诗，与云南省各地区各民族的叙事长诗相比，两者在艺术表现方面都各有特色，不能一概而论；在类型学研究和语言学研究方面，也各领风骚。因此，断然取消民间文学的艺术研究，未必是可取的学术思维方向。当然，在民间文学里面有更为丰富的研究领域，在新的学术思想启迪下凸显出来，例如，与传承区域文化习俗和传承人的个性相关联的史诗传唱艺术，较之于史诗文本单一研究维度而言，就丰富很多；在民间小戏领域，从传统的文本研究理路（"内容的"或"形式的"），到拓展出的文本演唱、方言、接受者和改编方式等综合研究，两相结合，形成民间小戏研究的新格局，如此等等。

三

由单一文本"内容/形式"二元对举研究范式过渡到文化研究范式，在民间美术和民间工艺领域显得具有更大的合法性。

民间美术和民间工艺领域的实用性作品多是批量制作，如木版年画，同一模版的年画可以印制数千幅，甚至还可能更多；泥塑、陶瓷、刺绣等门类作品也是如此，它的任何创新若是分布到一千件作品上，就显得重复，成为模式化的符号。单独看一个作品，与前人的作品相比，它的新颖性或许显得很突出，可是与其自身序列相比，就不是这样了。如此看来，民间文艺领域的确存在"同一个作品的复数文本"现象。这一现象的合法性明显区别于文人创作作品的"单一文本属性"。换言之，在职业作家、艺术家创作领域，倘若出现相似（不说雷同或相同）的两部作品，那么，其中一部作品的合法性就会受到质疑；而在民间文艺领域，出现两篇差异在5%的民间故事文本则是极其正常的，出现两幅差异率在5%以内的木版年画、泥塑或陶瓷作品，也极其正常。这是民间创作的基本特点之一。

我觉得，应从三个方面来看待这一现象。

一是民间创作是与区域文化紧密结合的，表现了特定区域文化。民间艺术更多地根植于特定区域民众的日常生活和民间风俗，反映和呈现这一生活和风俗，因此，我们把特定种类民间艺术称为"某一区域"的艺术。例如，年画有杨柳青年画、朱仙镇年画、桃花坞年画；刺绣艺术分有苏绣、潮绣、湘绣、蜀绣、汴绣等；木作家具艺术有广作、苏作，如此等等，均与区域密切相关。区域文化既可能体现在主题、题材趣味方面，也可能体现在技法、色彩、材料等方面。比如，相同的主题在相邻区域流传过程中会出现关联性变异，区域其他文化元素会参与主题流传过程之中，主题原型"A"从而演变为"A＋"或"A－"。这个增加或减少的元素，就是区域文化元素所致。与此相比，民间创作的个人趣味、爱好等因素，则退到相对次要的位置，不再凸显。

二是民间创作是群体性质的创作，具有群体创作者认同的相对一致性。每一个艺术种类都是独立的群体，与其他艺术种类区别开，在本种类内部对话、交流、影响和比较。例如，剪纸有剪纸的艺术世界，刺绣有刺绣的世界，木雕、石雕、漆艺、陶瓷、泥塑等，各自有独立的艺术空间，每一个空间都有自身的艺术标准和评价方式，自然也都有自己的艺术史。在这里，民间创作本身的特征更加明显：民间创作是在有原型的基础上予以创作，而不是虚构创作。他们的创作是有"本"的创作，不是向隅虚构。因而，他们的创作严格来说是改造、重构。在这个意义上，还需要注意：民间文艺家是以群体的规模进行创作，而非个体独立创作，这使得创作群体的文化多样性、差异性表现得更其鲜明。

三是民间创作是在前辈创作基础上的再创作，具有传承性。特定民间艺术种类都是在继承前辈的过程中前行，在继承和创新、旧与新的辩证关系中发展。民间创作的本质是"传承"基础上创新，而非在"无"的基础上创作，这就意味着在这一过程中，对原型的模仿和改造是核心元素。例如，浙江青瓷的创作中，当代艺术家必然在前人上釉、着色、绘制等技术环节的基础上来制作新的瓷器，从明、清、民国到现在，青瓷的艺术风格方可保持一惯性。当代传唱艺术家在对"格萨尔"的传唱中，在对前辈艺术家模仿中寻求自己的风格，而他们现行的风格也将作为传统，影响和制约后代艺术家。总之，在原有内容和形式的基础上从事创作是民间文艺创作的基本规律，也是它区别于文人创作的基本特征。

民间创作还存在更多与日常生活、日常民俗密切相关的现象，与"文学艺术"研究对象区别更大。

学术界超越作品中心论、进入文化研究和综合研究的趋势，对于一般文学研究来说，属于学术发展趋势而呈现的方法论的变化，而对于民间创作来说，则似乎原本就是其本质。

四

超越作品中心论，拓展了民间创作研究新领域，使之回到了田野和现场，使一些社会学、人类学的社会科学方法焕发了生机。在相当程度上，方法论的变化体现了对本质认识的改变。倡导田野性质，是民间创作研究引进人类学和社会学的表现之一，它从发生学角度很准确地抓住了民间创作的本质，相对于作品中心论研究范式，它更具有前沿性。

"田野"观念的引进，乃是对民间创作性质的重新认识。"五四新文化运动"之初推出民歌收集整理运动，由北京大学率先发起，嗣后各大中小学校开展得风生水起。毛泽东在延安时期回忆，他在湖南学校教书时就有发动学生假期回家收集民歌之举。延安鲁艺时期，毛泽东大力倡导民间文学，号召文学家艺术家到人民中去，运用民间文学形式表现新民主主义内容，成功地赋予五四传统以崭新的面貌，这一先进传统一直延续到 20 世纪 50 年代新民歌运动。此后，民间文艺研究多以文本研究为主体，表现为把民间文学"文学化"，寻找其中的"文学性"的研究旨趣。当然，也有先觉者超越这一旨趣，拓展为风俗、区域文化研究。如何进行民间美术和民间工艺的研究，在 20 世纪 50 年代也发生过激烈争论，侧重点一直在"平民意识""民族精神""装饰""设计"之间摇摆，最终走向工艺美术创作成为一种实用的倾向。但工艺美术与民间工艺之间最大的差异是前者偏向设计、制作、生产和市场，在这个意义上，工艺美术偏向作品中心；后者是田野、区域文化、传承和原型，强调民间创作生存于日常民俗生活的具体语境中。田野性的现场感、传承人、区域文化差异、时间和空间等，在作品中心论时期多多少少被忽略、轻视。而在当下强调田野的民间创作研究理念下，上述因素都是文本构建过程中的必需要素。

"田野"观念引进民间创作研究，破解了作品中心观念，重新把民间创作放进了具体生活语境之中，使之再语境化，避免民间创作研究脱离文化语境和日常生活流程。但是，田野性并非民间创作本身，而是一种研究方法；在后工业化和城市化趋势越来越严重的时代，呼吁民间创作本身回归日常生活现场、民间创作如何"在（being）民间"，是另一个课题。

在"民间文艺"总名目下，以"民间工艺""民俗文化""民间文学"为专题，编选三卷年度论文集，是中国民协强调学术立会、引领学术研究服务社会（首先是服务民间创作和研究领域）诸项工作的一个体现，如何把这项工作做得更为得体，必须依靠学术界和创作界的大力支持。

让我们民间文艺界全体同仁共同努力，营建一个"百花齐放、百家争鸣"的良好氛围，为繁荣和发展社会主义文化作出应有的贡献。

邱运华

2018 年 7 月 28 日初稿、8 月 3 日修改

北京市丰台区万芳园

前　言

本集共收入 39 篇 2017 年度发表的民间文学领域的论文。其中，神话研究论文 6 篇，集中讨论了神话作为一种想象性的叙事形态具有超越时空的文本价值和无限广阔的置换意义。具体而言，就是神话的神圣与崇高进入日常生活世界，转变为连接遥远与当下的符号系统，使相对凌乱和浮躁的新媒体粘贴上民族—历史的标签，拽向"文化叙事"的轨道。于是，神话的生命力在"神话主义"的视阈中得到适度张扬，沉寂了多年的神话学也在这种张扬中来了个并非华丽的转身。

史诗研究并没有步入"主义"的路径，这倒是值得讨论的话题，为什么"史诗主义"不能成立？入选的 4 篇论文视角各异，史诗本身为学术提供了无限的可能性。史诗进入非物质文化遗产语境当中，在强劲的政治力量的推动下，其活态传承就不只是依赖歌手们了。同时，史诗的影像化导致史诗文本的多样性，这也直接影响到史诗的传承及表演场域的转换。当然，史诗的这些现代性诱惑并非难以抗拒，仍有学者在继续潜心于"歌手的记忆和演唱的提示系统"等恒常的命题。

长诗一直是民间文学研究的薄弱领域，2017 年度也是如此。自从"语境"时髦起来以后，大量研究都在文本外围打转，文本内部反而罕见学者触摸。入选的 2 篇长诗，其中一篇长诗研究论文揭示了长诗的内在结构，即"语词程式"，与口头程式理论遥相呼应。另一篇则运用语言学的方法，着力于母题类型的分析。

传说的研究范式始终难以有所突破，就像传说受到"历史"的羁绊一样，其研究也被"地域性"所局限。但传说的"地域性"并非既定，而是其叙事话语多向度转换的现在进行时，关公传说和毛衣女传说莫不如是。

"四大传说"和"母题"研究范式都是民间传说研究不可或缺的，正是这样一些稳定的研究要素和取向，使得民间传说研究的可持续有了基本保障。

以往民间故事的研究偏重于情节类型的把握和文化内涵的理解，近些年则呈现差异化态势，从本论文集所收入的 5 篇论文可见一斑。诸如民间故事的"改写"、童话的多向度重构、话本叙事中的生活记忆、大禹治水故事的文化密码、笑话的再生产等，学术诉求不再单一，说明故事学已摆脱了以往框框的束缚，视野演绎得更为开阔。

所有的民间文学教科书都有"歌谣分类"这一部分。其实，各民族歌谣的分类系统并不一致，各自独立，与标准化的划分相距甚远。在一个特定区域内，音乐才是判定歌谣类型的主要根据，故而许多民歌以"调"命名，歌词毕竟是可变的。叙事既是散文的，也是歌唱的，这颠覆了"唱"为抒情，"说"为叙事的一贯说法。这也是民族传统歌唱的独特性之所在。民族歌唱叙事成为构建中国民间叙事学的崭新领地。

民间说唱一直是民间文学研究的短板，近些年，一些民间文学学者有意识地寻求民间文学领域的空白点，以求民间文学各门类研究的均衡发展。本集所收入的 3 篇论文就是这一努力的典型代表。

民间小戏的学术境遇与民间说唱类似。这与民间说唱和民间小戏表演的地域性有关，即唱腔的方言表达导致局外人难以领会。激发局内人的学术积极性成为繁荣这两个领域的关键。好在民间小戏研究者溢出了民间文学学科圈，这 3 篇论文的作者都是相对陌生的面孔。

谜语既非叙事，也不抒情，是民间文学中一种另类文体；而猜射又是一种游戏行为，既非"说"，也非"唱"，因此，对这一文体的认识就相对困难。这篇论文在诗学与谜学的学理性对话中还原了谜语的历史状况。

在这里，楹联、谚语等皆纳入"俗语"。认定这类俗语的当代价值可以从不同角度切入，或意识形态，或社会资本，而俗语的文体特征则是讨论的基本出发点。

所收入的论文都运用了理论与方法，专列"理论与方法"，主要在于有些论文难以归入某一民间文学文体。文体的归类乃学者所为，不一定符合口头传统的演述实际，所以才出现了哈尼族"哈巴"的文类问题。我们总是以"西方"来统括整个欧洲。其实,欧洲各国的民间文学理论有着相异的学术背景。清楚这一差异,有助于针对欧美相关理论进行反思。就民间文学研究现状而言,"反思"并不充分又极其必要。"本土经验"和"西方话语"应是反思的两个主要维度。如今,民间文学已然越出了学科界限,进入党和政府的体制当中,成为"民族—国家"认同言说的重要依据,而非物质文化遗产保护开辟了这一"言说"的"民俗场"。民间文学、非物质文化遗产、民族、传统、国家、认同等语汇时常一并出现,民间文学堂堂正正地进入政治视阈,经过"过渡仪式"而获得合法性身份。另外,民间文学中的历史记忆也常常被社会支配性文化价值或观念塑造、选择。

以上对 39 篇论文的解读可谓蜻蜓点水,实在是催要得紧,也只能这样了。这 39 篇论文触及民间文学各领域,在一定程度上,再现了 2017 年度民间文学研究的整体面貌。毕竟只是年度论文,不足之处难免。需要说明的是,由于篇幅有限,一些优质论文被排除在外,在此深表歉意。感谢各位作者的密切配合。在编辑过程中,副主编覃奕做了大量的具体工作。辛苦了!

明年再见!

万建中

2018 年 6 月 11 日

目 录
contents

第一部分　神话 ——————

神话历史与神话图像

叶舒宪　上海交通大学致远讲席教授，中国社会科学院研究员

一　神话：学科界限外的整合视角

自 2009 年以来，国内文学人类学界展开对"神话历史"理念的学术讨论，其主要目的就是希望能摆脱学科主义束缚，让学者们不再从个人专业视角去刻舟求剑式地看待神话，而是倡导一种重新面对神话现象本身的态度，从活态传承的神话叙事中，弄清楚其中蕴含怎样重要的政治、宗教和历史文化等方面的信息。在此基础上还需要明确的是，直到现代性的西方学术分科制度将文学独立为一科，与社会生活、文化认同及社会意识形态密切相关的神话现象，才被我们的专业设置完全归类到文学一科之中，特别是归属于民间文学之中。

本文认为，学界流行的"神话的历史化"和"历史的神话化"之类说法，都是在学理上貌似有根有据的虚假命题。这种相互对立的两端论之形成，是现代学术的分学科制度化导致的本学科中心主义思维的产物，此乃文史哲分家后的制度缺陷所造成的，而且还在以巨大的惯性继续生产着这样的划分，以及不断重复的相关论说。有鉴于此，需要在专业分科教育的同时，大力提倡不分科的整合思维习惯，自觉培育破除学科界限的认知方式，否则所谓"跨学科"就会流于名存实亡的空洞口号。

在学术分科的教育现实中，有一部分学者自认为在人文研究中掌握了科学和客观的法宝，从而对另一部分人（主要是文学专业的人）的研究产生严重的不满。相对而言，在文史哲三科中，与科学攀亲最甚的是所谓的"历史科学"的观念。从事历史研究的人产生出相比文学和哲学从业者更多

的优越感，也就在所难免。"历史神话化"命题的提出，针对的是"神话历史化"的命题，认为不存在神话的历史化，只有历史被神话化。① 这就相当于说在神话化和虚构的作用下，某些人将原本是科学的可信的历史，弄成不科学、不可信的传说历史。在此场合下，神话和神话化这样的词汇，当然要被当作历史和真实的反义词。对这类史学研究者而言，如果说"历史"是带有科学光环的褒义词，那么"神话"就是与科学背道而驰的贬义词。唯科学主义的心态，就这样从根本上宰制和扭曲着当代人文研究者的研究对象。提倡"神话历史"的新观念，正是为了修正人文学中弥漫已久的唯科学主义，消解那种将历史理解为一门科学的错觉——一种虚幻不实的、似是而非的感觉，重新恢复历史叙事与神话思维及神话信仰的不解之缘。从这一意义上看，"神话历史"的恢复原貌多少有一些认识论上、方法论上的"现象学还原"的性质。

对于在文史哲分科教育制度下的"神话"概念的偏狭化和纯文学化，首先需要有足够的反思批判之自觉，做到不以神话为贬义词。对此，较为合理的判断，应该从下述具有前提性的问题中引申而出，即神话在其产生的社会语境中，究竟有多少要素可以被归结到今日学科划分中的文学一科（阐释性的与想象性的叙事），又有哪些要素可以被归结到历史学科（如追溯族源与国家的由来，说明改朝换代的超自然原因等），还有哪些要素能够归结到宗教学、心理学、艺术学（可以举汉画像石和中国民间的门神画及纸马生产为两大案例）、法学（以马林诺夫斯基所强调的神话的法典或执照功能为例）、政治学（社会制度与政权的合法性说明）或思想史（从 Mythos 到 Logos 的演进过程，即从神话到神话哲学，再到哲学的起源）。如果社会生活中的神话果真包含着如此多的面相，而不只是一种或两种学科面相的话，那么我们就不得不提出尖锐的对现有学科制度的反问：是社会生活中的神话本身错位了，还是被今天学院派中隶属于某学科的学者们搞错了？

答案不言自明。神话不会错，神话既是文学，又是艺术，又是历史，又是法律和智慧的体现，又是艺术表演（仪式），还是源于信仰的宗教现

① 常金仓：《中国神话学的基本问题：神话的历史化还是历史的神话化？》，《陕西师范大学学报》2000 年第 3 期。

象，在实际生活中发挥着心理治疗和精神整合（萨满教仪式的医学功能考察，包括身体医学和精神医学）功能。对于大多数无文字社会，神话几乎是社会精神和群体记忆的同义词。假如神话只是文学的话，那么孔子针对诗歌的社会功能所说的"兴观群怨"四项，恐怕就只剩"兴"一项了。在前哲学、前科学的神话思维时代，文学艺术本身尚未获得独立为一科的地位，那时的神话几乎就是社会意识的主导形式，并为服务于信仰和社会整合的需求而存在、传承（图1）。人们讲述和传播神话，并非出于文学的或审美的享受之雅兴，而是将其作为社会运作过程的一部分。如同伊利亚德所说："把一个新生命当成宇宙起源与部落历史的重演……殷殷叮咛，无非是要把新生儿引入这个受到祝福的世界与文化，并宣布他与旧章故典是一体的，确认此一新生命的合法性。但这还不是全部。这个新生儿还要见证

图 1 清代道教神话刺绣图《瑶池天府》
图片来源：2016 年叶舒宪摄于恩施州博物馆。

一连串的'开始'。每个新的开始，都要先知道它的'起源'，知道这一切
是怎么来的。"① 神话讲述与再讲述的活动，之所以为社会群体所需要，就
在于这种解答"一切是怎么来的"之精神需求。

二　神话及信仰传承：口传与图像

按照哲学家的说法，人对于自己无法理解和无从解释的事物充满恐惧。
不论任何对象，一旦获得认识上的解释，人就不再恐惧不安了。神话之所
以反复地强调万事万物的由来，突出的就是一种认识上的可以把握的世界
秩序，并将世界秩序的根源归结到超自然的、超人的神灵意志。就神人分
界的感知和思维方式而言，神话行使的是宗教信仰功能（所谓"神圣的叙
事"）；就解释万物存在的秩序而言，神话行使的是哲学本体论的功能（所
谓"万物由来"的叙事）；就其讲述本身对听众社会的作用而言，神话行使
的是历史教育和文化认同的功能（拥有同一种神话遗产的人，属于同一个
文化共同体的成员）；就其讲述的形式而言，神话行使的是文学艺术的功能
（诗化的、史诗的、故事性的、仪式表演性的，等等）。这就给从文学和艺
术角度研究神话带来丰富的空间。文学方面的神话研究是百年来中国神话
学的强项，从鲁迅、茅盾、谢六逸等文学家的热情参与就可大致看明白。
艺术方面的神话研究在最近十余年来刚刚起步，以 2003 年巫鸿发表《神话
传说所反映的三种典型中国艺术传统》一文为代表。该文提出打通神话研
究与艺术史的构想，认为中国艺术传统中有三种类型的神话原型，发挥着
支配性作用。第一是古代的神秘的器物和图像；第二是"造物神祇"（fash-
ioning deity）和"技艺神工"（divineartisan）；第三是将艺术与自我表达及私
密感知相联系的企图。巫鸿强调这三类神话原型对应的是中国艺术的三大
传统：政治艺术、大众艺术和文人艺术。② 值得深究的问题是，以上由三类
神话原型所驱动的中国艺术传统在何种程度上可以视为以图像方式呈现的

---

① 转引自〔美〕哈罗德·伊罗生《群氓之族：群体认同与政治变迁》，邓伯宸译，广西师范
　　大学出版社，2008，第 154 页。
② 〔美〕巫鸿：《神话传说所反映的三种典型中国艺术传统》，梅枚等译，载《时空中的美
　　术》，三联书店，2016，第 218 页。

神话历史呢？

同样的学术范式转折与反思，也出现在中国多民族的民间文学调研方面。中国贵州麻山苗族在人死去之际要举行讲唱《亚鲁王》的仪式活动，文学专业人士往往把《亚鲁王》当作文学来看，分析其幻想成分、情节人物和语言修辞风格等[①]；民俗学家则关注其中体现的丧葬礼俗；心理学家和社会学家看中的是其仪式讲唱的群体精神整合和族群认同教育方面。唯独没有历史学家看中《亚鲁王》讲述的麻山苗族由来和迁徙过程的部落历史。[②] 究其原因，《亚鲁王》被现代人按照学科分类归为"史诗"，成为神话文学研究的对象，却没有被归类为历史，不被当作历史研究的对象，至少不会被看成一种可信的史料。

《亚鲁王》既然是专用于丧葬仪礼场合，与地方性的信仰和葬俗密不可分，那就不能简单理解为现代意义上的"文学艺术"。《亚鲁王》附带的《砍马经》，是葬礼砍马仪式的伴生物，具有古老民间信仰活化石的性质，对其仪式讲唱语境的解读，需要从汉藏语系各族的比较神话学视角追根溯源，乃至在欧亚大陆马文化传播的时空背景下，获得对天马神话社会功能的整体认识。概言之，就是死者亡灵依赖天马或冥马的超自然运载能力，回归天界获得永生。这是造成《亚鲁王》之类的讲唱行为和民俗事项的神话信仰温床。就此而言，对此类民间口传史诗的整体把握，仍然离不开神话历史的全景视角。

2016 年 3 月 5 日，笔者和中国民间文艺家协会副秘书长吕军到重庆文理学院采访重庆巫溪县民间传承的《巫咸孝歌》讲唱群体，看到这个唱诗班就相当于汉族史诗的活态传承之生动案例（图 2）。在重庆文理学院刘壮博士笔录整理的《巫咸孝歌》文本显示，其历史成分与神话成分同等重要，而且二者水乳交融，处在一种难分难解状态，唯有用"神话历史"概念，才更适合对其性质的概括描述。主讲唱者名叫黄绪，1949 年生，高小文化水平，据说其家族世代传承讲唱职业，已经有五六辈人了。《巫咸孝歌》便是他们家族历代传承的讲唱内容的录音笔录。其歌头的开篇是这样：

① 中国民间文艺家协会主编《亚鲁王》，中华书局，2011。
② 余未人主编《亚鲁王文论集》，中国文史出版社，2011，第 116 页。

图 2　巫溪县歌郎黄绪（左一）与讲唱班子在演唱《巫咸孝歌》
图片来源：2016 年叶舒宪摄于重庆永川。

一二三四五，金木水火土，歌郎来到此，擂动三棰鼓。开场开场非等平常，子游子夏，子贡子张，三山出奥口，处处出歌郎，苏州出美女，灵同出好将，先生说的华扬四海，夏禹王疏通九江，夫子周游列国，列位先生吐出满口的文章。①

用华夏第一王朝的开创者——神话的治水英雄夏禹和中国无数孔庙中供奉的孔圣人来开篇，这正凸显出民间文化记忆中的神话历史谱系模式。

自羲龙治皇帝，盘古初分，号三皇居上，也各有其因。自从盘古天地初分，后生太古三皇天地人。伏羲神龙（疑为"神农"之误——引者）轩辕弟兄，三十三人治理乾坤二千多春。治人伦尝百草兴五谷制衣巾，各有各的分寸。三皇之后传与尧舜，尧帝在位七十二春，传

---

① 黄绪讲唱，刘壮等记录《巫咸孝文》，重庆文理学院，2014 年内部打印本，第 1、4、5、17 页。

与舜帝六代子孙，后传夏禹疏九河，理朝政，六十一年乾坤稳坐龙廷。三位皇帝称得上盛世的明君。夏有禹，商有汤，周文武称三王。夏商周称三代，禹汤文武称为三王。三王治世国富民强，五日一风，十日一雨，辉煌的气象，这也是千古的吉祥。①

从三皇到三王，这里的国族历史谱系与通行的三皇五帝说不尽相同，而尧舜禹在位的年代则别具一格，不同凡响，未知其何所依据。随后从夏商周一直讲到唐宋元明清和民国，4000 年的皇权更替脉络，居然链接得滴水不漏。讲到华夏第一王朝夏代，是这样说的：

夏传子，家天下，把朝二兴疏九河，掏九鼎，治共法，立学校，一代一代传子孙。后有孔甲治世不理朝政。宠妹喜，筑瑶台皇宫，造酒池肉林，暴虐奸淫。昏君不能长存，夏朝一十七君，三百九十个春秋。②

国际学界目前对中国历史上有没有夏朝持怀疑态度。著名的《剑桥中国先秦史》也只是从商代开始叙述华夏历史的。③ 对于夏代的君王数和持续年代，如今高校的文科研究生，恐怕大多也说不上个所以然。巫溪县小学文化程度的民间歌郎黄绪，却能够如数家珍一般讲述自盘古开天到夏代的统治情况，这不能不看作是民间信奉的神话历史遗产。这种谱系知识不是哪一个时代由哪一个人创作的，而是自古代代相传到如今的。

重庆巫溪县的《巫咸孝歌》也是民间丧礼仪式性讲唱的产物，与贵州麻山苗族东郎讲唱的《亚鲁王》同类，也和湖北汉族的《黑暗传》有明显的类同性。巫溪县在地域上也与流行《黑暗传》的湖北神农架地区接壤。

---

① 黄绪讲唱，刘壮等记录《巫咸孝文》，重庆文理学院，2014 年内部打印本，第 1、4、5、17 页。

② 黄绪讲唱，刘壮等记录《巫咸孝文》，重庆文理学院，2014 年内部打印本，第 1、4、5、17 页。

③ Loewe, Michael and Shaughnessy, Ediward L. ed., *The Cambridge History of Ancient China*, *From the Origin of Civilization to* 221 *B. C.*, Cambridge University Press, 1999.

丧礼本身就突出孝道文化特色："鼓擂三阵，亲朋都请听，听我小小歌郎说个孝音礼信，亡者跨鹤登仙，原阳寿应尽。亲朋门外吊孝，各把各的亲分，孝子扑丧顶礼，各把各的心敬。"① 尤其耐人寻味的一段内容，是追溯歌郎这种民间艺人职业的由来，认为源于东周时期的楚国：

> 夕日混沌初开，无有歌郎，后出周朝列国，孔夫圣人治下学堂。不过讲些古今义方，是人伦纲常。后出楚王无道，始汉二帝周邦，不幸楚王先死，灵棺停在殿上，一时天昏地暗，不见红丧。四方贴起皇榜，广招天下的歌郎。来了麻田姊妹，打鼓凡李二郎。唱歌本是田源田广，那才是前朝后汉的歌郎。头戴方巾帽子，身穿花鼓衣裳，腰挎花鼓一面，手持龙凤鼓槌一双。打走五门过，扯了皇榜，文武见他武艺高强，留在此处打鼓闹丧。唱了七日并七夜，忽然开发大亮，至此楚王过后，才有打鼓闹丧。②

此类民间艺人对歌郎职业的溯源思考，类似于台湾当地原住民对口传史官制度的文化记忆。③ 它们作为典型案例，可以反驳目前学界存在的一些偏见。如有学者尖锐批评对进化论观念的盲从与滥用，这个初衷是好的，可是不能由于反对文化进化的观念，就反过来用文化退化的观念取而代之。提出中国历史上的夏商周时代缺乏神话，到战国秦汉时代才大量产生神话的观点，这主要是以传世文献为基本的神话研究对象，而不敢越雷池一步的狭隘性所造成的。因为春秋时期以上即夏商周时代都没有实现汉字应用的普及，社会上没有多少书籍可供一般人阅读，也没有私人著述的风气，即使社会中有大量的神话产生和流传，也不可能以文献方式完整记录在案，等待后代的历史研究者去查询。就连孔圣人教学也还是沿用"子曰诗云"的口传文化的传播方式。这就给神话研究者提出探寻非文献材料的新课题，

---

① 黄绪讲唱，刘壮等记录《巫咸孝文》，重庆文理学院，2014 年内部打印本，第 1、4、5、17 页。
② 黄绪讲唱，刘壮等记录《巫咸孝文》，重庆文理学院，2014 年内部打印本，第 15～16 页。
③ 康德民：《原住民口传史官制度》，载叶舒宪、陈器文编《宝岛诸神——台湾的神话历史古层》，南方日报出版社，2011，第 57～70 页。

有待于今日的学科壁垒内培育出的学人们自觉冲出壁垒，在取材和着眼点上有所开拓和进取，而不宜墨守成规，沉醉在传世文献造成的传统窠臼里去钻研故事性的神话。

神话意象、神话仪式、神话思维和神话信仰等多元视角的神话观，在这方面提示着新的探求方向。而随着考古学大发现时代而来的一大批神话图像的存在，为神话研究者向先于汉字而存在的史前文化大传统全面进发，提供了全新的基础性资料。

在此类考古新资料的人文阐释和开掘方面，重庆文理学院王先胜的《中国远古纹饰初读》和湖南考古学者贺刚的《湘西史前遗存与中国古史传说》两部专著，是解读神话图像的最新代表，具有引领风气之先的标杆意义。《中国远古纹饰初读》一书，侧重在梳理和解读中国史前陶器纹饰的神话天文学意涵，归纳出六组基本图形符号：（1）阴阳交午图形；（2）火纹及其变形；（3）八角星纹及其变形；（4）旋纹及其变形；（5）斗形纹；（6）"并封"图像。① 王先胜认为这六种图形符号的意蕴，自新石器时代开始形成，一直延续到夏商周和秦汉时代，基本没有中断。这对于认识包括汉字在内的华夏传统符号编码，带来有益的启迪。这显然是对文化大传统研究做出的重要拓展，有助于从符号编码系统和规则方面，重建大传统时代的文化文本。

贺刚的著作重点解释湘西史前文化早期的代表——高庙遗址的高庙文化，主要根据一种特制的白陶礼器上的符号图像，解读距今 7000 年以上的一整套神话祭祀的世界观。其中包括太阳历、天圆地方宇宙观、天神谱系和天梯祭典、数理法则和艺术构图模式法则（包括二方连续法、带状层叠法、对称等分法、对半拆分法、二元复合法）（图 3）。② 贺刚认为，根据考古新发现的高庙文化的神话图像系统及其对这一系统的辨识和解读，足以颠覆以往的中原中心的华夏文明起源观，让人们看到在南方地区发源的太阳崇拜及其神话、龙和凤的神话、天山与天梯的神话等，是如何先以图像

① 王先胜：《中国远古纹饰初读》，学苑出版社，2015，第 84 页。
② 贺刚：《湘西史前遗存与中国古史传说》，岳麓书社，2013，第 305 页图 103、第 357~368 页。

原型的形式出现在 7000 年前的沅水流域，然后向四面传播，最终进入华夏文明主流的。不过，该书观点的弱项是，把高庙文化的神话图像系统一定要解说为伏羲和炎帝部落文化在南方发源的证据①，说服力不足，有画蛇添足之嫌。

三 总结与讨论

造成这种用推测替代证明的情况，在当今学界常有表现。这牵涉非文字材料与文字材料的互动关系问题。一般而言，受制于文献材料带来的先入之见，学者们往往会将史前的图像研究引向已有的文献记载的某个传说人物，好像只有这样才算达到研究的目标。如笔者在《比较神话学在中国》一书中所指出的："从目前的学术发表情况看，类似这种牵合文献记载与考古发现的'神话考古'研究，有愈演愈烈的趋势。如用灵宝仰韶文化遗迹印证黄帝神话的产生地望；用良渚文化来证明共工神话的历史真实；用石家河文化来求证三苗集团的史前活动等，不一而足。即便笔者有时也会不自觉地进入这种学术思维的惯性窠臼。请分别参看韩建业、杨新改《五帝时代》（学苑出版社，2006 年）、苏湲《黄帝时代》（清华大学出版社，2007年）。扎拉嘎《四千年前失落的历史》（社会科学文献出版社，2009 年）。以上著述都提出了难以求证的用'考古'牵合'古史'的命题，仅供批判参考，不做推荐。"② 这样一种用无文字的考古实物，去竭力印证文献中的古代帝王传说，其初衷都是希望能够获得对号入座一般的吻合效果。这仍然是科学历史观支配下的希绪弗斯式学术努力。殊不知，其效果往往是适得其反的。其基本原理在于，神话历史，本来就无须考证为"历史科学"。否则的话，就没有神话历史存在的余地了。

面对神话图像呈现的无文字时代或无文字族群社会的神话历史景观，最好的关照方式就是聚焦图像本身，而不是急于将其纳入文字小传统的窠臼之中。正像 2004 年考古工作者在中原偃师二里头遗址发掘出的"绿松石龙"（图 4），其图像奇特而罕有其匹，是否急于命名为"龙"，也还是值得

---

① 贺刚：《湘西史前遗存与中国古史传说》，岳麓书社，2013，第 561 页。
② 叶舒宪等：《比较神话学在中国》，社会科学文献出版社，2016，第 342 页。

商榷讨论的。

图 3 高庙遗址白陶罐上的飞龙、天梯与祭仪图

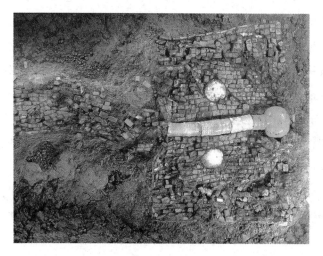

图 4 河南偃师二里头遗址出土绿松石"龙"形象（局部）①

（原文刊登于《民族艺术》2017 年第 1 期）

---

① 叶舒宪:《图说中华文明发生史》，南方日报出版社，2015，第191页。

民俗生命的循环：神话与神话主义的互动

杨利慧 北京师范大学文学院民间文学研究所教授

随着社会的迅猛发展，20 世纪后半叶以来，民俗学家们注意到"民俗"以两种不同的形态存在于人们的日常生活中：一种是民俗依然生存于原有社区，在其中被创造和传承，是社区生活的有机组成部分；另一种是民俗被从其原本生存的社区日常生活中剥离出来，作为商品、文化象征或者其他资源，被移植到了新的语境中，并被赋予了新的功能和意义。后一种形态在世界各地日益流行，民俗学家们分别将其冠以伪民俗（fakelore）、民俗主义（folklorism）、民俗化（folklorization）、"类民俗"① （the folkloresque）等不同称谓，以标示其与原有"民俗"的区别。为避免用语的累赘，本文暂且将后一种形态统称为"新形态的民俗"。

对于新形态的民俗，民俗学者的态度颇有分歧。其中长期占据主导地位的是批评性的、负面的态度，而部分学者则表现出宽容、理解和积极进取的态度。

比如，芬兰民俗学者劳里·杭柯把民俗的生命史分为两次生命②，他批评学者长期以来更为关注民俗的第一次生命，而对其第二次生命相对忽视的做法，并提出了"民俗过程"（folklore process）的概念，倡导将民俗的整体生命过程纳入我们的研究范畴之中。

---

① Michael Dylan Foster and Jeffrey A. Tolbert（eds.），*The Folkloresque*：*Reframing Folklore in a Popular Culture World*，Logan：Utah State University Press，2016，p. 5.

② 〔芬〕劳里·杭柯：《民俗过程中的文化身份和研究伦理》，户晓辉译，《民间文化论坛》2005 年第 4 期。

但是，虽然两方态度迥异，却似乎都试图将"民俗"与"新形态的民俗"截然区分开来，均强调二者之间的差异，却对它们的内在关联关注不够；而所谓"第一"和"第二"生命阶段的划分，也多少有些简单和僵化，并有直线进化论的明显印记。

笔者在近 3 年的论文中，曾借鉴杭柯的观点，将神话主义的性质归结为神话的第二次生命，但同时，我也发现其中的不足并力图修正。首先对"神话主义"完善，最新的界定是"指二十世纪后半叶以来，由于现代文化产业和电子媒介技术的广泛影响而产生的对神话的挪用和重新建构——神话被从其原本生存的社区日常生活的语境移入新的语境中，为不同的观众而展现，并被赋予了新的功能和意义"①。其次，笔者主张民俗的生命阶段不应该是直线进化，而应该是循环的，不同的生命阶段彼此交流、互动。但是限于不同的论述内容，此前的文章我并未充分运用民族志案例来阐明这一点。

这一不足正是本文的出发点。

一　导游词：以社区神话传统为基础

河北省涉县是女娲信仰最为盛行的地区之一，全县约有近 20 座女娲庙，其中建于中皇山山腰处的娲皇宫是历史记载最为悠久、建筑规模最为宏大的一座。每年农历三月初一到十八是娲皇宫庙会，方圆数百里的香客纷纷前来进香。2006 年，中国民间文艺家协会授予涉县"中国女娲文化之乡"的称号，同年，这里的"女娲祭典"也被国务院公布为首批"国家级非物质文化遗产"。

笔者对涉县娲皇宫的女娲神话和信仰的关注始于 1993 年，此后，娲皇宫成为我追踪考察女娲神话及其当代传承的最为重要的场所之一。2006 年和 2008 年，我先后来此调查时，注意到了一个新现象：导游对当地女娲文化的传播具有不小的影响。2013 年，我着力考察了导游们的神话讲述。2015 年 8 月，我对娲皇宫的导游及其神话讲述活动开展了集中调查，也和

---

① 杨利慧等：《当代中国的神话主义——以遗产旅游和电子媒介的考察为中心》（未刊稿），国家社科基金结项成果，2017 年 7 月，第 6 页。

售货员、卖凉粉的老大妈聊天，聆听她们讲述女娲神话，还对游客进行了问卷调查和随机访谈。2016 年 4 月，笔者又赴娲皇宫进行了 3 天的短期调查。本文的撰写便立足于这些调查成果之上。

在数次调查中最让我感兴趣的便是导游词和神话的关系。导游词的底本一般由地方文化专家撰写，多年来，娲皇宫景区的导游词底本一直是由王艳茹撰写的。她的资料来源主要有三种：第一是当地的口头传统；第二是相关的古文献记录；第三是专家学者的著述。①

那么，娲皇宫导游词是如何汲取当地的神话传统的？二者又是如何融合在一起的呢？王艳茹详细介绍了 2002 年左右自己开始搜集资料并撰写导游词的经过：

> 王艳茹（以下简称"王"）：2002 年，我们开始整理导游词。我印象特别深，因为当时就我们家有台电脑而且上着网，我可以搜到一些信息，但是很少，太少了！……咱们这儿书店里的书也有限，所以我们当时就是去索堡，到老百姓那里去采访，去采访水旺大爷。听水旺大爷讲，听老百姓讲，就是以神话为主，就是怎么炼石补天的，取来了什么五色石，还提到紫霞和碧霞……
>
> 杨利慧（以下简称"杨"）：那你们导游词里主要的神话传说是来自于书上？还是说跟老百姓的口头的这些说法结合在一块儿了？
>
> 王：老百姓说的挺多的。其实这么说吧，就像那个补天的故事，我们把书上的跟老百姓说的结合了一下，因为这样故事叙事得更完整。
>
> 杨：那么，当地老百姓经常怎么讲补天的神话呢？天塌了然后……
>
> 王：就是天塌了，洪水啊，猛兽啊，一起出来。像官方的那种说法哈，就比较文绉绉的，当地老百姓一说起来，就跟个战争场景一样！……老百姓说得很生动，描述这个故事的细节非常生动。故事的经过是这样的，但是我们可能会更注重完整性，比如天为什么塌了？

---

① 关于导游词底本的更多学术分析，可参见杨利慧《遗产旅游语境中的神话主义——以导游词底本与导游的叙事表演为中心》，《民俗研究》2014 年第 1 期。

我们增加上共工和颛项打仗……①

可见，由于当时能够查阅到的网络和书本信息有限，在该地进行大规模旅游产业开发之初，在将女娲补天神话写入导游词的过程中，制作者主动来到距离娲皇宫较近的索堡镇采访当地百姓，而且认为民间的讲述特别生动，甚至比"官方的说法"更为优越，因为它不文绉绉的。尽管在后期的加工整理过程中，为了追求叙事的完整性，制作方对采集来的文本进行了一定的加工，但是，故事的主体基本沿用了民间原有的说法。

那么，导游词的制作方又是如何加工另一个女娲伏羲造人神话的呢？请看同样是对王艳茹的访谈节选：

> 老百姓讲的，就不注重（这个）细节，或者是断片儿，就是中间断了。我们就把这些支离破碎的东西接起来，没有往里边儿强加什么东西。这跟那个补天就不一样了，补天我们可能要说个首，说个尾。这个故事他们会说：伏羲和女娲呢，他们是人首蛇身的兄妹两个。但是我们在这个前面儿还说，"在什么什么中记载，女娲和伏羲是人首蛇身的兄妹两个，他们的母亲是上古时期的一个女神叫华胥氏"。这段儿是我们加的。
>
> ……接下来就讲"当时只有他们兄妹两个人，女娲怎么怎么抟土造人了"，然后就开始了。
>
> ……然后还有一部分是加进去的，就是老百姓认为女娲是生活在天上的，就是说"先有神仙后有人"，女娲创的人。
>
> ……所有的故事之后就开始接了：女娲照着清漳河边自己的影子开始捏泥人……这些东西都是根据老百姓的叙述以及书上所说的，凝练了语言之后，弄出来的。

可见，对于女娲伏羲造人神话，制作方采取的挪用和改编策略也大体

---

① 被访谈人：王艳茹；访谈人：杨利慧；访谈时间：2015 年 8 月 11 日；访谈地点：娲皇宫景区导游管理处。

一致：也是"把这些支离破碎的东西接起来，没有往里边儿强加什么东西"，基本的叙事情节（洪水、兄妹婚、抟土作人）仍是以当地民间口承神话为主体，"都是根据老百姓的叙述以及书上所说的，凝练了语言之后，弄出来的"，只在局部加以适当增改。

娲皇宫景区导游词对女娲补天和造人神话的重述，鲜明地体现了神话主义生产的特点：以建立并促进旅游产业的发展为动机，对神话进行挪用和重新建构，神话被从其原本生存的社区日常生活的语境移入遗产旅游的语境中，作为被展示的客体和被销售的商品，为通常来自社区外部的游客而展现。但是，从上面的访谈资料可以发现，神话主义的生产过程及其结果，并未与原有的神话传统相脱离，而是直接来源于社区内部百姓口述的神话，并以此作为改编的基础和主体。

由此可见，尽管旅游产业中不断制造神话主义现象，但是，神话主义并非是异质性的、与神话传统格格不入的，而是往往来源于社区内部的神话传统，甚至以之为根基，二者存在密切的关联，无法截然区分开来。

二　导游与游客的互动

神话主义的生产和传播离不开其实践主体。对景区导游以及游客之间互动关系的考察，对我们深入认识神话与神话主义之间的循环模式至关重要。所谓"第一"和"第二"生命的直线进化观，正是在这里显出了简单和僵化。

笔者在田野调查中发现，实际上导游的工作过程往往并不是一方单纯地讲、一方被动地听，而是导游与游客彼此互动。在此过程中，一方面，民间口承的神话及其各种异文会进一步传递给导游；另一方面，被旅游产业挪用和加工过的神话主义，也会重新传播给游客，从而回流进入社区，并且存在向更广大的范围流播的潜力。

先说第一个方面。导游在工作过程中，会接触到天南海北来的游客，这些游客也可能把自己了解的神话讲给导游听；导游往往会将从游客那里听来的神话故事加入导游词，再转述给其他的游客听。比如导游小郝说：

杨：像关于女娲的这些信仰啊、神话啊，别的游客讲给你听的，你会把它用在自己的工作里面吗？

郝：会呀，就像前两天。我一直讲的是捏泥人的故事，捏完以后甩泥点嘛。前两天在讲的过程中，有个游客告诉我——那个游客比较胖，跟我开玩笑说了（这么）一个："导游啊，在甩的过程当中我是甩出来的那个比较大的泥点儿。"（杨笑）所以，有时候我讲到区分人的过程当中，我也会讲到这个：人长得矮了就是小泥点儿。

杨：哦，也会把这个用起来。

郝：其实，在给游客讲的过程当中，游客的想法是不一样的，他会告诉你，然后我会把这个加到自己的讲解过程中去。[①]

可见，尽管有写定的导游词底本做基础，但是导游的知识来源依然是开放而非僵化的，她们会在工作中积极汲取其他游客传播或改编的神话，并及时将其中有趣和"应景"的部分，重新回馈、传播到更广大范围的游客中去。

再说另一个方面。旅游产业制造的神话主义会导致神话传播的终结以及神话的腐化吗？笔者的田野研究表明：其实并不一定，因为此间往往存在着动态的循环往复过程——导游通过讲解，会将神话主义（以社区内部的神话传统为基础和主体）传播给游客，而游客听完导游的讲述以后，也可能把它再讲给其他人听，从而促成了神话从社区到旅游产业、再从旅游产业回流进社区（包括原来的社区以及更广大范围的社区）的循环。这一流动过程在笔者对娲皇宫景区的田野研究中得到了诸多印证，比如2016年4月23日笔者偶遇的一次导游与游客的互动事件，便鲜明地证实了这一点。[②]

当天上午，资深导游冯蔚芳一路上陆续为我们讲述了伏羲女娲兄妹婚、女娲造人、补天等神话。下面是她讲述的造人神话的一部分：

---

① 被访谈人：小郝；访谈人：杨利慧、安德明；访谈时间：2015年8月7日；谈谈地点：娲皇宫景区导游管理处。

② 限于篇幅，后文呈现的访谈内容有所删减。

还有更有意思的说法，说女娲刚开始捏泥人，捏出来泥人都是放在太阳底下晒干嘛。但是遇上连阴天了，没有办法晒干。她就拿到山洞里边儿，烤起火，让火去熏它。刚开始掌握不住火候儿呀，火候儿大了，烤出来都成黑的啦！所以黑种人是这么来的。

那赶紧把火候调小一些吧。（结果）火候儿又太小了，力度又不够，所以就是白人。嘿，像我们这黄种人，就是火候儿正好的，所以我们说黄种人是最漂亮的人种，哈哈。

小冯的讲述十分生动亲切，毫无生搬硬套导游词的感觉，手势也大方自然。当天山上的游客并不多，所以我很快便注意到，她的讲述吸引了一名小学生，他的父母和弟弟也在场，他一直在旁边跟着我们很专心地听，当小冯讲到黑种人、白种人和黄种人的由来时，他也随着我们一起笑起来。随后他一直跟着我们上山，我也借机对他进行了访谈。

杨：（你知道）女娲造人和补天是怎么讲的？你是从你的小学课本上学来的，是吧？

小学生：我们没有讲过补天，我们讲的是造人。

杨：那里头是怎么讲的，你还记得吗？

小学生：嗯……我记得不太清了，就记得后面。

杨：那后面是怎么讲的呢？

小学生：就是说在河边拿水（泥）造泥人，就跟你（指小冯）讲的一样。

杨：姐姐讲的怎么去烧这个（泥人），你没有听过，是吧？

小学生：没有听过。

杨：能记得刚才姐姐讲的是什么吗？

小学生：讲的是她（女娲）捏好了泥人，在阳光下晒干，然后有一天阴天，（她）就搬到山洞里用火烧，将泥人烧干，就是想把它烧干，结果火太小了，烧不干。然后就把火弄大，将它（泥人）扔进去，将它烫黑了。

冯、杨以及研究生等：（哈哈大笑）

杨：那黑了以后就怎么样呢？

小学生：就变成黑人儿了。（在场的听众又大笑）

杨：那其他的人儿呢？

小学生：其他的人儿是白的。

杨：哈哈，你看他的记性真的是很好（小学生的妈妈也微笑着，带着小儿子在旁边听着采访）……你回家讲给弟弟听吗？

小学生的弟弟：哥哥说的我都记到脑子里了。

在上述事件中，导游讲述的女娲烧制泥人以及不同人种起源的神话，成功传递给了游客——小学生。他不仅记住了该神话的类型以及主要的细节（捏泥人、晾晒、烧制、调整火候的大小、不同人种的起源等），而且还能用自己的语言重新讲述，虽然带着稚嫩的表述印记，但该神话显然成了他表达自己并与他人进行交流的资源。不仅如此，他讲述的神话还成功地传递给了他的弟弟（"哥哥说的我都记到脑子里了"）。总之，这一个案例充分而生动地证明，神话主义并不一定意味着神话传承链条的中断及其生命发展阶段的终结，相反，它会经由导游的讲述而传播给游客，并可能再经游客的重述而回流进入社区。

这一结论在笔者对娲皇宫景区游客的问卷调查中也得到了证实。2015年8月，笔者在景区内共收回有效问卷15份。从结果来看，所有游客都承认导游的讲解有助于自己更完整、深入地了解女娲神话；大多数（12人）游客表示，以后只要有合适的机会，他们会把从导游这里了解到的女娲神话讲述给其他人。

三 讨论与结论：循环的民俗生命观

笔者所说的神话主义既指涉现象，也是一种理论视角——该概念含有这样的意涵和追求：自觉地将神话的挪用和重构现象视为整体神话世界的一部分；看到相关现象与原有神话传统的关联性，而不以异质性为由，对之加以排斥。① 然而，也有不少学者认为，神话主义对于神话的"本真性"和"原生态"是一种冲击，将不可避免地导致神话传统的腐化和式微。

在笔者看来，这类消极观念显露出一种本质主义的民俗观。所谓"本质主义"的民俗观，按照王杰文简明扼要的概括，"就是想当然地、固执地认为存在着某个'本真的'传统，并把考证、界定与维护这种'传统'作为民俗学的学术任务"②。对于"本真性""原生态"的民俗的追寻和维护以及对于各种新形态的民俗的批判，正是这一观念的鲜明体现。

本文通过娲皇宫景区的田野研究个案，细致考察了神话与神话主义之间的互动关系，经由导游的讲述而传播给游客的神话主义，会成为游客表达自己、与他人进行交流的资源，神话主义在此环节中回流进入社区，重新成为鲜活的再创造的文化资源。

通过这一个案，笔者尝试提出一种"循环的民俗生命观"，这一观念主张：民俗与"新形态的民俗"、神话与神话主义之间，存在内在的关联，无法截然分开和对立；民俗的生命发展阶段并非简单的直线进化，而是相互影响、彼此互动，呈现一种循环往复、生生不息的状态。

"循环的民俗生命观"恰好对上述本质主义的民俗观提出了挑战。本质主义者通过强调差异性，尽管也道出了一部分事实，但是却因忽略联系性而掩盖了另一部分事实，学界应当将二者同等地放置于完整的民俗生命过程中加以考察，而不应以异质性为由，将后者排斥在严肃的学术研究领域之外。

其实，对于民俗与新形态民俗之间的关联，已有学者论及。早在 1984 年，美国民俗学家琳达·戴格即提到了民俗的循环（the circulation of folklore）过程，她认为这一循环过程有三个方面：一是民俗的研究；二是民俗的应用；三是民俗作为娱乐资源回归民众，并重新受到保护和重建，其间

---

① 杨利慧等：《当代中国的神话主义——以遗产旅游和电子媒介的考察为中心》（未刊稿），国家社科基金结项成果，2017 年 7 月，第 6 页。
② 王杰文：《"朝向当下"意味着什么？——简评"神话主义"的学术史价值》，《民间文化论坛》2017 年第 5 期。

存在学者、使用者、外行、创造者、小贩和消费者等的共生关系。① 近两年，"类民俗"的提出者美国民俗学者福斯特也指出，尽管民俗与"类民俗"存在区别，但是二者的生产过程彼此密切相关，今天的类民俗可能成为明天的民俗，而明天的民俗又可能成为后天创造类民俗的资源，他由此提出了"类民俗之圈"（the folkloresque circle）的概念。②

本文即是对上述观点的呼应和支持，并从中国神话主义研究的特殊视角出发，进一步明确主张树立一种"循环的民俗生命观"。这一生命观有助于进一步破除学界和社会长期以来固守的本质主义以及直线进化论的民俗生命观，从而以更开放的态度来对待新形态的民俗，并从中更深刻地洞见民俗的生命力。

（原文刊登于《民俗研究》2017 年第 6 期，

本文集收录的是删节版）

---

① Linda Dégh, "Uses of Folklore as Expressions of Identity by Hungarians in the Old and New Country", *Journal of Folklore Research*, 2/3（21），1984, pp. 187 – 200.

② Michael Dylan Foster and Jeffrey A. Tolbert（eds.），*The Folkloresque: Reframing Folklore in a Popular Culture World*, Logan: Utah State University Press, 2016, pp. 41 – 59.

中国"姓""种""精""魂"话语体系与族源神话

刘亚虎　中国社会科学院民族文学研究所研究员

公元 18 世纪，一位名叫约翰·朗格的英国商人在北美东部大湖区域的印第安奥吉布瓦人的阿刚昆部落发现一种奇怪的现象，这种现象就是"图腾崇拜"。图腾（totem）一词来源于阿刚昆部落语，原义是"他是我的一个亲戚"。这位英国商人在随后写的《一个印第安译员兼商人的航海与旅行》一书中对当地"图腾崇拜"作了比较具体的介绍。作者写道：

> 他们每个人都有自己的 totem（图腾），即自己所钟爱的精灵，他们相信这精灵守护着自己。他们设想图腾采取了这种或那种兽类的形态……

作者进一步认为："这种'图腾崇拜'，不论多么奇怪，它并不限于野蛮人才有。我们可以从历史上引用许许多多的例证，在那些高于粗野的或无文化者的人们头脑中，这一类印象也是何等的强烈。"①

根据英国学者埃里克·J. 夏普著《比较宗教学史》描述，约翰·朗格的《一个印第安译员兼商人的航海与旅行》是西方最早向世人披露印第安人"图腾"现象的著作，作者并认为此类现象"不限于野蛮人才有"，那么，中国古籍是否有相似现象的记载有与"图腾"相似的称呼，古人对此类现象作何解释，这些解释体现了中华传统文化的哪些特质，等等，都值

---

① 转引自〔英〕埃里克·J. 夏普《比较宗教学史》，吕大吉、何光沪、徐大建译，上海人民出版社，1988，第 96 页。

得作一番研究。

　　笔者承担的国家社科基金一般项目"籍载与口传南方民族四大族源神话研究",对这些问题的探讨有了一个切入点。本文试图由此出发,由点及面作一番尝试。

一　中国古籍相关记载中与"图腾"相似的称呼

　　籍载与口传南方民族四大族源神话,包括《世本》《风俗通义》《华阳国志》《后汉书》等古籍记载的竹王、九隆、盘瓠、廪君等神话。按照可查的古籍首载年代排列,廪君神话可能首载最早,刊于战国末期的《世本》,约为公元前 4 世纪;竹王神话首载最晚,刊于东晋常璩(291 ~ 361)《华阳国志·南中志》,约为公元 4 世纪。单从首载年代来看,南方民族四大族源神话史料价值当不言而喻,完全可以在此基础上建构起一套与"图腾说"相映照的阐述体系。

　　四大族源神话的核心内容,都与动植物有关。竹王神话叙述"水中大竹得男儿",九隆神话叙述"妇人触龙化之木而生子",盘瓠神话叙述"物盛瓠中覆之以盘,俄顷化为犬",这些主角以后均成为相关氏族的男性始祖;而另一氏族的男性始祖廪君"死,精魂化而为白虎"。

　　相关的动植物,北美印第安人奉之为"图腾",即引之为氏族的"亲戚",以之为氏族的"标记"。中国古籍的关于南方民族四大族源神话的记载中,也可以找出与之相似的称呼,即《华阳国志·南中志》所载竹王因孕于竹,生于竹,故"氏以竹为姓"。此"姓",与印第安人以"图腾"为标记相似。

　　对于"姓",在其他古籍里有更多的表述。东汉王充(27 – 约97)《论衡》举有"姓"与所触动植物关系几个例子。其书"奇怪"篇载:

　　　　禹母吞薏苡而生禹,故夏姓曰姒;契母吞燕子而生契,故殷姓曰子;后稷母履大人迹而生后稷,故周姓曰姬。

　　即夏、商、周三代男性始祖中,夏后氏祖先禹因其母吞薏苡而生,故夏姓姒；商人祖先契因其母简狄吞燕子（燕卵）而生，故商姓子；周人祖先弃因其母姜嫄践踏大人足迹怀孕而生，故周姓姬。此当更具体展现某些特殊的场合"姓"的含义。

另，南朝宋范晔（398－445）《后汉书·南蛮西南夷列传》收录九隆神话并言，其"种人皆刻画其身，象龙文，衣皆著尾"。这里，出现了与动植物祖先相关的族群的另一个用语：种。具体的种名，如以祖先冠当称"九隆种"，如以动植物冠则称"龙种"。其后，唐代杜佑（735～812）《通典》叙述盘瓠、廪君事时，直接称呼其后裔族群为"盘瓠种""廪君种"。此类称呼渐成习惯。

其实，此用语在此前的古籍中已经较多运用。东汉许慎（约58～约147）《说文解字》载：

> 羌，西戎，羊种也。
>
> 蛮，南蛮，蛇种。
>
> 闽，东南越，蛇种。
>
> 狄，北狄也，本犬种。

这样，冠动植物或与动植物相关的祖先于前，"种"形成与"图腾"归类功能相似的另一用语。

二 "姓""种"说视野下与动植物相关的祖先的诞生

因为"图腾"一词来源于北美奥吉布瓦人的阿刚昆部落，约翰·朗格以后，又有其他人陆续来此地考察。据朱群《图腾探析》① 一文介绍：

> 及至十九世纪初，住在加拿大的法国传教士撒维拉特报道了奥吉布瓦人以本地域的动物来命名自己氏族的事实，并解释说，这是每一个氏族所保存的对其发祥地的一种动物的人记忆，这种动物是被他们

———————

① 朱群：《图腾探析》，《西南民族学院学报》（哲学社会科学版）1986 年第 1 期。

看作最漂亮、最友好、可供他们经常猎取的对象,也可能是最普遍或是最可怕的对象。

这里,法国人描述了某种动物之所以成为图腾或自己氏族名称的一些原因,即"最漂亮""最友好""可供经常猎取",也可能"最普遍""最可怕",至此图腾原型的形象已逐渐清晰。作者继续写道:

> 此后,一个原是奥吉布瓦人酋长的传教士琼斯写出了关于图腾的第一份报告,报告中说:伟大的神将图腾赐予了他的氏族,因此,他的氏族的每一成员将永远牢记彼此间的亲戚关系。以上这几个人最先发现了图腾的存在,并根据自己的经验和理解作出了对图腾的解释。

这里,一位前奥吉布瓦人酋长揭示了一个重要的事实,即图腾之所以神圣,并不仅仅在于动物本身,而是跟神的赐予有重要的关系。哪一种神?如何赐予?引发人们想象。

在中国古籍里,相关情景有一套比较完整的阐述。首先从"姓"意蕴的内涵与外延开始。

中国古籍对"姓"的名词阐释,见于许慎《说文解字》。其书卷十二"女部"载:

> 姓,人所生也。古之神圣母感天而生子,故称天子。从女从生,生亦声。

此处,将"姓"与"人所生"联系起来,同时揭示出一个现象,即在古人眼里,有一类人是因"感"某物而"生"的;可是,这里所"感"对象没有带上动植物。但前述稍前的王充《论衡》所举的"姓"的例子中,禹母生禹、契母生契都与"感"某种植物或动物有关。

稍后王符(85~163)《潜夫论》列举更多的例子时,则涉及一些自然现象与生物,并使用了"神明感生"一词。其书《五德志》载:

自古在昔，天地开辟。三皇迭制，各树号谥，以纪其世。天命五
代，正朔三复。神明感生，爰兴有国……大人迹出雷泽，华胥履之生
伏羲……有神龙首出常羊，感任姒，生赤帝魁隗……大电绕枢照野，
感符宝，生黄帝轩辕……

综上可以进一步阐释，某族群以某天物、某生物为"姓"，或被称为与
此物相连的某"种"，与此族群始祖出生前其母以某种形式触此物相关，途
径是"神明感生"。

三　中华传统文化对"感生"的深层阐释

然而，在中国古人眼里，"神圣母"由上述种种形式感应，所感为何物
而使其能怀能生，还得作一番追溯。首先从古籍关于宇宙形成的叙述中领
会，相关叙述最著名的是《老子》四十二章一段话：

道生一，一生二，二生三，三生万物。万物负阴而抱阳，冲气以
为和。

这一段话，因后两句涉及"阴""阳""气"，故主干部分一般的解释
是：道孕育混沌未分之气，混沌之气内含阴阳二气，阴阳二气运动形成天
地，阴阳二气相合生出第三者和气，和气产生万物。于是，由神秘的道出
发，经过一系列演化链，产生了万物。

然而，道为何物，含何质，为何具有如此巨大的能量？还是回到《老
子》里。其书二十一章写道：

道之为物，惟恍惟惚。惚兮恍兮，其中有象。恍兮惚兮，其中有
物。窈兮冥兮，其中有精，其精甚真，其中有信。自今及古，其名不
去，以阅众甫。

这里，"道之为物"有了比较清晰的描述。它似有若无，恍恍惚惚，但

其中却有形象，却有实物。尤其是，它虽然深远幽昧，其中却有"精"，这"精"是真实可信的。自今及古，其名不去，用它可以观察到万物的起始。

唐代孔颖达疏《易·繫辞上》"精气为物"时，把"精"或"精气"与"灵"结合起来，称"精灵之气"，并把"精灵之气"与阴阳运动放在一起描述万物萌生的具体过程：

> 阴阳精灵之气，氤氲积聚而为万物也。

这样，"精"或"精气"的"灵"的质性得到体现，这种质性与阴阳运动结合起来，"氤氲积聚而为万物"。

由此，在古人眼里，人之甫生亦与天上"精气"及地气相关，此说起于《管子》，其书《内业》篇曰：

> 凡人之生也，天出其精，地出其形，合此以为人。和乃生，不和不生。

而圣者之为圣，根亦在禀天之"精微之气"，王充《论衡·奇怪》篇质疑前述"禹母吞薏苡"几个例子后亦云：

> 说圣者，以为禀天精微之气，故其为有殊绝之知。

另，其书《纪妖》篇又载：

> 魂者，精气也。

依此，某些时候"精气"或"精"似乎还可以置换为"魂"。

综合起来，上古圣王生母所感，当为"大人迹""神龙""燕卵"等所带的"精微之气"，或"精灵之气"，或"精气"，或"魂"。

四 植物动物：载体？主体？

带"精气"或"魂"的植物或动物，究竟仅仅是作为"精气"或"魂"的"载体"，还是亦为发送"精气"或"魂"的"主体"？正如公元19世纪英国人类学家爱德华·伯内特·泰勒（Edward Burnett Tylor，1832 – 1917）在谈到动物崇拜时曾经发问："动物是作为神的灵魂或另外某种神的寓所或化身而成为崇拜的对象呢，抑或它本身就是神呢？"① 这两种情况同样困惑着我们对作为古代族群"姓"或"种"的植物或动物的判断。可能具体问题需具体分析，或者说可能有一个历史发展的过程。

首先，可以从前述殷商先祖诞生的神话窥其一二。《诗经·商颂·玄鸟》云：

> 天命玄鸟，降而生商，宅殷土茫茫。

从"禀精气"说出发，在这段叙述里，发送"精气"的主体当为"命玄鸟"的天，载体当为奉命"降而生商"的玄鸟，从相关其他神话可知精气载于玄鸟之卵中，感生的方式是吞卵。

《诗经》收集的是从西周初到春秋中期的诗歌，更早的时候情景如何呢？殷商高祖为夋，甲骨文卜辞里就出现了"贞于高祖夋""求禾于夋"等记载。而在甲骨文中，"夋"字形状为鸟头兽身，可能反映了夋的早期形象。那么，更早的时候，发送"精气"的主体不一定就是天，也有可能是某类"鸟头兽身"或"鸟头"的精或灵。

其次，再回到东汉王符《潜夫论》里。作者回溯了上古圣王"神明感生"的故事，谈到了"有神龙首出常羊，感任姒，生赤帝魁隗"，以及"大电绕枢照野，感符宝，生黄帝轩辕……其相龙颜"等。由此，除了天，一类可能介于天与兽之间的精或灵——龙成为"神明感生"的主动方；或者从"禀精气"说出发，成为发送"精气"的主体。

---

① 〔英〕爱德华·泰勒：《原始文化》，连树声译，上海文艺出版社，1992，第674页。

　　龙的原型当与动物的灵性化和自然现象的形象化有关,与古人心目中,有灵性的动物与云、电、雷、雨相关联。迄今发现的中国最早的系统文字——殷墟甲骨文关于龙的记载,大都和雨相关联,或许可以设想,龙形象出现的最初动因之一是古人为了雨的需要,受神秘的与水相关的动物以及和雨相关联的雷、电、云等天象的启发,模糊地猜测应该有那么一个具有无比威力的"神物"主宰、操纵着这一切。由此,中华传统文化最典型的与动物相关的精或灵之一——龙在人们的幻想里诞生,并由于它的"神明感生"即发送"精气"作用而诞生延绵相传的"龙种"。

　　然而,作为"神物"的龙,早期形象似乎没有那么威严。陕西西安半坡村新石器时代遗址彩陶瓶绘龙、河南安阳小屯村殷墟妇好墓玉龙以及其他商代古器龙纹等,都似水泽鱼虫之类。而内蒙古翁牛特旗新石器时代遗址龙形瓶,却是兽头、虫身。早期汉文典籍所记载的龙,有像蛇的,如王充《论衡·讲瑞》所云:"龙或时似蛇,蛇或时似龙";有像马的,如《周礼·夏官·司马下》称:"马八尺以上为龙"。由此带来的关于龙的原型的争论甚多,但这一点大概甚少异议:龙是在某类动物或某种自然现象的基础上抽象出来的精或灵。由此可以进一步推论,在古人心目中,早期发送"精气"或"魂"的主体,除了天,还有主宰某一领域的某类生物的精或灵。

　　某类生物的精或灵的观念,当萌生于原始采集狩猎时代。在那个时代,人们依靠采集野生植物和猎取野生动物求得生存,但采集和狩猎的收获都是不稳定和没有把握的。例如,野果不是通年都有,有毒野果也不易分辨,野兽的行踪更是难以掌控……这就使人们产生一种幻想,把采集和狩猎的成功寄托于对象本身。这种依赖感再加上那种把自然视为有人格、有灵魂的实体的想法,使原始先民把对野果、野兽的采集、捕猎和食用等,逐渐看作是对象的善意赏赐,从而产生对植物动物的神秘观念,进而产生"植物之灵""兽灵"等崇拜对象。此处"植物之灵""兽灵",应该不仅仅是某棵具体的植物、某只具体的野兽之灵魂,而是主宰整个某种植物、某种野兽的超自然力量。

　　这一类"植物之灵""兽灵"的形象,在怒族《猎神歌》等作品里有具体的描述。直至 20 世纪 50 年代，云南怒江地区的怒族还保存着季节性的原始采集、狩猎经济的遗风以及关于"植物之灵""兽灵"的叙事。他们的《猎神歌》有多段，在猎手们整个狩猎过程中依次祭猎神时吟唱。他们捕到羚牛，认为是兽灵的恩赐，于是一人领唱众人合，颂扬兽灵，也把兽灵的形象描述了一番：

> 巡视着高山的猎神！照管着雪山的兽灵！今天你真的高高兴兴降临了，今天你真的喜喜欢欢显现了；我们相见了，我们相会了；
>
> 你的双眼长得又圆又明亮，你的辫子长得又粗又黑亮；你的虎牙长得宽大又白亮，你的双手生得结实又白胖；你的双脚长得粗大又肥壮，你的胸脯长得结实又丰满；你的身躯魁梧又高大，你的性格活泼又潇洒。①

在怒族猎人的心目中，兽灵是一种真实的存在，他们打的羚牛也似乎与兽灵相见相会。他们在想象中描绘兽灵的形象：又圆又亮的双眼，又粗又黑的辫子（犄角），又大又白的虎牙，又白又胖的双手，粗大肥壮的双脚，结实丰满的胸脯……整个一个羚牛原型的女神形象。

然而，怒族《猎神歌》仅向人们展示了怒族"主宰型植物之灵或兽灵"观念，并没有涉及相关植物、动物与氏族"种"的问题，其何以又与"种"联系起来？可能还得拓展一下视野。这里列举两则南方民族传说。

傈僳族《鸟氏族的传说》讲，古时有一对夫妇，妻子生了小孩，丈夫没有什么好食物，便上山打鸟，但一连两天没能打得一只鸟，他非常伤心。这件事感动了鸟王，从第三天开始，鸟王每天都赐鸟让他猎获。夫妻俩非常高兴，到了孩子满月的这一天，丈夫对妻子说："孩子是吃鸟肉长大的，以后就让他成鸟氏族吧！"这样，孩子就成了鸟氏族。②

湘西土家族《佘氏婆婆》讲，远古时期，一个部落遭受敌人洗劫，只剩下一个叫佘香香的姑娘躲进深山，在一只神鹰的陪伴下开山种地。一天，

---

① 〔英〕爱德华·泰勒：《原始文化》，连树声译，上海文艺出版社，1992，第 674 页。
② 《中国各民族宗教与神话大词典》，学苑出版社，1990，第 387 页。

她梦见两只小鹰闯入怀中而怀孕，生下一男一女。佘香香死后，两人按照天意成了亲，其后代尊佘香香为"佘氏婆婆"，尊鹰为"鹰氏公公"，世世代代不准打鹰。①

前一个传说的"鸟王"，即象征了一个更高层次的主宰型神灵；后一个传说表现了通过入梦感应"神鹰"所发"精"或"魂"的情景。两个传说结合起来，阐释了"植物之灵""兽灵"的功效以及何以引之为"种"之祖的缘由。应该说它们都是古代人们生活实践和思维方式的产物。

中国古籍以丰富的史料、生动的例子，描述了与动植物祖先相关的独特称呼、感生形式、深层阐释、具体叙事、信仰风俗等，形成了一整套能够自圆其说的说解体系，当引起足够的重视。近年来，国内学者对于"图腾"的引用出现了一些迷茫，产生了一些争执。例如，龙为虚幻动物，能不能作"图腾"？其实，依中国古人的思维将其列入更高层次的"精"或"魂"的话，龙为虚幻，"鸟王""树精"等又何尝不是虚幻？在争论某某对象是不是、某某族群有没有"图腾"时，在研究中遇到与动植物相关的族源或族群始祖个案时，是否也可以参照一下中国古籍这一套说解体系？

（原文刊登于《广西师范大学学报》（哲学社会科学版）2017 年
第 4 期，本文集收录的是删节版）

---

① 《佘氏婆婆》，载曹毅：《土家族民间文学》，中央民族大学出版社，1999，第 242～245 页。

神话作为方法

——再谈"神话是人的本原的存在"

吕　微　中国社会科学院文学研究所研究员

"什么是神话?"或者"神话是什么?",是神话学者从来都要面对的终极难题。在一定意义上,我们甚至可以说,判断一个神话学者的合格标准,不是看他发表了多少研究神话的论文、出版了多少神话学专著,而是听他是否始终执着地追问:"什么是神话?"或者"神话是什么?"我和杨利慧对"神话"概念的定义(对神话本质的理解)有一定差距,简要(并不简单)说来,杨利慧主要是一个神话内容优先论即神话经验论者;而我则是一个神话形式优先论或神话先验论者。杨利慧的立场接近汤普森(汤普森的内容优先论主张主要源于其编纂故事类型和神话母题的工具论需要),而我的立场则与谢林乃至康德相近。[①] 当然,这只是"简而言之"。

所谓"神话内容优先论",是说神话的判断标准,主要是神话的叙事内容。一则叙事,只要是讲述了大林太良总结的"世界、人类和文化三大起源故事",就可以被判断为"是神话"。而一则叙事的内容,是否讲述了起源故事,是必须通过经验来判断的。所谓"神话形式优先论",是说神话的

---

① "德国哲学家谢林(1775—1854)在《神话哲学》(1857年)一书中,提出了引人注目的观点:对于神话必须要从其自身去认识,而且,我们要研究的问题与其说是神话的内容,还不如说是神话被人们感受和相信的程度。"(〔日〕大林太良:《神话学入门》,林相泰等译,中国民间文艺出版社,1989,第9页。)"〔谢林指出,〕此处所考虑的现象并非神话的内容本身,而是它对于人类意识所具有的意义以及它对意识的影响力。问题并不是神话的资料内容,而是体验它的深度、信仰它的程度。"(〔德〕卡西尔:《神话思维》,黄龙保等译,中国社会科学出版社,1992,第6页。)谢林的观点起源于康德,例如:"宗教……的本质性的东西毕竟在于意向。"(〔德〕康德:《判断力批判》,李秋零译,载《康德著作全集》第5卷,中国人民大学出版社,2007,第504页。)

判断标准，主要不是神话的叙事内容而是神话的信仰形式。我在为杨利慧等著《现代口承神话的民族志研究——以四个汉族社区为个案》一书写的"序言"① 中指出"神话信仰 - 叙事是人的本原的存在"，就是我的神话形式优先论的初步表达。根据"神话形式优先论"，一则叙事，即便其讲述的内容不是起源故事，但只要实践了对道德性、超越性、神圣性对象的信仰关系（信仰形式 + 信仰对象），我们就可以基于其先验的信仰形式和同样是先验地被给予的信仰对象，判断这则叙事"是神话"。但这又有两种情况：其一，如果一则叙事的信仰形式，被认为是基于人的主观心理的功能条件，那么一则叙事是否具有信仰的功能，就仍然要通过经验来证明（经验论的神话形式优先论）。其二，如果一则叙事的信仰形式，被认为是基于人的主观间客观性的本原存在条件，那么一则叙事是否具有信仰的性质，就可以首先通过对叙事的本原性存在条件的先验演绎或现象学还原加以阐明（先验论的神话形式优先论）。

神话内容优先论者对"神话"概念的经验论定义（对神话本质的经验性理解），经常会遇到的一个困难是：一则叙事的内容，在此文化中被视为神话，而在彼文化中不被视为神话（博厄斯、列维 - 施特劳斯）；或者，一则叙事的内容，在古代文化中被视为神话，而在现代文化中不再被视为神话（马林诺夫斯基）。这样一来，根据内容判断一则叙事"被视为"或"不被视为"是神话的标准就会经常失效；于是神话家们转而诉诸叙事的信仰和非信仰之间的形式标准，以判断一则叙事是否"是神话"。正是基于信仰和非信仰形式在判断神话与非神话时所发挥的关键作用，在格林兄弟和马林诺夫斯基以后，多数神话学者才更倾向于主张基于叙事内容和信仰形式的双重神话判断标准。② 这一双重判断标准（马林诺夫斯基曾声称这是人类学对"神话"概念的"最后见解"，现在看来还不完善），是从古希腊（将信仰的神话与非信仰的哲学、历史叙事相分离）开始，经格林兄弟（将信仰的

① 杨利慧等：《现代口承神话的民族志研究——以四个汉族社区为个案》，陕西师范大学出版社，2011。
② 吕微：《"神话"概念的内容规定性和形式规定性》，《长江大学学报》（社科版）2015 年第11 期。

神话与半信仰的传说、非信仰的故事等叙事体裁相分离）的努力而逐步形成的神话学经典做法和学术传统，即"神话是什么"或者"什么是神话"这一终极难题的解决方式，并不仅仅取决于神话自身的叙事题材内容，同时也取决于神话与其他叙事体裁之间信仰和非信仰的形式论关系。

当然，这并不是否定神话内容优先论或神话经验论的神话研究的正当性。神话学者当然可以研究一则古典神话的叙事内容在现代或后现代的"神话主义"挪用中，因语境条件的改变而发生的功能形式的变化。例如有相当多的讲述起源故事的古典神话在今天已丧失了信仰心理的功能形式，尽管人们仍然习惯地称之为"神话"，但严格说来，这已经不再是神话学研究，而是可以归入故事学的研究范围。这就是说，故事学之所以是故事学，正因为故事研究区分了叙事体裁的信仰和非信仰形式，即唯当我们排除了叙事的体裁信仰形式，非信仰形式的叙事体裁即故事才能够向我们呈现。而神话研究之所以不同于故事研究，正在于神话研究将体裁信仰形式的神话从信仰–非信仰体裁形式的叙事连续体中提取出来作为对象，才形成了神话学的经典做法和学术传统。以此，作为神话学者，理应站在神话学先驱者的巨人肩膀上继续推进这一学术传统的独到之处，而不是轻易地从这一学术传统已取得的成就上后退；尽管我个人并不认为，神话学的经典做法就没有可商榷的余地了。相反，我坚持认为神话学独到的经典做法还有极大的可扩展空间，即神话学因特别关注神话的体裁信仰形式进而纯粹信仰形式，而指向了人的本原的存在方式的实践认识的可能性。

所谓"人的本原的存在方式"是说，人之作为人、人之成为人（区别于动物的）最根本的存在条件，就是人对道德性存在的信仰方式。没有道德性的存在，人无以作为人、人无以成为人；而道德性的存在，对于人来说，无疑是一种超越（动物）性的存在。这种超越性的存在，对于（遗传了动物性的）人来说，也就是一种神圣性的存在。① 人的这种道德性、超越

---

① "我们人格之中的人道对于我们自身必定是神圣的，因为它是道德法则的主体，从而是那些本身乃神圣的东西的主体，一般来说，正是出于这个缘故并且与此相契合，某些东西才能够被称为是神圣的。"（〔德〕康德：《实践理性批判》，韩水法译，商务印书馆，1999，第 144 页。）

性、神圣性存在，对于人自身来说，既是最本原的存在，也是最本真的存在。只有在对人自身最本原、最本真的道德性、超越性、神圣性存在信仰的条件下，人才能因信仰而作为人、成为人。而神话所讲述的正是人如何能够作为人、成为人的信仰形式——并非信仰心理形式（心理学的信仰形式会随着语境条件的变化而变化，经验论的神话形式优先论从而也就面临与内容优先论的经验论神话学同样的跨文化难题），而是信仰存在形式（信仰作为存在形式本身不会随着语境条件的变化而变化）的故事（"神话"形式的单纯定义）。人可以非宗教地存在，但不可能非信仰（非神话）地存在，在非信仰（非神话）的存在条件下①，人不可能作为、成为有道德的人；而能够作为、成为有信仰的人、有道德的人，是人的先验的自由（权利和能力）。

在经验性视野中，即从我们一般称之为"神话"叙事的题材内容中，我们经常读不出人之为人的道德性、超越性、神圣性；相反，我们从一般所谓"神话"叙事的题材内容中读到的，多半是超自然神灵的非道德故事（例如古希腊神话中任意甚至恶意的神祇）。但是，如若我们沿着传统的、经典的神话学（关注信仰形式）的独到思路继续走下去（突破经典神话学传统），我们就会发现，一旦使用先验论、现象学演绎、还原的方法，悬置任何叙事（注意：是"任何叙事"）的内容，那么，就只剩下叙事的纯粹交往、交流形式即信仰存在形式了（不是叙事的体裁信仰形式，而是叙事的纯粹交往、交流形式，也就是叙事的信仰存在形式，因为若没有对他者的信仰，人与人之间的交往、交流就是不可能的②），而这也就是人对自身道德性、超越性、神圣性存在的最本原、最本真的信仰存在方式。而一旦叙事的主体（人）自由地从自身的信仰存在形式中引导出道德性、超越性、神圣性的真实性（不仅仅是超验观念性甚至是超验实在性的）信仰对象，

---

① "神圣叙事乃是人类社会赖以存在的基础之一""所谓神圣叙事，是指一种社会文化赖以存在的基本叙事形式"。（陈连山：《论神圣叙事的概念》，《华中学术》第九辑，华中师范大学出版社，2014，第54、58页。）

② 户晓辉：《民间文学的自由叙事》，社会科学文献出版社，2014。

并自由地将这信仰对象补充给信仰存在形式①，作为体裁信仰形式并与其他体裁形式相互区分开来的神话叙事就产生了。

以此，所谓"神话"，讲述的就是人对人自身最本原、最本真的道德性、超越性、神圣性存在的信仰形式和信仰对象的信仰故事（形式优先的"神话"形式－内容双重定义）。也就是说，神话所讲述的其实是人（现象）与人自身（本体）的存在论关系的信仰故事（神与圣、贤都只不过是人自身应然的超越性、神圣性即道德性存在的象征，故称"道德神话"）。而这就是神话的本质。神话的本质，并不必然（而是仅仅或然）地存在于神话叙事体裁的题材内容当中，但却必然地存在于任何叙事体裁的信仰存在形式当中（任何叙事体裁都包含信仰存在形式即纯粹交往、交流形式），叙事的信仰存在形式就是人最本原、最本真也最真实的存在方式或存在条件（动物不会信仰），因而叙事的信仰存在形式本身就已经是人的道德性、超越性、神圣性在客观上的可能存在了；但是，唯当叙事的主体（人）自由地从信仰存在形式中引导出信仰对象，并自由地把这信仰对象作为叙事内容补充给叙事的信仰存在形式，作为信仰形式的叙事体裁的神话才最终从主观上现实地与其他非信仰形式的叙事体裁（传说、故事）区别开来。

叙事的信仰存在形式（道德形式）与其道德性、超越性、神圣性、真实性信仰对象（道德对象）之间的先验（纯粹）综合即人的信仰性（道德性）既构成了神话的本质，也构成了神话的判断标准。这是一个先验论、现象学形式优先论的判断标准，而不是经验论的内容优先论甚至经验论形式优先论的判断标准。据此标准，我们才得以判断不同时代、不同地域、不同民族、不同文化所讲述的不同内容的神话，哪些是本原、本真的神话（道德神话），哪些是非本原、非本真的神话（自然神话）。凡是叙事内容符合道德性、超越性、神圣性信仰形式及信仰对象的神话就是本原、本真的神话（内容和形式相互统一的神话），凡是叙事内容不符合道德性、超越性、神圣性信仰形式及信仰对象的神话就是非本原、非本真的神话（内

---

① "对质料加以限制的法则的单纯形式，同时就是将质料补充给意志但并不以其为先决条件的根据。"（〔德〕康德：《实践理性批判》，韩水法译，商务印书馆，1999，第36页。）

容和形式自相矛盾的神话）——仅仅用起源故事作为判断标准，无以给出这种先验的"事实"判断和价值判断——据此，人类在历史上创造出来的本原神话、本真神话（道德神话），大概只有《尚书·尧典》讲述尧舜禹和《圣经·创世纪》讲述上帝的少数故事了。[①] 中国现代神话学学术史上关于"中国神话历史化"假说所假设的，实际上是中国古代汉语神话从非本原、非本真的自然神话向本原的、本真的道德神话的转换，而不是什么神话消亡的历史罪证，其在中国神话史乃至世界神话史上都意义重大。

在经验性认识中，非本原、非本真的自然神话可能在时间上先于本原、本真的道德神话，但时间上的"先"并不就是神话本质的证明条件，而仅仅是本原、本真的道德神话的"史前"形态。本原、本真的道德神话尽管在时间上可能晚于自然神话，但逻辑上却必然是自然神话的前提条件（以此，神话才是任何时代、地域、民族、文化的"第一叙事"）。因为只有（自我统一的）道德神话才先验综合地实践了人与人自身存在的信仰关系，而信仰关系正是人也能够据以讲述（自我统一的）道德神话甚至（自我矛盾的）自然神话的存在论基础。进而，神话所讲述的人与人自身存在的信仰关系，也就是神话学学者能够通过神话学参与到的对人最本原、最本真的道德性、超越性、神圣性、真实性的存在方式、存在条件的重新理解，以及重新建构的当下、现实实践途径。经验论的神话学和先验论现象学的神话学都能够通过神话学（前者已接近故事学）介入人们当下、现实的日常生活，但介入的方法（神话作为方法）有所不同：杨利慧更多地从内容优先论的角度，在当下、现实的日常生活中考察古典神话的叙事内容和功能形式的变化；而我则尝试从形式优先论的角度，在日常叙事的信仰体裁

---

① 对此，杨利慧质疑："那么，作为民俗学和神话学者，我们该如何处理其他大量的、不符合这一理想标准的'神话'？"（杨利慧：《神话主义研究的追求及意义》，《民间文化论坛》2017年第5期）。对此，陈连山回应："我们把那些非神圣性质的口头材料看作神话的借用就足以应付这个问题。"（陈连山：《论神圣叙事的概念》，《华中学术》第九辑，华中师范大学出版社，2014，第59页。）"纯粹实践理性是存在的，并且出于这个意图批判理性的全部实践能力。"（〔德〕康德：《实践理性批判》，韩水法译，商务印书馆，1999，第1页）。"纯粹理性自身包含着批判全部应用的准绳。"（同上引书，第14页。）

中发现本原、本真的现代神话。① 借此，神话学者或许能够与广大民众一起，重温人自身的道德性、超越性、神圣性的真实性存在，而这正是实践神话学的根本目的。

（原文刊登于《民间文化论坛》2017 年第 5 期）

---

① "尽管很多数据显示大型宗教在丢失信徒，但衰落的是'宗教'——那些与超自然力量及其组织化表现形式相关的信仰实践，而'神圣信仰'经受住了考验，继续繁衍生息，只不过发生了一些转型，融入了当代社会环境。因此，正是那些可以归类为神圣信仰的'无形''民间''隐形'的信仰形式，在日常生活中处于增长的态势。但是，它们已经不是实体论或传统意义上的宗教表现形式了。在很大程度上，它们是对现实世俗生活的'小超脱'，包括了自我实现、自我表达和个体自由。在欧美的语境中，基督徒在表述自己的信仰状况时越来越多使用'我在实践基督教（的某个教派）'，而不是之前更多使用的'我是基督徒'。'我是'是一种身份归属，而'我在实践'则具有强烈的行动者主体意识，'选择'也成为其中应有之义。这就是宗教在日常生活中的展开以及内化神圣性的表现。神圣或神圣性并不一定只存在于宗教场所、宗教组织、宗教人士那里，而更多的是'弥散'于普通人的生活里：组织和安排生活，应对和回应生活，解释和理解生活。"（黄剑波：《人类学与中国宗教研究》，《思想战线》2017 年第 3 期。）

河南灵宝阳平"八大社"庙会与夸父神话考察[*]

高有鹏　上海交通大学人文学院教授

近年来，许多学者注意到古庙会与神话传说的关系：庙会把古老神话传说中的大神作为地方保护神，形成特定时间阶段的狂欢。以此，庙会形成地方社会民众信仰的集聚地，那些与神话传说相关的"景观"，成为独具地方特色的"神话遗址"，形成不断变化的文化叙事。每年春秋季节举办的河南省灵宝市阳平镇夸父神话庙会即如此。狂欢的主体在地方民众信仰的催动下形成两大类别，一类是传统仪式的主体，即依据规约组成的"八大社"；另一类是把夸父作为保佑地方和家庭的祖先神、守护神的普通民众，两者之间因为庙会的主办方式形成角色的转换，共同完成对夸父神话的文化叙事，使山神信仰得到维持、延续。由于地方政府的文化介入，文化景观发生变化，新的文化资本形成，文化叙事方式发生相应的变化。而人们常常忽略了一个现象，即民间社会常常通过文化叙事形成一种特殊的"合力"，消解生活中的矛盾和纠纷。

一

庙会的发生，与地方民众的信仰相关。河南省灵宝市的阳平镇，在灵宝市西南 20 公里处，管辖北阳平、阌乡、坡底、张村等数十个行政村。这里是传说中的夸父追日"道渴而死处"，有许多与夸父相关的"神话遗址"，如夸父山、夸父峪、桃林塞，特别是夸父陵、夸父茔和夸父营，以及夸父

---

*　本文系上海交通大学文理交叉项目"民族文化发展与民族精神建设的空间结构研究"（项目编号：15JCZY）的阶段性成果。

河、夸父泉、禺园、太阳沟，与铸鼎原、轩辕台、蚩尤峰相望，构成绚丽多彩的神话群。阳平，地方传说中被解释为与太阳平行、并行。值得注意的是，这里的百姓尽管并不是一个姓，却都认为自己是夸父的后裔，春、秋时节举行祭祀夸父的赛社活动，形成"八大社"等神会，其中有"骂社火"的习俗，百姓们装扮成野兽形象，用非常肮脏的话语指责地方社会中的偷鸡摸狗、懒惰、贪婪等丑恶现象，成为庙会狂欢的典型。庙会表达的是民间信仰，而民间信仰常常需要民俗生活、民间传说、民间艺术具体呈现，形成独特的文化叙事。

河南灵宝阳平庙会的主体是祭祀山神，主神是夸父，但并不是每一个村民都明确这一点。笔者在考察中发现，一些人坚持这里的山神就是神话传说中追日的夸父，而有一些村民则称山神就是山神，没有姓名。夸父的形象早在《山海经》中已经多次出现，在后世文献中成为地方景观的文化叙事。如其《中山经》中有"夸父之山"，有学者便以此作为河南灵宝市阳平镇夸父山的根据，灵宝地方学者以为《山海经》记述的"夸父之山"就是这里的夸父山。又如《大荒北经》《海外北经》中关于"夸父追日"的记述，成为当地蛇崇拜、桃崇拜的一种解释。历代学者对《山海经》见仁见智，夸父化生便成为众说纷纭的文化之谜。更多学者认同河南灵宝夸父山与夸父神话传说的联系，或者有意忽略了灵宝夸父山的起源是否与《山海经》有关。如北魏郦道元在《水经注》卷四"河水"（四）中称："河水右会槃涧水，水出湖县夸父山""河水又东，经湖县故城北""湖水出桃林塞之夸父山，广圆三百里。湖水又北经湖县东而北流入河"。唐代李泰《括地志》亦称"湖水出湖城县南三十五里夸父山"。湖水，即今阳平河。地方民众把夸父视作这里最早的祖先，称这里的杨姓、刘姓都是夸父大神的后代。至今，阳平镇涧沟村夸父营村，又叫夸父茔，是传说中的夸父陵，被民间百姓敬祀；也有人称夸父为山神爷。①

河南灵宝阳平庙会最初应该是与夸父追日联系在一起的。地方民众至

---

① 笔者走访当地村民，查看家谱，发现地方民众多为明代山西洪洞移民。其地方有达子营、鞑子营，被人改成达紫营，之前曾是达紫营人民公社。有人告诉笔者，其中包含着移民的成分，他们对夸父山的认同，既有古老相传，又受历史文献的影响。

今仍然在讲述这些传说故事。有人对笔者讲,夸父山不是一座山,而是有头,有脚,有腹部,各自化为山岭。整个夸父山就像一位巨人,横卧在阳平的大山中。夸父死后,化作这里的大山,保佑着这里的百姓风调雨顺,所以被祭祀为山神。夸父山既是地方的风景,又是民间传说讲述的话题,成为地方民众对夸父追日神话传说的记忆表达。① "神话遗址"的文化叙事在日常生活中逐步展开,并发生神话叙事的位移与变化。

二

文化叙事的主要特点在于景观的"标志性"表达,即有许多古老的神话传说融入地方山山水水,成为古庙会中文化的胜景。古庙会是文化叙事的重要环节,成为提醒人们对夸父神敬祀的一个过程,也是完成各种祭祀仪式的重要场合。

夸父神话成为河南灵宝的文化景观,自然也是庙会的文化叙事主体。在民众信仰中,夸父属于夸父山,其追日的壮举并不重要,重要的是其守护地方平安。如地方俗语称:"夸父山,夸父坡,也有腿来也有脚;夸父星星怀中落。"② 夸父山有三百多米高,如一位巨人坐在那里,怀抱中有一颗巨大的石头,传说是天上降落下来的夸父星,保护这里的百姓平平安安,不受野兽和各种灾害的伤害。有人对笔者介绍道:夸父星在地方传说中也叫金星,其土堆称作夸父冢墓,即夸父茔,夸父村来名于此。夸父茔即夸父星被地方百姓视作神圣的土,不能在上面动土,传说如果有人在上面翻动,就会引起山下的混乱,山下的人就会相互吵骂,所以,这里又叫"骂架石"(或"骂驾石")。与此相对应的是,每年的春天,附近的东常村、西常村,抬起巨大的男性生殖器模型游街,举行以谩骂对方各种陋俗为主的"骂社火"③。夸父神话以某种禁忌形成文化叙事的又一种形式,维护山神尊

---

① 《夸父山》,载张振犁、程健君编《中原神话专题资料》,河南省民间文艺研究会、河南大学中文系印制,1987,第175页。
② 河南省灵宝市阳平镇程村塬官庄村张姓村民讲述,高有鹏记录。记录时间:2017年1月16日。
③ 河南省灵宝市阳平镇东常村北寨子西北土崖张姓村民讲述,高有鹏记录。记录时间:2017年1月15日。

严和权威的基本方式，就是敬奉夸父山神，强化祭祀中的各种仪式神圣感。

神圣性在这里的文化叙事中处处得到体现。庙会中的神话传说既是故事的讲述，又是民间信仰的表达。笔者考察阳平庙会，发现此处文化叙事形成地方风物生活，这里的诸多解释成为生动的地方传说。这些传说并不是都具有完整的情节，如有人讲，夸父山有一棵树，根部呈现五星形状，传说是天上的木星落在人间，与夸父有关。① 又有人讲，在夸父峪一片平整的土地上，传说也有一颗夸父星，它是在天上；每年的 10 月，从上午 9 点钟到下午 5 点钟，人们只有站在这里可以看到天上有一颗明亮的星星，从西边慢慢向东边移动，传说是夸父变的，有许多老人看到过。② 景观即传说，而构成传说的依据在于地方民众对夸父神的信仰。夸父化生不仅是化为大山的山神，而且是这里的一草一木，甚至成为这里人们举首仰望的星辰。

神话遗址的存在需要两种元素，一种是历史文献中的"原型"，即对某种神话传说的原始记录为出发点，形成文化叙事的基础，另一种是对"原型"的衍生与变异，形成新的传承与传播。文化叙事的结构并不刻意追求完整，常常是非情节性展开。其叙事空间与仪式密切联系在一起，成为其"合理性"意义的展现。

阳平庙会中，夸父神话的文化叙事及其各种仪式主要依靠"八大社"完成。"八大社"即夸父山下的八个村庄，从北边的铸鼎原，向南边的涧沟夸父山、夸父陵、夸父营、灵湖、荆山、轩辕台一带，南北 20 里，依次有上下庙底、贺家岭、娄底村、寺上村、南北涧底、伍留村、西坡村、薛家寨，称作"八大社"。"八大社"的村民自称是夸父的后裔，每年的春天和秋天，他们举行纪念夸父祖先神的庙会，举办社火。庙会的中心在"三神庙"，供奉夸父、轩辕黄帝和蚩尤。庙会的日期由他们自己决定。每个村庄为一个社，每个社举办一年的庙会，庙会的管理者称为"神头"；他们的先后顺序为娄底村、上下庙底、薛家寨、贺家岭、伍留村、西坡村、南北涧

---

① 河南省灵宝市阳平镇东常村北寨子西北土崖张姓村民讲述，高有鹏记录。记录时间：2017年1月15日。

② 河南省灵宝市阳平镇东常村北寨子西北土崖张姓村民讲述，高有鹏记录。记录时间：2017年1月15日。

底、寺上村，轮番执掌。神头一般由各个村庄自己挑选，多为德高望重的老人担任，其选定八男八女作为助手，分别行事。

"八大社"使用的神牌，是神社的重要象征，意味着主办方的身份，是文化叙事的权威性体现。与古典戏曲的演出情景相似，人们在巡游时举起神牌，引导巡游的队伍前行。庙会之前的交接是郑重的，要献上全猪全羊；接牌的仪式是，执事的一方在中间，交牌的一方和接牌的一方分别居于两侧。

"八大社"是一个不断变化的主体，其中的主角即神头，其身份不是固定的，每年都要推选。而且，神头和社员都是义务劳动，没有报酬。所有的社员地位平等，都享有选举权和被选举权，包括神灵的庇护权。

庙会的主办方选定之后，举行接受神牌等祭祀器具的仪式，在庙会的前一天，到夸父山神庙中迎接夸父神像。迎接神像的仪式非常隆重，将神像请出神庙，由神头率领众人沿途向六个村庄巡游。迎神的队伍浩浩荡荡，敲锣打鼓，由三眼铳开路，一路燃放鞭炮，各个村庄设台迎神。神像迎接到村寨，置放在搭建的神棚中，神像前放有各种供品；同时，请来的酬神剧团在神棚前演出。

庙会的当天，神头带领本社的人抬起夸父神像，沿着规定的路线开始巡游。所有的人都穿戴整齐，喜气洋洋。所到之处，神头接受各个村社的供品；被祭祀的神灵，除了阳平的保护神夸父，还有轩辕黄帝和蚩尤，以及老虎、狮子、豹子和蛇等动物神。面制的供品中，有花馍，尤其是桃形的花馍。这些祭祀的内容都与夸父神话在典籍文献中的记述产生联系，成为集体记忆中的文化遗留物。

文化叙事的展开与仪式的暗示、隐喻意义并行；庙会在不同时期有不同的场景，成为地方民众的记忆。20世纪80年代，河南大学中原神话调查组考察灵宝夸父山神话传说，有人对20世纪50年代之前的阳平庙会情景讲述道：

　　每年二月赛社，时间三至五天。八大社的人是夸父子孙，夸父山山神是夸父。这只有老年人才知道，年轻人知道的不多。因为夸父是神不是人，所以老年人嘱咐不往后代传，后人就不知道了。

夸父峪八大社赛社火，有赛高跷，走铁芯子。每年正月初九、初十就要"骂社火"。东上村骂西上村，西上村骂东上村。互揭丑事，"扒老底"。像女人偷汉、男人偷鸡等，目的在于不让坏人为害。一骂，出来的人多了，就表演。

赛社，表演背铁芯子，很高，很有技巧。上面扎一个三四岁的小孩，很惊险，类似杂技。

赛社敬神的"神棚"、陈设的"花馍"很有名。"花馍"是用面捏的各种花卉：牡丹、菊花、海棠……鸟鹊：喜鹊、百鸟朝凤……民间传说：吕洞宾戏牡丹、何仙姑、二度梅……捏的很多，高的有二三尺。这是惊人的民间艺术。其内容已与夸父神话无关。它说明赛社祀神的隆重。①

对当年的阳平庙会，也有人讲述：

夸父峪八大社赛社，按各村经济组织轮流当神（社）首，八年轮一次。赛社一年一次，上半年五月不赛，下半年十月赛。赛社很热闹。陕西、山西、河南三省的人能上几万人来观看。

赛社敬神，搭的神棚叫"八卦棚"，门里左有虎相，右有狼相。棚里有山神牌位。据说，这样可以防止虎狼伤害人畜，保佑平安。八卦棚，好进难出。里面陈列的供品、花馍，样式很多。

赛社开始是"接神"。各村群众都来看。当时乐器很多，有大锣鼓、小锣鼓（带两个夹子）、大连枷、小连枷。四五十面大鼓一敲，声震山村。锣鼓手都化装，身穿妇女的花衣裳。

每年赛社要唱戏，三五台戏都唱过。三天之内，戏一开演，白天黑夜都不能停。戏班子要分两班演出。人们认为：只有这样才能表示对夸父的敬重。

---

① 《夸父峪赛社习俗》之一，载张振犁、程健君编《中原神话专题资料》，河南省民间文艺研究会、河南大学中文系印制，1987，第176页。

赛社搭神棚、供品、摆设，不论要啥，人们都得借。再贵重的东西也得借。不论家具、器皿、了画、祭器……都能慷慨借用。用过以后，从没丢失过。可见人们对夸父的虔敬心情。①

如今，阳平庙会更多了一些表演的内容，观赏性越来越强；人们越来越重视神棚的装饰，各种彩绘在祭祀的仪式中尽情表现，而且每一种彩绘，特别是各种花鸟、瑞兽，都有与夸父相关的解释。一个非常明显的现象就是庙会被借用，其民间信仰的成分在事实上被淡化，叙事的主体更多皈依于旅游等新兴的文化产业，逐渐偏离传统的信仰表达。

文化叙事的结果并不仅仅是述说地方风物的特色，其依然是民众狂欢的重要动因。庙会是地方全体民众的狂欢节。阳平庙会也是如此。庙会的当天，夸父山"八大社"郑重祭祀夸父神等山神，之后，即开始"神戏"的会演。"神戏"分为两种，一是巫为主角的酬神，诸如《天官赐福》之类的仪式，二是表现英雄、孝义等内容的大戏。其酬神的目的很明确，即请求山神夸父他们保佑一方风调雨顺、和睦安宁。同时，许愿成为神戏的重要内容。

再者，庙会的当天，出现许多具有神秘色彩的游戏，诸如"八卦棚"等，人们设置各种迷宫，保存了各种古老的"阵法"。这应该是古代战争与游戏相结合的遗存现象。

阳平庙会的文化叙事主角无疑是"八大社"，但是，其会众并不仅仅是各村社的民众，而包括阳平及其周边的民众。庙会具有祭祀、商贸的意义和显著的观赏性。这就像在阳平庙会中，夸父神是主要但非唯一的祭祀对象，文化叙事的内容也就并不仅仅局限夸父神话。夸父山神之所以得到空前的敬奉，主要由于地方民众自认为是夸父的后裔，而轩辕黄帝和蚩尤等神话传说中的大神就没有这样的优势。所以，其神性的威严就淡化了许多。与铸鼎原相对的荆山、蚩尤山和夸父山都被阳平民众视作神山，有三神庙供奉他们，但轩辕黄帝与蚩尤的地位明显不如夸父显赫。在阳平庙会中，

---

① 《夸父峪赛社习俗》之二，载张振犁、程健君编《中原神话专题资料》，河南省民间文艺研究会、河南大学中文系印制，1987，第 179 页。

夸父、轩辕黄帝和蚩尤，形成了一个以山神为名目的文化整体。

三

古庙会的祭祀主体是有选择的。

显然，河南灵宝阳平庙会的主角是夸父神，轩辕黄帝等神话传说中的大神成为庙会的配角。与地方民众信仰中的夸父主神不同，地方政府提出荆山黄帝铸鼎原文化生态旅游景区区域规划及旅游资源相关建设意见①，有意扩大轩辕黄帝的主神地位，这在事实上形成对阳平庙会文化叙事结构与叙事方式的影响。

文化叙事的重点不断发生位移。与夸父被视作阳平的保护神一样，轩辕黄帝和蚩尤被地方民众认同为山神，他们在传说中是以地方保护神的面目出现的。尤其是黄帝，该地有铸鼎原的传说，讲述黄帝建立了统一天下的大业，在这里铸鼎，敬告天地；荆山被讲述为黄帝骑龙升天的地方。《魏土地记》曰：宏农（弘农）湖县，有轩辕黄帝登仙处。黄帝采首山之铜，铸鼎于荆山之下，有龙垂胡于鼎。黄帝登龙，从登者七十人，遂升于天，故名其地为鼎湖。荆山在冯翊，首山在蒲坂，与湖县相连。《晋书·地道记》《太康记》并言胡县也。汉武帝改作湖。俗云：黄帝自此乘龙上天也。《史记·封禅书》所记黄帝传说有相同处："黄帝采首山铜，铸鼎于荆山下。鼎既成，有龙垂胡髯下迎黄帝。黄帝上骑，群臣后宫从上者七十余人，龙乃上去。余小臣不得上，乃悉持龙髯，龙髯拔，堕，堕黄帝之弓。百姓仰望黄帝既上天，乃抱其弓与胡髯号，故后世因名其处曰鼎湖，其弓曰乌号。"地方传说中，黄帝所骑的龙有须，化为当地的莲藕。② 黄帝的靴子被人拽下，成为"葬靴冢"，即河南灵宝黄帝陵。

铸鼎原建有黄帝神庙，一直到清代，碑文中仍然有记述。③ 但是，在阳平庙会中，黄帝的地位一直没有超过夸父。

---

① 《灵宝荆山黄帝铸鼎原文化生态旅游景区总体规划》，2012 年 7 月 17 日。
② 《阅莲九孔》，载张振犁、程健君编《中原神话专题资料》，河南省民间文艺家协会、河南大学中文系印制，1987，第 171 页。
③ （清）孙叔谦：《重修铸鼎原黄帝庙奎星楼记》，载张振犁、程健君编《中原神话专题资料》，河南省民间文艺研究会、河南大学中文系印制，1987，第 188 页。

文化叙事的结构是多重性的,从典籍文献到日常生活,贯通性不断变化。在文献典籍中,蚩尤与夸父曾经有相同的命运,同被应龙所杀。而应龙曾经是黄帝的部属,于是,他们与轩辕黄帝的敌对关系,有可能成为民间传说中融合为一族的根据。历史记忆与文化叙事的密切关系,在阳平庙会中得到体现。

在历史文献中,蚩尤被讲述为夸父族的同宗,与夸父一起同黄帝在这里进行过战争。其讲述内容与《山海经·大荒东经》"应龙处南极,杀蚩尤与夸父,不得复上。故下数旱,旱而为应龙之状,乃得大雨"所记有相同处。《山海经·大荒北经》记述蚩尤与黄帝的关系:"蚩尤作兵伐黄帝。黄帝乃令应龙攻之冀州之野。应龙蓄水。蚩尤请风伯雨师纵大风雨。黄帝乃下天女曰魃,雨止,遂杀蚩尤。"在《史记·黄帝本纪》中,蚩尤与轩辕黄帝的关系被描述为:"轩辕之时,神农氏世衰。诸侯相侵伐,暴虐百姓,而神农氏弗能征……而蚩尤最为暴,莫能伐。炎帝欲侵陵诸侯,诸侯咸归轩辕。轩辕乃修德振兵……教熊罴貔貅䝙虎,以与炎帝战于阪泉之野。三战然后得其志。蚩尤作乱,不用帝命,于是黄帝乃征师诸侯,与蚩尤战于涿鹿之野,遂擒杀蚩尤。而诸侯咸尊轩辕为天子,代神农氏,是为黄帝。"人神之间,多了一些猛兽。《宋书·福瑞志》记述:"应龙攻蚩尤,战虎、豹、熊、罴四兽之力。"猛兽成为神话战争的重要符号,有着更为特殊的意义。这里的文化叙事有意淡化了轩辕黄帝,也淡化了蚩尤。应该说,这与"八大社"的构成有联系,即"八大社"自认为夸父神的后代,作为信仰,影响了文化叙事的表达方式和表达效果。

自然,阳平庙会中的神棚中出现各种鸟兽等动物崇拜表明,文化叙事的空间构成不局限于具体的神话主角。动物图腾反映出中国古代民族与动物之间的关系,在礼仪文化中形成太牢、少牢,一直流传到当代。"教熊罴貔貅䝙虎,以与炎帝战于阪泉之野",应该是中国古代动物图腾与图腾战争的表现。当然,狮子是外来物,一般认为,狮子与佛教文化的传入相关,并不是中华民族的图腾物。图腾的选择与认同,是世界各民族共同经历的事件,包括图腾战争。图腾战争意味着不同图腾、不同部落、不同文化之间的斗争、冲突与融合。在民族融合中,这些动物图腾成为文化遗留物,被视作神灵体系，于是就有了阳平庙会中的各种动物崇拜。值得注意的是，这里的蛇崇拜与典籍文献中的夸父形象有着呼应。夸父与蛇的联系在《山海经》中已经有详细记述，如《大荒北经》中的"有人珥两黄蛇，把两黄蛇，名曰夸父"。《山海经·大荒北经》则描述了"人面蛇身"的"烛龙"。蛇崇拜在世界许多民族中都有表现，中国古代神话中，也不止夸父族与蛇崇拜相关，如伏羲女娲，就以蛇身人首出现。《山海经》中，有许多神性人物与蛇相关。夸父族的蛇崇拜非常特别，"珥两黄蛇，把两黄蛇"，此当即玉珥，是修饰，也是权力的象征，集中了蛇文明的含义。在许多地方，由于时间的推移，蛇崇拜渐渐发生变异，蛇成为淫荡或恶毒的象征，而河南灵宝的阳平夸父山民众仍然把蛇作为神圣的夸父图腾。当然，蛇崇拜不只在这里突出，在许多地方都有表现。或曰，蛇崇拜不仅仅属于夸父族。

蛇崇拜如此，桃崇拜也是一样。阳平庙会中的神棚，突出表现桃等花卉、果实，与夸父追日中的"邓林"相呼应。文化叙事的主角从神话人物转向信仰物，其叙事方式自然发生变化。具体讲，阳平庙会的桃崇拜，与夸父神话、夸父信仰有着密切联系。夸父与桃的联系，最早出现在《山海经》，《中山经》记述"夸父之山"，曰"其北有林焉，名曰桃林"；《海外北经》记述"夸父追日"，称"弃其杖，化为邓林"。那么，桃树是否为夸父族的图腾或标志呢？或曰，桃树是否与太阳崇拜有密切联系？《河图括地象》记述"桃都山有大桃树"，且"上有金鸡……将旦，日照金鸡，鸡则大鸣，于是天下众鸡悉从而鸣。金鸡飞下，食诸恶鬼。鬼畏金鸡，皆走之矣也"。桃木、金鸡、太阳三者相联系，形成持久的民族记忆：桃是长寿的象征，也有避邪的寓意。《水经注》卷四《河水》以及《元和郡县图志》中均有关于桃林、桃林寨所在地的记述。这些文化叙事强调阳平是夸父族后裔聚居地，夸父神话的核心内容与太阳相联系在一起，所以形成独具特色的桃崇拜。在阳平，桃崇拜的表达有多种，如寿桃，辟邪的桃木剑和桃核手镯，喜庆的桃花服饰刺绣等。虽然这种风俗非阳平仅有，许多地方都有表现，但是，无论如何，河南灵宝阳平庙会由于夸父神的崇拜而兴盛，因为夸父追日神话传说的流传，这里的蛇崇拜和桃崇拜等自然崇拜有着非常特殊的意义。这是文化叙事的结果，也是神话传说作为文化记忆的结果。

四

文化发展如何尊重传统、守护传统，如何发挥其当代价值问题值得我们深思。

文化叙事的文化功能既有宣泄的成分，也有协调的成分，目的在于通过叙事形成共识与沟通。"八大社"因为夸父神联系在一起，而其形成较大规模的背后，是通过"八大社"的社火，形成地方社会的"合力"与"魅力"。这是地方社会的文化传统，也是其生活传统，包含着浓郁的民族情感。或者说，任何一种现象都不是无缘无故形成的。河南灵宝阳平庙会对夸父山神的崇拜未必真正源自这里的民众是夸父神的后代，而通过一定的文化叙事形成对某种矛盾与纠纷的消解，便成为民间社会惯用的方式。考察"八大社"的形成，其直接原因，即历史上的诉讼，引发"八大社"结社和庙会。"八大社"的主体在变化中，映现出时代对传统文化的诉求与应答。

文化发展在不同的时代具有不同的功能与价值。在传统社会，民间纠纷是乡村社会的常见现象。阳平的"八大社"也是如此。清代道光十七年所立碑石，记述了这样一段历史。[①]"息争讼""永杜争端"是其主要目的，或者说是阳平庙会夸父崇拜的重要动因。"八大社"在庙会中的角色转换，使每一个神社都有表演的机会，借以沟通、宣泄情感。民间庙会借助于地方社会的风物传说，兴起结社的热潮，以此维系宗族、家族等地方社会的情感，保护自己的权益。这使得夸父神话的流传基于地方性社会的文化叙事，也就有更为特殊的意义。与阳平庙会相联系的社火演出、展示并不仅仅在于"八大社"，还有东常、西常等村庄的"骂社火"，同样构成山神崇拜的狂欢，应该视作阳平庙会的一部分；其叙事结构、叙事内容与性崇拜联系在一起，更引人深思。无疑，今天的古庙会回避不了一个话题，即如何保持传统文化的魅力与价值。阳平庙会从历史走进现实，越来越呈现表演、展览的倾向，对当代社会民众的情感沟通与信仰修复具有非常重要的

---

① （清）赵彦邦：《灵宝夸父峪碑记》，载张振犁、程健君编《中原神话专题资料》，河南省民间文艺研究会、河南大学中文系印制，1987，第186页。

推动作用。

当前的文化发展强调文化多元价值的体现，在民众的传统信仰得到修复的同时，其展览即表演的一面被强化，这样就形成一种悖论，即一方面可以使得夸父神话传说等传统文化得到更广泛的传播，而另一方面，其文化叙事方式的变化形成对文化生态的重要影响。而无论如何，夸父神话的价值意义都是建立在其文学性表达之上。通过对夸父神的崇拜和夸父神话的文化叙事建构地方社会的文化认同，形成地方民众的情感沟通，消解各种矛盾和纠纷，这是民间社会的重要传统。

（原文刊登于《民俗研究》2017 年第 6 期，

本文集收录的是删节版）

祛魅型传承：从神话主义看新媒体 时代的神话讲述

祝鹏程　中国社会科学院文学所副研究员

在媒介化的过程中，传统神话与当代大众文化的各种媒介与体裁（genre）发生不同程度的融合，产生了以神话为主题的文学、影视与电子游戏等亚体裁（sub-genre）。杨利慧教授以"神话主义"来概括这种把神话传统从原生的语境中提取出来，植入新的语境中，被当代社会不同的人群挪用和重述的情况。[①]"神话主义"的概念引导我们去关注神话在新媒体时代的传承状况，尤其是其与后现代社会中的消费文化和文化产业的关系。在互联网等新媒体中，神话主义的实践者以年轻人为主，他们是新型的神话传承人。这些人对经典神话的态度不像农耕时代的先辈那样虔诚与恭敬，甚至常常对神话展开解构性的改编与挪用。在他们的传承中，神话中的信仰成分往往是阙如的。在本文中，我们把这种传承人命名为"祛魅型传承人"，把这种传承命名为"祛魅型传承"。"祛魅"（disenchantment）的概念来自马克斯·韦伯（Marx Weber），指的是人类社会在现代化的过程中，由于技术和知识的进步所导致的理性化与世俗化现象，人们普遍认为世界的构成不再是由超乎人类掌握的力量支配的。[②]"祛魅型传承"则指当代民众出于娱乐或商业等目的触及神话等民间文化，不再把神话视为真实可信，也不再把其中的信仰成分视为生活的准则与指导，但其对神话的改编实践

---

① 杨利慧：《神话主义的再阐释：前因后果》，《长江大学学报》（社会科学版）2015 年第 5 期。

② 〔德〕马克斯·韦伯：《以学术为业》，载《学术与政治：韦伯的两篇演说》，冯克利译，三联书店，2013，第 17～53 页。

在客观上起到了传承神话作用的现象。

神话主义有诸多表现，笔者曾以"神话段子"为例展开分析。① "神话段子"即互联网中的民众将经典神话"段子化"，以戏谑、调侃的方式来解构、重组神话传统，从而制造谐趣，并为网民大众共享的文本。"神话段子"由年轻的大众网民创造，集中出现在各类笑话网站和微博、微信等社交平台上。这种对神话的传承是典型的祛魅型传承，其制造者是典型的祛魅型传承人。本文在神话主义概念的启迪下，以"神话段子"为主要对象，结合神话电视剧、网络游戏等神话主义的种种实践，细致分析祛魅型传承的成因、特点，探讨其对神话传承潜在的影响，进而展望新媒体时代民间文化传承研究的前景，以期能对扩展新的研究领域有所贡献。

一 祛魅型传承兴起的背景

在当下社会，人们仍然和神话发生频繁的接触，但神话传承情境发生了很大的改变，从而促成了祛魅型传承的出现。

首先，社会的现代化与世俗化促成了神话之"魅"的失落。总体来说，前工业时代的神话往往与仪式等神圣场合联系在一起，它"为人们提供了仪式和道德行为的动机，还告诉了人们如何去进行这些活动"②。而对于都市中世俗化的青年一代而言，神话未必是和仪式紧密相关的产物，庙会、祀典等承载神话的仪式空间也失去了信仰的内核，成为纯粹的文化景观。神话是虚构的叙事观念则深入人心。

其次，课堂等正规教育场合正逐渐成为年轻一代神话启蒙的重要场合。在学校教育中，神话往往是被作为民族文化遗产和教育资源介绍给学生的，编写者强调了神话的象征意义和精神价值。诸如《大禹治水》的神话，课本往往强化了其为国为民、公而忘私的精神；《愚公移山》突出了其老当益壮、坚持不懈的美德；《女娲补天》则体现了中华民族勤劳勇敢、有所担当

---

① 祝鹏程：《"神话段子"：互联网空间中的传统重构》，《云南师范大学学报》（哲学社会科学版）2014 年第 4 期。

② 〔美〕马林诺夫斯基：《神话在生活中的作用》，载阿兰邓迪斯主编《西方神话学读本》，朝戈金等译，广西师范大学出版社，2006，第 250 页。

的传统。可以说，这些约定俗成的、正面的文化意义构成了 80 后、90 后一代年轻人理解神话的基础。当人们说起某个神话母题时，脑海中自然会浮现一系列正面的价值。

最后，互联网文化的兴起，创造了全新的表达方式。电子文化直接促成了戏仿的兴起。互联网是一个开放的参与式媒体（participant media），人们轻轻一按，就可以通过顶帖、回帖、转帖等技术参与到文本的生产与传播中。在宽松的环境里，大众更容易接纳对传统的改编，对神话戏谑化的解读也成为可能。纵观近年来的网络文化，对神话等文化经典的戏谑与改编一直是大众瞩目的现象。

在当代年轻人的眼里，神话已不再是被奉为圭臬的"洪范"，而是成为大众消费的对象、可供利用的文化资源。神话包含的核心精神成为新一代演绎乃至颠覆神话的基础。而新媒体则为年轻一代提供了新的表达方式与灵感，告诉他们神话可以以这样的语法和修辞呈现。祛魅型传承由此产生。

二 "神话段子"中的祛魅型传承人

1. 段子手

"段子手"即在互联网上编写笑话、段子的作者。他们有的与专业的网络作家一样，以营利为写作目的，有的只把写段子当作兴趣爱好。段子手一般都较为年轻，拥有大量的"粉丝"。代表人物如"马伯庸""斯库里""宝树"等，他们是写"架空小说"和玄幻小说的高手，也时常利用架空手法，对神话、传说、古典小说等文化经典进行戏谑性的改编。

生于 1980 年的"马伯庸"（原名马力）是一名外企的员工，也是一名多产且颇受网民欢迎的作家，很多段子动辄就有上万的转发量。他阅读广泛，对神话传说有着浓厚的兴趣，发表过大量小说、随笔，范围涵盖神话、奇幻、历史、灵异等多个"怪力乱神"的领域。在新浪微博上，"马伯庸"也将大量的神话改编为了笑话，他的改编有丰富翔实的神话知识作为支撑。此外，为了尽可能多地吸引"粉丝"，他也需要寻找最契合大众情感的表达方式。比如下面这则《大禹三过家门而不入》，不难看出，他既非常了解神话原典，同时又熟知网络文化解构经典的套路：

> 小时候听大禹治水的故事，觉得大禹好棒，专心治水一十三年，三过家门而不入。期间他老婆涂山氏给他生了个大胖小子启，大禹都顾不上看一眼。现在回想起来，总觉得这个故事某些地方有微妙的矛盾感……①

2. 普通网民

互联网是开放的空间，充满了参与性与互动性，网民们也参与到了对神话的创编中。大众网民的构成是复杂的，和段子手相比，他们显得有些"业余"，他们对神话的了解基本来自学校教育和影视作品，而不是神话原典。他们的文笔不如段子手老到，编写的段子的文学价值也要相对弱一些。有大量的段子是相对平庸、机械重复的。比如当连日大雨引发洪涝时，有很多网民会联想起《女娲补天》和《大禹治水》，呼唤"天漏了！女娲娘娘快出来补天啦！""大禹，你妈喊你回家治水！"和段子手们的创造相比，这些段子的原创性和审美价值都要逊一筹。

普通网民的原创段子一旦符合大众的情感，就会迅速传播开去。普通网民和段子手之间也由此产生了互动，当普通人创造的段子被段子手们转发后，相当于获得了一个更广阔的传播平台，很容易引发更多的关注。比如 2015 年 7 月，新浪微博名为"茄三疯"的用户发布了一条微博，对《庄子》中的鲲鹏神话做了调侃："北冥有鱼，其名为鲲，鲲之大，不知其几千里也，做烤鱼，能喂饱上万人。"② 甫一发出，便引发了众多"吃货"们的转发，尤其是名段子手"斯库里""渣蜀黍""M 大王叫我来巡山"等人的转发和续写更是扩大了其影响力，整个段子被转发了 25500 多人次。下面是一些续写的成果。

---

① "马伯庸"新浪微博言论，http://weibo.com/1444865141/3f4e0fFHZK？from = page_1005051444865141_profile&wvr = 6&mod = weibotime&type = comment，2010 年 7 月 14 日。

② "茄三疯"新浪微博言论，http://weibo.com/1752832402/Cs5d7B8MH？from = page_1005051752832402_profile&wvr = 6&mod = weibotime&type = comment，2015 年 7 月 21 日。

"Julyedge"：化而为鸟，其名为鹏。鹏之背，不知其几千里也，其翼若垂天之云，做烤翅，能喂饱上亿人。

"斯库里"：上古有大椿者，以八千岁为春，八千岁为秋。斫之为柴，可以烤鱼烤翅。

"宛若一条锦鲤"：又北二百里，曰发鸠之山，其上多柘木，有鸟焉，鸟，五脏俱全也，用大葱15克，姜15克，生菜50克，酱油3汤匙，料酒3茶匙，大葱油2汤匙，上汤2.5杯腌制，至烤盘，配生菜食用最佳。①

可见，互联网的传媒技术把每一个阅读过这些段子的人都纳入了"神话段子"的传播过程中。段子手与普通网民之间并非是泾渭分明的，而是充满了互动关系。神话的再创作是在不同主体的众声喧哗中产生的，在宽松的互联网空间里，他们可以大胆蔑视传统的束缚而自行其是，尽情嬉戏于语言的狂欢和荒诞离奇的故事编写中。

三　祛魅型传承对当代神话传承的潜在影响

1. "以传统为取向"的综合传承

我们很容易造成二元对立的错觉，认为传统社会的民众对神话的了解与传承更为全面，而当代人对神话的了解与传承则是零碎的。实际情况未必如此。

在传统民间社会，神话传承主要依托口头讲述和仪式场合，这类传承往往和地方信仰有关，其传承的中心地往往位于某个神祇的墓地或封地，当地民众对神话的了解带有浓厚的地方风物色彩，比如绍兴会稽山有大禹陵，相传大禹葬于此，当地就流行大量关于大禹斩防风氏而有刑塘村，大禹失鞋履而有夏履镇等神话。但是在尚未形成统一国族意识的农耕社会，当地民众却未必知道这一神话在其他地区流传的异闻，刑塘村的村民很可能不知道汶川地区（被认为是禹的出生地）流传的种种禹的神话，对禹以

---

① 上述三条回复参看该条微博的评论部分，http://weibo.com/1752832402/Cs5d7B8MH？from＝page_1005051752832402_profile&wvr＝6&mod＝weibotime&type＝comment，2015年7月21日。

外的其他神话也未必都了解。

神话主义对神话的利用往往是综合性的。在学校课本中，神话文本的编写多带有鲜明的民俗主义（folklorism）倾向。以北师大版小学三年级下册《语文》教材中的《大禹治水》为例，该文被放在"奉献"单元中，被冠以无私奉献的主题，整个神话文本融合了鲧窃息壤、鲧堵禹疏、禹凿龙门、胼手胝足、三过家门而不入等经典情节①，这显然是融合了多个版本后的新文本。此外，当下神话主义的种种实践，如神话剧、神话题材的网络游戏、玄幻小说往往也融合了诸多神话母题，比如动画片《哪吒传奇》就融汇了夸父追日、三足乌、女娲补天等神话，以及《封神演义》中的大量传奇故事。也就是说，祛魅型传承人所接受的神话文本，往往是"以传统为取向"（tradition-oriented）的文本。② 在这类文本的教育下，年轻一代对神话知识的接受呈现了综合性、体系化的特点。他们在编写、创作各种神话主义的文本时，也会融汇很多神话的情节和梗概。在大众的戏谑中，神话讲述的禁忌被打破了。不同的神祇可以混杂地呈现在同一个空间中。如下面这个段子《神话串烧》：

> 据说马良画了十个太阳，后羿射掉了九个，还有一射歪了，划破天。女娲去补天，补完之后，夸父就去追太阳，死了之后变成两座山，堵在愚公门前，愚公就开始移山，他把多余的土，丢到了海里，不小心把精卫淹死了。精卫为了报仇就填海，填海填过了头，发生了洪水。一个叫大禹的人，就来治水。可是水太大了，把马良淹死了。这个故事告诉我们人不要太做（zuō），no zuo, no die!③

可见，尽管当代的祛魅型传承人不再把神话看作"神圣的叙事"，但这并不意味着他们对神话的知识就一定是贫乏的。无论是学校课本的编写，

---

① 郑国民、马新国主编：《语文》（三年级下册），北京师范大学出版社，2009，第99～100页。

② 〔美〕马克·本德尔：《怎样看〈梅葛〉："以传统为取向"的楚雄彝族文学文本》，付卫译，《民俗研究》2002年第4期。

③ "正好五个字"：《无题》，http://tieba.baidu.com/p/3389262816，2014年11月3日。

还是各种商业化的改编，创编者们都选择了最具代表性、典型性的母题，融汇了不同神话的文本和主题内容。糅合到一起的神话文本要比很多地方性的口传神话更加系统，呈现更加体系化的特色。这一特点在篇幅相对短小的是"神话段子"中尚不明显，在那些长篇神话电视剧中则体现得淋漓尽致。

2. 神话成为特定群体日常交流的表达资源

相比古代那些被记载在典籍中或出现在仪式场合的神话，经历了神话主义式改编与挪用的神话和当代民众日常生活的关系更加密切。在戏谑性的改编中，神话的当下性得到了充分的发掘。被搬上互联网后，神话经历了无数次地转变与传播，每次转变的版本都不尽相同，都源于神话的象征意义与网民现实生活感受的对话。而青年亚文化对主流文化保持了相当程度的对立、抗拒。[①] 作为青年亚文化的"神话段子"也就具有了解构经典的权威性与神圣感，乃至质疑当下社会的秩序和现状的意义，这种对秩序的颠覆往往还被网民大众用来阐释自身的社会现状与生活体验，调侃自身的处境。在这里，神话成了网民群体自我言说的工具，也成为当下年轻人用以表述"草根"身份的重要方式。

比如，我国家喻户晓的神话——《女娲造人》中有女娲用绳子（或柳条）沾泥水造人的情节。这则神话常被用来解释人的贫富差异：女娲用手捏的都是富贵者，用绳子甩出来的都是芸芸众生，不仅描述了人类的起源，还把社会的阶层差异、贫富差距用形象的故事描绘出来。在网络上，一个段子如此戏说这个神话：

> 女娲娘娘最开始是用手捏，精心捏出来的小人儿都齐齐整整的。参见金城武、谢霆锋、刘德华、范冰冰……到后来女娲娘娘烦了，就拿柳条儿沾了泥甩，一甩一片泥点子。甩出来的小人儿就都长得跟闹着玩儿似的，参见我们……[②]

① 〔英〕斯图亚特·霍尔、托尼·杰斐逊主编《通过仪式抵抗：战后英国的青年亚文化》，孟登迎、胡疆锋、王蕙译，中国青年出版社，2015。
② "我们爱说冷笑话"腾讯微博言论，http://t.qq.com/p/t/168270120159225，2013 年 2 月 17 日。

整个段子戏仿了起源神话，以神话中确立的尊卑秩序与现实生活中的审美品位的类比来制造笑料，以荒诞的逻辑揭示了消费主义社会的审美格调，也以自嘲的方式表达了普通民众弱势的社会处境。正是通过对神话所包含的正面秩序的戏谑，对神话约定俗成意义的解构，网民们创造了尊卑失序的快感。

在祛魅型传承中，神话的讲述权力从巫师、祭司、文化专家转到了普罗大众的身上。神话从原先属于某个或若干个族群的集体叙事，转变成了属于特定群体和特定受众的，更加个体化的叙事。祛魅型传承把神话打造成了特定群体的话语资源，神话成了年轻网民自我言说的工具，也是当下年轻人用以表述自身世界观的重要方式。

3. 有限度的传播范围

新媒体中出现的各种神话主义文本是作为与社会主流文化相对的亚文化而出现的，其传播范围是有限度的。神话成为网民建构群体身份的工具，他们的言说诉求推动了段子的生产，而段子又反过来强化了小群体的群体认同。"神话段子"遵循网络独特的表达方式，反映了年轻网民的生活状态，这些青年亚文化的标记使神话成为网民群体的内部知识，也使其成为网民建构身份的工具。因此，段子往往在小群体内部传承，它只能流传于具有特定的知识结构与生活经历，同时精熟于网络表达方式的年轻网民中。如为了制造语言的陌生化，他们习惯于使用一些独特的网络用语，诸如将"女朋友"写成"女盆友"，将"的""地"写成"滴"，将"呜呜呜"写成"555"，将"威武霸气"写成"v587"等，只有熟悉网络亚文化的受众，才会明白"笑点"所在。

如今，尽管这些段子的影响也部分地传播到了互联网以外，出现在手机短信、晚会小品、相声以及一些休闲通俗读物上，但其影响和效应是有限度的。它目前只在新媒体空间中、在年轻一辈中传播，其对传统神话传播渠道的影响与反馈能力尚属有限。

四 结语：从祛魅型传承展望神话主义研究的前景

在面对神话时，传统的研究思路仍然是主流。多数学者把神话作为一种"缺乏日常性的民间审美叙事"① 来看待，即把神话单纯等同于仪式的伴生物，聚焦于文化精英的讲述行为，以及他们如何在仪式等信仰场合讲述神话。针对传统社区的神话，这样的研究有其合理性。但在当下的传媒时代，这类研究的局限性也就显露出来了。祛魅型传承人仅仅把神话当作一种文化资源来使用。在各类笑话段子、玄幻小说、神话影视剧、电脑游戏中，我们无法找到传统的、专业的"神话讲述人"，创编者和传播者不会说："我是神话的讲述人，让我来说一个盘古开天辟地的故事。"人们改编、传播这些段子，其动机不是为了讲述神话本身，而是因为神话中的某些内容或某种信仰形式符合大众现实的需要或某种情感。对网民们而言，对神话的改编与运用是他们在网络社区中展开交流、表达情感与感受的手段。所以，在考察新媒体对当代神话传承的影响时，我们有必要充分关注祛魅型传承人的主体意识与诉求，以及他们使用体裁的行为方式，把对神话传承、传播的考察转向以下问题：年轻一代出于什么需要改编神话？他们如何在新的语境中使用神话的内容与形式？神话是如何和其他体裁相融合的？他们的生活状态与实践对神话传统产生了什么样的影响？

面对神话主义现象，我们也需要革新研究的方法。在神话学文史考证传统的基础上，采取跨学科的研究方法，尤其是重点借鉴文化研究中的青年亚文化研究、符号学研究、身份认同研究等方法，以及传播学研究的方法与思路。文化研究注重与当下社会保持联系，侧重研究当代文化、大众文化、边缘文化和亚文化，并采取了一种跨学科甚至于反学科的态度、视野和研究方法，对我们探寻神话主义文本背后的意识形态与象征意义大有裨益。提醒学者要把神话的传承和改编放在特定的社会背景与传播语境中，注重体裁和特定社会和文化语境下的政治、经济、文化等组织、互动方式的关系。把"文本"看成是一个文化过程，关注神话主义文本生产的整个过程：包括从神话资源的选择、利用到传播，及其文化与政治的功用等各

---

① 〔日〕西村真志叶：《日常叙事的体裁研究：以京西燕家台村的"拉家"为个案》，中国社会科学出版社，2011，第13页。

个方面。① 将当代社会的神话资源看成是网民大众进行自我表达、叙事的体裁与工具。从动态的视角记录、考察其改编过程，从政治、社区、技术、受众、传播者等多种角度综合考察文本的生产。将体裁的形式（form）、功能（function）与讲述（narrative）结合到一起进行研究，从而全面掌握神话主义的生产方式与传承形态。

（原文刊登于《民俗研究》2017 年第 6 期，

本文集收录的是删节版）

---

① 杨利慧：《从"自然语境"到"实际语境"——反思民俗学的田野作业追求》，《民俗研究》2006 年第 2 期。

第二部分　史诗 ————————

遗产化进程中的活形态史诗
传统：表述的张力*

巴莫曲布嫫　中国社会科学院民族文学研究所研究员

截至 2017 年 9 月 5 日，已有 175 个国家加入联合国教科文组织（以下简称"教科文组织"）《保护非物质文化遗产公约》（以下简称"《公约》"），这至少表明该《公约》的理念和目标在全球范围内已逐步获得普遍认知和广泛支持。在《公约》的框架下创立的国际合作机制有多重进路，其中主要的"抓手"包括"急需保护的非物质文化遗产名录"（以下简称"急需保护名录"）和"人类非物质文化遗产代表作名录"（以下简称"代表作名录"）的项目申报（nomination）和列入（inscription），"最能体现《公约》原则和目标的计划、项目和活动"（以下简称"优秀保护实践名册"）的推荐（proposal）和遴选（selection），以及国际援助的申请（application）和批准（approval）。

从 2008 年至 2016 年，全球已有 429 个非物质文化遗产项目入选相应名录。这些遗产项目为我们反观各申报国的非物质文化表现形式进入遗产化（heritagization）① 进程的基本路径留下了极富张力的思考空间。鉴于本文的讨论范围，我们将"优秀保护实践名册"和"筹备性援助"暂且搁置一旁②，

＊　本文系国家社会科学基金重大项目"中国少数民族口头传统专题数据库建设：口头传统元数据标准建设"（编号：16ZDA160）的阶段性成果。

①　朝戈金在《"一带一路"话语体系建设与文化遗产保护》一文中就"文化遗产"概念与内涵的演变和拓展作出了精要的梳理和概括，见《西北民族研究》2017 年第 3 期；而有关"遗产化"及其进程的系统讨论可参考艾哈迈德·斯昆特《非物质文化遗产及其遗产化反思》，马千里译，巴莫曲布嫫校，《民族文学研究》2017 年第 4 期。

②　截至目前，已有 17 个计划、项目或活动经委员会遴选进入"优秀保护实践名册"，未见涉及史诗传统的案例。而在委员会批准的"国际援助"清单中，共有 138 项申请获批，其中至少有 4 项涉及史诗。

仅针对与史诗传统相关的两个名录进行考察。在这一思路下，本文主要采用档案研究法和归类统计法，结合《公约》名录提供的线索，以教科文组织网站基于《公约》及其实施过程中所产生的公开文件为范围①，围绕"遗产项目"这一关键词，集中探讨当代史诗传统在社会化的遗产建构过程中所遭逢的若干问题。

一 史诗传统与遗产项目

为厘清《公约》名录项目所涉及的史诗传统，我们以名录清单为主线，将申报材料、委员会决议和申报国定期报告纳入检索范围，旨在同时关注"申报—评审—履约"这三个环节所形成的关联性文献，以便围绕遗产项目及其表述问题进行讨论。

作为翻检和清理的第一步，笔者在教科文组织网站非遗专用频道直接以 epic（史诗）这一关键词进行检索，获得 56 条信息，其中涉及遗产项目基本信息共 21 条；另有委员会决议 13 条，申报国定期报告 7 条，国际援助申请 3 条，保护项目活动 1 条，动态消息 3 条。而在《公约》名录专栏中以 epic 作为关键词进行全文搜索，经排除无关项，则得到 30 条结果。与此同时，鉴于 epic 这一专业术语有其使用或限定的语域，其结果与在田野作业中直接使用专业概念一样，必然会遭逢地方知识与专业知识之间的颉颃。因此，接下来继续扩大搜索范围：一则下载相关项目的申报材料进行全文检索，二则通过浏览图片档案或观看申报片获得必要的补充信息。最后锁定的关联性遗产项目共 45 项，在《公约》名录的 429 个项目中占比为 10.49%；其中代表作名录项目 38 项，急需保护名录项目 7 项，联合申报项目 4 项，分别占代表作名录 365 项的 10.4%、急需保护名录 47 项的 14.89%，以及联合申报 30 项的 13.33%。

基于统计分析的目标，我们还需同时考量这些锁定项目与《公约》所

---

① 本文涉及的申报材料、委员会决议及相关缔约国定期报告均为笔者翻译，相关资料可按项目名称从教科文组织网站获取：https://ich.unesco.org/en/lists；举凡引述的相关工作文件可按文中提供的原始文件编号从该组织在线数据库（UNESDOC Database）获取：http://www.unesco.org/new/en/unesco/resources/publications/unesdoc－database/。

界定五大遗产领域（domains）之间的关联，并将归类结果纳入分析的对应范围。为便于以下行文，我们用代码形式顺序标记以下遗产领域：（D1）口头传统和表现形式，包括作为非物质文化遗产媒介的语言；（D2）表演艺术；（D3）社会实践、仪式、节庆活动；（D4）有关自然界和宇宙的知识和实践；（D5）传统手工艺。① 在图表对照中，我们采用英文缩写形式，用 RL 和 USL 分别指称"代表作名录"和"急需保护名录"。

经比对申报材料的相关细节，我们将 45 个目标项目划分为以下 3 类：史诗类项目共 12 项；与口头传统文类相互交织的项目共 8 项；与其他 4 个领域存在或多或少联系的项目共 25 项。保守地说，这个结果有可能并未穷尽所有申报材料中涉及的史诗或史诗传统诸要素的项目，尤其是无从在网站获取 2008 年转入代表作名录的 17 个史诗关联项目的申报材料，我们只能从可获取的定期报告中补充所需信息。即便这样，这 45 个项目的清理也大体反映了活形态史诗传统在遗产化进程中的基本路径。就史诗类项目而言，下表或许能够提供一种直观的图景（表 1）。

表 1　史诗类遗产项目与年度列入项目数量一览

项目名称	名录	所属领域	申报国	列入年份
希拉利亚史诗	RL	D1	埃及	2003/2008
板索里史诗说唱	RL	D2	韩国	2003/2008
阿肯——吉尔吉斯史诗演唱人的艺术	RL	D1	吉尔吉斯斯坦	2003/2008
拉瑙湖马拉瑙人的达冉根史诗	RL	D1	菲律宾	2005/2008
奥隆霍——雅库特英雄叙事诗	RL	D1	俄罗斯	2005/2008
蒙古图兀里——蒙古史诗	USL	D2 + D3 + D5	蒙古国	2009
格萨（斯）尔史诗传统	RL	D1	中国	2009
玛纳斯	RL	D1	中国	2009

① 需要说明的是，2008 年转入代表作名录的 17 个史诗关联项目在申报之际并未按以上领域进行归类。好在笔者曾于 2001 年至 2005 年完整跟踪过教科文组织网站公布的项目简介及其分类信息，并对当时的网页进行了下载和建档。鉴于其间的项目信息与五大领域之间存在对称性关联，本文将"传统音乐"类项目归入"表演艺术"，将"文化空间"类项目归入"社会实践、仪式、节庆活动"。

续表

项目名称	名录	所属领域	申报国	列入年份
摩尔人史诗泰伊丁	USL	D1 + D2 + D5	毛里塔尼亚	2011
亚美尼亚史诗"萨逊的冒失鬼"即《萨逊的大卫》之演述	RL	D1	亚美尼亚	2012
吉尔吉斯史诗三部曲："玛纳斯""塞麦台依""塞依特克"	RL	D1 + D2 + D4	吉尔吉斯斯坦	2013
呙尔奥格里史诗艺术	RL	D1 + D2 + D3 + D4	土库曼斯坦	2015

年度统计：2016（0）－2015（1）－2014（0）－2013（1）－2012（1）－2011（1）－2010（0）－2009（3）－2008（5）

我们将表中所列的 12 个项目归入"史诗传统"这一目标范围有如下考虑。首先，这些项目的名称已经传递了明确的文类（genre）信息，并直接使用了"史诗"（epic）或"英雄叙事诗"（heroic epos），乃至"演述"（performance）这样的专业术语。其次，相关申报国对遗产项目的命名方式和表述方式，映射了史诗研究基于民族志诗学的立场，且在地方知识与专业知识之间也构成了话语关系。再次，这些史诗传统是如何转换为遗产项目的表述策略或各有不同，尤其是在非遗保护语境中，由此可以考察地方文类观念与专业文类观念在遗产表述中的对接、错位和可能出现的协商。然而，对参与项目申报的多元行动方来说，从项目名称到项目说明，则要考虑更大范围的受众，其目标人群并非专业人员，而是那些从未接触过相关遗产项目的广大受众。鉴于既往的申报实践及其中出现的种种问题总是绕不开遗产项目名称的确认和定义，评审机构曾一再提醒，"列入代表作名录的宗旨在于提高非物质文化遗产的可见度（visibility）和对其重要意义的认识；如果遗产名称只能被那些已经熟悉该遗产的人理解，这个宗旨就很难实现"（Document 6. COM 13）。

鉴于遗产项目名称和遗产项目说明这二者之间形成的表述互为关联，也直接反映了申报国如何确定、定义并表述史诗传统的基本路线。我们观察的重点便集中在这两个层面：一为项目名称的命名方式，二为项目说明中对其所涉及的史诗传统是如何表述的。我们不妨先对遗产项目的命名方式及其反映的表述策略作一简要归纳，为规避重复和烦琐，有的名称我们仅取部分关键词予以分析。

第一，沿用史诗的传统称谓，并以之作为主叙词。多以史诗中的主要英雄人物冠名，或为诗系之名，或为史诗诗部之名。

第二，采用与"史诗"这一学术概念大体对应的本土文类术语。如"希拉利亚史诗"（Al-Sirah Al-Hilaliyyah epic）中的前置词"西拉赫"（Sirah），在阿拉伯语中相当于"史诗"[1]；"达冉根"（Darangen）意为"唱中有叙"（to narrate in song），即散韵兼行，在马拉瑙人的语言中也专指史诗歌（epic songs）。[2]

第三，突出演述人群体及其演述艺术。作为吉尔吉斯史诗演唱人，阿肯（Akyns）成为遗产项目名称中的关键词，强调的是传承人群体及其叙事艺术。来自吉尔吉斯斯坦的两个项目都与玛纳斯史诗相关，遗产实践虽有重合，但表述的重点不同。涉及演述人的项目说明进一步解释了史诗的大致范围，包括玛纳斯三部曲和其他四十多种"短篇史诗"，并具体描述了阿肯们的演唱艺术。

第四，部分遗产项目名称加上了所属族群、部落或国家名称。值得注意的是，2014年以来，委员会针对这种较为普遍的现象提出了不同意见和建议，认为项目名称之前冠以国家或民族作为"定语"存在明显的排他性，于是就遗产项目命名方式作出新规定，并从2015年受理的项目开始实行，以规避使用这种限定性修饰语。这一新动向旨在提倡更具包容性的遗产表述，以利促进文化间对话。

我们再看"板索里史诗说唱"（Pansori epic chant）。据项目简介提供的信息来看，在韩语中，"板"指人群集中的场所，"索里"意为"歌"；"板索里是一种合乐的故事讲述文类（a genre of musical storytelling），由一位歌

---

① 开罗大学史诗学者艾哈迈德·穆尔西（Ahmed Morsi）是埃及文化部顾问和民间传统学会主席，也是该史诗作为埃及非物质文化遗产保护项目的主任之一，负责指导希拉利亚史诗的采集、分类和存档工作。他认为，西拉赫（Sirah）是最早的传记体叙事，该词在阿拉伯术语中相当于史诗（epic）。See Ahmed Morsi, "Research and Preservation Projects on Intangible Heritage", *Museum*, 2005（1－2）。

② 国内学者在菲律宾史诗的实地调研和文本翻译等方面已取得重要突破。有关达冉根史诗传统及其代表性文本的搜集、整理、研究和汉文情况，可参见吴杰伟、史阳《菲律宾史诗翻译与研究》，北京大学出版社，2013，第199～238页。

手和一位鼓手共同表演，以唱功的表现力、风格化的言说和同时容纳故事讲述与舞台动作的传统剧目，集精英文化和大众文化于一身"。但就"名"与"实"而言，除了项目名称中出现 epic 一词外，项目简介中并无一处述及"史诗"。由于当初的申报材料无从获得，只能跟踪查阅申报国的定期报告。其中确实使用了"史诗"一词，但词频统计结果仅有这一处，具体表述是："板索里是一种传统的韩国艺术形式，其特点是一位说书人（chang-ja）在一位鼓手（gosu）的节拍伴奏下，唱述一首长篇史诗诗歌（singing and narrating a long epic poem）。"至于史诗诗歌指的是什么，报告中并没有提供更多的解释性信息。考虑到 epic 一词也常用作形容词，不论是项目名称中的 epic chant 或是报告中的 epic poem，是否可以理解为具有"史诗般风格"的"大唱"呢？为了弄清这一点，我们只好破例查阅其他相关文献，以求证该项目涉及的"史诗"一词所指。结果发现韩国学界对板索里的"文类"或"体裁"也有不同看法，有叙事诗、史诗、戏曲、音乐等多种观点。① 由此看来，项目申报之初的归类领域仅涉及"表演艺术"有其道理，说明这一本土文类兼备文学、戏剧及音乐等要素，构合为一门综合性的说唱传统。而其传统剧目原有"板索里十二部"之说，流传至今的有《春香歌》《沈清歌》《兴甫歌》《水宫歌》《赤壁歌》五部；从题材上看，似乎跟文人叙事诗有更为对应的源流关系。但项目简介和定期报告并未涉及这些传统剧目，倒是强调了与当代生活关系更为密切的新剧目。该遗产项目的归类问题，确实事关我们如何看待"史诗"这一文类及其与其他文类的关系问题，当然还涉及遗产表述在本地语言与英语之间的转换问题。不论怎样看待该遗产项目的文类归属乃至领域归属，我们都当尊重申报和保护该遗产项目的相关行动方，尤其是社区和传承人及实践者群体对此类问题的看法。

通过初步分析以上遗产项目的命名方式，我们大体上能够找到的共同取向是本土术语与专业术语的互为阐释，这便使内部知识与外部知识得以

---

① 全罗北道韩国传统说唱文化中心网站：http://www.koreamusic.org/LangCn/TextDetailView.aspx? 该专业中心对"板索里"的介绍非常系统，包括正文述及的传统剧目。这里摘译的是其英文网页的概述文字。

彼此映照。唯有中国申报项目"玛纳斯"例外。用本民族语言乃至文字表述遗产项目名称是委员会提倡的母语表达方式，在拉丁文转写之后加上解释性的同位语则有助于并不熟悉遗产项目的受众了解其基本属性。申报表也给出了彰显母语表述，包括以更具体的方言或土语乃至文字进行再度表述的空间。

接下来，我们以"希拉利亚史诗"（Al-Sirah Al-Hilaliyyah epic）为案例，就其项目简介与定期报告之间对史诗传统的描述作一对照，以说明遗产项目的表述和再表述问题。

> 这一口头诗歌，又以希拉利史诗而著称，讲述的是巴尼·希拉勒贝都因部落的历史及其在公元 10 世纪从阿拉伯半岛迁徙到北非的传奇故事（saga）。<u>这个部落曾统治着北非中部的大片领土长达一个多世纪，后来被其对手摩洛哥人所灭</u>。
>
> 作为在阿拉伯民间传统中发展起来的主要史诗之一，只有希拉利亚史诗以<u>完整</u>的音乐形式流传下来。这种曾经在中东地区广为流布的艺术形式，到今天仅见于埃及一国。14 世纪以来，希拉利亚史诗由<u>诗人（poets）</u>演述，他们一边吟唱诗句，一边演奏一种打击乐，或以"拉巴布"二弦琴伴奏。史诗一般在婚礼、<u>割礼</u>或私人聚会场合演述（performances），有时持续几天。
>
> 过去，<u>从艺者们（practitioners）</u>在家族内部训练，而演述史诗是他们唯一的收入来源。这些<u>专业诗人（professional poets）</u>从 5 岁起开始艰苦的学艺，其学徒生涯往往要坚持 10 年之久。时至今日，学徒们仍然要进行提高记忆力的特殊训练，掌握他们的乐器演奏；同时还必须学会即兴评说，使故事情节更加贴近现在的受众。
>
> 由于<u>现代传媒的竞争</u>，以及能坚持完成这种艰苦习艺过程的年轻人越来越少。能够演述希拉利亚史诗的人数日渐减少。在<u>埃及旅游业的利润诱使</u>下，诗人们在<u>民俗秀（folklore shows）</u>节目中放弃了完整的史诗篇目，而热衷于演述其中的一些片段。（Nomination file No. 00075）
>
> ——项目简介

希拉利亚是一种诗歌传统，并在阿拉伯世界为大多数人所熟悉。西拉赫（史诗）叙述了巴尼·希拉勒部落从一个国家到另一国家的大规模迁徙事件，唯其所有的叙事诗段（episodes）得以完整流传。西拉赫史诗分为三部：《诞生》、《使命》和《西迁》，有时还会增加第四部《孤儿传》。

希拉利亚史诗不仅是上埃及和下埃及的社区中一直保持的传统故事讲述的非凡例证，而且包纳了现有部落的最古老和最流行的传统音乐及其歌诗和舞蹈。史诗目前在埃及的城市中心鲜有演述，但在农村则依然以散韵兼行的方式讲述，包括在歌诗吟唱中传续。那些由上埃及的史诗歌手（epic singers）唱述的版本最受欢迎。他们在夜里以"拉巴布"琴自弹自唱，一旁还有塔尔鼓手伴奏。这些史诗歌手在婚礼和其他场合演出。

只有男性且通常为长者才能演述史诗，然而年轻的男性歌手已开始涌现。共有60位史诗歌手被确认并做过访谈；只有3位在35岁以下，其余的最年长者已76岁。

史诗伟大之处在于其具有保护社区传统和文化的独特能力，同时也反映了史诗的张力及其如何在叙事进程中消解社区内部不同群体之间潜在的紧张关系。史诗还具有教育模式的功能，提倡勇气与勇敢。英雄阿布·扎伊德·希拉利骑着骏马，手握长剑，这样的图像被展示在与麦加朝觐有关的墙画中。

到目前为止，希拉利亚史诗［的重要性］得到了认可，但现有的实践及频率的提升并不显著。尽管人们相信库纳几乎是唯一培育该传统的地方，但在吉萨省开展的研究证明，至少姆努菲亚的谢赫村以及盖尔贝亚、亚西乌特和索哈杰等地也有史诗讲述人。目前，电视娱乐是这一传统项目的基础，虽然这种媒体可能成为传播该遗产项目的一种资产。（Periodic report 2012 – No. 00788/Egypt）

——定期报告

通过以上两个文本的对比，我们不难发现有多处关键信息（下划线字段）发生了较大的变化。这里仅举几个要点：（1）删去了历史上的被征服事件；（2）增加了史诗4个诗部的划分和各部名称，与当年的申报片的叙事保持了一致性；（3）以"史诗歌手"替换了"诗人"或"职业诗人"；（4）在演述语境的叙述中，"割礼"被隐含在"其他场合"之中①；（5）传承人和实践者的特征及其传承模式更加突出，尤其是演述人的身份限制有所突破；（6）增加了史诗演述的社会功能和文化意义；（7）更新了有关传承人和史诗流传地的实地调研信息；（8）对现代传媒和娱乐节目的态度变得中立。这样的变化实际上反映了申报国再度对史诗传统作出的新阐释，而在遗产表述关键环节上出现增删改动，正是随着履约实践的发展而不断更新保护理念所致。尤其是在国际语境中，删去征服事件有利于文化间对话；隐去"割礼"但没彻底否定，一则符合《公约》精神，二则尊重了当地的文化传统。这一删一藏之间也引发了我们关于遗产表述策略的诸多思考。

二　口头传统中的史诗演述

利用《公约》名录网页提供的检索工具，共有100个遗产项目被自动搜寻出来并归入口头传统领域（D1），从中我们不难看到许多熟悉的口头文类或亚文类同时出现在各种各样的文化表现形式和社会实践中。在本文的分析范围内，除了"标注"为"史诗"或"英雄叙事诗"的遗产项目外，还有以下8个遗产项目来自口头传统领域（表2），且与"史诗"这一文类有着或深或浅的内在关联。

表2　口头传统领域中的史诗关联项目与年度列入项目数量一览

项目名称	名录	所属领域	申报国	列入年份
伊富高人的呼德呼德颂	RL	D1	菲律宾	2001/2008

---

① 2016年，某申报国的项目因包含有女性割礼的信息而被退回（ITH－16－11.COM－10.a＋Add.－EN）；审查机构在其2016年度的工作报告中专门述及"对于某些类型的项目如入社式，需要特别注意其是否与现有的人权文书的规定相违背"（ITH－16－11.COM－10－EN）。

续表

项目名称	名录	所属领域	申报国	列入年份
吉列德口头遗产	RL	D3	贝宁 - 尼日利亚 - 多哥	2001/2008
麦达赫公共说书人的艺术	RL	D1	土耳其	2003/2008
阿西克勒克游吟诗歌艺术传统	RL	D1 + D2 + D3	土耳其	2009
阿塞拜疆游吟诗人的艺术	RL	D1 + D2 + D3 + D5	阿塞拜疆	2009
在库鲁坎 - 弗噶宣布的《曼德宪章》	USL	D1	马里	2009
赫哲族伊玛堪	USL	D1	中国	2011
巴松戈拉、巴亚宾迪和巴托罗人的库盖蕾口头传统	USL	D1 + D2	乌干达	2015

年度统计：2016（0）－2015（1）－2014（0）－2013（0）－2012（0）－2011（1）－2010（0）－2009（3）－2008（3）

　　根据项目简介和申报材料，我们大体上可以判断这些遗产项目与史诗传统之间的联系。"吉列德口头遗产""麦达赫公共说书人的艺术"两个遗产项目的关联度较弱。"史诗"一词仅在项目说明中一带而过，且与其他口头文类如民歌、抒情诗、传说等一同用于说明遗产项目的实践方式。"阿西克勒克游吟诗歌艺术传统"的申报材料中有一简短的解释：阿西克勒克（Âşıklık）传统的维系与前伊斯兰和早期伊斯兰—突厥史诗演述人有关，他们被称为"奥赞"（Ozan）或"巴克西"（Baksı）。尽管这样的描述着墨不多，但史诗及演述人已然构成遗产表述的一部分。相较之下，"阿塞拜疆游吟诗人的艺术"这一项目明确述及"达斯坦"（Dastan）叙事传统，并用括注方式解释说"这是一种大型的文学音乐创作"，故在项目归类上（当年的申报表是自行填写而非勾选），申报国顺序表述如下：口头文学、音乐传统和表现形式；表演艺术，包括音乐和抒情诗演述、史诗说唱（epic-telling）、演剧、舞蹈；传统手工艺（乐器制作）。其中，史诗说唱被明显关联到表演艺术领域，但当与项目说明中的"达斯坦"这一口头文类相呼应时，文本中也出现了具体的史诗篇目——《达达·阔尔库特书》（*Book of Dede Gorgud*）。①

---

① 阿塞拜疆、哈萨克斯坦和土耳其联合申报的"达达阔尔库特/阔尔库特阿塔/达达阔尔库特遗产：史诗文化、民间故事及音乐"（Heritage of Dede Qorqud/Korkyt Ata/Dede Korkut: epic culture, folk tales and music）于 2017 - 2018 评审周期内受理。

因此，该遗产项目当与史诗传统有着较为稳定的依存关系。

"在库鲁坎－弗噶宣布的《曼德宪章》"则耐人寻味：通过口头传承和仪式实践存续至今的《曼德宪章》，被誉为"世界上最古老的宪法之一"，至今在马林凯部落的社会生活中发挥着不可或缺的作用，每年都要在马里著名的康加巴村庄举行集会和仪式，因而口头宣示《曼德宪章》的传统得以赓续。项目申报材料 8 处述及曼丁戈史诗中的主人公松迪亚塔·凯塔（Sundiata Keita），尤其是 6 处提到"语言大师"格里奥（griots），他们是众所周知的史诗演述人，身兼多种显赫的社会角色，也是《曼德宪章》最重要的保管方之一，与之相关的仪式和知识依然以口头方式父子相传。但整个材料并未使用"史诗"这一术语。我们暂且先立此存照，以便今后跟踪项目的定期报告。

"伊富高人的呼德呼德颂"（The Hudhud Chants of the Ifugao）的基本信息如下：伊富高人以其在菲律宾群岛吕宋岛北部山区开垦梯田、种植水稻而闻名。"呼德呼德"（Hudhud）传统上由该社区演述的叙事歌（narrative chants）组成，人们在播种和收获季节以及守丧仪式上都要咏唱，内容讲述的是古代英雄、习惯法、宗教信仰和传统实践，并且折射了水稻种植的重要意义。这一传统有 200 多颂（chants），每颂划分为 40 个叙事段落（episodes），完整的吟诵需要几天时间。演述人多为上了年纪的妇女，她们在社区中享有崇高的地位。呼德呼德史诗（Hudhud epic）以领诵和合诵交替的形式进行，所有的诗句只用一个曲调。据此，我们不难判断"呼德呼德"作为伊富高人的叙事传统，既是一个集合概念，也是一种传统文类，可以大致对应于"叙事歌"，其中囊括了史诗。这是我们将之归入史诗关联项目的依据。①

从地方文类的内部向度看，"伊玛堪说唱"也与"呼德呼德"相类似；只是在项目表述中，前者的申报材料呈现了更为充盈的地方文类知识，从中可以判断史诗说唱的基本特征。伊玛堪主要叙述的是部落之间的征战与

---

① 国际学界包括中国学者的实地研究也表明，伊富高英雄史诗正是在"呼德呼德"这一传统中发展和传承下来的，狭义的"呼德呼德"可以等同于"英雄史诗"。参见吴杰伟、史阳《菲律宾史诗翻译与研究》，北京大学出版社，2013，第 1～133 页。

联盟、维护民族尊严和疆域完整的英雄故事，还有萨满求神、渔猎生活、风俗人情和爱情故事等，具有鲜明的渔猎文化和地域特征；其中，以塑造英雄"莫日根"（mergen）为主题的故事数量最多，相关的英雄人物及其叙事也就最具典型性与代表性，重点在于描绘各类勇士群像和部落之间的战争。伊玛堪说唱艺人"伊玛卡乞玛发"（yimakanqi mafa）的表现手法是说与唱相结合，一个人说唱，无乐器伴奏。伊玛堪又分"大唱"（sagdi ja-rimku）和"小唱"（uskuli jarimku）。"大唱"以说为主，侧重表现各种"莫日根（英雄）"故事和赫哲族人创世传说的长篇故事；"小唱"以唱为主，侧重表现渔猎生活、风俗人情和爱情故事等抒情性的短篇故事。诚然，若将"大唱"独立出来也可视作严格意义上的"英雄史诗"。但申报方的选择恰恰是尊重传统实践的连续性和完整性，这样也更符合社区的愿望和诉求。

最后，我们要面对另一个棘手案例。学界通常认为史诗至少应当符合以下多个尺度：（1）诗体的或散韵兼行的；（2）叙事性的；（3）有关英雄业绩的；（4）传奇性的；（5）崇高风格的；（6）包容着多重文类属性及文本间有著互文性关联；（7）具有多重功能；（8）在特定文化和传统的传播限度内。[1] 按照这个框架我们来看申报方有关"库盖蕾口头传统"的一段说明：

> 库盖蕾（Koogere）是约 1500 年前的一名巴松戈拉人女酋长。她超人的智慧及其治理下的繁荣景象经由一系列叙事世代相传，成为卡塞塞地区的巴松戈拉人、巴亚宾迪人及巴托罗人的集体回忆。该传统以其根基性和启发性成为社会哲学与民间表达的组成部分；其叙事着重描绘以辛勤耕耘换来的丰饶和富足，强调智慧的重要意义，唤起女性不可思议的力量和英雄主义。传统上，这些故事的实践者和保管人有长者、贤能、说书人、诗人、音乐家、艺术家以及居住在故事流传地附近的家庭；人们通常围着火塘边唱边述，也在完成手工活儿、放牛

---

① 朝戈金、尹虎彬、巴莫曲布嫫：《中国史诗传统：文化多样性与民族精神的"博物馆"》，《国际博物馆》（中文版）2010 年第 1 期。

及长途旅行的集体活动过程中传述，并通过精于讲古之道的老说书人传给年轻一代。由此，库盖蕾的故事讲述也促进了人们有关行为、娱乐、智慧和学习的分享，以及代际的信息、价值观及技艺的传承（USL 2015 - No. 00911）。

从这段简介来看，该遗产项目当是有关女性英雄人物的叙事传统，其演述也是讲唱结合，符合我们有关英雄史诗的基本尺度。但是否可以将之直接纳入史诗项目范围，便涉及主位与客位的判断问题，尤其是申报国并未使用"史诗"这个概念。为了寻解问题的答案，我们在巴松戈拉王国的官方网站上查到了一篇直接以"库盖蕾史诗"① （Koogere Epic） 为题的文章。除了描述历史背景和史诗诗系结构（11 个核心叙事段落和 6 个相对独立的主题）外，该文的整体行文与申报文本有大量重合，包括项目简介文字、传承人与实践者群体、仪式化演述语境、文化意义和社会功能等诸多方面，彼此完全能够对应上，甚至还使用了《公约》语言。从这些相似点或可推论，这篇文章与最后提交的申报材料之间存在一种"文本间关系"，彰显了本土社区和利益相关方在遗产表述方面的不同看法。而内部知识与外部知识之间如何协商、达成平衡乃至妥协，也会成为项目申报与遗产化进程的一个考察环节。因此，我们将之当作一个特殊案例纳入口头传统中的史诗关联项目，为今后继续跟踪其定期报告留下线索。诚然，此举虽有一定的合理性，也有不确定的风险。

三 史诗传统与领域互涉

关注某一遗产项目同时覆盖或涉及的相关遗产领域，能较好地观察非物质文化遗产自身的属性，毕竟遗产项目作为相关社区、群体和个人的实践活动，本身就具有多个面相。而遗产领域的大致划分，是《公约》用于定义非物质文化遗产表现形式的一个参考性分类框架；与此同时，我们也要看到各遗产领域之间存在相互重叠和彼此交叉的互涉关联，正如文化事

---

① 巴松戈拉王国官网：http://www. busongora - chwezi. org/culture/kogyere-oral-tradition。

实（cultural reality）本身往往难以划出清晰的边界。一般而言，遗产项目的申报当包含在《公约》定义的"社会实践、观念表述、表现形式、知识、技能"之内，与这些实践和表现形式及相关的"工具、实物、手工艺品和文化场所［空间］"都不能借由自身的独立存在而被视为遗产项目①。而上述《公约》定义中的五个复数名词正是划分非物质文化遗产领域（domains）的基本依据，只是顺序略有不同。

在厘清申报国如何选择遗产项目所属非遗领域的同时，我们也可以借此考察"史诗"这一文类与其他文类的共生关系，尤其是与口头传统领域之外的其他4个非遗领域是如何发生关联的，又是如何被表述到其他遗产项目中的。在我们的取样范围内，通过优先考虑"史诗"这一特定对象，共有25个遗产项目符合我们进行甄别和清理的目标。以下我们以项目简介、申报材料和定期报告为依据，按遗产项目与遗产领域的归属关系，将每个项目所涉及的史诗关联项信息分列如下（表3）。

表3 其他非遗领域与史诗关联信息

所属 非遗领域	遗产项目 （名录，列入年份，申报国）	史诗关联项信息
D2 (6)	哇扬皮影偶戏 （RL，2003/2008，印度尼西亚）	皮影的故事取材于本土的神话、印度史诗和波斯故事中的人物
	新疆维吾尔木卡姆艺术 （RL，2005/2008，中国）	十二木卡姆含达斯坦叙事诗
	斯贝克通——高棉皮影戏 （RL，2005/2008，柬埔寨）	剧目《罗摩赞》（Reamker）出自《罗摩衍那》的高棉语版本
	嘟嘟克及其音乐 （RL，2005/2008，亚美尼亚）	史诗"萨逊的冒失鬼"
	罗摩戏——《罗摩衍那》的传统表演 （RL，2005/2008，印度）	取材于《罗摩功行录》《罗摩全传》

① 这里尤其要注意文化空间（cultural space）这一概念：从"宣布计划"到《公约》生效，其外延和内涵都发生了较大的变化。截至目前，以"文化空间"命名的遗产项目仅有13个列入名录，其中"苏伊提文化空间"（USL，2009，拉脱维亚）和"玛吉利斯——文化与社会的空间"（RL，2015，沙特阿拉伯—阿曼—卡塔尔）分别于2009年和2015年列入名录，其余11个标记为"文化空间"的遗产项目均来自《公约》生效之前的"宣布计划"。也就是说，直接以"文化空间"命名的遗产项目越来越少，也极具风险。

续表

所属 非遗领域	遗产项目 （名录，列入年份，申报国）	史诗关联项信息
D2 （6）	马头琴传统音乐 （RL，2005/2008，蒙古国）	图兀里史诗
D3 （5）	博恩逊地区的文化空间 （RL，2001/2008，乌兹别克斯坦）	音乐、史诗、传说、舞蹈、歌谣，采集史诗的田野活动
	基鲁文化空间 （RL，2003/2008，爱沙尼亚）	鲁文－卡勒瓦拉歌
	羌年 （USL，2009，中国）	《羌戈大战》等，演述人释比
	那达慕 （RL，2010，蒙古国）	图兀里史诗
	科林达特男子群歌——圣诞季仪式 （RL，2013，罗马尼亚 - 摩尔多瓦）	含史诗内容，根据每户主人家各自不同的情况选择演述
D5 （2）	热贡艺术 （RL，2009，中国）	格萨尔唐卡
	中国雕版印刷技艺 （RL，2009，中国）	德格印经院藏有格萨尔画版和书版①
D3 + D2 （2）	索索－巴拉文化空间 （RL，2001/2008，几内亚）	松迪亚塔史诗，演述人格里奥，专门用于史诗伴奏的索索－巴拉木琴
	拉曼：印度喜马拉雅加瓦尔山区的宗教节日和仪式戏剧 （RL，2009，印度）	罗摩史诗、拉吉普特邦口头史诗职业歌手种姓
D3 + D1 （1）	康加巴重盖圣堂屋顶落成仪式 （RL，2009，马里）	史诗人物松迪亚塔，演述人格里奥、曼丁戈人的表达（故事、传说、史诗、神话、谚语、歌曲等）
D3 + D4 （1）	拔河仪式与竞赛 （RL，2015，柬埔寨 - 菲律宾 - 韩国 - 越南）	伊富高社区参与"呼德呼德史诗"的保护
D2 + D1 + D3 （1）	藏戏 （RL，2009，中国）	果洛马背格萨尔藏戏
D2 + D3 + D5 （1）	查乌舞 （RL，2010，印度）	表演《摩诃婆罗多》和《罗摩衍那》史诗中的插话叙事片段
D3 + D2 + D5 （1）	帕勒瓦尼与祖卡内仪式 （RL，2010，伊朗）	史诗和诺斯替教诗歌，莫希德大师

① 此据定期报告和藏族史诗学者央吉卓玛提供的信息。另，德格印经院在近期的保护实践中与史诗演述人阿尼达成合作关系，双方正在推进格萨尔史诗的手工雕版刻印工程。

续表

所属 非遗领域	遗产项目 （名录，列入年份，申报国）	史诗关联项信息
D2 + D1 + D5 （1）	纳卡勒——伊朗戏剧化叙事形式 （USL，2011，伊朗）	民间传说、民族史诗和民间音乐，莫希德大师
D2 + D3 + D4 （1）	库热西摔跤 （RL，2016，哈萨克斯坦）	摔跤手帕拉万的强壮与胆识正如史诗、诗歌和文学中所描写的那样
D2 + D1 + D3 + D5 （1）	呼罗珊的巴克什音乐 （RL，2010，伊朗）	伊斯兰和诺斯替教派诗歌和史诗，歌手巴克什
D2 + D1 + D3 + D4 + D5 （1）	皇家鼓的仪式舞蹈（RL，2014，布隆迪）：	同步击鼓，集舞蹈、英雄史诗和传统歌曲为一体
D3 + D2 + D1 + D4 + D5 （1）	诺鲁孜新年 （RL，2016 扩展，伊朗等 12 国）	史诗玛纳斯三部曲、演述人阿肯（吉尔吉斯斯坦）

前文围绕史诗传统作为 12 个遗产项目的命名与表述问题进行了初步讨论，接着分析了史诗这一特定文类与口头传统领域 8 个项目之间的依存关系，从中我们可以观察到地方文类概念往往大于学界惯常使用的文类概念，这也是某一遗产项目可以同时关联几个遗产领域的一个内在因素。文类概念对确认和确定每一个领域的遗产项目不仅有用，也可以相对地进行子域的再分类，同时在界分中可以进一步考量遗产项目跨文类与跨领域的文化表现形式及其社会实践的若干面相。因此，我们有必要将表 1、表 2 和表 3 所列的 45 个遗产项目及其各自的分属领域包括独属领域进行归并统计，进而分析史诗传统在五大非遗领域的呈现、表述和转换过程中所展示的互涉关系（表 4）。

表 4　遗产项目覆盖领域与互涉关系中的史诗传统

一个域：26	两个域：5	三个域：9	四个域：2	五个域：5
D1：11（7） D2：7（1） D3：6 D4：0 D5：2	D1 + D2（1） D2 + D3（2） D3 + D1（1） D3 + D4（1）	D2 + D3 + D5（3） D1 + D2 + D3（2） D1 + D2 + D5（2） D1 + D2 + D4（1） D2 + D3 + D4（1）	D1 + D2 + D3 + D5（2）	D1 + D2 + D3 + D4 + D5（2）

在当下的申报实践中，领域选择取决于申报缔约国自身的勾选，其整体情况也反映在表 4 中。从归类统计结果可以看出，独属一个领域的遗产项目共 26 个，占 45 个项目的 57.8%。涉及跨领域的项目共 21 个，其中同时覆盖 3 个领域的项目数最高，共 9 个；分布在 D2 和 D3 两个领域的项目跨域能力最强。另一个观察的向度是，D3 在同时覆盖两个领域的项目中最活跃，频次为 4；在同时覆盖三个领域的项目中，D2 最活跃，频次为 9；其次为 D3，频次为 6；再次为 D5，频次为 5。总体上看，D2 + D3 在双域组合中最活跃，频次为 12；D1 + D2 + D3 在三域组合中最活跃，频次为 6。这个统计结果看似枯燥，但能说明既有申报实践的基本走向和问题所在：史诗传统与表演艺术和社会实践、仪式、节庆活动两大领域关系最为密切；与此同时，口头传统领域独属一个领域的情况也最为突出，涉及 11 个项目，其中含史诗类项目 7 个；其次为表演艺术，涉及 7 个项目，其中含史诗类项目 1 个。以上分析表明，史诗传统依托的演述语境和使其得以传承和展现的社区实践在申报实践中得到了一定的关注，但远未达到重视。比如，史诗所属的口头传统往往被视为一个民族的百科全书，承载并传递着一些有关自然和宇宙的知识与实践，但较之其他遗产领域而言，D4 活跃度最低，仅涉及 2 个遗产项目。再如，史诗演述大都与传统音乐和表演艺术相关，而有关乐器、道具、服装的制作技艺及其传承人和实践者群体，同样参与了史诗传统的社区实践，但 45 个遗产项目中仅有 6 个关涉 D5。这些内在的和外在的维度在申报文本中也当纳入表述的范围。

上述统计结果也为我们的观察和思考提供了多种向度，有利于分析史诗传统在各自生根和成长的口头文化生态系统中是如何被遴选或整合到遗产化进程，并被如何加以表述的基本路径。首先，史诗与"表演艺术"的关联度最高，一则涉及多种传统戏剧，突破了我们仅基于"言语行为"去考察史诗演述的局限性；二则还与舞蹈、音乐等表演艺术交融并存，更新了我们对"口承—书写"二元论的既有认识。其次，史诗与"社会实践、仪式、节庆活动"的关联度虽然弱于"表演艺术"，但该遗产领域恰恰构成史诗传统尤其是史诗演述的文化语境和社会情境，史诗演述及其演述人群体，包括传承方式和实践方式都得到一定程度的彰显，有助于我们认识世界范围内的活形态史诗传统及其当下的存续力状况。再次，史诗、英雄诗、叙事诗、抒情诗、歌谣、传说、故事、说唱、谚语等口头文类，还有许多地方文类和亚文类，乃至区域性文类，都有利于我们从专业分类与地方知识的话语关系中去寻绎史诗在各类遗产项目中的表述维度和阐释效度。

史诗传统既然是一种跨文化的世界现象，我们的考察视野也当随着《公约》名录项目转向更大范围的类比和比较研究。在已列入的遗产项目中，我们不难发现由许多跨境共享的史诗传统构成的"文化现实"与海陆丝绸之路的历史人文联系：从"格萨（斯）尔"到"玛纳斯"，从"达斯坦"到"图兀里"，从"呙尔奥格里"到"阔尔库特"，从"阿肯"到"巴克西/巴克什"，从《罗摩衍那》到《罗摩赞》……诚然，相对于全球目前的活形态史诗传统而言，这些遗产项目还十分有限。但在非物质文化遗产保护的语境中，各国的申报和保护实践都会为中国"一带一路"倡议的话语体系建设提供来自地方、国家、区域、次区域及国际层面的鲜活经验。

结语　遗产项目申报与非物质文化遗产保护

尽管有学者将联合国教科文组织在文化领域中的政策制定，尤其是其相继出台的一系列准则性的国际文书视为各种文化遗产被"遗产化"的最大推手①，但《公约》框架下的名录申报机制和定期报告制度是一种并行不悖的国际合作双轨制。这一双轨制同时成为缔约国保护各自领土上存在的非物质文化遗产的权利和义务。

本文仅从"遗产项目"的操作性概念入手，集中讨论了与《公约》名录相关的史诗传统或与史诗相关的遗产项目在确认和确定环节中的一些基本问题。这一环节的具体指向之所以重要，是因为其关系到如何描述遗产分布的地理范围、实践社区的人群范围及实践方式、遗产项目本身之于社区的文化意义和社会功能、遗产项目列入名录如何有助于实现其宗旨、遗产项目的存续力或面临的威胁、保护措施（RL）或保护计划（USL）的编

---

① 〔德〕克里斯托弗·布鲁曼：《文化遗产与"遗产化"的批判性观照》，吴秀杰译，《民族艺术》2017 年第 1 期。

制、社区参与程度及尊重其意愿且事先知情并同意的证据提供，乃至关系到包括图片和视频文件等所有信息的一致性和连贯性，因而也有"牵一发而动全身"的关键作用。从这个首要环节开始，委员会及其评审机构就《名录》申报工作的相关细节不断给出建议，并在具体实践中不断修正，包括 2015 年核可的《保护非物质文化遗产伦理原则》等①。这一系列举措，都为缔约国的相关非物质文化遗产包括史诗传统进入国际视野给出了越来越清晰的指引。但从"遗产项目化"到"项目遗产化"往往要面对错综复杂的挑战，既往的申报实践也表明，这一进程并非没有矛盾和风险。

最后想说明的是，着手开展本项研究的想法由来已久。初衷主要在于利用《公约》搭建的名录申报—评审—履约机制考察各申报国（尤其是跨境共享）的史诗传统及其存续现状，从整体上把握活形态史诗传统在全球范围内的分布情况，了解相关国家采取的保护措施，以及社区、群体和传承人的参与程度，以便在非遗保护语境中为中国史诗学的学科化实践提供一些实际案例，由此丰富和深化既有的专业研究与政策研究。因此，就以上目标而言，本文的写作只能视为"千里之行"的第一步，后续的关联性研究还当渐次展开。

（原文刊登于《民族文学研究》2017 年第 6 期，

本文集收录的是删节版）

---

① 朝戈金：《联合国教科文组织〈保护非物质文化遗产伦理原则〉：译读与评骘》，《内蒙古社会科学》（汉文版）2016 年第 5 期。

史诗歌手记忆和演唱的提示系统

斯钦巴图　中国社会科学院民族文学研究所研究员，
蒙古族文学研究室主任

口头诗人如何记忆和创编史诗，是国际史诗学研究一直关注的重要问题。在这方面，有着久远历史的史诗类型学研究以及 20 世纪 60 年代以来盛行的口头程式理论建树颇丰。在史诗艺人记忆和演绎史诗的规律方面，两者均抓住了问题的要害，大体上揭示了记忆和演绎方式方法问题。但是，仍然有些重要的记忆因素被忽视。笔者在认真研究蒙古史诗传统基础上认为，口传史诗歌手在记忆和演绎史诗时，除利用史诗的类型化、程式化的套路以外，确实存在用这些套路进行记忆和演绎并使之成为行之有效的提示系统。其提示系统中不仅有史诗的名称，还有长篇史诗的分章名称和并列复合型系列史诗的分部名称，更有延伸到史诗文本中直接点出主题的各级"程式化提示诗句"等。下面，笔者就以蒙古史诗为例，探讨史诗艺人记忆史诗和演绎史诗的提示系统。

一　中小型史诗的提示系统

要了解蒙古史诗艺人的提示系统，就应先了解蒙古史诗的情节结构类型和篇幅、规模。仁钦道尔吉指出，蒙古英雄史诗按征战型母题系列（情节模式）、婚姻型母题系列（情节模式）的不同排列组合，构成单篇型史诗（由一个史诗母题系列所构成）、串联复合型史诗（由两个或两个以上史诗母题系列所构成）和并列复合型史诗三大类型。[①] 这三大类型，对应的蒙古

---

① 仁钦道尔吉:《蒙古英雄史诗源流》，内蒙古大学出版社，2001，第 109 ~ 113 页。

史诗的长度、规模和情节的繁简程度依次递增。长篇史诗是串联复合型史诗发展成为并列复合型史诗的过渡形态。从这里可以看出，中小型史诗，是蒙古史诗最基础性的、最普遍的形态。研究史诗艺人的提示系统，就应从这里入手。

（一）艺人演述中史诗名称的意义和作用

假如我们阅读经过搜集记录者整理的史诗文本，那么在正文之前写有诸如《那仁汗克布恩》《汗青格勒》《锡林嘎拉珠巴托尔》等史诗名称的，看起来相对独立于史诗文本。这是书写传统的规范使然。但在实际的演述场域，艺人不会突然说一个史诗名称，然后就开始演唱，也不会不交代史诗名称而直接演唱史诗。通常情况下，艺人和受众在很自然的状态下互动，话题一步一步往史诗演唱方面靠拢。当艺人和受众达成一致后，艺人会对在场的人们说"现在我给大家演唱《汗青格勒》史诗吧"之类的引导语，即点出史诗的名称，等人们的注意力集中到艺人身上后，才开始演唱。

也就是说，我们通常在书写文本中看到的史诗标题，在真实的演述场域，是作为事先的宣示、提示或引导语形式出现的。

艺人演唱前的这个引导语有其特殊的意义和作用。对于艺人自己来说，说明他已经从大脑储存的史诗节目单上激活了对某部史诗的记忆，也说明他已经准备好用自己的全部技能去演绎该部史诗。其说出的《汗青格勒》等，不仅是史诗名称，也是对自己重要的提示，提示他将要叙说的故事之总主题。同时，对于听众（受众）来说，史诗名称同样也是记忆史诗的重要标志。

在蒙古史诗传统中，史诗名称或者史诗的命名是有规律可循的，即有共同遵循的、相对固定的传统模式，那就是总体上按主要人物的名字命名。例如，中小型史诗《那仁汗克布恩》《汗青格勒》，长篇史诗如《宝玛额尔德尼》《达尼库日勒》等，史诗集群如《格斯尔》《江格尔》等。虽说人物和故事情节是史诗的两大核心要素，但在蒙古史诗传统中，叙述相似故事的史诗很多，一个艺人大脑存储的史诗节目单也比较丰富。这时，史诗主要人物就成为这部史诗区别于其他史诗的最重要的核心要素，而史诗主要人物名字，才是艺人心目中史诗的最高层级的提示。

很多史诗名称中不仅有主要出场人物的名字，而且在其前面都有相对固定的定语，后面通常还有各种古代荣誉称号或不同等级的官衔，如汗、莫尔根（神箭手）、巴托尔（英雄）、克布恩（儿娃子，即勇士）等。史诗主要人物名字前面的相对固定的定语，在口头程式理论的先行者那里多有探讨，朝戈金将之译作"特性修饰语"，并着重而精密地分析和论述了《江格尔》中特性修饰语的构筑程式化诗行功能、构造韵律整齐的对句功能、在文本中的高度稳定性和高频率运用等特征，从而揭示特性修饰语在口传史诗创编过程中的重要作用。① 朝戈金对于《江格尔》中特性修饰语的论述同样适用于蒙古史诗名称中的特性修饰语的分析。因为史诗名称中的特性修饰语在史诗文本中同样高度稳定、高频地出现。

蒙古史诗名称中，人物名字前面的特性修饰语包括反映人物的坐骑、年龄、祖先谱系、体貌特征、性格特征以及英雄业绩，等等。它们与人物名称一同，大多构成韵律整齐的对句。其中，以英雄的坐骑、年龄、祖先谱系作特性修饰语的居多。如果按蒙古史诗研究经验进一步分析，不同类型的史诗中构成史诗名称的诗句在艺人演唱文本中出现的频率不同，像《乘骑红沙马的额尔古－古南哈日》与《十五岁的阿拉尔蔻尔根》等中小型史诗名称，在艺人演唱文本中出现频率极高，是构成史诗文本的重要部分。艺人"并不因为这些人物在故事中的地位和作用不同而采用不同的手法来处理"② 。而长篇史诗和规模宏大的并列复合型史诗的名称，只在史诗的开头或结尾被运用，通常不会频繁出现在史诗文本中。

可见，中小型史诗名称对艺人和听众不仅是关于史诗的重要提示，而且，还帮助他们记住主要人物某些重要特征。由于中小型史诗名称构成押行首韵、韵律整齐的诗句，而且艺人在演唱过程中频繁地运用，因此，也是艺人创编程式化诗句的重要构件。

---

① 朝戈金：《口传史诗诗学：冉皮勒〈江格尔〉程式句法研究》，广西人民出版社，2000，第139～153页。

② 朝戈金：《口传史诗诗学：冉皮勒〈江格尔〉程式句法研究》，广西人民出版社，2000，第141页。

（二）蒙古史诗的两种大主题

蒙古史诗都由两个部分组成。一个是静态叙述部分，介绍英雄和他的家乡、住所、妻子、坐骑、财产、勇士等。另一个是动态叙述部分，叙述英雄的非凡业绩。其中，单篇型史诗只叙述英雄的一次业绩。串联复合型中小型史诗一般叙述两三个业绩。长篇史诗叙述一两个英雄的多次业绩，艺人演唱时以每次业绩为单位来分章记忆和演绎。而并列复合型系列史诗则围绕一个英雄的多名勇士所建立的多次业绩，艺人演唱时一般以每个英雄的每次业绩为单位进行分部和记忆，并以分部为单位演唱。

从这里可以看到，在蒙古英雄史诗传统中，英雄的数量和他们完成的业绩数量有着非同一般的意义。它们不仅决定着蒙古英雄史诗的结构类型，而且还关系到史诗艺人们记忆和演绎的单位。因此，有必要给这样一个结构部分做出清晰的理论界定。我们不妨把英雄完成的一次业绩称为史诗的英雄建功大主题，而把静态描绘英雄的部分则称之为英雄大主题。

蒙古单篇型英雄史诗只有一个英雄大主题和一个英雄建功大主题。串联复合型中小型史诗由一个英雄大主题和若干英雄建功大主题构成。串联复合型长篇史诗由一个英雄大主题和多个英雄建功主题构成。而并列复合型系列史诗的分部则一般由一个英雄大主题和一个英雄建功大主题构成。

在艺人的演述场域，当艺人选定并宣布要演唱的史诗名称后，直接进入英雄大主题和英雄建功大主题及其分解演绎环节。分解后的大主题，就会变成洛德所称之史诗的主题群。主题群是由一个个主题组成。洛德曾给主题做如下定义："在以传统的、歌的程式化文本来讲述故事时，有一些经常使用的意义群，对此，我们可以按照帕里的定义，把它们称为'主题'"①。他还说："歌手在脑海里必须确定一支歌的基本主题群，以及这些主题出现的顺序""一个主题牵动另一个主题，从而形成了一支歌，这支歌在歌手的脑海里是作为整体而存在的""歌手是在主题的灵活多变的排列组

---

① 〔美〕阿尔伯特·贝茨·洛德：《故事的歌手》，尹虎彬译，中华书局，2004，第96页。

合这个意义上来想歌的。"① 洛德的这些表述,核心观点是史诗艺人用主题、主题群的顺序来"想歌",即记忆史诗。主题再分解后的主题,我们可称之为亚主题,亚主题再分解,就是微主题。主题分解的层次数,决定史诗细节描绘的繁简、详略,从而决定史诗篇幅长短。

(三) 英雄大主题中主题的程式化提示诗句

洛德有关史诗主题的论述同样适用于蒙古史诗。有意思的是,蒙古史诗艺人们不仅用主题和主题群来"想歌"(记忆史诗),而且在具体演述中常常以一种程式化提示诗句形式引出那些主题,并用灵活多变的高度程式化的诗句依次叙述之。在史诗的静态描述部分,这是普遍存在的现象,如:喀尔喀蒙古史诗艺人乌·纳木南道尔吉演唱的《恩和宝力德汗》② 和达兰泰演唱的《锡林嘎拉珠巴托尔》③ 史诗的静态描绘部分(英雄大主题)就是这样的(表1)。

表 1

史诗名称	大主题	主题的程式化提示诗句	程式化描绘
恩和宝力德汗	在极乐世界住着,比所有可汗强大的,在所有可汗之上的,在所有帝王之首的,恩和宝力德汗	从前有一个美好时代	用19行诗描绘从前时代
		他所居住的家乡是	用12行诗描绘家乡
		他所建造的宫殿是	用25行诗描绘宫殿
		他所拥有的五种牲畜是	用14行诗描绘畜群
		他的儿女是	用4行诗交代儿女
		他们的兄长是	用14行诗描绘儿女的兄长
锡林嘎拉珠巴托尔	有一位英雄,他是在所有可汗之上的,在所有帝王之首的,恩和宝力德汗之子,七岁的锡林嘎拉珠	(时间)	用4行诗交代时间
		(性格)	用25行诗描绘英雄性格
		要说他右手拿的是什么武器	用8行诗描绘英雄右手所持宝剑
		要说他左手拿的是什么武器	用6行诗描绘英雄左手所持宝剑

---

① 〔美〕阿尔伯特·贝茨·洛德:《故事的歌手》,尹虎彬译,中华书局,2004,第135、137、142页。

② 乌·纳木南道尔吉演唱,尼·波佩记录:《恩和宝力德汗》,载仁钦道尔吉主编《蒙古英雄史诗大系》第一卷,民族出版社,2007,第258~260页。

③ 达兰泰演唱,达·策仁索德纳姆记录:《锡林嘎拉珠巴托尔》,载仁钦道尔吉主编《蒙古英雄史诗大系》第一卷,民族出版社,2007,第272~288页。

续表

史诗名称	大主题	主题的程式化提示诗句	程式化描绘
锡林嘎拉珠巴托尔	有一位英雄，他是在所有可汗之上的，位于所有帝王之首的，恩和宝力德汗之子，7 岁的锡林嘎拉珠	要说他乘骑的宝驹是什么样	用 10 行诗描绘英雄的坐骑
		要说他的两个弟妹是谁	用 4 行诗交代了英雄的弟妹
		要说他的宫殿是什么样	用 14 行诗描绘了英雄的宫殿
		要说他的拴马桩是什么样	用 11 行诗描绘英雄的拴马桩
		要说他弟妹居住的宫殿是什么样	用 41 行诗描绘英雄弟妹居住的宫殿
	在宝陶根陶鲁盖地方居住的是兄弟三个蟒古思	最大的混世魔王是	用 3 行诗交代奥齐尔浩灰麦蟒古思
		中间的混世魔王是	用 4 行诗交代萨利亨浩日蟒古思
		最小的混世魔王是	用 5 行诗交代洪根杜古尔蟒古思
		它们居住的地方是	用 6 行诗交代蟒古思居住的地方

回归到演述现场，《恩和宝力德汗》史诗第一句话点出了第一个主题——"从前有一个美好的时代"。紧接着用"在治世刚刚开始的时候，乱世刚刚过去的时候，太阳刚刚升起的时候，花草刚刚盛开的时候，月亮刚刚升起的时候，佛法刚刚弘扬的时候……"等 19 个诗行描绘这个主题。之后，用"在极乐世界住着，比所有可汗强大的，在所有可汗之上的，在所有帝王之首的，恩和宝力德汗"诗句，点出并进入英雄大主题。艺人把这个主题分解成了 5 个主题，即家乡、宫殿、五种牲畜、儿女、儿女的兄长，分别用长短不一的程式化诗句描绘了 5 个主题。时间主题加上这 5 个主题构成该史诗英雄大主题的主题群。而 5 个主题是用结构统一的高度程式化的"诗行"向听众宣示的。

从书写传统的角度看，引出 5 个主题的 5 个程式化"诗行"对于后面的具体程式化描绘来说，就像是一个个标题；而从演述场域的角度看，就像是一个个提示，非常突出地归纳和提示了艺人接下来演唱的每一个段落及其内容。而这种提示，对艺人和听众学习、记忆、演绎史诗的作用都是一样的。因为对于传统中的人来说，记忆和演绎史诗是一次演述的两个方面。因此，我们可以把点出主题的这种诗句称作"程式化提示诗句"。

《锡林嘎拉珠巴托尔》史诗也是一样。把英雄大主题分解成 8 个主题，分别用以性格特征、右手所持武器、左手所持武器、坐骑、弟妹、宫殿、拴马桩、弟妹的宫殿等 8 个主题核心词组织起来的程式化提示诗句牵引出来，并予以描绘。

不难看出，在艺人的演唱环节，从史诗名称的宣示、大主题的点出，分解成主题群，到程式化描绘，层次分明，井然有序。其中，史诗名称、大主题、主题的程式化提示诗句等，构成艺人记忆和演绎史诗的提示系统。

如果不考虑长篇史诗的分章名称和系列史诗的分部名称，这两种史诗在艺人的演唱实践中，即在具体史诗故事的演绎过程中，与单篇型史诗和串联复合型中小型史诗没有什么区别。这种程式化的提示诗句在中、蒙、俄三国蒙古族史诗艺人演唱的史诗中普遍存在。例如，在新疆艺人额仁策演唱的《那仁汗克布恩》史诗①、蒙古国艺人乔苏荣演唱的《嘎拉珠哈尔呼胡勒》②、卡尔梅克江格尔奇鄂利扬·奥夫拉演唱的《江格尔》诗篇③等许许多多史诗中常看到这一现象。

此外，每个歌手描绘英雄大主题的主题数量和主题核心词以及主题的顺序不尽相同。主题顺序的不同说明英雄大主题下面的各个主题之间是并列关系，没有规定的先后顺序。主题数量和主题核心词不尽相同，说明艺人在演绎英雄大主题时是可以自由发挥的。主题数量和分解层次，取决于歌手大脑中主题储存量，取决于歌手的演唱状态，更取决于"歌手瞬间把握的灵感和描述能力"④，主题数量越多、主题分解层次越多，英雄的描绘就越细腻、饱满，包含的历史文化信息就会越丰富。

描绘主题的最底层是具体的程式化诗句，每个诗句都与蒙古族古老神话观念、民俗仪式、生产生活息息相关。就如乌·纳钦所称之程式意象及

① 额仁策演唱《那仁汗克布恩》，载仁钦道尔吉主编《蒙古英雄史诗大系》第一卷，民族出版社，2007，第 1069~1071 页。
② 乔苏荣演唱《嘎拉珠哈尔呼胡勒》，载仁钦道尔吉主编《蒙古英雄史诗大系》第三卷，民族出版社，2008，第 996~1001 页。
③ 鄂利扬·奥夫拉演唱《洪古尔活捉阿里亚芒忽里之部》，载阿·科契克夫、诺·毕提盖耶夫、鄂·奥瓦洛夫编，旦布尔加甫校注《卡尔梅克〈江格尔〉校注》，民族出版社，2002，第 313~318 页。
④ 乌·纳钦在分析蒙古史诗程式的纵向分解层次问题时说："程式纵向分解的不同层级与歌手瞬间把握的灵感以及描述能力有关。"我认为这同样适用于史诗主题的纵向分解问题。见乌·纳钦《论口头史诗中的多级程式意象——以〈格斯尔〉文本为例》，《民族文学研究》2016 年第 3 期。

其分解过程①，即便是进入具体的程式化描绘阶段，艺人的思路也是按照一级程式意象、二级程式意象、三级程式意象等顺序依次分解和展开，其中每一级程式意象对该程式化描绘来讲都像是各层级微主题，引领艺人的思绪，对艺人创编史诗具有至关重要的作用。

（四）英雄建功大主题的提示

在演唱单篇型史诗和中小型串联复合型史诗时，在静态描述部分用主题的提示诗句，而在故事情节的动态叙述部分，则没有主题的提示诗句，取而代之的是预示事件发生征兆的过渡性时空。在静态的英雄大主题和动态的英雄建功大主题之间，大多数情况下会有一个过渡性段落规律性地出现。或者进入"一天"这个不确定的特定日期（因为相较"从前"，"一天"总算把时间点拨回到一个特定范围内），或者进入"盛宴"这个特定情境（多见于卡尔梅克－卫拉特史诗）。

蒙古中小型史诗中，英雄一般会完成一两项任务（即英雄业绩）。这种任务，往往也是按传统套路提出的，如"远征娶亲"和"英雄与敌人的战斗"。演绎这两种大主题，艺人有完整的传统套路，即史诗母题系列，也就是口头程式理论所称之主题群。例如，英雄出征、遇到对手、战斗、结义、迎娶美女、凯旋等。也就是说，进入英雄建功大主题后，传统中业已形成并稳定传承的史诗主题群，指引艺人将建功主题完整地呈现。

演唱只有一个或两三个建功大主题的中小型史诗不需要大主题的特别提示，而拥有多个英雄建功大主题的串联复合型长篇史诗和并列复合型史诗则需要大主题提示。因此，在中小型史诗范围内不容易看清楚英雄建功大主题的提示，只有分析串联复合型长篇史诗和并列复合型史诗，问题才能清晰呈现。

值得一提的是，与英雄大主题下各个主题之间的并列关系相比，英雄建功大主题下的各个主题之间是序列关系。它们之间的先后顺序不能随意改动。而与英雄大主题下主题数量和主题词数目变化相比，建功大主题包

---

① 乌·纳钦：《论口头史诗中的多级程式意象——以〈格斯尔〉文本为例》，《民族文学研究》2016年第3期。

含的主题数目相对较为稳定。因为，在英雄大主题中，除在后面的正式故事中出现的人物是艺人要交代的必选项之外，其余诸如畜群、故乡、宝座、信仰、武器等，都是可选项（"非实质性部分"）。而英雄建功大主题下的各主题，无论大小，大多都是构成该故事的必要构件，因而是必选项（实质性部分），艺人都使出浑身解数来保留它们，以使故事得以稳定传承。如果英雄建功大主题必选项上的变化很大，那就会产生该故事的变体。① 这是蒙古英雄史诗传统所尽可能避免的。

二 英雄建功大主题的增多与长篇史诗分章提示

在讨论长篇史诗的分章前，我们需要了解蒙古史诗的演唱单位和记忆单位。按照传统，蒙古史诗艺人演唱，必须完整地演唱一部史诗，否则被认为会遭神灵的惩罚。这种信仰普遍存在于蒙古族地区。传统上，蒙古族史诗艺人以一部史诗为单位演唱。长篇史诗虽然篇幅很长，但其故事是前后连接的整体，艺人演唱这样的史诗时，不管需要多少天，也要完整地演唱。因此，中小型史诗和长篇史诗都是艺人的一次演唱单位。但艺人演唱长篇史诗时还要分章，而按照传统，分章还不是一个演唱单位。显然，长篇史诗的分章只不过是艺人的记忆和提示单位。那么用什么标准分章呢？我们以蒙古国著名艺人帕尔臣演唱的《宝玛额尔德尼》②、《达尼库日勒》③两部史诗为例，探讨这个问题。

---

① 斯钦巴图：《人物角色转换与史诗变体的生成——以〈汗青格勒〉史诗中蒙异文为例》，《民族文学研究》2016 年第 4 期。
② 玛·帕尔臣演唱，玛扎尔记录《宝玛额尔德尼》（影印本），《口头文学研究》，乌兰巴托科学院出版社，1972，第 27～186 页。
③ 《达尼库日勒》史诗是 1910 年俄罗斯商人布尔杜科夫委托一位叫玛扎尔的蒙古人从著名史诗艺人帕尔臣口中用蒙古文记录的。1923 年鲍·雅·符拉基米尔佐夫把它收录到《蒙古 - 卫拉特英雄史诗》一书中予以发表。1972 年，蒙古国学者乌·扎格德苏荣在《口头文学研究》上全文发表了玛扎尔原始记录稿的影印本（乌兰巴托科学院出版社，1972，第 189～365 页）。1986 年，蒙古国学者巴·卡图转写成基里尔蒙古文，并分了诗行，在乌兰巴托出版单行本，书名《达尼库日勒》。1990 年，民族出版社将该版转写成我国通用蒙古文在北京出版。由于玛扎尔原始记录稿未按蒙古文正字法书写，且书写潦草，加之影印本上有些地方字迹模糊，该两个版本中错误百出。2006 年，巴·卡图把该史诗重新转写，收录在《著名史诗艺人玛·帕尔臣演唱的史诗》（BEMBI SAN 出版社，第 196～418 页）一书中出版，但仍然错误很多。故在此论文中，我们利用了 1972 年的影印本。

（一）主题与长篇史诗的分章

帕尔臣演唱的《宝玛额尔德尼》史诗共分10章（表2）：

表 2

史诗名称	分章名称
布尔罕汗父亲 布拉姆哈敦母亲的儿子 好汉宝玛额尔德尼	宝玛额尔德尼的政教之第一章
	宝玛额尔德尼出生之章
	宝玛额尔德尼备马之第二章
	宝玛额尔德尼全副武装之第三章
	铲除五个哈尔蟒古思之第四章
	宝玛额尔德尼与哈吉尔哈日结义之第五章
	铲除哈达、哈尔盖两个大力士，夺回哈吉尔哈日的部众之第六章
	消灭肯杰、克里之第七章
	消灭十个蟒古思之第八章
	（与库克铁木尔哲别）结义之第九章

为了弄清艺人的分章方式，须了解史诗叙述的故事及其结构。该史诗叙述，为了迎娶图布吉尔嘎拉汗的女儿图门索隆嘎公主，宝玛额尔德尼启程远征，到达目的地。图布吉尔嘎拉汗宣布，谁能消灭为非作歹的五个蟒古思，就把女儿嫁给谁。宝玛额尔德尼和另一个婚姻竞争者哈吉尔哈日一起出征，消灭了蟒古思，然后与哈吉尔哈日较量并战胜，与他结为义兄弟。他如愿迎娶美丽的妻子，与义兄弟一起返回家乡。途中，义兄弟哈吉尔哈日回自己的家乡，发现哈达、哈尔盖两个勇士夺走了他的妻儿和部众。得到消息的宝玛额尔德尼帮助义兄弟消灭了那两个勇士，夺回失去的一切。他们在回途中，又遇到叫作肯杰、克里的两个勇士，并消灭他们；回家乡后他们沉浸在享乐的海洋中。这时，长者告诉他们，还有十个蟒古思将要成为他们的劲敌。于是，兄弟俩又出征消灭蟒古思。最后，又是按照长者的建议，与库克铁木尔哲别战斗，最终与之成为结拜兄弟。从此，宝玛额尔德尼、哈吉尔哈日、库克铁木尔哲别三英雄形成强大的联盟，过上了幸福的生活。

我们知道，蒙古中小型英雄史诗中，英雄远征娶亲，完成艰巨的任务，通过岳父的考验，打败婚姻竞争者并与之结义，如愿迎娶公主，是典型的婚姻型史诗的结构规律。与这个结构规律对比，可知史诗的前 6 章构成一个完整的故事。之后递加了英雄分别接受和完成的 4 个不同任务，构成后 4 章。有了这 4 章，整部史诗才突破了传统的中小型史诗结构框架，获得了出场人物和故事众多且有情节顺序的串联复合型长篇史诗的特征。

也正因为如此，前 6 章实际上是一个英雄建功大主题下的主题群，每章后面的章名，也不过是被升级当作分章名称的主题名称而已。因此，该史诗的真实结构如表 3 所示：

表 3

史诗名称	分章名称 （英雄建功大主题）	主题	亚主题
布尔罕汗父亲　布拉姆哈敦母亲的儿子　好汉宝玛额尔德尼	（宝玛额尔德尼迎娶图布吉尔嘎拉汗的女儿图门索隆嘎公主）	宝玛额尔德尼的政教之第一章	从前时间美好的时代
			辽阔安康的故乡
			四种畜群
			宝玛额尔德尼的政教
		宝玛额尔德尼出生之章	英雄的身躯
		宝玛额尔德尼备马之第二章	得到未婚妻消息
			准备出征，备马
		宝玛额尔德尼全副武装之第三章	戴头盔
			披铠甲
			背弓箭
			执利剑
			持长枪
		铲除五个哈尔蟒古思之第四章	长途旅行
			接受考验
			铲除蟒古思
		宝玛额尔德尼与哈吉尔哈日结义之第五章	战胜竞争者并结义
			娶亲
			回乡
	铲除哈达、哈日盖两个大力士，夺回哈吉尔哈日的部众之第六章		

续表

史诗名称	分章名称 （英雄建功大主题）	主题	亚主题
布尔罕汗父亲 布拉姆哈敦母亲的儿子 好汉宝玛额尔德尼	消灭肯杰、克里之第七章		
	消灭十个蟒古思之第八章		
	（与库克铁木尔哲别）结义之第九章		

从表3来看，《宝玛额尔德尼》史诗的后4章是按英雄的业绩分章的，是4个英雄建功大主题。而其前6章是叙述宝玛额尔德尼迎娶图布吉尔嘎拉汗的女儿图门索隆嘎公主的故事，是一个英雄建功大主题，其中的分章，实际上就是对大主题下的主题的突出和强调。因此该史诗实际上由5章构成。从这里可知，因为长篇史诗的分章不是演唱单位而只是艺人的记忆单位，艺人获得了长篇史诗分章的相对自由度，可以按特定描绘对象来分章，也可以按英雄建功大主题来分章。

具体分析《宝玛额尔德尼》的分章，就不难发现，"宝玛额尔德尼的政教之第一章"和没有序号的《宝玛额尔德尼出生之章》合起来构成一个英雄大主题，由5个主题组成：时间、家乡、畜群、宗教、体魄。前三个主题后面分别有"就是在这样一个好时候""家乡的概貌如此""畜群的概貌如此"等明确该段主题的诗句，其作用与"程式化提示诗句"相同，表明在歌手心目中始终有提示各个主题的明确的核心词。而在第四个主题后面则直接说"宝玛额尔德尼的政教之第一章"，把四个主题归纳升级为一章。而描绘英雄的体魄主题后面直接说"宝玛额尔德尼出生之章"。同样，"（宝玛额尔德尼）备马之第二章"和"宝玛额尔德尼全副武装之第三章"虽然分别称之为一章，但它们也只不过是史诗"出征主题"下的两个"出征准备"亚主题而已。说明了艺人在给长篇史诗分章时可以按大主题、主题、亚主题来进行分章。

（二）英雄建功大主题与长篇史诗的分章

虽然《宝玛额尔德尼》史诗的分章是按主题和大主题来划分，但是

《达尼库日勒》史诗基本上按照英雄完成的每一次业绩，把人物众多、故事复杂、长达近万诗行的长篇史诗的内容，分解为 17 章，每个分章都有分章名，分章名把整个史诗故事概括为 17 句话。依次为：

1. 达赖汗之章（第 189～200 页①）

2. （达尼库日勒）名扬世界之章（第 200～231 页）

3. 达尼库日勒与扎恩布伊东结义之章（第 231～260 页）

4. 阿达尔扎哈图之第三章（第 260～277 页）

5. 达尼库日勒使扎恩布伊东复活之章（第 277～288 页）

6. 铲除巫婆之章（第 288～295 页）

7. 消灭八万个蟒古思之章（第 295～299 页）

8. 使扎恩布伊东复活之章（第 299～309 页）

9. 消灭库日勒璜忽，救回四位兄长之章（第 309～316 页）

10. 把杜仁格日勒哈敦遣送娘家之章（第 316～322 页）

11. 消灭三个哈日蟒古思之章（第 322～328 页）

12. 娶希勒陶古斯汗的女儿阿丽亚敏达苏之章（第 328～336 页）

13. 扎恩布伊东娶乌兰达利克之章（第 336～340 页）

14. 额尔德尼 – 库日勒出生之章（第 340～343 页）

15. 额尔德尼库日勒请回杜伦格日勒哈敦母亲之章（第 343～348 页）

16. 消灭央吉勒玛 – 哈日 – 嘎尔赞蟒古思之章（第 348～361 页）

17. 额尔德尼 – 库日勒结亲之章（第 361～365 页）等。

把 17 个分章名称连贯起来，就是《达尼库日勒》史诗的内容提要。考虑到并列复合型系列史诗的分部是在长篇史诗的分章基础上形成，并基本按英雄一次完成的英雄业绩来划分的情况，可以认为史诗《达尼库日勒》史诗按英雄建功大主题来分章的做法代表了长篇史诗分章的主流趋势。不仅如此，《达尼库日勒》史诗本身已经有了长篇史诗向并列复合型史诗迈进的过渡性特征。

_____

① 这里的页码是指 1972 年影印本的页码。玛扎尔原始记录稿未分行，连续书写记录，无法给出起止诗行，故在此标出了起止页码。

（三）分章和分章名称的特征

基于以上分析，可总结长篇史诗的分章和分章名称的特征为：

1. 长篇史诗的分章并不是艺人的一次独立演唱单位，但可以作为艺人在演唱过程中停顿、休息的节点。这一点与并列复合型史诗的分部和分部名称有着很大的区别。艺人对于串联复合型长篇史诗进行分章，其实就是分段记忆法，是为了记忆的便利。

2. 分章并不是艺人的一次独立演唱单位，故艺人在演唱现场不把分章名称事先向受众提示和宣布。这一点也与分部名称截然不同。分章名称是艺人在演唱过程中对内容的概括和提示，与前述提示主题的"程式化提示诗句"有共同之处。

3. 分章不是艺人的独立演唱单位，仅仅是艺人的记忆单位，因而艺人在记忆和演唱过程中可以把一些主题作为一个分章来记忆、演唱。但通常情况下分章的单位均为英雄完成的一次业绩。

4. 分章名称概括所描述的主题或所叙述的故事的主要内容。这一点与并列复合型史诗的分部名称相似。

5. 串联复合型长篇史诗的故事是有严格的先后顺序的，不能颠倒它们的次序。正因如此，其各分章名称之间也是次序关系，不能将它们的顺序颠倒。这一点与并列复合型系列史诗的分部名称又有很大的区别。

须特别说明的是《达尼库日勒》的分章是传统的，并不是歌手或记录者故意为之。符拉基米尔佐夫院士采访帕尔臣的记录能够证明这一点。[①] 帕尔臣并不是因为有人记录才分章演唱《宝玛额尔德尼》《达尼库日勒》史诗的，他只不过是按从前辈习得的样子演唱这两部史诗罢了。

三 长篇史诗人物、事件的持续增多与分部提示

当长篇史诗从叙述一代人的英雄业绩发展到叙述三代人以上的英雄业绩，从叙述为数不多的英雄的业绩发展为分别叙述众多英雄的业绩纵横发

---

① 〔苏联〕鲍·雅·符拉基米尔佐夫：《卫拉特蒙古英雄史诗》，载乌·扎格德苏荣编《蒙古英雄史诗原理》，科学院出版社，1966，第57~58页。

展的时候，艺人不得不调整其演唱的单位。他们不是一次演唱长篇史诗所有的故事；而是按英雄完成一次英雄业绩，即把大主题进一步升级，作为一次演唱的单位；用这种方法将长篇史诗分割成一个个独立分部，并分别独立演唱。这样，长篇史诗也就完成了向并列复合型系列史诗的转变，但同时它的一次演唱单位却返回到了中小型史诗。因此，并列复合型系列史诗，是艺人对长篇史诗的简化形态。也因为如此，人们说并列复合型系列史诗《江格尔》为长篇史诗，是有根据和道理的。为了与一般的长篇史诗区分，我们也可称并列复合型系列史诗为超级长篇史诗。

当艺人调整演唱单位，按英雄完成一次非凡业绩作为一次独立演唱单位的时候，原先内置于艺人心目中的分章名称则彻底走到前台，成为艺人事前需要向受众特别宣布和提示的分部名称。转换到书写传统，就会变成冠以史诗文本之前的分部标题。下面我们就以鄂利扬·奥夫拉演唱的《江格尔》篇章为例，探讨并列复合型史诗的分部、分部名称的特征以及它们在艺人记忆和演绎史诗时的作用问题。

（一）鄂利扬·奥夫拉演唱的《江格尔》之分部名称分析

200 多年来，从中、蒙、俄三国蒙古族地区记录的《江格尔》达 100 多部独立篇章及数百个异文，已经远远超出一个江格尔奇所能记忆的极限。但是，纵观中外演唱《江格尔》史诗的江格尔奇，演唱部数最多者也只能演唱其中的 10 部到 20 多部。例如我国新疆的江格尔奇加·朱乃（1925—2017）演唱了《江格尔》26 部，冉皮勒（1923—1994）演唱了 21 部，俄罗斯的卡尔梅克蒙古江格尔奇鄂利扬·奥夫拉①演唱了 10 部。他们面对《江格尔》这种结构规模超常膨胀的庞然大物，在自己大脑中整理和存储习得的《江格尔》众多篇章时，分部和分部名称起到了非常重要的作用。以鄂利扬·奥夫拉演唱的 10 个分部为例（表 4）：

① 鄂利扬·奥夫拉（1857–1920），伏尔加河流域的卡尔梅克蒙古史诗艺人，著名江格尔奇。1909 年，圣彼得堡大学卡尔梅克蒙古学生奥奇尔·诺木图受该大学教授科特维奇（1872–1944）的委托，采访并记录了他演唱的《江格尔》10 部篇章。这 10 部篇章成为卡尔梅克《江格尔》的经典之作。

表 4

史诗名称	分部名称	
	英雄大主题提示	建功大主题提示
《塔黑朱拉汗的后裔、唐苏克宝木巴汗的孙子、乌宗阿拉达尔汗的儿子，孤儿江格尔传》	江格尔	与阿拉坦策吉战斗之部
	洪古尔	结亲之部
		活捉阿里亚芒忽里之部
		与芒乃汗战斗之部
		与哈日吉拉干汗战斗之部
	萨纳拉	征服扎恩台吉汗之部
	明彦	驱赶阿拉坦图鲁克汗的马群之部
		活捉库尔门汗之部
	萨布尔	征服凶残的黑拉干汗之部
	和顺乌兰、哈日吉拉干、阿里亚雄胡尔	活捉巴达玛乌兰之部

分析表4可发现如下几个现象。

第一，并列复合型史诗不仅有总的史诗名称《塔黑朱拉汗的后裔、唐苏克宝木巴汗的孙子、乌宗阿拉达尔汗的儿子，孤儿江格尔传》，而且还有分部名称。其分部名称一般由两个大主题组成，即英雄大主题和英雄建功大主题。

第二，鄂利扬·奥夫拉会演唱《江格尔》的10个分部，分部名称中的勇士名部分，首先清楚地区分了各个勇士的故事。

第三，鄂利扬·奥夫拉不仅会演唱多个分部，而且其中一些分部是关于同一位勇士的故事。此时，分布名称中的英雄业绩提示部分把同一位勇士的多个故事相互区分开来。

第四，"史诗名称""分部名称中的英雄提示""分部名称中的英雄业绩提示"三个部分，只是艺人在开始演唱前对演唱内容的选择和提示的三个层次，它们层次分明，区分清楚，在并列复合型结构中给各个分部做了准确的定位。艺人一旦选择到第三层，就已确定了系列史诗《江格尔》中的特定篇章，接着就进入具体演绎过程中的提示系统。

分析到此，我们发现，史诗名称、分部名称中的英雄提示、分部名称中的英雄业绩提示等，在艺人演唱过程中，起到每一个岔口的路径提示作用。

（二）分部与分部名称的特征

分部、分部名称与分章、分章名称既有共同之处，也有不同之处。其相似之处是，与分章一样，分部也是基本按英雄一次建功为单位划分，而与分章名称一样，分部名称也集中概括该分部的主要内容，即英雄的业绩。其不同之处为：

1. 分部是艺人的一次独立演唱单位。分章名称是在演唱过程中对各个相对完整的结构单位的提示，而分部名称则是演唱前对演唱内容的提示。

2. 分部中的主要人物名字出现在该分部名称中。在长篇史诗分章名称中，主要人物名字有时出现，大部分情况下不出现，因为长篇史诗各分章主要叙述同一个主要英雄的业绩。

3. 也是很重要的一点，就是分部之间大多是并列关系，没有先后顺序。而长篇史诗的分章是有先后顺序的，不能把分章名称的次序颠倒。

4. 分部名称高度概括和提示所演唱的故事之主要内容，并以"某勇士同某人战斗/结义/成亲之部"这种高度程式化结构呈现。即由勇士名和业绩提示两部分组成。

5. 并列复合型系列史诗的分部名称不仅具有内容提示功能，更具有强烈的演唱路径提示功能。而这种路径提示功能是通过对并列复合型史诗系列之各分部之间相互区分、定位而产生的。

四　结论

以上运用史诗名称、分章名称、分部名称、大主题、主题、程式化提示诗句、记忆单位、演唱单位等概念工具，探讨了蒙古史诗艺人概括记忆史诗和分解演绎史诗的提示系统及其特征和构成规律。

蒙古史诗艺人概括记忆史诗和分解演绎史诗的提示系统，随着蒙古史诗情节结构发展变化而形成、发展、变化的，而且其发展变化均与主题的不同层级有着密切的关系。

首先，作为史诗艺人的提示系统的最高级别，分析了史诗名称在艺人演唱中的功能、特点。

　　其次，作为深入分析蒙古史诗艺人概括记忆史诗和分解演绎史诗的单位，本文引入了英雄大主题和英雄建功大主题两个概念。在分析艺人如何演绎英雄大主题过程中，根据所掌握的普遍事例，还引入了程式化提示诗句概念。

　　最后，为了进一步认清艺人在记忆和演绎长篇史诗以及超级长篇史诗（史诗系列）时的灵活性，本文还引入了记忆单位和演唱单位两个概念。

　　演唱单位，就是艺人一次演唱的单位。蒙古民间传统观念中，艺人必须完整地演唱史诗，半途而废是不允许的，是要遭到神灵惩罚的。因此，对于中小型史诗和长篇史诗来说，整部史诗就是一个演唱单位。而对于超级长篇史诗（并列复合型史诗系列）来说，分部就是其演唱单位。因为分部已经获得了可单独演唱的独立史诗的特征。演唱单位的独立性决定了艺人需要在事先向受众交代史诗名称或分部名称。

　　记忆单位，则是艺人在心目中用来分解记忆一部史诗的那些相对完整的故事段落或特定的描述对象。记忆单位是灵活的，可大可小，最大的记忆单位是史诗的大主题，最小的记忆单位是微主题。微主题就是分解主题的最低层次。这就决定了艺人在给长篇史诗分章时的相对自由度。可见，长篇史诗的分章并不是演唱单位，但长篇史诗的分章却为长篇史诗向并列复合型系列史诗发展，分部成为一个个独立演唱单位奠定了基础。不仅如此，一些长篇史诗已经显现了向超级长篇史诗发展的趋势。如前所述，并列复合型系列史诗实际上是对超级长篇史诗结构的简化形态。

　　总之，史诗艺人的提示系统以史诗的大主题为分界线，往下按主题、亚主题、微主题等顺序，在程式化提示诗句的引导下逐层伸入史诗的最终表现层面，帮助艺人轻松而完整地创编和演绎中小型史诗以及并列复合型史诗的分部。而往上，则以分章名称、分部名称、史诗名称的顺序逐层概括记忆长篇史诗以及超级长篇史诗——并列复合型系列史诗的主要内容，从而帮助艺人概括记忆、分解演绎长篇史诗和超级长篇史诗。史诗名称、分部名称、分章名称、大主题、主题、亚主题、微主题等等，构成蒙古史诗艺人演唱史诗的提示系统。从下而上，就是层层概括记忆的过程，而从上而下，则是层层提示、选择、分解、激活、演唱的总过程。这个过程以主题的不同层级为主线，层层指向史诗的内容，越发往下，就越会深入到史诗的具体细节，导出一个个程式化诗句，最终完成一部鲜活的史诗篇章。

（原文刊登于《民族文学研究》2017 年第 4 期，

本文集收录的是删节版）

影像视域下的中国南方史诗与仪式

吴晓东　中国社会科学院民族文学研究所研究员

在拍摄史诗演唱之前，我们得知道中国大概有哪些史诗，也就是得先梳理一下各民族的史诗名录。这个工作并不难，之前各民族搜集整理出版了一些史诗文本，"中国少数民族文学史丛书"的系列书籍都对本民族的史诗有所介绍。从这些资料可以比较轻松地罗列出各民族的史诗名录，比如彝族有《阿细的先基》《梅葛》《支格阿鲁》，纳西族有《黑白之战》《创世纪》，佤族有《司岗里》，哈尼族有《哈尼阿培聪坡坡》《十二奴局》《雅尼雅嘎赞嘎》，苗族有《苗族史诗》《亚鲁王》。但是，这些原来是一部部被公认的史诗，如果要以影像的形式拍摄下来，情况就变得复杂起来了。这一复杂状况和史诗与仪式关系的密切程度有关。

一　史诗及其演唱语境仪式的构成

中国北方的史诗，大多可以随时随地演唱，也就是说，如果原来有仪式语境，它们目前也已经脱离了这一语境，成了一种表演。与其相比，南方的史诗相对来说更多地在相应的仪式中演唱，有的史诗内容没有相应的仪式是不能演唱的，艺人也都遵守着这样的规则。

仪式类型的划分很复杂，有不同的分法，从制约史诗演唱的角度出发，可以划分为民间信仰类仪式与非民间信仰类仪式。非民间信仰类仪式在这里指婚礼以及一些脱离了信仰性质的节日，这些场合主要是起到聚众的作用，在这些场合很可能演唱史诗，但它对史诗演唱的内容、形式没有什么制约性。相反，民间信仰类仪式具有比较严格的程序，在这些仪式中演唱的史诗受到的制约比较大，在什么环节演唱什么，都有严格的规定。

　　那么，具体又是怎样的一种状况呢？从目前了解的情况以及史诗与仪式的吻合程度来看，可以分为三种形态：一是一个仪式与一部史诗基本吻合，二是一个仪式含有多部史诗，三是多个仪式的演唱内容可整合为一部史诗。

　　苗族史诗《亚鲁王》是在丧葬中演唱的，它与整个丧葬仪式词虽然也有一些出入，但基本一致。在苗族西部方言区，特别是贵州紫云一带，苗族丧葬要请东郎进行演唱。整个丧葬仪式可以分为报丧，请先生算发丧时辰，守灵，牵马到各村报丧，砍伐砍马桩，进客，砍马，杀开路猪，呼唤亡灵、述平生、求保佑，给亡灵讲述历史，杀开路鸡，指路，发丧等诸多环节，以下是这些环节与东郎演唱内容的对应。

　　　1. 报丧

　　　2. 请先生算发丧时辰

　　　3. 守灵

　　　4. 牵马到各村报丧　　　　　　（对唱《报丧歌》）

　　　5. 砍伐砍马桩　　　　　　　　（演唱《亚鲁王率先开砍树为桩》，
　　　　　　　　　　　　　　　　　　也称为《树经》）

　　　6. 进客　　　　　　　　　　　（演唱《收船钱路费歌》）

　　　7. 砍马　　　　　　　　　　　（演唱《亚鲁王领头砍马祭祖》）

　　　8. 杀开路猪　　　　　　　　　（演唱《猪经》）

　　　9. 呼唤亡灵、述平生、求保佑　（演唱《呼唤亡灵、述平生、求保
　　　　　　　　　　　　　　　　　　佑》）

　　　10. 给亡灵讲述历史　　　　　 （演唱《亚鲁先祖》《亚鲁生平》
　　　　　　　　　　　　　　　　　　《亚鲁后裔》）

　　　11. 杀开路鸡　　　　　　　　 （演唱《亚鲁开引领杀鸡开路》，
　　　　　　　　　　　　　　　　　　也称为《鸡经》）

　　　12. 指路　　　　　　　　　　 （演唱《指路经》）

　　　13. 发丧

从这一对应表可以看到，在这一区域的苗族丧葬中，各仪式环节所演唱的内容基本上能与史诗挂上钩，这里几乎把所有的丧葬民俗起源都追溯到亚鲁王身上，即使是讲述砍拴马桩，也说是亚鲁王开的先河；用鸡为亡灵引路，也说是亚鲁王第一个做的。不过，就目前见到的陈兴华演唱的文本而言，《指路经》部分与亚鲁王没有任何关联。在西南少数民族中，很多丧葬的引路都是指引亡灵沿着祖先迁徙的路线，一步步回到祖先居住的地方，所以这些指路经在很大程度上可以视为反映了民族来源的迁徙史诗。但是，麻山地区苗族丧葬上的《指路经》是指引亡灵往天上走，甚至要经过日月，麻山地区苗族认为祖先是居住在"天堂"里。可以说，《亚鲁王》的唱词几乎都可以纳入"史诗"这个概念的范畴，不过也并非全部。

在纳西族的史诗拍摄中，会出现一个仪式含有两部或多部以前我们认定为独立篇目的史诗。《纳西族文学史》中给读者呈现了两部史诗：《创世纪》与《黑白之战》，也就是说，《创世纪》与《黑白之战》被视为两部独立的史诗。在《纳西族文学史》里，没有介绍这两部史诗是在怎样一种情况下演唱的。按纳西族学者杨杰宏的介绍，在丽江三江口区域，《创世纪》与《黑白之战》是同一仪式"禳栋鬼"里的唱词，如果拍摄禳栋鬼仪式，就可以把这两部以前被认为是独立的史诗同时拍摄下来。因此说，这两部"独立"的史诗，也可以视为一部仪式词的不同部分，在不同的仪式环节中演唱。

1977 年，覃承勤等人搜集整理并油印的壮族布洛陀诗歌，称为《布洛陀史诗》。既然视为一部史诗，学界便会倾向于将其视为一个整体。那么，如果要拍摄一部带语境的《布洛陀史诗》，会面临怎样的情况呢？所谓的语境，这里指相应的仪式，也就是壮族牵涉演唱《布洛陀史诗》的仪式。李斯颖在其专著《壮族布洛陀神话研究》的语境篇之"么仪式与布洛陀经诗"介绍了与布洛陀有关的仪式，大型仪式有"红水河中上游地区的祭祖、右江流域的扫寨、广西田阳敢壮山的'春祭布洛陀'、玉凤镇祭祀布洛陀岩石画像以及云南文山村寨祭祀布洛陀树等仪式活动"。小型仪式包括"为长者补粮、为幼童招生魂、为逝者赎亡魂、为新房安龙、招谷魂、赎牛魂、祭灶等"①。这些仪式

---

① 李斯颖：《壮族布洛陀神话研究》，中国社会科学出版社，2016，第 42、45 页。

都只是演唱《布洛陀经诗》中的一些章节，如果要拍摄《布洛陀史诗》，只能选择性拍摄某一个仪式，也就是只拍摄《布洛陀史诗》的某一小部分，没有任何一个仪式能包含目前被称为《布洛陀史诗》的全部。

二 史诗与仪式的结合和脱离

在中国南方少数民族地区，虽然很多史诗依然在仪式语境中演唱，但也有一些已经脱离或正在脱离其仪式语境。

使史诗保留在仪式语境中演唱的原因，恐怕与史诗内容的神话性有关。在中国，北方以英雄史诗见长，而南方以创世史诗见长，创世史诗的内容讲述的基本都是万事万物的起源，往往带有浓厚的神话性质，所以也有学者称为"神话史诗"。或许正因为南方带有神话性质的史诗见长，其演唱也更多地带有一点神圣性、庄严性，更多地保留在仪式中演唱的传统。

从理论上说，既有史诗与仪式共荣共衰的现象，也有仪式逐渐消失，而史诗保留了下来，或史诗逐渐消失、仪式保留了下来的现象。但就目前的情况来看，共荣共衰的现象更为普遍，也就是说，仪式逐渐从人们的生活中淡出的同时，史诗并没有脱离仪式而独立保留下来，发展成人们喜闻乐见的演唱形式，而是在仪式消失的同时，史诗也一起消失。在南方少数民族中，有的史诗原先是在某一仪式中演唱的，但目前这种仪式已经很难遇见，可以说其传统已经不存在。比如湘西苗族的椎牛，这一仪式在以前是很普遍的，因为这是一个以家庭为单位的仪式，所以出现的频率很高，但是，目前很难看到，即使有的时候政府出于旅游的目的偶尔组织一次，也已经不是真正意义上的椎牛了。佤族的拉木鼓其实也是一样，我们已经看不见真正意义上的拉木鼓了。

目前由于非遗的介入，情况发生了一些变化。原本一些在传统中被视为非常严肃而不能随意演唱的史诗，正在被"消费"而世俗化。也有学者主张非遗走进学校。就史诗而言，无论是被"消费"还是走进学校，都会使史诗从仪式中脱离出来。

虽然中国南方史诗很大程度上与仪式关系密切，在仪式中演唱，可是，并不是所有的史诗都是这样，有的史诗与仪式关系并不十分密切，正在脱离以前的仪式语境。畲族《高皇歌》的演唱正处于脱离仪式语境的状况。《高皇歌》的内容很大程度上是讲述盘瓠神话的，而"盘瓠神话的畲族演绎自古就有仪式活动做依托，而以长夜嬲歌为代表的日常性仪式活动和以祭祖、做功德与传师学师为代表的宗教性仪式活动则为盘瓠神话的畲族传承提供了动力支撑"①。孟令法在畲族地区做了多年关于盘瓠文化的调研，2016年7月30日，他在浙江云和县采访蓝观海时，得到的回答是这样的：野外不唱，丧葬不唱，平常一般时候唱不得。婚礼上会有对歌，下半夜唱。做传师学师仪式时，唱《丙歌》时要唱《高皇歌》，逢年过节（正月初一）供奉祖宗（家祭）时要唱《高皇歌》。祠堂祭祖要唱《高皇歌》。丧葬最后阶段可唱《高皇歌》的盘瓠王逝世以后的歌词。可见，在云和，《高皇歌》的演唱正处于逐渐脱离仪式的状态。

2017年5月15日，在浙江景宁的郑坑乡半岭村，笔者与孟令法以及王宪昭、毛巧晖、周翔等同事调查时了解到的情况有所不同：几十年前，尚有人能唱具有史诗性质的《高皇歌》，但这种演唱只是茶余饭后的唱唱，恰恰不在仪式中演唱。钟小波说，在这里，师公做的法事分三大类，一类是做功德，即丧葬，一类是传度，还有一类是做科目，即做各种法事。在这三大类中，都不演唱《高皇歌》。在调查中，钟小波与其师公钟科法都说，学师的仪式与祖图长连里的盘瓠间山学法相同，但同样没有演唱盘瓠在间山是怎样学法的。在做功德的仪式中，很多做法都与长连里画的内容吻合，但同样没有提到盘瓠是怎样被山羊顶撞落悬崖而死，以及死后挂在树上的内容。所以说，在景宁半岭村，《高皇歌》的演唱是完全脱离仪式的，或者说不需要在仪式语境中来演唱。虽然目前半岭村的仪式还很多，而且尚保留画了整个盘瓠神话内容的长连祖图。这种长连是在做仪式的时候挂在法场里的，但仅仅是挂着而已，在任何仪式的演唱中都没有相关内容的演唱，也就是说，不在仪式上演唱《高皇歌》。

云和县与景宁县是临县，基本属于同一文化圈内，但关于演唱《高皇歌》的调查所得到的答案却有很大差别。由此可见，演唱《高皇歌》的场

① 孟令法：《口述、图文与仪式：盘瓠神话的畲族演绎》，《湖北民族学院学报》2017年第1期。

域已经发生了很大变异。

如果传统仪式已经消失，又有艺人尚能演唱史诗，在拍摄这些史诗的时候，艺人必然会面临选择唱什么的问题。艺人没有"史诗"这个概念，不知道拍摄人需要的是什么内容，没有仪式顺序的制约，艺人很可能不按仪式顺序演唱史诗，所以，在非仪式语境的情况下拍摄，尤其需要注意。我们拍摄者往往会想当然地认为其演唱与仪式语境下的演唱大体一致。另外，有的内容既然是拍摄明确提出需要的，在仪式缺失的情况下，由于一些禁忌，艺人也未必敢唱。

三　史诗单位"首"的重新审视

从上面的案例可以看出，一个仪式中演唱的仪式词有时可能是一首史诗，有时也可能是多首史诗。至于怎样进行"切割"，有很多人为的因素。那么，如果不在宗教信仰性质浓厚的仪式中演唱，情况又会怎样呢？就目前苗族情况来看，也有难以与出版的史诗文本相吻合的情况。比如说，中部方言的《苗族史诗》，之前出版的文本包括"金银歌""古枫歌""蝴蝶歌""沿河西迁"四部分。从出版之后，我们都将这几部分视为同一首史诗的组成部分，似乎这部史诗就是从开天辟地开始，一直演唱到民族迁徙到黔东南居住。但是，当我们要用影像记录《苗族史诗》的演唱的时候，我们便会发现，现实中很难找到在同一个场合中按这个顺序将这四个部分从头唱到尾。这有两个原因，一个是这四部分可以视为独立的史诗，另一个原因是，这些史诗的演唱组合，大多是随机的。马学良、邰昌厚、今旦在《关于苗族古歌》中是这样说的："我们所记录的古歌共有四支。分开来看，这四支歌都可以成为独立的歌；连贯起来，则自成一格系统。每一支歌又分为几部分……我们在整理这一系统的古歌时，是依照它的大体上可以看出的逻辑次序，按'金银歌''古枫歌''蝴蝶歌''沿河西迁'这样来安排的。但是，前面说过，这四支歌是可以各自独立的，它们是'平行'存在的，彼此之间并没有必然的先后关系。并且，每支歌的各个部分也是有一定独立性格的：一支歌在唱到某个关节时，可以这么接下去，也可以那么接下去；可以继续唱这支歌的下一部分，也可以岔到另一支歌里去。比如唱'蝴蝶歌'唱到姜决开荒种地的地方，可以接下去唱本歌的祭祖吃鼓藏，也可以接唱'沿河西迁'里的'洪水滔天'。"①黔东南苗族被认为有十二路大歌，有学者认为目前整理出的《苗族史诗》只是这十二路大歌中的四路。这种说法是否正确可以讨论，不过《苗族史诗》确实不是同一仪式里需要固定唱完的"一首"史诗，黔东南苗族的十二路大歌，在演唱的时候是经对唱双方商量之后决定往哪个方向唱，也就是说，演唱水平高的，得就着水平低的来演唱，一方会一方不会，就没办法持续下去。这是对歌的一个特点。所以，在拍摄《苗族史诗》（《苗族古歌》）的时候，首先得打破将其视为一部史诗的观念，选取其中的某一部分进行拍摄，在影像的要求下，我们得重新审视其构成。笔者曾经于 2006 年在贵州施秉双井村拍摄过苗族古歌中的《沿河西迁》，苗语名称为《"瑟岗奈"（Seib Gangx Neel)》。这次演唱是在吃新节，双方的对唱只限于《沿河西迁》这一首，没有涉及《苗族史诗》的其他部分，也就是说，《沿河西迁》是一首独立成篇的史诗。

拉祜族的史诗状况是怎样的呢？有一种说法是拉祜族有创世史诗《牡帕密帕》，迁徙史诗《古根》，英雄史诗《扎努扎别》。又有说法是："（拉祜族）有史诗《牡帕密帕》，已翻译成汉文出版，另一部史诗叫《古根》，情节与《牡帕密帕》大同小异，也被译成汉文发表。两部史诗都有扎笛与娜笛两兄妹（《古根》则叫扎笛与娜罗），兄妹结婚繁衍后代，打猎，种谷子，具有了民族传承的情节。《古根》还有关于洪水的神话。"② 可见，《古根》其实与《牡帕密帕》内容基本是一样的，将它们视为两个不同的史诗，是某些学者受到"创世史诗""迁徙史诗""英雄史诗"几个概念的影响而人为切割。关于《扎努扎别》，笔者曾经在澜沧县酒井乡勐根村老达保村拍摄李扎戈、李扎保演唱的《牡帕密帕》的时候，他们就将《扎努扎别》一起唱了，并告诉我们说可以一起唱完。由此可见，《古根》与《扎努扎别》可以包括在史诗《牡帕密帕》之中，作为其一部分。

---

① 马学良、邰昌厚、今旦：《关于苗族古歌》，《民间文学》1956 年 8 月。

② 姚宝瑄主编《中国各民族神话：白族、拉祜族、景颇族》，书海出版社，2014，第 158 页。

四　结语

综上所述，南方史诗大多在民间信仰性比较浓厚的仪式中演唱，有的也正在脱离这种仪式。史诗与仪式中的唱词不一定完全吻合，能基本吻合就已经很不错了。大多数情况是，整个仪式唱词有少数环节的演唱符合史诗概念，在其他的仪式环节中，也需要演唱，但这些演唱的内容未必都能符合"史诗"这一概念的要求，也就是说，这些演唱很可能不是史诗的内容。有的仪式的唱词在某些环节符合创世史诗的概念，有的环节符合英雄史诗的概念，或者迁徙史诗的概念，可以人为切割为不同的史诗，也可以整合成一部复合型史诗。也有的仪式唱词内容虽然符合史诗的内容要求，但实在过于简单，不好称为史诗。

纸质版史诗的出版给搜集整理者很大的运作空间，他们可以在很大程度上将某些仪式上演唱的内容整合为一首符合"史诗"概念的文本，既可以将同一仪式里难以吻合史诗概念的演唱内容剔除掉，也可以将不同仪式中演唱的符合史诗概念的内容整合在一起。但是，影像的方式难以做到这一点，如果将一个仪式从头到尾拍摄下来，那么其中演唱的内容必然有很多不属于史诗的范畴，等我们将所有的仪式演唱词翻译出来的时候，我们就会发现，这些仪式唱词如果和盘托出，很难让人认为这是一部史诗。拍摄者如果任意删去不属于史诗演唱的片段，整个仪式就会很不完整。而如果将几个不同仪式中符合史诗概念的唱段整合在一起，仪式的影像画面必然难以连续成片。正因为这样，当我们试图要拍摄以前认为是"一首"史诗的时候，我们得重新审视这个问题。

（原文刊登于《广西民族师范学院学报》2017 年第 5 期，

本文集收录的是删节版）

文化空间的概念与边界

——以浙南畲族史诗《高皇歌》的演述场域为例

孟令法　华东师范大学社会发展学院博士后，助理研究员

《高皇歌》[①] 是广泛流传于畲族乡民社会的一种长篇口头语言艺术，它以韵文体方式演述了以民族英雄——龙麒[②]为核心的神话传说。在以往的畲族研究中，《高皇歌》通常以文本形式被用以探讨民族起源、宗教信仰、迁徙路线及族群关系等，但它是在何种场域下被演述，这种场域又是如何被史诗演述人及其聆听者所营造，却无法在纯文本探讨中得到展现。在田野访谈中，一些年过古稀的畲族歌手多能对史诗演述场域作出回忆，而当下依然存续的民族特有仪式（如做功德、传师学师和祭祖等）则给予我们更多相关信息。由于畲族大分散、小聚居的生活状态，笔者将以浙南（即丽水和温州两市）为核心调查区域，并结合其他省市相关资料，对畲族史诗《高皇歌》的两类演述场域——娱乐歌场与仪式道场做出梳理，进而勘察它们的时代特征，并由此探讨文化空间的概念及其"时空边界"问题。

一　歌场：日常待客与节日庆典中的史诗演述

史诗具有强烈的神圣性，对它的演述也非随时随地都可进行的个体活动，而是需要特殊情境的营造才能开始的一种集体性表演行为，但对畲族

---

① 《高皇歌》代表性文本，可参见张恒《以文观文——畲族史诗〈高皇歌〉的文化内涵研究》，浙江工商大学出版社，2014，第230~251页。

② 龙麒，即盘瓠，它是畲族独有且经常出现在畲民口头的称谓，除此之外，龙孟（猛）、忠勇王、麟豹王等也是盘瓠的畲族叫法，为行文方便及尊重畲民用语习惯，本文将统一使用"龙麒"。

民众来说，史诗《高皇歌》也不是不能在具有一定娱乐氛围的特殊时段，于特定场域中加以演述。从目前的田野调查可知，浙南畲族进行史诗演述的娱乐性场域多集中在被学界称为"歌场"的文化空间。简言之，歌场是"在一定的地域空间范围内，以固定的时间周期频率，由当地某一族群或几个族群共同操弄、践行并立体"呈现以歌舞为核心民俗事项，或兼有宗教仪式和史诗演述等行为的文化空间。① 其实，可大可小的歌场并不是一个均质的固定地点，而是会随着实际需要，围绕该地的中心区自由缩扩的演述场域。

在浙南畲族聚居区，史诗演述场域的营造具有一定的特殊性。虽然嘭歌②是畲族民歌演述的主流方式，且有"拦路截唱"的野外形式，但史诗的神圣性决定了《高皇歌》只能在较为正式的场合进行演述，而"落寮会唱"才能为此提供空间支撑。就目前的调查可知，史诗《高皇歌》的演述场域主要集中于畲民村落的个体家户，且因人员多少、空间大小，划分出火炉塘与盘歌堂两种歌场。

火炉塘是畲民家居习俗中一个重要组成部分，它不仅是房屋居住者日常饮食的处所，同时也是日常待客的地方。在浙南畲民家户中，一般都有两个火炉塘，一个设在厨房灶门前，一个设在一楼正厅旁的偏房。厨房中的灶台火炉塘是在垒灶时就预留出来的，它通常依据灶台大小而三面砌制出高宽在 30~40cm，长约 100~140cm（两口锅）或 120~180cm（三口锅）左右的槽形（图1）③。不论是自家人还是有外来客人（含邻居），都可以围坐在灶台火炉塘前喝茶、聊天、唱山歌。偏房中的火炉塘相对简

---

① 黄龙光：《少数民族传统歌场的文化空间性》，《民族艺术研究》2010 年第 6 期。
② "'嘭歌'是畲族关于闲暇或节日期间与外地氏族外异性对歌的原称"，而"无论是'出行'作客，或参加歌会，嘭歌有两种不同的发生情形，一为拦路截唱，一为落寮会唱"。早期的嘭歌是口语式的"随意谈话体"，而随着口传记录本的出现，"非随意谈话体"的歌本"成为嘭歌有'据'可依，有情可'发'的基础"。蓝雪霏：《畲族音乐文化》，福建人民出版社，2002，第 66~72、77~88 页。
③ 图1根据景宁畲族自治县郑坑乡半岭民族村钟法荣住宅绘制（虚线区域）。在当代浙南畲族聚居区，由于房屋改造、重建等原因，较为原始的灶台火炉塘已很难看到（图1即为模拟），不过，在浙江武义一带的畲民中还能看到，而丽水、温州一带的畲民也有在冬季将灶膛木炭火铲出，置于灶门下，供家人或邻里对唱时烤火用。

单，它基本都安排在偏房前半部分，在那里的中间部位放一个直径在 50cm 的陶盆或石盆（现也有铁盆或搪瓷盆），上置一张八仙桌。除向内的一边外，其余三边都有长椅，以供主客休息、交流以及歌唱。可以说，火炉塘不仅是深山畲民防寒取暖的必备工具，也是连接畲民情感的重要纽带。

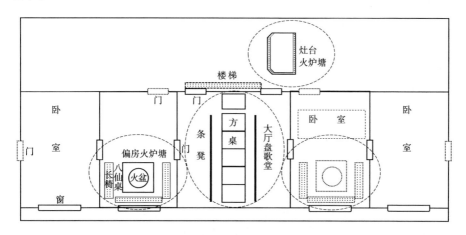

图 1　畲族歌堂平面示意图

作为畲族民间歌场重要组成部分的火炉塘，也是畲族史诗《高皇歌》的重要空间载体。火炉塘民歌演述活动大多发生在晚饭后的上半夜，此时正值一天劳作的结束时，邻里通过串门做客，以放松身心、加深感情。对于火炉塘歌场上的民歌曲目并没有固定的要求，参加民歌演述的成员大部分是血缘至亲，因而也就具有一定的随意性。史诗《高皇歌》在火炉塘歌场上只是众多曲目中的一个选项，但并不是必然选项，它一方面有赖于在场者是否有能力演述，另一方面则取决于在场者的需要以及能演述者的心情。据民歌手钟亚丁[①]介绍：杂歌（情歌、劳动歌、谜语歌、时政歌、劝世歌等）是火炉塘歌场上最主要的演述曲目，但当《高皇歌》响起时，也是演述人向在场听众讲述民族历史时。因此，以本村村民为主体的火炉塘歌场，既是民族历史的知识场，又是民间自发的教育场。

---

①　钟亚丁（1942 - ），男，畲族，中师肄业，民歌手，务农（放牛），原姓雷，家住浙江省文成县黄坦镇底庄村，后入赘到黄坦镇呈山底村钟姓之家，遂改姓为钟。

对畲族民众来说，火炉塘歌场还是日常生活的重要组成部分，而另一个较大的歌场——盘歌堂则更具仪式感和节日性。盘歌堂一般会在两种较为重要的情境下设立：一是村外同族人走亲访友；二是民族传统节日——"三月三"歌会，但不论哪种情况，盘歌堂都是设在村内特定的家户中。当走亲访友时，盘歌堂就会设立在主家最大的房间内，通常是房屋一层的大厅中；当"三月三"歌会时，一般会设在村内最能歌善舞的家户中，地点与"走亲访友"时相同。通常来讲，盘歌堂的布置比较简单，它视厅堂大小而进行排桌（方形桌，亦有圆桌），从里向外依次摆到屋檐下，一般由四到六张桌子构成。只有敢于歌唱、善于歌唱的男女村民才能上桌，且依据男左女右的方式相向对坐（图1）。

每当有亲戚到访，尤其是出嫁外村的女性村民回村省亲时，左邻右舍的村民都会前来看望，并盛情挽留来客在家中过夜；而在"三月三"歌会时，这种场面会更为壮观。其实，纯以招待来客的盘歌堂同火炉塘一样，大都从晚饭后开始，而"三月三"歌会则开始于当天上午，并随着来客增多而使火炉塘成为分歌场。一般来说，盘歌最短也会持续一晚上，对此，畲民称之为"长夜对歌"，由此产生的"竞技性"则被称为"比肚才"。民歌手蓝高清[1]告诉笔者："比肚才"的重点是正歌演述。正歌是以《高皇歌》《封金山》《凤凰山》《奶娘传》《末朝歌》《长毛歌》等为代表的神话历史歌和传说故事歌，只不过福鼎、霞浦等地将其置于上半夜；福安、宁德以及浙南诸地则把它放在下半夜。在民歌手蓝观海[2]看来：长夜对歌在演唱内容与体裁上都有十分严格的"一对一"原则，即正歌对正歌、杂歌对杂歌，否则就是不合章法的"乱对"。

总之，不论是火炉塘歌场还是盘歌堂歌场，它们都是在日常待客与节日庆典中形成的传统文化空间，其本质虽是娱乐的，但也为史诗《高皇歌》的代际传承提供了较为自由的内部场域。正如上述三位老年歌手以及民歌

---

[1] 蓝高清（1943－），男，畲族，小学文化，民歌手，务农，在当地被村民誉为"深山畲歌王"，浙江省丽水市莲都区南明山街道山根村人。

[2] 蓝观海（1943－），男，畲族，初中文化，民歌手/师公，雾溪畲族乡文化站文化员/退休教师，浙江省云和县雾溪畲族乡坪垟岗村人，省级非遗（畲族民歌）代表性传承人。

手蓝余根、雷梁庆、雷君土①等所言：在演述《高皇歌》等神话历史歌时，现场气氛不能太过嘈杂。他们指出，以《高皇歌》为代表的神话历史歌是对民族始源的神圣性表述，因此所有参与对歌的人都应以虔诚之心感念祖先功绩，并从中学习基本的民族历史与行为规范。据此笔者认为，即便在歌场的娱乐情境中演述《高皇歌》，也未曾失去其严正肃穆的本质。

二 道场：祭祖活动与人生礼仪中的史诗演述

神圣性是本文一直强调的史诗特征之一，因此其演述场域的确定也应沿此方向探寻。虽然上文之述主要针对娱乐性场域，但这种以杂歌为核心演述对象的场域也未曾彻底消磨史诗《高皇歌》的这一特征。在畲族社会中，神圣性场所复杂多样，如宗族祠堂、住所香火堂、村落宫庙、寺院道观，甚至怪石古树、坟冢墓地等都可成为畲民祭拜神佛祖先的处所。由于畲族深受临近汉文化的影响，并在接受道教南宗——（正一）闾山派道法规则的同时，融合了本族古老的巫法形式，从而形成了具有本民族特色的宗教性仪式活动。现有调查表明，浙南史诗《高皇歌》的神圣性演述场域具有一定的动态建构性，它并非上述固定性文化空间所能完全承担，而是多集中在临时构建的仪式道场②——祭祖活动与人生礼仪中。

在长达千百年的畲汉杂居相处中，畲族不仅浸染了汉族建祠堂、修族谱、祭祖先的文化传统，在祭祀仪礼上也有一定的相似之处。一般来说，畲民祭祖活动可分为祠祭、家祭和墓祭；祭祀对象则有远祖（民族始祖）和近祖（村落/支族始迁祖），而祭祖时间也因不同村落、不同支族而有所不同。据笔者了解，浙南地区的畲族祭祖多集中在冬春两季。虽然祭祖活动至今依然存续于很多浙南畲村，但并非每个村落或支族都有自己的祠堂。

---

① 蓝余根（1939 - ），男，畲族，初中肄业，民歌手/师公，务农，浙江省景宁畲族自治县鹤溪镇东弄村人，省级非遗（畲族祭祀礼仪）代表性传承人；雷梁庆（1946 - ），男，畲族，小学，民歌手/师公，村文化宣讲员，浙江省景宁畲族自治县渤海镇上寮村人，省级非遗（畲族祭祀仪式）代表性传承人；雷君土（1945 - ），男，畲族，民歌手，退休教师，浙江省泰顺县竹里畲族乡竹里村人，县级非遗（畲族民歌）代表性传承人。

② 道场并非畲族术语，它有着深厚的宗教积淀。在汉语语境中，道场通常被理解为"法会"或"做法事的场所"。详见刘震《何谓"道场"？》，《复旦学报》（社会科学版）2015 年第6 期，第 96 ~ 107 页。

近代以来的田野调查与研究成果显示，大部分畲族村落常以两个竹木箱充当"祠堂"，称为"祖担"或"佛担"，其内放有祖牌、香炉、族谱、祖杖、祖图①等。除墓祭外，祠祭和家祭都需将"祖担"中的物品取出，并按一定的顺序排列、悬挂（图2②）。在祭祖，尤其是祠祭或家祭远祖时，史诗《高皇歌》是族中长辈用以教化宗族成员的重要手段，它常在上香祭拜等基本程序结束后进行，其演述歌词、歌调与歌场所唱基本一致。据民歌手钟亚丁介绍，老家底庄村并无雷氏宗祠，其叔雷水恩在世时，每年正月

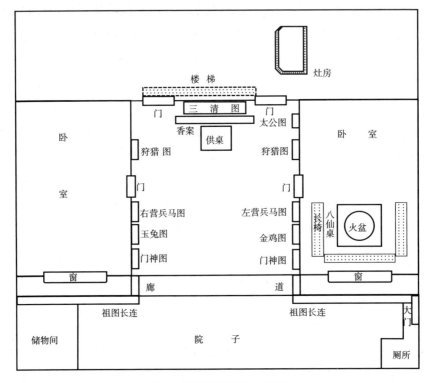

图2 家祭道场平面示意图

---

① 祖图是畲族社会中一套十分重要的宗教性法器，它由众多彼此关联的图画组成。目前，各村现存的祖图数量及种类不尽相同，因此各畲村在举行相关仪式（祭祖、传师学师、做功德）时，也会产生差异。目前，25幅图像是构成畲族祖图系列的上限。长连是各村所藏祖图系列中必备的一种，它描绘了与《高皇歌》和"龙麒神话"相对应的故事情节。长连一般由上下两幅卷轴构成，长度基本保持在7m～8m/幅，宽度大概在45cm～50cm，而少数单幅卷轴型长连则在16m～20m之间，宽度与上下幅型相似。

② 图2根据景宁畲族自治县鹤溪镇东弄村蓝余根、蓝仙兰口述、蓝余根住宅绘制。

初一都会召集村民在其家中祭祖，并依据歌本演述《高皇歌》，而这也是他学习《高皇歌》演述技巧的主要途径之一。

祭祖活动在当代畲族社会已渐趋衰微，大型的祠堂祭祀活动更是很难寻觅，而依托于祭祖活动的史诗《高皇歌》演述行为，在这种情况下也逐渐失去了它的生命力。其实，祭祖活动中的史诗演述并不是一个全民行为，它具有很强的自主性。也就是说，各村各支族在民族文化的传承上，都会因迁徙或与邻近族群的接触而产生某些适应性变化，而对文化传统的记忆、遗忘与再造同样是这种历史行为的反映。除了祭祖活动，两个独具民族特色的人生礼仪——传师学师与做功德同样成为史诗《高皇歌》得以呈现的重要场域。只不过，为了契合特定仪式场域，《高皇歌》在演述人、演述内容和演述歌调上不仅彼此区别，还与祭祖、歌场上所唱文本有较大差异。

传师学师作为一种学术名词，由浙江省畲族文化研究会于 1980 年确定，而在畲族民间，这一仪式活动则被称为"做阳""醮名祭祖""奏名传法""传度奏名"等。目前，尽管传师学师的属性尚无定论，但笔者认为，它是集成年、入教、入社和祭祖等于一身的综合性仪式活动。被称为"太上传度奏名道场"的传师学师仪式空间通常设于学师者家大厅，它以悬于房梁的彩色剪纸布置大厅上部，其内部上首位张挂三清神图，下置香案供桌，左右板壁由里向外依次张挂太公图、左右营兵马图、金鸡玉兔图等，大厅外廊下挂以祖图长连，从而营造出一个范围固定的神圣仪式空间（图3①）。一般认为，这一由 12 位师公主持，历经 3 天 3 夜，大小近百个步骤才能完成的综合性仪式活动②，只有 16 岁以上的男子才能参加，并要在学师后世代相传，否则就会成为"断头师"。学师者人称"红身"，死后可做大功德，已传代者的寿衣为青色，未传代者为红色，未学师者叫"白身"，死后只能

---

① 图3根据景宁畲族自治县渤海镇上寮村雷梁庆、雷锡青口述、"奏名学法堂"布局绘制。
② 传师学师中的 12 个职位，即本师公、东道主、证坛师、保举师、引坛师、度法师、监坛师、净坛师、传职师、阜佬师、西王母及其侍女，分由 12 位学过的师（除西王母及其侍女）的本村本宗本姓人（即师公）担任。根据不同畲族村落老师公的口述及其保存的相关经文资料可知，传师学师的步骤也有很大差异，少则 60 余个，多则上百个，但不论多少，仪式一旦举行，自开始时辰算起，都要在 3 天 3 夜内按时完成，不得延误。本文所用上百个，是采取浙江景宁郑坑半岭村钟姓的传师学师步骤。

做小功德，穿蓝色寿服。由此可见，学师与否不仅奠定了畲民个体的社会形象，更强化了他的社会地位。在复杂的仪式程序中，一个位于中间阶段的单元——唱"兵（丙）歌"则反映了畲族民众对史诗《高皇歌》的创编与活用。

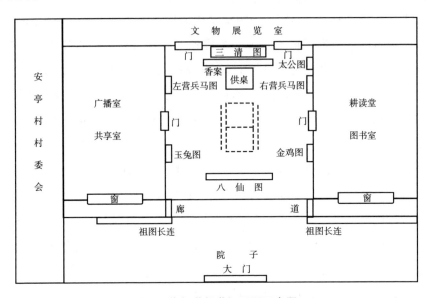

图3 传师学师道场平面示意图

《兵歌》并非一般意义上的《高皇歌》，其主要目的是在仪式进程中请兵下凡，教渡新罡弟子。虽然部分《兵歌》开宗明义地唱道："元仙起宗在广东，传来师男传祖宗。当初人何做的大，今来胡乱请师公。元仙起宗广东来，传学师男做是个。当初人何做的大，今来无肉奈是菜。"① 这显然是向传师学师的参与者传递既定的民族起源观，而这恰与《高皇歌》一再强调的"盘蓝雷钟一宗亲，都是广东一路人……盘蓝雷钟在广东，出朝原来共祖宗……盘蓝雷钟莫相骂，广东原来是祖家"② 一脉相承。然而，此后的内容不仅转移到了闾山学法、招兵除崇、救渡万民上，还在实际演述中彰显了道教科仪唱法的严肃性。也就是说，《兵歌》是由主持仪式的男性师公

---

① 《兵子歌》，蓝法祥 1994 年手抄。现存浙江省景宁畲族自治县郑坑乡半岭村蓝法祥处。

② 《高皇歌》，蓝凤鸣宣统二年（1910 年）手抄，蓝观海 2000 年再抄。现存浙江省云和县雾溪乡坪垟岗村蓝观海处。

演述，他们围坐在由两张并排的方桌前（图3虚线），以唱念经文的声调予以表现。不过，就笔者掌握的资料看，并非所有畲村的《兵歌》都没有一般《高皇歌》的内容。由蓝云飞主笔编写的《畲族传师学师书文汇编》可知，丽水市莲都区南明山街道犁头尖村的蓝氏《兵歌》由两大部分组成，第一部分《念祖宗》同上述《兵歌》几近一致；第二部分《太祖出朝》则记述了与《高皇歌》相似的龙麒神话，只是在篇幅上略作删减，而其文末的"十二六曹来学师，要学师男传古记，学师也要归太祖，讲分后代子孙记"①，则凸显了学师对成年男性的重要性。

传师学师并非一个经常性的仪式活动，甚至没有固定的举办时间，因而也就不存在所谓的周期性原则，它常常受制于畲民经济水平、上代学师情况，以及可学师家庭与个人意愿及其生辰属性等，所以这一活动可能一年举办多次，也可能数十年都难举办一次。相较于祭祖与传师学师的"不常见"，以丧葬为主体的人生礼仪——做功德则相对完整而广泛地存在于浙南畲乡，只是由于地区差异，表现形式上略显不同。

做功德是畲族民众对丧葬活动的一种自称，它是相对于传师学师的一种仪式活动，因此有些地方也称之为"做阴"。上文表明，做功德是与传师学师相互勾连的整体，虽然它们有很大的时间跨度，但反映了畲民对个体身份和社会地位的族群认同意识。可以说，除未成家的"少年亡"外，凡有儿女者死后都要做功德，而人死后立即做的，称热丧；因经济困难或其他原因（如吉日难定等）隔几（数）年再做的，称冷丧。可一个死者单独做，亦可几个死者一块做，上下代不能下代先做，可两代一起做。相较于传师学师道场的布置与主持人构成，做功德显得更为复杂。② 被称为"太上集福功德道场"的功德仪式，通常由两（三）个彼此连接却又相对独立的

---

① 浙江省畲族文化研究会编《畲族传师学师文书汇编》，内部刊印，2008，第69－77页。
② 做功德一般在丧家厅堂中举行。其职员分工主要有房照先生、夜郎徒弟、引师、同引、师主、招魂各1人，此这6人须经学过师的人（师公）担任。此外，还需孝度2人、少年4人（专唱功德歌）、童子3人（由16岁以下男孩担任）。如今，因学师者数量减少，仪式场合的司职人员也随之减少，现大部分地区由六到八人组成。据目前的调查和资料显示，做功德的程序十分复杂，还会因姓氏、宗族、地区（村落）、举办模式（热丧/冷丧；独一/多个）等的不同而有不同，因此其步骤少则数十个，多则上百个。

神圣空间组成，一为供死者灵魂暂居、丧主守孝与亲属吊唁的灵堂；一为供仪式主持者（师公）请神与休息的师爷间（再一个就是度化死者灵魂的"度亡道场"）。简言之，不论是灵堂，还是师爷间，其顶部都要用书有联语的彩色剪纸加以装饰。师爷间上首正位高悬三清图，下置香案供桌，左右壁板由里及外依次悬挂太公图、左右营兵马图、金鸡玉兔图等，而灵堂上首位高悬太乙救苦天尊图，其中部摆设棺椁、供桌，灵堂外的檐廊下悬挂祖图长连，左右壁板的前半部会在仪式第二晚的上半夜张挂十殿阎王图，直至仪式结束（图4①）。

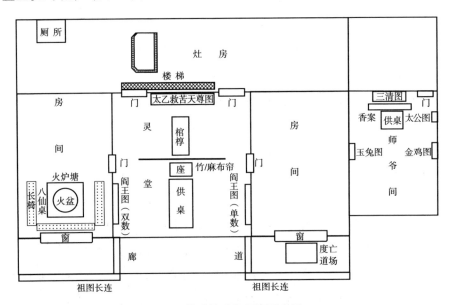

图 4　做功德道场平面示意图

在功德道场中，数十位师公互相交替完成这一复杂的仪式活动，而他们所唱之"歌"实际上是类似于道教科仪中的经文。此外，以"哀歌"为主的民歌贯穿了整个功德仪式的全过程，甚至与科仪经文相互交叉，而其演述者除了主持仪式的师公外，大部分为逝者的女性近亲属，他们用哭腔演述长短不一的哀歌，表达自己对逝者的悼念之情。经文念诵和哀歌演述是功德仪式中最为重要的语言表达。据民歌手钟亚丁介绍，他曾在年轻时

---

① 图4根据2016年10月25-27日景宁畲族自治县郑坑乡塘丘垒村蓝木根家做功德道场所做。

参加过村中老人的功德仪式，当时就有村中德高望重的男性年长者在守灵时演述了史诗《高皇歌》，但其内容主要集中在龙麒逝世到下葬的过程；民歌手蓝陈启①也曾告诉笔者，她虽不会演述《高皇歌》，但年轻时也曾于村中功德仪式的守灵过程中，听过自己母亲演述的《高皇歌》，其内容与钟亚丁所述基本相同。只不过，其腔调拉得更长，与哀歌近乎相同。在蓝明亮等人编撰的《中华畲族哀歌全集》中，有一首被置于仪式尾部的《思念祖宗》，此歌虽在主体上表现了上述歌手所说的内容，但具体歌词却与现已发现的《高皇歌》有所区别。不过，此歌更详细地说明了始祖龙麒的逝世原因、功德情况，并在强调"当初广东住出来，太公吩咐话言对，蓝雷三姓共太祖，何事相请要莫推"的同时，也向"六亲"表达了谢意。②

从祭祖活动到人生礼仪，史诗《高皇歌》都能得以演述，而史诗演述人在这些场合中选择的不同演述内容，一方面体现了史诗《高皇歌》在民族口头传统上的可塑性，另一方面则说明史诗《高皇歌》必须依照特定场域的演述规范进行取舍与创编，以符合当世当时之情境。从整体上看，并非所有浙南畲族村落都有在上述神圣空间中演述《高皇歌》的传统，但这些存在或曾经存在仪式中演述《高皇歌》的村落，表明在一个以血缘为基础、以婚姻为纽带的区域性民族文化空间中，史诗演述不仅具有传递民族历史的重要功能，更是教化宗族成员、凝聚民族精神的有效途径。

三 客观与建构：文化空间的概念与边界反思

乌丙安在论述文化空间时，对民俗文化活动提出了"大型综合性"的修饰语（见上文），并列举了"传统节庆活动、庙会、歌会（或花儿会、歌圩、赶坳之类）、集市（巴扎）"等典型文化空间。显然，以村落家户为核心的史诗演述场域，不仅在地域范畴上十分有限，在活动场面上也不够宏大。尽管乌丙安提醒我们："在保护工作中选择文化空间为保护项目，就不

① 蓝陈启（1938－），女，畲族，文盲，民歌手，浙江省景宁畲族自治县鹤溪镇双后岗村人，国家级非遗（畲族民歌）代表性传承人。
② 蓝明亮（1946－），男，畲族，小学文化，民歌手，浙江省丽水市莲都区富岭街道岙头村人，区级非遗（畲族民歌）代表性传承人。中华畲族哀歌全集编委会：《中华畲族哀歌全集》，中国人事出版社，2012，第85～88页。

可以使用'泛文化空间'的随意性理解，把过去文化部门命名过的一个'故事村''剪纸之乡''艺术之乡''文化生态保护区''区域文化'等等都拿来申报文化空间。"① 这似乎给文化空间设定了一个边界，但这个边界究竟在哪里？而非遗保护中的国际用语——社区的边界又在哪里？这似乎是个很明晰的工作原则，却又让人陷入迷惑。因此，如果不能在一定程度上对文化空间做出"时空边界"的准确定位，势必影响非遗保护在文化空间上的进一步推进。在笔者看来，非遗视角下的文化空间是以自然时空为基本属性的客观存在，但它并不受制于时间长度（周期的或时代的）与空间跨度（本土的或跨境的）的影响，而其核心决定因素则是传统文化活动或传统文化表现形式在一定时空中的人为建构。换言之，"时空边界"的确定有赖于具体非遗项目在特定族群中的时空表达。

随着"文化空间"的国际推广，空间的时间性逐渐成为它的本质属性，而相关的"事件（性）"呈现不仅变成一种辅助性行为，还于相继公布的国内外非遗保护公文及其相应解读中淡出人们的视野。然而，文化空间具有显著的时空复合性，但以人为核心的事件或活动，并不一定需要周期性的时间限制。换言之，非周期性人类活动所依赖的物理空间，不能简单地否定其文化空间性。因此，在提倡文化多样性的非遗时代，以"周期性"为限定词的时间属性，只能被纳入文化空间的充分不必要条件，而不是决定前提。非遗视域中的文化空间似乎更注重物理空间对人类行为过程的时间性承载；物质遗产中的文化空间主要关注于它的实体形态，但固化的"废墟"又岂非不是人类行为得以呈现的历史留存？因此，时间维度上的文化空间又是传统与现代的综合体，前者在一定程度上延续了族群文化的既有程式，而后者则在追求时代审美的同时，更趋于单一文化事项的舞台流动性与表演顺序性。

尽管"泛文化空间"观不能随意用作非遗申报的空间认识论，但在人为建构中形成的空间范畴，已然具备文化空间的基本属性，因而不应被排出文化空间的理解域。在已公布的 UNESCO 人类非遗代表作名录中，就有

---

① 乌丙安：《民俗文化空间：中国非物质文化遗产保护的重中之重》，《民间文学论坛》2007年第1期。

大量以"文化空间"为名的项目。这些代表特定族群的文化表现形式,不仅可以跨地区甚至跨国家,也可是一个村庄、集市甚至广场。因此,承载多样人类行为的文化空间,在地理范畴上并不局限于空间幅度的自然属性,而取决于生活其间的、享有相似或相同文化传统的人们共同体,即族群边界。此外,以个人为中心形成的空间模式,也可被视为一种文化空间,只不过非遗视角下的它们需要集体语境的参与,即是否承载了某种约定俗成的民族文化传统。再者,《保护非物质文化遗产公约》对社区的一再强调,不仅突出了它的重要性,也体现了它的文化性。在当代社会,社区可由一群拥有共同文化的人们共同体组成,也可由来自不同文化圈的个体或群体组成。所以,作为一种文化空间的社区,不仅需要时空的自然边界,更需要社会的文化边界。

文化空间的形成归根结底是人的存在,而对它的定性同样出于人的需要。我们很难想象没有自然属性的空间如何承载以人为核心的文化创造,也很难定性没有人之行动的自然空间如何成为文化空间。[1] 虽然个体家户的特定区域被畲民群体认定并践行为一个可以观察的空间实体——史诗《高皇歌》的演述场域的歌场与道场,但这个具有文化属性的空间形态,依然是建立在自然时空中的物理存在。虽然自然时空对文化空间的形塑具有不可忽视的重要作用,但人为建构才是其形成的本质。随着文化空间的国际推广与解读,人为构建的文化空间也在不断扩大范围中,凸显了地区与地区、国家与国家的文化合作。其实,非遗视域下的文化空间具有强烈的"想象的共同体"性,它的成功申报也许能为跨境族群的文化认同提供帮助,但忽视内部差异乃至国家边界的"均衡"现象[2],不仅会影响项目本身

---

① 向云驹认为:"人类学的'文化空间',首先是一个文化的物理空间或自然空间,是有一个文化场所、文化所在、文化物态的物理'场';其次在这个'场'里有人类的文化建造或文化的认定,是一个文化场;再者,在这个自然场、文化场中,有人类的行为、时间观念、岁时传统或者人类本身的'在场'。"详见向云驹《论"文化空间"》,《中央民族大学学报》(哲学社会科学版)2008 年第 3 期。

② 乌丙安在用"文化圈"理论解读非遗保护时,不仅认为"文化空间"是对这一理论的发展,还于具体实例中阐述了文化本身所具有的内部差异性,以及特定(一个或多个)族群针对不同或相同文化模式的传承行为。详见乌丙安《非物质文化遗产保护中文化圈理论的应用》,《江西社会科学》2005 年第 1 期。

的次级多样性，还可能带来不必要的政治纷争。

在当下的非遗研究中，文化空间已然不再是一个新鲜概念。当学者们争相使用并以此论述相关文化事项的空间呈现时，都会对 UNESCO 的初始定义加以回溯，但随后的自我引申是否遵循它的本义，就连 UNESCO 自己的后续阐释与实践也未必符合初衷。文化空间的概念的确很难确定，但作为一种人类创造，它并非一种空间实体的认识依然不容置疑。作为人类非遗保护对象之一的文化空间，在我国的非遗体系中并未实际出现，而是被融入"四级十类"的具体项目中。文化空间是"文化时空"（cultural space and time）① 的另一种表述，因为不论是 UNESCO 的初始定义还是后来者的各种阐释，文化空间的自然时空性都未曾消失，而传统文化活动或传统文化表现形式的存在，则决定了这一属性的存在。总之，文化空间即可承载多种传统文化活动或传统文化表现形式，也为某一（类）传统文化活动或传统文化表现形式搭建展演平台，它虽具有典型的自然时空性，但时间是周期的还是时代的，空间是本地的还是跨境的，都不是文化空间形成的关键因素或先决条件。而作为其"时空边界"得以确立的根本所在——突破族群边界的文化认同则取决于非遗保护主体对它的时空建构，这种建构不仅要符合 UNESCO 或具体国家的非遗定义和申报标准，更要符合传统文化活动或传统文化表现形式的时空状态与传承法则。

（原文刊登于《民俗研究》2017 年第 5 期，

本文集收录的是删节版）

---

① 陈虹：《试谈文化空间的概念与内涵》，《文物世界》2006 年第 1 期。

第三部分　长诗 ————

彝族民间文学中叙事长诗的"语词程式"研究

沙马拉毅　西南民族大学教授

运用口头程式理论关于"程式"的概念对彝族民间叙事长诗进行解读，我们很容易看到叙事诗歌的诗行中充斥着大量反复出现的成分。这些反复出现的"片语"有的跨行出现，有的连续出现，为表达一种特定的基本意念而存在。在彝族民间叙事长诗中，其中一些很固定的程式，它的某些词可以被替换，以表达不同或者相同的意义。比如在《妈妈的女儿》和《阿依阿芝》中，叙述"妈妈的女儿"无可奈何的"不得不走"和"阿依阿芝"忍无可忍的"不得不跑"的表达方式是一组固定的程式化表达模式，只是其中某些词被替换了。

《妈妈的女儿》
……
妈妈的女儿哟，
狂风齐天也得走，
风雨交加也得走，
泥泞陷脚也得走，
洪水滔滔也得走，
……
女儿不走不行了！

《阿依阿芝》

......

阿芝一定得逃跑，

大雪漫天也得跑，

洪水滔滔也得跑，

狂风齐天也得跑，

......

阿芝不得不跑了。

从中也可以看到"程式"具有很高的能产性。根据叙事的需要，几乎没有什么新词不能够进入这些不变的模式里。在彝族民间，只要一位口头诗歌的"表演者"掌握着程式的"词汇"，能够熟练地运用传统的表达模式，便能够在不同的场合自由地构筑诗行，流畅地"表演"口头诗歌。

本文就反复出现在彝族民间口头叙事诗歌中表"意象"的语词程式和表"赞美"的语词程式，以及表"思恋"和表"哀怨"的语词程式作简要的讨论，选取这些"语词程式"进行分析与解读，透过"部分"语词程式感受彝族民间叙事诗歌的丰富意蕴与传统魅力。

一 表达"意象"的语词程式

"意象"是用来寄托主观情感的客观物象。彝族民间叙事长诗中存在许多"语词程式化"的"意象"，这些意象的反复使用不仅仅是构筑诗行和表达的需要，它还能够让诗歌充满一种悠远的意境之美，让人在诗性的叙事中产生审美愉悦。彝族民间叙事长诗中程式化的意象承载着固定的意蕴，表达在特定的情景下的一种情意，一种心绪，是彝民族文化心理积淀的无意流露。

彝族民间叙事长诗文本中程式化的意象有"鸿雁""雄鹰""鱼儿""布谷鸟""蝉""蜜蜂""獐鹿""姿仔鸟""云雀""杉树""索玛花"，这些意象不仅大量反复出现在不同题材的叙事长诗中，在同一首叙事诗歌里也会反复出现。在此仅举反复出现在《甘嫫阿妞》、《妈妈的女儿》和《阿诗玛》中的"鸿雁""蝉""杉树""布谷鸟"等程式意象加以论述。

（一）"鸿雁"的程式意象

"鸿雁"是一种大型候鸟，春来北国，秋往南飞。在中国古代的诗文中，有无数以"孤雁"为意象的诗篇。据说，鸿雁群飞时不会鸣叫，鸿雁鸣叫则意味着离群。所以一般中国古诗文中写孤雁都是从其哀鸣声入手。在彝族民间，鸿雁一样承载着丰富的文化内涵。凉山彝族民间有一首古歌叫《谷莫阿芝（大雁阿芝）思乡》，以阿芝向南飞的鸿雁倾诉思乡之情，询问鸿雁是否看见了自己的亲人为内容：

> 鸿雁啊，鸿雁啊，
> 你是否看见，
> 看见我的母亲，
> 她在屋檐下织布？
> 鸿雁啊，鸿雁啊，
> 你是否看见，
> 看见我的父亲，
> 他在院坝擀织毛披毡？
> 你是否看见，
> 看见我的兄弟还在那剽悍的马背上练骑术。
> ……

古歌以低沉缠绵的曲调寄托了无限的哀思，闻之，无不潸然泪下。将鸿雁视为从故乡飞来，表达了远离故土的"阿芝"孤寂与悲切之情。

《妈妈的女儿》中"鸿雁"的程式意象：

> ……
> 虎月望见鸿雁过，
> 又到苦女念母时节了。
> 你从谷楚楚火举翅飞，
> 飞过斯木补约境。

……
听得两眼泪汪汪。
女儿闻声又起哼。
有缘想见你一面，
无缘想听你一声。

《甘嫫阿妞》中"鸿雁"的程式意象：

……
飞雁"咕咕"叫，
甘嫫阿妞哟，
心儿凄切随雁叫；
……
雁从彝寨飞来吗？
雁要飞回彝寨吗？
可怜的阿妞，
……
蓝天的鸿雁，
"嗷嗷"空中过，
叫声仅九月，
雁叫声声好悲凉。
甘嫫阿妞哟，
悲凉伴随终生。

　　"鸿雁"的意象在《妈妈的女儿》中出现了9次，在《甘嫫阿妞》中出现10次，在不同的典型场景寄寓思乡之情或表达孤寂无助之情。如在民间倾听口头诗人的表演，此意象的重复不仅没有反复多余之感，相反，创造了一种悲凉的意境，往往能起到加深印象之作用，使听众深切地感受到彝族民间叙事诗歌的语丽清悲的艺术感染力。

　　分析以上的诗行,我们可以看到开端的诗句都是自然物象,以物象起兴,先描鸟兽、草木,再引起下面的思想感情,情景交融,将被引起的思想感情和具体的客观物象相结合,使形象之物成为思想情感的象征。

(二)"蝉"的程式意象

　　"蝉",生于夏季,喜栖高树而鸣,其声高远而悲凉,入秋后有了白露,必死。"蝉"能够成为彝族叙事诗歌中的程式意象,其背后蕴藏着深厚的传统和浓郁的民族悲剧意识。

　　《甘嫫阿妞》中"蝉"的程式诗行意象:

> 林间蝉在鸣,
> 鸣期仅七月,
> 蝉声阵阵好凄切,
> 甘嫫阿妞哟,
> 凄切伴随终生了。

　　诗行出现在甘嫫阿妞被关进"黑牢"后的场景中。用"蝉"哀婉的鸣叫声寄托阿妞的伤悲之情。"蝉"在彝人文化里常常被人格化以象征"亲情",阿妞被迫远离了"亲情",那些"亲情"曾经带给她的欢乐已被冰冷的牢狱之墙无情地隔断了。由此我们就不难理解为什么《妈妈的女儿》中会有"秋蝉爱妈妈,靠树栖身表示爱"的诗句了。

　　《妈妈的女儿》中"蝉"的程式诗行意象:

> 秋蝉爱妈妈,
> 靠树栖身表示爱。
> ……
> 树上秋蝉爱鸣叫,
> 鸣声会有停歇时;
> 女儿爱父母,
> 思念不停歇。

"蝉"的意象同样在这里有象征意味。这里用以寄托"妈妈的女儿"出嫁后对亲人无尽的哀思。

（三）"杉树"的程式意象

"杉树"在彝族民间传说中，它是沟通天地人神的桥梁，常出现在彝族民间"祭祖"仪式中。"杉树"被彝人视为神圣之物，这与彝族在远古时期对植物的崇拜与想象有关。据彝族史诗《勒俄特依》中记载，彝族民间创世英雄"支格阿龙"最后站在杉树之巅才"射日射月"成功。"杉树"在彝民族的文化里已经成了一种文化的象征符号，此意象反复出现在彝族民间史诗和叙事长诗里，是彝族诗性思维与集体无意识的自然流露。

在叙事长诗《甘嫫阿妞》中，"杉树"的意象反复出现了 6 次。甘嫫阿妞知道土官欲来抢她为妾后开始出逃，连逃三天又三夜，最后逃进一片杉树林里。"怕鹰躲来杉树下，怕蜂躲藏来圈内"的诗歌片语在以阿妞"逃跑"为主题的叙事中是程式化的，"杉树"在此实际上具有民族集体无意识中潜藏的保护神的象征意义。

彝族用诗性的语言表达对母亲的思恋之情时常常说"望见山上杉树林，不由想起母亲"，"母亲"与"杉树"结合在一起，这是彝民族感性的思维形态中渗透着强烈的象征意识的反映。

（四）"布谷鸟"程式意象

布谷鸟又名杜鹃。在彝族地区，彝族历法中的猴月鸡月一到，布谷鸟就会出现，彝族认为布谷鸟一出现，大地万物开始复苏。布谷鸟在彝族文化中象征性地代表了一年的季节，彝族将其视为祖先图腾，忌打布谷鸟。

叙事长诗《我的幺表妹》《甘嫫阿妞》《妈妈的女儿》《阿诗玛》中都出现"布谷鸟"程式意象。这些意象都是歌者情感的物化形态，都寄托了不同的叙事主体的思恋之情。

《妈妈的女儿》中"布谷鸟"程式意象诗行样例：

> 妈妈的女儿哟，
>
> 猴月鸡月到，

山间布谷鸣叫了。

有树你在树上鸣，

无树站在石上叫。

……

《甘嫫阿妞》中"布谷鸟"程式意象诗行样例：

阳春三月间，

布谷鸣叫了。

山间布谷啊，

有树你在树上鸣，

无树站在石上叫。

叫得深山林木片片绿，

叫得溪谷青草绿茸茸，

……

《阿诗玛》中"布谷鸟"程式意象诗行样例：

春鸟声声叫，

春天来到了，

杜鹃声声叫，

春草发芽了，

……

杜鹃声声叫，

杜鹃开春门。

在彝族民间叙事长诗中，"鸿雁""蝉""杉树""布谷鸟"等程式意象，作为一种符号伴随着口头诗人的表演而反复进入听众的耳际，存留于听众的深层记忆，经过反复，听众就能够理解这些意象符号所承载的信息和所蕴含的意义。

二　表达"赞美"的语词程式

　　程式的形态，在不同诗歌传统中有不同的界定。但是，有一个最基本的特性是它必须是被反复使用的片语。这些片语是在传统中形成的、世代相传的、具有固定含义的现成表达式。彝族民间叙事长诗中对女性的赞美词是在漫长的演进过程中形成的。这些赞美之词逐渐被固定下来后就成了模式化的表达方式。在《甘嫫阿妞》和《我的幺表妹》中，对"阿妞"的赞美之词和对"我的幺表妹"的赞美之词基本上是对应的，这些赞美语词明显具有程式化的特点。

　　《甘嫫阿妞》中"赞美"的语词程式：

　　……
　　　粗辫黑油油，
　　　看脸脸美丽，
　　　像索玛花一样美，
　　　睫毛黑又翘，
　　　像绸锦一样美；
　　　鼻梁高又直，
　　　脸蛋红润润，
　　　嘴唇薄绯绯，
　　……
　　　甘嫫阿妞哟，
　　　锅庄下方坐，
　　　上方亮晃晃；
　　　锅庄右边坐，
　　　左边亮堂堂，
　　　堂屋里面坐，
　　　院坝也生辉；

对面山头过，

山脚也添彩。

高山大地上，

鲜花竞开放，

索玛花开红似火，

甘嫫阿妞一出现，

索玛逊色花瓣纷纷落。

美丽的孔雀，

彩屏缤纷映山林，

……

佳支依达坝，

美丽姑娘数不清，

姑娘竞相争比美，

甘嫫阿妞一出现，

长颈变短脖，

一片静悄悄。

《我的幺表妹》中"赞美"的语词程式：

……

唉，我的幺表妹哟，

唉，我的幺表妹哟，

我的幺表妹哟，

看脸脸美丽，

像索玛花一样美，

看腰腰美丽，

像绸缎一样美，

看脚脚美丽，

白雪一样美，

> 我的幺表妹哟
>
> 发辫黑油油
>
> 眉毛黑又弯,
>
> 睫毛长齐齐,
>
> 眼睛亮汪汪,
>
> 我的幺表妹哟,
>
> 眼看脸蛋红扑扑,
>
> ……
>
> 手指长又白,
>
> 脚腿美又实,
>
> 脚趾匀又长。

两首叙事长诗中对人物形象的描绘基本相同,都对发辫、脸蛋、眼、睫毛、鼻、唇、颈部、腰等部位进行了生动的描绘。而且,形容这些部位的语词是程式化的。"锅庄下方坐……山脚也添彩。"则属于两首叙事长诗的共同程式。"左边……右边"的片语反复出现在诗行中,它属于一个基本的表达模式,根据叙事的需要,此基本模式中的语词会被巧妙地替换,但都表达相同的意义。为进一步重力描绘"阿妞"的美,诗行中用"阿妞一出现……"的重复片语,以一连串夸张性的铺陈叙事手法,用"索玛"、"孔雀"、"山峦"、"冰雪"与"阿妞"比美。

三　表达"思恋"的语词程式

彝族是个善于运用比喻的民族。比喻的修辞艺术和丰富的想象在彝族民间口头诗歌中俯拾皆是。在《我的幺表妹》和《甘嫫阿妞》这两首叙事诗歌中,将思恋的情感具体化,融情入景,以景传情,展开想象的翅膀,表达了一种一往情深、相思难抑之情。在表达"思恋"时,此两首叙事诗歌中"你若是……"、"我愿是……"和"如果由得你来变"、"愿表妹变成……"片语的反复,使客体和主体成了物我无间的统一体,淋漓尽致地表达了永久相爱的愿望。诗歌中还采用浪漫主义的手法,假设了自然景物之意象来表明自己生死不渝的爱情。

《甘嫫阿妞》中表达"思恋"的语词程式：

> 阿妞对木呷的思恋
> 口弦声声述思念，
> 你若是明月，
> 我愿是星星，
> 永远绕在你身边。
> 你若是大树，
> 我愿是树藤，
> 永远缠在你身上。
> ……
> 愿你变为明亮的圆月，
> 照着额夫居住地，
> 皎洁的月光，
> 照得木呷心儿亮堂堂。

《我的幺表妹》中表达"思恋"的语词程式：

> 我的表妹哟，
> 如果由得你来变，
> 愿表妹变成一把月琴，
> 表哥拿来贴在心口上，
> 贴贴弹弹不停息，
> 爱言情语说个够，
> 愿表妹变成一把口弦，
> 表哥拿来贴在嘴唇上，
> 贴贴弹弹不停息，
> 甜言蜜语说个够。

以上两首表达"思恋"的诗行中可以看出,《甘嫫阿妞》中在"阿妞"表达对"木呷"的思恋时运用的是"你若是……""我愿是……"的程式套语,而"木呷"表达对"阿妞"的思恋时则用"愿你变为……"程式的套语。《我的幺表妹》中表达"思恋"时却运用了"如果由得你来变""愿表妹变成……"的程式套语。但在彝语的叙事里,两首诗行的基本格律、词的界限和程式长度是基本相同的。程式并非是僵化不变的陈词滥调,它是变化的。以上三段想象奇特的诗歌的表达模式属于一个稳定的程式系统,其中富于变化的"重复片语"都遵循一定的规则以形成一种回环往复的音乐美和气氛浓郁的抒情情韵美。

四 表达"哀怨"的语词程式

在叙事长诗《妈妈的女儿》《阿依阿芝》中表达哀怨之情的诗行也是由程式化的套语构成的。由于两首诗歌都是女性的哀歌,反复唱叹中便充满了一种哀婉凄凉的气氛。

……
妈妈的女儿哟,
哥哥妹妹一同来,
哥哥回家了,
妹妹从此难回了;
马儿载女一同来,
马儿回了家,
女儿从此难回了;
蓝毡青毡一同来,
蓝毡回了家,
青毡从此难回了;
……
弓给箭送行,
而今弓又挂壁上,

箭却插在地中间；

哥给妹送行，

而今哥哥回家了，

坐在父母身边作陪伴，

女儿独落婆家受煎熬。

……

从前撒下稻子，

稻子出新苗时候来，

如今稻桩已黑黢黢，

不准阿芝回去了。

叙事长诗《妈妈的女儿》是彝族民间叙事长诗的典范。长诗以"妈妈的女儿"远嫁他乡而思恋自己的亲人，追忆快乐的童年，控诉包办婚姻制度给她带来的痛苦为主要内容。诗篇中"女儿不走不行了"和"女儿走了以后"的反复咏叹与"女儿"出嫁前天真快乐的生活形成强烈的对比，以乐景衬苦景，倍增艺术感染力。此外，诗篇中其他程式化的表达模式也随处可见。

叙事长诗《阿依阿芝》叙述了远嫁的"阿芝"受尽婆家虐待，因求一次回娘家的机会而不可得，最终走上了"逃跑"之路。诗篇中"不准阿芝回去了""阿依阿芝哟，心情难平，眼泪直下"等片语反复出现和"……也得跑"的程式的运用，说明阿芝是在无可奈何、迫不得已之下，才选择了"逃跑"之路。

这种细腻的心理感受描写，造成了一种格外悲壮的气氛，使听众受到一种强烈的情绪感染，从内心深处产生共鸣。

五 结语

从口头诗学的视觉对彝族民间叙事长诗文本进行分析，笔者认为，彝族民间文学中叙事长诗的口头语言艺术特色至少应该包括两个方面：一是程式化的传统结构（包括主题和叙事范型），彝族民间叙事长诗中都存在相同的主要事件和描绘，其中的主题都是高度程式化的。主题并非一成不变的实体，在不同的文化语境中，其存在的形式也不一样。一个主题并非只能用一套固定的词语来表达，它可以以多种形式出现在不同的口头文本里。通过对彝族民间口头叙事长诗文本的分析，我们会发现这些活态的口头叙事传统中的"主题"的形式有其独特性。彝族民间叙事长诗的口头文本是由一些相对独立又具有内在一致性的无数"小主题"构成，这些"小主题"比如《阿诗玛》和《甘嫫阿妞》中便包括主人公的诞生、成长、被抢、营救等的主题，这些主题中还包括了一些更小的主题都是在相对独立的状态下构成一个个"典型场景"，围绕着以人物为中心的主题连串起来，成为彝族民间口头叙事长诗的有机组成部分。二是程式化的语词包括独特的程式化的"意象"。这些程式化的语词承载着传统的信息，是无数代民间口头诗人叙事经验的积淀和共享的财富。① 彝族民间叙事长诗中存在许多程式化意象，具有很强的意指性，蕴含着丰富的象征意义。这些传统的叙事技法使诗歌充满了音乐美，它还能够让诗歌充满一种悠远的意境之美，让人在诗性的叙事中产生审美愉悦。

彝族民间叙事长诗中程式化的意象承载着固定的意蕴，表达在特定的情景下的一种情意，一种心绪，是彝民族文化心理积淀的无意流露。彝族民间活态的口头文学传统极其丰富，这些口头文学传统承载着古老的文化信息，是彝民族诗性智慧和才艺的结晶。它们来自传统的深处，属于古老的传统遗产。

（原文刊登于《西南民族大学学报》（人文社科版）2017 年第 10 期，

本文集收录的是删节版）

参考文献：

沙马拉毅：《彝族民间长诗叙事中的"主题程式"研究》，《西南民族大学学报》（人文社会科学版）2016 年第 10 期。

---

① 本文所列举的诗文均参考了由中国民间文艺出版社出版的《阿诗玛》，民族出版社出版的《妈妈的女儿》《甘嫫阿妞》《我的幺表妹》等书。

民间文学作品中的根母题与派生母题[*]

——以哈萨克族爱情叙事诗为例

黄中祥　中国社会科学院研究员

母题的根源可以追溯到拉丁语"moveo",意为图案或花样,起初被引用到绘画和音乐中来表示特有的内容要素或最小的旋律单位,后来被文学研究者引用到文学作品的分析上,为其研究拓宽了视野。如格林兄弟、乌兰德和穆勒霍夫等日耳曼学者从不同民族、不同时期的神话、传说和故事等民间叙事作品中概括出了母题的相似性与共通性,认为母题是基于不同民族内在关系与精神联系之上的相同意识的不断重生。这个阶段的母题主要限制在无署名的民间文学作品中,强调母题在不同民间文学体裁中的表现形态以及不同母题所表达的不同民族的相同意识。① 19 世纪,母题超越民间文学作品本身的范畴,开始关注作品的形成过程、传承方式以及作家文学等方面。进入 20 世纪后,受弗洛伊德心理学分析理论的影响,母题的分析不再仅限于文本,也开始关注创作者本身,因而开始关注其心理分析以及对文学创作手法的认识。

一　母题类型研究概述

母题这个概念为文学艺术作品的归类提供了一种分析手段,尤其是在民间故事的分类研究上运用得比较多,其中比较有影响的是 20 世纪 20 年代

---

* 本论文是国家社科基金资助课题《哈萨克族爱情叙事诗调查研究》(项目编号:10BZW116)的研究成果。

① 高永:《母题理论探析——在比较文学主题学视域中》,硕士学位论文,天津师范大学,2007。

末形成的"AT 分类法"。1910 年,芬兰民俗学者安蒂·阿尔奈(Antti Aarne,1867 – 1925)在本国学者朱丽斯·科隆(Julius Krohn)和卡尔勒·科隆(Kaarle Krohn)"历史 – 地理法"(historic-geographic method)的基础上,将包括芬兰在内的北欧的和欧洲其他某些国家民间故事中同一情节的不同异文归为一个类型,进行分类编排,统一编号,出版了《故事类型索引》一书。1928 年,美国印第安纳州立大学的教授民俗学斯蒂斯·汤普森(Stith Thompson)通过分析和概括更大范围的民间故事的情节,对阿尔奈的体系进行了补充和修订,出版了六卷本的《民间故事母题索引——民间故事、歌谣、神话、寓言、中世纪传奇、轶事、故事诗、笑话和地方传说中的叙事要素之分类》。这二位的分类体系被合称作"阿尔奈 – 汤普森体系"(Aarne-Thompson classification system),简称"AT 分类法"①。

"AT 分类法"是建立于民间故事文本之上,形成了一些固定的类型分析模式,瓦·海希西(W. Heissig)、谢·尤·涅克留多夫(С. Ю. Неклюдов)等学者用其将欧洲史诗母题粗略地分为求婚和失而复得两大类,并据此对阿尔泰语系的史诗也进行了分类。弗·日尔蒙斯基(В. М. Жирмунский)等专家也运用该分类法对突厥语史诗的母题进行了一个大致的归类。当然,这只是一个十分粗略的归纳。当我们对某一民族文学作品的母题进行具体归类时就不能那么抽象了,要做系统具体的分析。不仅要概况共性,还要归纳个性。尤其是对哈萨克族爱情叙事诗的母题进行分类难度比较大,因为其形成的历史过程和来源不尽相同,相比英雄史诗要复杂得多。

史诗只是汉文中的称呼,在哈萨克族的概念中是不区分史诗与叙事诗的,一般被称为吉尔②(jïr)、黑萨(xïyssa)、达斯坦(dastan)或者耶珀斯(epos)。叙事诗的内部差异较大,从故事情节、内容等方面,可以将哈萨克族叙事诗划分为:(1)故事型叙事诗,如《勇士托斯图克》(Er Töstik)、《库拉

---

① *Stith Thompson*, "Motif-Index of Folk-Literature: A Classification of Narrative Elements in Folk-tales, Ballads, Myths, Fables, Medieval, Romances, Exempla, Fabliaus, Jest-books, and Local Legends", Vol. 1 – 6, *Helsinki*, 1932.

② 为了便于电脑输入和各国专家学者的阅读,采用国际通用的突厥语拉丁字母转写文中出现的哈萨克语以及其他民族语,其中需要加以说明的几个辅音:"q"是小舌清塞音,"š"是舌叶清擦音,"x"是小舌清擦音,"ğ"是小舌浊擦音,"č"是舌叶清塞擦音。

神箭手》（Qula mergen）；（2）突厥碑文叙事诗，如《阙特勤》（Kültegin）等；（3）部族叙事诗，如《霍尔赫特祖爷》（Qorqït ata kitabï）、《乌古孜传》（Oğïznama）、《阿勒帕米斯》（Alpamïs）、《库布兰德》（Qobïlandï）等；（4）爱情叙事诗，如《阔孜库尔佩西与芭艳苏露》（Qozïkörpeš-Bayan sulïw）、《吉别克姑娘》（Qïz Jibek）等；（5）诺盖叙事诗，如《沃拉克与玛麦》（Oraq-mamay）、《喀拉赛与喀孜》（Qarasay-Qazï）等；（6）历史叙事诗，如《朵山勇士》（Dosan batïr）、《别克提》（Beket）等；（7）东方叙事诗，如《茹斯塔姆》（Rüstem）等；（8）有作者的叙事诗，如《于铁根勇士》（Ötegen batïr）、《叶斯别皮木别提》（Espembet）等。①

　　将这近十类的哈萨克族叙事诗概括起来，无非是英雄、爱情、历史和宗教四大类。这四类叙事诗在句段、音步、韵律等方面的差异较小，而在故事情节上的区别较大，致使母题发生了相应的变化。爱情叙事诗与英雄史诗（或称叙事诗）的母题差别就很大，特别是外来作品。虽然在借入时，艺人对其进行了再创作，但是其基本母题系列并没有发生根本性的变化。相比之下，突厥语民族共同时期与哈萨克族特有时期出现的英雄史诗的差异较小。

　　母题的类型很多，从不同的角度，可以分析和归纳不同的类型。首先根据哈萨克族爱情叙事诗的来源，可以分为突厥语民族共同时期形成的、哈萨克族特有时期形成的以及外来的 3 类。由于来源和形成时期不同，这三类之间的母题就有很大的差异，如爱情叙事诗《阔孜库尔佩西与芭艳苏露》（Qozïkörpeš-Bayan Sulïw）的母题可以概括为：时间、地点、两位富人、外出狩猎、邂逅、指腹为婚、打死母鹿、妻子分娩、族人前来报喜、男孩父亲返回途中摔死、女方父亲毁约举家迁徙、孩子长大、得知未婚妻的消息、母亲说出实情、挑选坐骑、携带弓箭和宝剑、寻找未婚妻、装扮成秃头羊倌、与未婚妻见面、被情敌发现、男子被害、女子杀死情敌、男子复活、携带妻子返回故乡、惩罚家奴、大限已到、男女一起死去。而爱情叙事诗《莱丽和麦吉侬》（Läylä-Mäjnün）的母题是：时间、地点、两位富人、老得贵子、两小孩啼哭不停、见面后改哭为笑、老妪代养男孩、孩子长大、与女孩一起上学、

----

① Қоңыратбаевә . Қазақфольклорыныӊ тарихы. Құраст. алгы сөзін жазган Т. Қоңыратбаев. – Алматы：ғылым，1993，133，б.

彼此相爱、女孩被迫休学、族人去提亲、女孩拒绝、男孩神志恍惚、去麦加朝觐、解救野兽、男女幽会、请求勇士相助、勇士强迫女方父亲答应、男孩出面说情、勇士被迫离去、一男子提亲、女孩被迫出嫁、神仙显身阻止、从未同床、丈夫郁闷而死、男孩行乞被好人相救、男孩拥抱女孩的身段、燃起火焰、女孩给父母讲遗言、女孩殉情、男子诉苦、女孩坟墓裂口、男孩入内殉情。这两部悲剧作品皆为群众喜闻乐见的爱情叙事诗，广泛传承于哈萨克族民间，但是其母题相差甚大。《阔孜库尔佩西与芭艳苏露》是在草原生活中形成的，有牲畜、毡房、牧场、骏马、狩猎、骑马摔死、羊倌和游牧等散发着"草香味"的母题；而《莱丽和麦吉侬》是在城镇生活中形成的，有宫殿、寺庙、商人、学堂、果园等呈现城镇情景的母题。

从这两部较有代表性的叙事诗来看，对某一作品进行分类不难，难就难在对整个哈萨克族爱情叙事诗的母题进行分类。因此，本文从母题的内涵和外延、结构和功能等方面去分析，首先将哈萨克族爱情叙事诗的母题分为根母题和派生母题这两类型。

二 关于根母题

根母题就是文学作品中最基本的叙事单位，其外延比较大，几乎能够出现在所有的叙事诗之中。根母题与阿·邓迪思提出的母题素（motifeme）不是一个概念。母题素是构成母题（motif）的元素，是受语言学中音素（phone）和音位（phoneme）的启发提出的，并不是一个能够独立运用的叙事单位；而根母题具备叙事功能，是能够自由运用的叙事单位。然而，根母题强调的不是最小的不能再分割的叙事单位，而是要求能够体现叙事诗母题的共性。[①]

按照这个原则可以把哈萨克族爱情叙事诗的根母题归纳为：诞生、长大、相爱、阻止、相会、被害、殉情，其中后两个母题在个别作品中没有；英雄叙事诗的根母题可以归纳为：诞生、长大、来犯、出征、排险、搏斗和凯旋。

---

① Alan Dundes, "From Etic to Emic Units in the Structural Study of Folktales", *Analytic Essays in Folklore*, Mouton Publishers, 1975: 68.

根母题比较简单，但是其外延比较大，可以囊括大部分叙事诗的母题。这只是一个粗略的概括，十分单一，好似骨骼。不过，每一部作品都是围绕这个骨骼不断地丰满，逐渐形成为一个有血有肉的健壮肌体。在外来作品中，借入的就是根母题，后来在艺人们的不断创编下，派生出一系列的新母题。

三　关于派生母题

派生母题就是在根母题的基础上派生出的新母题，具有个性特色。它的着眼点在每一个叙事单位上，突出母题的个性，使作品的故事情节更加丰富。派生母题的出现经历了一个漫长的过程，是一代又一代说唱艺人再创作的结果。派生母题可以出现在一部叙事诗的不同版本里，也可以出现在一部叙事诗的不同民族版本里。如以上列举的爱情叙事诗《莱丽和麦吉侬》最早是由波斯诗人尼扎米于 12 世纪根据民间传说创作，后来逐渐传入突厥语民族的民间之中。在原始根母题——诞生、相爱、提亲、拒绝、痴迷和殉情的基础上，派生出了时间、地点、诞生、长大、一起上学、彼此相爱、女孩被迫休学、族人去提亲、女孩拒绝、男孩神志恍惚、去麦加朝觐、解救野兽、男女幽会、请求勇士相助、勇士强迫女孩父亲答应、男孩出面说情、勇士被迫离去、一男子提亲、女孩被迫出嫁、神仙显身阻止、从未同床、丈夫郁闷而死、男孩行乞被好人相救、男孩拥抱女孩的身段、燃起火焰、女孩给父母讲遗言、女孩殉情、男子诉苦、女孩坟墓裂口和男孩入内殉情等一系列母题。

哈萨克族艺人在演唱这部作品时，给其增添了故事情节，使其派生出了许多新的母题。如这两个小孩出生后不停地啼哭，只好让家里的保姆抱到街上去，以便家里落个清静。万万没有想到两小孩见面后改哭为笑了，从此他们俩每天都在一起玩耍。这一情景被一孤寡老妇发现，她强烈要求代养男孩，并将其定为自己财产的继承人。这些情节在其他版本里是没有的，是艺人在演唱时增加的，更有意思的是当老妇把小孩接过来时，自己干瘪的乳房突然膨胀起来，充满了乳汁。这是哈萨克族英雄叙事诗里常见的母题之一。如哈萨克族英雄史诗《阿勒帕米斯》的主人公与其妹妹卡尔丽哈西出生时，年迈的老母亲阿娜勒克突然感觉到早已干瘪的乳房疼涨起来，当一对孪生孩子吮吸时立刻涌出了乳汁。①

四 结论

自然环境决定生产形式，生产形式决定生活方式，而一定的生活方式总会造就别具特色的人文环境。当我们论述民间文学作品的母题时，不能不提及其演述者。在富有浓厚游牧色彩的人文环境中成长起来的艺人接触的人少，聆听的是传统的文学作品，脑海里想的是神奇的故事情节。不同的人文环境会造就不同的艺人，而每一部作品也会折射创作者的人生经历和价值取向。不同的自然环境催生不同类型艺人的诞生，而人文环境迫使艺人不断地调整自己，使自己能够跟上社会发展的步伐。本来是以口耳相传的方式习得技能的民间艺人，后来逐渐嬗变成以阅读的方式背诵书面作品的现代艺人。

哈萨克汗国时期，最活跃的艺人是吉绕②，这也是当时社会的必然产物。不仅在民间文学的传承上发挥过历史性的作用，而且在社会政治等方面也充当过重要角色。他们在通过自己的演述颂扬社会公德的同时，还参与重大决策的制定工作。他们代表的是一个部族、一个玉兹，唱出的是部族的心声，汗王的主张。这就使民间吉绕不得不披上一件神圣的外衣，要给其演唱的作品附加些神秘色彩。只有把自己装扮成非同一般的超人，人们才能感受到其赞颂社会良好风尚的神圣性和抨击社会不良风气的威慑力。神圣的赞词能给本部族带来福分，恶毒的诅咒能使族人遭遇不幸。知名吉绕的演唱作品被赋予了神秘的色彩，成为民众相互传唱的箴言，行为规范的准则。民众的这种心理认同感迫使吉绕要把自己当作神，而不是普通的人。跨入20世纪，取而代之的是具有一定阅读能力的阿肯、黑萨奇等民间演唱艺人。

新中国的成立，极大地促进了哈萨克族文化教育事业的发展。随着工

---

① 黄中祥：《哈萨克英雄史诗与草原文化》，中央编译出版社，2007，第35~42页。
② 吉绕是哈萨克语"Jïraw"的音译，是古老演唱艺人之一。他不仅在哈萨克族民间文学作品的传承上发挥过举足轻重的作用，而且在社会政治上也充当过一定的角色。

业社会的迅猛发展和城市化程度的提高，哈萨克族的普通教育和出版事业得到了相应的发展，促使人文环境发生了质的变化。原来地道的民间口头创作艺人，后来逐渐成长为书面创作的诗人。如居斯普别克禾贾·萨依克斯拉姆、艾赛提·乃蛮拜、阿合特·乌娄木吉、萨吾提别克·乌萨、斯马胡里·哈里、唐加勒克·卓勒德和阿斯卡尔·塔塔乃等艺人就是这一时期的典型代表。他们是介于口头与书面创作中间的艺人，在口头创作向书面创作的发展过程中发挥了历史性的作用。艺人所处人文环境的变化，必然会影响艺人和听众的思维方式和价值取向，而这些也必定迫使一些母题消失或诞生。然而，母题的这些变化影响的是派生母题，而不是根母题。

（原文刊登于《伊犁师范学院学报》2017 年第 3 期，

本文集收录的是删节版）

第四部分　传说

中外叙事文学母题比较研究的理论建构

——王立《传统故事与异域传说——文学母题的比较文化研究》的几点思考

王宪昭　中国社会科学院民族文学所研究员

欣读王立教授新作《传统故事与异域传说——文学母题的比较文化研究》，被其精辟的论述和独到的文理所感染。该书博观约取，厚积薄发，表现出文学母题研究与中印文学比较的大手笔和新探索。

一　"母题"与"主题"辩证关系的科学厘定

《传统故事与异域传说——文学母题的比较文化研究》以中国与印度文学传统叙事比较研究为主要对象，以文学主题学研究为核心，以母题研究为切入点，采用宏观研究与具象研究相结合的方法，建构出一个严谨的论述体系。本书开章名义，首先在"主题学"框架下对"母题"作出辨识与厘定。从胡适在 20 世纪 20 年代针对歌谣研究就引入的以主题元素为核心的"母题"概念，到德国学者弗伦泽尔提出的"母题"是较小的主题性的题材性单元，条分缕析地辨析了"母题"与"主题"内在联系，并强调了母题对主题的重要支撑作用。以此为基础，书中既有对中印文学叙事中"火光""重生""辩难""奉妖""羽人"等经典母题文化内涵的阐释、渊源的探讨以及流变的省察，又有对《封神演义》《残唐五代史演义传》《金瓶梅词话》《聊斋志异》《镜花缘》等中国古典文学作品中叙事母题的深入解读，明辨相关母题与中印文化交流特别是佛教渊源的密切关系。本书认为，许多著述关于"母题"的界定还仅仅处于一种理念设想层面。王立教授则以自己丰富的学术实践诠释了"母题"与"主题学"的辩证关系，书中第三章关于"真假难辨母题的文化整合意义与伦理价值"的阐述，不仅全面审视了佛经及印度民俗中关于妖精与菩萨的真假难辨母题、中国明清小说戏曲中关于鱼精与鼠精的真假难辨母题，而且在深度剖析了精怪与真人这类真假身份母题产生的族群伦理根源之后，进一步把视野延伸到公案小说"双生子"母题以及"男扮女装""雌雄混淆""错娶错嫁"等辩难母题，甚至对金庸小说《射雕英雄传》《神雕侠侣》等当代小说中的同类母题也信手拈来，旁征博引，零距离地向读者演示了特定母题在表现伦理主题方面的重要功能和结构特征。这种披沙拣金的学术实践以无可置辩的事实证明了"母题"在表现"主题"方面的应有之义。

当然，书中关注到母题与主题、意象概念间的联系与区别，认为母题、主题甚至题材都共存于特定作品及其"作品流"的网络体系中，而同一部尤其是同一系列作品流中的母题、主题的功能是搭配一处共生互动的。其一，母题是具象性的，思想性较强的抽象概念则为主题。其二，母题较多地展现中性、客观性，母题的有机组合会显示某种特定意义，建构代表作者主观倾向性的"主题"。据此进一步提出"在进行跨民族、跨文化比较时，母题的着眼点偏重在'同'，而主题的着眼点偏重在'异'"[1]。在如何把握母题与主题辨析中的这种复杂的"同"与"异"时，本书的大量论证又借助了"意象"的概念，把"母题"与"意象"自觉结合起来，在一系列同类型母题环环相扣的推导中得出一个给人深刻启发的结论，即"意象、母题的主题史流动传播，无疑体现了人类反映世界，表达情感、认识的诸般共通心理图式，而对其置于何种格局、何种价值判断及道德评价则难免各有差异"[2]。这种实事求是的治学态度也为我们设定了"母题学"与"主题学"相辅相成的理论构想。

二 在学术实践中丰富和发展母题理论

王立教授在精心铸造主题学学术研究里程碑的同时，将母题分析法融

---

① 王立：《传统故事与异域传说——文学母题的比较文化研究》，人民文学出版社，2015，第9页。
② 王立：《主题学的理论方法及其研究实践》，《学术交流》2013 年第 1 期。

于著述之中，以切身实践丰富和发展了母题学理论。

1. **母题识别标准的定位**。以往学术界对母题划分的标准争议颇多。如在母题的界定与提取问题上，苏联学者普洛普、鲍·托马舍夫斯基等均把母题定义为叙述中最小的不可再分割的单元，美国学者斯蒂·汤普森早期定义母题时也主张这个标准，后来随着他对世界各国民间文学母题的大量提取，对"最小单位"的主张做出修改。王立教授打破了以往研究者将"母题"作为"最小单位"的范围，将母题视为文化研究的最自然的意象，认为"母题可以由一个至若干个意象组成，也可以由若干个小母题组成，其实，有些小母题即是意象。从主题学角度看，由于意象的母题化，抑或母题的意象化，许多文化内涵得以蕴藏其中"①。这些观念表明在研究中对母题层级以及文化意义的高度关注。王立教授在中国古典文学研究实践中，充分应用母题的开放性和包容性将文学主题研究不断推向深入，也正是依据母题与意象、原型的自然联系，使文学主题的文化本质得以充分揭示。

2. **关注"母题"在比较研究中的功能**。"比较研究"作为比较文学学科所倡导的一种经典研究方法，主要指对两种或两种以上不同国别、族别文学之间乃至其他艺术门类之间相互作用过程中的有关问题的探讨，其主要目的是通过对相互关联事物的考察，发现其共性与个性及其成因，进而阐释文学发展中的既有经验或普遍规律。王立教授在书中进一步印证了母题在比较文学研究中的功能定位，并以大量的论据与事实厘清了以往母题比较研究中的误区与偏颇，认为国内比较文学界甚至现行一些教科书与学术著述把"母题"或"主题"归属于"平行研究"之中的做法，消解了对"主题学"的科学定位，其结果不仅割裂了多类型文化发展中的自然存在的关联性，而且造成"主题学"的画地为牢和"母题学"的故步自封。鉴于此，作者提出主题学研究必然关涉其渊源中赖以支撑的基本元素，即母题意象。认为母题意象既是主题学探讨中的题中应有之义，也是主题研究的具体切入点和重要研究对象。本书基于这种理念，将中国古代文学一些经

---

① 王立：《传统故事与异域传说——文学母题的比较文化研究》，人民文学出版社，2015，第9页。

典作品的传统叙事与佛经故事、儒道诸说、西域文化、印度史诗、印度民俗等文类中的相关母题建立在立体关联的比较平台之上，以此证明母题研究包含在主题学、主题史研究范畴之中，每一个具体的特定主题都有自己特定的题材范围和母题群，正是这些具体而微的客观材料，很好地支撑了主题的生成与演变，所以"这些题材母题，也往往并非某一民族国别文学所独专，它们恰恰是文化——文学交流过程中最为活跃的因子，是文学主题跨文化传播的主要载体"①。这一论断，对当今学者如何正确对待中外文学比较研究和跨文化比较研究必将产生积极的影响。

3. **关注母题可重复性特征**。王立教授利用母题重复发生的特性，从浩如瀚海的中国文学典籍、民间故事传说以及大量的印度佛经文献和域外文化叙事中，精心提取归纳出一系列母题，同时又遵循了一般到具体的逻辑规律，印证母题在重复出现过程中发生的变异，以发展的眼光观察母题重复出现的文化动因。如本书第四章在阐释"轮流奉妖"母题时，首先拟定该母题产生的元点是印度史诗《摩诃婆罗多·初篇》中的献人奉妖与义士除害故事原型，在印度民间故事集《五卷书》第一卷的第七个故事中也出现了众商人要为路遇的狮王每天轮流奉送一头野兽的叙事，由此判断"轮流"源于原始共产主义观念，是民俗心理的自然体现。据此进一步分析该母题出现在三国时康僧会传译的《六度集经》卷三中的鹿王替死故事，元魏时期吉迦页、昙曜译的《杂宝藏经》卷八记载的民众每日为旷野之鬼供奉一人，以及南朝宋时期的范晔在《后汉书》中的山神娶妇、刘义庆《幽明录》中的罗刹不食子，宋代曾敏行《独醒杂志》卷四中的4万余羊祭孽龙，明代世德堂本《西游记》第四十七回中的每年一对童男童女祭河王等。作者对此并不是简单停留在同一母题简单化的梳理与罗列上，而是从中发现母题的异变、扩散与变化中隐藏的伦理，能够在"年年岁岁花相似"中感悟到"岁岁年年人不同"，全力挖掘出母题重复中的同与不同，将文学母题的发生、应用与演变和文学的社会属性自觉结合起来。

---

① 王立：《传统故事与异域传说——文学母题的比较文化研究》，人民文学出版社，2015，第21页。

三 母题学学术方法的全面探索

王立教授在全方位观照母题的发生、母题的链接、母题的流变、叙事模式的生成等一系列问题的同时，又将母题分析作为重要的文艺批评方法应用于叙事文学的文化价值研究中。

1. **母题研究中的"小题大做"**。该书中无论是"火光引路""冥使错勾""重生药"母题的提出，还是"茶虫毒橄榄""一个鸡蛋家当"等母题的阐述，看似都是人们司空见惯、熟视无睹的小问题，但作者却能以近知远，以审堂下之阴而知日月之行的慧眼，引导读者尝一脟肉而知一镬之味。如作者认为"火光引路"母题关涉的是生态物理和古老民俗记忆，"冥使错勾"母题暗含着阴阳二元对立理念和道德评判，"重生药"母题则体现佛经元素与本土机制交互生发背景下形成的华夏民族对死后世界理想化期待的群体意识，等等。这种打开一扇窗、发现一片天的论证艺术，不是仅仅停留在言之有理、自圆其说的层面，而是在"小母题"中映照"大文化"，更能给读者带来柳暗花明曲径通幽的美感，起到"小题大做"和"见微知著"的效果。

2. **母题比较中的本土化**。"古为今用，洋为中用"不仅仅是文艺创作中众所周知的借鉴规律，更重要的是在文艺批评中如何揭示文学内在的社会价值。本书将"传统"与"异域"相提并论，引入"异域"叙事母题作为文化比较研究起点，而整个过程却始终没有离开中国传统母题生成与应用这一落脚点。母题研究的中国化在本书几乎融入每个章节，诸如"火光引路母题在中土叙事中的基本脉络""母题向中土传播的轨迹与本土文化重构证据""羽人形象的本土文学扩散及叙述模式的固化传播""偷听母题民族特征及其与熟人社会的互动生成""路遇鬼使母题的民族性与生态空间观"等，都是关注母题比较研究本土化的先例。

3. **母题比较研究的系统性**。分析现象的根本目的在于揭示规律。本书对母题传承规律的系统揭示同样为我们有效使用母题分析法提供了启示。如作者在第十章阐释"《聊斋志异》路遇鬼使母题域外渊源及民间正义崇拜"论题时，并不是以"路遇鬼使"这一母题类型为核心，平铺直叙并行罗列与之相关的一般性实例，而是把不同时代叙事作品置放在一个具有时空两个维度的比较平台，拟构出"路遇鬼使"叙事的母题史演化历程，从刘宋时刘敬叔《异苑》中的"路遇瘟疫使者"，到宋代《鸡肋编》记载的严州太守李裁的奇遇，再到元代关于王安石的民间传闻和孔克齐《至正直记》卷一《馆宾议论》中的相关志怪文献，以及明代惠康野叟《识馀》中对拯救生灵而不求回报的驱鬼天使的记载，等等，以极其清晰的脉络勾勒出"路遇鬼使"在不同时代的传承发展状况，并且绘制出"巧遇神使——意外结义——神使施惠——当事人得益"这种小说创作中惯常性的结构模式和叙事套路。这类分析从母题的缘起入手，把母题研究置入特定的文化系统，始终在母题传承或发展演变的链条中观察母题的表意功能和结构功能，将母题分析与文学规律的探讨自觉结合起来。

（原文刊登于《中国比较文学》2017 年第 1 期）

从关公传说看事实向文化的演化

邹明华　中国社会科学院文学研究所民俗文化研究中心副研究员

　　传说是一种言说特定存在（人、物或事件①）的叙事方式，任何人物一旦进入传说，成为传说的讲述对象，就会发生某种神奇的转化，那种偶然的、个别的东西一下子具有了广泛的意义。作为经验上的存在，人是个别的，人的活动是偶然的，似乎并不与现场之外的人发生联系。如果没有进入传说，他在特定的地方出现，事件在特定的地方发生，最后就会在原地消逝；但是进入传说之后，偶然的活动因为叙述的机制构成具有广泛关联潜力的故事，使人们有兴趣传讲它，主动与它建立语言的和意义的联系，并因为传讲，人与人被广泛地连接起来，成为讲述活动与故事文本的认同群体。有时候，这种认同群体能够广泛到覆盖一个文明的范围，其中一些传说甚至世世代代传讲下来，具有贯通长久历史的强大作用。

　　在中国社会，关公的传说就具有这样的地位和分量。三国时期，蜀将关羽成为传说的主角，在后世被追封至"关圣大帝"，成为各地、各行各业崇祀的神，成为中华道德"忠义仁信勇"的化身，形成了名副其实的"关公文化"，在中国社会各阶层以至海外华人社会都形成了广泛的文化认同。

　　传说是民间文学的一种体裁，对传说的研究当然首先是民间文学的研究。但是，传说及其讲述活动又是一种民俗现象、社会现象，实际上，对于传说的多学科的探究一直以来并不缺乏，例如哲学取向的研究（真实性、

---

①　传说的主角和主题通常是人物，但也有事物（动植物、自然景观、事件等），为了论述的简便，本文主要谈人物。

专名①)、历史学取向的研究（如赵世瑜②）、民俗学和人类学取向的研究（如闻一多对伏羲与女娲、端午节起源③）等，都有突出的成果。影响深远的顾颉刚的古史传说研究、孟姜女传说研究④也都是超越了民间文艺学的研究。其实，传说把个别性的人事转化成为具有特定意向的叙事，其所发挥的把人们广泛连接起来的功能，包含深刻的社会文化意涵，不仅仅是民间文学研究所能够充分认识的。因此，对于传说的研究就一直是以文本分析为主的民间文学研究与把它作为社会文化现象的其他学科研究并存的。但是，这两种研究取向如何兼容、衔接，具有内在的相通性，却是我们需要努力尝试、探索的方向。

传说在人类生活中被广泛利用，是因为它具备对于社会联系的生成潜力。我们试着分析传说的这种潜力，看到这种潜力在实际的历史现实中发挥出来，成为文化的生成能力。关公传说对于关公文化的生成所发挥的作用，就是一个非常好的案例。如果我们结合传说学的"箭垛式"人物的概念看关公传说与关公文化的联系与转化，也能够在民间文学的研究与民俗学、文化学的研究之间展现两种研究所具有的一种内在联系。

一 历史人物关羽的史实

关于关羽的史志记载总共不过千字。在陈寿《三国志·蜀书》等文献中记载的关公的生平大致是：关羽字云长，河东解州（今山西运城）人。东汉末与张飞从刘备起兵。建安五年，关羽兵败于曹操，于白马坡斩袁绍

---

① 邹明华：《专名与传说的真实性问题》，《文学评论》2003 年第 6 期。
② 赵世瑜：《小历史与大历史：区域社会史的理念、方法与实践》，三联书店，2006；《信仰的坐标：中国民间诸神》，海南出版社，1993；《文本、文类、语境与历史重构》，《清华大学学报》2008 年第 1 期；《祖先记忆、家园象征与族群历史：山西洪洞大槐树传说解析》，《历史研究》2006 年第 1 期；《传说·历史·历史记忆——从 20 世纪的新史学到后现代史学》，《中国社会科学》2003 年第 2 期。
③ 《闻一多全集》，开明书店，1948。
④ 顾颉刚先生的"中国古史"说概括起来主要有三点：第一，"时代愈后，传说中的古史期愈长"；第二，"时代愈后，传说中的中心人物愈放大"；第三，"我们在这上，即不能知道某一件事的真确状况，至少可以知道某一件事在传说中的最早的状况"。这一"古史是层累地造成"的学说意义重大、影响深远。其 1924 年年底发表的《孟姜女故事的转变》一文，惊动了中外学术界，一时应者蜂起，1927 年年初发表《孟姜女故事研究》。可参见《顾颉刚全集》之"民俗卷"，中华书局，2010。

大将颜良，被曹封为"汉寿亭侯"，后回归刘备。镇守荆州时，曾水淹七军，擒于禁，斩庞德，威镇华夏。公元 220 年，荆州失守，关公被孙权部下吕蒙杀害，"头定洛阳，身困当阳"，孙权将关羽首级献给曹操，曹操刻沉香木为躯，厚葬于洛阳，孙权以侯礼将其身躯葬于当阳。死后追谥壮缪侯。

从史志来看，关羽的生平在内容上固然也算丰富，但是所涉及的地方与人事就大千世界来说毕竟十分有限。更重要的是，他的行事并不会必然与后世之人有直接的联系。他在后世成为人人知晓的人、各地遍立祠庙祭拜的神、十多个行业供奉的祖师、中国传统做人价值的化身，却有赖于围绕他、以他的名义形成的文化。关羽事实转化为关公文化，是一个历史的过程，一个让各个地方、各种人与他建立意义联系的过程。在这个过程中，让事迹成为完整的叙事、让故事具有真实性、让叙事承载人们的关怀并具有人们需要的意义的传说发挥了关键的作用。

二 文化人物关公的生成

关羽在三国时期的真实历史中固然可以看到忠臣、猛将、义士的行事，但是他的整个形象不能够说是清晰的，因为真实的人是不可能按照道德教条、神格生活的，但历代的传说（以故事体、戏曲体、小说体出现），尤其是宋以后的各种官方与民间的努力，把各种事迹附着到他身上，并赋予他的形象以清晰的道德意义和神圣意义。像集大成的《三国演义》，就借鉴了许多民间传说的内容。典型的如单刀赴会，《老圃丛谈》中说："古来名将如关羽者甚多，而关羽独为妇孺所称，则小说标榜之力 …… 小说中颠倒事实，尤莫如关羽之单刀赴会。《吴志》言：'鲁肃欲与羽会语，诸将疑恐有变，议不可往，肃曰：今日之事，宜相开譬，刘备负国，是非未决，羽亦何敢重欲干命？乃趋就羽。然则冒险赴会，乃鲁肃就关羽，非关羽就鲁肃也。诸如此类，殆不胜辩。要之关羽虽万人敌，有国士之风，然世多溢美，皆小说之力。"[1] 也就是我们今天知晓的关羽，已与历史上的关羽有较大的差异。但是，关羽已经在人民心中成为关公，他的"忠义"品格，使各种

---

① 孔另境编《中国小说史料》转录，上海古籍出版社，1982。

能够体现忠义等传统价值的事迹附着在他身上，这就是传说学的"箭垛式"人物的形成逻辑，是"文化"人物的形成规律。

在中国历史上，著名的历史人物死后被奉为神的并非少见，一位人神受到特定时期、特定区域人们祭拜的也数不胜数，但是，一位人神能够在全国大范围内盛行千年以上的却是凤毛麟角，只有极少数几位。关公就属这凤毛麟角中的一位，正如明代冯梦祯《汉寿亭侯赞》云："生为名将，殁为名神。如侯者希，千秋一人。"① 关羽之所以成为"忠义"的化身，成为"武圣"，是由官方与民间相配合、借助通俗文艺的传播力量持续建构而成的。

我们首先能够清楚地看到官方的作用。自宋代以来，历代统治者对关羽的推崇、封赐，主要是缘于其身上体现的"忠义"等传统精神价值，有利于统治秩序。由于统治者的大力推崇，关羽的影响越来越大，庙宇遍及大江南北。

其次，民间的力量也发挥了重要作用。关羽的事迹在民间流传广泛，而且不断被"神化"。尤其是在与关羽的生活有过交集的地方，如他的家乡山西南部、他驻守过的湖北荆州等地。据史料记载：从公元 210 年到 220 年，关羽镇守荆州 10 年，这是他一生当中最辉煌的时期，关羽一生令人仰慕的品格与业绩主要在镇守荆州期间展现；荆州又是关羽落败丧身事业终结之所，失荆州走麦城被斩于临沮（时为荆州南郡所属）的悲剧结局深深唤起后人的同情与惋惜。荆州民间流传着许多脍炙人口的三国故事与传说。荆州市境内的古城以及洪湖、监利、石首、公安等县市，都是著名的三国胜地。从洪湖乌林大战古战场的乌林寨、曹操湾、圆椅湾、摇头山、红血巷、万人坑、白骨塌、赤林口，到曹操败走华容道的马鞍桥、救曹田、曹鞭港、放曹坡；从石首刘郎浦迎娶孙夫人的绣林山、锦帻亭、照影桥、牌楼堰、朝天口、望夫山与望夫台，到公安刘备大本营、左公走马堤、孙夫人城、吕蒙城、陆逊湖等，总计有 110 多处，形成一个庞大的三国文化遗址群落。关公在荆州留下的足迹可以说是遍及各个角落，点将台、卸甲、马

---

① 宋万忠、武建华标点注释《解梁关帝志》，卷四，山西人民出版社，1992。

跑泉、关渡口、余烈山等遗迹都因关公而闻名，而且伴随着大量的民间
传说。

最后，通俗文艺的传播效力也值得重视。传说奠定了各种神奇、巧合、
卓绝的事迹的可信基础，但是关公的形象之所以能够深入人心，关公信仰
之所以能香火旺盛，很大程度上依赖于更有传播效果的通俗文艺诸体裁，包
括戏曲、说唱文学、通俗小说、造型艺术等，在民众生活中无所不在，无孔
不入，触动社会的每个个体，包括那些不识字的普通民众。其中，影响最
大的当属罗贯中的《三国演义》。《三国演义》对关公信仰的盛行起到了极
为关键的作用，清代王侃在《江州笔谈》卷下中说："《三国演义》可以通
之妇孺，今天下无不知有关忠义者，演义之功也。忠义庙貌满天下，而有
使其不安者，亦误于演义耳。"①

在中国戏曲界有一个约定俗成的奇特称谓——关戏，有人说它是一个独
特的剧种，但又不属严格意义上的剧种，因为剧种一般是按演唱的风格、
流派、语言、产生和流传的地方等来区分的，如京剧、沪剧、婺剧、秦剧
等。而关戏则是指专门围绕关羽的事迹而展开的戏，是指剧目的内容而言
的。关戏在许多剧种都有一定数量的剧目。因专演一个人的事迹而被称为
一种戏，这种情况在中国戏曲史上是绝无仅有的。关公戏曲早期大多在关
公庙会上演；关公戏曲一方面随着关公信仰的流行而产生，因信仰的因素
而形成了许多独特的关公戏俗，另一方面关公戏曲以通俗易懂、民众喜闻
乐见的形式对宣传和塑造关公形象，对关公信仰的盛行，起到了不可估量的
作用。

正是由于社会各阶层对关羽的推崇，关羽已经不是自然人，而是成为
文化的关公，关公（关帝、关老爷）已成为一个"专名"。一说到关公，就
是"忠义"等最高人格的代名词。这种"专名"事实上在很早就已通过传
说以及发挥传说机制的其他文艺形式造就，典型的案例如《水浒传》中为
了争取关羽的后裔大刀关胜上山入伙，宋江表示情愿让位给关胜。其原因
就在于关胜是关羽的后裔，关羽是"忠义"的化身，关胜也能起到相同的

---

① 鲁迅：《小说旧闻钞》，人民文学出版社，1952。

作用。

三 从关羽传说理解文化的生成过程与机制

文明社会的文化传承总是通过不断地寻找载体、赋予载体以自己偏好的意义而生生不息的，与此同时，载体的不断累积也不断地丰富了文化的内涵，扩大了文化的影响。关羽被社会所选中，他的个人经历被重新组织成为传说的叙事，与信仰结合，让越来越多的人感兴趣，从内心里相信，结果就成为在一个时代、一个社会被广泛共享的文化。个别人物、偶然事件进入传说的机制就是社会记忆的一种机制。在传说的这种机制里看，所谓文化，就是使一些事实被筛选出来不被遗忘，从而使社会的价值得到体现，口传心授，代代相传。

情境中作为个别现象的关羽及其事实所出现的场景是非常有限的，与之发生联系的人也自然是非常有限的。但是，我们审视关羽演绎为关公，演绎为无所不在的关公文化，能够看到传说及其传讲活动在这个神奇转变中的作用。如果再进一步分析传说造就具有社会广泛性的文化生成机制，我们能够发现传说学的箭垛式人物概念在其中所发挥的作用。这是关羽成为传说的主角而使故事丰富起来的过程，在实质上也是关羽的生平演绎为丰富的关公文化的过程。关公使中国社会建立了跨越地域、贯通历史、融汇三教、感召万众的一体联系，其传说化的过程就是承载更广泛内容的文化化的过程。这个文化生成的过程，通过传说学的箭垛式人物概念能够得到准确的理解。在这里，传说学的研究能够作为方法帮助我们开展涉猎更广的文化研究。

关公从历史人物关羽演化而来，突破了生命的时限、地域的范围，成为中国人在价值、情感、信仰、人格上广泛关联的文化形象，对于心中有关公的中国人来说，人虽不在，却"尚在存"。这就是文化的功能。方孝孺《宁海县庙碑》中指出："古之享天下万民世祀者，必有盛德大烈被乎人人。其或功盖一时，名震一国，祀事止于其乡，而不能及乎远。惟汉将关侯云长，用兵荆蜀间，国统未复，以身死之。至今千余载，穷荒暇裔，小民稚子，皆知尊其名、畏其威，怀其烈不忘，是孰致然哉？盖天地之妙万物者神也，神之为之者气也，得其灵奇盛著则为伟人。当其生时，挥霍宇宙，顿摧万类，叱电噎风，雄视乎举世，故发而为忠义之业，巍巍赫赫，与日月并明，与阴阳同用。不幸其施未竟，郁抑以没，其炳朗灵变者，不与众人俱泯，则复为明神，无所不之，固其理也……宁海故有侯庙，邑人虔奉，如侯尚在存，咸愿纪德，刻之柱石，俾永世无惑。"① 方孝孺解释关侯能够成为本不相干的宁海人的纪念对象，在内核上是因为其忠义精神，在形式上是因为他被神化。其实，他讲的"神"化，就是那个时代人们容易接受的"文化"化。方孝孺所记的宁海案例，在过去一千多年发生在全国各地，在近代还扩及海外。翻查中国各地的方志、碑铭，关庙广见于各地，在很多地方实际上是"村村有关庙"。旧时北京地区的关庙以及以关公为主神的寺庙就不止一百处。杜赞奇《文化、权力与国家：1900—1942 年的华北农村》也曾经注意华北关公信仰的广泛分布，视之为中国社会的代表性文化现象。② 关庙不仅见于各地汉人社会，也多见于蒙古、西藏，还见于越南、朝鲜、日本及东南亚国家。传说是把不同的地方联结起来、把不同地方的人联结起来的节点，传说的形成与传承过程就是不同的地方、不同的人群被联结起来的过程。这也就是文化共同体生长的一种基本机制。

除了地域与民族的广泛关联性，关公文化还是贯通代表中华文化的儒释道的一个纽带。对于关公，儒称圣，释称佛，道称天尊。关公夜读《春秋》，是经典的画像内容；他在佛教和道教中都有极高的位置。以此而论，关公文化实际上是经典文化的融合贯通的生动载体。关公是由具有确认真实性的传说叙事所塑造的道德楷模，是中国传统核心价值观的化身，常被以"义"、"忠义"或"忠义仁信勇"的概括为民众所传颂，道德文化可以看作是关公文化的核心。关公以"忠义"等形象内涵闻名于世，示范于众，成为忠义的化身。

关公文化也是官方文化与民间文化合成的产物。因为有长期的民间传说与信仰的群众基础，官方从宋代开始不断对他加封，尊及"帝""圣"；

---

① 转引自《关帝志》卷三艺文上，载宋万忠、武建华标点注释《解梁关帝志》，山西人民出版社，1992。

② 杜赞奇：《文化、权力与国家：1900—1942 年的华北农村》，江苏人民出版社，2003。

因为有官方的认可，民间更是广立祠宇，关公是十多行业的祖师爷，是民间为了护佑儿童成长被寄养最多的男神，被视为身家禄命的保护神、财神而获得热情奉祀。关公文化随着人口的海外流动，在世界各地的华人社会也占有重要地位，为华人的团结发挥着不可替代的文化纽带作用。

没有一个人能够代表一种文化，但是传说这种体裁能够被运用创造一组叙事来包含一个民族的世界观、人生观、社会观，从而使特定的传说人物代表一种文化。从真实的人物到传说人物的过程也就是成为箭垛式人物的集大成过程。这个接纳万"箭"（博采众长）的汇总与合成机制包括多个层次的传说学内容：（1）在真实生活层次，把不同人的经历归入一个传说人物；（2）在传说的传讲层次，通过传说的不断再加工突出那些能够承载民族文化内涵的母题、情节，一方面不断把关于其他人物的传说移花接木过来，另一方面不断对本人物的传说或其故事进行筛选、整合，使传说人物在形象上更具有一致性，更像"一个"人物；（3）在地域和族群的层次，该人物传说具有更多样的异文，以适应地域或族群的偏好，看似使这个箭垛上能够接纳更多或更多品种的"箭"。从上述关公传说的生成与跨历史、多地域、多民族的流传和流变来看，关公故事的箭垛式生成与中华文化的综合表达力的形成是同一个过程的不同面向。由此，本文算是完成了一种通过叙事分析的传说学向内容分析的文化学的转换的尝试。作者希望这种尝试能够兼顾乃至衔接民间文学的研究与以民间文学为对象的民俗学、文化学的研究。

（原文刊登于《民间文化论坛》2017 年第 6 期，

本文集收录的是删节版）

话语转换：地方口头传统的"在地化"

——以新余毛衣女传说为例

万建中　北京师范大学文学院教授

民间传说无外乎两种动机，一是解释当地某一物候景观的来源，可谓之起源传说；二是讲述某个人的传奇经历，可谓之逸闻趣事。若前者，在传说形成的初始阶段就有当地某一景观或"纪念物"的伴随。《毛衣女》讲述的是新喻县男子的猎艳奇遇，显然属于后者，天生就与"在地化"①（Localization）无缘。然而，地方口头传统只有完成了"在地化"，才能拥有旺盛的生命活力。毛衣女通过内部和外部话语的转换获得了地地道道的"在地化"身份。

一　话语转换的内在逻辑和条件

毛衣女传说作为新余一则标志性的富有生命力的口头叙事传统，不可能永远只是说一说的故事，必然要寻求自我衍生的契机和新的发展动态。这是传说这一口头传统与民间故事不同的叙事要求。民间故事延展的趋势无外乎两种情况：一是生长出诸多异文，形成故事类型并使故事类型的家族愈来愈壮大；二是和其他故事类型黏合形成故事类型，或重构为一种复合型的故事。也就是说，故事口头传统的传承与发展是基于情节单元、母题的，即故事文体本身的要素是在故事文体内部进行的。这是故事之所以为故事的根本所在，也是区别于其他口头传统的文体标识。而民间传说则不同。民间传说的传承与变异既可以是文体本身，甚至转化为故事文体，也可以跳出传说文体，以其他形态呈现。传说口头传统都是开放性的文本，

---

① 在地化又称为本地化，是指将某一事物转换成符合本地特定要求的过程。

可以不断地产生其他的生存样式。

　　毛衣女传说在新余至少流传了 1600 多年，期间呈现怎样复杂的口述状态已不得而知，但从当下毛衣女传说的生存状况来看，其文体内部发生了叙述的附会和话语的转换，即和牛郎织女传说类型融为一体。毛衣女变身为"织女"，而男子则成为"牛郎"。毛衣女和牛郎织女传说中的织女都是天女，都下凡到人间沐浴。这是导致这两种不同传说类型发生交融的文本依据。牛郎织女传说情节大致是这样的：美丽善良的织女是天官王母的女儿，能用灵巧双手织云彩。牛郎是一个人间孤儿，在家遭兄嫂虐待。后来，他在老牛指引下，通过取走在湖中洗澡的织女的衣裳而得到织女，婚后生活圆满。不料织女下凡成婚的事被王母所知，王母下令抓回织女。牛郎带着所生儿女追到天上，王母恼怒拔下发簪在织女后面一划，一条天河便将牛郎织女隔开。从此两人只能隔河相望痛哭。后来王母起了怜悯之心，容许他们每年七月初七相见一次。显然，这一传说在流传过程中已融入了毛衣女传说的主要情节，使得牛郎织女传说绚丽多彩，引人入胜。两种不同类型的故事结合在一起是常见的叙事现象，但在传说学上，类型之间泾渭分明，不容混淆，否则便会遭到学理上的质疑。在传说的实际流传过程中，总是在向流传更为广泛的、影响更大的传说类型靠拢。毛衣女传说就是如此。尽管毛衣女传说在学界获得了崇高待遇，但在民间终不若牛郎织女那么有名。在新余，这两个不同类型的传说总是黏合在一起。故事类型之所以发生跨越式发展，主要在于新余人不满足于一种故事类型的口头经营，而是要使古老的叙事进入农耕生产和生活当中，使之与新余独特的夏布绣结合起来。地方经典性的口头传统进入当地人的日常生活当中，获得超越叙事文学文本的实用价值和文化意义，这是一种带有普遍意义的民间文化现象。这不是人为的，而是民间传说文体特质所展现出来的地方口头传统的叙事魅力。

　　每个传说流传的地区或范围叫作"传说圈"。"其传说圈都必然地受到传说中历史人物在民间传承中影响的大小所支配，使传说圈不仅具有地理分布特点，更重要的是具备人文历史特点。"① 地方传说在流传的过程中，

---

① 乌丙安：《论中国风物传说圈》，载中国民间文艺家协会辽宁分会编《民间文学论集》(2)，内部资料，1984，第21页。

总是会将"圈"内遭遇到的相关事物裹挟进来，使之成为口头传统自身的有机组成部分，这也就进入"在地化"的步骤。2017 年七夕节这一天，中国民间文艺家协会命名新余为"中国夏布技艺之乡"和"中国夏布绣传承与发展基地"。在新余，从苎麻的种植，夏布的制作、纺织到夏布刺绣，形成了一条体系化的民间手工技艺生态链。夏布绣并非新余才有，但其他地方大多只有绣，缺少苎麻种植和纺织的生产环节。男种麻，女织布和刺绣，这是典型的男耕女织的生产结构。现在，人们仍称那些纺织夏布的女性为织女。于是，毛衣女这一地方口头传统与种麻纺织地方生产实践相结合实属必然，这是新余特有的叙事倾向和记忆逻辑。毛衣女和牛郎织女传说在新余便有了"在地化"的依据，或者说，在新余，夏布传统技艺的起源被给予了明确的历史记忆。在新余（其他地方也莫不如是），"历史就像一位装满记忆的老人，对各种各样的传说进行了某种'选择'，使传说中那些能够满足人们某种精神需求及解释欲望的内容，在漫长的流传过程中，得以继续'传说'"①。在一定程度上，毛衣女得以继续传说的原因在于满足了人们对夏布生产、夏布绣联想和解释的欲望，给夏布和夏布绣注入了意向明确的历史文化内涵。

二　传说与现实的"互文性"关系

在文学文本理论中，有一种理论叫"互文性"（intertextuality，又称为"文本间性"或"互文本性"）。这一概念由法国符号学家、女权主义批评家朱丽娅·克里斯蒂娃在其《符号学》一书中提出："任何作品的本文都像许多行文的镶嵌品那样构成的，任何本文都是其他本文的吸收和转化。"② 这仅就文学文本而言，若扩展至生活文本，其生成和表现的形态就更为丰富。在新历史主义那里，"互文性"不仅包括文学文本与非文学文本之间的"互文"，更包括文本与现实之间的互文。毛衣女传说作为地方口头传统的经典，不可能滞留于文学文本的状态，否则就难以流传至今。寻求与当地生

---

① 万建中：《民间文学引论》，北京大学出版社，2006，第 179 页。
② 〔法〕朱丽娅·克里斯蒂娃：《符号学：意义分析研究》，引自朱立元《现代西方美学史》，上海文艺出版社，1993，第 947 页。

产生活的互文关系几乎成为地方传说生命力延续的叙事策略。毛衣女和"豫章新喻县男子"的身份向牛郎织女靠拢，是基于男种麻，女织布、刺绣的现实依据。现实与传说的文本间性只体现在这一方面，还不足以反映毛衣女这一口承文本演绎过程中相互指涉的关系。

毛衣女和夏布的联系还在于毛衣即羽衣乃夏布所制。夏布最初是用于缝制衣服，即便是刺绣，也是为了装饰衣服。新余夏布以"轻如蝉翼，薄如宣纸，软如罗娟，平如水镜"著称，其缝制的衣物誉为羽衣，可谓名副其实。20 世纪 90 年代，一件新余水北出土的 500 年前的夏布女衣引起世人的关注，这件明朝嘉靖年间的夏布女衣质地白皙，做工考究，衣领和衣袖还有蜡染的图案。可以这样说，这是迄今发现的最早的保存完好的毛衣或羽衣。或许也可以这样理解，正是因为新余的祖先种植苎麻、纺织夏布、缝制女衣、夏布刺绣，才产生了毛衣女即羽衣仙女的联想。毛衣女即天鹅处女型传说的核心意象是羽衣，凭借羽衣，天女才能下凡。而夏布衣是羽衣的直接原型。《隋书·地理志》下："豫章之俗，颇同吴中，……亦有夜浣纱而旦成布者，俗呼为鸡鸣布。""鸡鸣布"这一称谓说明夏布与飞禽的紧密关系，鸡和鸟都有羽毛，由夏布到羽衣的类比联想的理解并非虚妄。夏布与毛衣即羽衣是新余祖先对于夏布衣的美好想象，是由夏布衣生发出来的叙事话语。织女—夏布—羽衣的叙事逻辑成为毛衣女传说基本的话语构成，也是毛衣女传说一直活跃在新余"在地化"的主要依托。这种内在的关联性以往并没有被认识到。

在新余，人们并不认为毛衣女和牛郎织女是两种不同的传说类型。富有新余地方特色的叙事转换是这样的：仙女下凡到新余后成为织女，与牛郎过着男耕女织的幸福生活，织女不仅教会了当地农民用苎麻纺织夏布，还带领农民在洞内织布，直至今天，新余仍保持在山洞内和房前屋后纺织夏布的传统，成为新余一道人文景观。传说总是不断地向现实靠拢，毛衣女一旦与夏布勾连起来，其真实性和可信性也坚固了起来。如今，新余人并不热衷于延续毛衣女的口述文本，也几乎没有人对这一故事津津乐道。人们注重的是毛衣女传说之于现实的影响和作用，赋予夏布生产和刺绣的历史文化内涵。事实上，传说这种口头传统的流变并不十分活跃，由于受到讲述"真实性"的约束，文本一旦确立下来，变异的空间极为狭小。毛衣女传说流动的方向更倾向于可观可感的物象，其发展的态势是外向型的，触角深入现实世界的各个角落。毛衣女处于互文性的中心，围绕中心，产生了一种把对传说讲述的欲望转化为历史性客观法则的自发运动。

毛衣女传说的这种话语构成、转换及"互文性"表现是地方口头传统的普遍现象，也是民间传说的记录者和研究者需要正视的问题。毛衣女传说曾经历了多次申报国家级非遗名录的过程，申报书重点突出了这一传说"在地化"现象。毛衣女传说即天鹅处女型故事并不属于新余，而要成为新余的文化传统及可持续的文化资本，寻求"互文性"和"在地化"是必然的途径。呈现毛衣女话语转换的实际状况，恰恰是如实地反映了这一口头传统的真实情况，也是处于活态当中的毛衣女的叙事法则。然而，其最终却因未能提供活态的故事口传文本而被淘汰。作为一则具有世界意义的民间口头传统，竟然未能列入我国国家级非遗名录，这是值得学界深刻反思的，至少说明学界对民间文学现状的认识存在严重误区。笔者在另外一篇文章中写道："在日常生活中，除了新余仙女湖和仙女洞的导游，现在谁还会演述这一故事呢？这一故事早已失去了演述的环境，口传的链条已然中断。然而，在新余，还有以仙女命名的学校、道路、村落以及人文景观，许多年轻男女还特意到仙女湖畔集结良缘，仙女故事之符号频频出现并得到广泛使用。这是以现代生活样式讲述着毛衣女的传说。民间文学口述作品难以寻觅，而民间文学生活仍在持续，并方兴未艾。在汉民族地区，传统的民间文学的命运大体如是。"①

三 毛衣女的空间叙事境界

这是故事话语被成功利用的典型范例。毛衣女早已成为新余标志性的话语文化，文化的逻辑是话语的逻辑，是相关文化符号系统化、规范化的过程，一种文化形态一旦形成，就能自成体系，表达完整的意义。② 但不管

---

① 万建中：《"民间文学志"概念的提出及其学术意义》，《云南师范大学学报》2015 年第 6 期。

② 蒋原伦：《传统的界限：符号、话语与民族文化》，北京师范大学出版社，1998，第 12 页。

怎么说，以上毛衣女话语的转换是内部的，旨在丰富口头传统之情节和人物的逻辑关系。这种转换完全是出于传说文体生存自身的需求。传说在流传过程中要不断地显示自己的"真实"，必然要在"传说圈"的范围内寻求事实的依据。前文指出，这种话语转换的空间毕竟有限，地方口头传统的话语转换还要向外部延展。牛郎、织女、毛衣女、"豫章新喻县男子"、种麻、织布、夏布、夏布绣、羽衣等都是毛衣女话语转换本身的运作母题，它们相互之间构成了内在的叙述关系。

然而，真正使毛衣女传说获得永远记忆的并不是这些母题要素，而是外在于故事情节和母题的、与毛衣女有关的文化景观。在新余各地，留存大量的仙迹，诸如神牛洞、仙女洞、龙母庙、神山、鹊桥、赶仙桥、仰天岗、仙女湖等；新余老城西南有凤凰池、凤凰门，相传有凤凰浴于此得名，城东还有凤落滩等；新余市内还有仙女小学，仙女湖则成为著名的商标。它们游离于传说的故事情节和母题之外，没有任何叙事逻辑的约束和限度，因而可以无限量扩展。尽管处于毛衣女传说的外围，却是构筑传说圈的耀眼的文化地标。

这些人文景观和命名是对毛衣女传说的现代"纪念"，它们一直在默默而生动地讲述着毛衣女的传说。这些景观和标识提供了传说的经历、地方历史以及加深人们对毛衣女下凡件事的记忆。这些景观同样具有坚固传说真实性的作用，尤其是"仙女湖"，为毛衣女下凡沐浴提供了直接的注脚。

在新余，毛衣女传说的永久记忆并非将口头转化为书面，而是以给景观或地点命名的方式实现的。口头传统的记忆毕竟是有限的，而将其镌刻在当地著名景观和地点上面，便进入根深蒂固的记忆状态。同时，景观本身就是一种叙事的风格和对象，它从来没有脱离传说叙事而独立存在过。这样，景观与叙事相辅相成。[①] 现代叙事学已跳出文学文本的框框，几乎迈向了所有的领域，为景观进入叙事提供了可能性。一般而言，口头传统的叙述维度是偏向时间的，这些文化景观和地名却开启了毛衣女的空间叙事境界。传说一旦步入空间领域，便能够获得精心的极富目的性的经营，因

---

① 毛巧晖：《日常生活、景观与民间信仰——基于湖北远安嫘祖传说的考察》，《江汉论坛》2016 年第 5 期。

为这些景观具有让人体验和经历的效能。

毛衣女传说在流传过程中，实现了内部和外部话语的整体转换。如果说内部话语是主杆，那么外部话语就是繁茂的绿叶，可以不断地生长。在外部话语体系中，毛衣女这一古老的口头传统俨然转化为一个山洞、一片湖水、一座桥梁、一座神庙、一道山门、一所小学、一种商标和品牌，等等，传统的发明表现得淋漓尽致。在新余，似乎毛衣女无所不在，无所不有。从目前毛衣女传说演绎的情况看，已然步入体系化的话语境界，变得相当成熟。其显著的标志便是毛衣女传说深入日常生活当中，转化为一个个具体可感的永恒的文化符号。

口头文本向实体化转换，这是地方传说"在地化"的普遍状况，但一则古老的传说演变为如此之多的话语表达，实属罕见。这是毛衣女话语构成体系化的表现。干宝在《搜神记》中点明天女下凡沐浴的地点在新余，本来是出于传说文体本身的需要，意想不到是，这对于新余产生了非凡的历史和现实意义。在新余，毛衣女绝不仅仅是一则传说，而是充溢了自豪感的信仰和追求，是着力打造"天女下凡地"的美好的新余梦。这种信仰不是诉诸祭拜，而是毛衣女话语转换的顺势实现。

在新余，毛衣女传说话语被引用、转述、重复，乃至改头换面，并非毛衣女传承上的不幸，相反，毛衣女话语的进展和演化得力于种种不同程度的借用和转述。自 2000 年起，新余市人民政府、仙女湖区管委会在这一基础上，举办了首届仙女湖形象小姐评选大会。此后，以"情爱圣地"仙女湖为主题，新余市每年都会举办仙女湖情人节活动。还有一年一度的学术研讨会。这类活动的开展是毛衣女传说话语演化和发展的有机组成部分，也是毛衣女传说走向仪式化和建立仪轨的有效途径。另外，新余市成功申报"中国七仙女传说之乡"，确立了新余在这一传说传播中不可撼动的地位和绝对优势。毛衣女话语的现代延续和转换，其力量首先来自话语的操纵者和使用者，也就是政府。政府的出面，才能维系毛衣女话语的神圣性和权威性。应该说，毛衣女传说话语的体系化、规范化和其权威性的增强是互为因果的，共同促进了"在地化"的实现。倘若毛衣女仅仅为传说文本，只是个别的、散落的、未经组织的话语，那便不足道，没有体系就难以构成完整和富有冲击力的意义。

　　毛衣女传说文本、苎麻、夏布、织女、夏布绣，诸多与毛衣女相关的遗迹、人文景观，由毛衣女衍生出来的各种活动、命名和挂牌等等，构成了毛衣女传说的话语图式和话语转换的谱系。丹麦民俗学家阿克塞尔·奥克里（Axel Olrik）指出"在地化""的来源可分为三种：（1）确系本地事件的真实记述；（2）对某些显见现象的想象性解释；（3）已有叙事附会于新环境。① 毛衣女传说话语的转换恰好满足了这三种来源。首先，传说本身就带有"真实"的要素，毛衣女"事件"的地点和人物都比较明确；其次，苎麻、夏布、织女、夏布绣等都属于显见现象，并进入毛衣女话语当中，获得想象性解释；文化景观、以毛衣女为主题的各种活动等完全属于口头叙事的附会。可见，毛衣女的"在地化"是完全彻底的。这些既是毛衣女传说话语的扩展，也是变相的话语阐释，将片段的、个别的文化事象串联起来，凡是可能与毛衣女相关的事物都纳入其中，证明了其存在的必要性和对于仙女文化发展、文化整合的重要性。毛衣女传说已形成了完备而成熟的话语系统，可以肯定，随着社会的发展，毛衣女的话语将更为丰富和多样。

　　在新余市，毛衣女话语的转换及空间布局是精心运作的过程，即主要的自然景观和文化遗产都进入毛衣女的话语系统中进行运作。这是有意识的地方文化话语运作的模式，包括每年七夕节期间所开展的一系列展演活动和学术研讨。这种运作使毛衣女传说焕发出时代的文化魅力，体现了地域文化的动态过程。所有的运作围绕毛衣女展开，并不断向外在空间延伸文化的触角，建构了表现形态丰富多彩又基本一致的话语体系。话语的排他性和内在纯正性构成了仙女文化的完整性和独特性，酝酿成极富新余精神气质的文化界限。

（原文刊登于《贵州民族大学学报》（哲学社会科学版）

2017 年第 5 期，本文集收录的是删节版）

---

① 张志娟：《口头叙事的结构、传播与变异——奥克里〈口头叙事研究的原则〉述评》，《民族文学研究》2017 年第 1 期。

地方文化视域中的牛郎织女
传说研究述评

郭俊红　山西大学文学院讲师

一　"牛郎织女传说"研究的"范式转移"

牛郎织女传说作为民间传说的典型代表，在 20 世纪初就引起诸多学者的关注，并取得了一定的成绩。其中最为突出的就是钟敬文先生曾于 20 世纪 30 年代运用故事类型法对我国"天鹅处女型故事"的研究，他指出："在牛郎型中，这（天鹅处女型）故事都成为解释牛郎、织女两星运行的神话，又有些地方或变为星光的解释，或成了潮声的说明。"① 茅盾先生对牛郎织女传说的体裁予以关注，指出："牛郎织女是我国最早的星神话"②。欧阳飞云对牛女传说的演变进行分析，在《牛郎织女故事之演变》中指出牛郎织女故事的演变经历了胚胎、雏形、具体、进化和脱形五个阶段。③ 此外，关于牛郎织女传说的研究还表现为搜集整理各地的牛郎织女传说文本与七夕节日习俗，不少关于民俗及社会风俗的论著之中，例如张亮采编著的《中国风俗史》、胡朴安主编的《中华全国风俗志》对七夕节日习俗都有采录。在当时的社会氛围中，过七夕必谈牛郎织女传说，《时事新报》《北平晨报》等新闻报刊也往往于此时刊发七夕节以及牛郎织女传说的系列文章。

这些成果的取得对于进一步开展中国牛郎织女传说的研究是十分有利的。但在中华人民共和国成立后，由于受现代民族国家理念的影响，牛郎

---

① 钟敬文：《钟敬文学术论著自选集》，首都师范大学出版社，1994，第 352—353 页。
② 茅盾：《茅盾说神话》，上海古籍出版社，1999，第 83 页。
③ 欧阳云飞：《牛郎织女故事之演变》，引自施爱东《中国牛郎织女传说·研究卷》，广西师范大学出版社，2008，第 31 页。

织女传说处于不断被改写的状态，尤其受到各地方剧种的青睐，戏剧剧评成为牛郎织女传说探讨的热点。^① 相反，深入的学术研究却被束之高阁，鲜有高质量的论文。^②

20 世纪 80 年代末 90 年代初，随着文学研究的不断深入，牛郎织女传说的研究从剧评转向学术研讨，但这一时期的研究重点仍是探讨传说的形成、流变、主题、母题以及与七夕节的关系。^③ 21 世纪以来，在非物质文化

---

① 韩义导、汪培：《介绍越剧〈牛郎织女〉》，《文汇报》1949 年 9 月 23 日；李家骏：《评首都实验京剧团的〈新新天河配〉》，《新民报》（北京）1950 年 8 月 20 日；司马：《看〈牛郎织女〉》，《新民报》（北京）1950 年 8 月 20 日；赖应棠：《评剧〈天河配〉观后》，《新民报》（北京）1951 年 8 月 20 日；吴祖光：《评剧〈牛郎织女〉的编写》，《新戏曲》1951 年 10 月；夏天：《牛郎和织女》，《艺术生活》1951 年 8 月 25 日；张印德：《对于评剧〈牛郎织女〉演出的几点意见》，《新戏曲》1951 年 10 月；梁英杰：《评粤剧〈牛郎织女〉的演出》，《南方日报》1952 年 11 月 28 日；湘剧艺人陈楚儒：《我对兰陵戏院上演〈牛郎织女〉的意见》，《新湖南日报》1953 年 1 月 11 日；撩戈、瑞森：《改戏应该慎重——看过兰陵戏院演出的〈牛郎织女〉后》，《新湖南日报》1953 年 1 月 11 日；金洛：《反对粗暴地对待民族新戏曲遗产——对长沙市兰陵戏院上演〈牛郎织女〉的意见》，《新湖南日报》1953 年 1 月 11 日；《省文化事业管理局召开座谈会研究兰陵戏院〈牛郎织女〉演出中的问题》，《新湖南报》1953 年 2 月 6 日；卫明：《谈〈牛郎织女〉》，《新民报晚刊》，1953 年 7 月 16 日；刘度：《看淮剧〈牛郎织女〉》，《新民报晚刊》（上海）1953 年 9 月 3 日；等等。

② 这一时期牛郎织女传说的主要研究论文有：陈毓罴：《谈牛郎织女的故事》，《光明日报》1950 年 5 月 28 日；赵景深：《关于牛郎织女的传说》，《新民报晚刊》1953 年 7 月 16 日；范宁：《牛郎织女故事的演变》，《文学遗产增刊》1955 年 9 月；罗永麟：《试论〈牛郎织女〉》，《民间文学集刊》（上海）1957 年第 2 期，这些研究成果对后世的影响很大。例如赵逵夫在《论牛郎织女故事的产生与主题》指出，范宁在文章中由于引文的问题得出牛郎织女故事在六朝时期才转变为悲剧性质的观点是错误的，根据赵逵夫先生的考证，他认为牛郎织女故事的主要情节及情感基调在东汉末年就已经形成；赵逵夫在《从两条引文看牛女传说研究中的文献问题》指出范宁、陈毓罴、罗永麟等人在研究牛郎织女传说时引文以讹传讹的问题，呼吁科学研究一定要严谨地引用文献材料。

③ 孙续恩：《关于牛郎织女神话故事的几个问题》，《武汉大学学报》（社会科学版）1985 年第 3 期；姚宝瑄：《〈召树屯〉、〈格拉斯青〉与〈牛郎织女〉之渊源关系——兼谈中国鸟衣仙女型传说对古代印度的影响》，《民族文学研究》1987 年第 5 期；肖远平：《试从系统观点看民间传说故事〈牛郎织女〉的魅力》，《广西民间文学丛刊》1986 年第 13 期；屈育德：《牛郎、织女与七夕乞巧》，《文史知识》1986 年第 7 期；洪淑苓：《牵牛织女故事中鹊桥母题的衍变》，《中外文学》1987 年第 3 期；洪淑苓：《牵牛织女原始信仰试探》，《民俗曲艺》1988 年第 51 期；洪淑苓：《牛郎织女在俗文学中的特色》，《中外文学》1989 年第 3 期；徐传武：《漫谈古籍中的银河牛女》，《枣庄师专学报》1988 年第 8 期；徐传武：《漫话牛女神话的起源和演变》，《文学遗产》1989 年第 6 期；赵逵夫：《论牛郎织女故事的产生与主题》，《西北师范大学学报》1990 年第 4 期；张振犁：《牛郎织女神话新议》，《中原古典神话流变论考》，上海文艺出版社，1991。

遗产保护运动推行的背景之下，牛郎织女传说作为地方优秀文化开始受到民间文化工作者的关注。他们尝试解读牛郎织女传说中所包含的地方历史信息，从而使这一传说成为了解地方传统社会和普通百姓的一个独特视角。在他们的共同努力下，牛郎织女传说的研究逐渐开始发生转向，改头换面，成为地方文化的代名词。笔者不揣浅陋，拟对当前牛郎织女传说研究现状及其未来走向作初步梳理，管见所及，挂一漏万，尚祈方家指正。

从研究视野与方法上来看，以往学者对牛郎织女传说的研究基本可以分为三类：第一类是将牛郎织女传说放置在七夕节日的框架内予以讨论，牛郎织女传说只是七夕节日的附属产物；① 第二类是传统文学的理路，如洪淑苓②，其特点就是完全从文献材料出发，引经据典，考察梳理牛郎织女传说的来龙去脉；第三类则以钟敬文先生为代表，他们的特点就是注意与其他学科，特别是注重与文化人类学、民俗学的结合，将田野考察与理论探讨相结合。③2006 年，牛郎织女传说进入非物质文化遗产工作之前，我国学术界对牛郎织女传说的研究多是步王孝廉、洪淑苓等人的后尘，较高学术水平的研究探讨的问题多集中在牛郎织女传说的形成、流变、主题、情节、人物形象等，在这种语境下，牛郎织女传说是作为中华民族的共同财富被学者们予以讨论的。

从 2006 年开始，讨论牛郎织女传说的语境急剧缩小，牛郎织女传说被视为各省乃至县市区域的品牌文化，山西、山东、河南、河北、湖北、湖南、江苏等地的地方学者撰文著书、寻找证据，力争将牛郎织女传说落户本地。"这类文章大多断章取义、牵强附会，几乎清一色发表于省级以下地方高校学报或者旅游及文化普及类期刊，乃为弘扬地方文化计"④，这种讨

① 商君：《七夕》，《北平平晨》1924 年 8 月 6 日；万曼：《牵牛和织女的故事》，《学灯·文学周刊》1924 年 9 月 22 日；钟敬文：《七夕风俗考略》，《语历所周刊》1928 年 11 月；徐中舒：《古诗十九首〈迢迢牵牛星〉》，《语历所周刊》1929 年 6 月；程云祥：《潮州的七月》，《民俗周刊》1929 年第 73 期；清水：《七夕漫谈》，《民俗周刊》1929 年第 81 期；黄石：《七夕考》，《妇女杂志》，1930；姚世南：《七夕谈》，《民俗汇刊》，1931。

② 洪淑苓：《牛郎织女研究》，台湾学生书局，1988。

③ 钟敬文：《中国的天鹅处女型故事——献给西村真次和顾颉刚两先生》，引自《钟敬文学术论著自选集》，首都师范大学出版社，1994。

④ 施爱东：《牛郎织女研究简史》，引自施爱东《中国牛郎织女传说·研究卷》，广西师范大学出版社，2008，第 6 页。

论蔓延至学术界，牛郎织女传说的起源地、原生地成为整个社会共同讨论的话题。

二 非遗场域中的牛郎织女传说

十年来随着研究的进展，关于牛郎织女传说的起源地在学术界先后出现了数种不同的观点：西安说、南阳说、西北说、湖北说、沂源说、太仓说、和顺说、邢台说、郴州说、蒲州说等。其中，湖北说包括湖北襄樊说、郧西说和汉水流域说。随着研究视野和研究材料的丰富，学者们的观点多有变易，例如西北说的代表人物赵逵夫关于牛郎织女传说起源地就出现了天水汉水流域说、甘肃庆阳和陕西中部中心说、西和说。

湖北襄樊与河南南阳地理相接，因此杜汉华在最初的研究中提出"汉水襄阳、南阳说"，指出，"汉水襄阳、南阳说是笔者提出的新说，基本上解决了起源地的问题"①。此后，杜氏连续发文，将牛郎织女传说的起源地不断扩大，将襄樊扩展为汉水流域："汉水流域的孝感地区云梦县、汉川县的汈汊湖，发现有牛郎织女夫妻关系和神话的最早证据以及七夕节乞巧活动演变的活化石，这里滋生出了牛郎织女神话的变体董永七仙女的故事；荆门、荆州有神牛与女子相恋，仙女、牛崇拜等牛郎织女神话和七夕节的原生态神话与土壤；襄樊是牛郎织女神话和七夕节起源的源头，有郑交甫会汉水女神、穿天节等牛郎织女神话和七夕节起源的系列母体；老河口、丹江、郧西有牛郎织女原始神话《牵牛星与织女星》和牛郎织女相会的天河口，有牛郎织女神话的自然地'石公石婆'遗存。"②在杜氏看来，汉水流域的孝感、荆门、襄樊、郧西都是牛女传说的原生地，"最早""源头""母体"等词汇的使用更加深了世人对湖北是牛郎织女传说原生地的认识。在诸多地区之中，郧西县逐渐一枝独秀。从 2009 年起，当地重点打造依托牛郎织女传说的"天河文化"，认为是传说中牛郎织女相会的地方，是中国

---

① 杜汉华：《"牛郎织女"流变考》，《中州学刊》2005 年第 3 期。
② 杜汉华：《大力推动湖北旅游加速发展的条件和对策》，《荆门职业技术学院学报》2009 年第 1 期。

七夕文化的重要发源地和传承地。①

在杜汉华提出的"新说"中，河南南阳也被视为牛郎织女传说的起源地。但同文中又自相矛盾地指出，南阳的牛郎织女神话传说是由襄阳的相关古神话传说直接演变而来。② 与杜氏观点摇摆不同，河南本土学者则明确提出，南阳是牛郎织女故事的发源地。南阳人相信，牛郎织女的传说就是从南阳诞生，因为时至今日在南阳的白河东岸，还存有与传说相关的两个村庄：牛郎庄和织女村。③

早在 2002 年，河北省就举行了首届"河北省七月七爱情节"系列活动，并围绕七夕节和牛郎织女传说展开学术研讨会。但河北学者并没有将牛郎织女传说的起源地据为己有，而是考证认为，"牛郎织女"这一故事发源于太行山中段，在河北邢台与山西和顺交界处的天河山一带。④ 此种说法立即引起山西和顺官方的警觉，2006 年，他们组织有关专家展开考察论证，最终认定和顺县松烟镇南天池村是当地牛女传说的起源地。从 2006 年至 2009 年，和顺县凭借牛女传说分别获得了"中国牛郎织女文化之乡"和"山西省首批民族传统节日（七夕节）示范保护地"等称号。如今，凭借着牛郎织女传说这张文化名片，山西和顺的名气让共同拥有这一文化的河北邢台望其项背。

据笔者目力所见，目前学术界对牛郎织女传说持续研究且成果硕硕的是赵逵夫先生。他从 20 世纪 90 年代开始关注这一传说，在当时的社会语境中，赵逵夫主要探讨牛郎织女传说的产生和主题，指出牛郎织女传说在东汉末年就已形成，牵牛、织女的最早命名同商先公王亥及秦民族的祖先女修有关，这一故事是植根于封建礼教刚刚完善阶段对妇女进行残酷压迫的社会现实的，是我国最早的反礼教的艺术杰作。⑤ 从 2005 年起，赵逵夫依据古籍文献以及西北地方文史资料对牛郎织女的人物原型、产生时间、原生地域等问题进行全面而深入的研究。其中对于牛郎织女传说的起源地，

① 王绪桔：《打造七夕品牌，推进旅游立县》，《学习月刊》2011 年第 2 期。
② 杜汉华：《"牛郎织女"流变考》，《中州学刊》2005 年第 3 期。
③ 鲁钊、杜全山：《多面南阳》，《国学》2010 年第 2 期。
④ 侯文禄：《打造特色文化品牌，走好文化活县一盘棋》，《前进》2012 年第 2 期。
⑤ 赵逵夫：《论牛郎织女故事的产生与主题》，《西北师大学报》1990 年第 4 期。

赵氏的观点发生了数次转变，从最初的秦文化区域①到陇南、天水汉水流域②，再到甘肃庆阳和陕西中部③。在赵氏看来，牛郎织女传说是植根于我国西北地区周秦文化的优秀艺术作品，周、秦文化共同孕育了牛郎织女传说。

与赵氏强调大西北的产生孕育空间不同，从 2007 年开始，陕西学者就着重强调陕西西安长安区斗门镇是牛郎织女传说以及七夕节的真正产生地。2007 年 3 月 7 日，《西安日报》刊载了一篇题为《牛郎织女之乡保卫战已经打响》文章，文中充满忧患意识，认为自家的文化被别人欺盗，本地学者有义务与责任借申遗确定牛郎织女传说的文化主权。此后，以陕西师范大学傅功振④教授为代表，陕西地方学者多次撰文，反复重申这一主张，认为"西安市长安区斗门才是牛郎织女传说的真正发源地"⑤，"牛郎织女传说早期文化因子，源自长安斗门一带地区"⑥。

从 20 世纪 80 年代，太仓当地学者就有意识地对当地牛郎织女传说进行搜集整理研究，但由于各种原因，这些研究成果并没有引起足够关注。⑦ 牛郎织女太仓说其实一直被人误会，当地学者始终没有明确提出太仓是牛郎织女传说的发源地，而是用"牛郎织女传说降生太仓说"来表明当地与牛女传说的关系，"牛郎织女的故事是先有传说，再降生于太仓的。太仓存在牛郎织女有关的民俗活动已有近千年历史"⑧。当地学者承认先有牛郎织女传说，他们着重强调的不过是牛郎织女传说在太仓当地经历了地方化过程，并且逐渐成为太仓当地的一种地方文化。

与江苏太仓牛郎织女传说命运相似，山东沂源也处于这种被人误解的尴尬境地。无论是山东大学民俗学研究所的调研师生，还是授予沂源中国

① 赵逵夫：《汉水与西、礼两县的乞巧风俗》，《西北师大学报》2005 年第 6 期。
② 赵逵夫：《汉水、天汉、天水——论织女传说的形成》，《天水师范学院学报》2006 年第 6 期。
③ 赵逵夫：《先周历史与牛郎织女传说的起源》，《陇东学院学报》2008 年第 1 期。
④ 傅功振：《长安斗门牛郎织女传说考证与民族文化内涵》，《民俗研究》2008 年第 2 期。
⑤ 肖爱玲：《牛郎织女传说源地探微》，《唐都学刊》2008 年第 5 期。
⑥ 《陕西七大爱情传说圣地》，http://jingguan. yuanlin. com/city/2009 - 2 - 25/9622. html，访问日期：2009 年 2 月 25 日。
⑦ 凌鼎年：《牛郎织女传说降生太仓说》，《黄河之声》2007 年第 1 期。
⑧ 凌鼎年：《牛郎织女传说降生太仓说》，《黄河之声》2007 年第 1 期。

牛郎织女传说之乡的中国民俗学会，都没有指出山东沂源是牛郎织女传说的起源地，他们反复强调沂源是牛郎织女传说的核心传承区域。恰如张从军教授在《七夕话说牛郎织女》中指出的一样，"在织女洞对岸聚起的一座小村庄也被自然而然地命名为牛郎官庄，村里还建起了一座牛郎庙，牛郎织女在沂河的源头寻找到了落脚点，在天成像在地成形的故事也就此扎根人间，牛郎织女也在人间过上了生儿育女的寻常生活。"① 牛郎织女传说在山东沂源的地方化过程以及形成的地方叙事是沂源牛女传说的鲜明特色。

以上所列是目前在国内比较有影响力的几种观点，尤其是山东沂源与山西和顺两地的牛郎织女传说在 2008 年被列入国家级非物质文化遗产保护项目，更是成为众矢之的。2009 年七夕，笔者到陕西西安斗门镇进行牛郎织女传说调查，当他们知道我的身份②之后，即对我进行指责，要我回答为何要抢夺他们的牛郎织女传说。尴尬之情，至今历历在目。此外诸如山西蒲州说③、湖南郴州说④等由于影响力有限，并没有引起足够的关注。

三　牛郎织女传说抑或牛郎织女文化

在非物质文化遗产保护背景下，我们可以理解各地政府以及学者的这种为地方代言的行为，因为进入保护名录意味着可观的文化资本、经济资本和社会资本。例如山西和顺从名不见经传的太行小县一跃成为海内外知名的文化大县，且引进外资数十亿元⑤，凭借的正是牛郎织女这张文化名片。地方学者为家乡出谋划策无可厚非，学者们的行为可以理解，但是从

---

① 张从军：《七夕话说牛郎织女》，《文物鉴定与鉴赏》2012 年第 3 期。
② 笔者于 2005~2008 年在山东大学民俗学研究所就读期间，曾多次参与山东沂源牛郎官庄牛郎织女传说的田野调研，并据此完成了自己的硕士学位论文《牛郎织女传说的地方叙事研究——以山东省沂源县牛郎官庄为例》。在长安斗门镇调查当地七夕庙会活动时，笔者就自己的身份进行了介绍，随后引起被访谈者的不满。
③ 任振河：《舜居汭汭是牛郎织女爱情故事的发源地》，《太原理工大学学报》2006 年第 3 期；任振河：《蒲州爱情圣地萌发的凄美爱情》，《太原理工大学学报》2007 年第 2 期；任振河：《天帝名号之变迁及帝舜与织女之天伦考》，《太原理工大学学报》2009 年第 4 期。
④ 张式成：《牛郎织女传说及七夕文化源于郴州实考》，《湖南学院学报》2011 年第 1 期。
⑤ 侯文禄：《打造特色文化品牌，走好文化活县一盘棋》，《前进》2012 年第 2 期。

众多申报地中摘取桂冠、进入名录的地方，并不代表即是所谓的"正宗"或"源头"，而未入选的地区，依然有其独特的地方文化价值。陈映婕、张虎生指出这种多地争夺"起源地"或"故里"的行为是在复杂的地方利益竞争中暴露出来的伪问题，是炮制出来的用以满足公众对"起源地"想象与期待的媒体焦点，是地方开发文化产业的文化概念与经营手段，容易给公众造成错觉。① 对于牛郎织女传说的各地申报者，不管进没进入保护名录，我们都必须承认一个"社会事实"，这些地方的民众都在传承并演述着牛郎织女传说，牛郎织女传说已经成为他们七夕节日生活的重要组成部分。从这个意义上来说，各地政府或者学者与其将气力花在隔空争吵上，不如转向挖掘并重构当地以牛郎织女传说为核心的地方文化。

据相关学者研究，在国家启动第一批国家级非物质文化遗产名录申报工作时，全国两千多个县竟然无一家单位申报保护牛郎织女传说这一项目。② 出现这种情况并不奇怪，因为与其他三则传说不同，牛郎织女传说已经不再是纯粹的口头叙事作品，它已转化为一种民众的生活文化。20 世纪全国各地民间文学工作者先后采集和发表牛郎织女故事传说 140 篇，其中采录自山西的有 5 篇、采录于山东的有 15 篇。③ 但这些篇目中无一篇涉及山西和顺或者山东沂源。并且在 20 世纪 80 年代之前，山西省没有公开刊发过一篇牛郎织女传说，且相关作品也从未被收录在民间文艺资料中。④ 但是随着和顺县申报非物质文化遗产保护项目工作的推进，当地搜集了 20 个牛郎织女传说，当然这些传说均未被《中国民间故事集成·山西卷》收录。而采录于山东省的 15 篇牛郎织女传说也无一篇来自于沂源县。2006 ~ 2008 年山东沂源县为了申报国家级非遗名录而采集和发表的传说则达 42 篇之多。可见，该传说已经成为民众生活的组成部分，很难从民众的生活中独立剥

① 陈映婕、张虎生：《民间文学类非物质文化遗产保护对起源地的认识误区》，《民族艺术研究》2012 年第 2 期。
② 刘锡诚：《试论牛郎织女传说圈——地理系统的研究》，《民间文化论坛》2015 年第 4 期。
③ 刘锡诚：《试论牛郎织女传说圈——地理系统的研究》，《民间文化论坛》2015 年第 4 期。
④ 据刘锡诚先生介绍，在 1993 年出版的《中国民间故事集成·山西卷》以及 1999 年出版的《山西文艺创作五十年精品选·民间文学卷》中均未收录牛郎织女传说。刘锡诚：《试论牛郎织女传说圈——地理系统的研究》，《民间文化论坛》2015 年第 4 期。

离出来。

当牛郎织女传说在山西、山东、河南、河北、湖南、湖北、江苏等不同的时空中流转，从一个地方到另一个地方，通常经过形式、功能、意义上的改变，以适应接受一方文化的特殊需要。牛郎织女传说成为西安的牛郎织女石像、沂源的织女洞和牛郎庙、南阳的牛郎庄和织女村、郧西的天河、内邱的庙会、太仓的百沸河与织女庙——这些事物存在于现实的生活空间中，并在当地民众的生活中发挥着或实或虚的作用。牛郎织女传说已化入当地民众的文化血液中，成为特定地区特定群体共享的精神生存与物质生活的地方文化传统。这种文化传统逐渐养成地方民众特有的地方趣味和地方感觉，成为"我之为我"的独特文化。

四　牛郎织女文化的地方情境

"不仅牵牛、织女两星之得名，而且七夕乞巧节和牵牛织女故事的来历，归根结底都与星象纪时制度有关，都源于牵牛、织女这两颗星与时序之间的关系。七夕乞巧节和牵牛织女故事之所以自古迄今都密不可分地交织在一起，就是因为它们都源于观象授时这个共同的源头，是由华夏先民源远流长的农桑传统和天文知识所生发出来的两朵并蒂之花。"[1] 恰如王明珂指出的那样，人类社会经常有类似的情境，由此特定情境产生之文本也有类似结构。我国农耕经济生态结构催生了各地牛郎织女基本相同的叙事内容，这也是牛女传说被称作民族故事的深层缘由。但作为地方文化资源的牛郎织女传说彰显的却是该传说的差异性与地方独特性，对文本分析的主要目的是揭露产生文本的社会情境。[2] 如此，各地对牛郎织女传说的研究应该采用如下研究模式：首先将牛郎织女传说视为当地整体文化中的有机组成部分，其次从当地的生态环境、经济生业以及社会结群[3]的地方语境中考察分析当地牛女传说的叙事特点与规律，最后在与其他地区比较的过程中凸显本地地方文化的资源与价值。这种研究范式将牛女传说视为一种符

---

① 刘宗迪：《七夕》，三联书店，2013，第44页。
② 王明珂：《反思史学与史学反思》，北京世纪文景文化传播有限责任公司，2016，第150页。
③ 在王明珂看来，环境、经济生业与社会结群三者共同构成人类生态，这也是社会情境本相。

号，或是一种社会表相，应探求隐藏在表相背后的社会本相。

所谓社会情境并非是文本内的上下文关系，而是产生此文本（以及事件）的社会情境或人类生态情境。山西和顺牛郎织女故事核心区域的南天池村地处太行之巅，封闭落后，与世隔绝，当地民众终日在高山深壑间放牛赶羊，因此和顺的牛郎织女传说缺少完整的叙事内容，搜集到的 20 个非遗文本也多是对当地高山、河流等地方风物的解释。只有当听者亲临当地，随放牛郎行走于群山之中，方可感受到当地独特且完整系统的叙事内容。此地的牛郎织女传说与大量古地名、景观相契合，与当地男耕女织的生活形态以及民间信仰相融合。① 当地民众仰赖牛羊的经济生业是催生当地牛郎织女文化的基础，祈求放牧顺利、牛羊安全是当地牛郎信仰最本质的缘由，因此牛郎在这里不是牵牛耕地的农夫，而是山坡放牧的放牛郎，牛郎庙被修建于村外的高山缓坡间，担负的是山神的神职。

沂源县牛郎织女传说是笔者的研究对象，本人曾就当地的叙事空间、叙事主体、叙事文本、叙事方式发表过多篇学术论文。② 在这些文章中笔者将牛郎织女传说看作一种符号，探索的目标是：在什么样的社会情境下当地民众选择牛女传说作为文本符号，这些文本建构的叙事法则是什么，这些文本传递的表述性与默示性讯息为何，它们之间的关系如何。笔者指出以燕崖乡牛郎官庄村为主要传承地的沂源牛郎织女传说，在长期的历史传承过程中呈现出三个突出特点：传承方式的多样性；民间传说与民间信仰的互动；传说与村落空间、家族生活的密切结合。其中当地历史久远的道教信仰、重农勤桑的农耕传统和孙氏家族是了解此地牛郎织女传说必不可少的地方性知识。③ 尤其是生活在此的孙氏家族把这个传说"由公变私"，借助这个传说在当地定居繁衍，不断强化家族成员的家族认同和地域认同感。

---

① 邓永林：《和顺牛郎织女文化》，山西经济出版社，2014，第 35 页。
② 郭俊红、卢翔：《牛郎织女传说的地方化研究——以山东省沂源县牛郎官庄为例》，《民俗研究》2008 年第 1 期；郭俊红：《地方传说与传说的地方性——以山东省沂源县牛郎织女传说为例》，《民俗研究》2010 年第 4 期。
③ 郭俊红：《地方传说与传说的地方性——以山东省沂源县牛郎织女传说为例》，《民俗研究》2010 年第 4 期。

五　结语

各地方均敢理直气壮地强调自己是牛女传说的发源地，源自于当地独特的社会情境，它被当作枝叶与养料加入牛郎织女传说中，形成不同的牛郎织女地方文化。在地方文化视域中审视牛郎织女传说，讨论的重点不应该是文本表面所陈述、争论之史实是否正确，而应该转向各地牛郎织女文化的传承者（民众）的情感、意图与认同情境。这样才可以避免地方学者的过分文化自恋与文化自足，防止文化资源的滥用与文化归属权的恶性竞争，但在文化重构过程中要遵循文化宽容原则，要符合地方文化生态法则与地方文化历史的内在逻辑。只有如此，我们才可以凭借我们深厚的地方文化资源对抗日益迫近的文化同质问题。

（原文刊登于《民间文化论坛》2017 年第 4 期）

第五部分　故事 ———————

论民间故事的"改写"

刘守华　华中师范大学文学院教授

一

民间故事是人们十分熟悉和喜爱而又具有宝贵价值的口头文学样式，正如《意大利童话》的编者著名作家卡尔维诺所讲的，"民间故事是最通俗的艺术形式，同时它也是一个国家或民族的灵魂"。原生态的民间故事存活于人类的口头语言之中；文字出现以后，人们将口述故事以书面写定，转化成为书面文本，有的称为"记录"，有的称为"重述"，有的称为"写定"，有的称为"整理"，不论是概念确立还是在写作实践上，我国学界长时期都缺乏规范性的明确要求。直到 1956 年经过一场关于民间文学搜集整理问题的大讨论，《民间文学》杂志才在社论中明确提出："忠实的记录，慎重的整理，这是当前需要引起大家注意的头等重要的事情。一切参加民间文学的搜集整理工作的人，应当把它们看得像法律一样尊严。"① 由此，"忠实记录，慎重整理"便成为写定民间口头文学的规范性要求流行开来，这些作品在发表署名时，也就通称为"××搜集整理"了。其实这些故事的来源和书面写定的情况差别很大，既有按往昔记忆写出的，也有面对口述人讲述现场笔录或事后追记的，还有讲述者自己动笔写下来的。因而有的文本只有干巴巴的情节梗概而不见枝叶，也有的按时尚趣味进行文学加工而弄得不伦不类。有鉴于此，20 世纪 80 年代初编纂《中国民间文学三套集成》时，为增强民间文学工作的科学性，便一律用"采录"来取代原先

---

① 《民间文学需要百花齐放，百家争鸣》，《民间文学》1956 年 8 月号社论，第 3 页。

的"搜集整理"了。

二

在编纂《民间文学集成总方案》中，最初仍沿用我们多年使用的"搜集整理"一语，只是特别强调了"忠实记录，慎重整理"的要求。1990 年 3 月 6 日印发的关于故事集成吉林卷审稿纪要的《简报》，按照主编钟敬文先生的意见提出："过去发表的民间文学作品署名常常标明'搜集整理'字样。鉴于过去整理的做法缺乏统一的规范，差别很大；同时集成工作对作品的记录、整理又有自己特定的要求，与一般作品的做法不同，因此会议规定故事集成作品执笔人署名标明为采录者'，以示区别。"随后举行的编选工作会议及印发的纪要重申这一规定，并引述了钟老就此发表的意见："钟敬文主编在谈到这个问题时，特别指出这是如何理解民间文学的文学性问题……有些人对民间故事的态度，一方面是习惯于'加工'，其次是对民间文学的'文学性'理解得不够准确。"此后编定和正式出版的故事集成以及歌谣、谚语集成，便按此意见均用"采录"取代"搜集整理"字样，使之成为一种通行的规范性要求了。

尽管在一般人看来，"采录"和"搜集整理"似乎并无实质性的差别，可是就广大范围内的民间文学工作而言，由于"整理"和"创作"之间并无明确界限，其灵活自由度便常常促使执笔者走向非民间文学乃至反民间文学的境地。现在以"采录"二字标明其工作的特殊性质和要求，本身就鲜明地体现忠实于民间文学本真面貌的科学性。虽然在已成书的卷本中，忠实于原作的程度实际上很不一致，但作为一种从事民间文学工作的基本理念改变了，因此其学术意义是巨大而深远的。

就现在流行的民间故事书面文本来看，其贴近口述原生态的情况，大体可区分为三种类型。一是接近原始记录稿的。如山东《四老人故事集》中的一篇小故事《金驴喝水》。这篇故事由山东著名故事家尹宝兰讲述，她的孙子王全宝先录音，再用文字记录写定。它是一种较为严格的忠实于口头讲述稿的整理，除了在语词上略加规整修饰外，其他方面均未作改变和加工。它可以作为一种科学资料提供给人们，也具有可读性，是一种别具一格的文学读物。各地民间文艺研究会编印的民间故事资料本，大体都属于这个类型。《四老人故事集》就是由中国民间文艺研究会山东分会作为研究资料于1986年编印的。

二是有一定程度加工的整理。整理内容包括：思想内容的适当增删、情节结构的适当调整、细节的提炼修饰、语言的加工润色等。孙剑冰笔下的故事，如《天牛郎配夫妻》这本书大都采用这种整理方式，它代表了在报刊上发表的保持民间口头文学特色较好的那部分故事书的整理情况。

三是接近于改写的整理。阿·托尔斯泰在《俄罗斯民间故事·序》中有一段关于他如何编辑这些故事的自述，他说："当我从各部分这样拼成一个故事，或者说'恢复'这个故事的本来面目的时候，某些地方我不得不增添，某些地方我不得不改变，某些不够的地方我不得不补足。"我国许多民间文学工作者，曾把他这段话作为整理故事的规范。钟敬文先生曾就此写道："这种做法，在供给大众，特别是青少年的读物上是可以采取的。但是，它已经不能说是'记录'，甚至说是'整理'，也好像有些越境。我想，它比较切合的称呼应该是'改写'，这是名实相符的。"我国作为流行文学读物发表出版的民间故事，许多是这类加工幅度较大的作品。这段话是他于1980年刊印《民间故事传说记录整理参考材料》，按照自己的实际工作体会，写在前言中的。① 可见口述故事的"改写"早就受到学界关注了。

三

中国历史悠久，地域辽阔，由56个兄弟民族共同创造的中华文化，呈现多元一体的辉煌态势。作为中华传统文化重要组成部分的民间故事（广义民间故事含神话、传说在内），也以丰饶优美著称于世。中国民间故事从萌生到发展成熟的历史可追溯至2500多年前，在从《山海经》到《搜神记》、《夷坚志》等古典文献中，可以搜寻到大量古代民间故事。五四新文化运动浪潮催生了对下层居间文化的热切关注，采录与研究歌谣、故事蔚成风气。经过20世纪二三十年代、五六十年代到八九十年代三个关注民间文学

① 钟敬文：《民间文艺谈薮》，湖南人民出版社，1981，第6、322页。

的黄金时期，我们所积累的故事资料已达数十万篇。《中国民间故事集成》这部皇皇巨著，成为中国各族民间故事的金库。这里提到的民间故事"改写"，正是同黄俏燕（一苇）的故事书密切相关，是亟须着重讨论的一个重要课题。

前面已经提到，1956 年我国民间文艺界曾就民间故事的搜集整理问题展开过一次大讨论，我当时作为大学中文系三年级学生，曾以初生牛犊不畏虎的勇气，写成《慎重地对待民间故事的整理编写工作》一稿投寄《民间文学》，并于 1956 年第 11 期刊出，成为焦点之一。文章就当时中学文学课本中选载的《牛郎织女》课文进行评说。针对有人赞誉故事文本对人物心理和某些生活细节"达到刻画入微，合情合理"的艺术成就，我认为这样做恰好脱离了民间故事主要通过叙说故事情节来刻画人物、突出主题的本来特色，因而不可取。后来苏联的李福清教授也赞成我关于民间文学并非以心理描写见长的意见。不过我那时强调以尊重民间故事本来形态的慎重态度来整理写定民间故事文本的基本精神，虽然是可取的，可是将"整理编写"不加区分地混为一谈却失之偏颇，正表现出自己当时在民间文艺学知识上的浅陋。到 20 世纪 80 年代我主持湖北省中学语文教材的编写时，从人民教育出版社有关编辑人员那里得知，50 年代中学文学课本中的《牛郎织女》课本，乃是约请我国著名文学家和语文学家叶圣陶先生改写而成。笔者对亲身经历的这一事例进行反思，得此宝贵启示：开掘民间故事这一文化宝库，除通常的采录写定文本之外，还有如同《俄罗斯民间故事》《格林童话》《意大利童话》这样的"改写"民间故事之作。出自几位文学大家笔下的民间故事，其辉煌光熠丝毫不亚于他们笔下的其他文学成果。

现在，被誉为"文化长城"的民间文学集成已经成书问世，但全国民间文学的真正意义上的普查并没有完全实现，对活态民间故事的采录还大有可为。就已有的民间故事资料进行清理改写，眼下还没有引起人们足够的重视。用简单拼凑方式出版的故事集充斥书市，却还没有一本如同《格林童话》那样精心改写的故事书受人青睐。正是这种情况激起了一位乡村教师黄俏燕（一苇）改写故事的炽热心愿，并为此付出五六年的艰辛劳作，终于完成了《中国故事》书稿，这强烈地吸引着我给予力所能及的支持。

我喜爱中国民间故事，长期致力于民间故事的搜寻和研究评说，深为它的文化内涵与艺术魅力所吸引。民间故事以现实社会中普通人的生活遭遇及其理想愿望为叙说中心，用巧妙的虚构方式编织而成，富于趣味性和教育性。它们有的贴近实际生活，有的饱含神奇幻想，有的诙谐幽默，有的寄寓哲理，构成一个多姿多彩的艺术世界。已成书的《中国民间故事集成》各省卷本，以及各个地方自行编印的故事集成资料本，其宝贵的文学资料和学术资料都是毋庸置疑的。我们也亟须有人向前辈学习，来从事民间故事的改写工作，使它们成为另具魅力的文学读物并获得更广泛的传播。

四

关于怎样改写，我已经同一苇女士有过几次意见交流，她在写作实践中也不断有所改进提高。她曾提出，"不是拿某个故事作为题材，写一篇用于表现我自己的小说"，而"应该使每一个故事成为它们自己"，即延续它们"自己的生命"。这个总的构想我以为是可取的，下面再说几点意见。

首先是故事篇目的选取。通常的故事文本写定，是就作者自己直接进行田野调查所得的口述资料整理写定，我们现在所说的改写，是参照已编印成册的书面故事资料再加工。在此，编纂《中国民间故事集成》所遵循的全面性、代表性和科学性的"三性"原则还是适用的。特别是要注意选取篇目在民族地域、题材、体裁、风格上的代表性，尽力展现中华文化的绚丽多彩风貌。按故事学研究中的"类型"来选择篇目有利于构建中华故事的百花园。

其次是文学加工的实施。《意大利童话》的编者卡尔维诺告诉我们：格林兄弟采用的方法，在今天看来称不上"科学"，最多只能称为半"科学"，对他们原稿的研究可以证实行家在阅读《德国民间故事集》时的强烈印象，即格林兄弟（尤其是威尔海姆·格林）在老妇人口述的故事里，加上了自己个人的色彩。他们不仅根据德国方言翻译出版了故事梗概内容，而且还把故事的各种不同说法统一起来。他们删去故事中粗俗部分，对故事的表达和意象作了润色，并力求文体风格前后一致。

讲到《意大利童话》的编写，他说：在编选过程中，我亦采用半"科学"的方法，或3/4的"科学"方法着手工作，另外的1/4则加入了我个人的判断。集子里合乎科学的部分，实际上是他人的成果，即那些民间传说研究者近百年来耐心记载下来的素材。我所做的工作，类似格林兄弟工作的第二部分，我从大量的口述资料中（总数约达 50 种基本类型）选出最罕见、最优美的故事原型，将它将由方言译成意大利语。如果尚存的唯一版本已由方言译成了意大利语，但没能体现其风格，我就干脆改写这个故事，努力恢复其本来面目。我努力充实故事的内容，但从不改变它的特征和完整性。同时，我力求使情节丰富，使其具有更大的可塑性。对故事中遗漏和过于粗略的部分，我尽可能予以精心增补。我还努力使故事的语言在不流于俚俗的同时，保留方言的清新和纯朴，极力避免使用过于高雅的词句。①

从《格林童话》到《意大利童话》还有《俄罗斯民间故事》，这些事例有力地表明改写民间故事这项文化工作的重要价值，也提供了可资借鉴的宝贵经验。一苇女士将改写民间故事的构想概括为延续民间故事自己的生命，将这个工作的特点及价值和个人的文学创作区别开来，我认为是很恰当的。这里我想补说一句，如果将改写和写定原作相比较，改写所构造的文本面貌似乎可以用"似与不似之间"来要求。所谓"似"，就是它应具有民间故事的特殊韵味，不同于纯粹个人创作的小说之类；所谓"不似"，即它不是简单重述或抄袭那些流行的书面故事文本。这里还存有一个保护故事原创成果的知识产权问题，不能不郑重对待。在保持原故事基本面貌（核心母题、主要角色、主干情节）的前提下进行适当的文学加工和修饰，应当被作为民间故事的一个新品种来看待。其目的在于延续每个故事自己的生命，其中还包含尊重、保留原故事所含的习俗信仰根基。可是要做到既不对原作生搬硬套，又须保留原作（并非某一单篇文本）的神韵，实际上是比通常的"整理"或自己独立编写故事更为繁难的一项工作。

五

我在 20 世纪 90 年代问世的《故事学纲要》中，讲到中国民间故事的

---

① 〔意〕伊·卡尔维诺：《意大利童话·序言》，刘宪之译，上海文艺出版社，1986，第 1、7页。

采录，曾列举了山东的董均伦、江源夫妇、北京的孙剑冰以及湖北的王作栋，作为中国当代故事搜集家的几位代表，并就其成果与经验给予评说。其中董均伦、江源两位的成就值得我们特别注意。下面是《故事学纲要》对他们的评介：新中国成立后，董均伦、江源两人合作搜集整理故事，出版了《传麦种》《金瓜配银瓜》《龙眼》《宝山》《金须牙牙葫芦》《玉石鹿》《石门开》《三件宝器》《玉仙园》《匠人的奇遇》《找姑鸟》等十多本故事集。20世纪80年代，他们把这些故事结集为《聊斋汉子》两集，由中国民间文艺出版社出版。全书收录故事232篇，主要采自山东的平度、昌邑县牟家庄，沂蒙山区的临朐以及崂山等地。

　　他们采录写定的山东民间故事，优美动人，深受我国少年儿童和成人读者的喜爱。他们两人以民间文学工作者的身份，在长时期深入群众过程中，用"安营扎寨"的办法来搜集故事；作为群众中普通的一员参加故事活动后，依据自己的记忆复述或整理出来。这些故事在发表和出版时，有时署名为"董均伦、江源记，"有时署名为"董均伦、江源著"，多数作"董均伦、江源搜集整理"，一般都有适当的文学加工，加工的幅度不一，常以阿·托尔斯泰笔下的《俄罗斯民间故事》的写法作为范本。那种写法实际上属于加工幅度较大的改写。由于他们熟悉群众的生活、语言，笔下的故事大都较好地保持了民间故事原来的风格和魅力。就其文学价值而言，和阿·托尔斯泰的《俄罗斯民间故事》乃至《格林童话》相比并不逊色，是具有独特风格的杰出艺术作品。但加工程度不一，而又未作具体说明；未保存关于这些故事讲述和流传的情况及原始资料，因此把它们作为民间文艺学科学资料来使用时，便有着一定的局限性。①

　　这段文字写于十多年前，现在读来，我仍然觉得他们笔下的故事完全可以和《格林童话》相媲美。不仅如此，我们今天还应该扩大视野，从跨

---

① 刘守华：《故事学纲要》，华中师范大学出版社，2006，第174页。

国比较中来看中国和欧洲的民间故事。"美人之美，各美其美"，撇开中国原生态民间故事和欧洲故事相比毫不逊色之外，就董均伦、江源他们长时期"安营扎寨"在农村，完全和故事讲述人及听众打成一片，以自己同乡民的生活、心理、语言融合无间的身份来领会和转述民间故事，所达到神形相通的程度，显然是欧洲学人所难以企及的。虽然中国民间文艺学事业在五四新文化运动的勃兴和早期《格林童话》之类的西学影响有关，可是经历百年运行，以中国民间文学集成问世为标志的中国民间文艺学正走向成熟境地，我们应有充分自信在改写故事方面进行超越性的开拓，并从这方面有力显示出中华民间文学事业的鲜明中国特色。

在这里还需指出，对采录的民间故事素材还可以进行再创作，享誉儿童文学界的葛翠琳的童话集《野葡萄》，就是这方面的杰出代表。作家在此施展文学才华的空间更大，其审美特征须另作论述。

最后说到一苇的《中国故事》上来。她从华南师范大学中文系毕业后，即投身于中小学的语文教学工作，将自己所熟悉和喜爱的民间故事同语文教学结合起来，不但自己开口给学生讲故事、动笔改写故事，而且还回到家乡置身父老乡亲中间听故事、讲故事，立志完成一部如同《格林童话》那样的故事书献给中国读者，已经写成近百篇初稿。我读了其中的一部分，感到它们作为中国民间故事的一个新品种，十分可贵。但得其神韵的民间故事改写，显然不可能一蹴而就，须接受读者赏析，吸收批评意见，才能臻于完美。我和她在年内的几次通信，已作为另一篇文章发表，这几天再写成这篇序文，推荐一苇的故事书，并就改写民间故事这个尚未受到学界足够重视的新鲜话题继续展开讨论。同时，我还希望通过此文鼓励有志者进行改写故事的多样化实践，以促进百花竞艳。

附记：一苇改写的《中国故事》81篇已于2017年5月由中信出版集团股份有限公司出版。

（原文刊登于《民俗研究》2017年第1期，本文集收录的是删节版）

1949-1966 年童话的多向度重构

毛巧晖　中国社会科学院民族文学研究所研究员

　　"童话"一词在中国古籍文献中较少出现，目前看到这一词在古籍出现就是元刻本《大元至元辨伪录》"童话有云：十七换头至是联美"①，此处童话意为"童谣"之意，"十七换头"根据元曲里联套时换用词牌数的说法，其附会全真教"十七个道士"改头换面、落发为僧的事件。现代学术意义上的"童话"② 是外来词汇。

一

　　中文出版物上第一次使用"童话"一词，应是 1908 年孙毓修为商务印书馆编集的《童话》丛书，他在《东方杂志》刊发了《童话序》一文，在文中他认为："儿童之爱听故事。自天性而然。诚知言哉。欧美人之研究此事者。知理想过高。卷帙过繁之说部书。不尽合儿童之程度也……与欧美诸国之所流行者。成童话若干集。集分若干编。意欲假此以为群学之先导后生之良友不仅小道司观而已书中所述。以寓言述事科学三类颇多。"③ 他关注童话对于儿童的教育意义，所创办的《童话》杂志，并不区分神话、传说、故事等，即使科技故事，只要是讲给儿童的，就将其纳入"童话"之列。《童话》杂志在 20 世纪一二十年代影响极大，从其所撰写的序言以及编撰思想可以看出：他将童话纳入当时欧美建构的世界知识秩序，与

---

① （元）释详迈撰：《大元至元辨伪录》，国家图书馆出版社，2003，第 46 页。

② 本文对于"童话"的论述，不加以详细区分文人童话与民间童话，而只是从总体上论述十七年时期（1949-1966）童话的特性。

③ 孙毓修：《童话序》，《东方杂志》光绪三十四年（1908）第五卷第 12 期。

"现代性""民族性"诉求紧密相连。

20 世纪 20 年代,学界掀起了何为"童话"以及童话概念的讨论,主要参与者有周作人、赵景深、张梓生等。1922 年,周作人在与赵景深通信讨论童话时曾说:"童话这个名称,据我知道,是从日本来。中国唐朝的《诺皋记》里虽然记录着很好的童话,却没有什么特别的名称。十八世纪中日本小说家山东京传在《骨董集》里才用童话这两个字,曲亭马琴在《燕石杂志》及《玄同放言》中又发表许多童话的考证,于是这名词可说已完全确定了。"[①] 后他专门论及了童话的概念,"童话(Maerchen = Fairy tale)的性质是文学的,与上边三种(笔者按,指神话、传说、故事)之别方面转入文学者不同,但这不过是它们原来性质上的区别,至于其中的成分别无什么大差,在我们现在拿来鉴赏,又原是一样的文艺作品,分不出轻重来了。"[②] 后来周作人亦对此进行了阐述,即他认为"天然童话亦称民族童话,其他则有人为童话,亦言艺术童话也。天然童话者,自然而成,具种人之特色,人为童话则由文人著作,具有个人之特色,适于年长之儿童,故各国多有之"[③]。从周作人的论述,我们知道童话故事在我国古已有之,"在对中国近代的若干文献资料进行了涉猎与勘察之后,我发现了一个令人惊异的世界——晚清时期的儿童文学如同繁星璀璨的夜空,呈现了一片绚烂多彩的景象"[④]。可见从晚清起,童话故事已经开始兴盛,只是"童话"一词出现在 20 世纪初。鲁迅"十来年前,叶绍均先生的《稻草人》是给中国的童话开了一条自己创作的路的"[⑤] 一语,很多学人认为中国儿童文学始于《稻草人》,这恰恰说明了另外一个问题,即童话与儿童文学区隔与归属问题? 抑或童话到底属于民间文学还是文人创作? 童话与民间文学的其他文类相较而言,她的归属界限不明晰,恰好是"文人"与"民众"、"作家文学"与"民间文学"共同拥有的文本。童话和儿童文学被新文化学人引入中国,其背后是西方知识体系以及现代儿童观的引入。即使在西方,童话

① 周作人:《通信:童话讨论三》,《晨报副刊》1922 年 3 月。
② 周作人:《自己的园地》,北新书局,1927,第 25 页。
③ 周作人:《周作人民俗学论集》,上海文艺出版社,1999,第 12 页。
④ 胡从经:《晚清儿童文学钩沉》,少年儿童出版社,1982,第 2 页。
⑤ 《〈表〉译者的话》,载《鲁迅全集》第十卷,人民文学出版社,2005,第 437 页。

的发展也与"儿童的发现"① 息息相关。

从晚清到民国时期,除《一千零一夜》、《格林童话》、安徒生童话以及日本相关童话文本的翻译引入外,林兰女士搜集整理的《民间童话集》则是民间童话编撰本土化的首次实践;叶圣陶、郑振铎、丰子恺等童话创作亦是纷纷兴起;从学理上,周作人、赵景深等进行了概念阐释、内涵辨析等;此外孙毓修主办的《童话》、郑振铎创办的《儿童世界》等杂志引起了社会广泛关注。到新中国时期,无论是民间童话,还是文人创作之童话都在社会上形成了一定影响,这是 20 世纪 50 年代童话"黄金时代"出现的必要条件。

20 世纪 30 年代开始,文学领域掀起了有关"民族形式"的论争,"中国作风与中国气派"成为延安解放区文人阐释的核心。柯仲平、陈伯达分别从"民族"与"地方"进行了论述,他们在秉承《在延安文艺座谈会上的讲话》之"萌芽状态文艺"的基础上,将"民族"与"地域"置于同一层面,将"文艺与阶级性"的问题转换为文学的"民族形式与地方形式"②,而文学也成为"民族认同和进行民族动员"③ 的重要方式。新中国成立后,这一理念成为新中国文学话语建构的依据。20 世纪 10 年代,民间文学开始兴起,它与民族复兴及现代性话语相伴相生,尤其从 40 年代解放区大规模搜集"萌芽状态的文艺"开始,它成为中国共产党文艺实践的重要场域。"新中国成立后,民间文学处于了新型意识形态的前列,其地位得到前所未有的重视。"④少数民族文学也是现代中国转型之现代文学的重要组成部分,同时为讨论"'西方'、'资料'、'中国'、'汉族'文类和形式提供了一种方法和维度"⑤。1949 年以后,"民间文学"和"少数民族文学"在新的社会主义文学体系中除了获得话语身份外,进一步成为构成社会主义

① 根据菲利普·阿利埃斯所述,从 14 世纪开始,"在新的'圣母圣迹'民间故事中,儿童形象变得越来越多",他将这一时期视为开始"发现儿童"。〔法〕菲利普·阿利埃斯:《儿童的世纪:旧制度下的儿童和家庭生活》,沈坚、朱晓琴译,北京大学出版社,第 14 页。
② 宗珏:《文艺之民族形式问题的展开》,《大公报·文艺副刊》1939 年 12 月。
③ 《汪晖自选集》,广西师范大学出版社,1997,第 343 页。
④ 毛巧晖:《"民族形式"论争与新中国民间文学话语的源起》,《沈阳师范大学学报》(社会科学版)2014 年 4 月。
⑤ 刘大先:《现代中国与少数民族文学》,中国社会科学出版社,2013,第 27 页。

文学话语的重要部分。童话之跨越"民间"与"文人"两个领域的独特性，以及各民族兼有的共性，使得她在新中国成立初期社会主义文学话语的构建中拓展了新的发展空间。

简言之，童话既有鲜明的"民间性"，同时又兼容"文人创作"；1949年以后重视少数民族文学，致力于构建中华多民族文学话语，而在少数民族文学中，口头文学又是其优秀文学传统的重要组成部分，尤其各民族童话更是丰富多彩。新中国成立初期（1949—1966），在"民间"与"多民族"文学话语的构建中，童话得以迅速发展，但是她的"重构"色彩亦很显。

二

新中国成立初期，童话成为教育儿童、塑造社会主义新人和新"儿童"的重要方式。童话从其出现之时，它对于儿童的教育意义就受到了关注。1898年梁启超翻译了凡尔纳的《十五小豪杰》，这一翻译体现了梁启超对"少年新国民"的期待，将其视为开发"智趣智识"之手段。① 童话概念引进中国之处，就与"智识""德行"的教育联系在一起。从孙毓修主办的《童话》杂志到周作人、赵景深对于童话概念的阐释，都关注到了童话的教育功能。迄至 20 世纪 50 年代，教育从童话的功能转化为其价值，即教育价值（亦称为"伦理价值"）。价值论关注"存在对于人意义如何?"，这一转换从外在层面而言，主要是受到苏联童话与儿童文学思想的影响。19 世纪末至 20 世纪 40 年代，童话以及儿童文学的影响主要来自欧美等西方世界，当然有一部分是由日语间接翻译而来。欧美的童话以及儿童文学，更多意义上将其视为人类童年时期的文学样式，后文会专门论述，在此不再赘言。但是苏联对于童话，正如别加克、格罗莫夫在《论童话片》中所言："人们讲童话故事给孩子们听，孩子们热心地一次又一次地读着童话，人们关切地为孩子们写童话。这就使一些不求甚解的成年人对童话有了一种不正确的概念，认为童话是儿童专有的样式。"②

① 刘先飞：《少年新国民：论梁启超的儿童观》，《学术探索》2011 年第 12 期。
② 〔苏联〕Б. 别加克、Ю. 格罗莫夫：《论童话片》，《世界电影》1955 年 12 月。

凯洛夫认为："儿童文学的任务正如同教育学的任务一样，就是给孩子以帮助。"① 由此可知，教育成为童话（含儿童文学）的重要价值，既是国家塑造社会主义"新儿童"的重要方式，也是儿童伦理观形成的重要路径。"最艰巨和最重大的，也许是我们那些为少年读者写作的人的工作……通过文学帮助青年一代理解我们所服务的雄伟事业……使自己的心理、自己的伦理道德、自己的日常行动服从这项建设新社会的伟大事业。"② 苏联关注童话与儿童文学特殊的教育功能，极大地影响了新中国成立初期各民族童话搜集与文人童话创作。1955 年 9 月 16 日，《人民日报》发表了《大量创作、出版、发行少年儿童读物》的社论，强调"优良的少年儿童读物是向少年儿童进行共产主义教育的有力工具"。1955 年 10 月 24 日，《人民日报》再次发表新华社讯《在北京的作家们积极为儿童创作》一文，"到二十一日为止，中国作家协会收到了沙汀、周立波、赵树理、张天翼……四十七位作家创作儿童人性作品的计划。他们准备创作诗歌、小说、喜剧、童话、科学童话和幻想故事……儿童文学作家陈伯吹完成了童话'一只想飞的猫'和小说'毛主席派来的人'的初稿"，管桦还根据维吾尔族故事撰写了《木什塔克山的传说》等。20 世纪 30 年代开始童话创作的陈伯吹在 1949 年后，在新的历史语境中对童话的教育价值也发表了自己的看法，他认为童话不归属于教育学，但是"它要担负起教育的任务，贯彻党所决定的、指示的教育方针，经常地密切配合国家教育机关和学校、家庭对这基础阶段的教育所提出来的要求——培养社会主义新人"③。这一时期文人创作的童话，根据苏联童话与儿童文学思想的指导，再加上文艺理论思潮的导引，文人在创作中突出了童话的教育价值。葛翠琳的《野葡萄》源自民间童话《白鹅女》，《野葡萄》文字优美，同时也在表述中突出了姊娘的狠毒与白鹅女对于孤寡老人及穷苦民众的牵挂，她放弃山神的邀请，执意回到家乡，帮助穷人治好眼睛。老舍儿童剧《宝船》和《青蛙骑手》则是根据汉藏民间

---

① 〔苏〕凯洛夫、杜伯洛维娜：《关于苏维埃儿童文学问题——俄罗斯联邦教育科学院和教育部联席会议上的发言》，《人民教育》1952 年第 2 期。
② 张高泽：《为了共产主义的新人——俄罗斯作家协会召开联合理事会讨论少年儿童文学的情况》，《世界文学》1961 年 1 月。
③ 陈伯吹：《儿童文学简论》，长江文艺出版社，1959，第 23 页。

故事创作，丰富了故事中的情感线索，沿袭民间故事惩恶扬善主题的同时，又将"皇帝"刻画为反面角色，献宝也变成了"宝物被骗"等。《神笔马良》借用了"得宝型"故事，但又突出了主人公马良的主动性，将"意外得宝"变为了"有准备的获得宝贝"。在这一思想的引领下，"十七年时期"出现了童话的一个新题材，即普及科学知识的"科学童话"，如李伯钊打算创作"关于五年计划的小故事。科学家高士其也要在一年内写一本科学童话诗或科学故事"①。

民间童话也与文人童话一样，在保持原有故事线索与情感的基础上，进一步突出了社会主义新中国的伦理观。刘肖芜搜集整理的维吾尔族童话《英雄艾里·库尔班》，突出了艾里·库尔班的聪明伶俐、勤劳勇敢、立场鲜明，敢于反抗国王与恶魔。杨柳、杜皋翰搜集整理的羌族童话《一碗水》则凸显了羌族阳雀为给开火地的乡亲带水，被士官打伤、伤害的情节，后智斗龙王，为羌族找回了水源。彝族童话《阿果斗智》② 在延续机智人物故事的基础上，丰富了穷人与富人（娃子和黑彝）的阶级对立。其他如保安族《三邻舍》、朝鲜族《千两黄金买了个老人》等童话亦在邻里团结、爱老敬老等民间故事主题基础上，丰富和突出了地主或头人对穷人的压榨以及穷人的阶级立场等。

这些童话文本中有大量的人物对话与书面性的描述词汇，同时大量文本中都有"地主与农民""压迫者与被压迫者"等对立阶层的形象，其"民间性"遭到质疑。但根据麦克斯·吕蒂的推测，童话最初可能源于个人的创作，后在众人的参与中共同完成与塑造。③ 而且故事活动本身就是一个在交流中保存并不断发展的"开放性的结构系统"，故事文本的形成，本身也是故事活动的一部分，故事活动具有超越时空的特性，同时又可分为"自然发生"与"组织发生"两种方式。④ "十七年时期"的童话文本可视为"组织发生"之文本。这些"组织发生"的文本可看出教育价值论的意义，

---

① 《在北京的作家们积极为儿童创作》，《人民日报》1955 年 10 月 24 日第 2 版。
② 冯元蔚、方赫整理，加拉俄助惹讲述《阿果斗智》，《民间文学》1962 年第 4 期。
③ 魏李萍、户晓辉等：《〈麦克斯·吕蒂的童话现象学〉问答、评议与讨论》，《民族艺术》2014 年第 4 期。
④ 张琼洁：《当代民间故事活动的价值发生研究》，《民族文学研究》2018 年第 1 期。

即通过童话将新的社会主义伦理价值扩散到全国各地、各民族，加速"社会主义新儿童"的塑造。

三

新中国成立初期除了从教育价值（伦理价值）层面（向度）对童话文本及"本文"①的重构外，这一时期童话的理论话语也进行了重构。② 晚清仁人志士已经较为关注童话的翻译与创作，但是最初对于童话，学者并未有准确界定，只是将其视为"儿童的故事"，"寓言、述事、科学"皆涵括其中。鲁迅翻译了一些俄国的童话，如《表》《俄罗斯的童话》，他认为童话是国民生活相的描述，蕴含了方言土话的历史，即强调童话是相对于作家或"文言"的另一种生活相与历史表述。但是他这一将童话视为民族生活与历史书写之思想在当时并未引起学界共鸣。童话的理论话语建构主要以周作人、赵景深为中心。

周作人、赵景深于 1922 年在《晨报》副刊对童话概念进行了讨论。周作人对于童话的界定，主要是民俗学意义的阐释，他认为童话所表述的世界就是"上古，野蛮，文明国的乡民与儿童社会"③，"神话是元人之宗教，世说者其历史，而童话则其文学也"④。他的文化观借鉴了西方的文化进化论，将童话视为"野蛮""远古""乡民"之文学样式，从民俗学视野对童话的阐释遵循了西方所建立的"秩序观"。张梓生与赵景深也讨论童话之内涵，明确表明其概念界定的人类学立场。⑤ 总之，从 20 世纪 10 年代至 40 年代，童话的话语表述是民俗学和文化人类学理论视域的阐释，它与"野蛮"、"原始"等之间画等号，野蛮人、原始人就像人类的童年时期，他们的文学就是"人类童年的文学"。

---

① 刘俐俐：《人类学大视野中的故事变异与永恒问题——基于张爱玲与俄国作家尼古拉·列斯科夫的比较》，《文艺理论研究》2014 年第 1 期。
② 黎亮：《童话理论百年：现代个体觉醒与文学价值重估》，《中国社会科学报》2015 年 6 月 5 日第 B01 版。
③ 赵景深主编《童话评论》，新文化书社，1924，第 68～69 页。
④ 周作人：《童话略论》，《教育部编纂处月刊》1913 年 8 月。
⑤ 常立：《论五四时期童话理论的"个性"话语》，《文艺争鸣》2013 年第 11 期。

新中国成立后，西方文化秩序论被抛弃，"文化的他者"思想发生了改变，作为"想象的共同体"，其文学艺术样式有了新的规划。在新的文学话语体系中，民间文艺不仅获得一席之地，并且成为新的文学话语的接驳场域与动力源。"人民的文学""人民口头创作""口头文学"等理论话语的变迁恰是民间文学纳入文学体系的过程。在这一学术语境中，童话以及民间故事也渐趋脱离了人类学、民俗学视域的意义阐释。

1954 年 9 月 16 日，《人民日报》发表《大量创作、出版、发行少年儿童读物》社论后，各大报刊与文学读物都开始关注童话（儿童文学），将其列为国家文学创作与研究的重要内容。《读书月报》1955 年第 2 期重新刊发了《人民日报》社论，并紧接其后发布了"给孩子们更多的好书"专栏，叶圣陶、严文井、高士其、谢冰心、陈伯吹、秦兆阳等参与讨论，他们探讨的共同核心就是"推陈出新"，创作适应新中国儿童的作品。创作中关注点除了前一部分提到的"教育价值"外，就是对儿童文学艺术特性的探讨。无论是作家还是评论家，都关注到了儿童读物艺术表现的特殊性，在众人的讨论中，"幻想"逐渐凝铸为"核心话语"。

20 世纪初至 40 年代，童话的"原始性"与"童心"等为其艺术性之根本。50 年代初期，外在受到苏联童话观以及儿童文学思想的影响，内在则是国家新的文艺体制之建构，童话面临理论话语的转向。1954 年 9 月底，钟敬文在中国作家协会儿童文学组做了《略谈民间故事》的报告，在这一报告中，他在新的语境中，结合苏联口头文学理论对民间故事进行了阐释与分类，其中"幻想"成为分类的标准。"苏联的口头文学研究家，大都从内容出发，把它分做两大类：（一）幻想占绝对优势的；（二）幻想的因素较少的"①，童话（文中称为"魔法故事"）就属于前者。陈伯吹认为"如果也把童话看作一种精神的'物质构造'，那么童话也可能有一个'核'，这个'核'就是幻想"②。在创作中，作家对童话的"幻想"也进行了阐释，严文井在《中国的未来在要求我们》一文中，专门提及对童话创作中"幻想"的看法，他虽然从批判的角度谈论，但从中亦可见到当时"幻想"

---

① 钟敬文：《钟敬文民俗学论集》，上海文艺出版社，1998，第 129 页。
② 陈伯吹：《儿童文学简论》，长江文艺出版社，1957，第 163 页。

话语对于童话的意义。他认为："有一种错误的看法，认为少年儿童文学作品可以容许许多的幻想成分存在，因为从事少年儿童文学，特别是童话的写作，就无须乎去体验生活。"① 在 20 世纪 50 年代的童话创作黄金时期，幻想这一艺术特性得到各民族作家及民间文学研究、搜集者的普遍认可，逐渐成为童话的"核心话语"。如袁丁整理的维吾尔族童话《太子爱赫山》中"会飞的毯子""大鹏鸟""魔王"，刁孝忠、刁世德整理、童玮翻译的傣族童话《双头凤》中"双头凤凰"等以及张天翼创作的《神秘的宝葫芦》中"宝葫芦"的魔法等。但是随着 60 年代童话研究及其创作的消沉，它也开始受到责难，当然这一批评更多是非学理化的，但其实当时也给这一话语辨析提供了学术发展的空间，只是随着"文革"开始，这一反思被中断。到了 80 年代"幻想"的艺术特色依然是童话研究的重要话题，但是这种单一维度的建构与阐释一方面忽略了童话中所蕴含的文化、仪式内涵以及"地方性知识"，另一方面，这种阐释标准也将童话简单化与单一化，走向极端后，使童话的艺术性渐趋降低。

总之，1949 –1966 年童话经历了新中国成立后的黄金时期，"从整个童话领域看，50 年代童话注意不同体裁、不同风格的童话并存和竞争，大致做到童话创作自身的生态平衡"②。60 年代中期童话研究及创作开始消沉。对于这一时期童话的教育价值以及它在"政治与传统"之间的重构亦有学者关注，但是对其理论建构过程以及它在中国文学史、民间故事学术史上的独特意义反思者甚少，对其在特殊的历史语境中所形成的讲述"中国故事"之经验总结与阐释者更是鲜见。希冀在今后学术史、思想史的研究中，学者能从民间故事价值论、文学性特质等层面对其予以阐释。

（原文刊登于《上海师范大学学报》（哲学社会科学版）2017 年
第 5 期，本文集收录的是删节版）

---

① 严文井：《中国的未来在要求我们》，《读书月报》1955 年 2 月。
② 吴其南：《中国童话史》，河北少年儿童出版社，1992，第 253 页。

宋元话本中的东京想象与记忆

郜冬萍　河南大学黄河文明与可持续发展研究中心副教授

近年来，"都市想象与文化记忆"逐渐成为学术研究热潮。2003年到2011年，以其为主题先后举行了四次研讨会，分别是唐及唐以前的长安（2006年）、宋代的东京（2011年）、元、明、清以降的北京（2003年）、近现代的香港（2010年）。与会者从不同的学科如文学、历史、建筑等，不同的形式如文字、图像、声音、实物等，不同的载体如无言的建筑、严谨的实录等，对都市记忆进行了研究和探讨。本文的东京想象与记忆则从话本小说着手，话本小说与东京的研究前人有涉及：有以古代小说为考察对象探讨城市文化的，如葛永海的《古代小说与城市文化研究》①；有从城市视角研究小说的，如孙逊、葛永海的《中国古代小说中的"东京故事"》②；有探讨东京故事文献资料价值和文学价值的，如李会芹的《话本小说中东京、临安故事研究》③；有探讨话本小说中反映东京都市特性及东京在话本小说叙事中的特殊时空意义的，如刘勇强的《话本小说中的"东京"》④。这些研究皆多精见卓识，但就东京对于小说叙事有着怎样的影响，话本小说对于东京叙事和书写包含作者们怎样的城市记忆与想象，这个城市记忆和想象对此城市阅读群体共享的生活经验与文化想象有着怎样的穿透力等问题而言，仍有进行整体性研究的必要和价值。下文针对这些问题，全面探讨东京多重空间体系中包含的物质与文化的整体性特征。

---

① 葛永海：《古代小说与城市文化研究》，复旦大学出版社，2005。
② 孙逊、葛永海：《中国古代小说中的"东京故事"》，《文学评论》2004年第4期。
③ 李会芹：《话本小说中东京、临安故事研究》，硕士学位论文，河南大学，2011。
④ 刘勇强：《话本小说中的"东京"》，《长江学术》2013年第4期。

一　东京的纪念碑性实物记忆

话本小说中对于东京的描写只停留在提及名称的水平上，如《郑节使立功神臂弓》开篇道"话说东京汴梁城开封府"①，《杨温拦路虎传》"你每是东京人"② 等等，这些对东京的描写比较笼统，一句话带过，没有展开，只呈现一种氛围、一种情境。

话本中对东京城市的空间记忆，以东京地理空间中纪念碑性实物为例。东京具有纪念碑性的实物往往作为故事发生的场景而出现，并逐步演变、沉淀为一种代表城市精神文化的意象。汴梁有金明池，它是东京最有名也最容易留在人们记忆中的纪念碑性实物，自然成为小说中市民游赏和市井男女艳遇的场所。《闹樊楼多情周胜仙》的入话："从来天子建都之处，人杰地灵，自然名山胜水，凑着赏心乐事。如唐朝便有个曲江池，宋朝便有个金明池，都有四时美景，倾城士女王孙，佳人才子，往来游玩，天子也不时驾临，与民同乐。""名山胜水"，往往也是男女艳遇的发生地，话本中不止一个故事发生在此地。如"春末夏初，金明池游人赏玩作乐。那范二郎因去游赏，见佳人才子如蚁。行到了茶坊里来。看见一个女孩儿，方年二九，生得花容月貌……四目相视，俱各有情。"③

我们用纪念碑性④的概念对金明池加以阐释将会深刻一些。从传统意义上讲，纪念碑总是与公共场所中那些巨大、耐久而庄严的建筑物或雕像联系在一起，如天安门广场的人民英雄纪念碑、美国的自由女神像等，这种联系依据尺寸、形状、地点对纪念碑进行理解：任何人在经过上述建筑和雕像时都会称其为纪念碑。金明池之所以可以称为具有纪念碑性的实物，主要是因为它具有社会、政治和意识形态等多方面的意义。它是一座有保存记忆、构建历史功能的纪念碑，通过它人们可以实现生者和死者在精神上的交流，了解过去和现在的联系。靖康二年（1127）四月，金军把徽宗、

① 程毅中辑注《宋元小说家话本集》上，齐鲁书社，2000，第3页。
② 程毅中辑注《宋元小说家话本集》上，齐鲁书社，2000，第116页。
③ 程毅中辑注《宋元小说家话本集》下，齐鲁书社，2000，第786~787页。
④ 巫鸿：《中国古代艺术与建筑中的"纪念碑性"》，李清泉、郑岩等译，上海人民出版社，2008，第5页。

钦宗等虏走，同时带走了很多国宝珍奇，刚继帝位的宋高宗惊慌逃向临安（今杭州），金军一举占领了东京。当时，无人顾及的金明池，淤泥填塞，日益干涸，这个历时150多年美丽的皇家水上园林就慢慢地从人们的视野中消失了——宋朝人引以为傲的东京随之也永远地湮灭。随着这场打击人的精神和记忆的战争结束，金明池——这个曾为变幻不息的东京保存了全部记忆的建筑，如同纪念碑一样镶嵌在人们的脑海，代表了一种精神和文化。

樊楼在形式、功能、象征意义上也承载了纪念碑性的概念，有关它的整体形式可以从下面的史料看出：

其一：

> 京师东华门外景明坊，有酒楼，人谓之樊楼。或者以为楼主之姓，非也。本商贾鬻矾于此，后为酒楼。本名白矾楼。①
>
> ——《能改斋漫录》

其二：

> 白矾楼后改为丰乐楼，宣和间更修三层相高，五楼相向，各有飞桥栏槛，明暗相通，珠帘绣额，灯烛晃耀……元夜则每一瓦垄中，皆置莲灯一盏。内西楼后来禁人登眺，以第一层下视禁中。
>
> ——《东京梦华录笺注》②

这些史料对樊楼做了全面的介绍：

第一，名称变化。矾楼—樊楼—丰乐楼。樊楼最初是商贾贩卖白矾的地方，本名白矾楼，经过改造成为酒楼。在北宋末，樊楼更名为丰乐楼。

第二，地理位置。樊楼的西楼最高层可以眺望禁中，所以此楼应该是在靠近宫城的城墙，即东华门外的景明坊。

第三，整体格局和装饰。改造后的樊楼，建筑上很有特色，为一组东、

---

① 吴曾：《能改斋漫录》，上海古籍出版社，1979，第272页。
② 孟元老撰，伊永文笺注《东京梦华录笺注》，中华书局，2006，第174～176页。

西、南、北、中五座三层一组庭院式的楼阁。"五楼相向",有五座楼相对。"飞桥栏槛,明暗相通",各楼之间有飞桥与栏槛,或明或暗相互贯通。也就是说,整座樊楼是一个通连的庞大整体,五座楼之间可以自由穿行。"珠帘绣额",珍珠门帘,锦绣门楣,樊楼被装点得古朴典雅、华美精致。"灯烛晃耀",灯烛明亮,人影晃动,夜间的樊楼灯火辉煌。每年元宵佳节,樊楼顶上每一道瓦楞间各放置一盏莲花灯,樊楼被点缀得分外靓丽,人在其中,飘飘欲仙。

这些材料足以说明,樊楼在东京是具有纪念碑性的建筑,它除了和金明池一样具有保存记忆、构造历史的功能,还是政治活动的中心、巩固全民社会关系的纽带,是过去、现在和未来的联结。后代有些话本小说作者把故事发生地敷衍在樊楼。如《闹樊楼多情周胜仙》:"东京金明池边,有座酒楼,唤作樊楼。"① 因为金明池在汴京城的汴河西水门外,景明坊在里城之东,二者相距甚远,话本的作者可能把故事放在一个位于二者之间、大家耳熟能详的名建筑上,这便是樊楼。有的故事通过节庆点、代表性建筑和特定的人回忆东京已逝的情景,如话本《燕山逢故人郑意娘传》,时间是元宵节,地点是秦楼(主人公由燕山的秦楼想到东京的樊楼),人物是流落金邦的杨思温,"看了东京的元宵,如何看得此间元宵""原来秦楼最广大,便似东京白矾楼一般",更巧的是秦楼的伙计"却是东京白矾楼过卖陈三儿"②。在此主要有两点让杨思温感慨:一是东京元宵节非常繁华(下文详述),金邦的元宵节只能望其项背;二是看到在秦楼当伙计的竟然是过去樊楼当时的伙计,见人更添思情,况且又是在花好月圆、阖家团聚的元宵节。

樊楼在当时还有另外一个功能和象征意义——皇权的至高无上和不可侵犯。民间传说宋徽宗在樊楼设有御座,他曾与汴京名妓李师师在此相识相聚,饮酒娱乐,民众不得随意进出。《宣和遗事》后集对此有记载:"上有御座,徽宗时与师师宴饮于此,市民皆不敢登楼。"③

---

① 程毅中辑注《宋元小说家话本集》下,齐鲁书社,2000,第786页。
② 程毅中辑注《宋元小说家话本集》下,齐鲁书社,2000,第639、641页。
③ 《宣和遗事》后集,中华书局,1985,第61页。

无论是史料中对樊楼的真实记载，还是话本小说中把它作为故事发生地，我们从中看到的是帝王的风流、平民的情爱、异邦的仿效，这充分显示了它是一座纪念碑性的建筑，具有为宋代的繁华生活保存记忆的功能，它的繁华已铭刻在东京人的心中，不曾因岁月的流逝而暗淡，不曾因时间的久远而从人们的记忆中消失。

还有相国寺，据《汴京遗迹志》①（卷10）和《宋东京考》②（卷14）记载："相国寺在府治东北大宁坊。本北齐建国寺，天保六年（555年）创建，后废。唐为郑审宅园。睿宗景云初，游方僧慧云睹审后园池中有梵宫影，遂募缘易宅为寺，铸弥勒佛像高一丈八尺。值睿宗以旧封相王初即位，因赐额为相国寺。"后来又称为"大相国寺"，"大"意喻着地位崇高，规模宏阔。

从空间看，相国寺创造了一个具有时间性兼带宗教感的神圣空间。从结构看，相国寺是一个高墙环绕的封闭复合结构，与外部繁华隔绝，深深的庭院、肃穆的祭拜大殿，庄严、神秘、神圣，多重空间因素引导着礼拜者步步接近信仰中心。作为纪念碑综合体的大相国寺因而成为历史和宗教崇拜的一种隐喻：保存过去、重塑灵魂、建立信仰。

相国寺是纪念碑性建筑的又一个侧面，它具有礼仪功能，即通过各种礼仪程序来沟通生者和神灵间的精神联系，是搭建起过去、现在和未来的桥梁和纽带。

在这样一个神圣、庄严的空间中，话本小说作者却把它作为凡俗故事的发生地。《简帖和尚》中皇甫松的故事情节是靠相国寺一步步展开的，文中描写道："'每年正月初一日，夫妻两人双双地上本州大相国寺里烧香。"③

青年男女常常去相国寺礼佛、赏玩，虽在神圣空间中，但一切故事都有可能发生。《张生彩鸾灯传》话本是书生张生于东京元宵夜拾得一块香帕，上书"有情者拾得此帕，不可相忘；请待来年正月十五夜于相蓝后门

① 李濂撰，周宝珠、程民生点校《汴京遗迹志》卷10，中华书局，1999，第151页。
② 周城撰，单元慕点校《宋东京考》卷14，中华书局，1988，第245页。
③ 程毅中辑注《宋元小说家话本集》上，齐鲁书社，2000，第324页。

一会"①，一对青年男女的爱情故事在此地徐徐拉开序幕。

可见，大相国寺不仅仅是神圣、神秘的人们烧香拜佛的圣地，它还是浪漫故事的发生地，是大型的货物买卖集散地。这个空间集众多功能于一身——宗教朝拜、浪漫爱情、买卖经济等。

二　东京地理空间中的政治理想和精神记忆

东京是北宋政治的中心，其政治空间对许多士子和老百姓来说高高在上，可望而不可及，但它又确实影响着人们的方方面面，如官员的晋升、士子的前途、百姓的日常生活等。宋代科举制度走向成熟，通过科举考试博取功名利禄、光宗耀祖，成为众多士子的人生梦想，因此，在京城中参加科举考试的士子成为话本小说描写的对象。

《赵伯升茶肆遇仁宗》② 开篇写道："三寸舌为安国剑，五言诗作上天梯。青云有路终须到，金榜无名誓不归。"可见，宋代士子们借助科举考试制度，以自身的口才和文采博取功名，是顺利出仕寻求政治前途的有效路径。"有一个秀士，姓赵名旭，字伯升"，他"下笔成文，乃是个饱学的秀才。喜闻东京开选，一心要去应举"。因错写一字，金榜无名，无颜面见父母和乡邻，便流落汴京。后来他在樊楼上偶遇仁宗，被授予西川五十四州都制置。《陈巡检梅岭失妻记》③ 的主人公陈从善则顺利考取了功名："东京汴梁城内，虎翼营中，一秀才……与妻言说：'今皇榜招贤，我欲赴选，求得一官半职，改换门闾，多少是好。'不数日，去赴选场，偕众伺候挂榜。旬日之间，金榜题名，已登三甲进士。上赐琼林宴，宴罢谢恩，御笔除授广东南雄沙角镇巡检司巡检。"

作为文化空间记忆的城市，也是市民节日庆典和民俗活动的场所。东京不仅有国家的典礼、祭祀等文化活动，也上演着一幕幕鲜活的市民节日庆典，话本中涉及的节日最为引人注目的是元宵节。

话本《燕山逢故人郑意娘传》《戒指儿记》《张生彩鸾灯传》《张主管

---

① 程毅中辑注《宋元小说家话本集》下，齐鲁书社，2000，第561页。
② 程毅中辑注《宋元小说家话本集》下，齐鲁书社，2000，第587~600页。
③ 程毅中辑注《宋元小说家话本集》下，齐鲁书社，2000，第427~428页。

志诚脱奇祸》均有对元宵节不同活动的描述，描写的侧面各不相同。

《燕山逢故人郑意娘传》描述了东京最盛的元宵："道君皇帝朝宣和年间，元宵最盛。每年上元，正月十四日，车驾幸五岳观凝祥池。每常驾出，有红纱贴金烛笼二百对，元夕加以琉璃玉柱掌扇，快行客各执红纱珠珞灯笼。至晚还内，驾入灯山。御辇院人员，辇前唱'随竿媚'来。御辇旋转一遭，倒行观登山，谓之'鹁鸽旋'，又谓'踏五花儿'，则辇官有赏赐矣。驾登宣德楼，游人奔赴楼台下。十五日，驾幸上清宫，至晚环内。上元后一日……车驾登门卷帘，御座临轩，宣百姓，先到门下者，得瞻天表……须臾下帘，则乐作，纵万姓游赏。"① 这段生动传神的叙述正与《东京梦华录》卷 6 中元宵节的记录对应。②

《戒指儿记》写到元宵节灯会上最壮观、最有特色的灯景——鳌山③、赐御酒④："不觉时值正和二年上元令节，国家有旨赏庆元宵。鳌山架起，满地华灯。笙箫社火，锣鼓喧天。禁门不闭，内外往来。人人都到五凤楼前，端门之下，插金花，赏御酒，国家与民同乐。自正月初五日起，至二十日止，万姓歌欢，军民同乐，便是至穷至苦的人家，也有欢娱取乐。怎见得？有只词儿，名《瑞鹤仙》，单道着上元佳景，'瑞烟浮禁苑，正绛阙春回，新正方寸。冰轮桂华满，溢花衢歌市，芙蓉开遍。龙楼两观，见银烛，星秋灿烂。卷珠帘，尽日笙歌，盛集宝钗金钏。堪羡绮罗丛里，兰麝香中，正宜游玩。风柔夜暖，花影乱，笑声喧。闹蛾儿满地，成团打块，簇着冠儿斗转。喜皇都，旧日风光，太平再见。'"⑤

《张生彩鸾灯传》写到东京"五夜"元宵："……五夜华灯应自好……

---

① 程毅中辑注《宋元小说家话本集》下，齐鲁书社，2000，第 637~638 页。

② 孟元老撰，伊永文笺注《东京梦华录笺注》，中华书局，2006，第 540~542 页。

③ 关于元宵节鳌山是如何扎制的，《宣和遗事》对此有详细描写，"自冬至日下手，架造鳌山，高一十六丈，阔三百六十五步，中间有两条鳌柱，长二十四丈，两下用金龙缠柱，每一个龙口里，点一盏灯，谓之双龙衔照，中间有一个牌，长三丈六尺，阔二丈四尺，金书八个大字，写道：宣和彩山，与民同乐。"（《宣和遗事》前集，中华书局，1985，第 52 页。）

④ 关于赐酒，"至十五夜，去内门直下赐酒，两壁有八厢……一人只得饮一杯，有光禄司人，把着金卮劝酒，真个是金杯内酒凝琥珀，玉觥里香胜龙涎"。（《宣和遗事》前集，中华书局，1985，第 53 页。）

⑤ 洪楩编辑，石昌渝校点《清平山堂话本》，江苏古籍出版社，1990，第 278~279 页。

话说东京汴梁，宋天子徽宗放灯买市，十分富盛。"①

上述话本中对元宵节的描述，体现出几个特点：一是繁盛，持续时间长；二是参与的民众多，上至皇帝下到平民；三是元宵节期间的娱乐项目多，如鳌山、赐御酒、放烟火、各式彩灯等。因此，它成为全民喜欢的狂欢性强的节日。对这个全民喜欢又带有狂欢性质的节日，我们用巴赫金的狂欢理论可以给予深刻的阐释。巴赫金指出，在狂欢节中，封建等级制以及与此有关的恭敬、礼貌、畏惧等被打破，人与人之间的距离感暂时消失。在狂欢空间中，人们打破了界限，坍塌了等级地位（阶层、年龄、官衔、财产状况），暂时脱离现实关系。小说中各种各样的人物忽视了平时森严的等级秩序，打破了日夜之差、男女之防，许多幽会和艳情都在狂欢世界的热烈氛围中一幕幕上演，从而演绎了一出出悲欢离合的浪漫故事。②

文化中除了节日以外，还有婚姻和宗教信仰等。婚姻有一套完整的程序：规则、物质设备、仪式（包含信仰和禁忌），是当事男女与一群有关系人的社会事件。③ 现以话本《快嘴李翠莲记》为例予以说明，其开篇写道："话说本地有一王妈妈，与二边（张员外与李员外）说合，门当户对，结为姻眷……"迎亲当日，"鼓乐喧天，笙歌聒耳"，媒婆跟随花轿到男方家，一路上媒婆对新娘子讲了很多礼仪。花轿到男方家后，拜堂、入洞房、进洞房后还有完整的撒帐歌："新人那步过高堂，神女仙郎入洞房。花红利市多多赏，五方撒帐盛阴阳……撒帐东，帘幕深围烛影红。佳气郁葱长不散，画堂日日是春风。撒帐西，锦带流苏四角垂。揭开便见姮娥面，轮却仙郎捉带枝。撒帐南，好合情怀乐且耽。凉月好风庭户爽，双双绣带佩宜男。撒帐北，津津一点眉间色。芙蓉帐暖度春宵，月娥苦邀蟾宫客。撒帐上，交颈鸳鸯成两两。从今好梦叶维熊，行见玭珠来入掌。撒帐中，一双月里玉芙蓉。恍若今宵遇神女，红云簇拥下巫峰。撒帐下，见说黄金光照社。今宵吉梦便相随，来岁生男定声价。撒帐前，沉沉非雾亦非烟。香里

---

① 程毅中辑注《宋元小说家话本集》下，齐鲁书社，2000，第561页。
② M. 巴赫金：《陀思妥耶夫斯基诗学问题》，白春仁、顾亚玲译，三联书店，1988，第176页。
③ 马陵诺夫斯基：《文化论》，费孝通译，华夏出版社，2002，第19~20页。

金虬相隐映，文箫金遇彩鸾仙。撒帐后，夫妇和谐长保守。从来夫唱妇相随，莫作河东狮子吼。"① 这是一套完整的婚姻过程，先是"父母之命、媒妁之言"，后是迎亲、拜堂、入洞房，入洞房后的撒帐歌把婚礼推向高潮。

宗教信仰不像结婚那样让人激动、兴奋，但它却深深植根于人们的日常生活中。根据马凌诺夫斯基文化功能理论，每种文化中都必然有宗教，因为宗教产生于"人类计划与现实的冲突，以及个人与社会的混淆"。宗教信仰可使人摆脱精神上的冲突，可将精神冲突中积极的方面变为传统的标准，并借助超自然的力量，增强人们的向心力和凝聚力。如《红白蜘蛛》②中张员外梦里出现了郑信要做到两川节度使一事；《金明池吴清逢爱爱》中吴清、爱爱的相遇是"是前缘宿分，合有一百二十日夫妻"③；《陈巡检梅岭失妻记》④ 中陈妻被掳掠是因为她命中注定"有千日之灾"。宗教信仰可使人的生活和行为神圣化，成为最强有力的一种社会控制。如《合同文字记》⑤ 中的安住以孝义换得官运；《张主管志诚脱奇祸》⑥ 中的张胜以志诚之心换得平安。从上述事例不难看出，官途、爱情、灾难及以孝换官、以诚立世，人生命运的沉浮皆由超自然的神灵主宰，这虽然在某种程度上带有神秘色彩，但宗教信仰却是人类的需要，是人克服命运中的困难并摆脱烦恼的精神力量，是社会控制的一种自动又自控的有效手段。许多话本小说中官运的亨通和灾难的消除往往借助宗教的力量予以实现，如《杨温拦路虎传》："先生既说卦象不好，我丈夫不须烦恼，我同你去东岳⑦还个香愿，祈禳此灾……"⑧

---

① 程毅中辑注《宋元小说家话本集》上，齐鲁书社，2000，第 363~372 页。
② 程毅中辑注《宋元小说家话本集》上，齐鲁书社，2000，第 1~53 页。
③ 冯梦龙编，严敦易校注《警世通言》下，人民文学出版社，1956，第 467 页。
④ 程毅中辑注《宋元小说家话本集》下，齐鲁书社，2000，第 427~446 页。
⑤ 程毅中辑注《宋元小说家话本集》上，齐鲁书社，2000，第 343~350 页。
⑥ 程毅中辑注《宋元小说家话本集》下，齐鲁书社，2000，第 725~739 页。
⑦ 东岳，指东峰岱岳即东岳泰山，宋真宗时封东岳神为天齐仁圣帝，所以各地都有东岳庙。不仅百姓去东岳庙祈求，有时官员也去祭告。(《红白蜘蛛》，载程毅中辑注《宋元小说家话本集》上，齐鲁书社，2000，第 28 页。)
⑧ 程毅中辑注《宋元小说家话本集》上，齐鲁书社，2000，第 113 页。

三　东京地理空间中的市民生活记忆

东京在北宋是非常繁华的城市，不仅有纪念碑性建筑，成熟的政治意识形态，丰富的文化表现方式，更有以市民为主体的日常生活。话本中出现各种类型市民生活，赋予东京鲜活的生命力，现择其要而述之。

（一）士子的理想前途

北宋科举制度日趋成熟，很多士子都想通过科举考试实现自己的人生梦想和政治追求，而东京的政治文化空间为他们提供了改变人生命运、实现人生梦想的机遇。如上文讲到的《赵旭遇仁宗传》和《陈巡检梅岭失妻记》两个故事，反映了科举考试中处于激烈竞争中的士子们的共同想法——通过科举考试中第获得命运的转机，实现报效国家的理想和追求。

（二）市井下民的发迹变泰

东京也是市井下民发迹变泰的城市空间。话本《史弘肇龙虎君臣会》和《郑节使立功神臂弓》讲述的故事有相似之处。史弘肇和郑信都是投军当兵，屡立战功，凭借战功，史弘肇官至四镇令公，郑信官至两川节度使。这些发迹变泰的故事不仅是东京的灵魂和血肉，而且还是东京发展不竭的源泉动力。

（三）市井商人的乐善好施

宋代东京随着市民阶层的崛起，市井商人成为一些故事的主角。《红白蜘蛛》歌颂的是人称张佛子的张员外，其"家中有赤金白银，斑点玳瑁，鹘轮珍珠，犀牛头上角，大象口中牙……好善，人叫他做张佛子"①。《杨温拦路虎传》中讲的杨员外也是乐善好施，"我这茶坊主人却是市里一个财主，唤作杨员外……若有人来唱个喏告他，便送钱与他"②，等等。

（四）包青天的公正无私

在城市日常生活空间中，既有感人泪下的美好，也有人欲横流的丑恶。

---

① 程毅中辑注《宋元小说家话本集》上，齐鲁书社，2000，第3页。
② 程毅中辑注《宋元小说家话本集》上，齐鲁书社，2000，第114~115页。

《简帖和尚》中，家住东京枣樔巷里的一位官人皇甫松，只因一封简帖儿，被人拆散了家人；《皂角林大王假形》中，东京人赵再理只因为民做主，皂角林大王变成他的模样，霸占他的妻子和财产；《勘皮靴单证二郎神》中讲一位庙官淫污天眷……这些故事讲述人的肉体和色相被随意践踏和抛弃，反映对性的追逐和随意，挑战社会的道德秩序。

正是因为社会中有这些违法的事件发生，民间就有了对公正无私法官的呼唤。如《三现身》①讲述的是开封府包青天包拯破案的故事。北宋时，兖州府奉符县的一名押司孙文离奇死了，第二年奉符县的新知县包拯到任。包拯到任第三日，做了一个梦，他沿着梦中的暗示，通过解诗谜而使案件真相大白，包公自此赢得"日间断人，夜间断鬼。'诗句藏谜谁解明，包公一断鬼神惊'"的美誉。《宋四公大闹禁魂张》中的张员外，只因"悭吝"二字，丢了性命；"这一班贼盗，公然在东京做歹事……那时节东京扰乱，家家户户不得太平，直待包龙图相公做了府尹……地方始得宁静"②。这类题材折射出老百姓对司法公正的向往和追求。

（五）歌妓的辛酸悲戚

歌妓分上等和下等。上等的歌妓有姿容，善歌舞，迎送侍宴，虽穿着华丽，面上光鲜，但仍要陪笑侍人，生活也是充满了悲酸。如《红白蜘蛛》："只见众中走出一个行首来，他是两京诗酒客，烟花杖子头，唤作王倩。却是张员外说得着的顶老。"③ 下等歌妓的生活更是悲惨，没有社会地位，随意让人羞辱，如《宋四公大闹禁魂张》写到的巡座卖唱歌妓："那个妇女入着酒店，与宋四公道个万福，拍手唱一支曲儿。宋四公仔细看时，有些个面熟，道这妇女是酒店擦桌儿的（酒店里挨桌卖唱的歌妓）的，'请小娘子坐则个'"④。坐间，宋四公对那位歌女肆意轻薄。

话本中对东京城市的记忆有纪念碑性的实物建筑，是静态的地理空间与物质空间；人们意象中象征皇权高贵的政治东京、狂欢式的节日、综合

---

① 程毅中辑注《宋元小说家话本集》上，齐鲁书社，2000，第 53～79 页。
② 程毅中辑注《宋元小说家话本集》上，齐鲁书社，2000，第 171 页。
③ 程毅中辑注《宋元小说家话本集》上，齐鲁书社，2000，第 10 页。
④ 程毅中辑注《宋元小说家话本集》上，齐鲁书社，2000，第 157 页。

呈现的婚俗文化、多种宗教并呈的信仰文化，是历史底蕴丰厚的文化空间。话本中各种类型的人才是东京的化身，城市中的人确实在某种程度上与这座城市拥有同一性，"城市已同其居民们的各种重要活动密切地联系在一起"①，可以说，人是城市空间和文化的主体，是使城市充满活力的不竭源泉，正像"为有源头活水来"的"活水"一样，推动着这个城市不断向前发展。正是士子、下民、商人、歌妓和包公等各种人的各种活动，才烘托出了一个极其繁荣的都市景象。人是东京记忆的灵魂和血肉。

本文对北宋东京城市的想象与记忆是凭借文字而展开论述的。对任何事物的记忆，总有记忆犹新的，也总有忘记的，"为了忘却的记忆"，我们不断地谈论某座城市、某段历史。从这个意义上说，记忆不仅仅是工具，也不仅仅是过程，它本身也可以成为舞台。而在这座舞台上展示的是包含纪念碑性实物、政治、文化尤其是各种人的活动等的多维空间。这个空间不仅极大地影响了小说对于城市的书写，激发小说叙事的多样性，而且也拥有构建历史的多种途径，我们可以沿着这些途径进入历史并创造未来。如汉唐文学中帝都气象的长安和洛阳，两宋文学中双城记忆的汴京与临安，元、明、清文学中的北京和南京，近现代的香港空间等的描写，这些同样给我们塑造了各具特色的城市意象，这些城市意象是某座城市的阅读群体在阅读此城市小说时共享的精神记忆和文化生活。正如爱默生所说："城市是靠记忆而存在的。"

（原文刊登于《河南大学学报》（社会科学版）2017 年第 2 期，

本文集收录的是删节版）

---

① 〔美〕R. E. 帕克等：《城市社会学芝加哥学派城市研究文集》，宋俊岭、吴建华译，华夏出版社，1987，第 1 页。

大禹治水故事背后有什么秘密

田兆元　华东师范大学民俗学研究所教授

　　做古史研究和神话研究，有一个话题是绕不过的，那就是鲧禹问题。他们是父子关系吗？是人还是神？大禹治水三过家门而不入，真的就像有些人说的，背后另有隐情？这些问题，值得好好讨论。

一　禹仅仅是一条虫吗

　　20世纪前期，顾颉刚先生有几封关于夏禹问题的信件，大体上否定禹是一个人，而认为其是一条虫，或者一个神。由此，揭开了古史辨伪的序幕，后来更一发不可收，他不仅否定尧舜禹的真实性，而且对于夏商的历史也开始神话化解读，并对于汉代的造假进行了深度批判。在这个基础上，顾颉刚先生提出了古史的"层累的构成"观点，即时间越晚，古史的历史越长。换句话说，古史是后代建构起来的。这些讨论非常有意义，一方面可以让人看到观点的部分有效性，另一方面也可以看出其结论太过武断，并不都是正确的。

　　说禹是一条虫，并不是顾颉刚先生的发明。早在东汉时期，许慎在《说文解字》中就说"禹：虫也。从厹，象形"。拿一个动物的名字来给自己命名，在古代其实是一件很寻常的事情，就像现在还有很多人取名叫什么龙、凤、骏、虎一样，是以物自况，是某种文化追求。清代段玉裁在为《说文解字》做注释时也曾直言：夏王以为名，学者昧其本义。大意是指，夏朝国王用了一个本来是虫的禹字为自己命名，并不是说禹就是一条虫。

　　那么，禹这个字本意所指的虫是什么样子的呢？我们知道，虫是古代对于走兽爬虫的统称。比如，老虎也可以叫作虫。段玉裁根据禹的古文，认定这个虫是四足，与龙四足相吻合。闻一多在《伏羲考》中指出，龙在中华民族中具有优势地位，而夏族就是龙族。为此，他还列出七条证据来论述。夏族禹族为龙，基本上是学界的共识。于是，我们可以说古文中的禹是一条虫，而翻译成现代汉语就是：禹是一条龙。

如同禹的本义是指虫，鲧的本义则是鱼。《说文解字》解释：鲧，鱼也。那么，为何鲧、禹要拿动物来命名呢？我们一般解释为古代社会的图腾崇拜问题。

严复把西方人类学的图腾概念引入中国后，图腾观念也随之进入中国的学术话语之中。图腾，大体上是说，古代氏族认为自己的来源与某种动物、植物和其他自然物、神物有关。那个带来氏族生命的对象一般会成为氏族的崇拜对象，这个对象在西方学术话语中被称为图腾。我们古代将其称为什么呢？可以对应的是"姓名"或者"姓氏"。只是我们姓名的内涵更加丰富。可以看到，既有鲧、禹这样的姓名，也有姜（羊—炎帝）、舜（草）这样的姓名，到现在我们的姓名中还有龙、马的存在。

中国的姓氏与图腾关系很密切。有研究指出，鲧、禹并不是一两个人的姓名，而应该是一个氏族的姓名，可以称为鲧族、禹族。一个人是做不了那么大的事业的。比如，禹定九州、治理河道，严格来说仅靠一个人甚至一代人都是没有办法全部完成的。仅以治理冀州为例，《史记》这样记载：从壶口开始，一路到大海。沿途山河治理，岂是 13 年可以完成的？这仅仅是冀州，还有其他八州呢？所以，定九州是禹族世世代代治理山水的功业。

二　鲧禹之间有啥关系

鲧、禹之间什么关系，似乎后人都知道：他们是父子关系。《史记》云："夏禹，名曰文命。禹之父曰鲧，鲧之父曰帝颛顼，颛顼之父曰昌意，昌意之父曰黄帝。禹者，黄帝之玄孙而帝颛顼之孙也。"这是说得明明白白的事情，本应该是没有什么好争论的。但前面说过了，鲧是一条鱼，禹是一条龙，这又是怎么回事呢？他们难道不是一家子吗？

鲧禹故事，其实很好地诠释了古代的婚姻形态：外婚制。按照图腾内婚禁忌原则，龙族是不能与龙族婚配的，否则会造成氏族的退化乃至衰败。

从这一点看，人类社会的看法基本上是共同的，当然也不排除有部分例外。

我们看鲧族与禹族的婚姻，就知道这是两个部落的联姻。鲧族的孩子，其父亲是来自禹族的。这样，禹也可以说是鲧的父亲。一般而言，两两比邻而居，即所谓两合氏族，为了婚姻的需要，必须有这样的婚盟。当然，由于鲧族、禹族是大族，也会有与其他氏族联姻的情况。但总的来看，鲧禹联姻是长期的婚姻联盟。

鲧是一条什么鱼呢？研究相关的文献可以得知，鲧是甲鱼族，即龟鳖族，且是一个三足鳖。龟鳖本是神圣之物，被人玩坏，此是后话这里不讨论。鲧的婚配是谁？有观点说，禹的父亲鲧，娶了修巳为妻。这个材料很有意思。修巳就是长蛇，不就是龙吗？所以，禹继承的是母亲的龙图腾姓氏，而不是父亲的龟鳖图腾。

中国历史上的所谓四灵，即青龙、白虎、朱雀和玄武。其中，那个玄武是龟和蛇缠绕在一起的。有学者指出，这是鲧禹族联姻的一个图腾，我是支持这个观点的。《楚辞》中的"虯龙负熊"，其实也是鲧禹联姻图腾的描绘。据说，鲧治水不力被杀，化为黄熊。根据古人的解释，这个熊下面应该是三点，或者就是"能"，就是三足鳖。能字本身是头顶一只脚，右边两只脚，是不是三足鳖的象形字？所以，虯龙负熊就是虯龙负能，即长蛇与龟鳖缠绕，即玄武图像。

所以，鲧禹关系，有父子关系的个案，但整体上是姻亲关系、两个氏族的关系。鲧被杀，也使整个氏族遭受惩罚，由此逐渐衰弱。所以，禹族有与他族联姻的迹象，如"禹生于石"说的就是禹族的一支与山石族建立了婚姻联系。大禹与涂山氏的婚姻，就是后来这个新的婚姻联盟的延续。

神话蕴含的历史信息厚重。鲧禹的关系，古往今来更是迷惑了不少人。但从现代民俗学的角度入手，这团乱麻还是可以解开的。

三 涂山氏嫁错人了吗

涂山氏与禹的情感故事，感动了世世代代的人。史书上说，大禹治水，兢兢业业，三过家门而不入。最初是《孟子》在讲述这个故事，后来《史记》进一步阐述，所以大禹治水三过家门而不入便成为大公无私的经典故事。

一般认为，大禹道德崇高，为疏浚河流、治理水患做出了重大贡献，所以才有这样的叙事。但前些年，有一位老师对此的解释是，大禹在外另有女人了，所以不回家。相关论调，在社会上引起了争议乃至民众的强烈不满。不过，这个三过家门而不入的讲述，可能真不完全是为了治水。大禹时代处于母系氏族社会向父系氏族社会过渡的转型期，其中最为重要的婚姻形式改变就是"从女居"变为"从夫居"。大禹是父系观的主张者，而涂山氏坚持母系传统，夫妻二人有矛盾。所以，三过家门而不入的故事，某种程度上就是这个转型期的一出凄婉悲剧。

继续看他们的交往，就是那个著名的送饭故事。最终，可能涂山氏有所妥协，跟大禹去了，变"从妻居"为"从夫居"。《山海经》里还有这样一段描述：禹娶涂山氏女，不以私害公，自辛至甲四日，复往治水。禹治洪水……化为熊。谓涂山氏曰："欲饷，闻鼓声乃来。"禹跳石，误中鼓，涂山氏往，见禹方为熊，惭而去。至嵩高山下，化为石，方生启。禹曰："归我子！"石破北方而启生。"化为石"表明了涂山氏的山石氏族的身份，也是禹生于石的进一步的证据。大禹感兴趣的是孩子的归宿，这是时代变迁了，男性在争取话语权与财产自主权。

这段故事把治水与娶妻两件事合在一起叙述，其中有很多信息值得关注。

第一是涂山氏去为大禹做饭了，体现出涂山氏对于婚姻居住模式的妥协。

第二是禹化为熊，其实也是那个"能"，三足鳖。禹为什么要化为三足鳖呢？他是不是在怀念鲧族，不一味追从母族的龙图腾呢？这里的"化"字，是改变的意思。涂山氏感觉大禹不尊重他们新的婚盟关系，大禹本来是龙族母系之族，现在要改为龟鳖族，从母系变为父系，刺激了涂山氏的自尊，所以觉得难以接受，最终还是走了。

第三是涂山氏化为石，标识了她的母系山石图腾。而大禹的"归我子"三个字，突出地表现了子女属于父系的时代变迁。

基于此，我们会理解，禹事实上把王位传给启，意味着改变了中国早期国家制度的形式，是父系社会发展的必然结果。

四　家事折射氏族转型

鲧禹的家事，是当时天下大事变迁的缩影。

一方面，处于母系氏族社会向父系氏族社会转型时期，社会冲突加剧，就连男女爱情也被迫卷入洪流之中。

另一方面，大禹治水的大公无私故事、大禹传启"家天下"的有私故事，奇妙地交织在一起，以至于后代的"家天下"也带有天下为公的理想。这就是延续了几千年的传统社会，将天下视为自己的家，又把天下治理视为统治合法性的一种传统。

总而言之，我们可以把鲧禹故事视为鲧禹联盟两代人治理洪水的英雄传奇。鲧在治理过程中出现问题被杀，更是令很多人感到惋惜并为之打抱不平。这种朴素的感情，是中华文明的内在宝贵之处。而治水的故事与家庭的变故联系在一起，又让神圣的叙事本身成了一段历史的传奇。今天，大禹成为中华儿女认同的圣贤之一，国内不少地方都有景观在讲述、纪念这位伟大的人物，恰恰说明了神话的强大活力。

无论是神话变为历史，还是历史成了神话，鲧禹故事都是中国历史与现实生活中最具影响力的神圣叙事之一，也是中华民族甚至人类历史上最重要的文化遗产之一。

（原文刊登于《决策探索（上半月）》2017 年第 6 期）

口头叙事、景观再造与文化的再生产

——以山西万荣笑话为考察对象*

谢红萍　太原师范学院历史系讲师

1935年，伟大的社会学家诺贝特斯·埃利亚斯（Nobert Elias）在关于胡格诺教徒的研究中，将犹太人逃离德国与胡格教徒驱离法国相比时发现了一个值得关注的现象：污名化（stigmatization）过程。污名化也就是一个群体将人性的低劣强加在另一个群体之上并加以维持的过程。这种单向的权力关系随着两个群体互动关系的不断发展而最终深化，刻板印象也就形成了。污名的存在并非污名者的问题，而是社会规则和公共秩序的缺陷所致。① 而随着社会管理制度的变化，这种在污名化基础上所建构的刻板印象、成见与歧视也会发生变化，乃至于原初被污名群体这样的族群文化符号还被构建为地方社会振兴的重要工具，最终成为民族—国家现代性叙事的重要组成部分。山西万荣笑话的"原生态"形式植根于地方民众的日常生活，在改革开放后"文化搭台、经济唱戏"的场域中，为服务于地方社会经济的增长和形象的重塑，这一黄土地上的民间口头艺术被"发明"为地方文化的象征符号，在进行"传统的再造"的文化再生产中，也实现了权力再生产。

一　万荣笑话的生成语境：从自然生境到文化认知

万荣县古称汾阴，位于山西省西南、运城地区西北部的峨眉岭上，黄

---

* 本文系国家哲学社会科学重大攻关项目《中国民俗学学科建设与理论创新研究》（批准号：16ZDA162）的阶段性成果。

① Goffman, Stigma, *Notes on the Management of Spoiled Identity*, New York：Simon & Schuster, 1963（1986）：148.

河与汾河在县西的庙前村口交汇。如今的万荣县是由万泉、荣河二县在1954年合并而成。光绪七年（1881）的《荣河县志》记载，"汾阴之民，性善诙谐，滑稽多智"。这样的民性，与其源远流长的历史文化一脉相承，战国时期的鬼谷子、张仪与这块土地关系密切。据乾隆二十三年（1758）的《万泉县志》和光绪七年（1881）的《荣河县志》记载，鬼谷子当年传道授业的地点就位于现在万荣与临猗交界的大嶷山上，古称云梦山。而张仪的故里就在嶷山脚下万荣县的张仪村，至今当地还保存着张仪早年活动的遗址和传说。从张仪村往西30余里，就是国家级重点文物保护单位汾阴后土祠。传说张仪受鬼谷子指点后，从峨眉岭的老家出发，走后土祠内秋风楼下的古道，经汾阴渡，过黄河，西入秦国，直奔长安。后来这条道就被称之为"张仪古道"。张仪到秦国擢升宰相后，想到云梦山报答师恩，但因该山在魏国境内，秦魏失和，故未能实现夙愿。《史记·张仪列传》中太史公曰："三晋多权变之士，夫言纵横强秦者，大抵皆三晋亡人也。"万荣这一区域孕育了这些纵横家、舌辩之士，反过来在文化传承上也必定会受到这些人的影响。

万荣笑话在山西晋南地区叫作"万荣憎"，"憎"又被写作"挣""诤""争"等，争论不一，为此当地用万荣二字的合写字"桼"①来代替，在方言中读zèng。对于zèng的考证，地方学者王雪樵认为，"憎"用来表现农民对地主阶级的愤恨、讽刺和控诉；"争"则是争辩、好讼、讲偏理，包含着傻干、蛮干、咬死理的味道；"挣"是漂亮美好之义，笑话冠以此名，本身便具有正话反说的俏皮、幽默、诙谐之趣。②据《万泉县志》记载："人民质朴、俗尚节俭、男务耕耘、女勤纺织、不作商贾、好祀鬼神。明邑令符嘉训县志序，北望平阳（临汾）、西望蒲坂（永济），知斯为唐虞古都。其地民勤俗俭，井深路僻。《禹贡》谓：'土深水厚，地瘠民贫，邑称最焉'"。《荣河县志》也记载："水深土厚，风俗节俭"。如果从风俗习惯上来说，两地大同小异，但是就其民性而言，则"城东的万泉人比较守旧，乡情观

---

① "桼"字的形成是由于用"憎""诤""争"等字均不能完整表达其本义，所以万荣县政府造了一个"桼"字，从而将"万"和"荣"合成了一个字。

② 王雪樵：《黄土地上的幽默之花——"万荣憎"初探》，《运城高专学报》1994年第3期。

念浓厚，常常留恋男耕女织……而城西的荣河人思想比较活跃，敢闯敢干，争强好胜，人称'憎气'，实为'争气'。现今形成一种争上游，创一流的'万荣精神'。"也就是说，城西的荣河地区更加符合万荣笑话产生的土壤。

二　作为资源的万荣笑话：从污名化到去污化

民间口头叙事作为民众心理结构的一种物化形态，向我们真实地展示了特定历史阶段民众的生活风貌及心路历程。关于万荣笑话的起源，目前学界比较一致的说法，认为万荣笑话源于明末清初时期荣河镇谢村①的"七十二憎"②。历史上的谢村就是荣河人口较多的村庄（2015 年总人口数为3300 人），且位于万荣（荣河）到临猗县的交通要道上。1926 年，荣河县尚无公路，交通运输主要依靠谢村南坡的一条车马大道，南来北往的客商很多会在该村住店歇息。且村民"性善诙谐"，爱讲笑话，经过来往客商的互相传播后，广泛流传。万荣笑话起源于谢村还有一个经典笑话为证，即《祁氏二争　立碑为证》。这则笑话采录于谢村，由于其带有污名化的色彩，所以在整理加工、重新创编的时候将县名、村名做了技术处理。而"污名（stigma）的特征损坏了主体的身份，把完整意义上的人降低为不完整意义的人，把人变得不那么人了"③。

　　对谢村人来说，这"七十二憎"的故事是一种烦恼和耻辱，可谓是谈"憎"色变。后来，过往的客商来谢村再要听"七十二憎"时，村民们知道后就气冲冲地成群跑去，非要让客商们讲完"七十二憎"才罢休，把客商们吓得趁晚上就溜走了。谢村人越是禁忌说"七十二憎"，外边传得就越快。因为这"七十二憎"，村里人常常和邻村的人起冲突。当我到运城上学时，因为我来自谢村，还常遭到别人嘲笑，

---

① 谢村，当地方言读 xià 村。
② "七十二"是虚数，象征吉祥和众多。
③ Goffman, Stigma, *Notes on the Management of Spoiled Identity*, New York：Simon&Schuster. & Schuster, 1963（1986），p. 5.

被大家起了个绰号叫"下憎",上课时还被老师教训道,"怎么你憎气发了,白天睡觉哩!"①。

历史上的谢村经常和周边村庄发生利益纠纷。在资源争夺过程中,谢村依仗村大人多,周边的小村不得不忍气吞声。在此状况下,这些村落的民众采取了"弱者的武器",将"憎气"这种本属于该区域的文化特质附加于谢村人身上,并把这一标签逐渐地放大,在污名被不断建构的过程中,许多本属于其他地方的笑话因子也被挪用过来,随着"笑话树"的不断叠加,谢村被污名化的程度不断加深,刻板印象也就形成了。

1954 年两县合并时,县委书记王沁声在干部会议上强调"荣河人不准说万泉县喷水洗脸,万泉人不准叫荣河憎,说了不利于团结,要受到批评处分"。改革开放后,谢村人外出经商,在生意场上偶然讲些笑话调节气氛,收到了意想不到的成效。由此,他们得到启示,谢村憎还可以转化为经济效益。2000 年,时任县委书记卫孺牛将"憎"提升为万荣人争强好胜、自强不息精神的体现。之后,与万荣笑话相关的书籍、光碟开始大量出版。但是在谢村,这些万荣笑话的出版物却激活了许多老年人记忆中的伤痕。2006 年,万荣笑话博览园筹建的时候,他们坚决反对建在谢村,觉得那是在侮辱谢村。直到 2010 年,谢村老年协会组织这些老年人到阎景村的李家大院、中国万荣笑话博览园等地方游览参观,他们才逐渐明白"谢村憎"是一种民俗笑文化,因而对"谢村憎"的看法也有所改观。而今,他们也在积极筹措资金,想在谢村建立一个万荣笑话博物馆。可见,"七十二憎"的发展轨迹正是地方民众恨憎、谈憎、写憎、喜憎、看憎的复杂心路历程的写照。

三 文化景观的发明过程:从地方气质到文化资本

文化景观是由认知者复原或"发明"的,正是在被认知、描述与展示

① 潘全忠:《万荣谢村朵》(内部印刷),2010,第 3-4 页。

过程中，文化景观被赋予了更为丰富的多样性与意义。① 万荣笑话文化景观的发明过程也是如此，在其被复原或"发明"中，多种力量通过"符号动员"的方式加入地方复振的运动中，以此来分享旅游所能带来的社区繁荣与发展。

（一） 万荣笑话的博物馆化

"博物馆"表面看来是对历史故事的客观叙事，但实际上，它是精心安排的，其展品、介绍、描述，乃至于整个话语体系受到政权掌握者的严密控制，被当下的主流意识形态纳入其框架。这样的分析，也适用于万荣笑话博览园。无论是建设的缘由，还是建设的社会环境，都明确无误地与主流意识形态一致。在这个博览园里，每个"展品"，从设计到布局均是在不断地思考中"发明"与"再造"出来。在此过程中，被改造的地方文化也成了民族—国家以及全球化历史叙事的重要组成部分。2008 年 10 月，在政府的支持和商家的投资下，中国万荣笑话博览园在阎景村落成。博览园以"中华笑城，笑满华夏"为主题，包括笑话大门、万笑墙、笑话街等设施，是以笑文化为特色的文化旅游区，也是中国首家以笑为主题的游览园。然而，上述过程并非一帆风顺，而是充满了各种力量的博弈。对于县政府将万荣笑话博览园建在阎景村的事情，作为万荣笑话发源地的谢村村民们便有不同的看法。谢村民众认为，既然万荣笑话的发源地在谢村，笑话博览园当然应该建在他们那里，但是县政府却选择了距离谢村较远的阎景村建立笑博园，由此引发了村民的不满。当他们向县政府反映意见的时候，县政府也承认谢村是万荣笑话的源头。尤其是运城市市委领导到谢村视察时，还专门就此事给谢村题写了"中国笑文化之根"七个字，并在"根"字上加了一点，意味着要将笑文化不断发扬光大。尽管村民们表示想建立谢村的笑话博物馆，但是缺少资金。② 对于此，地方政府解释说，将笑话博览园选择建在阎景村出于两方面的考量，一方面是"万荣憎"在谢村大多数人

① B. Bender, *Landscape-meaning and Action*, in B. Bender（ed）, Landscape：Politics and Perspectives, Oxford：Oxford University Press, 1992, pp. 1 – 18.

② 访谈对象：李春山；访谈人：谢红萍；访谈时间：2016 年 10 月 2 日；访谈地点：谢村。

看来是贬义和侮辱性的，如果建在谢村，担心会引起村民们的不满；另一方面，阎景村的李家大院是万荣的重要景点，将笑话博览园建在李家大院的北面，这样把两个景点捆绑在一起，可以吸引更多的游客参观。①

（二）万荣笑话的产品化

20 世纪 90 年代以来，万荣县委、县政府把笑话列入"打文化品牌，扬经济风帆"的文化资源，进行了全方位的挖掘开发。1999 年，万荣县举办了首届万荣笑话大赛。2000 年，编印了万荣笑话苹果卡、名片、扑克等，为万荣笑话搭起了与经济联姻的桥梁。2001 年，县委提出建"笑话王国"的目标，县文化局专门成立了"万荣文化产业开发部"。2009 年，八龙文化传媒有限公司成立，该公司主要研制开发笑话系列文化产品，包括连环画、漫画版光碟、挂历等，还有中高档的文化礼品。此外，中央电视台，山西电视台等都专门录制了万荣笑话的专题节目。这一系列的举措都促进了当地旅游经济的发展与形象的重塑。

"原生态"的万荣笑话具有污名化的色彩。近代化以来，这种地域性的文化特质逐渐被放大，甚至演变为地域歧视的符号，被污名化为族群整体的性格特点。在此境遇中，在外域民众看来，讲述万荣笑话的当地民众都是愚昧可笑的，该地域的每一个个体仿佛犹如万荣笑话文本中的人物一样偏执傻气。20 世纪 80 年代以来，在"文化搭台、经济唱戏"的浪潮中，万荣笑话的文化资源价值被发掘，成为振兴当地经济发展的文化名片。2008 年 6 月，万荣笑话还得到了国家的认可，进入第二批国家级非物质文化遗产名录。

然而，在文化资本向经济资本与符号资本转换过程中，地方政府、商家、民间艺人和地方民众这些不同的行动主体之间一直在博弈。其一，对于政府来说，景观的发明是创建国家和社会认同感的核心工具，因此地方政府希望取得经济效益的同时获得更为广泛的社会效益。在商家看来，政府为了推动经济发展，当然希望他们扩大经营，但是他们的目的是获利。

---

① 访谈对象：王文斌；访谈人：谢红萍；访谈时间：2016 年 10 月 3 日；访谈地点：万荣县招待所。

为了让万荣笑话产品更好地走向市场，他们不仅注重产品的多样化、精品化，还致力于把原本用方言讲述的笑话产品进行普通话的加工，以满足更多顾客的需求，进而向全国市场迈进。① 其二是民间艺人的无奈。在大众传媒的冲击下，万荣笑话的传统表现形式面临困境，令民间艺人的生活陷入窘境。在此情况下，民间艺人潘新杰②编排了笑话剧，将万荣笑话搬上了舞台，进一步推广了万荣笑话的传播，但是囿于经费有限，剧团的发展较为坎坷。其三，在文化表演的经费问题上，民间艺人王克勤也曾陷入两难境地。他说："过去，许多孩子都来我这儿学习表演笑话和说学逗唱的技巧。每当笑博园有一些重要的客人或者大型旅游团队来的时候，我会带孩子们去表演。孩子们表演得都非常好，可是也不能总让孩子们免费演出啊，时间长了家长们也会有意见的。"③ 而在处理上述问题时，政府也陷入了尴尬的境地，摆在他们嘴边的经常是"我们在做费力不讨好的事情"。

四 结语："传统的再造"与文化的再生产

民众是地方文化传承的主体，万荣笑话的传承最终要靠当地民众来实现。在从文化符号向经济资本的转换中，万荣笑话实现了从污名化到去污化的转轨。在被塑造为地域文化的符号，实现了"传统的再造"和文化再生产的同时，也增强了民众的文化自信心，推动了整个地方经济的发展。然而，在现代和后现代的语境中，景观设计师或工程师将原本土得掉渣的，极富原生态的地方文化进行创作、管理、设计，并将其"景观化"与"符号化"的同时，也按照自我的设计，实现了其权力再生产。在万荣笑话被塑造为文化景观的实践中，交织着不同群体的利益冲突，其实质正如布尔迪厄所说，文化再生产的核心问题是"占据社会权力的集团及其社会成员，试图以当代文化再生产制度和组织，通过文化再生产的运行机制，玩弄一

---

① 访谈对象：张成；访谈人：谢红萍；访谈时间：2016 年 10 月 3 日；访谈地点：万荣县文化传播公司。

② 访谈对象：潘新杰，后土文化省级传承人；访谈人：谢红萍；访谈时间：2016 年 10 月 4 日；访谈地点：万荣县后土祠。

③ 访谈对象：王克勤，万荣笑话省级传承人；访谈人：谢红萍；访谈时间：2016 年 10 月 3 日；访谈地点：王克勤家。

系列象征性策略手段，保障他们一代又一代地连续垄断文化特权。所以，当代文化再生产研究的实质，就是揭示当代社会中的文化特权的延续和再生产程序及其策略"。在这里，文化成为经济发展中的工具性手段，是作为"引诱资本之物"而存在的。市场化试图达到的目标并不是真正地再现一种文化，而是表达了消费时代权力政治与资本的文化"理想"。在走向市场的过程中，地方性文化必然要远离其原来的生存背景。在被再生产为一种可供消费的文化产品后，富有个性、独具特色的民族文化逐渐沦为一种同质化的大众文化。不论是笑话博览园的建立，还是一系列文化产品的发明，都是按照市场逻辑来实践的，如今被发明与改造为文化景观，被符号化的万荣笑话为了迎合消费者的需求，不得不将许多地方语言、地方知识，以及特殊语词去除掉，在万荣笑话越来越现代化的同时，也愈加失去了其特有的个性，最终成为与其他地方的笑话没有什么区别的产品。在万荣笑话从地方性知识提升为地方文化名片的同时，其作为文化资本的作用被逐步凸显。一方面，万荣笑话被开发为具有地域特色的文化景观的同时，促进了当地旅游经济的发展。且文化景观是一种有形且可触摸的事物，被认为是保存记忆的必需要素。通过将其以符号化的形式和内容呈现，可以达到唤起和固化民众记忆的目的。在此意义上，万荣笑话文化景观的发明与再造，有助于地域文化的广泛传播。另一方面，在经济利益的角逐中，万荣笑话这样的文化符号被异化为争夺文化权力的工具，文化传承的主体被淹没其中。有鉴于此，在从地方文化到文化资本的转换过程中，我们必须对文化传承的主体予以重点关照，才能避免产业化过程中文化内核缺失问题的发生。

（原文刊登于《青海民族大学学报》（社会科学版）

2017 年第 3 期，本文集收录的是删节版）

参考文献：

Johan Goudsblom and Stephen Mennell, *The Expulsion of the Huguenots from France*, in The Elias Reader, Oxford: Blackwell, 1935.

山西省万荣县志编纂委员会编：《万荣县志》，海潮出版社，1995。

（汉）司马迁：《史记》，线装书局，2006。

（民国）何燊修，冯文瑞：《万泉县志（卷二·风俗篇）》，台北成文出版社根据民国六年刊本影印，1977。

（清）马鉴等修，（清）寻銮炜：《荣河县志（卷二·风俗篇）》，台北成文出版社根据光绪七年刊本影印，1977。

〔美〕詹姆斯·C. 斯科特：《弱者的武器：农民反抗的日常形式》，郑广怀、张敏、何江穗译，译林出版社，2007。

〔美〕安德森：《想象的共同体》，吴叡人译，上海人民出版社，2005。

〔美〕米切尔编《风景与权力》，杨丽、万信琼译，译林出版社，2014。

高宣扬：《布迪厄的社会理论》，同济大学出版社，2004。

〔英〕迈克·费瑟斯通：《消费文化与后现代主义》，刘精明译，译林出版社，2000。

宗晓莲：《布迪厄文化再生产理论对文化变迁研究的意义》，《广西民族学院学报》（社科版）2002 年第 2 期。

傅安宁：《重申中国的得与失：作为集体记忆的圆明园》，载《新史学》（第八卷），中华书局，2014。

从"民族唱"到"唱民族"：基于《裕固族姑娘就是我》的考察

钟进文　中央民族大学文学与新闻传播学院教授

《裕固族姑娘就是我》是一首裕固族人家喻户晓的歌曲，几乎所有的裕固族人都能哼唱几句，它不仅成为裕固族的一个文化符号，而且在一次次的展演中不断地承载和演绎着裕固族文化，从而成为裕固族文化群体自我辨识的一种强有力的符号。一首歌的魅力从何而来？一首歌的魅力又意味着什么？这是值得深入思考和研究的话题。

一

裕固族老文艺工作者白文信在《〈裕固族姑娘就是我〉的创作经过》一文中这样叙述这首歌的来历：

> 每当我听到姑娘们唱起这首脍炙人口广为流传的裕固族歌曲《裕固族姑娘就是我》时，心中自然涌现出一种欣慰的感觉，忘不了为整理、创作而经历过的一段生活。这首民歌现在已经普遍流传在肃南草原上，全国也广为人知。那么，这首民歌又是怎样产生的呢？[①]

白文信回忆说，十一届三中全会召开前后，他正在肃南裕固族自治县素有"歌舞之乡"的莲花乡工作。他经常利用工作之便深入牧民家里走访民间歌手，结交了一批民间歌手朋友，慢慢搜集整理出一组《裕固族姑娘就是我》《裕固人里能人多》《裕固族小伙就是我》《裕固族妇女就是我》等具有对唱形式的新式民歌。之后又让当地牧民学唱，大家非常喜欢。

---

① 白文信：《〈裕固族姑娘就是我〉的创作经过》，载中国人民政治协商会议甘肃省肃南裕固族自治县文员会编《肃南文史资料》第2辑，2000，内部资料，第215~216页。

由于歌曲比较形象地反映了当地裕固族人的生活，又适于演唱，牧民一传十，十传百，很快在莲花乡一带流传开来。

1980 年，这首歌曲被裕固族歌手银杏姬斯在全国少数民族文艺汇演中演唱获得广泛好评，并被收录到《全国少数民族文艺汇演歌曲集》中。当时标注的版权信息是"裕固族民歌""巴九录收集整理"。

1984 年，为庆祝甘肃省肃南裕固族自治县成立 30 周年而特别印制的烫金纪念册——《裕固之歌》，将这首歌作为"裕固风情"栏目首篇歌曲刊登。

1986 年前后，杜亚雄赴裕固族地区专门搜集整理裕固族民歌，后编辑《民歌集成·肃南裕固族自治县卷》[①] 一书。其中在明花一带搜集整理四首《裕固族姑娘就是我》变体文本（详见后文分析）。

1994 年，肃南裕固族自治县迎来成立 40 周年大庆，甘肃音响出版社录制出版一盘名为"裕固族姑娘就是我"的卡式磁带，封面是身着裕固族盛装的裕固族歌手阿依吉斯。其中第一首是艾勒吉斯（即阿依吉斯）演唱的《裕固族姑娘就是我》。

相隔一年，1995 年，当时在中央民族歌舞团工作的裕固族歌唱家银杏姬斯也出版了自己的歌曲专辑。巧合的是这盒由中国唱片总公司出版发行的磁带取名也是"裕固族姑娘就是我"。而封面是身着裕固族盛装的银杏姬斯。磁带前言说"《裕固族姑娘就是我》这首优美动听的歌，就是由银杏姬斯第一个代表裕固族人民走向全国舞台时首唱的"。磁带文字注明，编词曲：银杏姬斯，配器：赵宗纯。

1999 年，肃南裕固族自治县成立 45 周年之际，西安电视台裕固族编导蔺宏在时任县长邀请下，为家乡制作出版了裕固族历史上的第一张光盘（VCD）——《祝福草原》。该光盘中《裕固族姑娘就是我》在 16 首歌曲中位居第 10 位，显然已退居次要位置。

2004 年 8 月 1 日是肃南裕固族自治县成立 50 周年大庆，一首新创歌曲——《家园》在盛大的庆典隆重上演，同时《家园》MTV 当晚在中央电

---

① 杜亚雄：《民歌集成·肃南裕固族自治县卷》，内部资料，1986。

视台黄金时段滚动播出。当年出版的《裕固家园》DVD 中《家园》跃居第一位，而《裕固族姑娘就是我》在 16 首歌曲中位居第七位。其声势似倾全力打造一首新的裕固族自治县"县歌"。

10 年后的 2014 年 8 月 1 日，在肃南裕固族自治县迎来成立 60 周年大庆时，肃南县人民政府又推出了一组大型裕固族音舞诗话歌舞剧，而歌舞剧的名字又叫《裕固族姑娘就是我》。全剧共四幕，以裕固族传统文化为主线，以大型视屏图画为背景，以《裕固族姑娘就是我》为主题曲，讲述了裕固族姑娘萨茹娜的成长故事。转换了表现形式的《裕固族姑娘就是我》又大获全胜，赢得了自治县内外观众的热烈掌声，并又一次冲向外界。

2015 年 8 月 6 日，由肃南裕固族自治县民族歌舞团选送的《裕固族姑娘就是我》等两个作品参加了由国家民委、文化部主办，内蒙古自治区人民政府承办的第五届中国—呼和浩特少数民族文化旅游艺术活动首届全国少数民族优秀声乐作品展演，并获优秀作品奖。

2015 年 12 月，歌舞剧《裕固族姑娘就是我》又入选甘肃省推进戏剧大省建设优秀剧目展演名单，2015 年 12 月 24 日至 2016 年 1 月在兰州各大剧院展演。此次入选展演的 22 部优秀剧目是从全省申报的 46 部剧目中，经省文化厅组织专家层层遴选而得。

2016 年 4 月歌舞剧《裕固族姑娘就是我》成功入选参加由国家民委、文化部、国家新闻出版广电总局、北京市人民政府主办的第五届全国少数民族文艺会演，并于 9 月 5 日至 6 日在北京闪亮登场，成为甘肃全省唯一入选此次全国展演的剧目。

从一首歌到一幅民族生活的画卷，"民族唱"演绎为"唱民族"。

二

从这首歌的"诞生"可知，这首歌的曲调是固定的，是一部分生活在明花乡的裕固族民间哼唱的一种小调。但是 30 年的发展历程又告诉我们，这首歌一直在变异中发展，它由最初的一首民间小调，经过无数次的演唱，已经演变成了一部裕固族文化史诗，可以说一首歌建构起来了一个民族的文化。

那么，这首歌在发展过程中是如何演变的？换言之，是如何从"民族唱"一步步发展到"唱民族"？其中又产生了哪些"误读"？这些"误读"又是如何建构一个民族的文化，从而达到"唱民族"的效果？这是一个非常有意思的话题。

民歌是以口头歌唱形式流传和保存的传统韵文。民歌传承方式的特殊性决定任何民歌不可能只有一个文本，因为每一个人在演唱某一民歌时都是一种再创造。《裕固族姑娘就是我》非常直观地向我们勾勒出了，一首民歌如何将一种文化从个体展演一步步向群体展演，从局部展演向整体展演延伸的轨迹。

这首民歌之所以赢得裕固族牧民的喜欢，主要是"由于歌曲反映了裕固人的实际生活风格，便于演唱。这样，牧民群众一传十，十传百，很快在肃南明花地区流传开来。这组民歌反映了裕固人的生活生产传统习惯，反映了民族服饰特点，体现了裕固人开朗、淳朴、勇敢的性格"[①]。

在此我们对这首民歌的一些固定句式及其变体逐一分析。

（一）"裕固族姑娘就是我，姑娘心中歌儿多"

这句歌词是这首歌的核心和灵魂，它传递的是裕固族人开朗的性格和喜欢歌唱的天性，而若干个变体，如《裕固族小伙子就是我》《裕固族妇女就是我》《裕固族老人就是我》等汇集在一起就形成了群体展演的两个关键词——"裕固族就是我""裕固族喜欢唱歌"。

（二）"闪光的珠宝头上戴，漂亮的头面我绣过……"

服饰文化是裕固族文化的重要组成部分，有人说"裕固族美术，就在他们的身上"。"衣领高、帽有缨"，是裕固族服饰的一大特点，生活和文化传统形成了服饰上的审美标准，服饰的样式、花色、刺绣图案、花纹都按其民族习惯形成并代代相传。"水的头是泉源，衣服的头是领子""帽无缨子不好看，衣无领子不能穿"是裕固族服饰审美的生动写照。因此这首歌的上述两句歌词展示的是裕固族的核心文化——服饰文化。尤其杜亚雄在

---

① 白文信：《〈裕固族姑娘就是我〉的创作经过》，载《肃南文史资料》第2辑，2000，内部印刷，第215–216页。

明花乡搜集整理的《裕固族姑娘就是我（一）》《裕固族姑娘就是我（二）》《裕固族小伙子就是我》《裕固族妇女就是我》等淋漓尽致地展示了裕固族男女老少从头到脚丰富多彩的服饰文化。例如：

> 漂亮的背饰身后戴，美丽的头面胸前挂，珍珠耳环多好看，绣花袍子身上穿。
>
> 腰扎一条花腰带，脚穿一双高筒靴。
>
> 镶边帽子我戴过，翩翩袍子我穿过。
>
> ……①

（三）"花花的奶牛我敢骑……"

这首歌在裕固族人中传唱了30多年，可谓家喻户晓。但是我从来没有像今天这样关注过这首歌在唱什么。之所以如此关注，是因为2014年6月的一天早晨，我在电脑视频上偶然听到这首歌，其中一句歌词钻进我的耳朵怎么也挥之不去——"花花的奶牛我敢骑"。我进一步搜索这个视频的相关信息，内容如下：裕固族民歌：裕固族姑娘就是我，编曲：张磊，演唱者：雷佳，还有其他一些信息因字母模糊看不清楚。

我想这一定是其他民族的歌手对裕固族文化的误读，误以为游牧民族什么动物都可以骑。震惊之余，我想既然是民歌就允许有变体，有变体才有再创作，权当歌手对裕固族文化的想象和发挥。但是自我宽慰之后这个问题还是萦绕在我的脑海之中，我想歌手再加工创作也不会空穴来风，这一句歌词一定和裕固族民间的某一民俗事项有关系。

之后我开始翻阅资料，系统梳理这首歌的各种变体。令我惊讶的是，1984年为庆祝肃南裕固族自治县成立30周年印制的纪念册《裕固之歌》收录的《裕固族姑娘就是我》就有"花花的奶牛我敢骑"这一句，而且标注为裕固族民歌，巴九录收集整理，这可能是我见到的这首歌最早的官方文本。虽然是内部出版物，但是当时的发行量很大，若干年之后我在不少乡

---

① 杜亚雄：《民歌集成·肃南裕固族自治县卷》，内部资料，第94页。

村牧民家的炕头书桌上还见到过这本书。肃南裕固族自治县于 2007 年编辑公开出版的《裕固文艺作品选》（歌曲卷）收录的《裕固族姑娘就是我》仍是 1984 年的版本，其中依然有"花花的奶牛我敢骑"这一句。

我认为，这句歌词可能是一个笔误。其实这首歌的这一段主要反映裕固族的生产生活习俗，最初的版本主要反映明花裕固族的劳动和生活场景。例如：

> 小羊羔子我会放，花花奶牛我敢抓，盛奶的盆盆我去送，客人来了忙倒茶。
>
> 五彩线团我会纺，美丽褐子我会织，小羊羔我会放，客人来了我烧茶。
>
> 大群的骆驼我放过，金色沙丘我上过……
>
> 骆驼连子我拉过，千里万里我走过，滔滔大河我渡过，高山峻岭我上过。①

其中挤牛奶是有一些讲究的，挤奶前先要让小牛犊吃几下奶，等把奶催下来以后，要把牛犊牵到旁边开始挤奶。这时候，牛犊既不能离奶牛太远让奶牛不安心，又不能离奶牛太近干扰挤奶。一般情况下是母亲挤奶，女儿在旁边牵牛犊。牛犊吃不着奶会躁动不安，能把牛犊制服牵到恰到好处也是一种本事。从已经搜集整理出的这首歌的裕固语版本内容分析，这一句歌词应该反映的是一种劳动场景。②

查阅其他资料，杜亚雄整理的资料版本是"小羊羔子我会放，花花奶牛我敢抓""大群的骆驼我放过"；银杏吉斯演唱版本是"花花的奶牛我挤过"；田自成、多红斌版本是"小羊羔子我会放哎，花花奶牛我敢抓"。

"花花的奶牛我敢骑"，我宁愿相信这是笔误，因为据我了解，裕固族

---

① 杜亚雄：《民歌集成·肃南裕固族自治县卷》，内部资料，第 95~99 页。

② 另 1911 年曼那海姆发表的《裕固族地区访问记》（参见曼那海姆《裕固族地区访问记》，贺卫光译，《西北民族研究》1995 年第 2 期）一文插图展示的就是一个颇有成就感的裕固族小男孩在奶牛旁边手牵一头小牛犊。

人对奶牛呵护有加，既不骑奶牛，也不给奶牛剪毛。

　　30多年的传唱当中，一代一代歌手在演唱中都避开了这句不符合裕固族文化传统的歌词，但是随着这首歌更为广泛的传播和被其他民族歌手接纳并演唱，文化的误读和民族的想象就不可避免地出现了。这样的"误读"应该及时纠正，否则就不是误读而是歪曲。《青藏高原游牧文化》一书有这样的记述："除了马，牧人平时放牧串门也骑牛。骑牛是公牦牛，是专门训育的。"① 所以这句歌词只能理解为笔误。

（四）"辽阔的草原我走过，高山峻岭我上过……"

　　这一段展示的是裕固族人生活的地域环境。明花乡是一块"飞地"，与肃南裕固族自治县整体自然环境有别，这里有长势茂盛的芨芨草和辽阔的湖滩，有沙漠戈壁，有东、西海子，但是没有高山雪地，也没有大江大河。

　　这首歌中最初展示的就是与明花草原密切相关的自然环境。例如，

　　　　辽阔的草原我走过，金色沙丘我上过。
　　　　海子湖边我到过，海子中间我游过。②

　　只有《裕固族小伙子就是我》中描述拉骆驼走南闯北时，才有"骆驼连子我拉过，千里万里我走过，滔滔大河我渡过，高山峻岭我上过"这样的歌词。

　　最初整理本中出现的"辽阔的草原我走过，高山峻岭我上过"，实际是《裕固族姑娘就是我》和《裕固族小伙子就是我》糅在一起整理的结果，其实描述的并不是同一个地域的文化环境。但是由于裕固族其他地域属于"高山峻岭"，演唱者和听众都没有逾越裕固族聚居地的自然环境和文化传统，所以大家很容易就接受了。

　　随着这首歌不断向外传播，听众不再是单一的裕固族民众，而是逾越了裕固族文化传统和生活环境的其他民族的听众。如果这时候再用这首歌

---

① 尕藏才旦、格桑本编著《青藏高原游牧文化》，甘肃民族出版社，2000，第45页。
② 杜亚雄：《民歌集成·肃南裕固族自治县卷》，内部资料，第96~97页。

来展演裕固族地区"辽阔的草原"和"高山峻岭"就没有具体所指了。如果这首歌还要发挥宣传裕固族,展演裕固族地域和民族文化的功能,那就要发挥想象的空间,让裕固族地域扩大化,让草原高山具体化,让这首歌充满无限想象。

> 祁连山顶我上过,绿色草原我放牧过……(银杏姬斯版本)①
> 神奇的河西走廊我走过,皑皑的祁连雪山我上过……(萨尔组合版本)②

上述两个版本其实在演唱之前已经预设了听众——非裕固族,只有这样才能让听众在歌声中充满想象和期待,歌曲的陌生化和神秘化效果也就应运而生。如果听众是没有逾越裕固族文化传统的裕固族民众,那么这些歌词就显得匪夷所思(祁连山平均海拔 4000 米 – 5000 米之间,一般而言,海拔高度在 4000 米以上的地方称为雪线,冰天雪地,万物绝迹。河西走廊东起乌鞘岭,西至古玉门关,长 900 公里 – 1200 公里)。

如果对这段歌词的发展脉络做一梳理,应该是这样:

第一阶段:裕固族一隅——"明花草原"(辽阔的草原我走过,金色沙丘我上过)→第二阶段:裕固族一隅明花 + 裕固族其他地区自然环境(辽阔的草原我走过,高山峻岭我上过)→第三阶段:中国裕固族(神奇的河西走廊我走过,皑皑的祁连雪山我上过)。

(五)"你干的活儿我干过,不行了咱们比着说。"

这是这首歌的最后两句,看似无关紧要,其实是这首歌的点睛之笔。这两句来自这首歌的另一变体《裕固人里能人多》(这首歌最初的歌名叫《裕固人里能人多》),它强调的不是裕固族人能歌善舞,而是勤劳能干、自强自立。

最初的民歌中并没有这两句,整理本出现这样的结尾,主要是通过对

---

① 银杏姬斯:《裕固族姑娘就是我》封二,中国唱片总公司,1995。
② 萨尔组合:《唱响裕固》DVD 专辑,亚东影视公司,2008。

裕固人衣食住行的系列展演，传递和确立一种民族自立、自信、自强的信念。因此在之后的各种变体中，这两句基本没有变化，代代相传。

三

歌产生于生活，是民众表达情感的产物。歌唱意味着什么？中外学界有各种解释：情感宣泄，吸引异性，娱乐，巫术宗教，减少劳作之苦等，这些见解都有自己的道理。但是对于一个民族来说，我认为，歌唱是一种叙事，是一种自我认同和自我表达的社会实践。

我们仍以《裕固族姑娘就是我》为例，这首歌诞生时只是"明花草原"的一群裕固族姑娘为了宣泄情感，或减少劳作之苦的自娱自乐。

但是从"明花草原"传唱出去之后，逐步得到整个族群的认同和传承，但是在传承中，生活在族群内部文化传统里的歌者和听众都不可能超越这种文化传统的约束和规范，面对遵守着文化传统的听众，演唱者尤其不可逾越文化传统。一般而言，集体力量是不可抗拒的，一旦演唱者不顾群体力量而超越了文化传统的规范，听众就会拒绝接受。事实上，无论演唱者还是听众都习惯和乐于接受这种约束力，演唱者只有在传统文化的约束和规范之内才能发挥个人的才能。

霍米·巴巴认为，民族是一种叙述。选择怎样的讲述方式与讲述对象密切相关。面对族群内部的讲述，讲述者不会刻意贴上族裔身份的标签，文本叙述主题以及作者本人的少数族裔身份，会通过字里行间流露的本民族文化血脉而确立，是一种文化自觉。

但是，当歌唱变成一种民族叙述时就会超越这种规范和约束，在面对更加广泛的社会和文化空间时，歌唱的意义在于，自我价值的发现和展演，以求同一性和差异性和谐并存的追求和期待。例如最近搜集到的萨尔组合演唱的《裕固族姑娘就是我》，词、曲均标记为裕固族民歌，但是歌词已经超越了本民族文化传统规范和约束的内容。

> 裕固族姑娘就是我，姑娘我心中歌儿多，
> 红缨帽子头上戴，珍珠项链我戴过。

> 裕固族小伙就是我，小伙我心中歌儿多，
> 真丝袍子我穿过，不信咱们唱着说。
>
> 裕固人胸怀像草原，裕固人体魄像雪山，
> 裕固族人故事在流传。①

霍米·巴巴认为，文化的所有形式都持续不断处在混杂性过程中，混杂性就是要超越"我—他"式的等级关系，重新建构一个存在于书写中的"充满矛盾"的"混杂"空间，没有一种文化不是多元文化的产物，越是文化冲突激烈的地方，对话越能够深入，文化才能越加繁荣。②

萨尔组合版《裕固族姑娘就是我》，对"裕固族"这一身份的反复强调和确认，实际是选择了一种与讲述对象——非裕固族密切相关的新的讲述方式。少数民族文化要想在历史长河中保持向前的活力，必须要有差异性和多样性的相互碰撞、杂交。但是这里也要特别提醒歌曲创作者，反复强调的身份一定要和一个民族相应的文化相匹配，文化即身份，歌中要有丰富的民族文化元素，否则就是干巴巴的"口号"式的表达。

歌唱意味着什么？歌唱意味着一种表达，但是这种表达不是一蹴而就，恰到好处地表达需要实践，只有通过无数次的实践和检验才是合理的表达，美妙的表达，即民族"天籁"。

对一个民族而言，歌唱就是一个民族的表达。每一个民族都希望有代表本民族的家喻户晓、人人喜欢的歌曲，并为此全民动员，人人参与，孜孜追求。例如，秦万龙先生在《裕固族歌曲〈家园〉创作记》中对这首歌的产生经过做了生动的介绍，参与其中的既有自治县县长、书记、文联主席、音协主席等官员，也有张千一、屈塬等著名词曲家。除此还在地方报社《张掖日报》刊登作品征集启事，征集词曲 80 余首；完成词曲创作后，又有裕固族歌唱家录制歌曲，中央电视台黄金时段滚动播出……"歌曲《家园》得到了肃南社会各界的广泛支持和认可，我们期待歌曲《家园》能为

---

① 萨尔组合：《裕固族姑娘就是我》歌词，http://www.666ccc.com/lrc/19999/421270.htm。
② 生安锋：《霍米·巴巴的后殖民理论研究》，北京大学出版社，2011，第 65 页。

全县各族人民尤其是裕固族人民带来更多的愉悦和快乐，也期待它传向更多更远的地方，把裕固族人民的祝福带给四方友朋。"①

歌唱没有结束，"唱民族"永远在路上……

（原文刊登于《民族文学研究》2017 年第 3 期，

本文集收录的是删节版）

---

① 秦万龙：《裕固族歌曲〈家园〉创作记》，载中国人民政治协商会议甘肃省肃南裕固族自治县文员会编《肃南文史资料》第 2 辑，内部资料，第 175 ~ 176 页。

略论纳西族民歌类别及艺术特色

杨杰宏　中国社会科学院民族文学研究所副研究员

没有不会唱歌的民族，只要有民众的存在，民歌就不会消失。"诗言志"，对于无文字的广大民众而言，歌不仅可以言志，也可抒情、录史，可以求爱，劝规，立法。歌是盐，不可或缺；歌是血，永远在生命里流淌。正如纳西族民歌所唱："吹起笛子，站到最前头来吧，戴上牛尾帽，站在排尾吧！我们手拉手，肩并肩，虽然衣不蔽体，还是来跳锅庄吧！鸡没有啼，就决不散伙；狗没有吠，就不停下！从星星出来就唱起，星星落了还没唱完！"

民歌是由广大民众创造、传承、享有的唱歌表演活动及歌曲。纳西族民歌内容繁多，艺术形式及风格精彩纷呈，有些民歌已经登上世界艺术舞台，成为艺术奇葩，如热美蹉、阿丽哩等。纳西族民歌源远流长，其源头可追溯到社会阶级分化以前，如现仍在流行的民歌舞蹈——"窝仁仁"。据学者考证，这一原始音乐舞蹈是原始先民围猎场景的模仿与再现。《云南志略》记载："（么些）动辄百数，各执其手，团旋歌舞以为乐。"这里所记载的"团旋歌"可能就是"窝仁仁"。木公也有诗记载："官家春会与民同，土酿鹅竿节节高，一匝芦笙吹不断，踏歌起舞月明中。"这显然是春节期间百姓以鹅管吸酒，奏葫芦笙，跳集体唱歌起舞的真实写照。清代诗人也多有民间歌舞的描写，如杨品硕的"白沙州里歌来去，卜拜年年不误期"。和柏香的"土主爱听土人曲，万声齐唱'落梅田'"。"落梅田"就是指流传至今的纳西族音乐舞蹈——"默畏达"。民歌的产生、发展、变化与民众的生产生活密切相关，物质是第一性的，艺术产生于劳动。这与鲁迅先生在论及关于文学起源时提出的"杭育杭育派"是一个道理。但我们必须又看到，虽然所有艺术的产生、发展都离不开生产劳动，但并不能以艺术发生的共性来看待艺术发展过程中的多元性、变异性的特点。如同样是纳西族的"窝仁仁"，但丽江的大东、鸣音、塔城、太安，乃至迪庆的三坝，宁蒗等地的"窝仁仁"存在不同程度的文化差异，这与地方的交通地理、语言方言、经济发展、社会发育程度相关。进入阶级社会后，音乐艺术逐渐从宗教、巫术的附庸中独立出来，并开始与社会上层艺术与文人艺术相区别。维新、塔城、永宁等地的纳西族受藏文化影响，藏族的锅庄舞音乐、热巴舞音乐传播到纳西族地区，同时融入了本民族的特色，从而丰富了纳西族民歌。

一　关于纳西族民歌类别的划分

分类有法而无定法，民歌分类也是如此。每个民族或地区的民歌只能根据其特定的历史文化、经济基础、地理环境等因素来划分类别。纳西族是一个酷爱唱歌的民族，它的民歌种类也是多种多样。从艺术体裁来分，可以分为叙事歌、短歌、山歌、田歌、小调。从其内容类别可分为山歌、劳动歌、习俗歌、情歌、丧歌、儿歌、牧歌等。舞蹈歌在纳西族民歌中较为普遍，其概念范畴涵盖了上述大部分民歌类型，所以根据这一特点可分为舞蹈歌曲与非舞蹈歌曲两大类。另外从地域上来划分，西部方言区纳西族主要指原丽江县范围、迪庆州、西藏境内纳西族地区，东部方言区纳西族主要指泸沽湖区域的纳日人（摩梭人），纳西族民歌据此可分为东西部纳西族民歌。也有从歌曲的内容长短、规模、影响来分类的，如大调、小调，代表性的传统纳西族民歌大调有三大欢乐调——《烧香》《猎歌》《赶马》，三大相会调——《雪柏相会》《蜂花相会》《鱼水相会》，还有苦情调等。当然，这种划分也有不同的看法，纳西族著名民歌专家和民达认为三大欢乐调应该是《金筝之歌》《猎歌》《赶马》，《烧香》应该单独列出来，《烧香》内容丰富多彩，涉及过年过节烧香、起房盖屋烧香、祈福求神烧香等内容，且与《盘歌》多配合来唱。①

---

① 根据 2017 年 9 月 29 日和民达在《纳西族民歌唱诵本》发布会上的讲话稿整理。

　　一般说来，所谓的传统民歌是与特定的社会经济基础、政治制度、社会思潮紧密联系在一起的，譬如五四运动时期的白话文运动是与反封建运动是内在统一的，西方的文艺复兴运动与资产阶级革命相呼应。这就是说，纳西族民歌的新旧划分只能以其历史上重大的转折事件为标志。如上所言，清代对于纳西族而言是个笼统的概念，就纳西族历史而言，仍属于传统社会范畴。具体而言，1723 年发生的改土归流也只是由原来的封建领主制过渡到封建地主制，就社会政治、经济制度而言并不能说是发生了革命性转折，但这一时期由于封建地主经济制度的建立，加速了纳西族地区与内地接轨的历史进程，推动了地方经济的发展，茶马古道贸易进入一个历史繁荣期，从而有力促进了纳西族传统民歌的充分发展。清王朝覆灭，中华民国的建立，对于纳西族社会而言具有转折性的历史意义，尤其是从五四运动爆发到 1949 年全国解放，是纳西族从传统社会进入现代社会的过渡时期。这一时期，内地的反帝反封建思想以及新文化迅速传播，反抗封建统治的地方起义此起彼伏，一批有志之士到国外留学，带回来新的思想与教育制度。抗日战争爆发后，地处茶马古道中转站的丽江古城兴盛一时，极大地推动了地方经济的发展……这些社会制度的变革，文化思潮的传播，社会经济的发展客观上推动了传统民歌的新转型，最突出的一个表现是"旧瓶装新酒"——以传统民歌形式传播新思想。"丽江及其纳西族地区，都有大批受到人们欢迎的民间歌手，他们熟练掌握着本民族的传统大调，又善于即兴创作，在群众中享有很高威望。地下党充分运用了民歌这一纳西族群众喜闻乐见的形式发动群众，有意识地培养了一批歌手，使他们在实际斗争中得到锻炼和提高，著名歌手和顺良、和锡典，就是这一时期崭露头角的。"①《纳西族文学史》中把五四运动爆发到 1949 年新中国成立前夕的反帝反封建时期划入纳西族新文学兴起时期②；而把新中国成立以来的歌唱共产党、歌颂新生活的《阿丽哩》《劳喂歌》《三月和风吹》等民歌称为新民歌。③

---

　　① 和钟华、杨世光主编《纳西族文学史》，四川民族出版社，1992，第686页。
　　② 和钟华、杨世光主编《纳西族文学史》，四川民族出版社，1992，第683页。
　　③ 和钟华、杨世光主编《纳西族文学史》，四川民族出版社，1992，第763页。

二 纳西族代表性民歌述略

(一) 舞蹈歌《热美蹉》

《热美磋》为丧葬舞蹈歌，俗称《窝仁仁》，意为跳飞魔，是在开吊送葬出殡前一晚上唱的。据东巴经记载，"热"是一种长翅膀的精灵，亦是主宰生育之神。它会在夜间飞出来吸食人行将死亡时流出的眼泪及灵魂。为避免"热鬼"作祟伤尸，人们便通宵达旦地在死者家中唱跳《热美蹉》，以示祈求和驱赶它。过去，《热美蹉》只在办丧事时唱跳。现在已演变为年节喜庆时群众自发唱跳的娱乐性歌舞。唱词多为见景生情的即兴编唱。热美蹉在太安、塔城、奉科、大东等地各有所不同。主要表现在起调、伴唱、节奏上面。窝仁仁所演唱的曲调节奏鲜明，高亢嘹亮，气势雄浑，伴有简明跳跃而又粗犷的舞步，具有高寒狩猎游牧民族的气息。窝仁仁演唱也是多声部唱法，一个男歌手先以高声调起调领唱，随后众女以颤音伴唱，众男以雄壮歌声相应和，最后男女合成宽阔的高声合唱。国内著名音乐教育家樊祖荫先生这样评价："（窝仁仁）是我这么多年收集多声部民歌中所发现的唯一的一首真正的对比式的多声部民歌，它是不同形象，不同旋律的，上面的三个音有两种情况，有时候你听起来是低二度，下面是同一个调子的结构，有时候听起来是高五度的，但不管怎么样，它只有三个音，这三个音，女声唱起来是学羊叫，但男声呢，是一种吼声式的……但这两个声部之间是完全不同的对比式的结构。"[①]

(二) 劳动歌《栽秧歌》

纳西语叫"夕独热"。"夕独"意栽秧，"热"意唱曲。源于祭祀谷神的东巴仪式，后演变为在农历五月栽秧时唱的劳动歌。栽秧劳动负荷重，属于集体劳动行为。唱栽秧调可以起到鼓舞干劲、协调劳作之功效。其形式为一人在田边领唱，众人在田间相和。也有的是即兴对唱。栽秧调要求唱腔婉转圆润，"增苴"应用恰到好处，内容活泼生动。丽江栽秧苗调大多

---

① 樊祖荫：《中国多声部民歌概述》，《浙江艺术职业学院学报》2003 年第 1 期。

为单声部唱法。的领唱齐唱。玉龙县塔城乡的栽秧歌为三拍子的男女声三部合唱。唱起来男女声交错，节奏错落起伏，气氛欢快热烈。歌词大意是："五月栽秧天／'热热'唱得欢／待到秋收时／金谷堆成山"。

（三） 山歌小调《谷气》

"山歌"是纳西人在田野、山间、赶马中演唱的民歌，有独唱，亦有对唱。如丽江一带的《谷气》，宝山乡的《拉伯谷气》、永宁纳日人的《阿哈巴拉》、中甸三坝乡的《阿卡巴拉》等。《谷气》是纳西族民间源渊较早、流传甚广的一首古老民歌。它的艺术特点是五言成句，谐音押韵，衬词繁富，韵腔悠长。与其他舞蹈歌相比，它不是以动取胜，而是以质取胜，即讲究内容的博大精深，情节的有机连贯，感情的真挚深沉，语句的平缓悠长。犹如一条表面平缓而流的广阔大江，水下却气象万千，波澜壮阔。因为是独唱形式，对歌手的要求较高。传统的《谷气》歌手唱到兴头，可以唱到通宵达旦，唱者声情并茂，听者如醉如痴，如坐春风。小调顾名思义是结构短小、乘兴而唱、随口而哼小曲调。因演唱者不同，纳西族民间小调可分为：小姑娘唱的《纳西小调》、男青年唱的《打谷歌》、小孩子唱的《唱云雀》、老人唱的《耆老歌》等、永宁纳日人的《歌唱狮子山》等。也有一些是古老的传统小调，如歌唱家乡，思念家乡的《三思渠》。

（四） 情歌《相会调》

在人类艺术长河中，爱情是个永恒的主题。表达爱情的方式多种多样，其中以歌传情是重要的形式，纳西族也不例外。纳西族青年男女情歌的曲调多为《谷气》《喂默达》《时授》，其中以《时授》更为普遍流行。纳西族情歌主要有欢乐调、相会调、苦情调三大调，此处重点介绍相会调。相会调是纳西族传统的古典大调，它最大的艺术特色是拟人化，借景抒情、托物言志，内容上多歌颂为争取自由美好的爱情而坚定不移的战斗精神。著名的相会调有《雪柏相会》《鱼水相会》《蜂花相会》。

《鱼水相会》和《雪柏相会》连在一起传唱，相会调语多譬喻，以"增苴"来比兴，语言韵律优美，内容丰富，情感炽烈，正如下一段是青年男女双方互表心迹的唱段：

　　山上长青松，青松结松子；

　　一子结两壳，壳中有两仁（人）。

　　身像松子壳，心像松子仁，

　　两壳结一处，壳里心连心，

　　一心结到老，两仁（人）是一仁（人）。

（五）其他民歌

　　纳西族民歌还有儿歌《大龙王，下大雨》《团团结棉花》《月亮姆》《盼天晴》《煮牦牛头》《办喜事》《问箐鸡》等；习俗调《请客调》《起房调》《播种调》《催生调》《栽秧调》《结婚调》《丧葬调》等。

三　纳西族民歌的艺术特色

　　1. 从纳西族民歌风格上看，以原丽江县为代表的西部方言区的民歌多悲怨哀伤，婉约含蓄，但这种悲怨是悲中有正音，悲中有感奋，哀而不伤，悲而不绝。《谷气》《喂默达》《窝仁仁》皆是如此，即使是丧葬调《挽歌》，其主旋律表达的是视死如生，生死有常，活者自珍，死者自安的豁达、开明、自信的人生态度。以永宁为主体的纳日人的民歌则奔放明朗，粗犷热情，透露热爱生活与劳动的幸福之情。

　　2. 东西两个方言区的民歌皆染有浓厚的宗教文化色彩。首先是题材上多采纳、借鉴了宗教文化的内容，如殉情调《游悲》是从东巴经典《鲁般鲁饶》发展而来，结婚仪式上东巴所唱的《祝婚歌》纯属东巴经中内容；纳日人歌颂狮子山、歌颂母亲、家庭的歌曲也多来自达巴教的经典。艺术形式上，东巴唱腔与纳西族民歌所特有的装饰音悠长风格是一脉相承的。乐器的使用与宗教信仰也有内在联系，如纳西先民认为死去的人听不到人的说话声，只有音乐才能让死者的魂听得到，所以"小伙子用筚篥呼唤灵魂返回，姑娘用口弦呼唤灵魂返回"[1]。

---

① 〔美〕约瑟夫·洛克：《纳西人的那伽崇拜和有关仪式》，载《国际东巴文化研究集萃》，云南人民出版社，1993，第299页。

3. 衬字、衬词、装饰音的使用较为频繁。古老的纳西民歌《谷气》《喂默达》《游悲》《挽歌》《阿丽哩》都糅合了相当比例的衬字、衬词、装饰音:《阿丽哩》中阿丽哩,阿丽哩,丽丽尤个华华色,华华色,作为起调句,在整个歌曲中循环往复;《谷气》中一开始的拖腔长调"哦——",是每一句歌词唱完以后必须开始的过门,《喂默达》《游悲》《挽歌》《起房调》等皆犹如此。这些衬字、衬词、装饰音的频繁使用,一则保持了歌曲的稳定,易学易唱;二则给歌手充分的酝酿、思考的时间,如《谷气》自始至终皆由一人完成,难度大;三则使歌曲增添了咏叹调的况味,徐唱低吟,意境深沉,言犹尽而意未尽。

4. 增苴在民歌中大量使用。增苴主要是在歌词上表现出来。意为"借字谐音",即上下句必须内容连贯,上句是下句的起兴或比喻,下句是上句的承接、深化。而且下句中的一字必须借用上句中的一字音。此字可同音同意同字,亦可同音异义异字。如"花园牡丹艳,全靠党培育"中的以"丹"韵"党";"大理三塔雄,三中全会好"中的以"三"道"三";"煮豆腐水涨,越涨越开锅"用以形容人们"热情高涨"中的"涨",则是形神兼备而生动形象;"白米掺谷粒,万恶四人帮"中的"谷粒"用纳西话"席四"的"四"取而代之,加上白米中的谷粒本属被淘汰之物,纳汉皆通,恰到好处。民间常以借字谐音技巧的高低来评价歌手的优劣。

5. 纳西族民族音乐唱式、唱腔、唱声、器乐形式多样,不一而足。唱式既有独唱、对唱、合唱,也有轮流盘唱、对唱合唱、独唱相结合;唱腔上既有东巴腔、达巴唱腔、桑尼唱腔,也有丧调哭腔、结婚喜腔;唱声中大部分为单声部,也有多声部民歌,如《窝仁仁》、《栽秧调》、《拔秧调》及《丧调》等;器乐既有民间灵活机动的独奏、伴奏歌舞,也有大型的管弦乐队合奏曲目。

6. 纳西族民歌所独具的润腔方式及演奏方式——"作罗""若罗扣"。"作罗"是指纳西族民歌中唱奏长音的特殊技法,意为慢而长的波音。其唱奏方法是从本音低小二度或大二度的音开始,快速滑至本音来回波动。"若罗扣"纳西语意为"流畅而滚动地放开嗓门唱",是民歌中特殊的润腔方式,起调时声音细小入微,并由此慢慢放开,尽量把音调拖得悠长,以此把歌喉、状态调整到最理想的状态之中。杨德鋆认为，"颤音"是纳西族音乐中最突出、最具民族代表的音乐特征，这一音乐特点源自古人模仿羊的叫声，"窝仁仁"就是最有力的证据。①

7. 从民歌的押韵及格律而言，一般以五言句式、尾韵为主，多比兴手法，程式句法较突出，如白鹤与白云、金鹿与雪山、玉龙山与金沙江、寒风与古柏等。还有一个特点是多"排比叠句，即一节或一段的首句常相同，构成节段之间的成排比。一节、一段结束，尾句常重叠一次，以加强煞尾语势"②。"以物拟人"也是纳西族民歌的一种常见手法，如纳西族情歌大调《鱼水相会》，其主题是歌颂男女主人公爱情的坚贞，但通篇并未见到"情哥哥""情妹妹"这类字眼，甚至连哥、妹都未提及，而是通过叙述鱼与水如何一次次阻隔，又如何一次次经历重重考验得以相会来象征男女主人公的爱情，凸显了纳西族民歌含蓄婉转、细腻深沉的风格特色，同时也彰显了"曲则直""隐则显"的文学艺术效果。

8. 与民间舞蹈相结合也是纳西族民歌一个重要艺术特点。丧葬仪式的出殡前一晚要通宵达旦载歌载舞唱《送丧调》，一开始在孝男的引领下，绕灵三圈，边绕边唱，最后绕到院坝中时，围成一圈，向左绕行唱《窝仁仁》，死者威望越高，参加歌舞者越多，跳的时间越长。结婚仪式上女方家要唱《嫁女调》，男方接亲者要唱《请客调》，迎亲到家后更要载歌载舞，舞步与丧葬调相反，是向右绕行。歌舞结合，由此音乐的节奏、旋律与舞蹈动作是相辅相成的。有学者认为纳西族"打跳"时唱的民歌应视为一种通过舞蹈动作的"音乐符号化过程"③。

（原文刊登于《内蒙古大学艺术学院学报》2017年第4期，

本文集收录的是删节版）

---

① 杨德鋆：《金沙江大湾的旋律——纳西族音乐的颤音多彩》，《民族艺术研究》1998年第1期。
② 郭大烈主编《纳西族文化大观》，云南民族出版社，1999，第401页。
③ 海江：《通过舞蹈动作的音乐符号化过程——浅谈丽江纳西族打跳中音乐与舞蹈动作的关系》，《云南艺术学院学报》2004年第1期。

第七部分　说唱 ——————————

《太姥宝卷》的文本构成及其仪式指涉

——兼谈吴地神灵宝卷的历史渊源

陈泳超　北京大学中文系教授

一　《太姥宝卷》的基本情况

常熟地区宣卷活动最晚在清代中期即已出现，在清末民国时期最为盛行，新中国成立后因政治原因而沉寂，改革开放后又逐渐恢复，目前在当地非常兴盛。其形式大致而言分素、荤二台。素台供奉的是佛祖、观音、祖师等佛道两教知名大神，供品纯素，主讲《香山宝卷》；荤台则供有猪头三牲等荤腥，供奉对象以地方神灵为主，其中又以太姥为尊，其神码必定摆放在中心位置，并常以宣颂《太姥宝卷》开场。

然而，堪称当地神灵宝卷"双璧"的《香山宝卷》和《太姥宝卷》，得到学界的关注程度却有天壤之别。《香山宝卷》因与观音身世密切相关，海内外相关研究非常丰富；而对《太姥宝卷》的专门研究，笔者仅见二种：其一是周凯燕《〈太郡宝卷〉与五通神信仰的变迁》①（下简称"周文"），其二是南京大学顾珏的《苏州上方山地区〈太姥宝卷〉及其信仰研究》②（下简称"顾文"）。这两篇文章虽然都是硕士生的写作，但能敏锐地发现《太姥宝卷》的研究潜力并先着一鞭，具有一定的开创之功。只是各自搜集的《太姥宝卷》文本太少，对文本中隐含的仪式功能也未予特别的重视，本文正是希望在这些方面有所推进。

---

① 周凯燕：《〈太郡宝卷〉与五通神信仰的变迁》，《常熟理工学院学报》（哲学社会科学版）2009 年第 3 期。

② 顾珏：《苏州上方山地区〈太姥宝卷〉及其信仰研究》，硕士学位论文，南京大学，2007。

笔者在常熟地区一共收集到10种《太姥宝卷》，它们除了仪式小段的不同穿插之外，差异仅仅体现在一些细节上，而主干情节却高度一致，故笔者撮其大意，分10个情节单元予以介绍如下。

1. 太姥下凡

太姥原是天宫蜘蛛圣母，与徽州婺源县萧家庄萧员外有夙缘。萧员外富而行善，院君作恶，无嗣，太姥乃下凡替代李氏。【《南游记》卷二"华光来千田国显灵"】

2. 五圣出生

怀孕廿四月，于太始元年九月廿八日卯时生一肉球，被丢弃水中。西天红玉寺火炎王佛救之，用刀划开得一胞五郎君，乃花光菩萨化身，少年时外出，被妙乐天尊收为弟子学习武艺。【《南游记》卷二"华光在萧家庄投胎"】

3. 太姥下狱

太姥在家吃童男女，被龙树法王摄去酆都十八层地狱受苦。【《南游记》卷二"华光在萧家庄投胎"】

4. 救王小姐

五圣灵公回来得知，四处寻母。在泗州青城山，打败石落大仙，救出王小姐，护送回成都，要求建小庙供奉。【《南游记》卷四"华光闹蜻蜓观"】

5. 地狱救母

五圣寻母不得，拜求观音知实情，得妙法，打入酆都，救出母亲，暂居绿水芙蓉洞。太姥仍想吃儿童。观音告知须王母的蟠桃方能治愈。【《南游记》卷四"华光三下酆都"】

6. 偷桃发配

五圣上天偷仙桃回来，太姥吃了，从此茹素。王母发现偷桃，领兵讨伐，观音解劝，玉帝罚太姥母子六人去日出扶桑国沉香树上居住。【《南游记》卷四"华光三下酆都"】

7. 比武娶妻

400年后，五灵公游春到凤凰山，见铁扇五公主大言欺人，打将起来，被铁扇扇出十万八千里，到定风山由黑风师授以定风法术，打败五女，娶为五灵公夫人，同住沉香树。【《南游记》卷三"华光与铁扇公主成亲"】

8. 泗州造塔

隋炀帝时，龟山水母作怪泗州，观音与众神灵设计让其吃面，面条化作穿肠锁力擒水母，将造塔镇妖，塔心务须沉香木。观音便去扶桑向太姥商借沉香，造塔成功，答应将太姥一家迁居苏州享受香烟。

9. 落位上方

五圣与太姥跟观音来苏州，经虎丘、灵岩山等地，香火都不旺盛，后迁至上方山建庙，成为福地，太姥与五圣俱受皇封。

10. 陪神花筵

金元七相等南朝圣众俱上山吃花筵，各建香火庙，保佑众生。

二 对《南游记》的借鉴与改造

通过上述介绍，熟悉神魔小说的读者立即会发现，情节单元1—7显然是对明代余象斗《五显灵官大帝华光天王传》（即《南游记》）中部分情节的借鉴，具体的对应关系，已在上文每个情节单元末尾用【】标注了。对此，"周文"已经有所指明，但脱漏了情节单元4，其实该情节单元是对《南游记》卷四第一回"华光闹蜻蜓观"的改写，连受害女子的籍贯也都是成都，而妖怪的名字"石落大仙"，显然来自于该回目中的"落石大仙"。

除了上述作为基本情节的单元之外，许多细节也直接源自《南游记》，像五灵公用金砖对敌、让对手拔金枪赌赛输赢等等；甚至，其中涉及的诸多神名地名，诸如"红玉寺火炎王佛""龙树法王""凤凰山玉环圣母"，也显然来自《南游记》中的"洪玉寺火炎王光佛""龙瑞王"①"凤凰山玉环圣母"等。

吴地宝卷中的五灵公，乃是"五通/五显"神②的本地异称。关于五通

---

① 吴方言中"树"与"瑞"音近，"缪本"作"龙如法王"的"如"，亦同音。
② "五通"与"五显"有同有异，关系复杂，本文不事纠缠，一律以"五通"称之。

神的渊源演变，经过捷克学者蔡雾溪①（Ursula – Angelika Cedzich）、美国学者万志英②（Richard Von Glahn）以及中国学者贾二强③等人的众多考辨，其脉络已经相当清晰了。五通与华光、马元帅几个神灵之间互有异同，而《南游记》中的华光，相当部分即为五通神的叙事延伸，因此《太姥宝卷》借鉴《南游记》，就像近代民间信仰多借鉴《封神演义》一样顺理成章。

但《太姥宝卷》毕竟不是《南游记》的节选本，它并不一味照抄《南游记》中的相关段落，而是根据本地对太姥和五灵公的信仰实践，重新创编的一部自足的地方神灵宝卷。它不仅减省了《南游记》中太多拉杂的夸诞事迹，而且对人物关系也有所调整。比如《南游记》中的华光始终是一个人，虽然一胞五胎，但另外四个诞生后就直接出门修炼，真正留下活动的只有华光一人，这其实曲折反映了五通神到底是一人还是五人的历史纠葛。而《太姥宝卷》中虽明确说五灵公乃"花（华）光菩萨化身临凡"，但当地坚信五通神乃是五人，所以始终以五兄弟面目出现。至于《南游记》中五兄弟出生之后还带出一个妹妹"琼娘"，乃是照应书中琼花故事，她在吴地信仰中没有功能，故宝卷将之直接抹去了。此外，《太姥宝卷》中还有一些机智的发明。在《南游记》中，华光的生母乃是"吉芝陀圣母"，原本是个被镇压的妖怪，被华光莽撞放走后投身下界作孽。她在《太姥宝卷》中则被改造成上界天宫御桃园中金莲座上的一只蜘蛛，"蜘蛛"一名，显然是对"吉芝"的音变联想。可"吉芝陀"本来是一个专有名词，无法拆分，现在拆出"吉芝"二字，"陀"字便没了着落，一些文本中仍以"蛣蛛屠圣母""结蜘度圣母""蜘蛛屠圣母"称之，显然这个"屠（度）"是个历史遗留物（survival）。而另外一些文本索性以"蜘蛛"或"蜘蛛精"称之，当是长期失忆后破旧立新的断然之举。更有趣的是，《南游记》中的萧员外

---

① Ursula – Angelika Cedzich, "The Cult of the Wu – t'ung/Wu – hsien in History and Fiction——The Religious Roots of The Journey to the South" in David Johnson（ed.）, *Ritual and Scripture in Chinese Popular Religion：Five Studies*, Berkeley：Chinese Popular Culture Project, 1994.

② Richard Von Glahn, *The Sinister Way：The Divine and the Demonic in Chinese Religious. Culture*, Berkeley and Los Angeles：University of California Press, 2004.

③ 贾二强：《说五显灵官和华光天王》，《中国典籍与文化》2003 年第 3 期。

只是一个凡人，但在一些《太姥宝卷》文本中，为了强调他与太姥的夙世因缘，就给他添加了"螟蛉屠圣公下凡"的身世，而这个"螟蛉屠圣公"，显然是"蜘蛛屠圣母"的联类推想，显示了民间文学惯有的天真机趣。

不止于此，对太姥名字的改动，更深层的用意还在于祛除她在《南游记》中的妖怪身份，尽量将神灵塑造成正面形象，"蜘蛛""螟蛉"虽然只是小小昆虫，但却是上界天宫中的真灵，自然不同凡响。事实上，这样祛魅求正的努力，充斥着《太姥宝卷》的全文。五灵公来自五通神，该神在历史上颇有劣迹，但在《太姥宝卷》里，还是要尽可能为他们正面说话的。关于《太姥宝卷》祛魅求正的用心，"周文"中多有提及，此不赘述。

尤为重要的是，从上述各情节单元与《南游记》的对应关系可知，《太姥宝卷》并非完全按照《南游记》的顺序来安排情节。从情理上分析，情节1、2、3、5、6是《太姥宝卷》的主体，在交代太姥和灵公的来历之后，主要围绕灵公救母展开情节，逻辑与时序井然顺畅，也都与《南游记》顺序相符。而情节4"救王小姐"和情节7"比武娶妻"，是与主线相对疏离的插入段，其位置就不必非常固定，因而与《南游记》的顺序颇有不同，却正显示了宝卷文本的特定功能。

"救王小姐"这一情节单元，以单纯的文学叙事眼光来看，它对"灵公寻母"这一叙事主线毫无用处，只是途中发生的一起孤立事件罢了。它在《南游记》中的功能在于让被救小姐为之建庙供奉。事实上，"显灵—供奉"是神灵信仰得以发生的常见套路，在《南游记》中就出现多次。而在《太姥宝卷》中，情节虽然大为简化，但"显灵—供奉"的功能丝毫未变，而且它不同于《南游记》那样的一般性供养，它是要为吴地民间信仰里五灵公乃"树头五圣"的地祇属性，以及"三尺一箭、彩板画像"这样奇特的供奉形式提供合法性的。明代晚期吴县（一说常熟）人钱希言《狯园》卷十二里记载：

树头五圣

苏杭民间，凡遇大树下架一矮屋如斗大，绘五郎神母子弟兄夫妇于方版上，设香烛供养，以时享之不废者，此名树头五圣。①

而这样的信仰方式，至今还在常熟有所遗留。凡供养太姥或灵公之家，一般都设有"庄台"，以代替"三尺一箭"的小庙，仍不塑像，但也不直接画神像，而是有宣卷先生画一个"塔符"贴在墙上，可见其传承中又有变异。因此，这一情节单元的功能主要不在叙事，而在于对地方信仰实践的直接说明，这才是吴地神灵宝卷叙事的核心特质。"比武娶妻"的情节单元也是如此，在吴地信仰中，五灵公和五夫人是必须同时供奉的，因而《南游记》中的一个铁扇公主在《太姥宝卷》中就必须变成铁扇公主五姐妹了。

三 新创情节的仪式功能

为本地信仰仪式服务的叙事功能，在《太姥宝卷》情节单元 8—10 中体现得尤为充分，因为这部分情节完全脱离了《南游记》，应该是吴地信众的独立创编。

当然，所谓创编也不是完全凭空拟想，它还是有一些借鉴的。情节单元 8 "泗州造塔"，就借鉴了龟山圣母水淹泗州的著名故事。此故事源远流长，至迟在南宋王象之的《舆地纪胜》中已见记载②，且其影响遍及全国，在俗文学中多有展现，详情可参刘康乐《泗州水母传奇新论》。③ 在《太姥宝卷》中，这个情节段落本身没有任何创新特色，其重点仅在于借观音镇服水妖的故事，引出叙事和仪式两方面的功能。从叙事角度说，之前太姥和灵公一家居住在海外扶桑国沉香树上，现在观音要来借用其沉香树，并答应在富庶的苏州地区为之重新建庙供奉香火，这样就为太姥一家的落户吴地，提供了合法缘由。这还在其次，更重要的是其中的信仰仪式功能。

观音借沉香是为了造塔，除了佛塔可以镇妖的一般观念之外，这里更

---

① （明）钱希言著，栾保群点校《狯园》，文物出版社，2014，第 385~386 页。

② "圣母井 在龟山灵济庙内，俗传泗州僧伽降水母于此。水母洞 在龟山寺，俗传泗州僧伽降水母于此。"载（宋）王象之：《舆地纪胜》，卷第四十四，文海出版社有限公司，1971，第 320 页。

③ 刘康乐：《泗州水母传奇新论》，《中国俗文化研究》第七辑，2012。

须揭示造塔叙事对于吴地太姥信仰的直接功用。① 事实上，作为吴地太姥和五灵公香火祖庭的苏州上方山（一名楞伽山），其标志性建筑正是山顶的一座七级宝塔。此塔原为建于隋代的舍利塔，最晚在明代中叶，已经成为五通神繁盛的香火地，且虽屡经废毁、重修，却始终保持着内木外砖的材质结构。明末张世伟《重修上方塔碑记》说：

> 今之上方塔，盖即隋大业四年吴郡太守李显所建横山顶舍利灵塔……历唐宋迄我明，修废不一，可考者，易塔心木，木穷而刻砖见，并见珠宝舍利等物，则大明正统年间事焉。其再毁则崇祯壬申之六月，再修则丙子之五月……而塔铭中云此山为古之佛殿，则塔之附寺其来已久，独不见有所谓五显神者，不知始自何时。②

此段中的"塔心木"和"五显神"，显然与《太姥宝卷》遥相呼应。更重要的是，泗州水母故事是唐宋以来才渐次出现、传播的，一般不提是何时代背景，《太姥宝卷》诸版本却都明确说是"隋炀帝时"，若非应和上方山塔的创建时代，笔者实在找不出理由了。事实上，后代延续至今的上方山信仰格局，是将太姥塑像直接安放在上方塔的第一层门洞里，而五灵公及五夫人则在塔下空地上建庙祭祀，这就难怪常熟民众会以"塔符"来代替太姥一家的神灵画像而予以供奉了。而且在吴地信仰中，太姥本身具有镇服邪祟的极高法力，许多信众遇到邪祟时，会由巫觋及宣卷先生一起到上方山塔前向太姥求助祛魅，可见对于塔的叙事多么具有现实仪式的针对性。

不仅于此，在《太姥宝卷》中，造塔情节除了散文叙事外，会特别加入长短不等的韵文唱段，通常唱七层，也有唱十二层、十三层的。这正好显示了泗州塔与上方山塔的错位映照关系，因为上方山塔是七层，而泗州塔据记载是十三层。③ 而且，宝卷中通常会说水怪是被镇压在塔底或者塔上

---

① "顾文"中对此已有提及，但尚未到位，本文不避嫌疑合而论之。

② （明）张世伟：《张异度先生自广斋集》卷一，《四库全书禁毁书丛刊》集部162，北京出版社，1997，第181～182页。

③ "余自幼闻长老言，京师地方与泗州塔尖等，泗州塔一十三级，每级高一丈，是京师地形比泗州高一十三丈尔。"载（宋）袁文《瓮牖闲评》卷三，中华书局，2007，第56页。

的某一层，而其他各层都有各种佛道神灵镇守着，许多唱段里还将《太姥宝卷》中的主要"人物"都分别安置于塔上某层。这样的安置不单表明神灵的合法性，而且直接具有仪式功能。从民间宣颂《太姥宝卷》到造塔这一段是最为热闹精彩的部分，宣卷先生、和佛人员以及在场的所有人，包括主家及其亲友邻居，都会一起合唱，福德均沾，形成一个高潮。这一段也有专有名词叫《造塔调》，有些宣卷先生甚至将之单列出来，形成专门的科仪卷，便于使用，所以有些《太姥宝卷》文本反而不再抄录造塔唱词了。

正是基于造塔一事的重要性，笔者认为《太姥宝卷》之所以借鉴泗州水母的故事，还有一层内在的理由在于，泗州水母本身就有被镇压在佛塔下的说法。元人陶宗仪《南村辍耕录》卷二十九"淮涡神"载："泗州塔下，相传泗州大圣锁水母处，缪也。"① 文人认为"缪也"而急于辩驳，正可见民间传说的流播广远。甚至其叙事情节很可能也跟《太姥宝卷》差不多。明代吴承恩《西游记》第六十六回"诸神遭毒手　弥勒缚妖魔"中，就提及泗州大圣"昔年曾降服水母娘娘"，而此回目中弥勒缚妖魔的情节，即《太姥宝卷》中观音降水母的模板，只是一个用西瓜，一个用面条来哄骗水母吃下罢了。值得注意的是，此回中孙悟空去拜访泗州大圣时，还对其寺庙和宝塔分别有韵文赞词，其中竟有"五显祠龟山寺"② 的连称，或许泗州水母故事很早就与五通神有所关联，也未可知。

而情节 9 和 10，则空无依傍，完全新创，却最具有信仰仪式的直接功能。

情节 9 主要是交代落位上方山的神圣经历，从苏州郊外的虎丘、灵岩山直到上方山，尤其是最后一程，还特意交代从灵岩山到上方山的一路地名，这样与实际地理一一对应，从感性上大大增加了传记文学的真实性。常熟作为非遗传承人的宣卷先生余鼎君就说："我们宝卷里要是能抓到现实当中能对应的东西，一般都会加进去，表示这个东西是真的。"③ 但此段在不同的文本中繁简不等，有的跳过灵岩山只写虎丘到上方山，有的甚至直接就

---

① （元）陶宗仪：《南村辍耕录》，辽宁教育出版社，1998，第 350 页。
② （明）吴承恩：《西游记》，人民文学出版社，2005，第 798 ~ 799 页。
③ 根据 2016 年 12 月 9 日陈泳超在常熟国际宾馆对余鼎君先生的采访录音。

到上方山，这也说明其根本目的只在证明神灵落位上方山的合法性。

而情节 10 本身连接得很突兀，无论哪个文本，都是横空插入金七总管以及"南朝诸圣神"等芸芸众神的，他们几乎没有情节展演，主要只是上山陪筵，最后在山上建庙，作为太姥的陪神受人供养。事实上，我们从各种记载中可知，上方山上除了太姥和五灵公五夫人之外，确实还有一些陪神，比如马公宋相之类，但到底有多少陪神在山上建庙受供，没有典籍明证，也没人说得清楚。《太姥宝卷》中虽然列出了金七总管、马公、水参庙、刘李周金四大神等几个名目，但通常还是以"南朝诸圣神"或"南朝圣众"这样一个集合名词予以概说，从而将上方山描画成一个以太姥为领袖而包罗万神的"奥林匹斯山"。这与其说是对上方山庙宇群的真实写照，不如说是对以上方山为中心的地方性神灵信仰格局的象征表达。

这里的陪筵行为尤其值得关注。事实上，在常熟地区的民间信仰中，无论在上方山上还是在乡村民户，传统上还盛行一种叫作"花筵"或"茶筵"的仪式活动，一般是主家遇到特别重大的事件，由巫觋看好日子而进行的大规模仪式性酒筵活动，以供奉太姥一家神灵。"花筵"非常铺张，明清笔记中多有"酒海肉山"之说。《太姥宝卷》的情节单元 10，据余鼎君先生说，就是对传统"花筵"的描写。文中一面写当时场景，一面又插入对主家的提示和歌颂，显示文本神界与现实人间的同构情状，也分外凸显《太姥宝卷》的仪式指涉。以《中国常熟宝卷》中揭载的《茶筵科》为例，开筵时所要奉请的诸多神灵："观音大士""萧公筵公""金元七总管""陈沈二府尊神""施相宋相""五路财帛大神"[1] 等等，这正是对《太姥宝卷》情节 10 的具体展示。但如此众多的神灵，其实没有一个宣卷先生能一一道其始末。"花筵"过程中会穿插许多提示行为的科仪小曲，它们既可以单独存在，又可以穿插在《太姥宝卷》的相应位置，比如有的版本将"花筵"场景放置在五灵公与五夫人的婚宴处，有"赏金花""五把扇子""五梳头""三杯酒""献团面饭""献扇""献明镜"等等，唱这些小曲的时候，必定要进行相应的仪式动作，比如"献明镜"之类。

---

[1] 常熟市文化广电新闻出版局编《中国常熟宝卷》，第 2205～2206 页。

四　神灵宝卷的历史渊源

以上通过文本细读，已将《太姥宝卷》的文本构成及其包含的仪式指涉揭示清楚，下面要提一个问题：《太姥宝卷》产生于何时呢？

据车锡伦先生《中国宝卷总目》的著录，《太姥宝卷》有明确时间标示的是 1943 年。笔者所据 10 种宝卷的最早标示时间是 1946 年，这当然只能说明其时代下限。"周文"考虑到吴地宝卷整体上在清末民初的繁盛历史以及《太姥宝卷》中包含民国时期的风情小曲，认为应该产生于"清末或民国时期"，这是一个稳妥但过于保守的推论。我们知道，宝卷因为用于宣颂，易于破损，故经常需要重新抄录。而其文本又不具有佛道宗教经卷那样的严格要求，一些不太重要的部分尤其是那些松散的插入段，字句变化非常随意，像《中国常熟宝卷》里记录的一首《献妆小曲》，可以唱出"分田到户""要做万元户"①之类的时事流行语，这些都只能被视为演变的痕迹。但其核心情节，尤其是其中包含的信仰和仪式的关键点，是相当稳固的，否则就毫无神圣性了。

比如神灵的圣诞日。在《太姥宝卷》中，大多说五灵公的生日是"太始元年九月廿八日卯时"，个别说是"初八"或"十八"的，很可能是笔误。这个生日最晚在宋末元初即已确立，长期以来一直流传；因为后来上方山太姥的神性大于五通，所以有时也会被误认为是太姥的生日。《穹窿山志》卷二有《福神显化》一文，其中记载民女代神传话就说："九月廿八日系上方圣母圣诞"②，可见俗信之盛。后来很可能是因为汤斌的严厉打击，之后复兴的上方山太姥和五通信仰，就逐渐改在每年的八月十八，与著名的"石湖串月"风俗混在一起以遮人耳目，至今依然，甚至许多香客认为此日乃太姥圣诞。而《太姥宝卷》中不用八月十八却沿用九月二十八的生日，或可推论其创编当早于清末。

再比如五通封号。五通神宋代以来有很多次皇封，爵位越来越高，宋孝宗乾道三年（1167）加封八字侯，淳熙元年（1174）始封公爵，皆以

---

① 常熟市文化广电新闻出版局编《中国常熟宝卷》，第 2356 页。
② 《藏外道书》第 33 册，巴蜀书社，1992—1994，第 456 页。文中纪年为康熙五年（1666）。

"显"字开头，故称"五显"，之后又累封至于八字王、圣诸名号。但上方山五通神的封号却始终以侯爵自居，名号也很奇特。《穹窿山志》卷二《福神茹素小记》中说："（上方山）山有五侯，福、宁、嘉、康、休。"① 此乃乾道三年五通所封八字侯各自的最后一字，顺序略有差异，可见它们是上方山五圣的专名。高万桑（Vincent Goossaert）还列举了五侯的完整神号：

> 上方永康侯欧野四灵公
> 上方永宁侯花果二灵公
> 上方永福侯通灵大灵公
> 上方永嘉侯财帛三灵公
> 上方永麻侯风雅五灵公②

笔者所据《太姥宝卷》中都称"五圣侯王"，有些版本更直接说是"福宁加康侯王"，显然也是有所脱漏的历史遗留物，其历史至少可以上推至明清交代之际。

从圣诞日和封号这些信仰标志的古老性来看，《太姥宝卷》应该有更早的信仰源头，由此观照其文本形成时间的上限。"顾文"仅根据它多借鉴《南游记》这一特点，就认为应该在《南游记》之后的"明代后期"，自然有些轻率。若从吴地宣卷活动的历史记载及实物留存来看，尚无证据支持；但若从宝卷所叙内容来看，或许并非全无参考价值。本文要追问的正是：《太姥宝卷》的叙事内容应该产生于何时呢？换句话说，该情节叙事必须与宝卷文体同时产生吗？在《太姥宝卷》产生之前，会不会已经有别样的仪式性文体在叙述类似的情节呢？

这正是宝卷的仪式功能给予笔者的最大启发，因为在宝卷之前，类似的仪式早就存在了，请看两条明代中期对吴地太姥信仰活动的文字记载。

其一见于黄炜《蓬窗类记》卷五：

---

① 《藏外道书》第 33 册，第 453 页。文中纪年有辛丑，当为 1661 年。
② 高万桑：《清初苏州的道教和民间信仰》，《清史研究》2015 年第 1 期。

祛惑纪

……吴下多淫祠。五神者，人敬之尤甚，居民亿万计，无五神庙者不数家。庙必极庄严，富者斗胜相夸。神象赭衣，冲天巾，类王者，列于左；五夫人盛饰如后妃，列于右。中设太夫人，五神母也，皆面南。贫者亦绘于版，奉之曰"圣版"。迎版绘工家，主人赍香以往，乐导以归，迎象亦然。至则盛设以祀，名曰"茶筵"，又曰"待天地"。召歌者为神侑，歌则详神出处灵应以怵人。自后主人朝夕庙见，娶妇不祀庙，不敢会亲友。有事必祷，祷必许茶筵祈神佑，病愈讼胜，咸归功之神，报礼不敢后。苟病死讼败，则曰心不诚耳，罔出一语为神讪。中人之家，一祀费千钱，多称贷为之。①

其二见于陆粲《庚巳编》卷五：

说妖

吴俗所奉妖神，号曰"五圣"，又曰"五显灵公"，乡村中呼为五郎神……五魅皆称侯王，其牝称夫人，母称太夫人，又曰"太妈"。民畏之甚，家家置庙庄严，设五人冠服如王者，夫人为后妃饰。贫者绘像于板事之，曰"圣板"。祭则杂以观音、城隍、土地之神，别祭马下，谓是其从官。每一举则击牲设乐，巫者叹歌，辞皆道神之出处，云神听之则乐，谓之"茶筵"。尤盛者曰"烧纸"，虽士大夫家皆然，小民竭产以从事，至称贷为之。一切事必祷，祷则许茶筵，以祈阴佑。偶获佑则归功于神，祸则自咎不诚，竟死不敢出一言怨讪。有疾病，巫卜动指五圣见责，或戒不得服药，愚人信之，有却医待尽者。又有一辈媪，能为收惊、见鬼诸法，自谓"五圣阴教"，其人率与魅为奸云。城西楞伽山是魅巢窟，山中人言，往往见火炬出没湖中，或见五丈夫拥骈从姬妾入古坟屋下，张乐设宴，就地掷倒，竟夕乃散去以为常……②

---

① 《续修四库全书》"1271 子部·小说家类"，第 617 页。
② （明）陆粲：《庚巳编》，中华书局，1987，第 51 页。

黄炜，吴县人，弘治庚戌（1490）进士，官至刑部郎中。陆粲（1494－1551），字子余，一字俊明，号贞山，长洲（今苏州）人，嘉靖五年（1526）进士，时代与黄炜相近而略后。这两条记载，几乎条缕相应，若非互有参考，或可说明苏州地区对太姥五通的信仰已具非常鲜明的特色，很容易被时人共同感知。

从这两条记载可以发现几个特点：首先，太姥和五通神信仰在吴地已经非常普及，主要的神灵形象是五灵公、五夫人和太夫人，其中太夫人俗名"太妈"，神位居中，显然最受尊崇。吴地的五通神信仰，多数来自婺源，此前都以五通神为主神，其父母、夫人甚至还有妹妹等，都只是毫无特色的陪祀，但在明代吴地却以太姥为主神了，这正体现出五通信仰的地域特色。其次，彩绘"圣版"，正与《太姥宝卷》里所谓的"彩板画像"相合。再次，频繁而盛大的"茶筵"活动，每事必祷，耗费极巨。最后，苏州城西的楞伽山即上方山，乃是太姥五通这班神灵的栖身之处。上述特点都与《太姥宝卷》以及相关"茶筵"科仪卷本密合无间，直至今日也没有太大变化。更为重要的是，在"茶筵"仪式上必须"召歌者为神侑，歌则详神出处灵应以怵人""巫者叹歌，辞皆道神之出处"。明代后期嘉定人李流芳甚至说："其赞神之词，叙置始末甚详甚异，不知何所本，大要巫者傅会之耳。"①，所谓"叙置始末甚详甚异"，说明已经形成较为复杂成熟的叙事模式，这是否可以看作是《太姥宝卷》文本的叙事先声呢？而且，吴地这样的"歌者"，恐怕已经是职业或半职业的了，据明末周清原编辑的白话小说集《西湖二集》中《吹凤箫女诱东墙》载：

> 话说这杏春小姐害了这相思病症，弄得一丝两气，十生九死，父母好生着急，遍觅医人医治；还又请和尚诵经，道姑画符解禳，道士

---

① 明代后期嘉定人李流芳《檀园集》卷八《重建五方贤圣殿疏》中也记录了类似的信仰民俗，其中说道："吴中祀神，皆设圣母、五侯、五夫人位，洁粢盛，陈歌乐，婆娑累日夕。其赞神之词，叙置始末甚详甚异，不知何所本，大要巫者傅会之耳。"见（明）李流芳著，嘉定区地方志办公室编《嘉定李流芳全集》，上海古籍出版社，2013，第225页。原标点有误，此为笔者自定，因其写作时间不能确证在《南游记》之前，仅补录于此以备参考。

祈星礼斗，歌师茶筵保佑。①

此处将"歌师茶筵"与"和尚诵经，道姑画符解禳，道士祈星礼斗"并称，足见是专门行当了。

余象斗的《南游记》，通常认为应该成书于 17 世纪初期前后，那么这两条记载，时间上要远早于《南游记》，自然不可能去借鉴它。或许《南游记》的编撰，反倒借鉴过吴地"歌师茶筵"的"赞神之词"，因为《南游记》本身就是借鉴各种通俗神传文本来设想的。像元人所作《新编连相搜神广记》中的《五圣始末》《灵官马元帅》等篇目，显然是它的直接来源，尤其是《灵官马元帅》，几乎可以视为《南游记》的情节梗概。至于华光与五通神的关联混淆，也从南宋开始即已发生并不断在各种通俗文艺中有所展示，详情可参贾二强《说五显灵官和华光天王》一文，此不赘述。

当然，笔者完全无意于推论《太姥宝卷》本身必然早于《南游记》而产生，毕竟当时"歌师茶筵"的具体演唱内容如何，我们不得而知，况且现在流行于太湖流域与太姥信仰有关的民间文艺形式，也不止宝卷一种，至少还有一种叫作"赞神歌"的文体也很盛行。归根结底，从现存的文本实物来看，《南游记》与《太姥宝卷》的时代差距悬殊判然，所以前文笔者还是以《太姥宝卷》借鉴《南游记》这样的定位在叙述。笔者在这里只是想说明：《太姥宝卷》可能借鉴了比《南游记》更早的、本地仪式性的叙事作品，它与《南游记》的相应部分或许都以此类早期文本为其共同源头。吴语地区的神灵宝卷，因其文本特殊的仪式指涉和一定程度的开放特质，很可能其产生、演变，都有类似的隐形历史，这是需要提请研究者注意的。

（原文刊登于《民族文学研究》2017 年第 2 期，

本文集收录的是删节版）

---

① （明）周清原著，周楞伽整理《西湖二集》，人民文学出版社，1989，第 209 页。

说唱文学的活态文本及其传承机制

——以说书为中心

杨旭东　河南省社会科学院中原文化研究杂志社编辑、副研究员

　　由于学科传统、研究方法等方面的不同，说唱文学至少形成了两类不同的文本样态，一种是静态的、固定的，另一种是动态的、变化的，它们共同构成了说唱文学的文本整体。说唱文学文本的特殊性恰恰在于它并不是一成不变的，既有记录在案的静态文本，又有仍在艺人口头传唱的动态文本，两类文本共生并存，并行不悖。古代文学视野下的说唱文学研究已经著述颇多，此不赘述，本文立足于民俗学（民间文学）的学科本位，重点关注活态文本的生成及其传承机制问题。

一　说唱文学的研究概述

　　19 世纪末期 20 世纪初期，西方的文化思潮开始对中国产生影响，政治领域的革新、革命逐渐延伸到学术领域，中国社会掀起了一场以五四运动为开端的"眼光向下"的革命，民族的、民间的文化开始进入中国学者的视野。正是在这一背景下，说唱文学得以受到关注，并逐渐形成了两个学术传统：一是治史，二是研究文本。因此，早期的说唱文学研究主要以文本搜集为主，兼及学术史的研究、梳理，以北大歌谣征集处所搜集的文本和郑振铎的《中国俗文学史》为代表，基本不涉及传承的问题。进入 21 世纪，随着非物质文化遗产保护运动的开展，说唱文学以曲艺或者民间文学的名义进入各级非遗名录当中，传承是非物质文化遗产保护实践的一项重要内容，这就要求在理论和实践两个层面对说唱文学的传承问题有所观照。但从已有的研究来看，由于学术传统的惯性及研究者的学术素养，学界仍

偏向于以史的研究为主，例如蔡源莉①、姜昆②等人的说唱史研究以及盛志梅③等人的某一说唱门类的发展史研究，个别学者考察了表演类非物质文化遗产的传承问题，认为"表演类非物质文化遗产是场上的、现时的和动态的"，这无疑是很有见地的看法④，但缺少进一步的深入探讨。拙作也曾论及北京评书的传承问题⑤，基本也没有跳出模式论的窠臼，对于其内部生成及传承机制的研究仍模棱两可。国外学者如俄罗斯的李福清⑥（扬州评话）、丹麦的易德波⑦（扬州评话）、日本的井口淳子⑧（乐亭大鼓）等人均采用了实地调查的方法，把文本与说唱表演现场结合起来进行研究。他们的研究方法比以往有所突破，但在事关说唱文学的传承机制问题上，只有井口淳子认识到应该从现场表演中把握"传承"与"改编"的问题，但她只注意到了文本本身与传承的关系，忽视了表演手段、现场情景、受众反应等对传承的影响。

实际上，说唱文学有一套复杂的生成和传承机制，文本是最基本的传承内容，除此之外，说唱艺人的各种内部知识、表演技巧、舞台经验、与受众互动等均是传承机制当中不可或缺的部分。

二　说唱文学的文本样态及活态文本的生成

（一）说唱与文本的关系

在中国古代，社会整体的受教育程度普遍较低，具有文字记录能力的人属于少数，下层社会更是如此，包括说唱文学在内的民间文学主要依靠口口相传的方式实现代际传递，这也是民间文学的基本特征。以此推论，

① 蔡源莉、吴文科：《中国曲艺史》，文化艺术出版社，1998。
② 姜昆、倪钟之：《中国曲艺通史》，人民文学出版社，2005。
③ 盛志梅：《清代弹词研究》，齐鲁书社，2008。
④ 王培喜：《表演类非物质文化遗产的学校传承问题探究——以湖北地方戏曲、曲艺等为例》，《湖北社会科学》2010 年第 4 期。
⑤ 杨旭东：《当代北京评书书场研究》，民族出版社，2013，第 209 ~ 212 页。
⑥ 李福清：《三国演义与民间文学传统》，上海古籍出版社，1997。
⑦ 易德波：《扬州评话探讨》，江苏人民出版社，2016。
⑧ 井口淳子：《中国北方农村的口传文化——说唱的书、文本、表演》，厦门大学出版社，2003。

先有说唱活动，后产生文本应不为错，古代文学研究者关于"中国小说起源于早期的说话"的结论，似乎也为这一推论提供了佐证。但也有论者推翻了这一结论，比如，鲁迅就认为："说话之事，虽在说话人各运匠心，随时生发。而仍有底本以作凭依，是为'话本'。"①鲁迅显然是认为先有纸质文本，再有口头说唱，即以"底本"为依托随时生发出口头文本。胡士莹似乎也持此观点，他在《话本小说概论》里说："从南宋到元代，说话和戏剧等伎艺相当发达，因此，当时就有专门替说话人、戏剧演员编写话本和脚本的文人，这些文人有自己的行会组织——书会。"②此论表面是在说书会，却反映了另一个问题，即说书不仅有文本，而且文本有专人撰写。当代说书艺人也印证了这一点，评书印刷本《岳飞传》前言中提道："刘兰芳的《岳飞传》原来是老艺人杨呈田先生传授的。旧本从'牛头山'起，到'岳雷扫北'止，可说三四个月。1962年刘兰芳说过这部书，十年浩劫中，底本焚毁，杨老师也被迫害致死。粉碎'四人帮'后，她完全凭记忆，参照钱彩的小说《说岳全传》及有关资料，在她爱人王印权的协助下，进行了整理、改编、再创作。"③可见，说书的底本是存在的，而且艺人的表演会参考纸质文本的内容。

当然，说书人所用"底本"与文学意义上的"话本"（小说）不尽相同。纪德君认为："话本是记录、整理、加工市井说话人的说话成果而形成的书面文本，主要供人案头阅读之需，似不宜简单地视为说话人的'底本'。说话人的底本，一般比较简略，主要由故事梗概和一些常用的诗词赋赞或其他参考资料等构成。当然，'话本'一旦进入传播领域，并为某些说话人所得，那么也可能会被说话人当作'底本'来使用。"④至于小说（话本）产生之后，说唱与文本之间的关系如何，学界和说唱从业者的观点也比较一致。崔蕴华指出："中国小说最早起源于民间'说话'活动，是'说话'的底本。在长期的发展中，小说又反过来对民间文艺发生影响，如很多

---

① 鲁迅：《中国小说史略》，上海古籍出版社，1998，第68页。
② 胡士莹：《话本小说概论》，中华书局，1980，第65页。
③ 刘兰芳、王印权编写《岳飞传》，春风文艺出版社，1981，前言第2页。
④ 纪德君：《宋元"说话"的书面化与"说话"的底本蠡测》，《广东技术师范学院学报》（社会科学）2009年第1期。

根据《三国演义》《红楼梦》等改编的鼓词、弹词成为脍炙人口的曲艺名篇。"① 评书艺人连阔如曾说："他们说的书和本儿上要是一样，听书的主儿如若心急，就不用天天到书馆去听，花几角钱在书局里买一本书，几天能够看完，又解气又不用着急，谁还去天天听书，听两个月呀？"② 双方都认为两者是不同的，但说唱受到了小说（话本）的影响则是毫无疑问的。

厘清了说唱（主要是说书）与文本的关系之后发现，在以往的研究中，古代文学研究者和民俗学、民间文学研究者其实是各执一端，虽然各有贡献，但终究存在某种隔膜。这种隔膜在进入非遗时代之后就带来了一定的问题，最大的问题在于缺乏对说唱的完整认知，无法真正探究其内部规律。而非遗时代的使命不是在两个学术话语系统之内保护各自认为有价值的文本，而是要让这些成为遗产的文本在满足人类的精神文化需求方面继续发挥作用。前者除了秦燕春③、纪德君④等人将研究的视角从案头转向文本生成、传承的现场之外，大多并未将"随时生发"的口头文本纳入研究范畴中。但对"现场"的价值发现并不意味着告别"案头"，海外学者易德波的看法可能更有启发性，她认为"书面性和口头性这个二分法的概念常常不一定是互相排除的，而是互相包括的"⑤，活态文本的提出意在弥补纸质文本和口头文本的不足，打破两者之间的壁垒，从而建立一个更加完备的说唱文学文本体系，这个体系涵盖了各种文本样态。每一种文本的存在样态都有其独特的价值，但所有文本样态的源头应该是说唱艺人的现场表演。如果我们把不同的文本样态并置，既可以发现一种历时的变迁脉络，又可以从一种共时的交叉互动中获得对说唱文学的新认识。

（二）说唱文本的类型

根据存在样态，说唱文本大致可以分为以下三种类型：

---

① 崔蕴华：《从说唱到小说：侠义公案文学的流变研究》，《明清小说研究》2008 年第 3 期。
② 连阔如：《江湖丛谈》，当代中国出版社，2005，第 266 页。
③ 秦燕春：《晚清以来弹词研究的误区与盲点——"书场"缺失及与"案头"的百年分流》，《苏州大学学报》2004 年第 1 期。
④ 纪德君：《从案头走向书场——明清时期说书对小说的改编及其意义》，《文艺研究》2008 年第 10 期。
⑤ 易德波：《扬州评话探讨》，江苏人民出版社，2016，第 9 页。

第一种是纸质文本，它主要包括从唐宋说唱文学兴盛一直延续到新中国成立后各个不同历史时期的话本及评书出版物。印刷术发明后，大量话本得以记录、印刷、流传下来，正因为如此，纸质文本的存在本身就有传承的意义和价值。无论是历史上流传下来的话本，还是新中国成立后出版的评书读本，它们的出现并大量存在，是说唱文学繁荣的表现，也极大地推动了说唱文学的发展。但无论是古代文人记录或改编的话本，还是民俗学民间文学从业者记录下来，抑或说唱艺人根据记忆整理出来的口头文本，将口头文本转换为文字过程中的加工润色不可避免地流失了大量的文本信息。

第二种是电子文本，它主要是指依靠电子媒介对说唱文学的声音、影像进行记录的可听或可视文本。随着媒介传播技术的发展，特别是非物质文化遗产保护工作的开展，越来越多的数字化手段被用于说唱文学的表演、传播和记录当中去。与传统社会相比，电子文本的出现增加了说唱文学被学习、传播、保存的途径，例如，互联网聊天工具某种程度上扩宽了说唱文学的传播范围，吸引了更大的受众群体，提高了被传承的概率。但电子文本在利于保存、传播的同时也减少了受众与艺人在现场的互动交流机会以及新文本的生成可能性。

第三种是活态文本，它是说唱艺人每一次现场表演过程中所产生的文本，是从纸质文本到口头文本之间的过渡文本样态，始终处于生成过程中，最能代表说唱文学的本来面貌，完整地保留了文本所携带的全部信息。说书艺谚云："十书九不同"，意思就是在对一部书的多次表演过程中，每一次都会产生与之前不同的文本，这句艺谚实际上概括了活态文本的最大特征——"变"，这种变化是以固有的文本框架（行话称之为"梁子"，即故事的梗概）为基础的细节上的改动与调整，影响这种变化的因素可能是现场受众的人数、艺人的情绪、台上台下的互动效果等。与纸质文本生成之后的完全静态化和电子文本生成之后的相对静态化相比，现场生成的文本是即时性的和即兴的，除了故事梗概之外，每一场的表演（尤其是说书类说唱文学）都是一段难以预知何时结束、如何结束的文本，活态文本这种极具张力的特质赋予了说唱文学无比的魅力。

（三）活态文本的生成机制及其提出

每一种文本类型都不是孤立的，三种文本类型互相关联、交相互动，两两之间往复生成、反馈，形成一种以活态文本为核心的循环生成机制。

以纸质文本为起点。艺人通过对纸质文本的阅读吸收，将纸质文本转化为个人的记忆文本，台上的演出就是说唱艺人将记忆文本（当然，还必须指出表演的内容并非完全来自于纸质文本，还有来自于师父的传授，下文将详细叙述）进行演绎的过程，进而持续不断地形成活态文本。今天，活态文本的生成往往还伴随着电子文本的生成，几乎每一场书中都有数量不等的影像录制设备在记录演出的过程。比电子文本稍稍滞后的纸质文本（文字稿），一般是在演出结束、电子文本生成之后生成。

以电子文本为起点。电子文本的来源也是多元的，既有现场录制而成的新文本，也有对旧有影像资料的数字化处理后形成的转化文本，这些电子文本借助互联网传播之后，既为普通受众所欣赏，也为说唱艺人所借鉴。如此一来，说唱艺人通过音频、视频等电子文本获得说书的记忆文本，同样再加上师父所传授的内容，成为下一次活态文本生成的文本来源。如上文所述，电子文本的使用途径也是多方面的，既做欣赏之用，也做学艺之用，最终还会产生纸质文本以供读者阅读，也就是电子文本的纸质化，实现了从电子文本到活态文本再到纸质文本的循环过程。

以活态文本为起点。以说书现场为中心，活态文本是纸质文本和电子文本转化的动态表现，另外两种文本的生成都是与之相伴的，一方面，从另外两种文本所获得的资源得以在此呈现，另一方面，从书场产生的新的活态文本又分别形成电子文本和纸质文本。而且活态文本是考量一个说唱艺人成熟与否的重要方面，能够立足文本资源，又有合理突破的活态文本最为受众肯定，这就需要加入受众的因素在其中，也就是说，受众的评价鼓励了说唱艺人对于纸质文本和电子文本的继承和创新，进而形成新的活态文本，同样完成了三种文本之间的转化。

需要说明的是，不同文本之间的互动反馈并不必然表现在每一场表演中，而是从整体上观照它们之间的循环生成机制。不同文本之间的互动反馈促进了文本的常演常新，让这门古老的艺术始终富有活力，而它的活力使得文本具有了潜在的再生能力，这种再生能力表现为书场中不断生成的活态文本。因此，活态文本特别强调的是处于说唱过程当中的文本样态。说唱文学的文本样态是多元的、动态的，即使是纸质文本的流传也并不是一成不变的，而活态文本是介于纸质文本与口头文本转化之间的一种"正在进行时"文本。活态文本的提出，从理论上说，是对纸质文本和口头文本研究的有益补充，从方法上来说，是说唱文学案头研究与田野研究的合流，对于拓展说唱文学的研究具有积极意义。

三　活态文本的传承机制

说唱文学的研究长期以来存在案头和口头分野的问题，活态文本的提出本质上是一种视角和方法的转换，这种转换可以把文献和田野通过活态文本勾连起来，从而使原本通过两条不同渠道流传的文本得以在同一个场域中交汇，这个场域就是说唱表演的现场。说唱文本产生的原初目的和最终价值均是要成为表演的一部分，因此，案头文本与口头文本都是服务于活态文本的生成过程。从这个角度说，说唱文学的核心是活态文本，而活态文本的关键则在于传承，没有鲜活的传承，无论是作为文献的纸质文本，还是新近记录的口头文本，最终都将是一种静态的文本读物。而活态文本的存在则意味着这一文化形态的生命力的延续，这也是强调其传承机制的意义所在。

论及传承，在民俗学（民间文学）、艺术学以及其他相关学科的研究中多是类型划分式的结论，例如刘锡诚先生的四种传承类型说[1]；高荷红关于满族说部传承的三分法[2]等。就说唱而言，文献研究者几乎忽略了口头传承的存在，而口头文本的研究者则过于强调口传心授的重要性，甚至是唯一性，轻视了纸质文本在说唱文学传承中的作用。仍以说书为例，表演现场文本的再生产过程与传承的过程相生相伴，它的内部有一套复杂的机制，大约可以从传承的观念、空间、手段、内容等方面探知。

（一）厚此薄彼的传承观念

说唱从业者对口头文本和纸质文本表现出厚此薄彼的传承观念，这种

---

① 刘锡诚：《传承与传承人论》，《河南教育学院学报》（哲学社会科学版）2006 年第 5 期。

② 高荷红：《满族说部传承研究》，中国社会科学出版社，2011，第 87 ~ 96 页。

观念主导了具体的传承行为，反映在艺人对于文本师承来源的态度上。"道活"与"墨壳"是说书人的行话，分别指代口传文本和纸质文本，前者被从业者和受众一致肯定，甚至达到某种"崇拜"的程度，后者则被同行和懂行的受众所诟病。之所以对两种文本表现出截然不同的态度，与说唱文学的生活属性有关。传统社会里的说唱艺人，为了在争夺生存资源的竞争中占据优势，需要通过强化自身在同行业领域中的地位和所拥有资源的独特性以吸引受众，而口头文本因不易于示人便成为说唱艺人刻意标榜的资源，这是他们褒扬"道活"的原因之一。还有一个不可忽视的因素在于，说唱艺人的受教育程度普遍不高，只能通过口传心授的方式获得文本，纸质文本的价值因而被艺人贬低或者有意识忽略。随着互联网的普及，新一代艺人获取文本的途径更多，不仅"道活""墨壳"彼此混杂交错，而且电子文本越来越多地被学习、使用，但作为行内人，对于两者的褒贬态度依然分明，甚至视其为衡量一个艺人艺术水平高低的重要指标。

（二）公私相间的传承空间

与戏曲、舞蹈等艺术门类需要特定的传承空间不同，说唱的传承大抵可根据表演时段和非表演时段，将传承的空间分为台前、幕后或者公开、私密两种。之所以强调传承空间的重要性，是因为说唱的传承的确与空间有着很强的内在关联性，深刻影响着学艺的水平和表演的内容两个重要方面。

台前的传承，是在公共空间进行的传承活动。以说书来说，师徒之间少有专门的文本传承，主要通过师父在台上演出，徒弟在台下观摩，成年累月反复熏陶积累而成。因此，如果从传承的立场看整个表演过程，一场演出就是一个传承学习的过程，台上台下的师徒其实是一种传授与继承的关系，由此也不难看出：台前的传承其实是与活态文本的演绎同步进行。幕后的传承，是私人生活空间进行的传承活动。旧时代迫于生存的压力，为了避免他人偷艺（行话称"挒页子"），包括传道授艺在内的日常活动大多发生在师父家庭内部的私人生活空间里。到了现代社会，艺人除去正式演出之外，所有与表演有关的活动，基本也是在家庭内部进行。尽管在当代社会里，信息的共享程度早已打破过去江湖规矩的种种限制，某些艺术的传承甚至是通过学校教育来完成的，但在说唱艺人看来，他们总还保留有某些核心的、极少人掌握的要素或技巧需要通过私人生活空间得到传承，才能够成长为合格的从业者。

（三）动静结合的传承手段

说唱的特殊性在于，单就文本而言，它是文学；就表演而言，它是艺术。因此，说唱的传承，不单单是文本的传承，也囊括了表演手法、表演经验、乐器或道具的使用等方面在内的技艺传承。传承内容的不同决定了传承手段的不同，对说唱技艺的传承更多的需要在肢体上通过对师父或者前辈的模仿、训练来实现，尤其是需要使用道具或者乐器的说唱表演，主要依靠师父在肢体动作上的示范和徒弟的反复训练，其传承手段多是动态的。而对文本的传承更多的是通过记忆而实现，无论是说书现场的长期熏陶，还是阅读文本的强化记忆，这种传承手段相对而言是静态的，主要依靠对听觉的反复刺激或者视觉上阅读文字之后反馈到大脑，实现对文本内容的传递和储存。因此，说唱的传承总体上是以肢体动作为核心的动态传承和以文本记忆为核心的静态传承相结合。

（四）内外兼修的传承内容

就传承的内容而言，说唱的传承分为书里、书外两部分。"书里"是对正书内容的掌握；"书外"则是指说唱从业者和受众所共享的观演习俗。随着时代的发展进步，旧时代带着浓厚江湖气息的说唱文化早就转变为人民大众的社会主义文艺形式，但有别于其他文艺形式的是，曲艺文化所包含的带着某种江湖印记的欣赏心理、欣赏习惯仍然在艺人和受众身上延续。特别是对于小剧场或者书馆的现场表演而言，它不仅是说书艺人展示艺术水平的舞台，也是艺人与受众频繁互动的空间，还是观演习俗的再现之地。一个合格的说唱艺人，不仅要控制好表演的节奏，还要能掌控现场互动的尺寸。特别是小剧场的说唱表演，受众多是一些深受曲艺文化浸染的"老江湖"，他们对于曲艺文本、行内逸闻掌故等内容的熟悉程度不亚于艺人，对这一类受众而言，他们在表演现场不再是满足于表演本身带来的愉悦，而是通过制造互动的时机，要么指出艺人表演过程中的瑕疵（行话称之为"摘毛"），要么为艺人喝彩，以增强现场的紧张感或者愉悦气氛，从而获得心理上的满足。可见，"书外"的传承同样不可或缺，而这一传承的完成则必须依赖于现场的表演过程。

从上述四个方面可以看出，说唱文学活态文本的传承不是哪一种传承模式可以概括，以往那些传承模式的论点只是把复杂的传承过程和机制简单化了。只有真正深入说唱表演的现场才能发现，内部传承机制的复杂在于它总是在活态文本的生成过程中呈现。不仅综合了传承人的内心世界与外部环境的多种因素，而且深深嵌入日常生活、演出之中，并不清晰地表现出一个独立的单元。从业者只有身在表演现场，并对活态文本进行实时的观察和参与才是传承的关键。

四　结语

说唱本质上是一种集文学与艺术为一体的民间文化形式，拥有深厚的民众基础。长期以来，学界把说唱纯粹视为文学或者艺术的做法主要受制于各自学科的局限性，实际上把这一丰富多彩的民间文化窄化了，以至于它不仅在学术研究上总是徘徊于边缘的位置上，而且在现代文明的浪潮中日益从公众的文化生活中退出，其中固然有时代发展的因素使然，也与当下对说唱文学的认知和研究有关。活态文本的提出及其传承机制的研究意在把说唱文学的研究放置在跨学科视野下，伴随着文本的生成与艺人的传承过程，原本归入故纸堆里的文献在说唱表演的现场找到源头，打破了文献与口头各成一家的界限，有助于活化保存于纸面的文字，激活优秀传统民间文化的时代活力。今天这种由政府主导、学者参与的把说唱遗产化的做法仅仅停留在对其价值的发掘和肯定这一较低层面上，而真正要延续其生命力，并让它们继续在生活中发挥作用，则必须深入丰富而又活泼的民间文艺内部，了解并掌握它的内部规律，只有这样，它才有继续成为民众文化生活之一种的可能。

（原文刊登于《文化遗产》2017 年第 6 期，

本文集收录的是删节版）

满族说部的地域及家族传承

高荷红　中国社会科学院民族文学研究所副研究员

满族及其先民，从古老年代起便将根植于祖先崇拜观念沃土中哺育而成的说部艺术称为"乌勒本"。它影响着包括黑龙江以北、乌苏里江以东所有阿尔泰语系通古斯诸民族。这些民族都有信仰萨满教的文化传承史，讲述古代氏族英雄的传说故事习俗极为遥远，都是一笔笔浩瀚的民族口碑文化财富。

作为国家级满族说部传承人，即便退休后，富育光依然将满族说部视为最重要的工作，录音、整理、传播满族说部是其工作的核心。他讲述的说部有一多半源于自己的家族，另一半则与其对满族文化的热忱及不间断地调研，加之自幼生活于有着浓郁满族文化氛围的地域有密切的关系。他为每一部说部都撰写了详尽的调查始末或传承概述，为我们了解其来龙去脉提供了很好的资料。

一　地域传承

我国东北乃至黑龙江以北广袤沃土，世代居住着满族、赫哲族、鄂伦春族、鄂温克族的先世。黑龙江流域、乌苏里江流域及东海窝集部等是满族及其先世世代生活之处，他们创造并流传下来很多关于本民族祖先的神话、传说等，最突出的就是满族说部。

富育光曾自述他一辈子的学术轨迹都与自幼生活的地域有密切的关系，他自幼生长在温馨而浓郁的满族文化氛围中，"及长，迷醉于民族悠远文化，立志进入高等学府深造，回报于本民族。我是幸运儿，我的大半生确实是沿这条路走的。"

　　富育光一直未曾停歇搜集、整理满族文化，其重心因工作岗位不同而有差异。当记者时到处跑，以采风为主；在吉林省社科院工作时，重心为"访萨采红"，兼及其他说部；到民族研究所工作后，其重心是调查东北少数民族的萨满遗存。他曾带领学术团队成员多次到北方民族地区采录萨满祭祀中的传统神歌，除萨满藏有咏唱用的神本外，在民众中不易得到，直至今日满族萨满神本多掌握在该家族萨满或穆昆达手中。富育光出版的大量关于萨满文化研究的著述即为其多年调研的成果。萨满文化调研之艰辛，除了萨满神本自身的神秘性之外，还因社会上长期对萨满教的认识存在误解，甚至遭到非难，致使萨满歌曲蒙上"大神巫歌"之冤，以及重要的地理条件、民族语言的隔阂等诸多方面的原因。20世纪80年代后，吉林省民族文化工作者（主要指以富育光带领的团队）在佟冬院长的极力倡导和殷切指导之下，"徒步深入吉林、黑龙江、辽宁的满族聚居的大小村落，同族人同吃、同住、同劳动，在访贫问苦、田野劳动中得到群众的感动和信任。他们从树洞、地窖和墓地中为我们拿出珍藏多年的萨满祭祀神本、宗族谱牒、说部手抄本和满文书籍、笔记、'二人转'唱本等等。除此，还收集了许多往昔的民俗遗物。经过数年锲而不舍地艰苦努力，富育光的研究团队结交了众多淳朴可亲的各民族文化人士，他们是一群在家族中深受族人敬仰的民族文化中坚，他们专心致志地记录、传讲和保存着本家族积存多年的满族说部。他们本人就是满族说部的存藏人，又是本说部故事的唱讲人和传播人。如数家珍般的满族说部在他们的口中，变得那么生动活泼、栩栩如生、脍炙人口。"正因富育光多年的调研经历，才使得他熟知那些藏于民间的丰富的文化宝藏，也为他传承满族说部奠定了坚实的基础。

　　黑龙江省爱辉、孙吴、逊克诸县，世代为满族和达斡尔族聚居之地，有清以来出现过许多满学大家。满族说部形成的四个以传承人为核心的"传承圈"皆在东北，满族说部丛书出版共51部，其中20余部与富育光有关（第三批刚出版一部分，所以无法确知最后的数量），其余说部讲述范围多在东北，个别有在河北石家庄的。

　　富育光回忆其少年时代在家乡"听过满族吴扎拉氏八十多岁高龄的托呼保太爷爷，讲唱满语《尼姜萨满》……《尼姜萨满》就是民间启蒙教科书。早年，瑷珲和大五家子满族人都有老习惯，逢年过节、婚嫁、祭礼等喜庆吉日，大小车辆接迎南北四屯的亲朋，欢聚一炕听唱说部故事"。"《恩切布库》说部故事最初的传播发源地是在萨哈连哈拉（黑龙江）以北精奇里江一带……最早讲唱完全是满语满歌，而且有优美高亢的声腔曲调。"

《萨哈连船王》是瑷珲城王喜春家族传承下来的，富育光于20世纪50年代拜访王喜春并记录下来，杨青山也能很好地讲述该说部。

我们认为在富育光大脑里，有一张满族说部的分布图，还有一张萨满教的分布图。他用自己的实践，调查与考察呼玛县白银纳乡和塔河县十八站乡鄂伦春族萨满文化遗存情况，多次采访女萨满关扣尼及她的丈夫孟玉林，访问了三四十位对该地区萨满活动知情的老人，如魏跃杰、关扣杰、关永尼等人，察看了萨满神衣、神帽、神鼓、神器、供品等实物，对孟金福、关扣尼的跳神祭祀活动进行实地调查。之后他拍摄了《鄂温克族萨满祭祀》和《达斡尔族萨满祭祀》，在呼伦贝尔草原录制了达斡尔族女萨满平果祭神电视资料。

积年累月与满族文化及少数民族文化的"同呼吸"，富育光能掌握如此多的说部就有了活水之源。

二　家族传承

富育光的家族为东北满族望族，从其家谱上看与萨布素将军有密切的关系。他深受家族祖先及长辈的影响，从祖父母到父母，再到家族的长辈们，多将"乌勒本"视为"祖制家规"。

"我们家族属金代黑号姓浦察氏，即富察氏……家藏除满文宗谱、文档及珍贵的历史文化史料外，讲述满族传统说部'乌勒本'是全家族世代祖制家规。"

富育光作为长子长孙，受长辈的影响很大，自幼也将学唱"乌勒本"视为自己的责任。尤其是祖母富察美容对他说的要有"金子一般的嘴，一颗爱族的心"，他谨记一辈子并以实际行动践行此言：

> 直到22岁考入大学，才远离黑龙江畔大五家子故乡。那里地处边

陲，保持着满族人固有的语言和习俗……我受长辈影响，非常尊敬为家族讲唱说部的人，把他们看成圣人，跟随学说学唱"乌勒本"……凡有此事，我都在奶奶怀里专心默记古歌古闫。我打小聪明伶俐，痴迷学习，总像个小大人一样努力仿效，学说"乌勒本"，晚上睡觉奶奶从我衣裳里掏出不少提示助记用的小石子，备受奶奶、爸爸的慰藉和宠爱……我就是在这样家庭中成长起来，从小会说《音姜萨满》和《萨大人传》说部段子，受到本族二叔和叔叔们夸奖……我热心于满族说部，是牢记奶奶曾说："学说乌勒本，要有金子一样的嘴，有一颗爱族的心。"我暗下决心，像父辈一样，献身于民族文化中去。①

从富察氏家族所世代传诵的满族说部可见其内容广泛宏大，而且所包括的说部历史时限跨度亦很久远：上自远古神话，下至辽金时期契丹和完颜部金源故事、渤海时期故事、前明朱元璋讨元及开国故事以及清朝300余年长城内外的风云故事。上述众多故事，全被糅入本家族世代传讲的"乌勒本"说部之中，其情节与富察氏家族世代先世的兴亡发轫和英雄业绩融会在一起，成为富察氏家族家藏传世的传统说部，以此实例训育子孙、彰显本族的荣耀和源远流长。

富育光讲述的说部深受奶奶的影响，如《飞啸三巧传奇》《雪妃娘娘和包鲁嘎汗》《莉坤珠逃婚记》《西林安班玛发》《奥克敦妈妈》就传承于奶奶。"逢年节时，奶奶最繁忙。车来马去，到处迎请大奶奶过府去讲'乌勒本'……瑷珲和省城卜奎（齐齐哈尔）都知富察美容大名。故此，奶奶备受阖族上下敬慕。"

富育光在《〈奥克敦妈妈〉的传承概述》中记录了祖母是如何将该说部传承至今的：

我瑷珲富察哈喇家族，传讲起满洲给孙乌春"乌勒本"《奥克敦妈妈》，缘起于清光绪末年祖母富察美容之口。

---

① 富育光申报第四批非物质文化遗产国家级传承人文档，2013年1月28日由本人在富育光家中记录。

1940 年，应富希陆之请，奶奶赴先父在任的孙吴县四季屯居住三年，为四季屯满族人家讲唱了多部"乌勒本"，先父皆做详记。1944 年春，奶奶返回故乡大五家子二姑家。当年旧历腊月，奶奶突然病重，先父希陆接信急速由已调任的孙吴镇兴隆村小学乘车返回故乡，探视母病。其间，奶奶偶尔心情兴奋，便愿唱讲各部"乌勒本"选段，以消病缠，其情其韵不减当年。先父与其二姐富察小容及姐夫张石头并其子女月娥、胜斌、胜奎一家，泪听"乌勒本"。

《西林安班玛发》也是由其祖母讲唱后传承下来的：

> 我在童年时，也常听奶奶用满语讲"乌春"，记得也有不少屯里屯外亲戚们来听。本篇《西林安班玛发》据先父回忆，为庆本家族立新房基，恰逢喜迎 1930 年（庚午）除夕，我奶奶唱的，父亲追记的。

《莉坤珠逃婚记》（又名《姻缘传》）是"1935—1946 年间，黑龙江省爱辉县大五家子村著名满族传统说部传承人富察美容（女）及其女婿张石头讲唱的口述轶文。原为满语讲唱"。在富育光童年时，听奶奶多次在族中讲述《兴安野叟传》。"奶奶告诉长辈们，她讲述的文本最初是她的老公公、瑷珲副都统衙门委哨官伊朗阿将军传讲下来的。因故事曲折生动，备受听者启迪联想，回味无穷。如故事中保留许多扣子，耐人寻味。"[1]

我们曾分析过富希陆[2]老人在满族文化传承过程中承上启下的作用，他"因自幼受家族、父母、长辈、民族文化的熏染，深感满族古老文化长期被社会遗忘，无限惋惜，从小就有一股为民族文化复兴的志向。所以，他立志有了文化之后，不到外地做官经商，而是要久住民家，联合有志之士，为将灿烂的民族文化弘扬出去，献出自己的微薄之力。20 世纪二三十年代，他就在农村当小学教员，除教学以外，很长时间都和同族父老耕种、牧猎、

---

[1] 富育光：《满族传统说部——〈兴安野叟传〉传承概述》，未刊稿。
[2] 富希陆（1910—1980），字伯严，满洲正黄旗，出身名胄，晚清授业于本乡满洲官学，民国年间毕业于齐齐哈尔省立中学堂。

生活在一起，体察民情，记录民歌、民谣、民俗和各种轶闻故事。他同瑷珲、孙吴、逊克等地区北方诸友——吴纪贤、程林元、郭荣恩、郭文昌、吴老师（绰号吴大个）等诸先生，长期结伴同行，奔走于大五家子、四季屯、下马厂、黄旗营子、瑷珲、兰旗沟、前后拉腰子屯、吴家堡、曾家堡、大桦树林子、霍尔莫津、哈达彦、车陆、奇克、逊克等村屯。在一起草记了《富察哈喇礼序跳神录》《瑷珲祖风拾遗》《吴氏我射库祭谱》《满洲神位发微》《瑷珲十里长江俗记》等等。所撰内容，不求公之于世，只求传世备忘"。（富育光所记）他将满族文化有意识地记录整理下来，并传给了富育光，富育光目前的很多资料就是从父亲和先哲手中获取的，皆为孤本手抄本。这些资料被富育光很好地保存并运用到很多研究之中，并给他提供了很多线索。我们看到四部说部《天宫大战》《恩切布库》《雪妃娘娘和包鲁嘎汗》《西林安班玛发》都是富希陆采录而成的，而那些地方学者、文化人、说部的传承人如杨青山、白蒙古等都是富希陆悉心结交并将这些文化遗产交付给富育光的。

先父自幼受祖父母的教诲，酷爱民族文化遗产……与各族猎民交友至深，帮助整理家传轶文笔记，记录众多民歌、民谣和讲唱数日数月的长篇口碑传说。[1]

满族传统说部给孙"乌勒本"《奥克敦妈妈》，就是先父与青山爷爷老哥俩，共同追忆、记录、整理重生的。[2]

在我们的一再请求和鼓励之下，父亲于1982年春节团聚时，在四家子村小屋只将文字较短的《苏木妈妈》给回忆抄写出来。

《恩切布库》唱本出自黑龙江省孙吴县满族农民白蒙元，外号"白蒙古"之口……白蒙元讲唱此说部时是在1940年前后，正是日伪时

① 富育光：《满族传统给孙乌春"乌勒本"——〈奥克敦妈妈〉传承概述》，未刊稿。
② 富育光：《满族传统给孙乌春"乌勒本"——〈奥克敦妈妈〉传承概述》，未刊稿。

期，富希陆老人是该村的小学教员。此说部由富希陆老人记录下来，并保存至今。

富育光受祖辈及父辈影响，自己也很努力，他大学毕业后自觉地将这份责任担在肩上：

> 1954 年秋，蒙全村推荐，送我调干考大学……考上了东北人民大学，毕业后按我的志愿从事民族文化抢救大业……在我投身于中国民族学研究中，总是向组织向同仁大声疾呼，不懈努力，把我从童年时候就积聚起来的中国北方生存记忆史，全部口述出来，记录下来。欣逢盛世，为我开拓了平坦大道，三十多年来我风雨无阻地一直向前走着。①

> 时维 1958 年春……回故乡省亲，先父喜迎我这个归乡学子。……老人按照富察氏家族故有的传统旧俗，每逢喜庆必说讲满族说部"乌勒本"，何况族中长老和父亲都知我从小就喜欢说唱"乌勒本"，是出了名的小传讲人。②

从 20 世纪 70 年代开始，富育光的足迹遍及吉林、黑龙江、辽宁、北京、河北、四川等满族聚居的村、屯，他调查满族说部的流传情况，继承其父之事业，"一个屯、一个屯地走"。在搜集的同时，还做了非常详尽的民族学记录：完整的调查提纲、时间安排、田野日记、对实物的描绘，留下了非常珍贵的资料。更为重要的是，他对其中的每一部都反复调查取证，不仅注重口碑的历史，还注重史官所记是否与之相符，不断地对说部进行整理和修改，从而形成了现在他讲述的文本。我们从他撰写的说部传承、采录情况的文章中就可看出这一点。其幼时曾居住过的四季屯、大五家子、

---

① 富育光申报第四批非物质文化遗产国家级传承人文档，2013 年 1 月 28 日由本人在富育光家中记录。

② 富育光：《满族传统给孙乌春"乌勒本"——〈奥克敦妈妈〉传承概述》，未刊稿。

桦树屯等地更是富育光反复去过的地方。近年来唯一一位能用满语讲唱《尼山萨满》的何世环，对满族文化的保存也起到了很重要的作用。

经过多年调研，富育光在爱辉、孙吴地区，发现近世满族说部的传承人，其中几位不仅通晓汉文，满文亦很好，如祁世和、何荣恩、程林元、富希陆、徐昶兴、孟晓光（女）等。他们都有较高的文化，虽姓氏不同，但从家族血缘关系论都与富察氏家族有着亲密的亲戚关系，其中不少是富氏家族的几代姑婿，有的从小就在富氏家族延请的师傅处习学的满学，授传富察氏家族的传统说部。何世环老人已是耄耋之年，至今能讲流畅满语，皆因其幼年时在大五家子富察氏族塾就学满文。

因为富育光对满族文化的热爱，在"文革"期间因受父亲牵连下放到桦甸县八道河子时，始终也没有放弃对满族说部的搜集。他也收获颇丰，有几部重要的说部就是那时搜集来的，如"《松水凤楼传》是 20 世纪 60 年代、70 年代"文革"开始之前到"文革"以后这一段时间，社会比较乱，我就到下面去弄满族的东西。在吉林乌拉街搜集的"①。1972 年春节，富育光到东宁地方采访，在狼洞沟、小乌蛇沟、祁家沟，走访满族遗老和汉族群众，又到大肚川、闹枝子沟，认识了刘秉文。后者介绍他认识了鲁连坤老人，并记录了《白姑姑》的长歌，即《乌布西奔妈妈》；之后到 1975 年11 月，富育光与鲁老有过四次叙谈。这部堪称满族长篇萨满史诗的说部就是这样保留并传承下来。

三 结语

满族说部是满族及其先民极为重要的说唱艺术，原大多湮没在民众中不为世人所知，近年来发掘出的几十部说部多仰赖不同家族的传承人。富育光先生是其中之佼佼者，他从家族中继承的大量说部，不仅培养了他矢志不渝、坚持一生对满族文化的热爱和责任感，也使得他与满族说部结下了一辈子的缘分。无论是做萨满调查还是民间采风，他都能机缘巧合地找到说部的线索，并按图索骥将满族说部从几近湮没之处带入世人的视野，

---

① 本人于 2006 年 1 月 12 日在吉林省长春市富育光家中对其的访谈内容。

说部如今的蔚为大观与富育光有着极为重要的关系。

（原文刊登于《贵州民族大学学报》（哲学社会科学版）
2017 年第 4 期，本文集收录的是删节版）

参考文献：

富育光：《谈满族说部的传承特征》，载《金子一样的嘴——满族传统说部文集》，学苑出版社，2009。

富育光：《萨满艺术论》，学苑出版社，2009。

富育光：《再论"乌勒本"》，载《金子一样的嘴——满族传统说部文集》，学苑出版社，2009。

荆文礼、富育光汇编《尼山萨满传》，吉林人民出版社，2007。

王慧新：《恩切布库》，吉林人民出版社，2009。

富育光：《鄂伦春萨满调查》，载《富育光民俗文化论集》，吉林大学出版社，2005。

富育光：《论萨满职能》，载《富育光民俗文化论集》，吉林大学出版社，2005。

富育光：《富察氏家族与满族传统说部》，载《满族古老记忆的当代解读——满族传统说部论集》第 1 辑，长春出版社，2012。

富育光：《满族萨满创世神话〈西林安班玛发〉传承概述》，载《天宫大战　西林安班玛发》，吉林人民出版社，2009。

富育光：《满族给孙乌春"乌勒本"〈苏木妈妈〉传承概述》，载《苏木妈妈》，吉林人民出版社，2009。

第八部分　小戏 —————

立场、方法和视域：还原戏曲
历史的多维面相

——刘祯研究员戏曲学术研究评述

毛　忠　文化艺术出版社编辑，助理研究员

张婷婷　南京艺术学院副教授

作为在"戏曲历史与理论""目连戏与民间戏剧""昆曲研究""非物质文化遗产保护与批评"等领域颇有建树的研究者，刘祯先生却说他与戏曲是一种"孽缘"。这种"孽缘"既有命运的刻意安排，也有发自内心对其所从事的学术研究的热爱。20世纪80年代开始，刘祯进入东北师范大学中文系就读本科期间，与戏曲结下不解之缘。1984年，刘祯考入当时名声赫赫的扬州师院中文系（今扬州大学文学院），师从曲学和戏曲校勘专家徐沁君先生，攻读"中国戏剧史"专业方向的硕士研究生学位。在徐沁君先生悉心指导下，围绕戏曲文献整理和校勘进行了较为系统的学习。他的硕士学位论文通过对大量文献的爬梳，对《琵琶记》作者高明的生平、仕履、交友等史实进行了详细地考证，并完成了具有很高学术价值的《高明年谱》。刘祯于1989年考入中国艺术研究院"戏曲历史与理论"专业，攻读博士研究生学位，受业于南戏研究的大家刘念兹先生。这成为他学术研究方向的一个重要转折点，他逐渐由传统的"文人视角"转向"民间视角"，将民间戏曲放置于民间的文化生态，从文人与民间的二维视角进行审视，从而构筑起更为客观全面的戏曲史研究，撰成博士学位论文《目连戏研究》，并于1991年举行论文答辩，得到以张庚、郭汉城、刘世德、余从和刘念兹等先生组成的答辩委员会的充分肯定与积极评价。

刘祯博士毕业后留在中国艺术研究院戏曲研究所工作，迄今已在戏曲研究领域从事研究工作已近 30 年。刘祯先生为人温恭谦和，对学界既成的"常识"性观点，既能以另一种眼光与角度，发现新问题，提出新观点，补充戏曲历史的"断裂"之处，又能将高深的学术化解为充满"机趣"语言，娓娓道来，却仍说自己"不敢言收获，但还是努力不懈的"。如果一定要以一个词语形容刘祯的学品，"真人无相"一定最为贴切。

一　目连戏研究及民间视野的延展

在 20 世纪 80 年代以前，作家作品、源流考证等文学层面的研究仍然是戏曲学界的主流，大多数戏曲史著作是以历代作家及其戏曲剧本的创作为主线进行框架建构，较少涉及古代戏曲舞台表演。同时，一般的戏曲史书写大多关注的是士大夫的戏曲、文人戏曲，因此从某种意义上看，这仅仅是文人戏曲史。但作为一种"活"在演出中的艺术，戏曲的根却在民间。如果缺乏对民间戏剧的观照，离开了古代戏曲舞台表演的"场域"，则无法还原出真正的戏曲史。在 1989 年至 1991 年攻读博士研究生学位的 2 年间，刘祯在导师刘念兹先生的带领下，到目连戏流传甚广的重庆、丰都、大足、泸州、成都等地实地考察，1991 年参加了福建莆田、泉州等地召开的中国南戏暨目连戏国际学术研讨会。在此期间，他接触到这些仍然活在民间的目连戏演出，体会到了民间戏曲的生命力、艺术魅力以及在中国戏曲史中的重要地位与独特价值。这成为他重新发现民间戏曲的"一个极好的标本，一个活的标本"①，也促使他发现，文人的戏曲理论与民间戏剧演出具有理论的不适用性，如果将文人的戏曲理论套用在目连戏的研究中，便会使研究走入歧途。在确定以"目连戏研究"为博士学位论文的题域后，刘祯提出要回归目连戏的民间本体，"本质地看，戏剧是一种民间艺术，其历史演绎、生存环境、运作机制、创作主体、欣赏对象都在民间，当然，如其他文艺形式一样，发展到一定程度必然进入城市，步入宫廷。吸引文人的兴趣，参与其间，引导使之更趋雅致，更具艺术韵味。但无论它发展到什么

---

① 刘祯：《中国民间目连文化》，北京时代华文书局，2015，第 107 页。

程度，哪个阶段，其根都在民间，借以生存的养料就是千千万万的庶民百姓"①。作为一种来自民间的文化现象，"目连戏涉及艺术、宗教、民俗等学科领域，研究取向不同，价值认识也就不同"②，必须立足于戏曲本体来认识目连戏的价值，站在民间艺术的立场，才能对其作出合理的分析与评价，而"古老性与民间性"是目连戏研究最值得重视的两点。

建立起民间戏剧的研究视角后，刘祯将目连戏放置于戏曲史、艺术史乃至文化史的宏观背景中加以考察。从目连戏的故事源流、历史演变、思想属性、人物形象、艺术形态等纵向层面，作了详细地梳理与考证；同时从横的层面，对各地方剧种中的目连戏、民间本与宫廷大戏、目连宝卷、目连弹词、目连与小说《西游记》、目连戏与中西宗教戏剧、中韩目连救母故事等方面进行了深入的比较和分析，多层次、多角度地探讨了中国民间目连文化的丰富性与独特性。他先后发表了《母亲与罪人——目连戏刘氏形象文化意蕴》③、《目连戏与欧洲中世纪宗教剧》④、《宋元时期非戏剧形态目连救母故事与宝卷的形成》⑤、《目连与地藏源流关系及文化内涵》⑥、《〈目莲寻母〉与弹词》⑦、《〈劝善金科〉：民间本与诗赞系戏曲》⑧、《目连形象的象征意义》⑨、《目连与小说〈西游记〉之孙悟空》⑩、《目连戏与中国民间戏剧的特征》⑪ 等与目连戏相关的论文，还以"目连戏研究"为题于1992年申请了国家（青年）社会科学基金研究课题并获批。该课题于1994年顺利结题，1997年又被国家古籍整理规划出版小组列入"中国传统文化

---

① 刘祯：《目连戏与中国民间戏剧特征论》，载《东方戏剧论文集》，巴蜀书社，1999，第212页。
② 刘祯：《目连戏与中国民间戏剧特征论》，载《东方戏剧论文集》，巴蜀书社，1999，第304页。
③ 刘祯：《母亲与罪人——目连戏刘氏形象文化意蕴》，《四川戏剧》1992年第6期。
④ 刘祯：《目连戏与欧洲中世纪宗教剧》，《民族艺术》1993年第1期。
⑤ 刘祯：《宋元时期非戏剧形态目连救母故事与宝卷的形成》，《民间文学论坛》1994年第1期。
⑥ 刘祯：《目连与地藏源流关系及文化内涵》，《传统文化与现代化》1994年第5期。
⑦ 刘祯：《〈目莲寻母〉与弹词》，《民俗曲艺》第93辑，1995。
⑧ 刘祯：《〈劝善金科〉：民间本与诗赞系戏曲》，《中华戏曲》第17辑，1994。
⑨ 刘祯：《目连形象的象征意义》，《戏剧艺术》1994年第4期。
⑩ 刘祯：《目连与小说〈西游记〉之孙悟空》，《明清小说研究》1996年第1期。
⑪ 刘祯：《目连戏与中国民间戏剧的特征》，《戏剧》1996年第3期。

研究丛书"，以《中国民间目连文化》为书名出版。1999 年 9 月《中国民间目连文化》获得国家社科基金项目优秀成果三等奖，这个奖项是新中国成立以来颁发的哲学社会科学最高奖。

《中国民间目连文化》一书，尽管或多或少仍有受到"文人标准"影响的痕迹，但刘祯力求摆脱这种思维模式与评判范式的束缚，从目连戏存在的文化空间，把断裂的历史链条连接起来，主动走进民间的历史场域，体验戏曲活态表演的宗教力量与艺术魅力，勾勒出隐匿在文献材料背后的戏曲历史存在的面相。尤其是他在研究目连戏的过程中，对民间戏曲的特征及其在中国戏曲发展史中的主体地位、文人与民间在构建戏曲双线发展史中的相互影响的发现，为他"以民间为对象为主体的研究进一步做着准备"[1]。正因如此，有学者评价此著作"为持续多年的目连戏研究作了集大成的学术总结。在这部著作中，刘祯先生不但以扎实的传统学术功底综列了目连戏相关的各种文献资料，而且用宏大的学术眼光观照了这个领域中的几乎所有的论题"[2]，"一部自成系统的学术著作，显示出这个领域研究的新收获……它将成为这个领域研究的一部新的重要参考书"[3]。

在民间戏曲这一研究主线中，除了目连戏研究以外，刘祯还对宗教戏剧、傩戏以及民间小戏进行了广泛而深入的研究，如《20 世纪中国宗教祭祀戏剧的研究》[4]《民间小戏的形态价值与生态意义》[5]《傩戏的艺术形态与形成新探》[6] 等。这些丰富的民间戏剧形态为他的学术观点的深入和发展都提供了坚实的论据支撑，其学术视角和学术立场的独特也为这些民间戏剧形态的研究注入了新的学术增长点。

---

① 廖明君、刘祯：《民间戏剧、戏剧文化的研究及意义——刘祯博士访谈录》，《民族艺术》2001 年第 3 期。
② 王馗：《民间·文化：重构中国戏剧史的观照标准——评刘祯〈民间戏剧与戏曲史学论〉》，《中国文化报》2005 年 9 月 10 日。
③ 王学均：《目连文化研究的新收获——评刘祯〈中国民间目连文化〉》，《东方艺术》2000 年第 8 期。
④ 刘祯：《20 世纪中国宗教祭祀戏剧的研究》，《戏剧文学》1997 年第 9 期。
⑤ 刘祯：《民间小戏的形态价值与生态意义》，《文化遗产》2008 年第 4 期。
⑥ 刘祯：《傩戏的艺术形态与形成新探》，《中国政法大学学报》2010 年第 3 期。

二 中国戏曲史的再认识

目连戏、祭祀戏剧以及民间小戏的研究，奠定了刘祯学术研究的民间理论视角，以此再审视戏曲史，以文人与民间更为开阔的两条路径进入研究时，发现既有的戏曲史"呈现明显的文学化思维、文学化特征"①。民间戏曲的重要特征之一，即主要以舞台表演的形式与民间大众的日常生活共生共存。与文人剧作家及其作品相较而言，民间戏曲往往以只言片语的形式载于文人著述中，其剧本亦很少留存，即使存世也大多属于民间艺人的集体创作而被标注为无名氏，且缺乏所谓的文学性。既少于文献记载又无一定数量、质量的作家作品可供考证，使得民间戏曲长期以来在主流戏曲史著作中都处于边缘的位置，甚至被完全忽视。"中国社会一直存在民间与代表正统力量的士夫文人的对立，民间意识、民间文化艺术始终受到抑制和排斥，戏剧在中国的发生发展就是显例。所以，事实上中国戏剧的发展存在两条相互基本平行（不时交叉、碰撞）的线索，一显一隐，而过去人们重视、强调显者，忽略、漠视隐者，这是由封建时代不同阶级、阶层人们不同的历史观、戏剧观所决定的，而无疑士夫文人一直处于思想文化的绝对支配地位，民间戏剧的处境可想而知，戏剧史的构成可想而知。"② 从本体意义上而言，没有将传统戏曲视为表演艺术的戏曲史观，就不可能真正发现和认识民间戏曲。

民间戏曲根植于民间仪式、喜庆节日以及民俗活动中，与百姓的日常生活密切联系，具有"语多鄙下""里俗妄作"小传统俗文化的特征，与大传统雅文化相比，更具有活泼的艺术精神，在民间广泛流传，被普遍接受，构筑了与人伦日常生活既相似又有差别的艺术世界，借用苏联文艺理论家巴赫金的"狂欢化"的理论表述，"民间文化的第二种生活、第二个世界是作为对日常生活，即非狂欢节生活的戏仿，是作为'颠倒的世界'而建立的"③。只有站在民间的文化立场，才能对戏仿生活的民间戏曲作品予以足

① 刘祯：《戏曲学论》，学苑出版社，2013，第 201 页。
② 刘祯：《戏曲学论》，学苑出版社，2013，第 202～203 页。
③ 刘祯：《戏曲学论》，学苑出版社，2013，第 14 页。

够的审视与正确的估价。但是，在传统文人士大夫价值标准的主导下，文学性与文学价值，成为衡量艺术的重要标尺，以至于出现了对民间戏曲颇有偏见的评价，也导致戏曲史书写的轻视与忽略，造成"构筑中国戏剧史的主体主导力量"的民间戏剧是"中国戏剧史撰写严重缺失的另一面"①。由此刘祯提出，应建立新的戏剧评价话语体系，构建以民间为基础的全面戏曲史学观。

刘祯认为，"戏剧史的'重写'，其意义不是技术层面的修补、增加，这个工作是必要的，不可或缺的，但更为根本的是充分认识戏剧的本质，确立起科学、客观的戏剧史学观。就 20 世纪来看，从王国维到《通史》，现代中国戏剧史学体系已基本完成，但在世纪之交放眼 21 世纪的学术研究，戏剧史民间戏剧主体地位的回归、确立和实现将是新的视野和趋向。与之相适应，未来的戏剧史学观既非文人式、政治化的，也非另一极端彻底民间化的，而是以民间为基础为根本的科学、客观、全面的史学观"②。可以说，在追寻中国戏曲的民间艺术、民间文化本质特征的基础上，重新发现和理解中国戏曲史的另一面——民间戏曲，并试图探索科学、客观、全面的中国戏曲史的构建，正是刘祯研究员三十余年学术研究的核心议题。

随着参与学术活动的日益频繁，刘祯更加广泛地接触各种地方戏曲的演出，包括傩戏、仪式戏剧在内的各种戏曲样式，使他进一步加深了对民间戏曲的理解和认识。在《民间戏剧：中国戏剧史的另一面》③ 一文中，刘祯对 20 世纪中国戏剧史学体系及其特点作了总结，面对文人戏剧史学观中的误区，提出了"重写戏曲史"的主张，认为首先要认识到民间戏剧在中国戏剧史中的主导主体地位，其次对民间戏剧应建立新的戏剧评价话语体系与新史学观。"这个新的的体系与史学观，既不是文人的，也不是纯粹民间的，既不仅仅是文本的，又是包括文本在内的，而其最为根本的，是要全面认识戏剧的本质，它有别于一般文艺，有别于文学，甚至也不完全是

---

① 刘祯：《戏曲学论》，学苑出版社，2013，第 204 页。
② 刘祯：《戏曲学论》，学苑出版社，2013，第 203～204 页。
③ 刘祯：《民间戏剧：中国戏剧史的另一面》，《面向 21 世纪的民族民间文化——民族艺术》1999 年增刊。

艺术……戏剧有别于文学的最显著之处，就在于它是立体的、活的，这也是民间戏剧的命脉。"① 而在《民间戏剧、戏剧文化的研究及意义——刘祯博士访谈录》一文中，刘祯对民间戏剧的文化特征、历史地位、评价等问题则作了更为清晰的阐述，并提出了撰述《中国民间戏剧史论》《中国戏剧文化史》的愿望和构想，都显示了他在戏曲研究中的民间立场的确立以及对民间戏剧的理解和认识已经较为成熟。

对"中国戏剧史的另一面"的民间戏剧给予足够的关注，又能站在文人－民间二维的宏观视角，重视民间戏曲、民间小戏，结合其生存的文化空间，合理评价其形态价值、品格趣味，立体地、多层次还原戏曲的活态面貌，以此丰富戏曲史。刘祯的这种戏曲史观，不仅深化了戏曲研究的学理内涵，对当下戏剧史的再书写、对戏曲现象的再认识，无疑也具有非常重要的贡献。

三 对建构民族戏曲理论体系的思考

西方戏剧理论从 20 世纪初起就一直作为中国戏曲研究的参照系而如影随形。可以说，从 20 世纪初至当下百余年的戏曲发展史，从舞台实践上来说，就是如何让戏曲在传统的基础上现代化的历史，其核心是如何接受、吸纳戏曲的传统形式，创造出能够反映、表现现代生活的舞台剧目与新的表演形式；从理论学术研究的角度而言，则是在借鉴与吸纳西方戏剧理论的基础上，学界试图建立起具有民族戏曲理论自身特质的话语体系的历史。刘祯认为，从学理上而言，西方戏剧理论的体系性是中国古代戏曲理论所不具备的，因此运用和借鉴西方戏剧的理论和概念来建构民族化的戏曲理论体系，无可厚非，也是必需的。但是问题在于，这些理论及其相关概念是建立在对西方戏剧本体的体认与言说之上的，虽然对于同属戏剧范畴的戏曲来说，有一定的共通之处，但并非完全适合、恰当，甚至有的是完全相反，南辕北辙。对此，刘祯在戏曲理论的研究中是有着清醒的认识的。他提出，"戏曲理论前沿的话语和思想不是咀嚼历史旧题，不是搬用套用话

---

① 刘祯：《民间戏剧：中国戏剧史的另一面》，《面向 21 世纪的民族民间文化——民族艺术》1999 年增刊。

剧、西方戏剧理论，而是立足戏曲本体，找到戏曲理论自身的话语，努力建立中国自己的、民族的戏曲理论体系"①。

刘祯为此积极付出了学术努力与实际行动。他将自己的学术注意力开始转向 20 世纪学术史的研究和近代戏曲论著的梳理，是为了充分掌握和吸收前人的研究成果。他发表了《百年之蜕：现代学术视野下的戏曲研究》②等文，同时还先后指导了数名硕士、博士研究生对王国维、周贻白、郑振铎、任中敏、张庚、黄芝冈等戏曲研究大家以及 20 世纪戏曲学术史中的重要事件进行专门而深入的研究。在他的努力下，20 世纪戏曲学术史的梳理与研究现已经初具规模。此外，他作为副主编还正在完成国家课题《中国近代戏曲论著集成》的编撰工作。《中国近代戏曲论著集成》是《中国古代戏曲论著集成》的姊妹编，吸收了近年来对近代戏曲论著成果的新发现，以及台港澳等地区的近代资料，全面搜集近代戏曲论著文献，最终选定专著书目 140 部、报刊文章 1300 余篇，共计近 1000 万字。这一课题的完成，将为 20 世纪戏曲学术史研究的深入奠定更为坚实的文献基础。同时他还以一些课题的开展为契机，试图找到一个最合适、最能代表中国戏曲表演艺术特征的艺术范例与样本，而最终目的都是建构起具有民族特色的戏曲理论体系。

在他看来，当代在构筑中国戏曲理论体系方面成绩良多，而无疑以张庚成就显著，也最为系统和全面，当然这也是戏曲学术界共同努力的结晶。③ 针对学界中戏曲理论与创作实践彼此隔膜脱节、理论经验化与批评失语、精华与糟粕二维评判标准与对民间戏剧的实质疏离、戏曲理论的"戏剧化"与精致化等问题，刘祯发表了《20 世纪中国戏剧学批判》④《消长与共：中国戏曲理论学术与戏曲发展关系论纲》⑤ 《中国戏曲理论的"戏剧

① 刘祯：《戏曲学论》，学苑出版社，2013，第 65 页。
② 刘祯、张静：《百年之蜕：现代学术视野下的戏曲研究》，载陈平原《现代学术史上的俗文学》，湖北教育出版社，2004。
③ 刘祯：《论张庚与中国戏曲理论体系》，《戏曲研究》第 84 辑，文化艺术出版社，2012；刘祯：《实践与理论：关于中国戏曲表演理论体系》，《福建艺术》2014 年第 2 期。
④ 刘祯：《20 世纪中国戏剧学批判》，《民族艺术》1997 年第 1 期。
⑤ 刘祯：《消长与共：中国戏曲理论学术与戏曲发展关系论纲》，《戏曲艺术》2007 年第 3 期。

化"与本体回归》① 等理论文章，在对中国戏曲理论进行梳理、辨析的过程中，提出了重新审视戏曲本质，回归戏曲创作与理论的本体，"努力建立中国自己的、民族的戏曲理论体系"，从而营建出戏曲本应有的文化机能等重要观点。当下学界有些学者盲目套用西方戏剧概念，不加辨析地使用，以致造成诸多理论误区，对此他的批评和指摘也是客观而精准的。

四 昆曲研究的新角度、新课题

刘祯于 1999 年担任戏曲研究所副所长，2000 年被评为研究员，2002 年开始主持中国艺术研究院戏曲研究所工作。2001 年昆曲被联合国教科文组织选入"人类口头和非物质文化遗产代表作"。作为昆曲申报材料的撰稿单位之一的戏曲研究所，为了加强了昆曲的理论研究，启动了"昆曲与传统文化研究丛书"的编撰工作。刘祯（与谢雍军合作）承担了该丛书中的《昆曲与文人文化》一书的撰写，从而开启他从事昆曲研究的另一段学术历程。该著述不局限于艺术本体层面的论述，而是从文化、美学的层面，以民间为参照，着力阐发昆曲独特的文人气质与审美趣味，使之更为凸显。这种独特新颖的研究视角也受到了学界的认可与赞誉，认为该书"正是在文人文化与民间文化的两种角度的交叉变换中，较为全面地把握了昆曲艺术的本质特征，表现了作者超越一般戏剧史与文学史的较为深入的学术思考，为昆曲研究提供了一个新的观照面……《昆曲与文人文化》一书，则在较为广阔的学术背景下，以民间文化与文人文化为基本思路，运用文化研究、文学研究与艺术研究相结合的方法，从整体上把握昆曲的文化品格与历史命运。从清晰的逻辑思路出发，全书在结构上可以说是另辟蹊径，别具一格"②。总体而言，刘祯对昆曲的研究是建立在文人与民间相互观照的基础之上的，这种二维角度更加清晰地凸显出两者各自的艺术特质与文化内涵。他认为"戏曲史是有民间和文人共同谱写的，忽略、轻视任何一方，都不是客观、真实的中国戏曲史"。因此对昆曲研究的介入并不是对民

---

① 刘祯：《中国戏曲理论的"戏剧化"与本体回归》，《清华大学学报》2011 年第 2 期。
② 朱伟明：《昆曲学术研究的新收获——读刘祯、谢雍君〈昆曲与文人文化〉》，《文艺报》2006 年 12 月 19 日。

间戏曲研究的背离，而是为了看到真正完整的中国戏曲史，也是更深入、更清晰发现民间戏曲的必然。正如该书"绪论"中所述，"对中国文化我们如果看不到这种'双重世界关系'，忽视和低估民间文化，也会造成对中国文化发展的曲解。反思和认识不是单方面的，对民间文化的发现和重视，也意味着对另一种与之相对的文人文化必须进行重新审视和评价——以民间为明确的参照"①。

正是在这种文人与民间的二维研究视角中，刘祯对昆曲作了持续而长期的关注和研究，以副总主编的身份参与了国家重点课题《昆曲艺术大典》的研究编撰工作，对该课题在体例的研究和确立、框架的设定、文献的分类等方面的都贡献颇多。与其他具有研究性质丛书的编撰体例相较，其最大的差别在于，这套丛书的宗旨是"原典集成与百科式的文献大典"，不仅史无前例的广辑文献文本，而且亦重视舞台形态，汇集表演、音乐等方面的资料，全方位地展现昆曲的艺术特性，"是昆曲有史以来汇集文献资料最丰富、品种最多、价值最高的'大典'"②。

作为课题《20世纪昆曲口述史》的主持者，他不仅精心选择昆曲从艺者口述对象，而且还深入思考研究方法的运用和创新，《口述研究与"二十世纪昆曲口述史"》即是这方面的重要成果。刘祯认识到，戏曲的传承依靠"口传心授"，大量非文本的史料，存在于表演者的"口述"之中，整理记录"口述"资料，并对其挖掘考察，可以丰富对昆曲的研究。但是昆曲又不同于其他剧种，是受到文人喜爱、参与的艺术，因此"士夫文人的'史官'性质使昆曲存在方式与以往有很多区别，其文本、文献多所留存。但也容易把昆曲发展历程归结为因文人士夫的介入而忽略艺人与演出本身。一种新的研究视角和方法，所呈现的可能不仅仅是某一方面的补白，而更具有重新认识该研究对象的意义"③。与其他历史文献资料收集方法不同，口述史料必须经过较长时间的准备，划定历史时期，选择口述者，从亲历者或是旁观者的口述中，进行记录调查。《二十世纪昆曲口述史》采访对

---

① 刘祯、谢雍军：《昆曲与文人文化》，春风文艺出版社，2005，第10页。
② 刘祯：《戏曲学论》，学苑出版社，2013，第370页。
③ 刘祯：《口述研究与"二十世纪昆曲口述史"》，《文化遗产》2013年第1期。

象，"是迄今为止昆曲口述研究最为全面和广阔的一次，不仅涵括昆曲 7 个主要院团所在地的艺人，也包括一些草昆与地方戏昆腔中艺人。从采访对象身份来看，不仅包括昆曲各行当演员，也包括编导音、曲家、教师、学者和院团管理者等。从年龄层次看，有传字辈健在的老艺术家，也有舞台上现时正活跃的中青年演员"①。在刘祯和王安奎研究员的带领下，课题组成员经过 2 年的时间，采集约 430 小时的影音资料，形成 350 万字的文字资料，从而将 20 世纪以来，昆曲活态的、发生着的历史，全面而丰富地展现，形成一部别开生面、生动丰富的昆曲史。

刘祯以这种独特的视角介入昆曲的研究及获得的诸多学术成果，也获得了学界的广泛认可和赞誉。② 因在昆曲研究方面的卓越贡献，2009 年他受到了文化部的表彰。

五 戏曲评论与"非遗"保护研究

中国艺术研究院的学术传统，不仅仅要关注案头文本研究，也要充分重视舞台上的艺术表演、舞台实践，尤为关注戏曲当下的发展与改革。这种"全方位"的学术传统大大拓展了刘祯的研究视野，也使他的学术致思方向发生了转变，即由原先单纯的戏曲文本文献研究开始转向文本与表演研究，同时又关注当下的戏曲创作与非遗保护等问题。

张庚先生认为戏曲研究的几个层次为：资料—志—史—论—评论。在他看来，在这五个相互联系的研究体系中，前四个方面只是完成了基本的理论问题，最重要的却是用理论来解决艺术创作中的实际问题，因此"评论应当是最高级的"③。刘祯除了继承老一辈"前海"学人潜心治学的学术态度外，也身体力行地坚持理论研究与艺术评论的结合。在他的理论著述与文章中，戏曲评论占有较大比重。其评论的对象既有舞台作品，也有文学剧本，既有演员的表演，也有导演的创作，显示了他的艺术评论对戏曲

---

① 刘祯：《口述研究与"二十世纪昆曲口述史"》，《文化遗产》2013 年第 1 期。
② 朱伟明：《昆曲学术研究的新收获——读刘祯、谢雍君〈昆曲与文人文化〉》，《文艺报》2006 年 12 月 19 日。
③ 张庚：《关于艺术研究的体系》，载《张庚自选集》，中国戏剧出版社，2004，第 645 页。

创作的多维观照与整体思考。刘祯认为，当下亟待"建立人文情境中的戏剧批评"①，批评是戏剧链条中重要的环节，不能仅仅做简单的"好与坏""优与劣"的价值判断，必须摒弃"功利性"与"功利心"，做到客观、独立、公正，且有的放矢的评价，从而保持戏曲评论的尊严与价值。从刘祯发表的近百篇戏曲评论中，不难看到他将自己的理论，灌注于具体的实践，做到了非功利的"美刺"，对当下戏曲创作起到了重要的借鉴作用。

面对 21 世纪初兴起的"非遗"保护和研究学术热潮，刘祯也给予了充分关注，并积极参与其中，先后发表了《中国地方戏剧种生存、保护和发展的四种形态》②、《戏曲与民俗文化论》③、《文化创新与戏曲遗产保护》④、《中国戏曲的市场化道路与多样化发展》⑤、《中国戏曲之传统文化与当代艺术——刘祯专访，洪群联采访》⑥、《中国"非遗"保护现状与戏曲传承》⑦等一系列论文。这些研究成果真正站在理解民间的立场上，对当下的诸多戏曲非物质文化遗产的保护提出极具建设性的观点和意见，受到学界的广泛关注。尤其是对处在更为边缘的小戏的研究，之于当前的戏曲创作，也具有极大的实践意义。刘祯认为，"中国戏曲发展最基本的一种状态是小戏——从它的形成到当代的发展"⑧，但是在大戏"正统"与"正宗"的观念之下，小戏被视为一种简单、粗糙的"初级形态"过渡形式，甚至有学者认为，小戏必须"都市化"发展，以求自身艺术价值的提高，获得更广阔的发展空间，才能避免戏曲危机。刘祯敏锐地意识到，小戏具有自我的艺术品格与精神价值，不能脱离其孕育与生长的乡土文化土壤，如果"没有扎实的观众群体，也失去原有小戏的许多个性特征，而更多流行剧种的

---

① 刘祯:《建立人文情境中的戏剧批评》,《艺术评论》2011 年第 9 期。

② 刘祯:《中国地方戏剧种生存、保护和发展的四种形态》,载《中国少数民族艺术遗产保护及当代艺术发展国际学术研讨会论文集》,文化艺术出版社,2004。

③ 刘祯:《戏曲与民俗文化论》,《戏曲研究》第 70 辑,文化艺术出版社,2006。

④ 刘祯:《文化创新与戏曲遗产保护》,《当代戏剧》2008 年第 1 期。

⑤ 刘祯、王馗:《中国戏曲的市场化道路与多样化发展》,《文汇报》2008 年 7 月 13 日。

⑥ 刘祯:《中国戏曲之传统文化与当代艺术——刘祯专访,洪群联采访》,载《唱响——非物质文化遗产保护专家访谈录》,中国发展出版社,2012。

⑦ 刘祯:《中国"非遗"保护现状与戏曲传承》,《文艺论坛（内蒙古）》2013 年第 4 期。

⑧ 刘祯:《戏曲学论》,学苑出版社,2013,第 239 页。

共同特点，剧种个性的消解，也是戏曲瓦解的开端"①。这对于如何保护当下小戏的生态链，如何深入民间寻找戏曲创作的源泉，都是独具眼光的观点。

刘祯曾说，近年来他的学术研究的特点是"杂"。其实，从"杂"字当中，我们不难嚼出刘祯学术眼光的敏锐，学术眼界的开阔，不拘寻常之论。他另辟蹊径，从不同的视角、不同的史料，为戏曲学科的发展，做出了极大贡献。而"真人无相"的学品，也让我们看到，一位真学者谦虚低调的品格，卅载耕耘不问名利的治学精神。

（原文刊登于《民族艺术》2017 年第 3 期，

本文集收录的是删节版）

---

① 刘祯：《戏曲学论》，学苑出版社，2013，第 253 页。

民间小戏的女神信仰与乡村女性社会

——以定州秧歌为例

江　棘　中国人民大学文学院讲师

女性与戏曲的缘分紧张而微妙。历朝历代都有禁止女性演戏、看戏的训言闺箴、官方公文、女德女教，虽然学界也多把关注的目光投向明清以来被《西厢记》《牡丹亭》《娇红记》《玉簪记》等锦绣之作唤醒了生命激情与自我意识的传奇女子，诸如冯小青、商小伶、俞二娘乃至文学作品中的林黛玉等雅致如兰的情女才女，但是，不可能"挑灯闲看牡丹亭"也写不出"冷雨幽窗不可听"的更多平凡劳苦的女子们，是否也会在某一个时刻与戏文中的世界深深交感，获得过"人间亦有痴于我"的宣泄与慰藉？

答案是肯定的。只是唤醒、抒发了她们内在心性与自我、令其得以片时舒展的那个戏文世界，样貌更平凡，姿态更谦卑。其中以秧歌、花鼓、采茶为代表的民间小戏，是清代以来底边女性最亲切熟悉的。相比富于教化意味的忠臣义士题材，民间小戏更偏爱男女之情和家长里短，也就难怪其更难以为精英统治阶层所容了。而毫不意外的是，对此类小戏最常见的"淫戏"挞伐，其语锋所向，女性又是首当其冲。即便如此，却并不妨碍秧歌小戏在乡村的大姑娘小媳妇间口口相传，代代相传。虽不同于历代才女更为主动的笔墨传情，底边女性观众长期以来也在与她们所珍视的民间小戏的互动中，发展出一套沟通、弥合上层教化与日常关切和情感需求的话语系统，小戏中频繁出现的那些既位尊神圣、"直达天听"，又护佑众生（尤其是女子）的女性神祇叙事，正可视作观演双方、舞台内外自证其合法性的一种修辞，为我们打开了以秧歌为代表的民间小戏和乡村女性交感、互动的别样天地。

一 秧歌小戏与女性的"狂欢"时刻

就与乡村女性的密切关系而言，有着"拴老婆桩"之称的定州秧歌特别具有代表性。它源自民间小曲，清末戏剧化后成为采取板腔体口语化、"干板徒歌"的唱腔形式，以生、旦、丑"三小"为主的地方小戏。其题材多为家长里短，演员也多为非职业的农民。自20世纪20年代以来，定州秧歌逐渐流行于整个冀中，极受欢迎。虽然直到新中国成立，其舞台上几乎没有女性演员，但是20世纪30年代在当地从事社会调查和平民教育实验的"中华平民教育促进会"成员都关注到，"秧歌是定县一般人最嗜好、最普遍的消遣，尤其是妇女的不易多得的一种娱乐"①。

就具有普遍性的民俗土壤层面而言，在新年社火中发展成熟的秧歌戏，有着与春天和生殖信仰密切相关的狂欢文化的基因。从本质上说，春天信仰和祈春活动是与基于生命本能的生殖崇拜相联系的，它既指向新旧交替万物孕育萌生之时，对于新生、复苏、繁荣、丰收的广义祈盼，也当然包含狭义的男女交合。民间狂欢文化的诙谐与怪诞风格，往往是以贬低化、物质化和"靠拢人体下身的生活，靠拢肚子和生殖器官的生活，因而，也就是靠拢诸如交媾、受胎、怀孕、分娩、消化、排泄这类行为"② 为表征的。这种诙谐和怪诞，是一个"审美变体"，它"意味着各种对立因素的奇妙混合""不承认任何规范，不仅强调对立因素的混合，而且强调它们的互相转化"③。"对立"之间的"可转化性"和审美"变体"的灵活存在，无疑是对于森严的等级、秩序、禁忌的挑战和突破。通过"违规"而获得快感之所以可以成为一种"变体"的审美原则，同样也是根植于在本能与社会性不断对抗、不断适应、不断妥协下，人类心中潜藏的对于压制性、隔离性社会规约制度的"反弹"，以及"打破"的普遍集体性冲动。性的意识，不仅仅是人类最深层原始的本能欲望，同时也是在礼教压制下最讳莫

① 张世文：《定县的秧歌》，《民间半月刊》1936年第21期。
② 〔苏联〕巴赫金：《拉伯雷研究》，李兆林、夏忠宪等译，河北教育出版社，1998，第25页。
③ 陈世雄：《戏剧人类学》，上海古籍出版社，2013，第387页。

如深的禁忌。两厢叠加，在这样的生命本能和"集体无意识"中，社火和秧歌演唱，成了一个性意识相对解放松动的狂欢时刻。它的松动既体现为表现内容的相对猥亵——如秧歌戏中有大量对性行为的暗示和描写，也体现为在狂欢群体中，对于平日受到相关禁忌压制最深重群体——女性的短暂松绑。

二 秧歌戏中的女神之名与本地信仰及乡村女性结社

从人类学角度，许多学者和戏剧家都倾向于将戏剧视为"人的自我实验"①。在秧歌小戏处于夹缝中的戏剧空间和逼仄的"实验室"内，底边女性去触碰、探索并尽力延展生存呼吸的边界，必然会发展出一系列表达/实验的策略。神灵信仰在基层社会的普遍，同为女性的代入感，使得女性神灵成为乡村女性绝佳的代言者，频繁进入小戏的"实验空间"。《定县秧歌选》② 48出民国时期定型的传统剧目中女性神灵/神庙的出场和暗示，计十余处（表1）。

表1多为我国各地常见女性神，看来似乎并无特色。不过考察之后，我们就会发现，这些看来最平常的女神信仰，在定州发展出了一套与当地民间教派及组织活动尤其是女性结社紧密联系的本地阐释。

表1

老母/观音/大士/南海大士/圣母/南海老母	《杨二舍化缘》《杨富禄投亲》《小姑贤》《庄周扇坟》
三圣母	《双锁柜》
圣母（或亦为观音）	《刘秀走国》
娘娘/奶奶/送子娘娘神	《刘玉兰上庙》《王明月休妻》《金牛寺》
五龙圣母	《搬不倒请客》《借髢髢》
九仙女儿（玉帝之女）	《杨二舍化缘》《崔光瑞打柴》
王母	《庄周扇坟》

① 陈世雄：《戏剧人类学》，上海古籍出版社，2013，第11－22页。
② 李景汉、张世文编《定县秧歌选》，中华平民教育促进会，1933。

（一）老母/观音/圣母信仰与本地教派

定州秧歌《杨二舍化缘》《杨富禄投亲》《小姑贤》《庄周扇坟》多出剧目都出现了以老母/观音/圣母指称一神的情形。据"平教会"民国十七年东亭乡村社会区内 62 村庙宇调查：原有庙宇中以招魂追悼而设的五道庙为最多，计 68 座；老母庙次之，计 54 座。但现存庙宇中，老母庙却以 19 座胜过五道庙的 17 座，高居榜首。① 显然，"老母"是定州民众信奉的一位重要主神，那在定州广受庙供的这位"老母"是否就是观音呢？

我们发现，调查中的老母庙、南海大士庙、观音庙是分别统计的，似乎在当地这三者有所区分（在今日韩祖庙中，观音殿外亦另有老母殿）。不过，在定县东亭乡村社会区 62 村调查的原有庙宇数目统计表中，我们能看到老母庙（54 座）和观音庙（7 座）的信息，"南海大士庙"条目却消失了；随后在"62 村庙宇内供奉之主神数目"表中，"老母""观音"全部消失了，只剩下"南海大士"61 个，考察此数，又正是前述本区域"老母"与"观音"庙数之和。② 作为在中国具有先发意义的严肃、科学的社会学调查，恐怕"平教会"调查者们也意识到了其中的不甚严谨，于是做出解释："老母庙里供奉老母，老母就是南海老母或南海观音，又名南海大士。"③ 但既然是同一个神，为何要立出众多建庙名目？由此，我们就必须提到在定州最有代表性的民间教派，即以创始人韩祖（韩飘高）信仰为核心的弘阳教。

弘阳教创立于明万历年间，以念经烧香、斋戒行善、仁慈守法、安身立命的个体修行为主。与大多数民间宗教结社一样，弘阳教"三教合一"，思想体系驳杂，其多神、全神崇拜信仰模式，反映了中国下层民众因现实生活中的无力感而尤为强烈的功利主义色彩。而定州之所以成为弘阳教圣地，是因相传明末，韩祖曾在大旱之年，现身于定州北齐村附近，以荞麦

---

① 此处所谓原有，指清光绪前。之所以出现至民国庙宇数量剧减的情形，与光绪二十六年发生教案（即 1900 年义和团事件）民间教派受到压制和民国三年县长孙发绪毁庙兴学有关。（李景汉：《定县社会概况调查》，上海世纪出版集团，2005，第 406、414 页。）

② 同上。

③ 同上书，第 418 页。

种救济村民，于是皇帝授意，在北齐村修韩祖庙、庙内铭韩祖事以为供奉。韩祖宫居于韩祖庙中心，领衔三教众神约二十殿齐聚庙内，直到今天逢韩祖诞和庙集之日，香火仍十分兴旺，定州的酬神演剧传统也多与此有关。

在弘阳教中，也有一名为"老母"的主神，即无生老母。作为明清民间宗教的最高神灵，"真空家乡，无生老母"八字真言在诸多民间教门中广为流传。无生老母是集创世祖与救世主于一身的全能女神。根据《古佛天真考证龙华经》等经卷内容，她创造了天地日月和96亿皇胎儿女并令后者居于空廓东土，却不料儿女们迷于酒色财气，沦落红尘。于是，老母又像人间最平凡的慈母一样，深情呼唤他们回心转意，并将全身心扑在拯救度回儿女的大业之上。在一些民间宝卷中，还有着细腻描摹老母通宵达旦泪眼思念儿女的《叹五更偈》。①

从罗清"五部六册"中无生父母、无极圣祖到无生老母，凸显的是这一全能神逐渐女性化的定位趋势，而在诸多女性气质中，中国女神的神圣叙事又对母性给予了特殊强调。以人情味极厚重的老妈妈为创世祖和救世主，反映下层民众对于充满温情的神人关系的想象和期待。而自认为是明代永乐间从山西洪洞迁居而来的定州人②，对于有着同乡同源说法的韩祖③，或许也有一份基于家族和亲缘层面的认同。潜意识中将曾在定州"救世"的韩祖与自己的血亲祖先联结起来，与无生老母的"创世""救世"的神圣叙事，共享相近的逻辑。和很多民间教派的神灵一样，无生老母信仰在形成中，凝聚着下层老百姓的创造，特别具有代表性的现象就是非佛非道，亦佛亦道。其实何止是慈悲救难的观音，从无生老母的身上，我们还能看到女娲、王母、骊山老母等诸多女神的综合。不过观音信仰在无生老母信仰创生中确实意义重大，其在中国下层民间特别普遍，也加剧了两者的混杂。

---

① 蔡勤禹：《"八字真言"信仰探析》，《东南文化》1993年第5期。
② 李景汉：《定县社会概况调查》，上海世纪出版集团，2005，第137页。
③ 语出《续刻破邪详辩》，转引自朱文通《关于明清时期民间秘密宗教的几个问题》，《河北学刊》1992年第6期。

（二）青虚山、黄山信仰圈与送子娘娘/奶奶、九仙女儿的本地所指

定州所尊奉的女性神远不止无生老母和观音。据民国调查显示，除去老母、南海大士、观音的庙宇，在定县全县，其他现存女性神庙还有奶奶庙、龙母庙、仙姑庙、天仙圣母庙、苍姑庙；而在东亭乡村社会区内神庙调查中，另外还出现了"五圣老母""五龙圣母"这两个女神之名。① 调查者说明中，除"五龙圣母"较明确（"定县本地人，她生了五条龙，所以人家想她是神，修庙敬拜她"②。定州秧歌《搬不倒请客》《借髢髢》等剧中皆提到过四月四五龙圣母诞庙会，是亲戚走动、女眷回乡/回娘家的良机），其他多语焉不详。首先"五圣老母"不知确指。笔者贸然猜测，这个"五圣老母"是否有可能就是"无生老母"讹音，而为调查者不识？此外，"五龙圣母"和"龙母"民间多有混叫、"奶奶庙多半就是天仙圣母庙"却又在统计中分置的情形，与前述老母、观音的"缠不清"如出一辙。众所周知，奶奶庙是用于祈祜子嗣的。关于"奶奶"所指，各地说法同中有异，且多有"三奶奶"的说法。例如碧霞元君说，云霄、碧霄、琼霄三霄仙子/娘娘说等。民间往往笼统称为送子奶奶（娘娘）、子孙奶奶（娘娘）等。"平教会"调查者认为定州当地的"奶奶"多半是"天仙圣母"，而今日北齐韩祖庙中天仙圣母殿所奉，正为三霄娘娘。与之相证，民国年间有学者指出定州"奶奶"信仰与附近唐县青虚山或曲阳黄山的"奶奶庙"相关。③ 据《唐县志》，青虚山奶奶庙供奉的主神亦正是三霄娘娘。④ 不过，民国时期定州又以"四月十八"为"奶奶诞"⑤，这一日期一般被认为是碧霞元君寿诞日，可见在定州百姓间，奶奶的所指仍不乏含混。

同与青虚山、曲阳黄山信仰圈相关的，还有定州的"九仙女儿"信仰。在秧歌《杨二舍化缘》中，有"王母娘娘九个女，四双单一都落凡"的唱词⑥，《崔光瑞打柴》等剧也出现了玉帝王母所生九仙女儿的形象。不过在

---

① 李景汉：《定县社会概况调查》，上海世纪出版集团，第 406、414 页。
② 同上，第 418 页。
③ 黄华节：《定县巫婆的降神舞》，《社会研究》1936 年第 105 期。
④ 张孝琳等编《唐县志》，河北人民出版社，1999，第 737 页。
⑤ 黄华节：《定县巫婆的降神舞》，《社会研究》1936 年第 105 期。
⑥ 李景汉、张世文编《定县秧歌选》，中华平民教育促进会，1933，第 29 页。

定州百姓心中，九仙女儿也叫九件女儿或九件娘娘，缠杂着更"在地"的解说：传说"九件娘娘"是黄山（谐皇山）之神，以皇姊王美为首，掌管以次的二件娘娘至九件娘娘及一切神仙。九件娘娘各有自己的差使随从。同时，定州本地巫婆自认师法青虚山，把象征着"九件娘娘"九位差使的"九连环"作为法物①，也都可证九仙女儿信仰在定州基层社会具有本地特色与"及物性"的实存。

（三）女神信仰与乡村女性社会

上述民间女神信仰与乡村女性活动都有着密切关系，既有求子、乞巧等个体化的行为，也有女性主导的集体活动。例如民国时期定州盛行的、据说从唐县青虚山讨来的巫婆降神舞"跑花园"（本地叫"跑花红"），皆在庙会场中施行，其中以奶奶庙最多，老母庙次之，其他的庙宇则较少。以时令论，则尤以二月十九（南海大士诞）、三月三（王母蟠桃会）和四月十八（奶奶诞）这三个日期最易见到。②

在定州秧歌中，还曾提到围绕老母信仰而产生的"老母会"（或曰老母圣会、老母佛会），这是当地重要的女性社会集团。按村人的看法，"在道门的多系老道学的人、游手好闲者、脾气特别者、缺乏子嗣者、年老寡妇及无知妇子"③。戏文中"老母会"的功能主要是老年女性的会餐、聊天（例如《小姑贤》《金牛寺》等），且往往被作为游手好闲、好吃懒做者的聚会而加以嘲讽，也可佐证这一歧视性看法。但是，无论在戏文中还是现实中，对于乡村妇女而言，这一看起来婆婆妈妈的聚会却十分紧要，且以轮流坐庄的形式维持着"可持续性发展"（《金牛寺》），个中原委，当然不是妇子"无知"这么简单。"妇子"占了人口大半，却与"游手好闲者、脾气特别者、缺乏子嗣者"等"边缘人群"并提，对她们而言，寻求人际支持就更是扩展被压抑的生存空间的必要手段和必然结果。"男性所主导的宗教崇拜活动多牵涉国家、乡里祀典等公共领域，而女性神祇的象征意义多

---

① 黄华节：《定县巫婆的降神舞》，《社会研究》1936 年第 105 期。
② 同上。
③ 李景汉：《定县社会概况调查》，上海世纪出版集团，第 430 页。

属于家庭事务或个人救赎等私人领域","由于在基层非组织性的民间信仰
中,国家、制度化宗教、男性的控制比较薄弱,女性得以在神灵世界里扩
展她们的空间和权力。在这片'飞地'内,女性是得到广泛认可的'能动
者'"①——或可更全面地说,以女性神为代表的民俗信仰土壤,成为乡村
女性和民间文艺共同的"飞地"。

三 秧歌中女神叙事的功能与复义的解读空间

广有影响的民间教派与老百姓喜闻乐见的戏曲"换词"互渗,是不难
想见的事。关于定州秧歌对民间女性神的表现,前文曾提到来自于民间教
派经卷的老母《叹五更》词,而"叹五更"(包括"叹四季""叹十声"
等),又是"采茶"这一与花鼓、秧歌戏同源共生的小戏中,极适合抒发怨
女哀情的悲调。再如定州旧时"跑花园"手拿花鼓口唱巫歌(神歌)载歌
载舞的巫婆行容,与秧歌的早期形态颇相吻合。可见,女神叙事与秧歌的
结合,有着漫长的"前史",而在戏剧定型化的秧歌小戏中,女神叙事的面
貌又得到了进一步发展。我们可以将女神在秧歌剧情叙事中的作用和功能,
大致分为如下三类。

1. 程式性套语。如《刘秀走国》中马武上场有"西北角下起浮云,圣
母倒坐莲花盆"一句,剧情功能较弱,但反映了女神信仰在戏中的仪式性
遗存。

2. 女性神庙会作为剧情(往往是爱情、私会活动)展开的背景、场合。
例如《刘玉兰上庙》《金牛寺》《搬不倒请客》《借髢髢》《小姑贤》等。

3. 女性神作为推动剧情发展的关键环节。具体又可细分为以下几种。

一是被召唤(假借)的形象,如《双锁柜》中二姨跳神时所召唤的
"三圣母"和"众位娘娘"。二姨在戏中是个正面丑角形象(定州秧歌称为
鸡花旦,表演时面颊画雄鸡,示其泼辣),对应着现实乡村中"老母会首"
和女巫一类人物。剧中作为贤明智慧的女性长辈,她借诉女性护佑神的权
威,成为父权压迫下更为弱势的女性群体的人间护佑者。

---

① 吴真:《民间神歌的女神叙事与功能——以粤西地区冼夫人神歌为例》,《文学评论》2008
年第5期。

二是剧中的女主人公，如《崔光瑞打柴》中临凡追求樵夫崔光瑞的张四姐。

三是剧中登场的重要配角，其功能主要有"挑起"（如《庄周扇坟》中化身佳人小寡妇的观音）和"解决"（如《杨二舍化缘》与《杨富禄投亲》中分别搭救两位因身陷绝境而自尽的杨公子还魂并指示其投身未婚妻家的老母/观音）。需要说明的是，神灵的"解决"功能在秧歌叙事中是有限度的，它的有效性，主要体现为对于情理冲突的伦理困境中被宗法礼教之"理"压抑的有"情"人的同情、支持与帮助，但并不提供最终解决方案。究其原因，恐怕是因在戏文里更多以婆媳、父女代际冲突为代表的家内矛盾中，主要阴影在于嫌贫爱富等德性缺陷、强烈的控制欲，甚至是说不清道不明的"气场不合"。面对这样日常琐碎的矛盾冲突，与同样作为外在权威执行审判功能的"清官"却"难断家务事"类似，神灵们也失效了，这多少反映出痛切却平庸的家内冲突在现实中解决的困难。而女神的"限度"还在于，她们本身亦不乏现实不平等性别话语的投射。例如在中国民间信仰中，女神自身多是具有神圣性的母性（即肯定"为母"，而否定、屏蔽其前提"为妻"的女神叙事），在秧歌戏中多靠乞诉怀有"洁净"之"母身"的女神们，来护佑人间"不洁"的爱欲、性交、生产的行为，体现了民间信仰中对女性及其身体的想象和父权社会权力话语间既抵抗又共谋的复杂关系。而如《庄周扇坟》中的观音，一方面扮作佳人小寡妇，挑拨庄周夫妻关系，成为一切故事、矛盾的直接挑起人，另一方面又把自己的行为解释为"度妻贤"，由此使神灵设计安排好的"故意谋杀"与田氏"大道从天然"的个体解放即"度化"并存，矛盾地完成了纲常教化代言与女性护佑者的双重形象。这或许正是乡土社会思想文化土壤丰富多元、相比"各种严整的大观念大叙事"更具空隙，也"更可让人自由呼吸"[1] 的一例旁证。

四　结语

中华人民共和国成立以来，神灵在秧歌中的登场出现了意味深长的变

---

[1]　张炼红：《历炼精魂：新中国戏曲改造考论》，上海人民出版社，2013，第3页。

化。老艺人张占元在《定州秧歌史料》① 中，回忆整理了他自 20 世纪 50 年代成为定州秧歌职业演员以来学习演出过的近四十出传统戏剧本。对比 20 世纪 30 年代的《定县秧歌选》，我们发现，神灵信仰和形象作为剧情展开的背景、场合（庙会），仙凡配主人公（《崔光瑞打柴》），以及剧情"挑起者"（《庄周扇坟》）等功能，都在新中国成立后的秧歌演出舞台上保留了下来。但是神灵之名作为仪式性套语和被很多研究者所看重的作为剧情困境"解决者"的功能，则得到了大大削弱。如《杨二舍化缘》和《杨富禄投亲》中，观音、老母完全消失了踪迹。可以想见，在传统以禳灾为重点的祭祀演戏中，诸如二舍富禄哭诉的苦戏必然是重头，得到神灵的感应，也是确保仪式吉祥与完整性的要求。而当代记录剧本中神灵作为戏剧"解决"功能的退场，当与新中国成立后剧种改良进程中，凸显人民自我力量的意识形态要求相关。不可否认，这一新的主导意识形态在民间小戏中得以树立和女神的相对"退后"，也必然与乡村女性地位的整体上升有关。在保留下来的一些女神叙事中，像《崔光瑞打柴》由本是叙述张四姐因下凡"倒贴"反被误认为妖遭到拒绝的闹剧，被"规整"为 20 世纪 50 年代之后仙凡同心、劳动持家的"天仙配"叙事，正说明了这点。

　　行至当下，定州秧歌似乎更多被视作一种自足的"非遗"艺术，韩祖庙对面的戏棚被梆子老调等更大的剧种占据。尽管如此，神灵的痕迹仍然未被全然抹去。在今天，戏曲被不少人视为曲高和寡的传统文化之"粹"，而令它历经艰难仍能够葆有健旺活力，顽强生存至今的精义，恰是在其芜杂"不粹"。心口相传，大浪淘沙，却淘不掉那个非奇不传又曲尽人情的戏中世界、那些怪怪奇奇与世道人心的绝妙组合。内涵丰富的女神信仰与叙事，从根本上说并不同于超越性、形而上的宗教信仰，而正可以视作底边女性与民间文艺在长期互动中形成的心照不宣的契约，一种富含现实功利的、自证合法性的修辞手段。如果说新中国文艺的创设实践因民间思维和力量的坚忍柔韧存在，而并未完全丧失延续性、继承性的内在维度，那么随着关于"民族性"及其重要源泉"民间性"的认同因现实之变而愈加剧

---

① 张占元：《定州秧歌史料》（内部发行），定州市文学艺术界联合会，2008。

烈发生整体性变化。今天的基层乡土也日益深处于由前现代伦理认同走向某种"去伦理化"的新历史意识的过渡期，新时代的文化传承与整合实践因之越发显现其严峻的一面。而面对乡村空心化、妇孺老弱留守的现状，我们在思考如何使地方小戏等"非遗"回归人民性，和乡土重建富有活力的链接，重获现实对话能力等时代提出的问题时，女性文化与民间文艺的链接就更不容忽视。那些曾经发生的和正在发生的种种或许粗陋，或许曲折隐微，或许混杂泥沙的表达，承载着"她们"的现实认知、历史想象与充盈心曲，作为一种富有生活实感的集体记忆和地方性知识，值得人们去进一步发掘。

（原文刊登于《戏剧（中央戏剧学院学报）》2017 年第 6 期，
本文集收录的是删节版）

对数字民间戏曲作品著作权保护的思考

王　艳　扬州大学音乐学院声乐教师

一　数字民间戏曲作品及著作权相关概念的界定

对于民间戏曲及民间戏曲作品的概念，《艺术词典》中认为"民间戏曲是在民间广为流传，其艺术形态是民间与原生态的，都是由群众所创作并以口传心授方式流传下来。民间戏曲作品则是民间戏曲的载体，其包含多样内容，如乐谱、剧本、表演方式等等，民间戏曲作品具有极强的民族性与地域性，是民间戏曲研究的重要文献资料"[①]。数字民间戏曲作品产生的缘由是迎合民间戏曲保护、传承的需要。流通、保存、传播大多借助录音、录像及其他多媒体技术手段与互联网。世界知识产权组织（WIPO），对数字民间戏曲作品所下的定义更加具有国际视野，认为数字民间戏曲作品是"通过网络、新媒体信息技术、数字影像技术等现代传媒与科技手段传播的一种民间戏曲作品形式，其流传与传播不受时间、地域的影响，来源仍然是漫长岁月中公众的劳动与生活"。

从数字民间戏曲作品的自身属性来看，它在传播、艺术加工上具有无可比拟的优势，可以突破传统民间戏曲作品时空上的限制，有利于听众方便、快捷地感受不同区域中多元化民间戏曲作品的魅力。数字民间戏曲作品与传统的民间戏曲作品相比较，在著作权上具有明显的区别。首先，在主体权利上，它比传统民间戏曲作品更加具有广泛性，包括著作权、经授权、发行许可权、代理权等。其次，在客体权利上，数字民间戏曲作品内

---

①　章柏青、吴朋、蒋文光主编《中国艺术词典》，学苑出版社，1999，第1~7页。

容更加丰富，既包括传统民间戏曲经数字化处理后的作品，又包括在传统民间戏曲基础之上经过数字化创作手段改编、创作后的全新作品形式。最后，在权利所享有的范围上，除了传统著作权中的署名权、发表权等基本权利以为，还扩充了信息网络传播权、权利标示权、反解密权等一些新型权利。① 由于数字民间戏曲作品复制、携带、传播的便捷性，近年来数字民间戏曲作品"产权"保护不容乐观。尽管 2010 年新《著作权法》明确对数字戏曲作品的归属、版权保护等相关问题做出了明确的解释，剧协中单独成立的中国戏剧家协会著作权保障工作委员会（以下简称戏著委）也代为履行了大部分数字民间戏曲作品版权集体管理的职责，然而就实际操作层面而言，数字民间戏曲作品的版权维权依然困难重重。戏著委作为一个剧协的组织机构，并没有执法权，其职责是督促、监督，难以起到有效的监管。尤其是那些并没有署名，且属于特定区域、群体流传的数字民间戏曲作品如何争取法律保护。这些问题的都值得深思与探索。

二 数字民间戏曲作品著作权保护现状思考

1. 典型案例分析

数字民间戏曲作品由于是数字化进行艺术创作、生产、存储、传播的民间戏曲作品形式之一，不仅具有戏曲的非物质形态特征，同时所依附的载体如光盘、数码存储工具又具有物质形态特征，导致其消费方式呈现多元化特征，既可以存在于传统的商品交易市场，又可以通过有线或者无线的方式进行网络交易。因此在著作权保护上给维权者们提出了极大的挑战，在国内外都是一个极为棘手的难题。如"澳大利亚的土著歌舞风波"便是一个典型的案例。1998 年，澳大利亚约克角半岛地区委员会接到一起投诉，认为当地一起土著人戏剧盛会的相关歌舞音频资料被相关商家录音录像后，制成相关的 AVI 文件在网络上予以发布。很多新闻媒体在未经演员及主办方的允许情况下，大量下载并转载了戏剧盛会的音视频资料，尤其是当中被大量转载的戏剧表演节目只有当地族人部落中地位较高的长老才能演唱。

① 殷建:《数字音乐作品著作权侵权责任研究》，硕士学位论文，大连理工大学，2009，第 2 页。

显而易见，网络出版商与相关媒体已经明显侵犯了当地土著居民的原创戏剧作品的著作权。接到投诉以后，委员会迅速展开行动，对这起未经授权的复制和传播侵权行为进行了调查。然而在具体的调查与维权行动中，委员会却遇到了难题。首先是起诉法律条款适用的问题，其现有的著作权法案是根据《罗马公约》修订的，如戏剧盛会中的表演作品在经过数字化处理以后能否作为著作权客体中的戏剧作品予以保护？再者由于民间戏剧流传的复杂性，戏剧作品的原创者无法确定，这又对作品归属权提出了疑问等。对这些问题，著作权法案却没有给出明确的答复，这对案件的举证工作造成了很大的困难。最后在委员会的干预下，尽管有关网络出版商在网站上移除了相关的音视频资料，但是由于澳大利亚现行的法律对数字民间戏剧作品的保护并没有做出详细的司法解释，导致原本要求相关责任公司、商家对著作权所有人及团队的道歉和经济赔偿也无法实现，最后迫使原告放弃了诉讼。

当然，我国在处理数字民间戏曲作品侵权时也碰到了同样的问题。如黄梅戏电影《天仙配》数据光盘所引发的著作权纠纷便是一个典型的案例。该光盘内容取自黄梅戏经典表演剧目《天仙配》，经上影制片厂制成数据光盘后由安徽音像出版社在市场上广为销售。拍摄之初只是作为宣传新文化的重要途径，且当时正处于高度集中的计划经济体制之下，人们对于经济利益、著作权保护的意识相对淡薄。改革开放以后，尤其是进入 21 世纪以来，我国已经成为世贸组织的重要成员，应当履行世贸组织要求的国际义务，其中重要的一款就是知识产权保护。自拍摄之初至到法院诉讼为止，安徽音像出版社通过出售数据光盘已经获得不少经济利益，而对于该作品具有重要贡献的严凤英及其法定继承人却未获得任何经济利益，从而引发了著作权侵权纠纷。按照我国《著作权法》第 3 条的规定，即使是数字化的戏曲作品，它也是文学、艺术与科技的结晶，凝聚着原创者的智慧，具有独创性。这种作品相对传统戏曲作品而言，不同的仅仅是载体。黄梅戏《天仙配》重要完成人严凤英为该作品的表演、唱腔设计做出了独一无二的贡献，从而享有著作权法意义上的权利。从这个角度来看，理应受到保护。然而在本案的具体审理过程中，控辩双方对于严凤英的原创艺术证明进行了激烈的争论，在最后的几轮辩论中，原告始终无法拿出严凤英的原创艺术证明，故法院对原告主张的关于严凤英在黄梅戏《天仙配》中享有唱腔设计著作权的主张不予支持，严凤英在黄梅戏《天仙配》中不享有表演者权。依据《著作权法》第 10 条、第 37 条的规定，判决驳回原告的诉讼请求。①

从上述案例不难看出，一些商家、网络媒体经常利用法律的漏洞去榨取民间戏曲作品中巨额的经济利润，而这些民间戏曲作品的创作者和所有者群体，却无法得到法律上的全面支持与保护。一些富有争议的所有权使得他们失去了原本赢得的经济利益，也打击了他们从事民间戏曲保护与传承的积极性，如何解决这些矛盾与冲突已经成为知识产权界及戏曲界关心的热点问题。

2. 问题的提出

通过对国内外典型案例的分析，我们不难看出数字民间戏曲作品并不完全同于现行著作权法所保护的客体中的艺术作品。从目前的司法实践来看，所适用的法律并不完全是《著作权法》，与之相关的还有《最高人民法院关于审理涉及计算机网络著作权纠纷案件适用法律若干问题的解释》（以下简称《解释》）。尽管如此，现行的这两部法律对于数字民间戏曲作品著作权保护所起的作用依然有限。据不完全统计，我国较为有名的各地戏曲剧种约 300 种，这些剧种在数字化出版与保护过程中所引起的著作权纠纷在近年来呈大幅度上升趋式。以郑州市中院所受理的有关数字戏曲著作权纠纷案为例，2010 年年初的 3 个月当中，就受理了 135 件，较之往年增长了 20%，占所有知识产权纠纷案的 39%。而这些戏曲著作权纠纷案中所涉及的剧目既有像《呼延庆出世》《桃花庵》这样的传统剧目，也有新改编创作的民间剧目。其次，涉及的层面呈多样化形态，被告层面有出版音像公司、文化传播公司、个体文化商品经营者、通信网络公司、网络公众平台等。在维权的过程中，由于数字民间音乐作品创作的特殊性，每一个著名的剧目无不汇集了众多的戏曲音乐家、舞台美术家、剧作家、表演艺术家的众

① 叶若思、祝建军：《戏曲电影中唱腔设计著作的保护》，北京知识产权律师网，http://www.cnipr.net，2012 年 12 月 29 日。

多努力，是音乐、舞台、美术、戏剧各种艺术综合的结晶。因此，在案件的调查过程当中，就不可避免涉及唱腔设计、戏曲配器、主题音乐与主旋律的运用、表演身段设计等各个层面。正是这种综合艺术创作方式导致作品的权利归属与界定尤为困难，而恰恰判定、平衡数字民间戏曲作品中的各方利益是著作权纠纷案的核心内容，这也成为司法审判实践中的难点。从法律监管角度来看，无论是《著作权法》还是《解释》都无法对这种行为做到完全界定，相关权利人虽然历经千辛万苦搜集到的证据（如原始的演出公告、节目单、剧目创作任务书等等）能够证明其自身应该享有作品的著作权，但是在权利归属上，如法人作品与职务作品的界定、集体合作作品与个人作品如何区分等难题解决却较为棘手，在作品的信息传播上也只是做了一个模糊的界定，且没有法定的强制许可制度。

此外，具体的维权中还受时间、证人等因素的影响，从而加大了赔偿数额的判断难度。如著名豫剧《朝阳沟》在 20 世纪 50 年代末期首演，而在 60 年代初才拍成电影。但是等到拍成数字电影引起著作权纠纷并提起诉讼后却是 2005 年，诉讼时效引起了本案诉讼双方控辩律师的巨大争议。另外在证人查找上，也遇到了棘手的难题，最初的创作者在诉讼期已经是 80 多岁的老人，在自身权利维护、事件追溯叙述上都已经难以应付维权案件审理的种种程序。基于以上种种原因的影响，部分已经获得胜诉的数字民间音乐作品著作权纠纷案只获得了较低的赔偿数额，因为不仅仅权利人的实际损失难于评估，最重要的是多数侵权行为更加隐蔽。这使法官在判决上只能是依据国家赔偿标准的上限范围酌情自由裁量，难于做到真正的公平。

传统民间戏曲作品数字化以后给其著作权保护带来了一些新的问题。如何适应新网络环境下发展的要求，拓展已有法律法规的应用空间，维护传统民间戏曲著作权人及团体的基本权利，在当下就显得尤为重要。

三　数字民间戏曲作品著作权保护的相关建议

数字民间戏曲实际上是一个艺术综合体，其不仅仅融合了现代数码技术、传播技术，而且具备了传统民间戏曲的情节、剧本结构、唱腔及动作设计等多方面内容，其保护也应该是立体化的。为了适应新环境下知识产权保护的需要，我国在 2010 年修正了《著作权法》，再加上之前颁布的《信息网络传播权保护条例》《关于审理涉及计算机网络著作权纠纷案件适用法律若干问题的解释》等若干法律，应该来说对于网络环境下的数字民间戏曲作品著作权保护起到了相当大的作用。但是仍然存在不少模糊的概念，如著作权人所属权利的划分，保护的范围、时效，侵权的行为与范围等等。

笔者认为，其一，应在法律层面对于作品归属权进行清晰的界定。属于个人独创（如在戏曲音乐、剧本创作等方面具有原创性和唯一性）毫无疑问要归纳在个人名下并作出详细的划分。如数字戏曲制作技术应属于技术提供商，数字戏曲音乐部分应属于作曲者（其中又分为配器者权利、作曲者人权利、唱腔设计者权利），剧本当属于剧作家，出版作品中属于出版商的录音录像权利，等等，实际上是这些权利人分享了数字民间音乐作品当中相对应的一部分权利。而在一些集体作品归属权上，应判定作品的创意、构思、创作素材、编创仪器设备上均由集体提供，并附有相关证明（如有多人联名签署的演出公告、节目单、音像产品说明书等等），即应归属为职务作品。对其保护应与个人作品予以区分，可以依据《著作权法》第 16 条规定，"作品完成两年内，未经单位同意，作者不得许可第三人以与单位使用的相同方式使用该作品。"

其二，对于数字民间戏曲作品当中的原始素材应在产品包装的醒目位置上予以标注，注明出处。如 2005 年沪剧作曲家许如辉后人一纸诉状将中国唱片公司、扬子江音像出版有限公司等多个音像出版公司告上法庭，控诉其并未在包装上署上作曲者姓名，而是另改他人，侵犯了创作者的著作权、发行及复制权等多项权利。法院在审理过程中，认为不能证明许如辉就是剧目所有核心唱腔的创作者，而采纳了是由演员创作的证言，一审、二审均判原告败诉。该案引起了戏曲界、音乐界的巨大反响，著名作曲家陈钢认为："该案的判决把解放初期文艺工作者对戏曲改良的贡献全部予以抹杀，更是对戏曲作曲界的否定。"笔者通过调阅相关法律文献，发现判决的关键是作品的署名权，在最初的沪剧作品《龙凤花烛》中，并未体现许如辉的署名，而在后面的 10 部系列作品中虽然有其署名，但是法官并未采信。从这个角度来说，署名权是数字民间音乐作品著作权保护的重要内容，无论是权利人还是出版商都应高度重视，以避免不必要的纠纷。

其三，在著作权权利人利益平衡问题上，应予以区分创作者和权利人之间的关系，因为在数字戏曲作品创作及产品制作过程中，为了节约成本，有的创作者身兼数职，于创作者与表演者一身，从这个角度来说，法律应对其表演权予以保护。而如果是表演者并非完全按照他人的作品进行表演，而是进行了二度创作（如在剧本、音乐唱腔设计、数字戏曲乐队配器上），那么应对其独创部分的著作权予以保护。这样做的目的就是促使出版商必须取得著作权人和表演者双方的同意授权才可以出版，否则将构成侵权。对于部分无法确定著作权人的数字民间戏曲作品，应探索采取《非物质文化遗产法》予以保护。

其四，应进一步提高数字民间戏曲作品著作权的集体管理水平。作为所有戏曲作品著作权的集体管理组织——戏著委在中国数字戏曲作品著作权保护中具有举足轻重的作用。其成立以来做了大量的著作权维权工作，取得了较为突出的成绩，但也存在很多问题。如版权转让的收费、结算标准，结算的方式与负责人等一直没有公开。作为一个非营利性及非官方的组织机构，戏著委也有难言的苦衷。其本身并不具备执法权，主要职责是呼吁大家尊重戏曲创作的劳动成果，力求建立起良好的戏曲版权保护环境。但是由于沟通等相关因素的影响，很多民间戏曲传承人及团体并不信任戏著委，他们采用消极的态度面对戏著委的相关工作，导致沟通不畅，双方在一些版权授权管理的问题上经常纠缠不清。笔者认为，解决此类信任上的危机，需要双方共同努力。一方面，政府要提高戏著委的公信力，督促加强自身的管理水平，进一步公开、透明其服务事项具体内容（包括版权收费、转让结算标准等核心内容），在具体的版权纠纷上，政府应赋予音著协更多的法律权利来督促相关企业合法经营，尊重他人的劳动成果。另一方面，需民间戏曲传承人及团体及时与戏著委进行沟通，互通有无，逐步构建起顺畅、互信的沟通机制。因为就戏曲作品维权来说，戏著委的维权能力肯定要比个人维权能力强。总之，破解信任危机上的难题与困境，加强戏著委与民间戏曲人、团体的沟通与互信，是提高数字民间戏曲作品著作权集体管理水平的关键。

其五，从技术层面而言，保护数字民间戏曲作品著作权不仅仅是在网站、平台或其他媒介上的显眼位置登出版权声明，或者是利用"避风港"中"通知删除"原则那么简单，最重要应该利用现代信息技术手段，对数字民间戏曲版权保护技术予以提升。众所周知，版权管理的核心在于版权结算。当然，版权结算涉及问题众多，如版权服务准入资格、版权审查资格、版权登记、查验及许可制度等。因此，如何面对数字民间戏曲著作权保护的需要，设计一套科学、合理、高效的版权结算服务组件就尤为必要。笔者认为，可以借鉴国内有关研究者的建议，对相关的网络服务平台进行重新整合，将数字民间戏曲网络运营平台与版权结算平台相结合，利用新开发的版权服务组件无缝对接到不同字符编码的网络平台上。由于该平台具有独立的外部版权服务器，完全能够适应用 UTF－8 编码或者 GBK 编码的网站需要。使用者可以轻松将所拥有的数字民间戏曲作品提交到网上，用以版权的申请、审核、转让。而一旦被侵权，高效的网络平台将提供确凿的侵权检测记录源文件，有利于权利人进行维权。此外，这种版权结算服务（包含版权登记与查验、版权归属与授权、版权结算方式等）相对独立与透明，由具有公信力的第三方予以认证，避免出现倾向任何一个利益团体的趋势，以保障数字民间戏曲作品著作权人及购买商双方的基本权益不受到损害。[①]

进入 21 世纪以来，对于数字民间戏曲作品著作权保护的争论并未随着信息技术的高速发展而平息，就目前情况而言，无论是从法律还是技术层面上都有太多亟待充实、提高的地方。在新的网络环境下，如何提高我国数字民间戏曲作品著作权保护相关法律与技术水平可谓是刻不容缓。本文通过对数字民间戏曲作品概念的界定、国内外保护现状与问题的分析，提出了相关建议，其目的是抛砖引玉，为建设一个具有特色的数字民间戏曲作品著作权保护体系提供可资参考的案例。尽管有的方案与技术仍有不成熟的地方，但是笔者坚信，只有公众积极参与，数字民间戏曲作品著作权

---

① 周正喜：《面向数字音乐网站的嵌入式版权服务组件研究》，硕士学位论文，北方工业大学，2013，第 13 页。

保护的明天才能更加美好，数字民间戏曲作品的经济与社会价值才能得到最大程度的体现！

（原文刊登于《中国戏剧》2017 年第 9 期）

参考文献：

许杨：《数字化虚拟技术在戏曲传承发扬中的应用探析》，《金陵科技学院学报》（社会科学版）2014 年第 2 期。

陆天奕：《微时代背景下传统戏曲的传播初探》，《艺术评论》2014 年第 11 期。

姚艺君：《数字化时代的传统音乐分类问题思考——以戏曲"声腔"为例》，《中国音乐》2008 年第 1 期。

于凡林、乐波娟：《3D 技术与戏曲电影结合的创想》，《戏曲艺术》2012 年第 3 期。

杨明：《唱腔、戏曲作品与戏曲电影作品的著作权问题——由"《天仙配》案"引发的思考》，《知识产权》2007 年第 1 期。

叶若思、祝建军：《戏曲电影中唱腔设计著作权的保护——评黄梅戏电影《天仙配》案》，《电子知识产权》2010 年第 3 期。

陈红：《戏剧作品著作权特殊性与疑难问题研究——以戏曲作品中权利主体构成者与传播者的权利分配为视角》，《知识产权法研究》2008 年第 2 期。

唐姗：《戏曲电影中唱腔著作权纠纷的处理规则》，《中国知识产权报》2013 年10 月。

杨明：《中国知识产权报》，《中国艺术报》2010 年 6 月。

第九部分　谜语 ————————

谜语的文体渊源与流变

张　巍　华南师范大学文学院教授

　　刘勰《文心雕龙》中文体论的次序是先文后笔，"文"即韵文当中共分《明诗》《乐府》《论赋》《颂赞》《祝盟》《铭箴》《诔碑》《哀吊》《杂文》《谐讔》十篇，"讔"为韵文文体的最后一类。《文心雕龙》认为："讔者，隐也。遁辞以隐意，谲譬以指事也。"①"讔"又称"隐"，后世常称作"隐语"。隐语意味着某种特殊的话语方式，申说事物但并不明言，而是以隐晦之言暗指，让听者去自行揣摩领会。先秦时期，隐语曾广泛应用于社会政治生活领域。《韩非子·难三》载：

　　　　人有设桓公隐者，曰："一难，二难，三难，何也？"桓公不能射，以告管仲。管仲对曰："一难也，近优而远士。二难也，去其国而数之海。三难也，君老而晚置太子。"桓公曰："善。"不择日而庙礼太子。或曰：管仲之射隐，不得也。②

　　此处已经有对于"隐""射隐"的明确记载，足见隐语在当时已是颇为

---

①　《文心雕龙·谐隐》，载刘勰著、詹锳义证《文心雕龙义证》，上海古籍出版社，1989，第539页。

②　《韩非子·难三》，载韩非子著、王先慎集解《韩非子集解》卷一六，中华书局，1998，第372页。下加标识的文字系押韵之字。《列女传》卷六"楚处庄侄"条云："侄对曰：'大鱼失水，有龙无尾。墙欲内崩，而王不视。'王曰：'不知也。'侄对曰：'大鱼失水者，王离国五百里也。乐之于前，不思祸起于后也。有龙无尾者，年既四十，无太子也。国无强辅，必且殆也。墙欲内崩而王不视者，祸乱且成而王不改也。'……侄曰：'王之致此三难也以五患。'"（《列女传补注》，华东师范大学出版社，2012，第271页）庄侄同样是"设王三难"，而且内容也与管仲所射隐语相似，二者之间可能存在关联。

成熟的文艺样式。更为典型的事例，见于《吕氏春秋·重言》：

> 荆庄王立三年，不听而好隐。成公贾入谏，王曰："不穀禁谏者，今子谏，何故？"对曰："臣非敢谏也，愿与君王隐也。"王曰："胡不设不穀矣。"对曰："有鸟止于南方之<u>阜</u>，三年不动不飞不鸣，是何鸟也？"王射之曰："有鸟止于南方之阜，其三年不动，将以定志<u>意</u>也；其不飞，将以长羽<u>翼</u>也；其不鸣，将以览民<u>则</u>也。是鸟虽无飞，飞将<u>冲天</u>；虽无鸣，鸣将<u>骇人</u>。贾出矣，不穀知之矣。"①

从以上引文可以看出，一则完整的先秦隐语包括"设隐"和"射隐"两个部分，采用对问的形式，射隐之辞多为韵语，表现手法主要是隐喻，功能重在讽劝，直接服务于现实政治，也即刘勰所谓的"会义适时，颇益讽诫"②。

隐语的起源很早，《文心雕龙·谐隐》中所说的"还社求拯于楚师，喻智井而称麦麯；叔仪乞粮于鲁人，歌佩玉而呼庚癸"的事例③，就分别见于《左传》宣公十二年和哀公十三年。④ 不过，用"庚癸"来指代粮食和水的方法还只能算是临时性的代称，而且《左传》中也并没有明确指出这就是隐语。直至战国后期，隐语才取得了上述的确定名称和固定样式，而且还出现了专门记载隐语的《隐书》。刘向《新序》中有齐威王射隐不得然后翻读《隐书》的记载⑤。《汉书·艺文志》"杂赋"类中也著录有"《隐书》十八篇"，颜师古注曰："刘向《别录》云：'《隐书》者，疑其言以相问，对者以虑思之，可以无不谕。'"⑥ 这与上述隐语的具体事例完全相合。除《隐书》这类书籍外，战国时期还有专职掌握隐语的官员，称作"隐官"或

---

① 吕不韦著，陈奇猷校释《吕氏春秋新校释》卷一八，上海古籍出版社，2002，第1166页。下加标识的文字系押韵之字。类似记载又见于《韩非子·喻老》《史记·楚世家》《史记·滑稽列传》《新序·杂事二》。
② 《文心雕龙·谐隐》，《文心雕龙义证》，第557页。
③ 《文心雕龙·谐隐》，《文心雕龙义证》，第540页。
④ 杨伯峻：《春秋左传注》，中华书局，1981，第749、1679页。
⑤ 《新序·杂事第二》，载刘向撰、赵仲邑注《新序详注》，中华书局，1997，第69页。
⑥ 班固撰，颜师古注《汉书》卷三○，中华书局，第6册，1962，第1753页。

"隐士"。《说苑》中有关于咎犯向晋平公进谏的记载:"平公曰:'客子为乐。'咎犯对曰:'臣不能为乐,臣善隐。'……咎犯申其左臂而诎五指,平公问于隐官曰:'占之为何?'隐官皆曰:'不知。'"① 其中提到的隐官,身份显然是"近乎卜祝之间"②。沈钦韩《汉书疏证》中,就认为隐语"掌于瞍、卜筮者也"③。

隐语被明确视为一种文体,最早见于《文心雕龙》,这种文体观念对后世产生了巨大影响。南宋人李石计划续补《诗经》时,将《左传》中相关记载摘录归类后指出:

> 右《诗》类共三十六事,以《诗》之删序所不及者,附为《诗》类,补六艺之遗。云:占筮词八、赋一、童谣二、铭三、诵四、讴三、答一、虞箴一、古人言一、投壶词三、叹一、歌五、谬隐语三、谏词一,凡三十六事。④

这里将隐语与铭、箴、谏等文体并列看待。而在清代所编的《古今图书集成》中,也将隐语与诗、赋、文等文体并列,排在《文学典》的最后。

"隐语"的本质特征在于"隐",也即隐约其词、旁敲侧击。"隐"是一种表现方法,隐语就是专用这种表现方法的文学形式。这点上和赋有相通之处,"赋"本为《诗》六义之一,此后成为独立文体,隐语则近于《诗》六义的"比"。王夫之《姜斋诗话》云:

> 《小雅·鹤鸣》之诗,全用比体,不道破一句,《三百篇》中创调也。要以俯仰物理而咏叹之,用见理随物显,唯人所感,皆可类通;

---

① 《说苑·正谏》,载刘向撰、向宗鲁校证《说苑校证》,中华书局,1987,第209页。
② 司马迁:《报任少卿书》,载《文选》卷四一,上海古籍出版社,1986,第1861页。
③ 沈钦韩:《汉书疏证》卷二五,载《续修四库全书》,第266册,上海古籍出版社,2002,第708页。
④ 李石:《方舟集》卷二四《〈诗〉补遗》,载《景印文渊阁四库全书》,台湾商务印书馆,第1149册,2008,第851页。

初非有所指斥，一人一事，不敢明言，而姑为隐语也。①

可见，隐语和赋一样，都可以说是从表现手法到文体特质再到文体标识。而隐为暗指其事，赋为铺陈其事，这二者本来就是相反相成。

"谜语"一词同样较早见于《文心雕龙·谐隐》："自魏代以来，颇非俳优，而君子嘲隐，化为谜语。谜也者，回互其辞，使昏迷也。"② 刘勰认为谜语产生于曹魏时期，是由隐语发展蜕变而成的。先秦隐语重在讽劝，谜语则重在斗智娱乐，二者在文体功能上有重大差异，但表现方法上却一脉相承，代表了同一文体发展的两个不同阶段。刘勰的看法得到了后人的广泛认可。清代孙祺为费源谜集《玉荷新语》所作序中即云"今之所谓谜语，即古之隐语也，自魏代以来化而为谜"③。

隐语转变成谜语之后，其文体功用发生了根本改变，不再服务于政治而是取乐于民众。李肇《唐国史补》中有"隐语有张著"的说法④，可见说隐语在唐代已成为一种技艺。时至两宋，射隐猜谜更是风行市井的文艺活动。据孟元老《东京梦华录》记载，北宋各种"瓦肆伎艺"中就有"商谜"一类。⑤ 周密《武林旧事》亦载南宋元宵灯节"有以绢灯剪写诗词，时寓讥笑，及画人物，藏头隐语，及旧京诨语，戏弄行人"⑥。

今存较早的谜语是鲍照的《字谜三首》，其"井字谜"曰："一形二体，四支八头。四八一八，飞泉仰流。"钱振伦注曰："四八一八，合则五八，四十也。四十为井字。"⑦ 此谜的第一、二句刻画字形，第三句包含着算法，

---

① 王夫之：《姜斋诗话》卷上，载《清诗话》，上海古籍出版社，1999，第 18 页。元代陈绎曾《文说》亦云："《小雅·鹤鸣》、古乐府《藁砧》，全篇隐语。"

② 《文心雕龙·谐隐》，载《文心雕龙义证》，第 547 页。隐语也被直接称作"谜"。周密《齐东野语》"谜语"条云："古之所谓廋词，即今之所谓隐语，而俗所谓谜。""谜"字较为晚起，不见于许慎《说文解字》。宋刻本《说文》言部新附："谜，隐语也。"这是出于后人的补入。梁代顾野王《玉篇》中释"谜"字曰"隐也"。

③ 孙祺：《玉荷新语小引》，载高伯瑜等编《中华谜书集成》，第 1 册，人民日报出版社，1992，第 277 页。

④ 李肇：《唐国史补》卷下，载《唐国史补·因话录》，上海古籍出版社，1979，第 60 页。

⑤ 孟元老：《东京梦华录》卷五，载《东京梦华录（外四种）》，文化艺术出版社，1998，第 32 页。

⑥ 周密：《武林旧事》卷二，载《东京梦华录（外四种）》，文化艺术出版社，1998，第 348 页。

⑦ 鲍照著，丁福林等校注《鲍照集校注》卷七，中华书局，2012，第 655 页。

最后一句则道出了井的功用，说明汲水时仿佛飞泉倒流一般。这已经是形式严整、高度成熟的谜语。唐宋时期的谜语大多采用四言诗或五七言诗的形式，主要包括字谜和物谜两大类。庄绰《鸡肋编》中载王安石"俭"字谜曰："兄弟四人两人大，一人立地三人坐。家中更有一两口，任是凶年也好过。"① 谜中分析字形同时兼及字义，实可谓字谜中佳作。周密《齐东野语》中也记载了多则谜语"以资酒边雅谈"，例如其墨斗谜云"我有一张琴，丝弦长在腹。时时马上弹，弹尽天下曲"② 就是一则典型的物谜。

元代的谜语传世不多，但其实元代是谜语创作的繁盛阶段，许多元曲作家都一身二任，长于制谜。在《录鬼簿》《录鬼簿续编》中，对此有大量记载。如陈彦实"于乐府、隐语，无不用心"③，吴中立"好为舞章、隐语、乐府"④，董君瑞"隐语、乐府，多传江南"⑤，罗贯中"隐语、乐府，极为清新"⑥，李时英"所作隐语极妙，乐府亦多"⑦。其中，所说的隐语指的就是谜语，《录鬼簿续编》载丁仲明"极工于隐语，时人皆称'丁猜'"⑧，这可以作为确证。可见当时谜语和杂剧、散曲一样，是作家们高度关注的文学样式。

灯谜也即文义谜产生于明代，它虽然与传统谜语的文体功能相近，但文体形态却发生了巨大改变。灯谜是隐语发展的第三阶段，不过它依然可以被称作谜语或隐语。也就是说，从历时性的角度来看，隐语、谜语、灯谜代表了同一文体发展的先后阶段；从共时性的角度而言，隐语、谜语是这类文体的统称。灯谜之得名，与元宵节观灯猜谜的风俗密切相关。《两般秋雨庵随笔》云："今人以隐语粘于灯上，曰'灯谜'，亦曰'灯虎'。"⑨顾禄《清嘉录》中，更是生动记述了清代江南春季民间猜谜的盛况：

① 庄绰：《鸡肋编》卷上，载《宋元笔记小说大观》，第 4 册，上海古籍出版社，2007，第 3975~3976 页。
② 周密：《齐东野语》卷二〇，齐鲁书社，2007，第 256 页。
③ 钟嗣成：《录鬼簿》卷下，载《录鬼簿（外四种）》，上海古籍出版社，1978，第 36 页。
④ 《录鬼簿》卷下，载《录鬼簿（外四种）》，第 37 页。
⑤ 《录鬼簿》卷下，载《录鬼簿（外四种）》，第 43 页。
⑥ 阙名：《录鬼簿续编》，载《录鬼簿（外四种）》，上海古籍出版社，1978，第 102 页。
⑦ 《录鬼簿续编》，载《录鬼簿（外四种）》，第 104 页。
⑧ 《录鬼簿续编》，载《录鬼簿（外四种）》，第 110 页。
⑨ 梁绍壬：《两般秋雨盦随笔》卷二，上海古籍出版社，1982，第 86 页。

好事者巧作隐语，拈诸灯。灯一面覆壁，三面贴题，任人商揣，谓之"打灯谜"。谜头皆经传、诗文、诸子百家、传奇小说及谚语、什物、羽鳞、虫介、花草、蔬药，随意出之。中者，以隃麋、陟釐、不律、端溪、巾扇、香囊、果品、食物为赠，谓之"谜赠"。城中有谜之处，远近辐辏，连肩挨背，夜夜汗漫，入夏乃已。家震涛《打灯谜》诗云："一灯如豆挂门旁，草野能随艺苑忙。欲问还疑终缱绻，有何名利费思量。"①

灯谜的谜面许多都是单句，自然不可能押韵。明代郎瑛《七修续稿》载无名氏《千文虎序》曰："尝闻前辈云，更作三句以成诗，惜乎独有一句，更难于谜，故号曰'独脚虎'。"② 在制迷方法上，灯谜较少像传统谜语一样采用析字（字谜）和暗喻（物谜）的手法，更多是利用文字的多义性追求别解。谜语发展到灯谜的阶段，就由普通的文字游戏升格为文人雅戏了。灯谜能在极短小的篇幅中体现文人的聪明才智和文字技艺，这与诗钟、酒令、篆刻等艺术形式相类似。清代李光耀《廿四家隐语序》云："国家承平无事，士子正业外，多借杂艺以陶写性情。如词曲、酒令，与夫游戏文章，比比皆是。"③ 灯谜自然是"游戏文章"中极富于雅趣的一种，清代周学濬甚至认为"文人游戏，唯文虎最雅"④。可以说，明清灯谜充分表现了"中国人生活文学化和文学生化活、文学游戏化和游戏文学化的特点"⑤，同时也体现了民间文艺由俗到雅的发展趋势。

灯谜的文体构成包括四个方面，即谜面、谜目、谜格、谜底。其中，"谜目"指的是谜底所属的范围，"谜格"指约定而成的制谜的特殊格式，既是制谜的出发点，也是猜谜时的思考依据。举例如下：

---

① 顾禄：《清嘉录》卷一，载《清嘉录 桐桥倚棹录》，中华书局，2008，第60页。其中"隃麋、陟釐、不律、端溪"四者分指墨、纸、笔、砚。
② 郎瑛：《七修续稿》卷五，载《七修类稿》，上海书店出版社，2009，第586页。
③ 高伯瑜等编《中华谜书集成》，第2册，人民日报出版社，1993，第1041页。
④ 周学濬：《三十家灯谜大成序》，载《中华谜书集成》，第2册，第1345页。
⑤ 程千帆、程章灿：《程氏汉语文学通史》第三十一章《对联、诗钟及游戏文体和幽默文学》，载《程千帆全集》第十二卷，河北教育出版社，2000，第475页。

试问卷帘人，却道海棠依旧。《诗品》一（卷帘格）落花无言。①

　　此谜作者为清代词学家况周颐，谜面出自于李清照词，其意为侍女"言无花落"，依照卷帘格的要求倒读，得到谜底"落花无言"，是《二十四诗品》中的一句。这类灯谜的谜面和谜底都用前人成句，只有熟悉原书和谜格者才能猜出，具有相当难度。

　　并非所有的灯谜都设谜格。许多灯谜遵循通用的制谜方法如会意、析字、象形、谐音等，就往往不再标举谜格，而这些通用的规则又被称作"谜法"或"谜体"。正如张起南《橐园春灯话》所说："谜有体有格，体则有会意、象形、谐声、增损、离合、假借之别，格则有系铃、解铃、卷帘、折腰、落帽、脱靴、锦屏之殊。大抵用格必须在旁注明，体则不能先为表示。"② 个别谜集的灯谜后连谜目也未标出，让猜谜者自行领会，这就加大了猜谜的范围和难度。

　　谜面、谜目、谜格、谜底四者兼备之后，灯谜在文体形态上形成了高度的成熟，从而与其他文体彻底划清了界限，成为一种完全独立自主的文体形式，并产生了大量佳作。民国时期孙钟骏《小琅嬛仙馆谜话序》中称："凡一代有一代之文学，楚之骚，汉之赋，六朝之骈语，唐之诗，宋之词，元之曲，清之谜，皆所谓一代之文学，而后世莫能继焉者也。"③ 虽然推许太过，但清末"近百年来，斯技益精"却是不争之事实。④ 隐语之发展流传数千年，最终于晚清民国达到了它的艺术顶峰，然后迅速衰落，时至今日则几近失传，这也令人颇为感慨。

（原文标题为《谜语的文体流变及其与诗的关系》，发表于
《文艺研究》2017 年第 6 期，此处节录其第一部分）

---

① 况周颐：《辛巳春灯百谜》，载《中华谜书集成》，第 2 册，第 1028 页。
② 《橐园春灯话》卷上，漳州市灯谜协会翻印本，第 26 页。
③ 韩振轩：《小琅嬛仙馆谜话初集》卷首，云龙雾豹社刊印本。
④ 唐景崧：《谜拾序》，载《中华谜书集成》，第 2 册，第 1397 页。

第十部分　俗语

汉英民居俗语文化信息对比解析

——以民居类山西俗语与英语习语为例

史笑非　山西大学商务学院副教授

居住民俗是一定地域内老百姓居住行为的习俗惯制。它是一种有形的文化符号，更是文化之间交流的民间途径。承载着民居习俗踪迹的民居俗语发挥着重要的文化传播功能，不同俗语浸润着各自的建筑文化情怀在相互碰撞、融合中发展。

一　不同语言的民居俗语都能反映出当地居住民俗

（一）语言和民俗

现代语言学奠基人索绪尔认为："一个民族的风俗习惯会在它的语言中有所反映，在很大程度上，构成民族的也正是语言。"语言是人类文明长期发展演变的产物，在历史发展进程中，民俗事象、民俗形态逐渐沉淀在语言表达方式上，形成了独特的民俗语言；而俗语传达的信息又汇聚并承载着民俗文化风貌，是我们了解民情风俗的一个窗口。谭汝为先生指出："民俗语言是民俗文化的重要载体，它自身就是一种民俗事象，而且还记载着、传承着其他民俗事象。"我们总说，语言是文化的载体。将语言置于民俗文化的领域，挖掘语言同民俗事象的联系，更有利于我们获得言语表达的启示，理解民间文化的精神。

（二）人类认知共性

人类的认知和思维方式是共通的，这种共通的认知世界的方式在语言中有突出的表现。

金窝银窝不如自己的穷窝（忻州）

金窝窝，银窝窝，丢不下自己的穷窝窝（临汾）

金窝银窝，不如个人奈穷窝（河津）

穷家难舍，热土难离（忻州）

home is where the heart is

there's no place like home

home sweet home

home from home

通过上面的俗语，我们可以看出，不论是我国山西还是西方国家，人们对"家"有着共同的情感体验。"民以宅为安，家以居为先"，家是人们的栖身之所，是人们物质生活的空间保障，更是人们情感寄托的精神家园。居所成为承载人们家庭归属感的物化产品，它为人们遮风避雨，抵御侵袭，为人们提供了"个人居住空间"。一个人的生存无法脱离居所，有了"家"，人们才能踏实安全。

（三）意象选择性

尽管人们在认知方式上有共同点，但语言表达还会被一种经验性的因子所影响。人们总是习惯性地通过日常生活中最平常的体验来表达内容，通过最熟悉的意象来说明事物、道理。这正是衣食住行等物质民俗内容常出现在老百姓俗语当中的原因，也是东西方俗语表达中意象选取差异的原因。

二 汉英民居俗语的对比表现

（一）反映相关民居内容的俗语

1. 建筑材料

一颗黄豆磨不成浆，一疙瘩砖头垒不起墙（原平）

车辙里的半头砖——踢打出来的货（太谷）

下颏子底下支砖头——张不开嘴（忻州）

砖头瓦渣，看人打发（万荣）

搬砖弄瓦（忻州）

春风吹破琉璃瓦（定襄）

三天不打，上房搬砖溜瓦（代县）

半截子瓦渣也能绊死人（洪洞）

平檐整瓦（忻州）

明光瓦亮（大同）

like a ton (load) of bricks 来势凶猛地；似排山倒海之势

gold brick 骗子的假金砖，假货；骗人的话

like a brick 起劲地；劲头十足地

make bricks without straw 做无米之炊；做极为困难而又劳而无功的事情

the bricks and mortar 房屋，房产

be on the tiles 纵情玩乐；花天酒地

have a tile loose 神经有点儿毛病；头脑有点儿不正常

fly a tile 打掉人家的帽子

在两种语言中都有大量与砖、瓦有关的俗语，由此可见，砖和瓦是中西方最为常见的建筑材料。传统民居大多讲究因地制宜、就地取材。随着手工业的发展，由土石烧制而成的砖和瓦，经济实用，稳固牢靠，造型多样，成为人们建筑中常选的材料。山西原平谚语有"一疙瘩砖头垒不起墙"，英语习语"see through a brick wall（明察秋毫）""talk to a brick wall（对牛弹琴）"，类似的俗语表达反映使用砖石砌成墙体、瓦片搭建房顶，是中西方民居构造中较为典型的材料选择。

2. 建筑结构

搬门子（天镇）

房门安在窑门上——改门换户（临县）

门上挂笒头——看你不是盏灯（沁县）

疥毒 癞蛤蟆 坐在门墩上——冒充石狮哩（和顺）

扫帚顶门哩——叉叉 谐"岔"不少（临汾）

没有三十年不透风的墙（洪洞）

墙里说话墙外听（临县）

拆上东墙垒西墙，拆上帽子补裤裆（忻州）

墙上挂草拍——不像画（原平）

跳墙上厦（河津）

shut (slam) the door in sb's face 将某人拒之门外；让某人吃闭门羹；拒绝和某人商谈

between you, me and the doorpost 说句私下话；天知，地知，你知，我知

gate crasher 擅自入场；不请自来；擅自闯进

show them the door 拒绝接受某人；将某人解雇（或开除）

ivory gate 不应验之梦兆

climbing the wall 想离开；（转）激动，焦急

The walls have ears. 隔墙有耳

to hit the wall 没有办法，没有别的选择

talk to a brick wall 讲话得不到对方的反应，对牛弹琴

Great without small makes a bad wall. 有大无小，墙砌不好；大石不离小石垫

不论东方还是西方，传统建筑结构中，门和墙都是民居最重要的结构布局。不管什么类型的建筑，也不管经历了怎样的历史演变，其功能性是最为突出的。门（door, gate）是一座建筑的出入通道，因此，习语中常用"门"表达接纳或者拒绝之意。英语习语中有：show sb the door（对某人下逐客令）。山西临县有"把状元关到罗门外"的说法，"罗门"就是院子的大门。墙（wall）是建筑的支撑体，也起到建筑空间分隔的作用。"墙里说话墙外听"和"The walls have ears."反映出人们相似的居住体验。

3. 邻里关系

挨上好邻家，吃酒又戴花；挨上赖邻家，挨板又扛枷（和顺）

伴上好邻家，吃酒又戴花；伴上赖邻家，挨了板子又坐监（忻州）

行要好伴，住要好邻（忻州）

Good fences make good neighbors. 好篱笆成就好邻居。比喻邻居之间互有防范可省去许多口舌。

A hedge between keeps friendship green. 淡交使友谊长存，君子之交淡如水。

Love your neighbor, yet pull not down your hedge. 爱你的邻居，但不要撤掉你的围篱。比喻必要的警惕和防范。

安居自然要处理好人与人的关系，也就是邻里关系。和谐健康的邻里关系是良好居住环境的重要因素。尽管东西方邻里观念存在一定差异，但是通过两种语言俗语的解读，我们发现，人们都十分注重保持和发展一种优质的邻里关系。

（二）反映各自独特民居内容的俗语

1. 民居类型：窑洞与别墅（house）

宁挖窑洞不建房，不用砖瓦不用梁

靠住土崖打窑洞，冬暖夏凉神仙洞

半山腰里有人家，房子修在地底下；车马隆隆屋顶过，鸡犬声声出背洼

说话没窑撑

半崖上打窑——没院（谐"怨"）

卖了瓦房窑里住——灰倒腾

残锅残窑

A man's house is his castle. 一个人的家就是他的城堡

be on the house 免费的，主人请客

People in glass houses shouldn't throw stones 不要搬石头砸自己的脚

get on like a house on fire 一见如故

get your own house in order 先拿镜子照照自己

eat someone out of house and home 把某人吃穷

在山西，"民多穴居"是不少旧志对当地民居的记载。窑洞，是山西比较典型的传统建筑形式。它主要集中在山区，利用山地落差依山而建，在适合的山体平面深挖一个洞，门窗向外。自然条件是独特的民居建筑形制的决定因素。山西地处黄土高原，地形复杂，气候干燥，黄土层积厚实，适合打窑。窑洞的修建对土地和砖瓦、木料等建筑材料的需求是有限的，"不用砖瓦不用梁"，可以大大地节省工料。窑洞处于山体土层中，一面向外，与外界接触面小，能够保持恒温，被当地百姓称为"冬暖夏凉神仙洞"。窑洞构造稳固，经久耐用，"有千年不漏的窑洞，没有百年不漏的房厦"也就有了一定的根据。

在西方，较为常见的传统民居形式是独立式住宅（house），也就是我们说的"别墅"。为了远离闹市区的喧嚣，民居别墅常常被建在城郊。富人会选择一些树木繁茂、幽静宜人的地点建造自家的独栋别墅，与其他别墅相隔距离较远，彼此保护隐私，避免打扰。此外，连排别墅在西方民居中也较为常见。虽然它也是独立式住宅，但使用面积较小，相邻别墅间的距离较近，价格相对便宜。

2. 取暖方式：火坑与壁炉

家暖一条炕（谚语）

早烧天阴晚烧晴，烧了失熄，浅不得上炕（忻州）

火坑喽出来，跳的泥坑喽（太谷）

地炉炕吹喇叭——低声下气（陵川）

七行锅台八行炕，九层火火十层炕，十八层砖上安窗桄

fireside chat 炉边亲切闲谈

fireside speech（talk）（政治领袖在无线电或电视广播中）不拘形式

的讲话

山西冬季的气候较为寒冷，风沙也大，火炕成为屋内取暖的主要设施。炕本是供人睡觉休息的，由于炕与灶台相通，能够加温取暖。有了暖炕，就有了家的温度。"大炕上面生和气"，一家人的活动都围绕"火炕"进行，既保持了屋内的温度，更增进了家人的感情。甚至有客人来访，也被邀请"上炕"。为了避免潮湿，即使在夏季，屋内也要"煨火炕"，久而久之在当地形成了"火炕民俗"。

和山西的火坑不同，西方典型的取暖形式是壁炉。这是一种修建在墙壁内部的取暖设施，功能上只供人取暖，是一种半开放式的燃烧设备。在西方室内装修中，壁炉仍是客厅设计的重点，装饰性较强。与火坑类似的是，壁炉也承载着西方家庭的情感意义，一家人围坐在壁炉旁听祖父母讲故事是留在很多人心里的温馨记忆。壁炉也与西方的节日习俗相关，一些节日仪式就是在壁炉旁进行。

3. 围挡方式：围墙与篱笆

> 有房子没院墙，扎的一留芰棍笆
>
> 蚂蜜虎爬展墙——出尽猛力啦（平遥）
>
> 墙头上种白菜——难浇谐"交"（蒲县）
>
> 人家骑马你上墙（万荣）
>
> make a Virginia fence 摇摇晃晃地走（指喝醉酒的人）
>
> refuse one's fences 避免冒险
>
> over the fence 不合理；超出常情；不公正
>
> No fence against ill fortune. 无篱可御厄运来。
>
> The sun does not shine on both sides of the hedge at once. 太阳不可能同时照到篱笆的两面。比喻事难两全。

出于保卫安全和私密功能的考虑，民居建筑的外围都采用一定的围挡方式，但东西方存在较大差异。从俗语的表达上看，山西民居的围墙大多是用土、石、砖等材料砌起来的高墙。整个庭院被高高的院墙遮挡起来，从外面看不到院内的情况，封闭性比较突出。

西方院落的围挡方式则是由灌木材料编制而成的篱笆，高度不超过一个人的身高。透过篱笆，我们能从外面看到院内的房屋建筑及环境。篱笆的设计注重美观性，封闭性较弱，但这并不影响住宅领域的划分。

三 汉英民居文化的差异解析

民居俗语为我们生动地展现了中西方不同的居住习俗，居住习俗的差异源于东西方文化形态的分歧。

（一）文化承载性与实用性

山西民居的文化承载性较为明显。在老百姓心目中，住宅不仅仅是一个居所，更是人生演绎的舞台。透过民居，我们能够解读出地方特色、民俗传统、审美观念以及风水观。

山西民居的建造要请风水先生择日选址进行，动土仪式讲究严格。"背靠金山面朝南，祖祖辈辈出大官"，民间的风水观念将房屋的营造与家庭的福祸兴衰紧紧联系在一起，也反映了人们对自然的敬畏和信仰观。民居不仅仅是老百姓的居所，也是神灵的所在。居住环境中神灵无处不在，"灶门爷爷吐稀嘞——赖神神（临县）""灶家爷坐到当院啦——管事太宽（长子）"，灶王爷的崇拜在山西民间较为普遍。此外，民居内常设有土地神、门神、财神的神像佛龛，山西晋城的民居院落中专门摆放一块石头供奉中公爷。

山西民居伦理意识较强，血缘和宗法深刻地影响着民居功能。在住房的安排上，严格按照家庭成员的辈分、身份，长者为贵，长幼有别，长辈的住房与晚辈的住房是有严格区分的，反映了严格的礼制规范和伦理色彩。山西祁县的院落格局讲究东略高于西，"宁叫青龙抬头，不让白虎张嘴"映射房屋高度设计特点。晋城民居严格遵循"三间五架制"的古老风俗和"趋吉"观。从院落布局到房屋朝向，从开门的方位到室内装饰，从开房的间数到草木的种植，无不体现着人们对吉祥美好生活的企望与寄托。

相对于山西民居习俗深厚的文化承载性，西方的传统民居习俗更侧重于实用性和功能性的考虑。房屋的选址讲究的是远离闹市，隐秘独立，与周围的邻居保持适当的距离，屋内主人的生活起居是绝对的隐私。这也是为什么当我们走进一栋西方的住宅后，常常发现房间房门紧闭，窗帘拉着，保持每个空间的隔离状态。这是西方文化强调个人独立、注重隐私的表现。西方民居的装修结构因人而异，主要追求实用功能。在有孩子的家庭，常常将厨房设计在住宅的中心位置。为的是父母在做饭的同时，方便照顾孩子；孩子也会有围绕着父母的归属感、安全感。房间的设计和安排体现的是家庭成员平等的居住条件，一般孩子的房间位置靠里，父母的房间靠外，这主要是出于安全保护的考虑。西方的家庭以小家庭为居住单位，不会出现大家族聚居的情况。西方的信仰行为一般不会明显的外化在民居的陈设当中，往往通过一种象征或者影射的方式表达出来。我们很难在西方民居的布置中找到专门供奉信仰的供台。

（二）"趋同"性与个性表现

从整体上看，一定区域内的山西民居建筑风格基本接近，表现出统一趋同的特色。由于同一地域内的自然条件的限制，当地老百姓的民居建设经验基本一致。更重要的是，受到传统儒家"中庸"思想的影响，"不偏不倚，无过不及"，强调"适度"原则，民居建设的风格模式彼此协调，融合统一。

而在西方国家的任何一个社区，我们很难找到两处相似的民居建筑。西方人更喜欢对自己的住宅进行个性化的布置，以此张扬个性，表现自我。即使在同一区域内，自家建筑风格一定区别于周围的邻居，从建筑材料的选择、空间的布局、色彩的运用、景观的装饰等方面下足功夫，彰显独特性、新鲜感。这与西方文化强调个人本位，推崇个体价值的倾向密不可分。

（三）对外封闭型与外放型

不论山西还是西方国家，民居作为人们栖身居住的场所，都具有私密性功能，居住空间的含蓄性、内向性是共同的表现。但是，从居住习俗的差异看，私密性的程度是不同的。

山西民居表现出来的文化性格更趋于封闭，这一特点从当地建筑的围挡方式——院墙可以得以印证。院墙厚重高耸，稳固森严，对外是完全封闭的。家有围墙，国有城墙，当地人更习惯用这个坚实封闭的建筑部分来划分领域和势力范围，这充分说明了山西人保守内敛的民族性格和当地经济形态。与西方居住习俗中隐私性不同的是，山西民居保护的是群体隐私，而不是个人隐私。因此，其封闭性是对外的封闭，而在民居内部则是共享的、开放的。住宅内房间的房门都是大开着，一家人出入彼此的房间不需要对方的同意，这里表现出来的是家庭的观念。

西方民居惯用的围挡方式是篱笆，与院墙相比，它的封闭性大大地减弱了，给人通敞开放的感觉。美国的白宫也是由铁制的栅栏围挡起来，我们从外面可以清楚地看到内部的景观。这样的建设风格源于西方开放、外露、坦诚的性格特征。海洋文明造就了西方人外向的行为方式和积极行动的品质，他们相信自己，依靠个人，独立开放，自由竞争。在民居布局上，自然表现出一种对外开放的居住形态。尽管是外放式格局，但西方人的界限意识很强，也许我们看不到有形的领地分界，但这个界限存在于每个人的心里。

(原文刊登于《邯郸学院学报》2017 年第 2 期)

参考文献：

殷莉、韩晓玲：《英汉习语与民俗文化》，北京大学出版社，2007。

费尔迪南·索绪尔：《普通语言学教程》，高明凯译，商务印书馆，1985。

谭汝为：《民俗文化语汇通论》，天津古籍出版社，2004。

孙大章：《传统民居建筑美学特征试探》，载《2002 年海峡两岸传统民居学术研讨会论文汇编》，2002。

周海萍、谷言：《中国传统民居中的美学思想》，《山西建筑》2010 年第 11 期。

古之传统谚语，今之重要资源

安德明　中国社会科学院文学研究所研究员

　　它们从古代传承至今，尽管使用的人和应用的场合减少了，但其所传递的观念，以及其本身在人们心目中所具有的权威性，却并未衰落。作为民族精神的基因，它们始终保持着强大的生命力，并在如今继续充当着社会交流与实践的重要资源，一旦遇到适合的语境，就会焕发出崭新的活力。

　　在一次有关中国特色社会主义法治建设的讲话中，习近平主席引用了谚语"百里不同风，千里不同俗"，来强调中国根据自己的特色选择走社会主义法制道路的必要性和重要性。这种引用，在增强讲话活泼生动、亲切朴素的色彩的同时，也起到了进一步强化所讲内容的权威性的作用，进而从一个侧面展现了古老谚语在当代社会所具有的活力与重要价值。

　　谚语，是一个民族集体智慧的结晶，在各个民族所创造和传承的大量谚语中，往往集中体现着该民族的精神世界。作为民众集体创造的一种口头语言艺术，谚语以富于节奏感或韵律感的语句、借助多种不同的修辞手法，来总结经验、传授知识、讲述道理，它尽管篇幅短小，却蕴含着深刻的哲理，凝缩着丰富的历史文化信息和科学知识。由于其相对定型的凝练结构及所表达的内容，通常为一个民族或群体的成员普遍认同和接受，因此，谚语在日常应用中具有不证自明的"公理"的性质和作用。

　　在我国，早在先秦时期，谚语就已经发展成为一种从结构模式和艺术手法来看都十分成熟的文体。后世谚语中普遍采用的对偶、比喻或直言其理的形式手段，在这一时期已得到普遍应用。同时，许多后世流行的谚语，这时也都已经出现，其内容广泛涉及伦理、修养、社会行为准则及一般事理等各个方面。例如：

"君子爱人以德"（《礼记·檀弓上》）

"君子周急不济富"（《论语·雍也》）

"君子成人之美"（《论语·颜渊》）

"君子以自强不息"（《周易·乾》）

"厚者不损人以自益，仁者不危躯以要名"（《战国策·燕策》）

"远亲不如近邻"（《韩非子·说林上》）

"宁为鸡口，不为牛后"（《战国策·韩策》）

"从善如登，从恶如崩"（《国语·周语下》）

"玉不琢，不成器；人不学，不知道"（《礼记·学记》）

"风马牛不相及"（《左传·僖公四年》）

"千里之行，始于足下"（《老子·守微》）

"祸兮福之所倚，福兮祸之所伏"（《老子·顺化》）

"远水不救近火"（《韩非子·说林上》）

……

其中所强调的道理和原则，不仅为当时的社会生活确立了基本的规范，而且构成了中华民族精神文化传统中的核心内容。由此可见，至少在先秦时期，谚语就已经成为民族精神的特殊表达形式，成为民族文化表达体系中重要的"关键词"。它既是对民族精神的总结和体现，反过来又对这种精神起着强化作用。而作为一种成熟的文体，在后世的发展中，尽管它也会不断发生变化，但变化主要只是体现在内容的改变上，却很少再有更多艺术手段和结构形式上的增加。

从历代的情况看，在各种不同的社会交流实践——包括具体的实际对话以及文人学者的论著当中，谚语都得到了广泛的应用，并明显起到了丰富交流形式、强化交流效果的作用。比如，《战国策·秦策》中的这则记载，就体现了讲话人因使用谚语而增强其说话分量的情形：

蔡泽如秦，说应侯范雎曰："语曰：日中则移，月满则亏，物盛则衰。君之功极矣。如是而不退，则商君、白起、大夫种是也……"应侯因谢病，请归相印。

类似的例子在历代典籍和现当代出现的诸多民族志记录中比比皆是。谚语在中国民众生活实践中所具有的这种权威性，也曾为清末一些来华的传教士所注意和感叹："面对那些攒动喧闹、满面愠色的中国人，只要一条恰如其分的谚语脱口而出，他们就会在刹那间鸦雀无声。"（阿尔弗雷德·利斯特）

近现代以来，特别是 20 世纪 80 年代以来，随着现代化和全球化进程的不断加快，中国传统的生产生活方式发生了急剧的改变。在这样的背景下，建立在传统农耕文明基础上的口头语言艺术，也受到巨大冲击，其中许多内容开始走向衰落甚至消亡。谚语的情况也不例外。与过去相比，人们在口头交流和书面写作当中，引用谚语的状况明显减少，掌握较多谚语知识的人士，数量也有了明显下降。然而，这种现象与其说是谚语传统的断裂，还不如说是传统之河在流淌过程中必然遭遇的漩涡——流动的速度慢了，但河流却始终不断。今天，在不少农村地区，人们仍然要借助农谚来指导农业生产，安排一年的生活。仅以 2016 年底被列入联合国教科文组织"人类非物质文化遗产代表作名录"的二十四节气相关的谚语为例，"清明前后，点瓜种豆""白露早，寒露迟，秋分种麦正当时""冬至大过年"等内容，至今还是北方广大农村人们耳熟能详的有关一年四季生活的重要知识。而大量从古代传承至今的各种社会谚语，尽管使用的人和应用的场合减少了，但这些内容所传递的观念，以及谚语文体本身在人们心目中所具有的权威性，却并未衰落。相反，作为民族精神的基因，它们始终保持着强大的生命力，并继续充当着社会交流的重要资源，一旦遇到适合的语境，就会焕发出崭新的活力。

比如，本文开始时提到的"百里不同风，千里不同俗"这则谚语，早在先秦两汉时期的文献中就已经出现，只是表述略有差异，如《晏子春秋·内篇》云"百里而异习，千里而殊俗"，《论衡·雷虚》则说"千里不同风，百里不共雷"。它包含着中国古代有关地域关系和群体关系十分重要的一种思想，体现了对于不同地域文化差异性的认识和承认，也构成了不同地域、人群和文化相互之间共存、共处的基本原则。按照这种认识，尽管每一个地区、人群的具体生活实践和文化现象在具体表现上各有不同，却都可以被纳入"风"或"俗"这个更大的分类范畴，因而都是可以接受、可以理解的。就谚语的使用而言，讲话者引用这一谚语，则具有既承认"我"与"他"或"我"与"你"的差别，又要争取在更大的一致性的范畴中达到相互沟通、相互理解和相互尊重的努力和追求。这样的认识、理解和追求，同今天国际社会有关承认和尊重文化多样性的共识可谓一脉相承，而由于谚语文体所具有的"权威话语"属性，以及谚语作品本身所蕴含的深厚的中国历史文化底蕴，"百里不同风，千里不同俗"的表述，又远比关于文化多样性的一般倡导厚重有力。

对于传统谚语在现代社会所具有的特殊魅力，笔者几年前在美国哈佛大学做访问学者时深有体会。当时我和家人住在查尔斯顿，周围的邻居大都是西方人，尽管大家平时见面都显得很友善，但这种客气的友善中却带着无形的隔膜，反而增加了我们对友朋往来的渴望。一次偶然的机会，我们结识了住在同一小镇另一个街区的俊元一家，当时俊元说的一句话，让我们一下子就感到亲近起来："老乡见老乡，两眼泪汪汪。"在后来的交往中，我们注意到，尽管俊元已经在美国多年，但他跟我们谈话时经常会很自然地引用谚语，像"一回生，二回熟""远亲不如近邻""在家靠父母，出门靠朋友"，等等，这种既富于亲和力又饱含传统指涉的表达，加上俊元全家坦诚热心的为人，使得我们两家很快就成了相互信赖的朋友，从而为我们那一年的生活平添了许多的温暖。

无论是在日常交流还是在文章写作中，一个人之所以能够熟练使用谚语，同他对这方面知识的稔熟分不开，也同他在对话或书写过程中具有的高度自信分不开。对于听话人或读者而言，谚语的使用之所以能够发挥润滑剂或关键词的作用，又和他们对于谚语文体本身价值的理解与认同密不可分，这实际上也从另一个侧面进一步证明了谚语传统在现实生活中所具有的强大生命力。

　　还以习近平同志为例，他在讲话中引用谚语的情况，远不止上文所举这一个例子，而是在多次讲话中都会引到不同的谚语，比如"墙头草，随风倒""打断骨头连着筋""打铁还要自身硬"，等等。这种引用，客观上起到了拉近讲者和听者的距离，既增加语言活力又提高话语权威性的作用。更为重要的，从谚语作为权威话语和民族文化交流系统关键词的属性来看，国家最高领导人在许多正式场合对各种具有丰富内涵的谚语文本的广泛征引，则充分体现了传统与当代社会不可分割的关系。而这一点，在一定程度上，也具有纠正那些把传统与当下简单对立起来的做法之偏颇的意义。

（原文刊登于《神州学人》2017 年第 5 期）

楹联的文化景观叙事与旅游开发

游红霞　华东师范大学社会发展学院民俗学研究所博士后

楹联是世界上独特的汉语文化遗产，因其丰富的文化价值被广泛应用于旅游活动中。张过的《试论名胜楹联》是较早的关于楹联的专论①，系统论述了名胜与楹联的关系，名胜楹联的特色、意义和作用。2006 年，"楹联习俗"被列入国家级非物质文化遗产名录，随后，学者们从文化遗产保护的视角进行了相关讨论，如封富的《江津楹联非物质文化遗产现状及代际传播状况研究》② 等。本文在前人研究的基础上，尝试论述楹联的文化景观叙事，以及楹联在旅游活动中的"资本化"和开发，由此形成一种复兴传统文化的"认同性经济"，这是对作为文化遗产的楹联进行生产性保护的合理路径。

一　作为文化景观的楹联

从广义上讲，在旅游活动中的楹联既指题刻于宫殿庙宇、亭台楼阁、厅堂书屋、碑塔陵寝等名胜古迹楹柱上的联语，又包括历代文人墨客书写的有关旅游景观的楹联，还包括旅游业为了促进旅游消费而创作的楹联。楹联或写景状物，或叙事记史，以对仗工整的文字、笔走龙蛇的书法、含义隽永的意蕴记录着景区的历史、地理、政治、人物、宗教、文学等多方面的内容，是风景名胜中的文化景观。如同张过所述，楹联"既是一个独立的实体，又是名胜古迹的重要组成部分，它对名胜有画龙点睛、烘云托

---

① 张过：《试论名胜楹联》，《唐都学刊》1991 年第 2 期。
② 封富：《江津楹联非物质文化遗产现状及代际传播状况研究》，《重庆文理学院学报》（社会科学版）2008 年第 3 期。

月、引人入胜之妙"①。作为文化景观的楹联则具有稳定性和持久性，是相对固化的存在方式，更能将楹联蕴含的民俗风情、神话传说、历史掌故进行深刻而持续地叙事和传承。

（一）楹联本身即旅游吸引物

旅游是一种文化活动，是人们求新、求异、求美、求奇的文化体验。景观的文化品位和旅游价值是激发主体进行旅游活动的直接诱因。楹联是雅致的语言文字形态，是中华民族的文化精华，自然成为游客纷至沓来的旅游吸引物。清代"联圣"孙髯翁为昆明滇池大观楼题写的长达 180 字的楹联，被誉为"天下第一长联""海内长联第一佳作"，郭沫若曾作"长联犹在壁，巨笔信如椽"对其给予极高的赞誉。这副长联的声望远高于大观楼本身，是景区旅游吸引力的核心要素，对于旅游者而言，未见此联便意味着未到过大观楼。清末四川籍文人钟云舫题江津临江楼的长联，达 1612 字，被誉为"长联之最"，"长联"已然成为独立的旅游吸引物。

对于旅游景观而言，名人效应也是提升旅游文化价值的关键。景观中的楹联中大部分为历代帝王将相、文人士绅的佳作。朱熹为白鹿洞书院题写的楹联有："傍百年树；读万卷书""泉清堪洗砚；山秀可藏书""日月两轮天地眼；读书万卷圣贤心"等。这些楹联既阐述了朱熹与白鹿洞的渊源，又抒发了儒家思想中"格物、致知、诚意、正心、修身、齐家、治国、平天下"的教育思想，凸显了景观的文化魅力。还有赵孟頫题杭州灵隐寺："龙涧风回，万壑松涛连海气；鹫峰云敛，千年桂月印湖光"，融书法艺术的奇绝与暮景赞物的思想于一体。康熙题峨眉山洪椿坪："一粒米中藏世界；半边锅里煮乾坤"蕴含佛学哲理，赞扬山中僧人虔诚礼佛的态度，更点出峨眉山作为佛教圣地的景观价值。再如乾隆题杭州西湖净慈寺："云间树色千花满；竹里家声百道飞"；纪昀题曲阜孔府："与国咸休，安富尊荣公府第；同天并老，文章道德圣人家"；袁枚题扬州个园："月映竹成千个字；霜高梅孕一身花"；黄遵宪题梅州人境庐："有三分水，四分竹，添七分明月；从五步楼，十步阁，望百步长江"；洪秀全题南京太平天国天王

---

① 张过：《试论名胜楹联》，《唐都学刊》1991 年第 2 期。

府："虎贲三十，直扫幽燕之地；龙飞九五，重开尧舜之天"；老舍题山东淄博蒲松龄故居："鬼狐有性格；笑骂成文章"；刘海粟于 1985 年题黄鹤楼："由是路，入是门，奇树穿云，诗外蓬莱来眼底；登斯楼，观斯景，怒江劈峡，画中山水壮人间"；等等。名人题写的楹联成为促使主体萌发旅游动机、进行旅游行为的驱动力，本身就是极具旅游价值和吸引力的旅游资源。

（二）楹联是旅游景观的重要组成部分

楹联可以凸显景区的意境美。杭州西湖三潭印月的"门外湖光十里碧；座中山色四围春"。杭州灵隐寺天王殿的楹联"峰峦或再有飞来，坐山门老等；泉水已渐生暖意，放笑脸相迎"概括了与之相关的两处景致，即飞来峰和虎跑泉，言简意赅，予人以无限的遐想空间。山西五台山的"青山碧水镜中悬；山色远海月空圆"一联则成为其"清凉佛国"的极佳注解。

在寺庙等宗教场域的楹联可烘托景区的神圣感和威严感，将复杂深奥的教义以通俗直观的形式加以注释，从而实现弘扬宗教义理、规劝世道人心的旅游文化意义。赵朴初题龙华寺山门："觉道启龙华，看七宝塔波，九天阊阖，十里钟声，广度阎浮无量众；齐心修善业，愿八海丰饶，亿民安乐，群贤云集，犹如弥勒下生时"，抒发了佛教"庄严国土，利乐有情"的大爱精神。在龙华寺弥勒殿有两副楹联，一则为海派书画画匠程十发所书："开口便笑，笑古笑今，凡事付之一笑；大肚能容，容天容地，于人无所不容"；另一则为书法家童衍方题写："大肚包容，勇修戒定慧；笑容常现，已无贪嗔痴"，均形象地表达了汉地弥勒佛"寓神奇于平淡，示美好于丑拙，显庄严于诙谐，现慈悲于揶揄"的佛学禅智，将艰涩难懂的宗教玄学世俗化，使人们在观摩景观之余，得到醍醐灌顶的点拨，同时也达到宗教景观劝导世心的意义旨归。此外，还有北京观音庵联："问大士缘何倒坐；恨世人不肯回头。"有些楹联甚至是口语化、生活化的表达，如山西朔县崇福寺观音殿楹联"若不回头，谁替你救苦救难；如能转念，何须我大慈大悲"。乐山大佛："看他怒目攒眉，却具一片慈悲，要人醒悟；到此清心涤虑，请将万念消化，与佛皈依。"总之，楹联为景观增添了深刻的人文价值，增强了旅游活动的美感和趣味，与不同类型的景致相得益彰，可谓联为景生，景因联活，楹联是景观的重要组成部分。

二 楹联的文化景观叙事

文化景观是相对于山水、气象、植被等自然景观而言的，有着社会性与文化性的特征。唐·米切尔论道，"文化景观是一段人类改变的自然，但是被改变的自然服务于一个独特目标：形成文化的需要和渴望。"① 简言之，文化景观的"建构"是为了"诉说"主体的意愿和追求。田兆元以神话传说为例，提出文化形态包含三个叙事层面：语言叙事、行为叙事及物象叙事。② 基于此，作为物象形式的文化景观是抽象观念和意义的表征物和物质载体，和语言一样，也具有"讲述故事"的功能，同样具有叙事的特性。楹联蕴含着景观丰富的人文信息，其叙事特性是鲜明而深刻的。

（一）楹联的广告叙事

楹联通过提纲挈领式的叙事方式，精要地概括了景观的特色和旅游价值，成为景区的名片和招牌，冲击着人们的视觉感官，从而成为旅游标示物。楹联承担着为景区"广告代言"的功能，具有广告叙事的特性。余秋雨曾作"拜水都江堰；问道青城山"一联，短短的十个字将两个毗邻景观的精粹提炼出来，一水一山，一阴一柔，蕴含着中华文明中刚柔并济、阴阳和谐的哲学思想。洞庭湖和岳阳楼因范仲淹的《岳阳楼记》闻名天下，现今有"洞庭天下水；岳阳天下楼"，"洞庭西下八百里；淮海南来第一楼"等楹联，更加突出了一湖一楼的旅游价值，与范仲淹的写景名篇遥相呼应。厦门鼓浪屿鱼腹浦的"雾所山头山锁雾；天连水尾水连天"是一则回文联，将汉语言的音律美和艺术美发挥到极致，描绘了景观水天一色的绝美风光。"溪曲三三水；山环六六峰"利用中国奇妙的数字文化，概览了武夷山的精华景观，即九曲溪和三十六主峰。安徽滁州醉翁亭的"翁去八百年，醉乡犹在；山行六七里，亭影不孤"。钱保亦为济南大明湖题写的"四面荷花三

① 〔英〕凯·安德森、〔美〕莫娜·多莫什、〔英〕史蒂夫·派尔、〔英〕奈杰尔·思里夫特主编《文化地理学手册》，李蕾蕾、张景秋译，商务印书馆，2009，第338页。
② 田兆元：《神话的构成系统与民俗行为叙事》，《湖北民族学院学报》（哲学社会科学版）2011年第6期。

面柳；一城山色半城湖"等楹联。这些都是对景观历史文化价值和美学价值的叙事，也是对其旅游吸引力的宣传和推广。在商品经济和信息爆炸时代，"酒香也怕巷子深"，本是文化景观的楹联兼具广告宣介的叙事功能，为景区及其所在地区树立品牌和标识，也为主体提供旅游活动的参考。

（二）楹联的导游叙事

楹联往往"叙说"着景区的历史掌故、神话传说、人物故事，也是历史、地理、宗教、文学、书法、篆刻等知识的集合体，因此，楹联是凝练的、概化的景区导游词，具有导游叙事功能。以观音菩萨道场普陀山为例，普济寺大圆殿有联："慧锷西至，载得观音不肯去，普陀道场至此肇；一山东渡，传播佛学未归来，扶桑教义更弘扬"，这是对"不肯去观音传说"的生动叙事，揭示了普陀道场的缘由及其宗教朝圣旅游的价值和定位。薛时雨题南京秦淮河水阁："六朝金粉，十里笙歌，裙屐昔年游，最难忘北国豪情，西园雅集；九曲清波，一帘梦影，楼台依旧好，且消受东山丝竹，南部烟花"。郑烨题湖心亭："亭立湖心，俨西子载扁舟，雅称雨奇晴好；席开湖面，恍东坡游赤壁，偏宜月白风清"。广东潮安县潮州双忠祠（文天祥、谢枋得）的"国士无双双国士；忠臣不二二忠臣"。这些楹联都记述了景区的历史掌故及相关历史人物，信息广博，为旅游主体叙史纪事，传达景区知识。记述景区中人物事迹的楹联也比比皆是，如游俊题成都武侯祠："两表酬三顾；一对足千秋"；张鹏翮题四川眉山三苏祠："一门父子三词客；千古文章四大家"；灌县二王庙的"一门两禹；六字千秋"（六字指"深淘滩，低作堰"）；等等。楹联相比导游人员洋洋洒洒的讲解，更加精练概括、形象直观，更加彰显景观的文化魅力和旅游价值。楹联具有导游叙事功能，可以提升旅游主体的文化修养和品位，体现了"文化旅游"的意义旨归。

三 楹联的旅游开发

（一）楹联是一种文化符号

楹联是人类宝贵的非物质文化遗产，人类学家克利福德·格尔茨将文化等同于符号学的概念："我主张的文化概念实质上是一个符号学（semiotic）的概念。人类创造的语言、文字、艺术等都是一种符号。"学界早已关注旅游与符号学之间的联系，20 世纪七十年代，Dean MacCannel 将所有的旅游吸引物归结为一种"文化体验"①，指出旅游胜地是一种符号性的存在。② 国内学者也进行了相应的研究，谢彦君论道："旅游体验就其本质而言，也可以说成是一种符号互动现象。在旅游体验的各种情境当中，很多意义是通过各种符号传达出来的。人与人之间的互动过程是这样，人对物的象征意义的解读过程也是这样。所以，符号研究注定是旅游体验研究或者旅游学研究的重要领域。"③ 也就是说，旅游活动是对文化符号进行体验行为。

瑞士语言学家索绪尔将符号定义为"能指和所指相联结所产生的整体"④，"能指"是符号的物质形式，即符号的表象层面；"所指"是符号所指代和表示的意义，即符号形式背后的文化逻辑。作为旅游吸引物的楹联表现为一种具有象征意义的文化景观，是主体根据"文化的需求和愿望"而进行意义建构的产物，正是以文字、书法、镌刻艺术为"能指"，以人文情怀、诗性、情感、意境、民俗文化、价值观念等为"所指"的文化符号，"讲述"着景观的神话传说、历史掌故、民情风俗。文化符号是旅游吸引力的核心要素，Dean MacCannel 总结道，旅游景点的吸引力是"游客、景观和标志物（关于景观的信息）之间形成的一种实证的关系"⑤。楹联是景观的标示物，是旅游活动中极具中华民族特色的文化图腾，有的楹联还是一定地域和族群文化精华的呈现，如丽江的东巴文字楹联，黔南水族的水书

① 〔美〕Dean MacCannel：《旅游者：休闲阶层新论》，张晓萍等译，广西师范大学出版社，2008，第 26 页。
② 〔美〕Dean MacCannel：《旅游者：休闲阶层新论》，张晓萍等译，广西师范大学出版社，2008，第 123 页。
③ 谢彦君：《旅游体验研究——一种现象学视角的探讨》，博士学位论文，东北财经大学，2005。
④ 〔瑞〕费尔迪南·德·索绪尔：《普通语言学教程》，高名凯译，岑麒祥、叶蜚声校，商务印书馆，1980，第 102 页。
⑤ 〔美〕Dean MacCannel：《旅游者：休闲阶层新论》，张晓萍等译，广西师范大学出版社，2008，第 43～44 页。

楹联，可视为华彩的民俗文化精品，极具民族特色、地域特征与语言魅力。楹联作为一种文化符号，是景区"神圣化"的点金石，促使景观成为游客"不得不"前去"朝拜"的"圣地"，让主体产生"不到××就等于没去过××"的旅游信仰。

（二）楹联的"资本化"与旅游开发

田兆元从经济民俗学和非遗生产性保护的理论高度，认为民俗文化可以成为商品，形成文化产业，由此而产生的经济形态是一种"认同性经济"①，以民俗文化为承载物的"认同性经济"将文化符号转化为可供生产、流通、消费的文化资本。布尔迪厄将文化资本与经济资本、社会资本共同构成资本体系②，而文化资本又有三种形态：（1）嵌入状态，它紧密地嵌入个体身体中，即人力资本；（2）客观的状态，即图片、书籍、工具等文化商品的形式，是理论的痕迹和显现；（3）体制的状态。③ 当楹联被运用于旅游的语境中，便与其他景观元素共同构成旅游活动的客体，已然成为旅游的文化资本。

按照布尔迪厄对文化资本的分类，旅游文化资本也可分为嵌入状态的旅游文化能力，客观化状态的旅游文化产品，以及体制化状态的旅游文化制度。楹联的产品开发可从这三个方面进行探索。第一，将楹联文化能力"嵌入"行为主体，即让导游、旅游策划者等相关从业人员成为楹联的创作者和叙事专家，让旅游者成为楹联的鉴赏者和传播者。导游被称为"民间大使""地方文化代言人"，其文化修养水平决定了对文化景观的叙事能力，导游在带团过程中的讲解要突出楹联的知识性、趣味性，在引发旅游者鉴赏、思索、求知的同时，也要为游客对楹联的进一步传播提供可能。旅游策划者等从业人员是遗产旅游的"幕后推手"，应将楹联文化纳入旅游策划方案，并投向旅游市场，让楹联成为广告宣传的媒介和文化品牌营销的载

---

① 田兆元：《经济民俗学：探索认同性经济的轨迹——兼论非遗生产性保护的本质属性》，《华东师范大学学报》（哲学社会科学版）2014 年第 2 期。
② 《文化资本与社会炼金术——布尔迪厄访谈录》，包亚明译，上海人民出版社，1997，第192 页。
③ 《文化资本与社会炼金术——布尔迪厄访谈录》，包亚明译，上海人民出版社，1997，第192～193 页。

体。第二，从旅游资源和景观即楹联文化产品本身进行开发。要将楹联文化渗透到旅游企业中，用楹联装点旅行社门店、旅游巴士、旅游饭店，让楹联成为迎接海内外宾客的第一张"笑脸"；将旅游景区、旅游娱乐场所建设成为楹联的文化遗产保护和传承基地，使旅游活动成为提升文化品位、求知学识、培养心性的优雅行为；将楹联包装设计为精美的旅游纪念品，使其成为彰显中华文化魅力、促进国际文化交流的"友好使者"。第三，要加强旅游文化制度建设。首先，培养旅游从业人员的文化素质和修养，将楹联的创作能力、鉴赏能力、叙事能力纳入导游、旅游策划者等从业人员的考核标准，建立楹联文化水平的评级制度。其次，旅游部门应积极配合非物质文化遗产保护机构合力建立楹联文化及其传承人的保护制度。近几年，华东师范大学图书馆如火如荼地开展"人人书写楹联"的活动，并进行了持续的楹联作品展览，为文化遗产的校园传承添砖加瓦，取得了一定成效。这一方式不妨为旅游业所采用，可适时开办"楹联文化节""楹联书写大赛"等活动，发掘楹联人才，弘扬民族文化，从而形成旅游文化产业链条，促进"认同性经济"与文化遗产生产性保护的良性互动。

四 结语

楹联是优雅的语言艺术，是中华文化认同的象征符号，在史上曾有"唐诗、宋词、元曲、明小说、清楹联"的提法，楹联文化一度"走向神坛"，被奉为文学至尊。楹联也是一种贴近民众心灵的生活文化，是春节、婚丧寿礼的标志物和民俗符号，是民众的情感寄托和愿望载体。随着城镇化、现代化进程的加剧，楹联与人们渐行渐远，成了"非常态"的文化遗产。大众旅游的兴起、遗产旅游的兴盛让楹联成为文化景观，赋予了楹联文化新的生命力。楹联有丰富深刻的叙事功能，是遗产旅游的文化资本，其产品开发本质上是一种"认同性经济"行为，核心在于挖掘文化内涵，复兴与"活化"民俗传统，是文化遗产进行生产性保护的合理路径。

（原文刊登于《重庆文理学院学报》（社会科学版）
2017 年第 2 期，本文集收录的是删节版）

第十一部分　理论与方法

民俗场：民间文学类非遗活态
保护的核心问题

郑土有　复旦大学中文系教授

在非物质文化遗产保护中，民间文学类遗产无疑是保护难度最大的，因为它以口耳相传的形式传承。随着人们娱乐方式的多样化以及生活方式的改变，绝大多数民间文学作品的生存状况堪忧，处于濒危的状态（当然，其中的情况也比较复杂，呈现异常多样化的状态：不同门类的作品生存境遇各不相同，同一门类的作品在各地、各民族中也具有不同命运）。在民间文学类非遗保护中，强调传承人的保护是完全必要的。与此同时，必须思考的问题是：传承人不是天生的，而是后天养成的。因此，分析研究传承人是怎样养成的，是在怎样的环境中养成的，是保证有效进行传承人保护和培养的前提。如果不能解决这个问题，那么对传承人的保护就只能是暂时的，甚至会成为徒劳无功的无效保护。①

一　民俗场：民间文学"文本"演述的文化空间

民间文学的讲唱活动是在约定俗成的场合进行的。这种场合有的有固定的时间和空间，如庙会、歌会等；有的没有固定的时间和空间，如劳动场合、婚礼、丧礼中的讲唱。我们可以将这种场合称之为民俗场。任何活态的民间文学作品传承都离不开民俗场，传承人的养育也离不开民俗场。

首先，这与民间文学的特性和功能密切相关。民间文学是一种口头叙

---

① 此处所谈是指活态性保护与传承问题，记录、存档性保护是另一层面的问题。

事文学,其载体是口头语言和肢体语言。它不像书面文学可以在书房里由个人独立创作完成,可以在私密空间里独自阅读欣赏。民间文学必须在至少"二人在场"的公共空间里完成,共时地既要有"创作者"(讲唱人),又要有听(观)众,否则,就不能完成民间文学"文本"的演述过程。

民间文学具有一般文学的特性,但它又有自身的独特性,其中之一就是直接或间接的实用功能。例如劳动号子,就是为了协调劳动节奏,可以起到直接提高劳动效率的作用。许多地区男女青年唱情歌是为了谈恋爱找对象,仪式歌是为了配合民俗仪式的正常进行(如哭丧歌中的经歌)等,所有这些功能的实现都需要在公共的空间来完成。

其次,民间文学的传承人(故事家、歌手、说书艺人等)都是在民俗场的长期讲唱过程中逐渐成长、成熟的。传承人的成长是一个自然而然、循序渐进的过程,没有一套固定、规范的教与学的模式,他们是在实践中成长的,通常都是在"听"的过程中慢慢学会,在"练"的过程中逐渐成熟,在"争(竞争)"的过程中脱颖而出的。如在上海郊区奉贤农村,每到夏天的夜晚,男女老少围坐晒场乘凉,唱山歌,听山歌。著名歌手朱炳良就经常带着徒弟到乘凉的场上唱叙事山歌。有许多山歌爱好者就这样听着、学着、记着,后来自己也成了山歌手。

最后,民俗场的存在与否,决定了民间文学作品的命运,也决定了是否能够不断出现新的传承人。即便是在同一文化圈内,处于相同的文化背景和外在环境,由于民俗场的原因,同一门类的民间文学作品都会出现截然不同的情况。例如,江南吴语地区具有悠久的演唱山歌传统,但是,自20世纪70年代以来,自然状态下的唱山歌习俗在该地区就已经基本消歇了。至80年代进行搜集整理时,许多老歌手已经多年不演唱,记录下来的是存在于歌手记忆中的歌,而不是存活于田野的歌。而同属山歌体系的"赞神歌"在吴语地区民间的演唱活动仍然传承着。因为前者演唱的民俗场消失了,而后者是庙会期间在庙宇中演唱的,演唱的民俗场仍然存在。

如果我们对吴语地区三类民间文学作品的生存状态进行比较,就可以很明显地看出演述民俗场的重要性(表1)。

表1

名称	演述场所（民俗场）	演述动力	传承人情况	目前状态
山歌	劳作场所，休闲场所，歌会（夏墓荡赛歌会、白茆歌会、南通石港歌会等）	自然状态下演唱的动力消失，目前主要是政府组织的演出、比赛	自发的学习者几乎没有，后继乏人	极度濒危
赞神歌	各种庙会、民俗活动（如家中有人生病、连遭不测等举行禳灾仪式）	信仰。每年需要付出1个月左右的时间和支出相当数量的金钱（路费和购买祭祀用品）	有少数年轻人自觉学唱	良好
宣卷	庙会，民俗仪式（赈佛，还愿，生日，结婚，丧事，开业，乔迁等）场所	经济利益的驱动，每年有10多万元的收入，也有一定的信仰因素	年轻学艺者甚多	繁荣

山歌的演述民俗场已完全消失，其生存状况最糟，处于消亡的边缘；赞神歌的演述民俗场仍存在，但比较单一，基本局限于民间庙宇和庙会，时空限制较大，但因有信仰因素的支撑，生存状况尚可；而宣卷的演述民俗场较为多样化，同时宣卷艺人有可观的收入，激励了年轻人学习的积极性，故传承情况最好，目前处于繁荣状态。

二 民俗场的缺失：民间文学面临的窘境

如上所述，目前民间文学传承面临濒危的局面，最主要的原因就在于民俗场的消失。

首先，民间文学作品失去了演述的语境。民间文学是口耳相传的口叙文学，讲唱者没有了讲唱的机会，慢慢就遗忘了；民众没有了听、学的机会，新的传承人也就不可能出现。因此，民间文学作品慢慢走向消亡也就不可避免。例如，《梁山伯与祝英台》是我国著名的四大传说之一，产生于东晋时期，已经流传了1600多年。但就是这样一则曾经家喻户晓的经典作品，在口头传承领域已处濒危状态。在浙江宁波梁祝庙、墓的所在地高桥镇，原先大多数村民会讲述梁祝传说，但现在绝大多数年轻人已经不能讲述完整的梁祝传说。高桥镇旧时民间文学作品主要的讲唱场所有四个。一是编草席、草帽的劳作场合。高桥盛产蔺草（当地称席草），用蔺草编织草席、草帽是当地最主要的一项副业。人们三五成群聚集在一起，边编席草边讲笑话、故事，梁祝传说也就在这编织过程中代代相传了下来。二是田间劳动时，尤其是集体化生产时，一个生产队的几十位男性，边劳动边聊天讲故事，讲各种各样的奇闻趣事。三是串门时，闲坐聊天。四是乘凉、聚会场所，特别是桥头，有些人特别能讲形形色色的传说故事，当地人称他们是"桥头阿三"。据梁祝文化公园原总经理虞善来（土生土长的高桥镇人）介绍，目前高桥镇村民只有乘凉时还偶尔会讲些新闻和故事，其他三个讲唱场所均已消失。大部分善于讲述梁祝传说的"桥头阿三"，现在均已去世。原先一些能够讲述梁祝传说，现在尚健在的中老年人，因为长期没有讲述的机会，再加上记忆力下降，讲述的能力正在快速地衰退。高桥镇楼规法老人，最早记录的《梁山伯指点缸鸭狗》就是由他讲述的，但是我们再次请他讲述时，他已全忘记了，只得看已出版的整理本，帮助恢复记忆。这种情况在被调查者中普遍存在。① 相反，由于民俗场的存在，民间文学作品的传承情况就比较好。如在湖北的长阳、秭归、远安、宣恩、郧西、郧阳等地区，因为至今延续着在丧葬仪式中请歌手"打丧鼓"的习俗，民歌的传承情况就比较理想。

其次，民俗场的消失，必然导致传承动力的减弱乃至消失。像任何人类的创造活动一样，民间文学作品的传承也需要内在或外在的动力，或是因情感的抒发获得精神的愉悦，或是能带来精神上或物质上的某种好处，如名声和荣誉，甚至获得直接的经济利益。如旧时在吴语地区农村，会唱山歌的人在农忙时可以得到更多的雇工机会，获得比别人多的工钱。而这种传承的动力往往形成于民俗场的演述过程之中。通过演述，讲唱者的能力得以体现，获得群体的认同，随之给他（她）带来种种"好处"，然后产生示范效应，逐渐转变为一种传承的动力。例如，目前吴语地区的宣卷活动盛行，年轻人不断加入学艺的队伍，主要是因为宣卷艺人能够赚钱，有可观的收入，经济因素是其主要的传承动力。又如，在甘肃西和县，七夕乞巧歌能够传承，除了信仰的动力之外，还有源自更为现实的动力——解

---

① 郑土有：《河水渐渐干枯的鱼：传统口传文学作品保护面临的挑战——以梁祝传说保护为个案》，载陶立璠、樱井龙彦主编《非物质文化遗产学论集》，学苑出版社，2006，第201～214页。

决婚嫁问题。在西和地区，七夕是少女们的狂欢节。在这难得的时光里，少女们可以自由自在，尽情欢乐，而歌舞理所当然成为她们展示魅力和才艺的最佳载体。才艺展示的目的除了情感宣泄外，还导向了婚姻。因为这些少女平时或是忙于活计，或是藏于深闺，缺少被人了解的机会。此时，打扮一新的少女们，汇集坐巧人家中，唱巧、赛巧、卜巧，成为大人们关注的对象，他们因此对少女们的性格、才艺一目了然，被相中的对象很快就会有人上门提亲。如杨克栋先生所说，"笔者记得，建国前西和县城的祈神迎水仪式十分热闹。在各支迎水队伍出发前，所经过的街道两旁，早就熙熙攘攘、摩肩接踵地站满了观众。其中，多数人是为了看热闹，但也有不少的人专为婚姻大事而来。如已到婚龄而未提亲的青少年男子和他们的父母，此时站在人群里，专心一意地在队伍中物色提亲对象。已经提亲而没有仔细看过女方长相的，在媒人的指点下，也目不转睛地专注着对象的模样。每当有迎水队伍经过时，街道两旁的观众就互相询问、纷纷议论、指指点点、评头品足，饶有兴趣地观赏着队伍中的每个姑娘。在封建礼教禁锢的过去，有些少男少女的美满婚姻，或许是在这一天首先提起或最终定下来的。"① 少女们展示才艺的过程也是完美展现自身的过程，她们以嘹亮的歌声和曼妙的身姿尽情抒发情感，对自身而言，是一种欲望的释放；对旁观者而言，是一个共鸣和欣赏的过程。因为在乞巧中展演的是一个特殊的少女群体，所以欣赏会在有意无意间指向求偶。因此，这种派生于乞巧习俗的功能，对于当地社会来说，反而是最具实用价值的，各个年龄段、各种身份的人怀着不同的目的来到现场。少女的父母亲临现场观察女儿的表现，未婚男性到现场挑选自己的意中人，未婚男性的父母要为儿子物色未来的儿媳妇。

最后，失去了养育民间文学传承人的池塘。如前所述，传承人是在民俗场的演述中不断磨炼成长的。民俗场就像一个大池塘，传承人就是其中的鱼，池塘干涸了，鱼就活不了。为什么同一池塘中，水质相同，食物相同，有的鱼长得快，有的鱼长得慢？这主要取决于鱼自身的基因和特性。

① 雷海峰主编《西和乞巧风俗志》（内部资料），2007，第59页。

传承人也是如此。生活中的每个人都是民间文学的传承者，但优秀的传承人是少数，因为他（她）们具备一般人所没有的特性，如开朗外向的性格、超强的表现欲、良好的表达能力、优美的嗓音等，这些优点都是在民俗场的演述中慢慢显现出来的，经历了一个自然的筛选过程。

自非物质文化遗产保护工作开展以来，各级政府部门都高度重视对传承人的保护。目前，传承人的保护和培养的途径主要有三种：一是进中小学课堂，通过学校教育来培养传承人；二是文化主管部门如群众艺术馆、文化馆、非物质文化遗产保护中心举办传承人培训班；三是非遗传承人招收徒弟。这些培养措施对于普及宣传当地的非物质文化遗产项目能起到一定的作用，但事实证明，这种脱离民俗场的培养模式，从传承人培养的角度而言，效果都不太理想。因为这种方式是"鱼缸里养鱼"，违背了民间文学传承人自然天成的养成规律。

三　民俗场是否可以"恢复""再生"

不可否认，绝大多数传统民间文学演述民俗场的消失是不可逆转的事实，也是社会发展的必然结果。但是，民间文学作品的活态传承、传承人的养成，又离不开民俗场，那么，我们是否可以在民俗场的"恢复""再生"方面做些努力呢？从这些年的实践来看，在某些领域是可以有所作为的。

首先，最为理想的方法是，在条件允许的情况下，尽量恢复民俗场。在非物质文化遗产保护的大背景下，一些庙会、传统仪式、歌会陆续得以恢复，在一定程度上为民间文学作品提供了演述的场所，起到了良好的效果。如上文所述的赞神歌，在吴语地区具有悠久的历史，但因为与民间信仰活动关系密切，1949年后列入封建迷信被禁止。虽然民间仍然有少数人悄悄进行，如渔民们届时会将渔船停靠在偏僻的水域，在船上举行祭祀演唱活动，但毕竟规模小、参与人数少，更重要的是，在主流意识形态的教育下，信众群体自身也认为这是迷信活动，长此以往，赞神歌的消亡是不可避免的。20世纪80年代以来，随着改革开放和思想解放，伴随着民间信仰的恢复，赞神歌的演唱才逐渐从"地下"走向"地上"，在庙会活动中公开演唱。直到被认定为非物质文化遗产项目，赞神歌的演唱才步入了正常的轨道。这些年来，许多地方的赞神歌演唱活动相当活跃，如笔者在莲泗荡刘王庙庙会调查时发现，每年参与的赞神歌歌班达十几班。由此可见，只要民间文学演述的民俗场能够恢复，具有顽强生命力的民间文学作品就可以传承。

其次，有些民俗场不可能再恢复，但可以采用"移植"的方法，逐渐形成一个新的民间文学演述民俗场。如旧时在江苏吴江县的垂虹桥上每年都有赛歌会，著名歌手赵永明在《山歌勿唱忘记多》中唱道："山歌勿唱忘记多/搜搜索索还有十万八千九淘箩/吭嗨吭嗨扛到吴江东门格座垂虹桥浪去唱/压坍仔格桥墩塞满东太湖。"在当地老年歌手中相传有这样的说法：如果要想唱山歌成名，必须到垂虹桥上唱歌。可见垂虹桥当年影响之大。又如，位于浙江嘉善县陶庄乡的夏墓荡，水域面积3500多亩，水面开阔，每年夏天的夜晚，四面八方的乡民都会划着船来到这里乘凉，然后开始唱山歌，以对歌的形式为主。歌声此起彼伏，蔚为壮观。时至今日，这些民俗场已不可能再恢复，但这种赛歌、对歌的形式，可以引入民众生活以及新的民俗活动中。目前，各地都十分重视恢复传统的民俗节日、庙会等，但总体内容不够丰富，应充分运用当地的民间文学资源，哪怕是采用"借用""组合"的形式，都可以充实民俗活动的内涵，同时也可以促进民间文学的传承。如上海市杨浦区南码头街道将旧时的码头号子编排成节目，在社区组织的夏季纳凉等活动中表演，取得了较好的效果。

再次，利用文化场所"再生"民间文学演述民俗场。目前，各地都在大力加强群众文化场所的建设，如在街道社区设立文体中心，在乡村建设文化礼堂等。讲故事、唱山歌、说书等民间文学演述活动可以进驻这些场所，在丰富群众文化生活的同时，也能促进民间文学的活态传承。例如2012年上海民间文艺家协会和上海市群众艺术馆共同策划创办了"上海故事汇"，每月2次在上海群艺馆三楼报告厅举行讲故事活动。截至2017年1月1日，已举办了128期。当"上海故事汇"举办至第100场时，《解放日报》有如下的报道："'上海故事汇'近日在市群艺馆迎来第100场。3年半时间，众多名家来到故事汇，讲演300多个生动有趣的故事，观众累计达

2 万多人次……一开张就大受欢迎，几乎场场爆满。"① "上海故事汇"已坚持了近 5 年，每个场次听众有增无减。可见，即使是在像上海这样的大城市，讲故事仍然有听众，仍然受民众的喜爱。因此，在社区文体中心、乡村文化礼堂中引入民间文学演述内容，应该说是具有广阔前景的。

最后，客观地评价民俗表演。目前，在一些旅游景点，为了吸引游客，往往有各种各样的民俗表演，包括民间文学作品的演述。如在绍兴、周庄的游船上，船工会唱民歌，并收取一些费用。事实上，这种民俗"表演"客观上也能起到一定的传承作用，也可以培养新的传承人，不失为一种新的民俗场类型。目前的问题是缺乏引导和指导，表演者的水平参差不齐，如果能对他们进行适当的培训，使之真正了解当地的民歌，掌握民歌的演唱技巧，并鼓励他们与游客互动，其效果会更好。

以上是对民间文学类非遗保护中民俗场问题的初步探讨。民间文学类非遗的活态传承，离不开其演述的民俗场。这种民俗场在历史上是自发形成的，今天也有可能自发形成，但从保护传承的迫切性角度考虑，各级文化部门应该着力培育新的民俗场，让民间文学在民俗场的演述中获得生命力。

（原文刊登于《长江大学学报》（社科版）2017 年第 3 期，

本文集收录的是删节版）

---

① 诸葛漪：《还有人面对面听讲故事吗？"上海故事汇"迎来 100 场》，《解放日报》2015 年 11 月 4 日。

通向历史记忆的中国民间文学

林继富　中央民族大学教授

中国人以民间文学记录生活、表达情感，并使之成为生活的重要组成部分。在中国，每个时代的民众以不同的方式创作、传承民间文学，以不同的立场阐释民间文学的意义。中国民间文学是民众的生活。从共时来看，民间文学是民众生活的一部分；从历时来看，民间文学记录了民众过去的生活，保留了他们对于过去的历史记忆，因此，中国民间文学包含了丰富的历史记忆。以历史记忆为视角，认识和理解中国民间文学尤为重要。

一　民间文学有历史记忆吗？

民间文学是民众创造的，是通过口头创作、口头讲述、口耳相传的艺术，是属于族群、地域或群体共同享有的文化生活和文化传统。民间文学以口头语言为核心，口头语言的特殊性决定了民间文学的特殊性。口头语言是有意义、有象征的，也是一种记忆的媒介和方式。口头语言具有的记忆功能，导致了民间文学的记忆特性。

> 语言的象征性首先不是因为形式，而是因为发声。可以说，语言一直都是记忆，而且是先于特殊的形式构成之前的记忆，是集体经验和集体方向的储存器，它可以通过后天的学习获得。①

民间文学口头创作与传承的基础在于民众生活，口头创作的对象是生

---

① 〔德〕扬·阿斯曼：《文化记忆》，见冯亚琳、〔德〕阿斯特莉特·埃尔主编《文化记忆理论读本》，余传玲等译，北京大学出版社，2012，第5页。

活，口头传承过程中的创作者与听众是生活的创造者。民间文学是立足于当下讲唱基础上的生活记忆，是讲唱者的现在性记忆，尽管以历史为题材记忆过去，但这种记录和记忆却是立足于当下人的生活的，以此指向未来的记忆行动和生活建构。尽管这种记忆是在以个人为主体的活动中完成的，但是，这些个人的讲唱需要群体性的听众接受。由讲唱者和听众构成民间文学创作、传承的共同体，才能使民间文学的生活具有生命和活力，此时的民间文学才具有价值。从这个意义上讲，民间文学的历史记忆属于群体性质的历史记忆，属于共同体基础上的生活记忆，它传递着族群、地域或群体的历史观念。

民间文学的传承常以族群、地域或者社会群体为基本单位，生活在这个单位里的民众经常讲唱过去的事情，这个过程贯穿着选择和组织。这种选择和组织，笔者以为不仅仅是讲唱者个人的兴趣和爱好，而且包含了讲唱者的诉求和听众的选择。这就决定了民众重述"过去"是在创造群体的共同传统，维系群体的凝聚，构筑群体内部民众的精神家园。这种重述"过去"就是在记忆历史。

民间文学是特定族群、地域和群体的文化传统，这个传统记录着过去的历史。尽管在历史记忆中出现了幻想性的情节，且以文学的方式呈现，不如"正史"追求的实录，但是，民间文学中保留了"过去"的历史背景、历史遗迹、历史人物、历史倾向等。

民间文学是时代的文学。民众习惯于口头讲唱现实生活中的人和事，也许这种讲唱与自己同时代的人或事带有传闻性质，即便如此，这种传闻也是现实生活的记录。比如，中国民间社会流传的许多民谣就形象地记录了社会现实。

　　五十年代嫁工农，六十年代嫁英雄，七十年代嫁群众，八十年代嫁富翁，九十年代嫁"外公"（外国老公）。

这首民谣创作并流传于 20 世纪 90 年代，它形象地记述了中国民众婚姻观念的变化，尤其是年轻女性找寻对象的思想变化，是一首关于婚姻生活情状的歌谣式的历史记忆。

> 吃动物怕激素，吃植物怕毒素，
>
> 喝饮料怕色素，能吃什么，心里没数。

这首民谣恰如其分地描写了 2007 年左右中国出现的与民众生活密切相关的食品安全问题。民间歌谣高度概括、凝练而诙谐，却又不失真实性的现实记录。也就是说，中国民间文学这种形象化的语言，承载着民众对现实生活的态度，将生活情感融入其中，因此，民间文学记录现实就是在记录历史，是现实生活的历史记录，是人们了解民众生活状况和生活情感的基本途径。

民间文学是传承的文学，是记忆的文学。绝大部分民间文学源于历史的"过去"，却又在以后不同时代的民众生活中被讲唱，被进行适应时代文化的改造。即先前创作和传承的民间文学包含的历史记忆与时代化的生活记录结合在一起，不断累积民众的文化智慧，不断叠加民众的历史记忆。比如，孟姜女传说最早起源于战国时期齐国将领杞梁战死，齐侯归来路遇其妻而吊，杞梁妻因野外凭吊不合礼法而表示不满的故事。《左传·襄公二十三年》载：

> 齐侯（齐庄公）还自晋，不入，遂袭莒，门于且于，伤股而退……莒子亲鼓之，从而伐之，获杞梁。莒人行成。齐侯归，遇杞梁之妻于郊，使吊之。辞曰："殖之有罪，何辱命焉？若免于罪，犹有先人之敝庐在，下妾不得与郊吊。齐侯吊诸其室。"

尽管这里没有详细描写当时民众的生活，但是，"齐侯归，遇杞梁之妻于郊，使吊之"却符合孟姜女传说中关于战争、吊唁的母题叙述。民间文学产生之初，有许多是基于生活的创作，这些就是当时的历史、当时的现实。从上述引文来看，这段记录是孟姜女传说历史记忆的根基性内容。在随后对这一传说进行讲述的过程中，不少细节性的内容被丰富了，不过因历史而生的情节母题却被保留下来。

到了西汉后期，孟姜女传说中"崩城"情节的出现不仅加强了传说的情感，而且保存了当时民众对于社会的历史记忆。

> 杞梁之妻无子，内外无五属之亲，既无所归，乃就（一本作枕）其夫之尸于城下而哭之，内诚感人，道路过者莫不为之挥涕。十日（一本作七日）而城为之崩。既葬，曰："吾何归矣！夫妇人必有所倚者也：父在则倚父，夫在则倚夫，子在则倚子。今吾上则无父，中则无夫，下则无子，内无所依以见吾诚，外无所依以立吾节，吾岂能更二哉！亦死而已！"遂赴淄水而死。君子谓杞梁之妻贞而知礼。诗云："我心伤悲，聊与子同归。"①

文中的孟姜女是一个知礼且忠贞的妇女。从汉代开始，孟姜女的"贞"成为孟姜女传说的基本框架。"崩城"是汉代天人感应思想的反映，是当时社会环境和历史背景的记录。

孟姜女传说发展到唐朝，杞梁之妻哭倒的是秦长城。对此，最早的记载是唐末诗僧贯休的《杞梁妻》：

> 秦之无道兮四海枯，筑长城兮遮北胡。
>
> 筑人筑土一万里，杞梁贞妇啼呜呜。
>
> 上无父兮中无夫，下无子兮孤复孤。
>
> 一号城崩塞色苦，再号杞梁骨出土。
>
> 疲魂饥魄相逐归，陌上少年莫相非。②

诗中的杞梁是秦朝人，孟姜女哭倒秦长城，"崩城"之后现出杞梁的尸

---

① 顾颉刚：《孟姜女故事的转变》，见苑利主编《二十世纪中国民俗学经典·传说故事卷》，社会科学文献出版社，2002，第23页。

② （宋）郭茂倩编《乐府诗集》卷七三《杂曲歌辞》一三，中华书局，1979，第1033～1034页。

骨，这些情节的加入使孟姜女传说更加感人，情节更加曲折。孟姜女传说记录了唐朝对外扩张、征用民力前往边疆开疆拓土，难以避免战争的基本历史事实。

如果说孟姜女传说在《左传》中的记载是以真实史料为主，刘向《列女传》的记载在保留《左传》历史的基础上，加入汉代的历史和传闻，那么到了唐代，尽管虚幻色彩、文学成分更为浓重，但仍然在先前孟姜女传说基础上留存了先前历史记忆的内容，也加入了唐代的现实生活及历史。因此，孟姜女传说的每一次超越都伴随着现实生活和历史记忆对它的丰润和制约，不是对前一次的简单重复，而是艺术和情感的升华。

综上可知，民间文学的创作和传承都是在现实生活的基础之上，将现实的记录和历史的记忆结合得恰如其分。因为今天的现实就是明天的历史，今天的现实在未来的讲唱中添加新的情节，并不断文学化。诚如日本学者柳田国男所言：连接历史与文学两端的民间传说"是架通历史与文学的桥梁""随着时间的推进，传说的两极，总的趋势是越来越拉开了，联系的纽带也越来越变细了"[1]。尽管在民间文学传承过程中，历史越来越淡薄，文学越来越强化，但是，民间文学的历史记忆却始终存在，这些记忆成为理解民众生活的根本，成为还原历史真相的重要途径。

二 民间文学拥有历史记忆的特质

历史记忆就是基于历史的记忆，它包括口头的、文字的，以及口头和文字、文字和具体物件的记忆。它是立足于现实，以民众的历史观念为导向、以民众生活目的为根本的一种记忆方式。之于民族来说，有关于族源的记忆、族群生活的记忆和家族的记忆；之于祖先来说，有关于祖源的记忆、祖地的记忆、宗支和家族的记忆等。然而，民间文学涉及中国民众生活的诸多方面，涉及民众不同时代的生活。因此，历史记忆贯穿于中国民间文学涵括的所有领域。

以口头语言为媒介的历史记忆是聚焦的，由于口头语言的讲唱是生活

---

[1] 〔日〕柳田国男：《传说论》，连湘译，中国民间文艺出版社，1985，第 31 页。

性的，那些对改善生活和延续生存有影响的人物和事件在民众心里留下了深刻记忆，被民众以喜闻乐见的形式世代承传。因此，口头式的民间文学记忆具有灵活性和形象性。

> 口头传承基本上只有两种依据，一种是存在于生者回忆中的新近的关于过去的信仰，另一种是来自起源时期众神与英雄时代的神话传说。这两种根据，即新近的过去和绝对的过去，直接发生碰撞。新近的过去通常只能追溯到三代以内。[①]

历史记忆是集体性记忆，尽管因个人的生活、行为和讲唱传达出历史观念，但因这些历史观念被族群或地域民众接受，并且反复地传递和接受，从而形成了族群或地域民众共同接受的文化，形成了历史记忆的基本价值取向。民间文学的历史记忆围绕着历史和生活的基本真实代代传递，却又因为民间文学传承人的选择，与当下时代文化和传承人的生活结合，从而在再现当代生活的过程中，不断进行社会化的建构。也就是说，现在的民间文学讲述传递着历史的记忆，在历史记忆中又指向民众未来的生活。

民间文学中存在的历史记忆存在不同层次的历史记忆方式及途径，诸如家庭、地区、阶级、民族等都以利于自己的方式保留着他们关于过去生活的历史记录。这种历史记忆并非完全意义上的历史，带有许多文学化的成分，也保留了其他历史过程中"正史"遗失的历史内容。

由于民间文学传承的灵活性，民间文学传承人会因个人生活或者族群、地域生活的需要不断在讲唱中变异、改造其中的历史记忆，乃至选择性地失忆。这就决定了民间文学中的历史记忆内容不能直接地转换为历史叙述，而是在生活情感的支配下，留存以个人为根本的历史性的讲唱。从这个角度上看，民间文学中的历史记忆在相当程度上改变了我们对待历史信息的态度和方式，改变了我们与历史之间的距离和关系。"历史记忆研究不是要解构我们既有的历史知识，而是以一种新的态度来对待史料——将史料作

---

① 〔德〕阿达莱·阿斯曼、扬·阿斯曼：《昨日重现——媒介与社会记忆》，见冯亚琳、〔德〕阿斯特莉特·埃尔主编《文化记忆理论读本》，第24页。

为一种社会记忆遗存。然后由史料分析中，我们重新建构对'史实'的了解。我们由此所获知的史实，不只是那些史料表面所陈述的人物与事件；更重要的是由史料文本的选择、描述与建构中，探索其背后所隐藏的社会与个人情境。特别是当时社会人群的认同与区分体系。"① 传承人成为民间文学历史记忆建构、传承的核心，但是这种传承是在无数人认同、接受基础上的选择，个人情境依赖于族群、社区历史，成为民间文学历史记忆的内在驱动力。

民间文学传承人的每一次讲唱，都是在传承、再创作和建构，这些行为或多或少地影响到民间文学中的历史记忆内容。然而，这样的变动并未动摇历史记忆的基本元素。民间文学中的历史记忆的每一次变动和建构一定与当时的自然、社会文化情境、传承人的个人生活境遇密切相关。这些变动是传承人在现实生活面前如何更好生活的选择，它在一定程度上记录了社会生活、个人生活，属于历史事实。于是，民间文学的历史记忆就会在时间的作用下，在传承人讲唱行为的作用下，在先前民间文学的基础上不断叠加和丰富、进行时代性记录，建构个人生活与历史记忆交互作用的民间文学传承。

民间文学传承人如何选择历史记忆是重要的，讨论民间文学如何失去一些历史记忆对于理解民间文学创作者、传承人的生活和社区传统、历史同样重要。"与记忆相关的忘却同样值得关注。比如，对世袭的分析研究中，就应该特别注意一个名义上的单系社会采取了哪些选择的手段来维系权力以及如何将一个共同的祖先作为共有的社会资本来加以利用的。"② 在笔者看来，民间文学中的历史记忆与其他社会记忆具有同样的社会建构功能，且诸多因素决定着历史记忆的建构过程。民间文学中出现的历史记忆是结构性的、聚焦性的，民间文学传承人总是将自己倾心的历史不断聚焦，形成"箭垛式"的历史记忆，在族群或社区认同、边界形成上具有重要的价值。埃文斯·普里查德发现，被努尔人遗忘的祖先和特别记得的祖先成

---

① 王明珂：《历史事实、历史记忆与历史心性》，《历史研究》2001 年第 4 期。
② 〔美〕麦克尔·赫兹菲尔德：《什么是人类常识》，刘珩、石毅、李昌银译，华夏出版社，2005，第 88 页。

为其家族发展与分化的基本原则。从这个角度上说，民间文学的历史记忆是选择性的记忆，这种选择性并不违背历史事实，而是着力传达了以民间文学传承人为核心的族群、社区民众集体性的历史心性，是具有认同性、归属感的历史记忆。

三　民间文学传承人的历史记忆倾向性

民间文学历史记忆往往与讲唱、传承和记录民间文学的人联系在一起，带有传承人历史选择的倾向性。

民间文学在动态中不断延展其文本的多样性和意义，但是，这种意义的延伸一定与族群或地域民众的需求相关联。在早期神话、史诗阶段更多的是为了共同体的建构，在当代则更多的是为了身份的意义及彰显的资源价值。民间文学传承人讲唱中对于历史的选择基于个人，或者个人在族群或社区中的角色，不过，他们在讲唱民间文学的过程中具有历史的倾向性。这些历史记忆并非千差万别，而是遵循着历史本来的逻辑，由此形成了民间文学中历史记忆的"历史性"的真实性。

民间文学传承人和听众之间是自由的、开放的，他们在讲唱与聆听中不断互换角色，进行选择性讲唱和聆听，进行意义阐释的选择辨析。所以，民间文学会因为历史和生活的不同需要而出现新的共同体或地域联盟，这种新的共同体、地域联盟的形成并未脱离先前的历史，而是在传承中经过选择的结果。从这个角度上看，民间文学中包含的历史记忆便具有了建构共同体的新生性和维系共同体边界的意义。由于传承人讲唱内容的选择性，民间文学的意义表现就会出现不同，历史记忆也会出现差异，但是，这些历史记忆与族群、社区等集体性的记忆是紧密相连的。

作为历史记忆的民间文学，由于讲唱者不同，其传递的族群或地域情感也会发生变化，这种情感包括历史情感作用下的历史态度。同一地区的族群，不同的讲唱者或叙述者基于不同的情感往往会传承不同的民间文学，进而传达出不同的历史记忆倾向。比如《竹书纪年》《易·明夷》《汉书·地理志》等大量记载了商朝贵族箕子奔朝鲜后建立政权的传说，这里关于朝鲜先祖的历史记忆故事中显然表达了华夏人的历史观念。而在一然（高丽中期僧人）所著的，成书于 13 世纪的朝鲜古籍《三国遗事·纪异》中，檀君为天神庶子桓雄与熊女所生之子。

> 号曰檀君王俭，以唐高（尧）即位五十年，都平壤，始称朝鲜。又移都于白岳山阿斯达，又名弓忽山，又今弥达。御国一千五百年。周虎（武）王即位己卯，封箕子于朝鲜。檀君乃移于藏唐京。后还隐于阿斯达为山神，寿一千九百八岁。

朝鲜"檀君建国"的历史记忆倾向表达了本土主义的历史观，倾向于"檀君建国"的家园情感。朝鲜人相信这种记忆的真实性。

面对同一种族源神话，不同的族群、不同的传承人、不同的记录者以各自不同的立场进行记录，表达了不同的历史记忆，但是每一种历史记忆均是"真实的"，是基于功能性记忆基础上的真实。民间文学中的历史记忆不一定都是正确的历史，但是，对于任何族群、任何传承人、任何记录者来说，他们的选择是真实的，历史的、有意义的讲唱。

在中国这个多民族国家中，不同族群、不同地域，或者同一族群、同一地域不同的讲唱者和叙述者之间的互动、交流或多或少地影响了民间文学的历史记忆。或许没有任何直接的目的，只不过某种记忆或者讲唱来自较大族群或地域的特别力量，或者这些势力、实力较大的族群或地域的文明被其他族群所接纳，从而不同程度地影响民间文学的历史记忆。民间文学讲唱活动中，许多情况下，传承人控制着记忆资源，讲唱着对他们现在有意义的事情，从而获得更多、更具力量的"话语权"和"话语能力"。例如，在中国许多民族中流传着黄帝后裔的祖先传说，起初为中原人对这些族群的华夏认同提供庇护，后来这种庇护正好成为不同族群攀附黄帝家族的动力，因此，他们在民间文学的历史记忆选择中，就顺理成章地强化自己是华夏族群了。这不仅为这些族群在"华夏"获取了生存空间，而且完成了族群之间的融合。也就是说，社会情景导致了民间文学中的历史记忆的差异性，传承人和听众构成的民众集体在寻求生存空间，他们因为这些记忆将自己的身份与当时具有强势身份的族群连接在一起，从而获得了生活的依靠、生存的空间。

在中国民间文学中，任何一种历史记忆机制都具有复制与创新的成分在内。民众日常生活中的活动并非所有都被记忆下来，往往只有他们自己所做而有益于群体大众的事情才会被民众讲唱，才会被反复记忆成为历史。

民间文学的历史记忆依托在民间文学的艺术结构之上，依靠民间文学传承人，并且与不同的制度及文化价值或观念相联结。民间文学中的历史记忆常常被社会支配性文化价值或观念塑造、选择。民间文学中的"过去"不只是历史记忆的本性，它更是民间文学讲唱现在与未来生活的媒介、资源。

我们没有必要刻意去考证民间文学中的每一个人物、细节、地点和事件的真实性或虚构性。不管是真实的还是虚构的，只要民众在讲唱、在传承，其流传下来的民间文学的历史记忆就会成为有意义的历史。例如与山西洪洞大槐树、湖北麻城孝感乡、南京和广州珠玑巷等相关的移民传说中的地名、人名、时间和地点等记忆迁徙的路线与历史上发生的移民迁徙事件无法一一对应，事实上也不可能对应出来，但是，这些民间文学的讲唱、传承恰如其分地体现了民众的历史记忆。因此，在民间文学通往历史记忆的道路上，采取多种途径和多种方式，是可以深化、修正、补充"历史事实"的，这也是许多历史学家认为"民间文艺给历史家提供了最正确的社会史料……民间文艺才是研究历史的最真实、最可贵的第一把手的材料。因此要站在研究社会发展史、研究历史的立场来加以好好利用"[1] 的缘由吧。

（原文刊登于《华南师范大学学报》（社会科学版）
2017 年第 3 期，本文集收录的是删节版）

---

[1] 郭沫若：《我们研究民间文学的目的——在中国民间文艺研究会成立大会上的讲话》，《人民日报》1950 年 4 月 9 日。

民族记忆构建的民间文学方式

黄景春　上海大学中文系教授

一　当代民间文学的多样性

让我们先从民间文学的概念讨论起。钟敬文给民间文学下过一个定义："民间文学是劳动人民的口头创作，它在广大人民群众当中流传，主要反映人民大众的思想感情，表现他们的审美观念和艺术情趣，具有自己的艺术特色。"① 此定义是"文化大革命"结束后不久出现的，采用的是外在视角，带有明显的阶级论色彩，但被其他教材引用很多。实际上，这个定义的广泛影响，除了托庇于钟先生个人的学术魅力，还因为它符合当代中国社会对民间文学的基本认知，得到了主流话语体系的强力支撑。中国民间文学从诞生以来，从来没有离开过国家体制，总是跟国家意识形态结合在一起。户晓辉指出："中国现代民间文学或民俗学研究自一开始就不是作为一个学科，而主要是作为一种意识形态才发生和发展起来的。在'重估一切价值'的口号下，现代民间文学或民俗学研究者们大多有一个自觉或不自觉的'预设'，即无论他们研究的是歌谣、故事、童话、谚语、谜语或方言土语，在他们眼里，这些东西就不仅仅是他们本身，还是曾经受到压制和扭曲而亟待被发现和解放的文化资源，它们不仅是反对封建上层文化的利器，更是建设新文化唯一可靠的基础或资源。"② 这种意识形态化利用在 1949 年以后表现得更加明显，民间文学因为被贴上了"劳动人民创作"的标签而具备了列宁所谓"人民性"，在历次政治运动和文化革命中都受到重视和利

① 钟敬文：《民间文学概论》，上海文艺出版社，1980，第 1 页。
② 户晓辉：《现代性与民间文学》，社会科学文献出版社，2004，第 145～146 页。

用。20 世纪 50 年代后期在新民歌运动基础上结集而成的《红旗歌谣》《新民歌三百首》《红色歌谣》，是国家在政治运动中利用民间文学的范例。近年中国非物质文化遗产保护运动勃兴，各地搜集整理神话、传说、歌谣、史诗和谚语申报非遗项目，也有地方化的政治诉求。民间文学从来都无法脱离其社会语境而独善其身，它甚至没有书面文本而仅是一种口头表演，因而它也不是纯粹的文学，而是一种生活文化。所以，给民间文学下定义，从来都是吃力不讨好的事情。钟敬文 30 多年前在教科书中给民间文学所下的定义，无论曾经的影响多么巨大，在今天的学者（乃至大学生）看来都显得太落伍了。近年高丙中、吕微、万建中、户晓辉等人对民间文学的讨论，更多集中于民间文学的主体性、自在自为性、内在目的性、生活实践性等特征，讨论的话题已经从工具理性转变到价值理性，从社会功能层面上升到哲学认知层面，从中可窥视当代民间文学研究者的知识谱系已经发生了巨大转变，思考维度和学术雄心已不再是论证民歌或神话的社会功能，而是人类知识、文化记忆的形成过程及其价值判断的内在机理。

民间文学的"民"到底是什么人，这是民间文学研究中被反复讨论的问题。其实这个"民"具有多样性、可变性。就中国传统而言，"民"对应"官"，"民间"对应"官方"，"民众"对应"官吏"。士农工商即所谓"四民"，是站在官方立场上对民众的区分。在英语中，民间文学的"民"写作 folk，意为 the common people of a country（一个国家里的普通人）。民间文学对应的英语单词 folklore，也有民众知识、民俗的意思。在欧美学界，长期流行把"民"等同于文明国家的落伍者的看法，因而民间文学也被视作由这些乡民或陋民传承的文化"遗留物"（survival）。这种观念在 20 世纪初的美国首先遭到质疑。经过反复讨论，民俗学家认识到，"民"不应局限于乡下人，也有城市人，甚至知识分子。阿兰·邓迪斯认为，对民间文学中的"民"要重新界定。他认为："'民'这个词，可以指'任何民众中的某一个集团'，这个集团中的人……不一定认识所有其他成员，但是他会懂得属于这个集团的共同核心传统，这些传统使该集团有一种集体一致的感觉。"[1] 他

---

① 〔美〕阿兰·邓迪斯：《世界民俗学》，陈建宪、彭海滨译，上海文艺出版社，1990，第 2 ~ 3 页。该段第一句的"民"，原译作"民众"，笔者引用时，对照原文略改。

把"民"解释为具有共同传统的任何职业群体中的人，已经超越了过去对"民"的限定。在中国也同样在尝试和探索这种超越。1922年12月北京大学创办的《歌谣周刊》之周作人起草的《发刊词》介绍了征集歌谣的两个目的，一个是学术的、另一个是文艺的，"从这学术的资料之中，再由文艺批评的眼光加以选择，编成一部国民心声的选集"①。从这个表白可以看到，周作人把歌谣所表达的情感看作是"国民心声"，言外之意，这些歌谣是"国民"（普罗民众）的创作。这种探索在1928年中山大学《民俗周刊》"发刊词"中也可看到。1949年以后，民间文学的"民"，正如前文引述钟敬文给民间文学所下定义显示的那样，主要指"劳动人民"，把上层阶级排除在"民"之外。这种限定在改革开放以后被突破。1983年5月，中国民俗学会成立，钟敬文在成立大会上的发言中也谈到了"民"的问题。他说："一个国家里大部分风俗，是民族的（全民共有的）。当然，民族里面又包含着一定的阶级内容……重要的是民俗，在一个民族里具有广泛的共同性。"②他还阐述了民间文学不仅出现在农村，也出现在城市；不仅产生于古代，也产生于现代。受钟老的启发，也受到欧美学界对"民"的讨论的影响，20世纪90年代以后，中国民间文学、民俗学研究者对"民"的界定已经出现了开放态度。高丙中指出："现在比较全面的观点是把'民'定义为任何社会、任何群体的人，即各种家庭成员、乡村成员、社团成员、市镇成员、民族成员等。"③依此说法，则"民"就是全民，任何社会成员都包含其中。过去一向被排斥在"民"之外的帝王将相，可能比普通百姓懂得更多神话传说和格言俗语，利用也更多，那么，研究者有什么理由把他们排除在"民"之外呢？因而，民间文学具有全民性，是一国之民共同享用的口头文学。

然而，事实上，当代民间文学的新发展让民间文学越来越多以文字、文本的样式呈现在众人面前，被指认为民间文学主要特征的"口头性"正在弱化。歌谣的创作，故事的编撰，越来越多是在书案上或电脑上，而不

① 周作人：《发刊词》，《歌谣周刊》1922年12月17日，第1版。
② 钟敬文：《新的驿程》，中国民间文艺出版社，1987，第383页。
③ 高丙中：《中国民俗概论》，北京大学出版社，2009，第5页。

是在讲述或讲唱现场完成的。过去研究者通过田野调查获得口头文本，经过整理写定为书面文本。这个书面化过程，对于口头文本的凝练和固化，进而形成民间文学经典作品（如《孔雀东南飞》《木兰辞》等）起到很大作用。但是，当今是一个几乎人人识字的时代，所有的口头创作都可以轻易地被转换成书面文本；甚至，当人们心有所感时，首先不是咏唱或讲述，而是把心中所感写成文本，然后再通过书面、短信（或微信）、互联网进行传播，转化为口头表述反在其后。民间文学的呈现方式越来越文本化，这在当代已是不争的事实。一些庙会、节日庆典上吟唱的仪式歌谣同样主要是文人的书面创作，吟唱或朗诵只是对文字文本的发表形式。民间文学已经进入多媒体时代，书面性加强，口头性弱化了。与此同时，民间文学的集体性并没有弱化，每位有读写能力的人都是潜在的创作者，也是传播者和修订者。当今中国几乎所有人都具有阅读短信（或微信）、浏览网页的能力，他们因而也汇入故事、歌谣的编创、传播过程。图文并茂、视频穿插的新故事、新歌谣在手机或互联网上传播特别方便。当代都市传说、社会谣言、网络小说也借助于互联网这一新媒体手段广为传播。这些都丰富了民间文学的内涵，是当代民间文学最新颖、最活跃的部分。

二 民间文学延续民族记忆的两种途径

民族记忆，是一个族群的集体记忆，也是文化记忆。这里首先需要讨论"民族"这个概念。现代意义上的"民族"（nation）一词，具有相当多的政治含义。本尼迪克特·安德森认为："（民族）是一种想象的政治共同体——同时，它是被想象为本质上有限的（limited），同时也享有主权的共同体。"① 安德森对"想象的共同体"做了如下三点解释：首先，民族有限性，即谓一个民族无论成员多么众多，都是有边界的；其次，任何民族的自由，都是以"主权国家"的获得为象征；最后，民族内部虽不平等，但总是被设想成为一种有着深刻的平等和爱的情形，进而人们甘愿为自己的

---

① 〔美〕本尼迪克特·安德森：《想象的共同体》，吴叡人译，上海人民出版社，2003，第5页。

民族去屠杀或从容赴死。① 安德森的"想象的共同体"基本上是在"民族国家"的意义上去定义民族，这就在"民族"的复杂含义中消除了种族、遗传等体质人类学的成分，偏重于从历史文化和政治组织的角度去理解民族。安德森关于民族是"想象的共同体"的观念，在中国当代文学和文化研究界已经成为引人注目的话语，"为人们逾越既有的民族主义理论的政治经济学范畴，从文学/文化文本的话语层面探讨民族国家建构，提供了诸多启示"②。然而，在多民族杂居、融合的中国，民族与国家是两个分离的概念，"民族"既指汉族、藏族、回族、蒙古族、维吾尔族、彝族、苗族、壮族等各具文化和历史的民族，也指各民族长期融合形成的中华民族。后者既是"想象的共同体"，也是休戚与共的命运共同体。中国在现代化过程中一直面临着血统的种族、文化上的民族集团和政治上的民族国家等多重的"民族"焦虑，也造成了民族国家多重含义的一体性。中国拥有多个传统各别的民族，同时它们构成了统一的中华民族，有些学者将后者称为"大民族主义"③。当代中国语境中的"民族国家"指的是由 56 个民族构成的中华民族所组成的国家。本文讨论的民间文学，主要是汉族民间文学，也会涉及其他民族民间文学；因而，所讨论的"民族记忆"，也就是以汉民族为主体的中华民族的集体记忆和文化记忆。

　　"集体记忆"是法国社会心理学家莫里斯·哈布瓦赫（Maurice Halbwachs）首先提出的一个概念。哈布瓦赫首次将记忆赋予了社会学意义，强调个体只能在社会框架（social frame）中进行记忆。他认为，记忆产生于集体，只有参与到具体的社会互动与交往中，个体才有可能产生回忆。集体记忆的本质是立足当下需要而对"过去"的重构。哈布瓦赫认为：人们如何构建和叙述过去，在很大程度上取决于当下的理念、利益和期待，而记

---

①　〔美〕本尼迪克特·安德森：《想象的共同体》，吴叡人译，上海人民出版社，2003，第 6 ~ 7 页。

②　邹赞、欧阳可惺：《"想象的共同体"与当代西方民族主义叙述的困境》，载欧阳可惺等编《民族叙述：文化认同、记忆与建构》，暨南大学出版社，2013，第 121 页。

③　魏朝勇在《民国时期文学的政治想象》一书中介绍了梁启超对这种"双向"民族主义的复杂思考，不过梁启超最终还是把民族主义的取向定位在中华民族这一"大民族主义"上。

忆的建构受到权力的掌控。① 集体记忆总是根据当下的需要，出于某种当下观念、利益和要求对过去进行重构。正是在这个意义上，集体记忆也被哈布瓦赫称作"社会记忆"。哈拉尔德·韦尔策则将社会记忆定义为"一个大我群体的全体成员的社会经验的总和"②。一个族群的社会记忆也被称作"民族记忆"。

民族记忆是一个族群的社会记忆，也是它的文化记忆。扬·阿斯曼（Jan Aassmann）在《文化记忆》一书中将人类记忆的外部维度分为四个部分：模仿性记忆、对物的记忆、交往记忆、文化记忆。他主要比较了短时性的交往记忆与恒久性的文化记忆③，专注于对文化记忆的研究。在阿斯曼看来，无文字民族的节日和仪式构成了文化记忆的"首要组织形式"。他说："节日和仪式定期重复，保证了巩固认同的知识的传达和传承，并由此保证了文化意义上的认同的再生产。仪式性的重复在空间和时间上保证了群体的聚合性。"④ 节日期间的神话讲述、戏剧演出，仪式上的史诗表演、歌谣唱诵，都是民间文学展示其文化功能的时候。民间文学表演活动构成了节日和仪式的重要内容。在这样的活动过程中，文化知识、群体认同都得以表达，民族记忆也得以延续。

民族记忆是欧洲新记忆研究经常讨论的话题。扬·阿斯曼和阿莱达·阿斯曼（Aleida Aassmann）合著的《昨日重现——媒介与社会记忆》一文，比较了官方记忆的政治特点与民族记忆的文化特点，然后引用本·阿夫纳的话说："民族记忆属于莫里斯·哈布瓦赫所研究的集体记忆，却比其他所有的记忆都更广泛，因为它跨越了社会、种族、地理三种界限。"⑤ 民族记忆依托于该民族的宗教圣典和文学经典，也包括民间文学经典作品（如《荷马史诗》《摩诃婆罗多》）。"民族认同及其稳定持久性是受制于文化记

---

① 〔法〕莫里斯·哈布瓦赫：《论集体记忆》，上海人民出版社，2002，第 43 ~ 45 页。
② 〔德〕哈拉尔德·韦尔策：《社会记忆》，季斌等译，北京大学出版社，2007，第 16 页。
③ 〔德〕扬·阿斯曼：《文化记忆》，金寿福、黄晓晨译，北京大学出版社，2015，第 10 ~ 12、41 ~ 51 页。
④ 〔德〕扬·阿斯曼：《文化记忆》，金寿福、黄晓晨译，北京大学出版社，2015，第 62 页。
⑤ 〔德〕扬·阿斯曼、阿莱达·阿斯曼：《昨日重现——媒介与社会记忆》，冯亚琳、〔德〕阿斯特莉特·埃尔主编《文化记忆理论读本》，北京大学出版社，2012，第 29 页。

忆及其组织形式的。民族的消亡（除了印加帝国这种极特殊例子），不是有形物质的消失，而是在集体、文化层面上的遗忘。"① 因而，维持一个民族的文化记忆，对于该民族的文化特质的保存，对于增进民族的身份认同和社会稳定，都具有无比重要的意义。

一个民族怎样维持文化记忆传承呢？在扬·阿斯曼看来，从历时的角度看，文化记忆的保持有两种方式：仪式关联和文本关联。所谓"仪式关联"，是指一个族群借助于对仪式的理解和传承实现的文化一致性。这些仪式可称作"记忆的仪式"，其中附着了各种知识，在举行仪式的时候念诵宗教经文、讲唱神话、吟诵史诗，民族知识获得了重现的机会。在无文字社会或民间社会，重复举行的节日仪式是保持文化记忆的重要途径。

所谓"文本关联"，是指一个族群借助于对经典文本的阐释、注解获得的文化一致性。狭义的"文本"②，是文字产生之后出现的文化载体。相比于仪式，文本不是传承形式，而是被传播的对象，"只有当人们传播文本的时候，意义才具有现时性。文本一旦停止使用，它便不再是意义的载体，而是其坟墓，此时只有注释者才有可能借助注释学的艺术和注解的手段让意义复活。"③ 一个民族历史上产生的具有重要信仰价值和思想意义的经典文本，通过背诵、传抄以及印刷的途径广为传播，成为形塑民族信仰、观念和行为的规范性文献，因而被视为宗教圣典或哲学、历史、文学的经典。此后每一代人都通过阐释、注解，保持对这些圣典或经典的理解一致性，保证民族文化的延续。

从文化史的角度看，文化记忆的维持方式从仪式关联过渡到文本关联是必然的。虽然两者传承文化的方式明显不同，前者依靠仪式的周而复始的举行，后者则依赖于对文本的反复解释，但是，在扬·阿斯曼看来，

① 〔德〕扬·阿斯曼：《文化记忆》，金寿福、黄晓晨译，北京大学出版社，2015，第168页。
② 法国结构理论家德里达把"文本"分为广义、狭义两种。广义的文本指包括一个仪式、一种表演、一段音乐、一个词语在内的符号形式，可以是文字的，也可以是非文字的；狭义文本则指用文字书写而成的有主题、有一定长度的符号形式，是文字构成的文学作品（〔法〕德里达：《文学行动》，赵兴国等译，中国社会科学出版社，1998，第85~96页）。按照德里达的这个划分，民间文学的口头表演属广义文本，而作家写作的作品才是狭义文本。
③ 〔德〕扬·阿斯曼：《文化记忆》，金寿福、黄晓晨译，北京大学出版社，2015，第89~90页。

"在促成文化一致性的过程中，重复和解释两种方式具有大致相同的功能"①。

当代民间文学的主题内容、体裁样式、文本构成和传播媒介都复杂多样。我们可以借用德里达的"广义文本"来描述当代民间文学，即它不仅呈现为书面文本的形式，还以日常及节日仪式上的口头表演的方式存在。在传统村落里，口头表演一直都是神话、歌谣的主要存在形式。在日常生活中，神话、歌谣是零星表演的，而在周而复始的节日仪式上则是集中展示。但是也应看到，古代文献记载的诸如女娲、黄帝、西王母等神话，早已成为民间文学的经典文本，在民间故事讲述中起到轴心作用。现代以来，各种书刊也不断将搜集上来的故事、歌谣文本发表。特别是通过新民歌运动、"民间文学三套集成"及近年的非物质文化遗产保护运动，大量民间口头作品被搜集整理出来，或以模拟口头作品的方式被创作出来，先是借助于报刊、书籍传播，然后又在互联网上流传，有的还可能会被改编成影视剧。人们通过阅读（或观赏）获取其所承载的信仰、知识和观念。阅读的过程也是理解和阐释文本的过程。这种文化记忆的传递方式显然属于文本关联，而非仪式关联。

中国近代以前民间文学主要依靠仪式关联传承民族记忆，现当代民间文学越来越倚重于文本关联。

三 民间文学的语境与记忆之场

按照理查德·鲍曼（Richard Bauman）的口头表演理论，民间文学就是一种口头艺术。"口头艺术是一种表演。理解这一观念的基础，是将表演作为一种言说的方式。"② 按照他的说法，表演在本质上是一种交流的方式，"表演建立或展现了一个阐释性框架，被交流的信息在此框架之中得到理解""框架是一个有限定的、阐释性的语境"③。鲍曼所说的"框架"（frame）就

---

① 〔德〕扬·阿斯曼：《文化记忆》，金寿福、黄晓晨译，北京大学出版社，2015，第87页。

② 〔美〕理查德·鲍曼：《作为表演的口头艺术》，杨利慧译，广西师范大学出版社，2008，第2页。

③ 〔美〕理查德·鲍曼：《作为表演的口头艺术》，杨利慧译，广西师范大学出版社，2008，第8~10页。

是特定的"语境"（context），这个语境包括了与表演效果直接相关的特殊符码、比喻性语言、特殊辅助语言、特殊套语、文化传统等很多方面。不过，我们还可以对口头表演的语境做更宽泛的理解。狭义的语境仅指文本的上下文；广义的语境，包括与言语表达相关的各种主观因素和客观因素。"语境，包括非语言的和语言的两种。非语言的，主要指社会环境和自然环境；语言的，主要指上下文。"[1] 构成语境的有社会环境、自然环境的各种要素。这些要素构成了口头表演的外在控制系统，对民间文学的表演现场、文本生成及其之后的存续状态起到决定作用。所以，在口头表演和文本生产过程中，语境不是静态呈现的景致，而是动态交互的制约环境。

民间文学对语境的依赖与民族记忆对"记忆之场"（memory field）的依附如出一辙。皮埃尔·诺拉（Pierre Nora）提出了"记忆之场"的理论。他在《记忆之场》中详细讨论了当代能唤起法兰西民族记忆的那些档案、国旗、图书馆、辞书、博物馆，"同样还有各种纪念仪式、节日、先贤祠和凯旋门，以及《拉鲁斯词典》和巴黎公社墙"[2]。按照诺拉的划分，记忆之场有三层含义，即实在的、象征的、功能的。[3] 三层含义是同时存在的，特定的象征意义总是通过具体的物质形体展现出来，并承担相应的社会文化功能。

在文化的范畴内讨论记忆，记忆之场所涉及对象比诺拉讨论到的事物还要多，譬如各种自然景观也是记忆之场的重要元素。特定的山水（如泰山、黄河）也负载着一个民族宗教的和历史的想象，它已不再是自然山水，而是某种信仰的象征。诺拉说："一个记忆场所存在的根本理由就是：让时间停止，阻止遗忘，让事物保持住一个固定的状态，让死亡永生，赋予无形的东西以有形的形式。"[4] 当然，不断激起人们回顾这些东西的人物和故事，就是民间文学的角色和情节。

事实上，民间文学不仅承载民族的文化记忆，二者在本质属性的诸多

---

[1] 王希杰：《汉语修辞学》，北京出版社，1983，第43页。
[2] 〔法〕皮埃尔·诺拉：《记忆之场》，黄艳红等译，南京大学出版社，2015，第10页。
[3] 〔法〕皮埃尔·诺拉：《记忆之场》，黄艳红等译，南京大学出版社，2015，第20页。
[4] 〔法〕皮埃尔·诺拉：《历史与记忆之间：记忆场》，载冯亚琳、〔德〕阿斯特莉特·埃尔主编《文化记忆理论读本》，北京大学出版社，2012，第107页。

方面都是相互连通的。文化记忆所具有的认同具体性、重构性等特征，民间文学也是同样具备的。文化记忆具有主观性和身体性，民间文学同样也具有这些特点。文化记忆以仪式和节日为首要组织形式，依赖于记忆之场；民间文学也黏附于自然山水、名胜古迹及历史事件，并以仪式和节日为重要呈现窗口。所以，民间文学的语境与记忆之场也是重合的，是二而一、一而二的东西。尤其是宗教圣地、庙宇、历史名城、名人陵墓、博物馆、伟人塑像等，这些被扬·阿斯曼称作"地形学文本"的东西，是蕴含文化记忆的场所，也是激发民间口头讲述持久、活跃发生的地方。

民间文学是一个民族的文化记忆的展现形式，二者在本质上是相通的。民间文学的语境，就是一个民族的文化记忆的记忆之场。民间文学的解释性、黏附性特征，具有创造记忆之场的能力。神话、传说、史诗持续发挥其解释－黏附效应，记忆之场不断被造出，不断地固化民族记忆的场域空间。

四　民间文学建构民族记忆

阿莱达·阿斯曼对"文化文本"和"文学文本"做了区分。文化文本就是基督徒的《圣经》、犹太人的《托拉》、穆斯林的《古兰经》之类的圣典，文学文本则是像《诗经》、莎士比亚戏剧之类的经典作品。文学经典被后世反复阅读、阐释和仿效，具有了文化文本的某些特性。她在《什么是文化文本？》一文中对比了文学文本和文化文本的不同，认为文学文本是个人阅读的、需要审美距离的、不断创新的、处在开放历史视野中的文本，而文化文本是以群体为受众、超越时间的、经典化的、处在封闭历史视野中的文本。当然，阿莱达所讨论的文学文本，仅指经典化的文字文本，对于非经典的、通俗的文学文本以及民间文学的广义文本，她都没有涉及。后来，阿斯特莉特·埃尔（Astrid Erll）把讨论的范围延伸到非经典文学，尤其是通俗文学。

为了探讨通俗文学的文化记忆功能系，阿斯特莉特提出"集体文本"这一概念。她说："集体文本产生、观察并传播集体记忆的内容""其中文学作品不是作为一个有约束力的元素和文化记忆回忆的对象，而是作为集体的媒介建构和对现实和过去解释的表达工具。"① 大量的集体文本作为记忆媒介发挥集体记忆的功能。这些文学作品将来也许会转化为文学经典，但绝大多数逐渐被遗忘，消失在历史长河之中。但是，每个时代都会产生出大量的集体文本，它们以互动中循环的方式不断涌现，构建并维系社会的、民族的文化认同。集体文本所传达的历史感和价值观经过沉淀，进入这个民族的文化记忆之中。通过社会性的阅读行为，集体文本引导并陪伴人们对民族历史上的和当代的人物、事件、制度、变革等进行思考和讨论，从而构建起了奠定于共同历史感和价值观的文化同一性和民族身份认同。

阿斯特莉特·埃尔对非经典文学作品的文化记忆功能的讨论，虽没有特别提及民间文学，但从她对通俗文学的界定可看出，其中也包含了民间文学，所以她的相关论述对于从新的角度考察民间文学的文化记忆功能具有重要的启发作用。民间文学也具有集体文本的记忆媒介的特性，只是它的编码未必都借助于文字符号，而是较多地借助于口头讲述和演唱。民间文学文本发挥记忆媒介作用的方式不仅有阅读，还有聆听和观赏。阅读之于文字文本，聆听和观赏之于讲述和演唱，具有相同的意义传达功能。口头文学以更快的速度产生，也以更快的速度被遗忘，但也不排除一部分口头文本经过记录转化为文字文本，乃至于在随后的世代成为经典作品。在特定的语境下，民间文学作为集体文本发挥记忆媒介的功能，表达特定族群的历史感和价值观，构筑自己的民族身份认同。

中国民间文学自诞生以来一直具有意识形态特性，到当代，民间文学与政治革命、文化革命的结合更加密切。事实上，民间文学的政治特性源远流长，在中国封建时代，新王朝总是通过新神话证明自身的合法性，同时还用来证明旧王朝灭亡的必然性。中国历史上出现的"禹域九州""赤县神州""中华民族"等概念，也是记忆政治的表现形式，是不同时期构建民族共同体所形成的概念。

当代中国民间文学的意义建构主要体现在国家政治认同、民族身份认同两个方面。当代民间文学以编创革命故事、红色歌谣、新民歌等手法推

---

① 〔德〕阿斯特莉特·埃尔：《文学作为集体记忆的媒介》，载冯亚琳、〔德〕阿斯特莉特·埃尔主编《文化记忆理论读本》，第 238～239 页。

进国家的政治认同。这些故事和歌谣能直接支持国家政权的合法性，符合稳定当今政治秩序的需要，国家一直都提倡讲这样的故事，唱这样的歌，并通过书籍、报刊乃至中小学教材传播这类作品。当代有很多地方民歌被改编成"红歌"或"新民歌"，如从陕北民歌改编出来的《山丹丹花开红艳艳》《东方红》，从甘肃庆阳民歌改编而成的《绣金匾》，从藏族民歌改编而成的《北京的金山上》，等等，不管原来是情歌还是酒歌，都被改变成充满意识形态色彩的赞歌，并且跨越地域唱遍全国。国家掌控社会记忆，它需要这样的红歌，也需要此类红色故事，因为其中建构的记忆合乎主流意识形态的需要。

民族身份认同是民间文学建构记忆的另一主要功能。虽然作为国家象征的国旗、国歌、国庆节以及相关的纪念碑、博物馆、教科书都能强化国民的认同感和归属感，但是这些政治记忆远非民族记忆的全部。民族记忆可以追溯到历史的更深处，在神话、传说、史诗中，可以寻觅到民族记忆最稳固的核心。所以，扬·阿斯曼说："在希腊，荷马史诗传承的过程就是希腊民族形成的过程。"① 汉民族没有史诗，但汉族的神话对民族身份认同起到重要作用。炎黄神话、伏羲女娲神话、尧舜禹神话、西王母神话等共同构建了汉民族文化记忆的源头。可以看到神话作为一种记忆资源仍在不断被开掘和利用。我们不能把中国古老的神话都称作古代神话，因为当代人仍然熟悉并在讲述这些"活态神话"。在非物质文化遗产保护运动中，这些"活态神话"陆续被列入非遗名录，它们的文化价值仍受到重视。

当代民间文学建构的记忆内容十分丰富，既包括主流政治记忆，也包含民族的文化记忆。二者并不矛盾，相当大一部分是一致的，相互支持并融合起来的。

（原文刊登于《华东师范大学学报》（哲学社会科学版）

2017 年第 5 期，本文集收录的是删节版）

---

① 〔德〕扬·阿斯曼：《文化记忆》，金寿福、黄晓晨译，北京大学出版社，2015，第 303 页。

反本溯源：对中国民间文学概念及理论的反思[*]

李小玲　华东师范大学国际汉语文化学院教授

一　对民间文学概念的质疑

时至今日，folklore（民间文学）概念越来越受到学界质疑，不少西方学者对这一概念予以否定乃至抛弃。1996 年，在美国民俗学会年会上，学者们就这一概念的合法性与否展开了热烈讨论。学者们各抒己见，赞同者有之，但更多的是提出了否定意见。

一是认为 folklore（民间文学）在德国曾和政治意识形态有过紧密联系，进而影响到学科的发展。作为学科概念的 folklore，即民俗学或民间文学，曾被用于支持德国纳粹的意识形态，与殖民统治有着千丝万缕的联系，导致民俗学家对 folklore 一词退避三舍，folklore 被人们视为"万恶之源"，而这"对学科的窘境难辞其咎"①。

二是概念指称的滞后性和不合时宜。有学者认为，folklore 概念先天不足，创建之初意指文明社会里的"残留物"，"残留物"会随着时代的前进发展逐渐消失，因此，难以"面对日新月异、复杂多样的文化产品研究对象"②。而这既阻碍人们思想、行为领域的视野，也不利于相关学者的求职从业。

三是民众对它的负面解释和理解。邓迪斯提到"folklore"与 myth（神

---

*　本文为国家社会科学基金一般项目"二十世纪初民间文学研究及当代意义——以胡适的民间文学理论为例"（项目编号：11BZW092）。

①　李扬、王钰纯：《folklore 名辩》，《民俗研究》1999 年第 3 期。

②　李扬、王钰纯：《folklore 名辩》，《民俗研究》1999 年第 3 期。

话）的意义类似，意指撒谎、错误等。而民众对"folklore"的负面的理解和解释导致民俗学科及其研究者难以取得相应的学术地位，如果民俗真的如民众所认为的指称撒谎和错误等义，那么"整个学科致力于谬误这种观念在寻求真理的学术语境中也是不可思议的"①。

由于 folklore 概念存有诸多的不和谐，科申布砚沙莱特－吉布丽特甚至主张创建新词予以取代，"解决我们危机的出路，不在于捍卫我们的知识传统、以耻为荣，抑或是澄清误解、以正视听，而应追根究底、改旗易帜，寻找符合后学科架构的学科名称来"②。

事实上，当下已有一些国家的学者开始摒弃"folklore"这一概念，其中就包括提出 folklore 概念的英国，在英国的大学里没有"民俗学系"，开设的课程为"文化研究""当代文化研究"等。在美国也更多的是用"ver-balorspokenart"（言语艺术或口头艺术）等术语予以取代。③ 在德语国家（包括德国、奥地利和瑞士）的民俗学科领域，则出现了"经验文化学""欧洲民族学""文化人类学"等广为人知的变体。④ 吴秀杰在翻译德国"日常生活"理论的译著中提道，德国学术界已摒弃"volkskunde"概念，只是为了与中国学术界对接，才使用"民俗学"和"民俗文化研究"等概念。确实，在中国，虽也有学者对"folk－lore"概念有过异议，但民间文学－民俗学界仍然使用这一概念，而且，学界之外的人也认同"民间文学"的说法。⑤ 这一现象本身也很值得我们思考和讨论。

二 从"白话文学"到"民间文学"：民间文学作为外来词

从时间节点来看，学科意义上的中国民间文学是以 1918 年北大征集歌

---

① 〔美〕阿兰·邓迪斯：《民俗解析》，户晓辉编译，广西师范大学出版社，2005，第 39、57 页。
② 李扬、王钰纯：《folklore 名辩》，《民俗研究》1999 年第 3 期。
③ 〔美〕阿兰·邓迪斯：《民俗解析》，户晓辉编译，广西师范大学出版社，2005，第 39、57 页。
④ 〔德〕赫尔曼·鲍辛格：《日常生活的启蒙者》，吴秀杰译，广西师范大学出版社，2014，第 2 页。
⑤ 吕微：《接续民间文学的伟大传统》，载户晓辉《民间文学的自由叙事》，社会科学文献出版社，2014，第 1~3 页。

谣为开端，这已成学界共识。民间文学作为一外来词，最初是用来对接白话文学的，始见于梅光迪 1916 年 3 月 19 日与胡适的通信。[①] 从胡适的叙述中，很清晰地看到梅光迪引入民间文学概念以直接对应于胡适发动的文学革命即白话文学运动。

但在当时，报纸杂志上还少有民间文学的提法，多是以中国传统的各种文类称之，诸如歌谣、民歌、儿歌、神话、故事、童话等，如：蒋观云的《神话历史养成之人物》（1903 年）、周作人的《童话研究》（1913 年 9 月）、《中国民歌的价值》（1919 年）、刘半农的《中国之下等小说》（1918 年）等。

20 年代初期，白话文学、民间文学、国语文学和平民文学等概念常常是交叉使用，如胡适的《国语文学史》（1921 年 11 月至 1922 年 1 月编）、《白话文学史》（1927 年夏至 1928 年 6 月）及相关论文中均是如此。在《国语文学史》中，胡适将田野的文学、平民的文学、白话文学与民间文学并举，称赞白话文学中的《陌上桑》是"汉朝民间文学中的佳作"，《孔雀东南飞》是"汉朝民间文学的最大杰作"[②]。但随着现代学科意识的增强，明确的学科概念和研究对象及相应的理论支撑成为学科形成的基础，交错使用概念不利于学科概念的明晰化，于是，移植过来的民间文学概念和理论渐渐成为学科的概念和理论。

民间文学随着白话文学运动的深入而渐渐浮出水面，伴随白话文学运动的风起云涌，不少报刊杂志也纷纷改用白话写作。如《妇女杂志》在 1920 年所有文章全部改用白话文，到了 1921 年 1 月，《妇女杂志》出现了民间文学专栏，"征集各地流行的故事、歌谣，预备作为中国民间文学的研究资料"[③]。同时发表了胡愈之的《论民间文学》一文，文章主要是介绍和引入西方民间文学这一概念和理论，并将之与中国的类似文体相对应，认

---

① 《逼上梁山——文学革命的开始》，载季羡林主编《胡适全集》（第 18 卷），安徽教育出版社，2003，第 109 页。

② 《国语文学史》，载季羡林主编《胡适全集》（第 11 卷），安徽教育出版社，2003，第 34 - 35 页。

③ 胡愈之：《论民间文学》，载《二十世纪中国民俗学经典·民俗理论卷》，社会科学文献出版社，2002，第 3 页。

为民间文学等同于英文的 folklore 和德文的 volkskunde，是指流行于民族中间的文学，包括神话、故事、传说、山歌、船歌、儿歌等等。① 胡愈之将"folklore"译为民情学，而民间文学则是民情学的一部分，并且是最重要的部分。他介绍了英国、美国、法国、德国等国建立民情学学会的情况，同时提出建立中国民情学学会、民间文学研究会的想法。接着援用英国学者 Thomas 的分类方法对中国民间文学加以分类，即分为故事、歌曲和片段的材料这三类，然后又对每一类进行了细分。胡愈之的《论民间文学》输入了欧美学者有关民间文学的诸种研究成果，"成为中国现代文化史和现代文学学术史上第一篇全面系统论述民间文学及其特征的文章"②。自此，民间文学的概念和理论渐为人们所熟知和运用。

《小说世界》（1923 年 1 月创刊）的主编胡寄尘也积极倡导民间文学，在刊物上推出《中国民间文学之一斑》（第 2 卷第 4 期）、《民间文艺书籍的调查》（第 16 卷第 10 期）等文章。1927 年，中山大学《民间文艺》创刊，1928 年改为《民俗》周刊。除了报纸杂志之外，高校也开始增设民间文学课程，"除北大外，清华（朱自清）、女师大（周作人）、中央大学（程憬）、齐鲁和山大（丁山）等校，都曾开过民间文学或神话学的课程""全国解放后，举凡重要的大学中文系，也都开设了民间文学（或人民口头创作）课程"③。20 世纪 50 年代，民间文学甚至被正式列为高校中文系修读科目，获得了学科体系内的肯定与重视。1958 年，北京师范大学中文系 55 级集体编写了《中国民间文学史（初稿）》，从学科范畴确立了民间文学的主体地位。④

民间文学作为外来词，从概念到理论，它都直接影响和形塑了中国民间文学的学科建构理路。北大征集歌谣最初本是为创作"白话诗"提供依据和模本，目的是以此推动白话文学运动，有着鲜明的文学性和时代性特

① 胡愈之：《论民间文学》，载《二十世纪中国民俗学经典·民俗理论卷》，社会科学文献出版社，2002，第 3 页。

② 刘锡诚：《20 世纪中国民间文学学术史》，河南大学出版社，2006，第 12、120 页。

③ 刘锡诚：《20 世纪中国民间文学学术史》，河南大学出版社，2006，第 12、120 页。

④ 北京师范大学中文系 55 级学生集体编写《中国民间文学史（初稿）》，人民文学出版社，1958。

征，但后来渐渐转入对古俗古风，即带有学术性和传统性特色的西方民俗学学科研究的轨道上来，发生了民间文学的民俗学转向。西方学术的强势导致我们似乎更愿意以西方的概念和理论来裁剪自己的文化和文学现象，西化倾向一直以来甚至在当下也是学科研究和学术研究的常态，就连以研究本民族文学为特色的民间文学也未能幸免。民族间的文化与文学差异的存在显然是不争的客观事实，以同一概念和理论去定义和诠释异质的文化与文学现象，必然会有诸多的不合时宜，如胡愈之引入的"趣话""地名歌"等民间文学类项就不切合中国文学实际。英国作为 folklore 概念的故乡，尚已对其概念心存疑虑且予以抛弃，而我们对于借用过来的概念，更应保有一份清醒的认识和思考。

三　对中国民间文学概念及理论的反思

邓迪斯感叹"欧洲的概念似乎主宰着美国的民俗学研究"①，因为美国民俗从材料到理论和方法都是从欧洲挪用过来的。邓迪斯认为民俗学概念应有着不同地域之间的差异，因此，他以《美国的民俗概念》为题，有意强调特定地域下的民俗理解。多尔逊明确指出美国民俗学的严重危机就在于"既没有自己的'祖先'也没有自己的理论"②。为此，美国民俗学界做了不懈努力，终于在 20 世纪中后期摆脱依附关系，并迎来了学科研究的黄金时代。就目前而言，中国的民间文学研究虽也取得了一定的成就，但在形成自我特色和对外影响力等方面还有待加强。美国的这种自我警醒、自我探索的精神和追求也有很值得我们学习和借鉴的地方，即要有意识地创建具有本民族特色的概念和理论。

陈寅恪早在 1932 年曾对中西学术之关系有过评述，这也是当时一个争论不休的话题。他提道："其真能于思想上自成系统，有所创获者，必须一方面吸收输入外来之学说，一方面不忘本来民族之地位。"③ 这是一种比较客观中肯的态度，既不闭关自守，也不妄自菲薄，而是追求中西学术兼收

---

① 〔美〕阿兰·邓迪斯：《民俗解析》，户晓辉编译，广西师范大学出版社，2005，第 39、57 页。
② 钟敬文：《民俗学概论》，上海文艺出版社，1998，第 439 页。
③ 陈寅恪、冯友兰：《中国哲学史》（下册）审查报告三，华东师范大学出版社，2000，第 441 页。

并蓄。虽然陈寅恪肯定吸收输入外来之学说，但他又特别说明和强调了一点，即外来之思想，不能居最高之位，并终归于歇绝。换言之，缺失本民族的知识系统作背景和支撑，终难有成就，也难以维持，这对于当下西学泛滥、唯西学马首是瞻的学术风气，依然还有它的警醒作用。

笔者以为，反本溯源，寻找自己"祖先"，"不忘本来民族"，这既是一种治学态度，也是一种治学方法。民间文学本为一文化想象物，兼有先验的哲学逻辑起点，也有现实的生活经验沉淀，自然脱不了学科自身存有的土壤和基质的本原。文化人类学的研究成果也明证了每一民族都有与之相适应的文化和文学生产，英国、德国、法国、芬兰等国都形成了具有自己民族特色的民间文学研究视域，多尔逊敏锐地意识到"美洲各国民俗皆产生于多种族多文化的互动过程之中，因此不能生搬硬套欧洲民俗学理论"①。同理，中国也要结合中国文化自身的特点和实际，根据本土需求和社会现状，提出恰适本国国情的民间文学理论，以"避免用西方的思维和概念框架对本土的知识经验做硬性的肢解和切割"②，而单纯沦为西方理论与方法的试验场。

反本溯源，非指拘泥于传统的学术理路故步自封，实则有推陈出新，更有从头说起的意味。正如户晓辉所言："只有从学科的源起处或逻辑前提下才能重新找回学科的内在目的和新的可能性。"③ 当然，这里所指的学科源起是从哲学的形而上的层面即学科何为和学科何能方面而言，这对于学科的学理探幽很有必要。但笔者所说的源起也包括对中国民间文学学术史的考辨，即立足于经验现实的场域，辨章学术，考镜源流，对现实语境予以复现、展演和诠释，以期在真实历史的回溯中找寻形构中国民间文学学科的内在根由。

以史为据，反本溯源，也为避免仅做理论上的抽象演绎，而是取理论思辨与史实考证相辅相成、互为佐证的学术理路。马尔库斯和费切尔曾批评法兰克福学派的论文派风格，认为他们最明显的失败就在于它只是纯粹的理论演绎，没有从现实的层面去佐证其思想的确实与否，而知识分子的

---

① 钟敬文：《民俗学概论》，上海文艺出版社，1998，第439页。
② 叶舒宪：《文学人类学教程》，中国社会科学出版社，2010，第78、89页。
③ 户晓辉：《民间文学的自由叙事》，社会科学文献出版社，2014。

主观性和模糊性本身"既可以强化某些视野或观点，也可能限制或阻碍其他的视野或观点"①。为减少个体研究可能出现的主观性和偏见性，以史立论，探索在史料挖掘和分析的基础上予以理论的提炼和概括，或许是一条可行的途径。

反本溯源，也非以传统为指归而墨守成规，却意在打通传统与当下学术理路之内在脉络，以寻求学科确立和发展的理论新增长点。笔者以为，学科研究对象的"变"与"不变"乃是其常态，"不变"的是作为民间文学学科的内在目的，"变"乃是因时因地制宜。就如当下，随着网络时代和自媒体时代的到来，传统的民间文学也呈现新的表现内容、新的传播方式和新的文学艺术样式，由此，我们的学科研究也要及时跟进，即对新的文学现象作出理论回应，从传统到现代，亦是学科得以生存和延续的必要前提。而民间文学概念的滞后性已难以涵盖当下民众日常生活意蕴的文学指向，至于民间文学几大特性，如口头性、传承性、集体性、变异性和"历史遗留物"等特征的概括，更多的是作为一门过去学而难以囊括当下，已和作为"日常生活"指向且面向当下的学科转向格格不入，而在民间文学作为学科概念之前出现的、具有本土特色的白话文学概念却潜藏了今日学科所包孕的丰富意蕴。

郑元者在 2004 年曾呼吁，"我们今天从事中国艺术人类学与民间文艺学研究，一个根本性的任务就是要始终联系中国文化和中国艺术自身的实际，提出真正具有本土化意味的问题、话语，并在此基础上形成本土化的学科理论"。"中国艺术人类学和民间文艺学恐怕更需要自己的精神现象学。"② 胡适、陈独秀诸人发动声势浩大的白话文运动，对"白话""白话文学"概念做了新的解读和阐释，并由此拉开了民间文学的序幕。但由于人们更多着眼于白话文学运动中"白话"和"白话文学"在语言形式上的变革意义，而有意无意忽视了概念本身所包孕的更为丰富的学科理论含量。邓晓芒从哲学的层面，把 20 世纪白话文运动走向言文一致的现代白话

---

① 〔美〕乔治·E. 马尔库斯、米开尔·M. J. 费彻尔：《作为文化批评的人类学——一个人文学科的实验时代》，王铭铭、蓝达居译，三联书店，1998，第 172 页。

② 郑元者：《中国问题、中国话语与中国理论》，《杭州师范学院学报》2004 年第 6 期。

文的演变称之为汉语的现象学还原，认为白话摆脱了文言文这种书面汉语的政治统治功能，成为中国人予以生存的活的语言，成为中国人的"此在"①。邓晓芒在此借助胡塞尔的现象学还原理论和海德格尔关于语言是人的存在之家的观念，挖掘出言文一致的白话乃是悬置和摒弃了附着于汉语上的政治成分，白话是汉语的语言本质还原，白话是中国人的存在之家。因此，白话并不单纯是一种表象的话语表达方式，更有其精神层面的实质意义。中国白话文运动背后潜藏的理论话语是自由、平等和民众关怀等，其实质也是对人之所以为人的本质还原。

美国电影评论家汉森也对"白话"概念作了新的阐释，她认为"白话"一词"包括了平庸、日常的层面，又兼具谈论、习语和方言等涵义，尽管词义略嫌模糊，却胜过'大众'（popular）。后者受到政治和意识形态多元决定（overdetermined），而在历史上并不比'白话'确定。"②她在注释中提到，这一白话现代主义与五四运动所倡导的中国文学艺术现代主义实践有关，并特别强调这一观点是参阅了胡适、傅斯年等人的相关论述。③汉森抓住了白话概念的本质特征，其研究视角发生了由精英到民间的现代转向，这与胡适的学术理路如出一辙。张英进也肯定"白话"概念与日常生活的联系，"白话用以界定现代主义主要是因为它与日常生活的联系（或更确切地说，我认为是与现代生活中物质、质体和感官层面的联系）"④。自20世纪70年代以来，"日常生活"日渐成为社会学、历史学、民俗学等相关学科关注的问题域，图宾根学派鲍辛格等人甚至将民俗学学科的对象定位为"普通人日常生活"，即将日常生活中的事物、习惯和态度作为研究领域和反思对象，以告别旧有的名称"民俗学"（Volkskunde）。然而美国学者没有套用这一概念，却另辟蹊径，以"白话"一词涵盖之，认为其更为切合当下大规模生产、大规模消费的现代性特征。笔者以为，"白话"概念不仅

① 邓晓芒：《依胡塞尔现象学，批判儒家、还原中国传统文化》，《哲学研究》2016年第9期。
② 〔美〕米莲姆·布拉图·汉森：《堕落女性，冉升明星，新的视野：试论作为白话现代主义的上海无声电影》，包卫红译，《当代电影》2001年第1期。
③ 〔美〕米莲姆·布拉图·汉森：《堕落女性，冉升明星，新的视野：试论作为白话现代主义的上海无声电影》，包卫红译，《当代电影》2001年第1期。
④ 张英进：《阅读早期电影理论：集体感官机制与白话现代主义》，《当代电影》2005年第1期。

有"日常生活"的意指，更有对"日常生活"现象的描述，"白"与"话"都兼有叙说和表达的双重意味，接近于巴赫金所说的"复调"概念。"各种独立的不相混合的声音与意识之多样性、各种有充分价值的声音之正的复调"①，更为恰切和形象的词语是"众声喧哗"，而这也恰合民间文学具有多元性、群体性、口传性等特点。

从文学视域来看，"话"也是中国传统的一种文学表现形式。"话"也称作"话本"，起源于唐代人的"说话"，如元稹的《一枝花话》和敦煌写卷《庐山远公话》等。话本也就是说话人讲故事、讲历史的底本，中国传统有"话本""平话""词话""诗话""拟话本"等概念指称。讲史家的话本一般称作"平话"，如《三国志平话》《全相平话》，郑振铎和李福清都称赞《三国志平话》为纯然的民间著作。评话或词话是指叙说为主，但还穿插有一些诗词和唱词的。所以，"白话"不只是相对于"文言"的一种语言，还是具有中国特色的文学概念，遗憾的是学界少有从中国文学体裁和风格的形式上对此作学理性的探讨。

作为学科名词，民间文学因其指涉范围的局限而难以适应当下作为日常生活空间的指称，已渐为西方学人所抛弃。复活和更新白话文学作为民间文学这一外来词所指涉的中国文学活动空间，既是作一种史实的还原，也试图复活传统概念的潜在意蕴，由此创建具有中国特色的民间文学学术话语。"白话"和"白话文学"概念内蕴的作为汉语的语言本质存在和中国人的存在之所的哲学理解，作为"生活活态性"和"复调性"的界定思考，以及作为中国传统文学表现形式的延续等，突破了一度被窄化的民间文学仅作为下层民间话语表达的藩篱，进而将人和日常生活审美纳入民间文学的研究范畴，实现了传统与当下的合理对接。这一更新让中国民间文学传统得以接续和发扬，中国民间文学理论焕发新的生命活力。

（原文刊登于《探索与争鸣》2017 年第 10 期，

本文集收录的是删节版）

---

① 〔俄〕米哈伊尔·巴赫金：《陀思妥耶夫斯基诗学问题》，刘虎译，中央编译出版社，2010，第 3 页。

口头传统文类的界定

——以哈尼族"哈巴"为个案

刘镜净　云南省社会科学院民族文学研究所副研究员

由于没有形成过自己的民族文字，哈尼族丰富多彩的文学艺术形式大都以口头传承的方式保存下来，许多重要的民俗文化、民间智慧和地方知识都承载于各种口头传统中。"哈巴"就是其中最为重要的一种口头艺术形式，它在世世代代的口耳相传中凝结着哈尼人的文化传统、族群记忆和民众智慧，对我们研究哈尼族的历史和文化都具有重要的意义。但如此重要的口头传统，在民间的存在也是一种自在状态，民众只是自然而然地承袭它，不会对其进行更多的思考，甚至连"哈巴"这个名称具体是什么意思都众说纷纭。而在学界，由于"哈巴"产生和形成年代十分久远，再加上既缺乏书面史料的相关记载，也缺乏来自民族志诗学的田野观察与理论研究，致使"哈巴"研究有较大困难，迄今为止对这一重要的口头传承尚未做出令人信服的概念界定，相关的文类阐释也大多停留在民间文学的传统分类体系中。要继续诸如族源、历史、文化等的下一步研究，我们首先就必须对"哈巴"的文类进行探究。这就需要我们结合具体的传播语境，在不同表演情境中界定"哈巴"在民间的演唱实践中应归属为哪些具体的文类。

一　"哈巴"文类界定的困境

西方普遍使用的"genre"（文类）一词系法文，源自拉丁文"genus"。它本来是指事物的品种或种类，而在文艺学中，除了偶尔使用原义项外，多半指文学作品的种类或类型，也就是说，它可视为"文学类型"（literary genre）的简称。① 这是目前对"文类"一词较为通行的概念认定。从定义本身来看，"多半指文学作品的种类或类型""可视为'文学类型'的简称"，清楚地表明了此概念的设定原本是以"文学作品"也即"书面文学"为对象的。

对于我们所做的口头传统研究，在使用"文类"这一概念时，不应只囿于概念本身，而应当在它之外延展出更多的内涵。在一个传统内部，有很多叙事资源是共享的。对于一个已成形的书面文本，我们可以就其文本内容本身来给它划分文类，但对于一种活形态传统，由于其中所涉及的叙事资源常常是跨文类的，因此，我们不能一味照搬现有的分类体系，而是要更多地注意研究对象的活态性，关注其在传统中的语境及具体的表演情境，关注它的地方性知识。

英国人类学者芬尼根认为，相对于文学理论意义上的文类概念，地方性的分类并不总是理性化或是系统化的，但事实上也没有必要迎合外来者的分类：就像林巴人的 mboro 并不仅仅是故事，还涵盖了谜语或是谚语这些类别。现在有很多以田野为基础的研究，也为当前趋于更复杂的文学分类法提供了例证。倘若把地方文类放入一种语境并且探明其独有的特性，那么考虑这种规则对于全面理解任何一种本土艺术形式的观念和实践来说都是最基本的。然而，对这些文类的精确描述很少有捷径可走。归根结底，一直存在的一个问题便是如何快速地转接到那些相应的文类术语上。现存的大多搜集物及其分析都运用了这样一些术语和看似有效的工具去理解田野中的发现，并且让本土文类与其他的类似现象形成认知上的共鸣。但是，民族志资料须物尽其用，方能进一步说明那些已被接受的相关术语在任何时候都不具有绝对的或永恒的有效性。②

在第一次梳理前人研究成果时，笔者就发现"哈巴"的文类问题具有可资深拓的学术空间。因为"哈巴"渗透到了哈尼人生活的方方面面，贯穿于每一个生活在传统社区中的哈尼人的一生，不管研究哈尼文化中的哪

---

① 周发祥：《西方文论与中国文学》，江苏教育出版社，1997，第286页。
② Finnegan, *Oral Tradition and the Verbal Arts—A Guide to Research Practices*, London and New York: Routledge Publish Press, 1992, p. 142.

一部分，几乎都绕不开它。可是，在以往的"哈巴"研究中，对其传统属性问题依然没有形成清晰的界定或论述，也未能给出一个较为妥当的文类归属。在已出版的著述中，有关"哈巴"的文类问题，主要有以下几种看法。

1. 认为"哈巴"是哈尼族民歌里的一类——传统歌。① 这种观点把"哈巴"定位为一类歌种。所谓"传统歌"，则是与"阿茨"（山歌、情歌）相对的划分。显然，这里所说的"传统"，是因其演唱者、演唱场境、演唱内容而言，以"传统"去定义显得过于随意，因为"山歌"同样也属于传统中的歌。

2. 认为"哈巴"是叙事歌种。② 这是从"哈巴"的演唱内容出发，也把"哈巴"定位为一类歌种。这种称谓直接套用了一般民间文艺学"传统分类法"中的"叙事歌"或"叙事长诗"的说法，以单一化的界定标准来衡量"哈巴"，无疑消解了这一演唱传统的丰富性。

3. 认为"哈巴"是颂歌、赞歌。③ 有学者将"哈"理解为气、力、舌头颤动，"巴"则为抬、捧等意思，"哈巴"据此译为颂歌、赞歌。这种界定也把"哈巴"视为一类歌种。而我们知道，"哈巴"的内容并不都是赞美、祝颂、祷念等题材，叙事性与说理性在"哈巴"中都有极其重要的社会文化功能。所以，此种界定有望文生义之嫌，也不可取。

4. 认为"哈巴"是酒歌。这是早期研究中对"哈巴"形成的最为普遍的一种看法，自产生以来便有很多人加以引用，同样也把"哈巴"看作一类歌种。诚然，"哈巴"经常在酒桌上开唱（因此也有人称其为"桌子上的歌"），但这并不等于说"哈巴"是因酒而唱、要有酒才唱，相反，它是因事而唱的。实际上，"哈巴"在平时也可以唱，很多老人坐下来就开始唱了。所以，把"哈巴"叫作酒歌是不恰当的，这种观点是学者将自己的主观意识加诸传统之上的一种误导。

---

① 赵官禄：《试论哈巴的源流、形式及发展》，载《民族音乐》编辑部主编《探索神奇土地上的说唱艺术之花》，云南民族出版社，1986，第87~93页。

② 李元庆：《论云南少数民族说唱音乐的改革创新》，载《民族音乐》编辑部主编《探索神奇土地上的说唱艺术之花》，云南民族出版社，1986，第120~133页。

③ 李元庆：《哈尼哈巴初探》，云南民族出版社，1989，第13页。

5. 认为"哈巴"是一类曲牌。① 这种观点实际上是将"哈巴"定位为一种歌调。然而,"曲牌"或"歌调"大抵上是偏于演唱形式上的简单推理,况且,用"曲牌"这一称呼就意味着将"哈巴"默认为一种曲艺形式,而"哈巴"其实并不能算作曲艺音乐,它在很多方面与曲艺音乐有着根本的不同。因而,以曲牌或歌调来界定"哈巴"依然不能概括其文类特征,其间倒是有探讨民歌"音乐性"的旨趣。

此外,从大的术语界定方面来看,在目前的研究中,将"哈巴"视作哈尼族"说唱文学"的这种看法很普遍,在学界也似乎成了一种"定论"。"哈尼族说唱文学全部采用吟诵、歌唱的形式表述,有基本的唱法和旋律。整个说唱过程全部为'唱',没有道白和韵白。"据孙官生先生在文中的表述看来,这里的"说唱文学"指的是哈尼族的所有歌唱传统,包括"哈巴"②。但孙先生自己也说了,"整个说唱过程全部为'唱',没有道白和韵白",这怎么还能叫作"说"唱?

另外,说唱文学大体指的是一种"底本",是文本化的。而哈尼族历史上一直没有自己的文字,在民俗生活中"哈巴"是一种活形态的口头传统,在传承过程中没有任何文本形式出现,在表演实践中也没有依据任何文本来进行演唱。因此,将"哈巴"等同于类似话本、弹词那样的一种说唱文学,无疑将以口头形式为生命活力的"哈巴"文本化、固定化了,也不符合"哈巴"的实际传承情况。

从以上提到的几种观点中可以看出,由于"哈巴"体量极大,涵括的内容十分丰富,目前民间文学界关于口头传统的分类标准对"哈巴"来说都不适用,无论怎样划分都会存在缺陷。

二 文化语境中的"哈巴":文类界定

经过一段时间的阅读和思考,笔者有了一个新的推想:"哈巴"或许是哈尼族的一种史诗演述传统。这种推想源于威廉·巴斯科姆《口头传承的

---

① 李元庆:《哈尼哈巴初探》,云南民族出版社,1989,第 32 页。
② 孙官生:《论哈尼族说唱艺术发展的历史分期》,载《民族音乐》编辑部主编《探索神奇土地上的说唱艺术之花》,云南民族出版社,1986,第 8 ~ 84 页。

形式：散体叙事》》① 一文带来的启示。在巴斯科姆那里，不论接下来进行怎样的细分，他先把亚类型组合为一个单独的、只从形式的角度界定的范畴，并与其他形式明显不同的口头艺术文类相参照。不管细分会有什么样的争论，至少先得有一个最一般意义的、普适的、较为明晰的范畴。

"哈巴"是哈尼族的一种韵体歌唱传统，里面包含有许多不同内容的唱段。那这些不同的"哈巴"唱段究竟是以一种什么样的关系统一在"哈巴"这个大框架之内的？我们可不可以也先找出一个最基本的定义范畴，之后再来讨论"哈巴"的文类问题？

在对各种书面材料进行了对比后，笔者发现，虽然没有明确说明，但之前学者们在行文间其实都已将"哈巴"所包含的内容与哈尼族史诗的演述内容相等同起来了。接下来，笔者又将这个发现与自己的田野资料进行了对照。

进入田野之前，笔者希望重点抓住场景和情境来切入"哈巴"的内部划分。果然，在调查中，说起"哈巴"时，被访者都称"哈巴"分为结婚时的、人死时的、搬新房的、过年过节的、平时唱着玩的等段子。这些东西都是老祖宗传下来的，不能自己编词，就连平时闲聊时问别人从哪儿来、叫什么名字这种"哈巴"都有固定的词，只用依场境选择正确的段子唱就行了。在他们看来，歌调的归类首先要看它是在什么习俗场合演唱的、在当时能够发挥什么样的作用。因此，场景和情境确实是他们传统分类体系中的主要分类标准。关于不能自己编词这一点，如果将"哈巴"看作一种史诗演唱传统，这个问题就有了另外的切入点。

1. 在史诗演述时，演唱者和受众一般都深信其中所演述的是真实的历史事件，演唱者自然不能对其进行随意篡改。"哈巴"，据被访者所说是古规古矩，是规定好的，绝对不能自己编词，要是出现不依传承而自己编词的情况，别人就会认为他唱错了。传统的演唱者和受众如今依然坚信"哈巴"中的内容是真实的。

2. 由于体量极大，一般的史诗演唱都不可能一次将一部史诗唱完，而

① 〔美〕威廉·巴斯科姆：《口头传承的形式：散体叙事》，朝戈金译，载〔美〕阿兰·邓迪斯编，朝戈金等译《西方神话学读本》，广西师范大学出版社，2006，第5~38页。

是依仪式需要择取相应的唱段演唱。不同的"哈巴"段子其实就是不同的史诗唱段，在各种仪式及仪礼场合选择对应的那一段来唱。

基于以上实际，虽然不能直接推论说"哈巴"就是哈尼族的史诗演述传统，但的确，目前我们认为的哈尼族史诗——不论是创世史诗还是迁徙史诗，都是用"哈巴"调演唱的，如果我们把出版物带回民间去询问，演唱者肯定都会告诉我们说这些东西就是"哈巴"。就像《哈尼族文学史》中所说，"哈巴"的内容极为丰富，诸如人类起源、民族历史、迁徙征战、生产生活、处世哲理、习俗来历、宗教信仰等，无所不包。而我们看到的被称之为史诗的部分，便是从"哈巴"所演唱的内容中截取出来的相对完整的叙事单元，对传承人来说，这些叙事内容就叫"哈巴"。就此而言，认为"哈巴"中包括有史诗演述也是可以接受的。但是，我们也不能忽略一个重要方面："哈巴"其实还有着极广的内涵，在有的支系中，所有哈尼族的歌唱传统都可以被称为"哈巴"。"哈巴"里的其他一些内容，它们或许篇幅较为短小，或许叙事性不是那么强，或许唱述内容不是"崇高的""关乎整个民族命运的"，想以"史诗"之名将其统统纳入旗下是不可能的。

那么，"哈巴"到底是什么？或者说，具备什么样的特质才能被传统中的民众视作"哈巴"？我们究竟该如何定义"哈巴"的文类呢？笔者想到了另外一种视角："哈巴"可能是一种独特的综合性文类，其中包罗万象，与任何一种目前所知的文类都对不上号。这在逐步推进的田野工作中也得到了印证。这样，我们就不用徒劳地去给"哈巴"套上它或许并不适合的"帽子"，而应当重新寻找另一条出路。

前面反复提到过，"哈巴"中所涉及的内容十分广泛，在不同的表演情境中，它可以具有不同的文类属性。通过在元江县那诺乡的田野调查，笔者掌握了当地关于"哈巴"的内部分类体系（图1）。

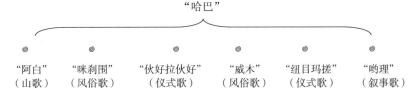

图1 "哈巴"内部分类体系图示

从图 1 很容易便可看出，"哈巴"里涵括了山歌、风俗歌、仪式歌、叙事歌等几种亚文类体裁。可见，除了常见的单一文类外，在我们的研究对象中，还有一些是跨越了几个不同文类的。这时，除了对单个文类的关注外，我们还应当有全局性的眼光，将这些研究对象放在更大的概念范围中进行观照，以最终确定其文类属性。"哈巴"一词可以确定与口头言辞艺术有关，也有翻译家将其译作"舌头颤动"。再结合其在具体传播语境中的存在状态——哈尼族的一切歌唱传统，我们或许可以在本文中做出一个初步结论："哈巴"并不适宜以单一的维度来加以简单界定，将其称为哈尼族的"说唱文学"、传统歌、酒歌或是一种曲牌名等，这样既有失偏颇，也造成了概念的混乱。在不同的演述语境中，"哈巴"可以具有不同的文类属性，其中涵括了山歌、风俗歌、仪式歌、叙事歌等各种亚文类体裁。在元江主要的哈尼族地区，只要是韵文体的口头传统都能被划归入其范围，即"哈巴"中包含了当地的一切歌唱传统。鉴于其中所涉及的跨文类现象，我们应立足于口头诗学的立场，将其界定纳入演述活动的口头实践过程中去加以分析，把它包含的所有文类作为一个整体来考量，将其界定为与散体叙事传统相对应的概念，即当地哈尼族口耳相传的"口头诗歌"。而且，"哈巴"是哈尼族特有的歌唱传统，民间对此有着自己的本土术语。我们应当遵从民间话语系统，与其简单地译为现成的汉语分类名称，不如沿用各地哈尼民众基本通用的"哈巴"一词来表示这一特定的文学传统。

基于上文的讨论，我们会发现如果要将"哈巴"作为一个统一的连续体来讨论，便涉及了"跨文类"的知识。就某一具体的传统而言，其所拥有的各种文类并非我们所想象的那样界线分明。可能几种文类共享一些共同的叙事资源，也可能一种叙事传统之内包括了几种不同的亚文类。在后一种情况中，这些不同的亚文类间不是互相排斥、水火不容，而是紧密结合，共同构成一个内涵广阔、极具特色的新文类。也就是说，这种传统中所包含的内容往往跨越了几种不同的文类。一些学者倾向于将这所有的亚文类都当作一个整体来研究，而不是将它们一一分离开来。这或许会牵涉一些文类间的区别，但却意味着所有的体裁都能被一起加以分析，且被放在同一个框架内进行比较或对照。诚然，考量本土文类间的关系问题，比较观照的角度有时显得过于宽泛，但这种基于民族志证据的方法仍然能为我们引入一种新的视角。用这种整体性的眼光来看待"哈巴"，笔者倾向于将其视作一个"跨文类"的综合范畴，其语义指归为一种传统的口头艺术形式。

三　结语

"哈巴"文类界定历来聚讼纷纭，从相关学术史的发端伊始直至今天都尚未形成定论。在既往的研究中，学者们普遍都直接套用民间文学界既有的文类名称。然而，现成的分类体系，往往难以涵盖许多少数民族独特的文学传统和文类观念。如果简单地将本土的口头文类按图索骥式地加以"对号入座"，就势必会与实际运作中的文类事实格格不入，难以从学理上予以厘清。加之既有的口头文类划分缺失了明晰的界定原则，有的过于笼统，有的边界模糊，尤其是分类的角度各异，缺乏整体分析与具体分析的视野统合，就会形成以偏概全的种种纰漏。与此同时，我们应该承认的是，知识本身乃至知识生产的不确定性，也是我们从事口头传统研究所面临的一个主要难题。正如美国社会学家沃勒斯坦指出的那样，"社会科学不是一个限定的、独立的社会行为领域，而是更为广阔的现实——现代世界知识结构——的一部分。"① 纵览近年来学界有关各民族口头传统的研究成果，我们不难发现，民众知识与文类界定问题几乎一直都存在较大的争议，如何处理本土观念与学术概念也成为不少学者的关注点。

将眼界再拓宽一些，我们会发现这并不仅仅只是哈尼族口头文类界定中的瓶颈问题，甚至也不仅仅只是"哈巴"研究中的主要疑难。其他许多少数民族的口头传统在文类界定方面同样有着欠缺之处。不少本应归属到民间口头文类中的传统表现形式，都因研究者未能掌握充分的田野证据，或是受制于自身的本位研究，最后被划归到了曲艺类；还有许多传统文类本身体量极大，内容庞杂，而研究者很多时候都未及细分，只是简单地套用目前民间文学界的现成文类标准，结果离口头传统的文化事实相去甚远。

---

① 〔美〕伊曼纽尔·沃勒斯坦：《知识的不确定性》，王昺等译，山东大学出版社，2006，第8～19页。

综上所述，笔者认为首先应辨明两个最为基本的问题：我们的研究对象究竟是"民间歌曲"还是"民间曲艺"？我们在表述时究竟该使用民间话语还是学界术语？只有将音乐性和文学性两方面相结合，以民族志资料和基于其上的学理性抽绎为沟通的桥梁，我们才能呈现一种口头传统的实际面貌，进而达成学术表达与民众知识的相互通达与话语对接，由此客观地进行各民族口头传统的文类界定工作。

（原文刊登于《西北民族研究》2017 年第 1 期，

本文集收录的是删节版）

语境方法的解释学传统

胥志强　华中师范大学文学院讲师

国内民俗学研究中使用的语境概念，主要来自英美人类学、民俗学尤其是表演理论（performance theory）这一传统。其实在德法解释学的传统中，语境也是一个重要的学术概念和方法。这一传统对语境的定义、语境与文本的关系等非常独到、深入的分析，与民俗学的用法构成有意义的对照，值得引起我们的重视。

一　语境方法的解释学源头

美国民俗学中的语境方法的理论基础，主要是英国人类学（如马林诺夫斯基）及英美语言哲学（如奥斯汀、乔姆斯基及海姆斯等）。[1] 但作为一种广义的文化、文学研究方法，语境观念并非英美学者的首创，而是由德国的解释学家施莱尔马赫（Friedrich Schleiermacher, 1768 – 1834）正式提出的。这一方法在狄尔泰（Wilhelm Dilthey, 1833 – 1911）那里得到了系统的探讨，由海德格尔（Martin Heidegger, 1889 – 1976）做了深入的阐释和革命性的重构，并为伽达默尔（Hans – Georg Gadamer, 1900 – 2002）及保罗·利科（Paul Ricoeur, 1913 – 2005）等人所发扬。而在笔者目力所及的范围内，理查德·鲍曼（Richard Bauman）等表演理论流派中的重要人物都忽视了这一学术传统。[2]

在解释学传统中，最早提及语境思想的是 18 世纪的新教学者维特斯泰

---

① 杨利慧：《表演理论与民间叙事研究》，《民俗研究》2004 年第 1 期。

② Mary Hufford 1995 年就语境方法所写的概述性文章中，看不出这一传统对美国学界的直接影响。Hufford Mary, "Context", *Journal of American Folklore*（vol. 108），pp. 528 – 549, 1995.

恩（Johann JakobWettstein，1693 – 1754），他在讨论历史研究问题时强调了联系"背景关联"来理解对象的重要性；随后赫尔德也指出了理解作品时应注意所处的"背景领域"①。更为明确地提出理解的"背景性"要求的是施莱尔马赫。他指出，在理解历史中的话语时，"因为每一话语作为讲话者的生命环节只有通过他的一切生命环节才是可认识的，而这只是由他的环境整体而来，他的发展和他的进展是由他的环境所决定的，所以每一讲话者只有通过他的民族性（Nationalitaet）和他的时代才是可理解的"②。可以看出，他已经指出了今天归入语境范畴之下的诸多因素，如文化背景、时代背景、个人生活史等。狄尔泰继承并发展了施莱尔马赫的这一思想，他说，"我们对每一个特殊的精神状态都只有从它们所出自的那些外在环境中理解"，"环境（das Milieu）对于理解必不可少"③。

当然，这里的界定与民俗学中略有差异。因为表演理论发端于语言学，所以首先注意的是语言之上下文（context）。德国解释学发端于历史学，所以首先注意到的是环境（environment）、背景（background）和情境（situation）等因素。但在今天 context 一词实际上已经混合了这两方面的含义。④民俗学的语境分析也吸收了马林诺夫斯基的（非语言的）"情境"（situation）观念。⑤ 解释学从海德格尔和伽达默尔开始也重视语言现象，甚至人类的理解活动被首要地置于语言的地基上，语言和情境被赋予了一种内在的、突出的关联。⑥ 概而言之，语境阐释的历程中，民俗学是从"语"到"境"，而解释学是从"境"到"语"。所以，这两种原来相对独立的学术传统为我们预留可相互参照、阐释的广阔理论空间。

---

① 田方林：《狄尔泰的生命解释学与西方解释学本体论转向》，西南交通大学出版社，2009，第 137 ~ 138 页。

② 〔德〕施莱尔马赫：《诠释学讲演》，载洪汉鼎编《理解与解释——诠释学经典文选》，东方出版社，2008，第 51 页。

③ 田方林：《狄尔泰的生命解释学与西方解释学本体论转向》，西南交通大学出版社，2009，第 138 页。

④ Teun A. van Dijk, *Society and Discourse*, Cambridge University Press, 2009, p. 2.

⑤ Ogden & Richards: *The Meaning of Meaning*, New York: Harcourt & Brace World, Inc., 1923, p. 325.

⑥ 涂纪亮主编《现代欧洲大陆语言哲学》，中国社会科学出版社，1992，第 141 ~ 147 页。

二 语境概念的解释学界定

笔者以为，民俗学家在何谓语境这一根本性问题上始终未有彻底的解说，而这恰恰是解释学传统的贡献所在。我们注意到，在民俗学中，学者往往不是通过下定义，而是用罗列语境因素的办法来界定语境概念的。典型的如鲍曼理解的"语境"，包括：

（a）含义语境（context of meaning，意味着什么？）

（b）制度语境（institutional context，适合文化的什么方面？）

（c）交际系统语境（context of communicative system，与其他民俗的相互关系。）

（d）社群基础（social base，属于哪个人群？）

（e）个体语境（individual context，怎么融进个体生活？）

（f）场合语境（context of situation，对社会场合有何用途？）

此外，芬兰民俗学家布赖根霍（Annikki Kaivola-Bregenhøj）罗列了场合语境、语言语境、文化语境、认知语境和体裁语境等。托尔肯（Barre Toelken）的语境包括：表演中直接的认知语境、社会语境、文化－心理语境、实物语境、时间语境或表演时机（occasion），等等。[1]

仔细考察可以发现，这些所谓的语境有些实际上是文本自身的特征（如布赖根霍之"体裁语境"）或文本的发生机制（如鲍曼之"含义语境"）或文本的本体论性质（如鲍曼之"个体语境"），有些并非民俗表演（与理解）中的内在因素，而只是研究者的外在兴趣（如鲍曼之"交际系统语境"）。但最根本的问题在于：一方面，我们看不出这些林林总总的要素在什么意义上能统一在"语境"范畴之下；另一方面，根据这些抽象地总结出来的语境条目，我们也无从确定，在一次具体的表演中语境的某一方面（如场合）是否发挥了效力。譬如，我们假设在民工的工地和学者的饭局中听到了同一个文本的"荤段子"，根据以上界说，我们也无从确定"工地"与"饭局"这样的"场合"对文本意义的生成是否有影响，以及为什么。

---

① Dan Ben-Amos, "Context in 'Context'", *Western Folklore* (Vol. 52), p. 215.

当然，也有少数学者试图对语境概念做一个统一的说明，譬如凯瑟琳·扬（Katharine Young）指出：

> 语境是有关（relevance）的事件，而非邻近的（proximity）。环境（surround）是所有接近的（contiguous），无论是否影响了事件；语境是所有影响了事件的，无论是否接近。不是所有环境的都是语境，也不是所有语境都是环境。①

扬注意到表演理论混淆了语境与环境，这是非常重要的进展。但她的"相关性"（relevance）这一标准仍然过于抽象，因为何谓相关仍然不明确。总之，从形式逻辑的角度看，民俗学家不仅没有为语境概念找到一个统一的"属"，而且没有找到恰当的"属"。而对于这一问题，解释学家的思考明显要深入得多。

从狄尔泰开始，对语境的理解就没有停留在形式化的"相关性"层次，而是被看成一种"生命范畴"，从本体论层面进行了阐释。在狄尔泰看来，文化或历史理解中对背景的考虑，源于"部分"与"整体"的关系这一生命本身的特征。要理解部分，必须关涉整体来进行，是因为"生命本身就只以那种把某整体与其部分关联起来的确定方式而存在"②。而且，这里的"整体"与"部分"也被赋予了特定的含义。用狄尔泰的话说，人类历史、文化中的种种现象，都是人类精神生命的表达，因此与精神生命之间是一种表达与被表达的关系，这是部分与整体关系的本质含义。我们若要理解生命之表达的意义，就必须把它们置于作为其产生之源泉的人类精神生命这个"整体"中来进行。③ 所以，在狄尔泰看来，"从根本上说，有意义性乃源于部分与整体的关系，而这种关系又植根于生命体验的本性之中"④。

---

① Katharine Young, "The Notion of Context", *Western Folklore*（vol. 44），p. 116.
② 田方林：《狄尔泰的生命解释学与西方解释学本体论转向》，西南交通大学出版社，2009，第98页。
③ 田方林：《狄尔泰的生命解释学与西方解释学本体论转向》，西南交通大学出版社，2009，第94页。
④ 〔美〕理查德·E. 帕尔默：《诠释学》，潘德荣译，商务印书馆，2012，第156~157页。

即是说，从狄尔泰开始，"语境"或"背景"就不再意味着外在于生命活动的"环境"，而是指生命之部分趋向于意义整体的倾向与征兆。在继承狄尔泰思想的基础上，海德格尔用"处境"（Situation）这一概念对此进行了系统的阐释。在海德格尔看来，人不是处于一个外在的环境或世界之中，相反，人在他的具体的生存之中与他眼前的世界是一种有意义的关联，人是"在世界中存在"。海德格尔曾用锤子为例具体地展示了操作锤子的人与其身处其中的"语境"或"处境"是如何关联起来的。作为一种日常的操作，人们使用锤子是"为了"做什么（如锤打什么），锤子就处在这一最基本的关联或"因缘"（Bewandtnis）之中，"因锤打，又同修固有缘；因修固，又同防风避雨之所有缘；这个防风避雨之所为此在能避居其下之故而'存在'，也就是说，为此在存在的某种可能性之故而'存在'"①。换句话说，围绕锤子构成的这个因缘整体性最终是人的一种存在样式，海德格尔称这个关联为一个"赋予含义"（be-deuten）或意义的过程，这个因缘整体则被称为意蕴（Bedeutsamkeit，significance）。② 因缘不是人可自由进入或退出的环境，相反，它是内在地关联起了人之活动与物件的本体结构，只有在这一本体结构层面"语境"或"处境"才能获得适当的说明。而且，人无论如何总已经处于一种因缘整体之中了，人们在这个整体中理解出现在其中的物件以及人自身的行为。换句话说，一件东西或一个动作之所以"有意义"，就因为它本质性地出现在这个意蕴整体之中。用解释学的术语说，它构成了人类理解活动的"解释学处境"。这个"处境"，清晰地道出了"语境"概念试图曲折地接近的内涵。因此，语境不是形式地界说的"相关性"，而是作为生命本体范畴的"处境"。

三　作为文本③的语境

在民俗学的主流看法中，语境是外在于文本的因素，文本意义的形成

---

① 〔德〕海德格尔：《存在与时间》，陈嘉映等译，三联书店，2006，第 98 页。
② 〔德〕海德格尔：《存在与时间》，陈嘉映等译，三联书店，2006，第 102 页。
③ 在当前使用中，文本的含义已经超越了语言的范围，可指一切民俗行为、物件等，我们此处使用的即是这种广义的文本概念；而将狭义的文本称为"语言性文本"。文本含义的这一扩展同样是解释学的成就，参见〔法〕保尔·利科尔《解释学与人文科学》，陶远华等译，河北人民出版社，1987，第 205 页。

受这一外在因素的影响。但在解释学看来，文本与语境不是相互割裂的因素，而是处在相互作用或"解释学循环"之中的意义整体，是这一更具基础性意义的"处境"的有机组成部分。文本与语境共属一体，是"处境"的（相对性的）"构件"，这对深入阐释文本与语境的关系带来了全新的视野。在此我们以语言性文本为例做一阐释。

在海德格尔开拓的解释学传统中，语言能将"可理解性的含义整体达乎言辞"①，因此在人类理解活动中具有一种优越的"解释学功能"——我们不是在理解语言，而是通过语言来理解。② 比如，说出一个词，并不是对某一独立物件进行命名，而是在揭示物件处身其中的整个"语境"或处境。比如日常的寒暄之词如"今天天气真好"之类，其意义不在于对某个现成的事态进行判断，而是创造一种处境，设定对谈的氛围，并呼吁对谈者的参与。所以，从解释学来看，语言性文本并不外在于语境，相反，是围绕着语言有意义的语境——准确讲是"处境"——才得以建构起来，语境是由文本的表演与接受所开启的具体语境。因此，不是文本在语境之中，相反，是语境在文本之中——由文本勾画、限定，并由文本开启。

文学语言在这个意义上与日常语言别无二致，但它能更充分、更本真地揭示生活的某个特定"处境"。这是文学或海德格尔称之为诗的独特功能——"诗无非是以基本的方式将作为'在世界之中存在'的生存诉诸言辞，或者说使之被发现。随着被（诗）诉说出来的东西，先前盲目无视的他人首次得以目睹世界"③。所有文学性作品中成功的"环境"描写或"背景"交代，都与人物的命运相关，否则便是废话或败笔。因此，文学性语言不是描写外在的环境，而是勾画与人物命运相关的处境，这是对文学语言的"先验"要求，也就是文学语言的本体特征或解释学功能。

所以，一个特定的处境，是围绕文本建构起来的，文本勾画、限定着这一处境的轮廓。这个结论不仅对写实性的文学文本有效，对于虚构性的文学表演与欣赏同样有效。比如，在乡村草台演出戏曲《秦香莲》的"语

---

① 〔德〕海德格尔：《存在与时间》，陈嘉映等译，三联书店，2006，第 188 页。
② 〔美〕理查德·E. 帕尔默：《诠释学》，潘德荣译，商务印书馆，2012，第 299 页。
③ 〔德〕海德格尔：《现象学之基本问题》，丁耘译，上海译文出版社，2008，第 228 页。

境"，与伴随的民俗活动（社祭）及观众群体（农民）等根本无关，即使它确实在社祭时表演，观众也主要为农民。《秦香莲》上演的是负心、富贵与正义的"生命戏剧"，这一文本主题仅仅唤起或指引观众引发与此相关的生命情感与体验，它只检验个体在面临恩情与富贵、权势与正义时的抉择，在这里每个人都是"秦香莲"，都是"陈世美"，都是"包拯"，而非他的社会身份，如"农民"。

同样地，对于我们前文提到的荤段子的例子而言，"工地"与"饭局"并不构成故事表演的"语境"，听众的群体身份也并非影响文本意义的根本因素。因为表演的处境是由荤段子的文本设定的，它只关涉倾听者的性别的而非其职业的、宗教的、阶层的身份，只关涉性事建构的"意蕴"空间而非表演的物理空间。总之，语境或处境是由被接受的表演文本限定的，文本勾画或唤起生命的某种处境、某种片段。如果将戏台上的《秦香莲》换做荤段子，表演的处境也将在瞬间发生转换。用伽达默尔的话说，我们"向着文本而存在"①，语境其实是"作为"文本的语境。这对一般理解的文学文本与表演语境的关系是种根本性的颠覆。

而且，语言及文学性文本不仅勾画着处境的轮廓，它还即时地建构着特定处境的形成。在这个意义上，语言性文本的意义不仅不是语境决定的，相反，特定的语境或准确而言的"处境"是由文本的表演唤起的、构造的。小到一个词语，大到整个语篇以及语言自身，都具有一种活力，能够建立或重建新的语（言之）境或处境。如在前述看戏的例子中，负心、富贵与正义并非生活或文化中历来存在的价值观，相反，它正是在演戏与看戏的当下才被唤起、激活，戏曲的表演即时地创造出了包含这一价值观的处境，只要观众有所理解，它就进入这一处境，并为自己当下的生活塑造了特定的主题。所以，文学性文本能够"筹划"生活，开启生活的视域。如保罗·利科尔所说："理解的第一个作用是为我们在情境中确定方向。这样，理解所涉及的不是掌握某一事实而是去理解存在的某种可能性。当我们从这一分析引出方法论的结论时，不能忽视这一点；我们说，理解本文不是

---

① 〔德〕杜特、伽达默尔：《解释学　美学　实践哲学》，金惠敏译，商务印书馆，2005，第31页。

要去发现包含在其中的僵死意义，而是展示被本文所指出的存在的可能性。因此，我们将忠实于海德格尔的理解概念，理解基本是一种‘规划’。"①这就是伽达默尔所谓的"无须重构的、与对其原初历史语境之了解无关的、因而实际上也就是自主的作品语义性：一个语义的潜能，其实现是超越语境的"。伽达默尔举例说，贝多芬的《第九交响乐》确实是在特定的音乐史、精神史关系——也就是传统所谓的"语境"中出现的，因而可以从这种关系中予以历史的理解；"但是《第九交响乐》对于我们的理解来说，其意味可远不止于作为历史重建目标的一个系统……作品自身对我们的讲话，就像对它的原初听众。我们聆听贝多芬的音乐，在此聆听中即寄于着真正的、被表达在归属性这一概念中的参与"②。

文学性文本要求我们的参与，这一参与开启生存之筹划；而且，这一筹划不是任意的计划，而是向着生命自身的本真性而去的规划。所以，在海德格尔看来，一座希腊神庙及其神话文本，自身聚集着一个意义的统一体，在这个统一体中，围绕着这个统一体，人类的存在譬如诞生和死亡，灾祸和福祉，胜利和耻辱，忍耐和堕落"在那里获得了人类命运的形态"，所以在某种意义上，希腊民族并不是生活在一个有神庙的物理空间，而是在这一意义空间构成的世界，"出自这个世界并在这个世界中，这个民族才回归到它自身，从而实现它的使命"③。

让我们以民间文学作品《十二月长工歌》④为例做一说明。在长工的日常生活中，他必须在地主的权势面前苟存，甚至必须通过漠视这种屈从关系才能生存下来。而正是在歌谣中，他得以正视他的命运，从而要求一种生命的尊严、公正以及解放——"如今苦命交地主，好歹全凭运气碰。贫穷人家该受罪，地主当成牛马用"。可以说，歌谣在这里并不是"真实"地描绘生活，而是塑造生活、向未来筹划生活。歌谣勾画的处境，并不是日

---

① 〔法〕保罗·利科尔：《解释学与人文科学》，陶远华等译，河北人民出版社，1987，第 55 - 56 页。

② 〔德〕杜特、伽达默尔：《解释学 美学 实践哲学》，金惠敏译，商务印书馆，2005，第 47~48 页。

③ 《海德格尔选集》，孙周兴选编，上海三联书店，1996，第 262 页。

④ 高等学校民间文学教材编写组：《民间文学作品选》，上海文艺出版社，1980，第 393 页。

常的、压抑自身尊严的"现实"环境，而是理想的、朝向生命的本真和正义的、尚未到来的处境。某种意义上，这才是为生命自身所要求的、本真的处境。

四 结语

总之，如前所述，解释学传统中对语境方法的阐释有其独到、深刻之处，构成了与国内接受的英美式阐释参照与对话的理论空间。尤其在英美式的语境研究日渐成熟的今天，引入这一传统，对反思这种方法的限度提供了必要的理论资源。而且，这一对话尚是有待展开的，包含着丰富的可能性。比如，由于语境被理解成外在于文本的，由此引发了当代民间文学走向田野的实证研究转向，并引发了对"文本研究"的批评。但从解释学传统来看，语境（处境）是由文本建构的，文本本身勾画着语境（处境）的轮廓，那么上述转向与批判就缺乏充分的理由，当代民间文学研究语境转向的合法性就需要重新思考了。正如杨利慧教授所言，当前语境研究存在很大的盲目性和片面性[①]，而引入解释学传统，对检视诸多已经暴露出破绽的理论假设，提供了一种可能性。

（原文刊登于《华中学术》2017 年第 1 期，本文集收录的是删节版）

---

① 杨利慧：《语境、过程、表演者与朝向当下的民俗学——表演理论与中国民俗学的当代转型》，《民俗研究》2011 年第 1 期。

图书在版编目（CIP）数据

2017 民间文艺研究论丛年选佳作. 民间文学 / 万建
中主编. -- 北京：社会科学文献出版社，2019.3
ISBN 978 - 7 - 5201 - 4442 - 1

Ⅰ.①2… Ⅱ.①万… Ⅲ.①民间文学 - 文学研究 -
中国 - 文集 Ⅳ.①I207.7 - 53

中国版本图书馆 CIP 数据核字（2019）第 040777 号

2017 民间文艺研究论丛年选佳作·民间文学

主　　编／万建中
副 主 编／覃　奕

出 版 人／谢寿光
项目统筹／王　绯
责任编辑／高　媛

出　　版／社会科学文献出版社·社会政法分社（010）59367156
　　　　　地址：北京市北三环中路甲 29 号院华龙大厦　邮编：100029
　　　　　网址：www.ssap.com.cn
发　　行／市场营销中心（010）59367081　59367083
印　　装／天津千鹤文化传播有限公司

规　　格／开 本：787mm × 1092mm　1/16
　　　　　印 张：27.25 字 数：399 千字
版　　次／2019 年 3 月第 1 版　2019 年 3 月第 1 次印刷
书　　号／ISBN 978 - 7 - 5201 - 4442 - 1
定　　价／118.00 元

本书如有印装质量问题，请与读者服务中心（010 - 59367028）联系